HERMES

在古希腊神话中,赫耳墨斯是宙斯和迈亚的儿子,奥林波斯神们的信使,道路与边界之神,睡眠与梦想之神,死者的向导,演说者、商人、小偷、旅者和牧人的保护神……

西方传统 经典与解释 HERMES
Classici et Commentarii

古希腊诗歌丛编

娄林 ● 主编

诗歌与城邦
——希腊贵族的代言人忒奥格尼斯

Theogonis of Megara: Poetry and the Polis

[美] 费格拉 Thomas J. Figueira　纳吉 Gregory Nagy ｜ 主编

张芳宁 陆炎 等 ｜ 译

华夏出版社

本成果获中国人民大学"985 工程"的支持

"古希腊诗歌丛编"出版说明

自荷马和赫西俄德以来,古希腊诗歌就承负起教育希腊人的使命,"正得失,动天地,感鬼神,莫近于诗"。流传至今的古希腊诗歌大多是合唱诗歌(或者合唱诗歌残篇),传诵这些合唱诗歌,便是城邦公民的教化过程(柏拉图,《法义》654b)。正是这一关乎民众性情的教化性质,使得古希腊诗歌具有与现代诗歌几乎截然异质的品性。从根本上讲,古希腊诗歌关涉的是什么样的生活方式(政制)最好,而非仅仅是个人的在世欢欣和痛苦。对我们来说,研习古希腊诗歌不是出于文人雅兴,而是为了理解西方文明的根基和品质。

古希腊诗歌的翻译和研究在我国学界迄今未受重视,语文不通固然是原因之一,但究其根本,缘由更是:现代诗歌品味的拘囿和哲学在现代文教制度中的霸权地位。西方现代抒情诗歌进入中国,既摧毁了中国传统诗歌的表达方式,也阻碍了西方古典诗歌在中国的流传。从接受顺序上讲,现代诗歌反倒显得比西方古典诗歌更为"古典"。这不单是时间的错置,更是思想品位的颠倒。由此带来两个后果:一方面,我们长期漠视西方古典诗歌,另一方面,即便研读西方古典诗歌也不免带上种种现代(或"后现代")的理论框架——我们非常喜欢尼采,却对尼采的如下教诲视而不见:"在古代抒情诗面前,我们的现代抒情诗就像没有头颅的神像。"哲学成为学院之王,是康德以后的事情,随着哲学普及教育的兴起,传统的生活方式和德性传统一再遭受哲学式的鞭问——通俗哲学最终得以取代传统诗教,现代诗歌(或者文学)也随之沦为生活的调料。

我国有温柔敦厚的诗教传统,"帝曰:夔!命汝典乐,教胄子,直而温,宽而栗,刚而无虐,简而无傲"(《尚书·舜典》)。荷马、赫西俄德和品达三位大诗人的影响尤为深远,传世作品的篇幅也相对较多,西方学界的翻译和研究汗牛充栋,本工作坊均已独立立项,本"丛编"仅收录其余古代希腊诗人的诗作,旨在通过学习西方古典诗教传统,增进我们对自家诗教传统的体认:一、编译笺注体汉译本;二、以希腊古风诗人为重点,采译西人研究诗人和诗歌的佳作。

古典文明研究工作坊
西方典籍编译部丁组
2010 年 7 月

目 录

中译本说明(娄林) ……………………………………… 1

致谢 ……………………………………………………… 1

导言(史蒂文斯、费格拉、纳吉) ………………………… 3
忒奥格尼斯与古麦加拉史料(奥金) …………………… 12
诗人眼中的母邦(纳吉) ………………………………… 27
忒奥格尼斯的封印(福德) ……………………………… 98
忒奥格尼斯诗歌的体裁问题(埃德蒙兹) …………… 114
《忒奥格尼斯集》与麦加拉社会(费格拉) …………… 133
忒奥格尼斯的动荡世界(史蒂文斯) ………………… 193
会饮与城邦(莱文) …………………………………… 210
《忒奥格尼斯集》第二卷中的爱欲与城邦(刘易斯) … 232
忠信的友伴(多兰) …………………………………… 260

附录：

忒奥格尼斯的语言、格律与意义(格林伯格) ………………… 283

麦加拉古风时期编年表(费格拉) ……………………………… 301

希腊语词汇表 …………………………………………………… 361

参考文献 ………………………………………………………… 364

一般索引 ………………………………………………………… 377

文献来源索引 …………………………………………………… 384

中译本说明

娄 林

近世以来,欧洲思想的主流一直在为自由民主制构设政制思考的理论根基,比如伟大的启蒙者斯宾诺莎。现存《政治论》最后一章名为"论民主政体",[①]不过因病早逝的命运打断了他的写作计划,本来,他可以更加丰富地完成他对民主政制的构想,因为他明确表示"贵族政制要比民主政制差得多"(页145),那么民主政制之好,理应是后文撰述的重点。论述民主政制之前的三章,斯宾诺莎在证明贵族政制优越于君主制度时,指出其根本原因在于,贵族政制可以更有效地保持"一定的自由",同样,民主政制之优越于贵族政制,正是因为它更加纯粹地贯彻了政治自由的原则,所以,在论"国家的目的"一章,斯宾诺莎明言,最好的国家是"自由的人民所创建的国家"(页43)——民主政制的根基、目的和判断标准都是自由(对比柏拉图《王制》555b)。

但是,主流并不意味着必然正确。当斯宾诺莎未完成的民主政制构想依循其原则而逐渐成为现实之后,民主的自由生活本应"以理性、真正的德性和精神生活为特征"(同上)。但我们稍微观察一下现代生活场景,恐怕最乐观的人也无法赞同斯宾诺莎的预言——无论社会可能现代或民主到什么程度。在《人性的、太人性的》中,尼采则直接将现代民主生活斥为"粗俗":"随着已然终结的贵族统治影响的削弱,良好的风度烟消云散

[①] 斯宾诺莎,《政治论》,冯炳昆译,北京:商务印书馆,2003,页144以下。

了。只要留意一下公众行为,就不难发现这种后十年不如前十年的过程:公共行为显然越来越粗俗了"(《人性的、太人性的》,250)。① 所谓公众行为,就是民主大众的日常举动——包括政治行为。尼采还打过一个比方:

> 末了,还请想一想,德国人现在对韵律的轻视正在蔓延,韵律意识的萎缩是否可以理解为一种民主的恶习(eine demokratische Unart),抑或革命的后遗症呢?因为韵律对法则有天然的兴趣,而对变动中的、未成形的、随心所欲的东西则表厌恶,所以,它听起来犹如来自欧洲古老秩序的音响,这音响像要诱惑人们倒退到古老秩序中去似的。(《快乐的科学》,103条,"论德国音乐")②

韵律是一种自然秩序,而民主的自由恰恰是人为之伪:"一切自然的停止了,变成人为的"(同上,356条,"欧洲怎样才能变得更'艺术'?")。尼采试图恢复一种古老的判断标准,一种自然正义(而非自然权利)③的标准,落实到人的精神层面,即是人对自身行为和品性的要求,这才是韵律,而不应是向外欲求的——尤其是面向所有人的——自由。

这并非尼采的忽然之辞,实际上,纵观尼采的学术生涯,他于1867年正式发表的第一篇作品即以麦加拉贵族诗人忒奥格尼斯为主题,分析《忒奥格尼斯集》的形成历史,尤其着重以其诗歌笔法为

---

① 尼采,《人性的、太人性的》,魏育青、李晶浩、高天忻译,上海:华东师范大学出版社,2008。另参《快乐的科学》,333条"何谓认识",349条"再论学者的出身"。

② 尼采,《快乐的科学》,黄明嘉译,上海:华东师范大学出版社,2007,页183。

③ Jus naturae,参《政治论》,前揭,页9。

依据。① 尼采对忒奥根尼斯的关注其实更早：1864年，从普夫塔文理中学毕业时，尼采以拉丁文完成题为《论麦加拉的忒奥格尼斯》的毕业论文；②同年秋天，尼采离开波恩大学时完成了论文《论忒奥格尼斯的诗歌》(De Theognis Carminibus)。我们或可称之为忒奥格尼斯三部曲。可以说，这几年的时间里，忒奥格尼斯主宰了青年尼采的思想世界，正是由于这样的思想根基，才使得尼采在第一部论著《肃剧（旧译悲剧）的诞生》中审视肃剧与哲学的关系时，着眼点一直没有离开知识本身的政治哲学问题，也就是现代民主政制的核心问题（详参尼采后来为此书所写的序言）。而在完成最重要的《扎拉图斯特拉如是说》之后，在作为其思想前言之一的《论道德的谱系》中，为了清理现代（或基督教）道德的"善恶"，尼采重新勾勒了西方的政治思想史，命名为"两个对立价值观千余年来的艰苦战斗"（第一章，16节），与这种"善"与"恶"对立的，就是古代希腊世界的"好"与"坏"的政治设定。在尼采看来，最早作出"好"与"坏"的设定的，正是希腊贵族和他们的代言者忒奥格尼斯（第一章，5节）。③

尼采的思想轨迹至少表明，如果我们要进一步厘清自由民主的政制构想，不仅要深入理解现代思想的形成与发展，更需要向古典世界汲取养料和立足的根基，所谓以今晓古，以古正今。古代世界

---

① 这篇论文题为《论〈忒奥格尼斯集〉的形成》(Zur Geschichte der Theognideischen Spruchsammlung)，载于 *Rheinisches Museum für Philologie* 22 (1867)，页161-200。另参尼采，《论道德的谱系》(On the Genealogy of Morals)，Walter Kaufman 编译，Vintage Books，1969，页29 注释1。

② 尼采，《论麦加拉的忒奥格尼斯》(De Theognide Megarensi)，今载于考订版全集(Kritische Gesamtausgabe)，Giorgio Colli 和 Mazzino Montinari 主编，卷一第三册，de Gruyter，Berlin，2006年，页420 - 462。参凌曦，《早期尼采与古典学》，广州：中山大学出版社，2012年，页43 - 44。

③ 依照这种看法，所谓自由，不过是一种基督教"善恶"观的新体现罢了。

的经典诗文,有助于我们形成"良好的判断力"。那么,忒奥格尼斯就绝不仅仅是一位可供阅读与翻译的古代诗人,我们在理解西方文明的源头、剖析西方现代思想的真正位置时,他是一块可供立足的基石。

忒奥格尼斯在历史上以坚定或反动的贵族立场而闻名,他的生活年代大约在公元前6世纪的中晚期(相当于中国古代的春秋中期),这是一个纷乱的时代,其时的纷乱缘由不仅仅是战争和动荡,还因为一种前所未有的不同政治生活方式开始登上历史舞台:民主政制逐渐兴起,而传统的王权和贵族政制日渐凋零。这是西方思想史上根本性的政制思想之争,启蒙时代重演了这场争论,启蒙哲人名之曰"古今之争"。早于忒奥根尼斯的梭伦改革,虽然试图在民众和贵族之间持守中道,但在普鲁塔克看来,梭伦还是过于纵容民众,极大地提高了民众的权力,因为"据说梭伦制定的法律条文含糊不清,目的是要提高人民法庭的权力"(《梭伦传》,18.3)。到了忒奥格尼斯的时代,许多城邦已经逐渐建立起以民众为政治主体的政权,与忒奥格尼斯年代相差无几的克里斯提尼改革基本确立了雅典的民主制度,而在忒奥格尼斯的母邦麦加拉,民众也获得了政治权力。亚里士多德就提到过,麦加拉人之所以认为谐剧(旧译喜剧)起源于本邦,因为只有在麦加拉的民主政制下,戏剧这种新生活方式才会可能(《论诗术》,1448a29 – b3)。在忒奥格尼斯看来,民主政制导致的根本问题在于正义和礼法的缺失,也就是高贵之物的丧失:

> 居尔诺斯呵!城邦毕竟是个城邦,可民众是另一回事,
> 从前,他们对正确和礼法一无所知
> ……
> 而今他们成了好人,从前被视为高贵的东西,

如今成了鄙屑的东西。谁忍受得了？（行53–68）①

这和尼采所言"粗俗"品性相同，却又更令人触目惊心。缺乏正义和礼法，就会导致城邦陷入无序，也就是亚里士多德称之为的民主政制的"无序"（ataxiā），而最终导致麦加拉倾覆的，恰恰是民主制度得以建立的秩序破坏（《政治学》，1302b）。普鲁塔克对此有更加明确的说法：

> 麦加拉人驱逐了僭主忒阿格尼斯之后，短时期内，他们在政制上还能保持清醒。后来，依柏拉图所言（《王制》，562d），政治煽动家灌输进民众脑中的绝对自由最终败坏了民众……（普鲁塔克，《伦语》，295c–d）

无论民主政制的理论构设者如何构想自由，或如斯宾诺莎所言，"以理性为根据并且受到理性知道的国家将是最有力量和最掌握自己权利的国家"（《政治论》，页27–28），但这种理性的自由只是在设想民主得以成立的美好条件，而在民众的耳朵里，这些理性的要求总是淹没在自由的美妙蛊惑之下。民主政制构想者在实际上与民主政治煽动家达到了同样的效果。如果说，理性不是轻易之事，故而无法真正节制"自由"，而传统的礼法也不再能够约束人的行为，那么，政治现实就不仅仅是粗俗而已，更会导致彻底的败坏。忒奥格尼斯曾以航船的比喻如此形容：

> ［我见到］我们被大浪裹挟，白帆弃置一旁，
> 暗夜如墨，我们已漂出米洛斯的海湾，
> 他们不愿舀干船舱积水，

---

① 刘小枫编修，《凯若斯：古希腊语文读本》（上册），上海：华东师范大学出版社，2013，页206。

即使海水狂暴,冲刷着两舷。
千真万确!他们如此我行我素,致人人临危;
他们赶走机警有素的高贵舵手,
强取豪夺、无法无天;
对公共利益,再没有什么平均分配;
脚夫掌管城邦,低劣凌驾于高贵。
(行671－679,张芳宁译文)

柏拉图《王制》中的航船喻(488a－499a)一定受此启发,赶走舵手和不懂航船技艺的人强行掌管航船这两个关键意象,完全为柏拉图所继承。问题的关键在于,谁才应该是真正的舵手?忒奥格尼斯当然认为是贵族,不过这不单纯指出身和血统,忒奥格尼斯唯一提及自由的地方,更多是指精神的自由(行535－538),所以,柏拉图在《王制》中将贵族政制与人的灵魂品相相连:"我们已经描述了与贵族制相称的人,我们可以恰当地说,这样的人既好又正义。"(544e)尼采在提到《论道德的谱系》中提到忒奥格尼斯的一节[①]开篇即说:"我们的问题……有选择地只针对少数的耳朵。"尼采清楚地说出柏拉图的意图,这样的高贵者当然极其罕见,他随即说道:"贵族没落以后,[贵族]该词才最终保留下来,标志着精神贵族,与此同时,该词也变熟、变得受人欢迎了。"忒奥格尼斯的麦加拉城邦政制乃至古希腊的贵族政制在面对民主政制时,几乎一败而再败,因为民主政制激发起的人的自由欲望,如果没有理性的引导,自然会成为柏拉图所言的怪兽。但是,人类多数的时候总是处于政治困境,尼采所言"精神贵族"的真正含义是,必须要用高贵的精神养育

[①] 这也是尼采公开的作品中唯一提及忒奥格尼斯的部分(《论道德的谱系》,卷一,第五节),考虑到他早年对忒奥格尼斯的深入关注,这就更值得我们留意。《论道德的谱系》中译参谢地坤译本,桂林:漓江出版社,2007,页15－16。引文略有改动。

那些"少数的耳朵",滋养"不合时宜的沉思",才能为精神生活提供真实的存在可能——按尼采的说法,这就是贵族一词最初的含义。① 忒奥格尼斯传统贵族的精神世界,经过柏拉图和尼采的因时损益,成为政治和哲学这两个核心的连接之处,一方面保留了朝向更高的沉思世界的可能,另一方面则尽力葆有城邦的政治德性。

那么,忒奥格尼斯所处的飘摇动荡的年代,一方面是传统政制风雨飘摇、民主制度兴起的时刻,正是在这样的政治(和政制)动荡的时候,关于政治生活的本质思考,有时就会显得更为急迫,也更加深入;另一方面,他的处境又成为一个比喻,是真实的高贵精神的永恒处境,而历代心存高远的人,一再返回忒奥格尼斯的文本的精神世界,就能够汲取尼采曾经汲取的养料。这一点在古代世界其实可谓常识。今天忒奥格尼斯诗歌研究的一大主题就是尼采当年论文的主题:《忒奥格尼斯集》究竟如何形成?如何编纂为今日的版本?其实,早期的《忒奥格尼斯集》本来就是"用于教育的目的",②这就是说,无论后世版本的状况如何,忒奥格尼斯的诗歌在古代世界一直用于教育,用于培养良好的贵族品性,当然不是培养民主品性,即如桑兹所言:"其人之诗作多涉及政治,且强烈地带有贵族气概,故难流布于民主风的雅典。"③

因此,我们就不难理解,在民主之风流行的当代,忒奥格尼斯很难得到足够的重视和研究,论文偶尔会有,但专著并不常见。这本文集虽然出版于30年前,但依旧是目前西方学界最成熟的忒奥格尼斯研究成果。文集脱胎于1981年哈佛大学举办的忒奥格尼斯学

---

① "贵族,从其词根来看,这个人存在着,他有实在性,现实地、真实地存在"(同上)。

② 见默雷,《古希腊文学史》,孙席珍、蒋炳贤译,上海:上海译文出版社,1988,页88。

③ 参桑兹,《西方古典学术史》,张治译,上海:上海人民出版社,2010,页68。

术研讨会,篇中论文提供了大量关于忒奥格尼斯本人和《忒奥格尼斯集》的年代、文本的详细考证。原书导言已就文集内容作了大致的勾勒,此处不再画蛇添足,而只强调一点,我们所以勉力译介,只是为了我们自己的研究能够具备足够坚实的基础,而非盲从西人的学术视野。

关于文集的格式有两点尚需补充。其一,论文出自多人之手,所以原文中希腊文有三种写法:或以希腊文原文标出,或拉丁转写但标明长短元音,或拉丁转写却不标明长短元音。翻译时多从原文,未强求统一。其二,每篇论文的正文都有"1、2、3、4"等数字标序,其长度有时是一个自然段,有时则超过一个自然段,这种排法本来有碍观瞻,可是文集中论文正文中的互相参引之处,均以此为索引,故不得已而保留。

最后,文集版权购买已久,翻译进度一直延宕,感谢出版社的再三宽宥;再则感谢各位译者翻译的辛劳。张芳宁博士和笔者最后统校全书,其中错误之处在所难免,望读者不吝指正。

2014 年 7 月 7 日于北京

致　谢

本书肇因于 1981 年夏季由人类学国家基金赞助、在哈佛大学举办的一次研讨会，并得益于许多学者从最初开始的一路支持。编者想特别感谢考赫德（Carrie Cowherd）和史蒂文斯（Veda Cobb-Stevens），鉴于他们在统一各篇初稿的烦难过程中给予的宝贵帮助，他们应当被视为联合编者。我们还要特别感谢奥金（Louis Okin）在编辑上的支持，以及埃德蒙兹（Lowell Edmunds）在成书过程中每一步随时提供的切实建议。其他诸位亦给予了及时的点拨，编者在此想单独指出 James R. Baron 和 Caroline Dexter，他们为本书作出了无私的奉献。Sarah George 承担了整理参考书目的艰巨任务，而 Holly Montague 帮助核对了参考资料。部分校订工作使用了拉特格斯大学（Rutgers University）的文章编校系统，编者为此向拉特格斯大学致以谢意。在华盛顿的希腊研究中心（哈佛大学）作研究员期间，费格拉（Thomas J. Figueira）完成了许多编辑任务。他想向该中心及其负责人诺克斯（Bernard M. W. Knox）教授表示感谢。此外，编者感谢人类学国家基金的 Dorothy Wartenberg 和哈佛大学民俗学及神话学学位委员会的 Hugh Flick 对本书的赞誉。最后，也特别感谢马丁（Richard P. Martin），他慷慨地将他的文章《赫西俄德、奥德修斯与君王们的教诲》（"Hesiod, Odysseus, and the Instruction of Princes", *Transactions of the American Philological Association* 114 [1984]: 29-48）的样稿分享给编者，马丁的发现实为本书各篇的重要补充。

导　言

史蒂文斯(Veda Cobb – Stevens)
费格拉(Thomas J. Figueira)
纳吉(Gregory Nagy)　撰
张芳宁　译

[1]1. 麦加拉(Megara)的忒奥格尼斯(Theognis)这个形象颇令人难以捉摸。他以一部名为《忒奥格尼斯集》(Theognidea)的大型诗集为世人所知,其中共计约1400行诗,他还被尼采引为希腊贵族的代言人。尽管如此,这位历史人物的情况仍然像是一团迷雾。古代传统上认为忒奥格尼斯生活于公元前6世纪中叶。从内容来看,《忒奥格尼斯集》中的诗歌作于公元前640年至前479年间的一个时期。这样,诗作就介于荷马所描绘的英雄时代与公元前5世纪下半叶达至顶峰的古典时代之间。特别是诗集(指《忒奥格尼斯集》,下同)第29 – 52行,似乎描写了麦加拉polis[城邦]的政治形势,与麦加拉僭主忒阿格尼斯(Theagenes)掌权之前的大势相似,这位僭主的生卒大致在公元前640年至前600年。然而,第891 – 895行似乎见证了发生于公元前6世纪第二个25年的埃维亚(Euboea)战争。最后,第773 – 782行提到公元前479年波斯人入侵麦加拉。很显然,《忒奥格尼斯集》并非单独一位诗人的全部作品所能涵盖——无论这位诗人的一生可能多么漫长。

2. 事实上,这部诗集得以留存的原因之一,即公元前5世纪和前4世纪雅典人对它青睐有加,或许暗示出一种解读路向。柏拉图曾引用忒奥格尼斯的诗句;克里提阿(Critias),雅典三十僭主的领军人物,本身也是一位诉歌诗人,曾模仿《忒奥格尼斯诗集》的sphrēgis[封印]

主题;犬儒哲人安提斯泰内斯(Antisthenes)和色诺芬(Xenophon)都曾著文论述忒奥格尼斯。这些雅典人似乎为各自城邦的民主政制取向而忧虑,发觉自己与一位贵族政制的古代拥护者颇有同感。然而,这同一批雅典人连同另外一些古代作者,对忒奥格尼斯的生平却不甚了了,连基本的诗人属地都无法确定。忒奥格尼斯诗歌对雅典人的主要意义,在于它是名副其实的政治之诗,析明了在polis[城邦]中应当如何检审生活。这部诗集的重要性远远逾越古麦加拉一地及其狭隘的派性之争。

[2]3. 诗集"更深一层的重要性"可能是什么呢? 对此我们回答:忒奥格尼斯的形象乃是麦加拉诗歌传统的叠影(尤参本书纳吉文);年代史料、诗集在古代激起的反响,以及诗本身蕴含的观念寓意,相信都能证明此言非虚。对于任何一位意欲申明这些诗歌传统中的社会价值观的诗人,忒奥格尼斯乃是他的当然代表。

4. 这种对于忒奥格尼斯身份的理解与本书的两个主要见解相一致,后者贯穿本书各篇并标示出忒奥格尼斯研究的一个新起点。首先,我们看到,诗人在传统上形象不堪,思想性颇为有限,所获表述也仅属泛泛。欲图构造出忒奥格尼斯政治传记的那些努力——比如将诗人对城邦解体的警言与一次具体的党派斗争相联系,或者把诗中哀叹放逐苦境与诗人历史上曾遭的放逐并提——也只能产生贫乏的诗集解读。这些努力未能正确看待忒奥格尼斯的形象,诗人最为突出的品质就在于他形象的多义性:他是名为居尔诺斯(Kyrnos)的少年的有情人—引导者和敌人—督责者,反对虚伪同时又是狡猾的伪君子,对抗僭政而又是安抚民众怒气的和事佬。

5. 其次,正如我们将看到的,这位在《忒奥格尼斯集》中发言的诗人,是麦加拉贵族阶级忠实而权威的代言者。这部诗集并非从一些各不相干的原始资料中任意摘取、填充而形成的一个单纯的格言体宣言集,而是从麦加拉古代及早期古典诗歌传统中获得的结晶。本书随后各篇试图阐明的许多相互关联的主题,都为这种见解提供了佐证。此外,虽然在其他地方,诗集所含的一些诗行被归入别的诗人名下,但这些诗行的存在,反映出基于内在社会准则一致的各种诗歌传统的相互融合。这一融合的标志就是忒奥格尼斯的语言风格,他从丰富的诗歌遗产中萃取汁液,使之呈现出泛希腊的意义。

6. 无论从年代顺序还是地理位置上,忒奥格尼斯的诗都摇摆于两个主要地点之间:尼西亚(Nisaean)或"母邦"麦加拉,这座相对狭小的城邦位于科林斯地峡(Isthmus of Corinth),东有潜在的支配者雅典,西临永远的心腹之患科林斯(Corinth)。因此,虽然诗集的笔墨主要集中于城邦内部的纷争,但也时时暗示麦加拉与其他政权之间的冲突。[3]关于古麦加拉政治史的零散资料由费格拉汇编,以年表形式辑于书末。年表中的 27 个年代,无论是确定的还是比较性的时间,在随附的注释中都有详细讨论。本表搜集的材料有助于探查诗集在哪些地方涉及了历史事件。

7. 然而,诗人来自尼西亚-麦加拉(Nisaean Megara)还是麦加拉许伯莱亚(Megara Hyblaea)——麦加拉在西西里(Sicily)的殖民地,古代人对此多有争议(这种争论在现代学者那里获得了扩展以及永久的生命力),由此,《忒奥格尼斯集》在地理上愈加不确定。不过,作为麦加拉贵族的当然代表,忒奥格尼斯其实无须被具体指派给哪个城邦,因为对诗集内容进行传记式推测将显得全无必要(参本书费格拉文)。本书各篇题目中的"麦加拉",既非尼西亚、也非西西里的麦加拉,而是《忒奥格尼斯集》中的麦加拉,是所有古希腊人的母邦原型,对生者如是,甚而对死者也如是(参本书纳吉文)。

8. 同样,在形式上,《忒奥格尼斯集》似乎也保持着一种居间状态。诉歌(Elegy),①这种类型诗歌的代表是忒奥格尼斯——还有阿

---

① [译注]关于 Elegy 的译法,参见刘小枫编修,《凯若斯——古希腊语文教程》上册,上海:华东师范大学出版社,2005,页 377。在古希腊,Elegy 与抒情诗(Lyric)一样,首先是一种歌唱形式,明显的区别是伴唱的乐器分别为箫与弦琴。Elegy 起初确有悲伤品格,但后来逐渐失去"哀"的意味,变成各种诉调,与政治关系日近,则不妨译为"诉歌"。

基洛库斯(Archilochus)、卡里努斯(Challinus)、梭伦(Solon)、提尔泰奥斯(Tyrtaeus)和克塞诺芬尼(Xenophanes),这种诗歌看起来介乎古希腊两种主要的诗歌表现形式之间:一者是史诗和教喻诗中吟诵的六音步格诗,代表如荷马与赫西俄德;一者是抒情诗人们吟唱的诗节。到目前为止,人们还无法确定《忒奥格尼斯集》中的诉歌原本是用来吟诵还是歌唱。尽管如此,假如考虑到它的格律形式,我们还是能够清楚看到,诉歌明显介于史诗与抒情诗之间。诉歌的格律被称为诉歌对句,先是一行抑扬格的六音步诗:

— ⏑⏑ — ⏑⏑ — ⏑⏑ — ⏑⏑ — ⏑⏑ — ⏓

随后的诗行,传统上称为五音步:

— ⏑⏑ — ⏑⏑ — — ⏑⏑ — ⏑⏑ —,

从格律结构表示法可以看出,五音步诗由两个对称的半句组成,称为不完全诗行(hemistich)。六音步是荷马和赫西俄德采用的格律,而五音步的不完全诗行与品达(Pindar)非常著名的抒情诗形式——如称为长短短格律(dactylo-epitrites)的基础构件属同一类。

9. 即令只是提及诉歌对句的结构,也不免触发最具争议的问题:诉歌[4]是否是种俗套?出自格林伯格(Nanthan A. Greenberg)之手的附录,试图对这一问题进行界限分明而又审慎严密的探讨。格林伯格发现,一般意义上的诉歌,尤其忒奥格尼斯诉歌中六音步诗的语言风格,既与荷马六音步诗相关联,又不同于荷马而自身独立。那么,理所当然地,诉歌六音步诗并非只是对此前荷马和赫西俄德六音步诗的借用,诉歌中五音步诗的不完全诗行也非只是借自抒情诗,然而实际上,人们通常以为诉歌六音步诗只是史诗中六音步诗的一个较晚版本而已。格林伯格的发现因此具有决定性意义:如果他所言不虚,那么,不仅诉歌中的六音步诗,而且整个诉歌形式,都须被视为一种既相关又独立的传统。

10. 除了证明《忒奥格尼斯集》诗歌的独立性,我们的另一个主要目的在于,展示出这些诗歌如何复原了一座健康的贵族制城邦。

而接下来,那些可能居住在这座恢复原貌的城邦中的麦加拉人又是什么样的?想要称赞这些诗句是诗歌传统与麦加拉历史的有机结合,首先必须弄清楚,有哪些关于古麦加拉历史的原始资料并非源自《忒奥格尼斯集》。奥金(Louis A. Okin)在本书第一篇探讨了这个问题。他请我们注意三种散文形式的原始资料:亚里士多德、普鲁塔克在《希腊问题》(Greek Questions)中的撰述,以及麦加拉史家(Magareis)——本土史学家们的著作残篇。问题在于,这些资料是依赖于《忒奥格尼斯集》的内证,还是完全独立?奥金的结论是:几乎找不到能证明两方存在依赖关系的证据(我们将看到,这种证据的缺乏与柏拉图拒绝承认忒奥格尼斯来自尼西亚或"母邦"麦加拉有关)。

11. 假如我们真能获得不受《忒奥格尼斯集》干扰的有关麦加拉历史的古代证据,就可以更进一步,将一种关于麦加拉的历史眼光与诗人自己对他的城邦的看法放在一起进行比较。在第二篇中,纳吉仔细检审了下述两者之间的辩证关系,即:《忒奥格尼斯集》诗歌所发挥的理想作用与孕育它的城邦内不和谐的社会现实。纳吉认为,忒奥格尼斯的诗歌对维系城邦社会的纽带极尽颂扬。《忒奥格尼斯集》所拥护的伦理价值将城邦联接为一体。与此相反,讽刺的是,诗人自己实际上疏离于他的社会,尤其疏离于他情感的中心——年轻的居尔诺斯。[5]虽然它值得全希腊的传播与接受,但《忒奥格尼斯集》诗歌在它自己的城邦中"尚未"获得认可(行24)。

12. 然而荒谬的是,这些诗歌借以表述的语言显示出,它们已然在全希腊传播。因为这些诗歌并非使用麦加拉本地的多里斯(Doric)方言创作,而用的是诉歌伊奥尼亚(Ionic)方言,这种语言风格与众多诗人相关,比如帕罗斯(Paros)的阿基洛库斯、斯巴达的提尔泰奥斯以及雅典的梭伦。

13. 在纳吉看来,《忒奥格尼斯诗集》诗歌构建了一个系统,用来改造堕落的精英人物,这个人物被形象化为忒奥格尼斯钟情的居尔诺斯。忒奥格尼斯和居尔诺斯之间的张力,类似于《劳作与时日》中赫西俄德与珀耳塞斯(Perses)的对立——其根本差异在于：是 dikē[正义]还是 hubris[肆心]。重振社会政治的关键是防止 koros[傲慢自矜或贪得无厌]，植物不按季节的疯长正可表示这种品质的要义。这种反常的生长与整体的社会农事相比，更类似于赫西俄德与忒奥格尼斯诗中受贪得无厌之欲望驱使、违背季节的航行。这类航行与将城邦比作航船的著名隐喻有关。由贵族阶层堕落而招致的城邦的败坏只能靠忒奥格尼斯——这位 kubernētēs[领航者]、深谙季节规律的"海员"以及肆心的反对者来检审。

14. 接下来的几篇研究《忒奥格尼斯集》的一般性问题，侧重诗的形式、诗人作为代表性诗人的理由以及诗人对其所继承传统的使用与确证。同时，在与其他诗人和诗歌传统的进一步比较中，研究视野继续拓展。

15. 诗人说他为自己的诗加了 sphrēgis[封印]（行 19 – 20），它表明忒奥格尼斯及其诗歌具有泛希腊性。在第三篇，福德(Andrew L. Ford)考察了"封印"的含义。他注意到古风时期诗歌的状况，那时候诗歌以口头朗诵的形式自由流传，这就否定了那种认为封印能确保忒奥格尼斯独擅作者身份的说法。忒奥格尼斯自己也说，他的词句(utterances)并非独创，而是基于幼年所学（行 28）。福德还主张，忒奥格尼斯给他的诗加封印，是为了识别它们，并像保护财产一样保护自己的诗。福德相信，这一点很容易证明——假如人们了解古代 polis[城邦]中诗与神谕之间的相似性：[6]二者都有韵律；作为 epē[词句]，都如同神圣启示般受到保护；都为掌握它们的人赋予权力。这一封印类似于庇西特拉图之子希琶库斯(Peisistratid Hipparchus)式的僭主们所树立的公共纪念碑，也类似于警句诗人们对诗歌的署名，它意味着以政治为导向的诗歌授权。

16. 正如诗人用"封印"这种特别声明来保有和确证自己诗歌的内容，据埃德蒙兹(Lowell Edmunds)在第四篇中说，整个诉歌类型都是如此，它在下述两个方面明显区别于分属荷马、荷马颂歌与赫西俄德的史诗、颂歌和教喻诗：一、它的权威性何在；二、它如何解释自身与预期听众之间的关系。第二点引出了关于《忒奥格尼斯集》诗歌现实作用的核心性问题。如埃德蒙兹指出,诉歌诗人使他们的诗成为一种"纪念碑",为城邦唤醒 mnēmosunē[记忆]。这种诗歌关注城邦及城邦所需。诉歌体诗的预期效果在于使城邦公民留心那些指导日常事务的基本准则。因此,忒奥格尼斯致力于在诗中呈现真知灼见,以及建立这样一个社会:其成员通过含有教喻、劝诫或赞美意味的诗歌来获得明智。然而,对于那些始终不明智、从而置身这个社会之外的名义上的公民,诗人唯有责骂。

17. 第五篇里,我们从《忒奥格尼斯集》的一般性问题和诗人的形象,转向研究诗集及其思想所处的社会背景。在此,费格拉探讨了《忒奥格尼斯集》如何在公元前 6 世纪的麦加拉政制背景中发挥作用。一方面,《麦加拉政制》(*Constitution of the Megarians*)与麦加拉人(麦加拉本土史家)都未援引《忒奥格尼斯诗集》,另一方面,忒奥格尼斯也没有留下有关麦加拉政治史的更多细节,这两点都无比棘手。在公元前 6 世纪至前 5 世纪的内乱期间,古代麦加拉思想实际已经荡然无存,这就解释了前一个难点。如果假设《忒奥格尼斯集》是麦加拉本土及殖民地中贵族观念的宝库,那么后一个难题也解决了。虽则如此,要理解《忒奥格尼斯集》思想的效用,不能忽略与之并行存在的流行观念,这类思想体现在喜剧中。寡头政治和民主思想都宣称自身合乎礼法,[7]并且都强调,他们关于公共继承的独特观念重点在于:通过重新分配物质财富来使共同体获得统一。由于不能适应公元前 5 世纪那个金钱交易与派性敌对盛行的世界,古代麦加拉思想已经无法向后来的麦加拉人诠解他们的现实处境。

18. 从第六篇开始,关注方向发生了根本变化:本书最后 4 篇直接关注城邦中精英人物的天性,以及如何使这种人回复其原本的健全状态。史蒂文斯首先考察忒奥格尼斯笔下麦加拉贵族阶层的现状。这位诗人的城邦情势堪忧,那里派性纷争不断、背信弃义、奸狡盛行,所有这些无不源于忒奥格尼斯所说的那种致使城邦陷入混乱的反转(reversal)。这种反转,即 kakoi[低贱者]统治 agathoi[高贵者],可能与下述情形有关:原本用来界定 agathoi[高贵者]的经济、出身和道德的尺规已分崩离析。因此,在涉及基本的社会、经济和规范的日常交谈语言中,逐渐产生了复杂的语义变迁。这种情况下,一位诗人想要唤醒他的共同体(那些仍然不失高贵的人),须将自己的言辞伪装得含混难解,同时满怀微茫的希望,期待这些诗句恰恰被那些应当理解的人正确地理解。

19. 在史蒂文斯、埃德蒙兹、福德和纳吉的论述中,我们了解到,忒奥格尼斯的诗歌基于贵族的价值体系,诗人将这些高贵者归结为一个男孩,他的封印保证着诗歌的贵族出身,以及诗歌适合用来教育贵族青年,他们将永远遵守这些诫命。第七、八两篇,莱文(Daniel B. Levine)和刘易斯(John M. Lewis)分别表明,忒奥格尼斯诗歌犹如一座宝库,蕴藏着诗人对一个 pais[男孩]的规诫,内容涉及关乎情爱、会饮(sympotic)和公民(civic)的各类事情,这表明诗歌意欲通过 paideiā[教育]传授政治术;须知,古希腊政治生活的根本就在于用诗教导青年,使他们知晓城邦的价值观。

20. 莱文探讨了忒奥格尼斯诗中教育方面的问题,比如对paiderastiā[男童恋]一词的研究,提供了诗集内语义融合的一个例证:《忒奥格尼斯集》中会饮的习俗,似乎是对城邦场景的模仿。换言之,忒奥格尼斯诗歌用来描述它主要的社会背景——莱文揭示出,这背景即为会饮场合——的语言,一般也适用于描绘城邦。此外,会饮[8]是比它更大的共同体的缩影与模型,一次秩序良好的会饮所具备的特征与一个优良政体的特征相同。这个场合——未来的城邦公民们在此接受教育——突显了两组讯息。首先,通过证明在会饮中举止适度的重要性,点出了由于过度而滋生的社会危机。其次,机智与伪装是一个贵族在战斗中保全自身的核心技能,二者正可以在会饮中磨练出来。

21. 在刘易斯看来,《忒奥格尼斯诗集》中的爱欲语言是对公民行为的一种表达;换言之,忒奥格尼斯诗中的情话同时也是政治话语,男童恋就是对成年公民进行教诲的一种技巧。从构成贵族共同体根基的爱人关系中,可以归结出一个情感术语系统,而从贵族阶层的状况,则可推知城邦政治及伦理健全与否。忒奥格尼斯面对的城邦已经堕落,情爱关系于是充满痛苦,面临这种境况的有情人就像史诗中的英雄一样,须得含辛茹苦。在健全的城邦中,尽管爱欲的攻势可能也很猛烈,但它能驯化年轻人,做好进入社会的准备。然而,拒绝 paiderastiā[男童恋]的青年,就像有关阿塔兰塔(Atalanta)的神话所象征的:逃避自己的本性,出离于人类社会的边界。因此,背弃有情人相当于背离精英阶层,走向相反的一方。

22. 本书第九篇,即最后一篇中,多兰(Walter Donlan)尝试在古希腊社会文化史中评价《忒奥格尼斯集》。多兰探查了一个基本困境,即重述我们最初的感觉:《忒奥格尼斯集》诗歌代表某种"居间"的东西,某种本质上难以捉摸、难以界定的东西。在《忒奥格尼斯集》中,我们看到一种艺术表达方式,它证明诗集既与以往英雄诗歌相关联,又对之有所延续。但同时,荷马与忒奥格尼斯之间的对比,显示出戏剧性的社会变迁,令人感触颇深。《忒奥格尼斯集》中的诗歌力图维护的那些价值,似乎无法被它自己的城邦所理解。友爱的关系作为这些价值的真正根基,总显得难以确定,而背叛则是一种永远存在的恐惧。据多兰所言:"诗歌传统知晓友爱应当如何,然而同时,它也知道友爱已然变成什么样子。"即便在它的不确定与含混中,诗歌仍对城邦构成了反省。

忒奥格尼斯与古麦加拉史料

奥金(Louis A. Okin) 撰
张芳宁 译

[9]1. 对于有关发生在公元前7世纪晚期至前6世纪的历史事件——这些事件与《忒奥格尼斯集》文本的演进同时,我们的了解建立在相当稀少的资料之上,而其中大多数实际上是文学作品。我的目的是通盘考察现有的资料,探寻包括《忒奥格尼斯集》诗歌本身在内的材料中,究竟有哪些先于这些后来的文本而存在,并且要说明,其中哪些地方可称得上是我们对古麦加拉的真实了解。

2. 关于古麦加拉,我们可资利用的最早材料来源于修昔底德(《战争志》,1.126.3–11)。为了解释有权势的阿尔克迈翁(Alc-maeonid)家族所受的诅咒,他叙述了库伦(Kylon)阴谋的故事。雅典人库伦是奥林匹亚赛会的一个胜利者,并且是麦加拉僭主忒阿格尼斯(Theagenes)的女婿。他想成为雅典的僭主,就求得了一个表示赞成然而意思含糊的德尔菲神谕,又从忒阿格尼斯处得到军队,并召集了一些自己的朋友。他夺取了雅典的卫城,但雅典人不支持他[对神谕]的看法,库伦及其党羽很快被包围。库伦和他的兄弟设法逃出,其余人则向以阿尔克迈翁家族的麦加克勒斯(Megakles)为首的执政官们投降。尽管库伦的随从者们已经向雅典娜祈祷,并且得到了只要投降就免受伤害的承诺,他们还是被杀死了。由于这桩渎神事件,那些杀人者及其后裔,包括阿尔克迈翁家族在内,被认为受了诅咒。

3. 库伦在奥林匹亚赛会获胜的日期是已知的,由于这个原因,修昔底德的叙事成为确定忒阿格尼斯僭政存续年代的重要原始资料。①修昔底德的记录中有许多[10]在希罗多德的相关描述(《原史》,5.71)中找不到的细节,包括库伦与忒阿格尼斯的姻亲关系。所有修昔底德版的新细节,在朗格(Mabel Lang)看来,要么是传闻,要么是特为给阿尔克迈翁家族辩护而作的添加材料。②假如朗格所言确实,我们对于忒阿格尼斯及其所处年代的看法将不得不彻底修正。然而,她的论据仅在于:库伦之所以被虚构出这桩婚姻,是因为人们相信他靠裙带关系才攫得权力,这个论据无法令人信服。一位比籍籍无名的忒阿格尼斯更为重要的人物,大概是颇有权势的科林斯僭主居普色鲁斯(Kypselos),他的女儿无疑会更合此节。③再者,有关库伦阴谋,修昔底德似乎比希罗多德掌握更多、更可靠的资料。希罗多德说"Naukrāroi[纳乌克拉洛司]的长官们"当时"治理"着雅典(5.71),且负责平定叛乱,似乎不那么可信。④

4. 在公元前 5 世纪的史家中,唯有修昔底德直接或间接地谈到忒奥格尼斯时代的麦加拉。我们有关这一时期的其他信息,都来自其后的资料,只有一条除外,这条信息来自麦加拉原来的历史传说。该例外是一段文字,主要涉及发生在萨摩斯(Samos)岛的历史事件。它被记载于普鲁塔克的作品中(《希腊问题》57 =《伦语》303E –304C)。在此,普鲁塔克回答以下问题:"为什么宴会厅在萨摩斯被称为 Pedētēs[脚镣堂]?"普鲁塔克解释说,这是萨摩斯和麦加拉之间一场战争的结果。麦加拉人曾袭击萨摩斯人在普洛庞提斯(Propontis)的殖民地佩林托斯(Perinthos)。萨摩斯土地所有者们的统

---

① 库伦于公元前 640 年成为奥林匹亚赛会的获胜者。他阴谋夺权的时间在这个日期与前 621 年(德拉古[Drakon]立法)之间。详细的讨论参见 HCT 1.428–430。
② Lang(1962),页 243–249。
③ Sealey(1976),页 105,注 5。
④ Macan(1895),页 214,论及希罗多德《原史》5.71.5;Sealey(1976),页 105,注 5。

治集团,Geōmoroi[领主],派出一支由 9 位将军统领的救援远征军。萨摩斯军得胜,俘获了六百名麦加拉人,还有一些他们本打算用来锁战俘的脚镣。这个时候,将军们决定要推翻领主的政权。当萨摩斯政府送来一封信,命令给战俘戴上他们自己的脚镣并送往萨摩斯的时候,谋反的人给俘虏们看了这信,就成功地让他们倒戈参加了叛乱。麦加拉人给戴上做过手脚的镣铐——看起来很牢靠,实际并未锁紧,很容易除下,他们还配有刀剑。当他们在萨摩斯的议事厅内,列队给领主展览的时候,他们突然除下脚镣,[11]并杀死了吃惊的寡头们。早已明显痛恨领主统治的萨摩斯人,为那些愿意成为萨摩斯人的麦加拉人授予了公民身份,还建造了一座巨大的建筑,在其中供奉那些废弃的脚镣。因此,他们称这座建筑为"脚镣堂"。

5. 普鲁塔克在公元 1 世纪末至 2 世纪初之间进行写作,其资料依赖于更早些的写作者。就此一事件,他的材料来源不明。有这样两种合理的可能性。其一为亚里士多德。①在《希腊问题》中,普鲁塔克大量使用了有关各种形态之政体的大型文集,该文集由亚里士多德及其学校吕克昂学园(Lyceum)汇编而成。②无疑,普鲁塔克熟悉《萨摩斯政制》(*Constitution of the Samians*),在《伯里克勒斯传》(*Life of Pericles*)中,他两次提及这个题目(26 = 辑语 577 Rose 辑录;28 = 辑语 578 Rose 辑录)。

6. 普鲁塔克的第二个来源可能是萨摩斯史家杜里斯(Duris)。杜里斯研究了在亚里士多德的继任者——泰奥弗拉斯托斯(Theophrastus)治下的吕克昂学园(*FGH* 76 Text 1 - 2)。后来,在其他历史作品之外,他写了一部他的母邦的地方志——《萨摩斯编年史》(*Samian Chronicle*)。尽管普鲁塔克从未提到这部作品的

---

① 亚里士多德本人不太可能写作普鲁塔克所使用的所有政制论文,但他或许确实曾组织和指导它们的创作。

② Giessen(1901,页 446 - 471)曾令人信服地论证了这一点。

名字,雅可比(Felix Jacoby)在他的亡佚希腊史家引文(残篇)集中,仍然看似合理地将普鲁塔克的4段引文归于此书(*FGH* 2A,144-146,152-155)。其中一段(*FGH* 76 F 67 = 普鲁塔克《伯里克勒斯传》28)引用杜里斯对公元前441年至前440年萨摩斯—雅典之战的描述,不可能出自这位作者的任何其他著作。在《希腊问题》的其他章节,普鲁塔克似乎也有可能征引《萨摩斯编年史》。关于萨摩斯习俗的《希腊问题》第54-57章或许全部来自杜里斯。①杜里斯作品尤其像是《希腊问题》第56章(=《伦语》303D-303E)的出处。该段落称,在萨摩斯可见到的某些古代骸骨,属于天神狄俄尼索斯军中的大象。这些大象在对亚马逊人(Amazons)的战斗中阵亡。这个故事不会出自《萨摩斯政制》,其原因有二:首先,通常的解释认为,[12]萨摩斯的史前骸骨属于名为内德斯(Neides)的巨兽,而非大象(Halliday,1928,页208)。在一位赫拉克雷得斯(Heracleides)②所做的亚里士多德《政制》(*Constitutions*)节录中,曾提到萨摩斯的内德斯(*FHG* 2.215 = 辑语611 Rose)。由于赫拉克雷得斯的缘故——假如考虑到他的节录原文与现存的《雅典政制》极为贴近,③那么,《萨摩斯政制》所取的即为上述通常解释,而非《希腊问题》第56章中就化石骸骨

---

① Halliday(1928),页203。雅可比在 *FGH* 3b 材料466中也赞同Halliday的看法,认为《希腊问题》第54-57章出自某个作者,但相较于杜里斯,他更属意曼诺多图斯(Menodotus),后者是公元200年前后的一位萨摩斯编年史家。由于普鲁塔克在他为数众多的其他作品中,从未引述曼诺多图斯,但却12次提及杜里斯之名,故我觉得雅可比的论证不足取信。

② 这位赫拉克雷得斯的身份尚存争议。Bloch(1940,页31-33)曾对学者们提出的各种身份做一总结。在页33-39,Bloch论述,这位节录者乃是2世纪时学者莱姆博斯(Herakleidei Lembos),这一观点得到Dilts(1971,页8)的支持。Bloch的论证尚未得到一致赞同;Weil(1960,页101,注37)对这位节录者的身份持中立态度。

③ Sandys(1912),前言,页36。Weil(1960),页101,注37。

的来历所给出的那种说法（Halliday，1928，页203）。其次，《希腊问题》56所讲的故事，基于一些很可能在亚历山大大帝时代之后产生的对天神狄俄尼索斯的想象。据这些想象，狄俄尼索斯首先征服印度（India）；之后，在返回希腊的途中，他又击败了亚马逊人（同上，页207－211）。既然如此，普鲁塔克此段就不会得自亚里士多德。①《政制》的写作时间或许太早，不会受这些想象的影响。②然而，杜里斯的写作要晚几十年，那时，有关狄俄尼索斯与印度及亚马逊人的传说已广为人知。③此外，他对狄俄尼索斯传奇式的冒险感兴趣。在一个残篇中，他讲述过狄俄尼索斯的印度战事（*FGH* 76 F 27）。④因此，杜里斯是普鲁塔克《希腊问题》第56章所征引作者人选中最合逻辑的一位。

7.《希腊问题》第57章的来源难以判断是亚里士多德还是杜里斯。这段文字解释了一个特殊的词的用法，但这事实本身并无用处。两位作者都留下了一些这样的解释。《萨摩斯政制》中即有一个，解释短语"围绕着橡树的黑暗"（辑语576，Rose）。[13] 在《萨摩斯编年史》中，杜里斯解释了，为何"穿得像个多里斯人"这个表达已变成"没穿外衣"之意（*FGH* 76 F 24），而在《论诺谟司》一书中，他说明了何以"穿上护胸甲（thōrēssesthai）"已意味着"把自己灌醉"（*FGH* 76 F 27）。我以为，证据更为倾向杜里斯作

---

① Nock（1928），页21－29。在页26－27，Nock表明，有关狄俄尼索斯征服印度的观念，出现时间不会早于4世纪最后10年。

② Halliday（1928），页203；*FGH* 3b材料467。

③ 杜里斯的残篇中，日期可以确定的最晚近的事件是281年吕西马库斯（Lysimachus）之死。该篇出自他的《马其顿历史》（*Makedonika*）。我们的确不清楚杜里斯作品写作的先后次序，但他似乎未曾写过任何一件4世纪最后10年之前的事件。

④ *FGH* 76 F 27，出自杜里斯的《论诺谟司》（*Peri Nomōn*），这个题目的确切译法尚无定论；见 *FGH* 2C 122和奥金（1974），页127－128（另参奥金，1980）。

为普鲁塔克的来源。《希腊问题》第 57 章出现在一系列有关萨摩斯事务的问题中。由于它们都出自同一位作者,普鲁塔克遂如此排列,这合乎逻辑。①亚里士多德显然并非《希腊问题》第 56 章的材料来源(参第六节)。无可疑义,杜里斯是整个系列问题的来源。此外,《希腊问题》第 57 章具有强烈的戏剧特性,杜里斯的诸多残篇正是如此。普鲁塔克所写的这一章节中,列队穿过街道、未锁紧的镣铐以及对领主的突起杀戮,令人忆起杜里斯对一次雅典人进攻埃吉纳岛(Aegina)时唯一幸存者的命运的戏剧性描述(FGH 76 F 24),[这些场景]并且具有那种生动和悬念,普鲁塔克在犯学究气的时候,就以此指责杜里斯用他的叙述"作了一出悲剧"(FGH 76 F 67 =《伯里克勒斯传》28)。②最后,《希腊问题》第 57 章与杜里斯对狄俄尼索斯印度之战的叙述(FGH 76 F 27)有一些结构上的相似点,借此可将两段文字作一清晰对照。两段文字都对阴谋诡计发生兴趣。两者都以同样的顺序展演各个事件:对一个诡谋的描述、这诡谋成功而凶暴的结局,以及解释这个不同寻常的词的用法。

8. 无论其来源是什么,普鲁塔克叙述的基本事实都没有理由受到质疑。萨摩斯本土史实的书写早至公元前 5 世纪(Euagon, FGH 535)。亚里士多德和杜里斯都提到了 Euagon,至少,杜里斯应该会了解有关岛上那幢名字古怪的建筑物的当地传说。虽然一些主要事件——因佩林托斯而起的战争和对领主的大屠杀,皆属史实,但某些情节并不清楚。为什么领主任命 9 个人为将军,结果个个背信弃义?③或许普鲁塔克压缩了这一处的

---

① Halliday(1928),页 203,以及 FGH 3b Text 466。

② 这一指责并未妨碍普鲁塔克,从频繁引用杜里斯来看,他从根本上喜爱生动的表述。他 12 次提及杜里斯的名字,而且无疑在其他地方还不公开地引用过他。比如,对观普鲁塔克《伯里克勒斯传》(26.3 - 4),就在他发牢骚前两段,以及 FGH 76 F 66。

③ Jeffery(1976),页 214,他认为 Geōmoroi[贵族]知道将军们不可信,希望这些对政府不满的人能够永远待在培林透斯。

情节,[14]其现存的样貌也无法指明民众仇恨领主的原因。①

9. 有关公元前 7 世纪和前 6 世纪麦加拉的资料,主要保存在三位作者的作品中:亚里士多德、普鲁塔克和泡赛尼阿斯(Pausanias)。泡赛尼阿斯提供的信息多数不太重要;关键性文本都出自另外两位。而仔细审查之后,两者又可归结为一,因为亚里士多德(或至少吕克昂学园)很可能是普鲁塔克版本的麦加拉历史的来源。长期以来就有人认为,普鲁塔克在《希腊问题》(18 =《伦语》295D;59 =《伦语》304E – F)中有关麦加拉的叙事得自亚里士多德的《麦加拉政制》。②《希腊问题》第 18 和 59 章显然相互关联。这两篇都谈到 Palintokiā[归还利息],《希腊问题》第 59 章为麦加拉"无拘无束的民主制"下产生的混乱提供进一步的例证——《希腊问题》第 18 章已给出一些例证了。因而,这两个章节必定出自同一个来源。由于《麦加拉政制》一文的存在(辑语 509 Rose = Strabo 7.7 C322),且其中必定曾包括一个有关历史的部分,如同现存的《雅典政制》一样,另外,由于《希腊问题》对《政制》系列其他诸篇有所征引,因此,逻辑上,《麦加拉政制》乃是普鲁塔克的资料来源。③唯一合乎情理的其他文献,即麦加拉当地的历史传统书写,似乎并不可能。在《希腊问题》第 16 章(=《伦语》295A – B),普鲁塔克完全忽略了麦加拉人对他们自己早期历史的看法,这说明在编纂其他《希腊问题》篇章的时候,他也并未求助于麦加拉当地史家们(Halliday,1928,页 92)。以上论述还能有所扩展——当他们描绘麦加拉的民主政制时,亚里士多德和普鲁塔克在言辞上还有诸多相似。

---

① 有关这个插曲的史实问题,以及忒奥格尼斯诗集时代的麦加拉的其他所有历史问题,参 Legon(1981)和费格拉的年表。
② Giessen(1901),页 446 – 471;Halliday(1928),页 92。
③ 亚里士多德的名字确曾被提到,见《希腊问题》14 =《伦语》294C,《希腊问题》19 =《伦语》292B。

亚里士多德的《政治学》(1302b)中,[麦加拉的]民主政体由于在那里大行其道的无秩序(ataxiā)和无政府而归于覆亡。对于普鲁塔克(《希腊问题》59),民主政制"没有节制",而且由于"他们政府的无序",没有能力惩戒犯罪者(Legon,1981,页104 – 105)。总而言之,认为《麦加拉政制》是普鲁塔克写作麦加拉部分的资料来源,似乎颇有道理。

[15] 10. 亚里士多德和他学园中的其他成员们,当然与他们所记述的那些麦加拉事件并不同时。他们必须研究资料,得出他们自己的结论。由于探究吕克昂学园的资料来源非常困难,我们的结论只能是假定性的。

11. 尤其令人感兴趣的是,亚里士多德和他的学园是否使用过《忒奥格尼斯集》。他们通常密切关注诗歌,将之当做一种历史资料。《雅典政制》(5,12)频繁引用梭伦的诗句。在其他作品中,也曾引用提尔泰奥斯(Tyrtaeus)的诗作。①这就有些奇怪:《忒奥格尼斯集》就算被引用,也用得很少。亚里士多德和普鲁塔克记述的重大事件——归还利息(Return – Interest)、攻击德尔菲的使者、洗劫神殿,以及归来的流亡者的胜利——都无法与忒奥格尼斯的记述相对应。②

12. 尽管似乎不大可能,仍有些人认为,亚里士多德关于贵族们被放逐以及财产被充公的叙述基于下述诗行:

他们用暴力强夺财产(忒奥格尼斯,行677)

因为天命如此,然而我未见有天谴即将
报应那些凭暴力掠夺我家产(khrēmata)的人……
(忒奥格尼斯,行345 – 347)

---

① 亚里士多德,《政治学》1306b – 1307a;《尼各马可伦理学》1116a。
② 对这些事件的讨论,见费格拉的年表。

> [16]……它也唤醒了我满怀愁苦的内心呐,
> 只因别人占去了我那膏腴的土地,
> 我那些骡子也不再拉起我那弯曲的犁——
> 这都是由于令人注意的另一次航海。
> (忒奥格尼斯,行 1199 – 1202)①

但是,从这些《忒奥格尼斯集》的诗句中,亚里士多德无法得到有关放逐者的回归以及他们推翻民主政体的资料(《政治学》,1302b,1304b)。②

13. 普鲁塔克的《希腊问题》第 18 章(=《伦语》295D)中,提到败坏民人的政治煽动家(demagogues)。假如有任何值得注意的东西,那么在此交代这些人的底细再理想不过。但是,普鲁塔克没有提及以下诗行所刻画出的麦加拉新主宰们引人注目的写照:

> 居尔诺斯呵!城邦毕竟是个城邦,可民众是另一回事,
> 从前,他们对正确和礼法一无所知,
> 用裹着老旧、粗糙毛皮的赤脚践踏,
> 在外气吁吁有如山间赤鹿;
> 而今他们成了好人(agathoi),从前被视为高贵的东西(esthloi),
> 如今成了鄙屑的东西(deiloi)。
> (忒奥格尼斯,行 53 – 58,[译按]刘小枫译文)

---

① 译文从纳吉文,52 节。无论最末一句实际意味着什么,古典时期的希腊人都已将其解释为指称放逐。
② 更深入的讨论,见本书费格拉文。

14. 普鲁塔克只有一段文字可能基于忒奥格尼斯的诗（West，1974，页68）。普鲁塔克这样描绘"无拘无束的民主制"的到来：

> [17] 麦加拉人驱逐了僭主忒阿格尼斯之后，一个短时期内，他们在政制上还能保持清醒（sōphrōn 的动词）。后来，按照柏拉图的说法（《王制》562D），民人们已完全为那些政治煽动家灌输进他们脑子里的绝对自由所败坏（动词 phtheirō）了……（普鲁塔克《希腊问题》18 =《伦语》295C – D）

把这段描述与下列诗行对比：

> 居尔诺斯呵！这 polis[城邦] 在孕育，我担心她可能，
> 产下一个人，作为对我们邪恶肆心（hubris）的矫治。
> 邦民们心智还健全（sōphrones），可众人的领导者们（hēgemones）
> 已变得极为堕落低贱。
> 从未有过，居尔诺斯！高贵者（agathoi）毁灭一座城邦，
> 但任何时候低劣之辈（kakoi）总以肆心（hubris）为乐，
> 败坏（动词 phtheirō）民人（dēmos）、作出不义之判决，
> 只为他们自己的利益与权力……
> （忒奥格尼斯，行 39 – 46）

上述诗行可能指涉忒阿格尼斯僭政之前的那个时期。①然而，既然柏拉图认为僭主制来自民主制，②那么普鲁塔克所引资料的作者可能已经亲眼见到那些领导者（hēgemones），像民主制

---

① West（1974），页68；本书纳吉文，14 节注释。
② 柏拉图，《王制》，562，普鲁塔克本人恰恰引用了这一段。

中的公共政治煽动家一样,他们"已变得极为堕落低贱"。①假如一位作者相信这一点,他或许已经用这些诗句来补充关于麦加拉民主政治起源的其他资料。可以想见,忒阿格尼斯倒台之后,有关政制的"健全"(sōphrōn)本性的观念,只能基于这位诗人的说法:直到被低劣的领导者败坏之前,邦民们仍然健全。邦民被"统统败坏"(动词 phtheirō),[18]这一说法的理路或许源自"他们[领导者们]败坏(动词 phtheirō)民人(dēmos = 晚期希腊的平民)"这几个词(对观 West,1974,页 68)。但是,民人被败坏的原因可能太多,忒奥格尼斯的诗句中和普鲁塔克其他文段记述的事件中都无法发现端倪。

15. 考虑到吕克昂学园的通常习惯,忒奥格尼斯的诗歌没有留下更多痕迹的确是咄咄怪事。或许有人认为,诗集的原始版本要比现存的丰富,而在我们得到的有关麦加拉当地事件的文献之外,还有大量这类文献由于缺乏泛希腊的感染力而随着时间佚失了。这种看法不仅无法得到证实,也过于异想天开。难道会有人认为那些描述穷人侵占富人住宅的字句(普鲁塔克《希腊问题》18 =《论语》295D),或者写醉醺醺的暴民将满载妇女儿童的马车赶入湖中的诗(普鲁塔克《希腊问题》59 =《论语》304D - F)会缺乏广泛的感染力?我们没有得到这些诗句,我以为,是因为它们始终不曾存在过。

16. 对于忒奥格尼斯诗歌缺少可证文献这一问题,最简单的解释方法是:亚里士多德和他的弟子们故意忽略了这些文本。亚里士多德的老师柏拉图认为,忒奥格尼斯是西西里的麦加拉许伯莱亚人,亚里士多德可能信从他这种观点。②他和他的弟子们可能因此认为忒奥格尼斯的诗与麦加拉问题无关,并且,为了

---

① West(1974,页 68)也持这一看法。至于认为这些领导者代表旧贵族中堕落分子的观点,见本书纳吉文,29 节。
② 柏拉图《法义》630A。见本书费格拉文,17 - 20 节。

获得证据,他们有可能竟然把这部诗集从他们得到的资料中清除出去。那个存在借用可能的例子(14 节中的行 39 – 46)可以解释为,这些诗句已然渗透进亚里士多德所取原始资料的叙述性散文语境中,因此他没有察觉。

17. 假如关于麦加拉的历史证据并非源自忒奥格尼斯的诗集,吕克昂学园的资料来源又是什么呢?这个问题难以解决且广有争议,此处只能简要提及。有关最早期事件的碑铭和其他文献证据主要当是记录在木片上(on wood),因此数量不会太丰富。从现存《雅典政制》的应用体例来看,口传记忆也不可能是主要来源。①无论怎样,在他的著作中,亚里士多德和《麦加拉政制》的作者(可能是也可能不是亚里士多德)需要更丰富的原料,[19]数量超过机缘巧合地由碑铭和回忆提供的那些——须得能够编年记录整个麦加拉历史,并论及具体的政制实践和变迁。②能找到这类资料的地方,最明显就是《雅典政制》的作者曾经找寻资料的地方——即所讨论的这座城邦当地的史家。③

18.《麦加拉志》(*Megarika*)四位作者的名字保存至今:普拉

---

① Day 和 Chambers(1962),页 5 – 12,谈到早期文学。
② 重申一次,亚里士多德确实未曾写作全部 158 篇《政制》。他可能写作了《麦加拉政制》,因为这座城邦在公元前 5 世纪至前 4 世纪诞生了一座重要的哲学学园(Guthrie,1969,页 499 – 507)。作为吕克昂学园的领导者,亚里士多德的门徒和继任者,泰奥弗拉斯托斯是另一个可能的作者人选;他曾写下的《麦加拉论》(*Megarikos*,第欧根尼·拉尔修,《名哲言行录》,5.44),似乎是一篇哲学论文(*FGH* 3b *Noten* 230)。无论麦加拉在哲学上有什么贡献,它都还不是政治和制度事务上的领袖。对这座城邦的研究可能被分派给学园中的少数成员。来自麦加拉殖民地黑海赫拉克利亚(Heraclea Pontica)的卡玛厄雷翁(Chamaeleon),应当会具备必要的背景和兴趣。有证据表明,他的生活年代与《麦加拉政制》的成书时间吻合;参本书费格拉文,37 节。
③ 至于《雅典政制》作者对雅典本土编年史家的征引,参 Day 和 Chambers(1962),页 5 – 12,并充分参考早前的讨论。

客西翁（Praxion）、迪乌基达斯（Dieuchidas）、赫拉阿斯（Hereas）和赫拉戈拉斯（Heragoras）。①后两位（可能是同一个人）的年代无法确定，尽管有一个公元前 4 世纪或前 3 世纪的日期颇具可能性。②然而，普拉客西翁和迪乌基达斯看来像是一对父子，并且可确定年代为公元前 4 世纪。③因而，廊下派的作者们会用到他们的著作。

[20] 19. 只有在最不寻常的情况下，吕克昂学园才会无视这些本地历史。本书的另一位作者论述道，《麦加拉志》和其他的本地编年史不同，并非这座城邦的真实历史。恰恰相反，[其中记叙的]那些历史只和神话时期与麦加拉建城起源有关，因而，

---

① 这些作者的残篇被收集在雅可比，*FGH* 3B，编号 484 – 486 和 Piccirilli（1975）两处。

② 有关界定赫拉阿斯和赫拉戈拉斯年代的困难，见 Piccirilli（1975），页 56 和 75。Dover（1966，页 206）认为，"没有一点点正面证据能证明，公元 3 世纪之后存在任何一个麦加拉史家"。

③ 普拉客西翁和迪乌基达斯的年代基于以下资料。亚历山大的克莱门（Clement）指责，迪乌基达斯剽窃了勒斯波斯（Lesbos）的赫拉尼库斯（Hellanicus）的作品《丢卡利翁传》（*Deukalioneia*）（*FGH* 485 T 1 = T 1 Piccirilli = 亚历山大的克莱门，《杂文集》[*Stromateis*] 6.26.8）。不言而喻，这项指控确定迪乌基达斯的年代晚于赫拉尼库斯，后者死于公元前 395/394 年。更为重要的，这表明克莱门依据的材料来源只征引公元前 300 年之前的著作者（Wilamowitz，1884，页 240 – 241；对观 *FGH* 3b *Noten* 231 注 4）。既然迪乌基达斯的年代被确定为公元前 4 世纪，那么，就可以合乎逻辑地认为他和德尔菲（Delphi）的一位麦加拉祭司是同一个人，这位祭司的名字出现在几处碑铭中，年代为公元前 338/337—前 330/329，被称为"普拉客西翁的儿子"（《德尔菲出土材料》卷三，[*Fouilles de Delphes*] 3，雅可比在 *FGH* 3b *Noten* 231 注 5 引用并加以论述）。得益于他的历史写作，迪乌基达斯的角色大体受到承认。从其他证据中，我们知道普拉客西翁写过一部《麦加拉志》（*Megarika*，*FGH* 483 F 1 = 残篇 1 Piccirilli = Harpocration，参看"Skiron"条），显然，他的历史写作时间比这还要早。对观 Prakken（1941）。

吕克昂的麦加拉资料依赖其他来源。① 尽管这种立场背后有巧辩作支持,我还是感觉它并不可信。迪乌基达斯的残章断片的保存是最完好的,他的《麦加拉志》就可以找些断片为基础勾勒出大致轮廓,② 也更容易被解释为一种按照年代顺序的记述,这比其他方式都更能触及当时的历史时代。③ 再者,除了众多神话资料,那些麦加拉史家(Megareis)也被作为某些历史事件的来源征引。④ 在希腊语的通常用法中,这些麦加拉史家应当是指"麦加拉当地史家";企图用一个更为精巧的臆断来把这个证据搪塞过去,这种做法似乎不太可靠。⑤

20. 麦加拉本土编年史家对僭主忒阿格尼斯和麦加拉民主政治的确切态度不可知。但是可以复原他们可能的看法。处身于寡头政治的城邦,他们会憎恨僭主——一切寡头中最令人憎恨的家伙。生活在一座最大敌人乃民主制雅典的城邦中,他们不会赞赏民主制。加之当时还存在这种更为复杂的抑古冲动。在这一时期,麦加拉与雅典之间这场力量悬殊的纷争已经蔓延开来,导致麦加拉的损失,尤其是萨拉米斯。相比承认军事上的弱势,麦加拉人更愿意

---

① 本书费格拉文,5-18节。
② 第一册,丢卡利翁(Deukalion)和洪水的故事(*FGH* 484 T 1 = T 1 Piccirilli = 亚历山大的克莱门,《杂文集》6.26.8);第四册,斯巴达立法者吕库古(Lycurgus)的时代和家世(*FGH* 484 F 4 = 残篇 4 Piccirilli = 克莱门,《杂文集》1.119);第五册,有一项指控,说梭伦和(或)庇西特拉图(Peisistratos)在《伊利亚特》中篡入诗句,来强调雅典与萨拉米斯(Salamis)关系密切,在公元前7世纪至前6世纪雅典与麦加拉争夺萨拉米斯岛的背景下,这种指控最为可信。(*FGH* 484 F 6 = 残篇 6 Piccirilli = 第欧根尼·拉尔修 1.57)。
③ 见 *FGH* 3b Supp. 2.279 注 13,为回应 Prakken(1941,页 351)把迪乌基达斯著作描绘成"一本当地爱国小册子"的企图,雅可比在该处作了尖锐评论。
④ *FGH* 487 F 12 = 残篇 21A Piccirilli = 泡赛尼阿斯 1.40.5;*FGH* 487 F 13 = 残篇 23 Piccirilli = 普鲁塔克,《伯里克勒斯传》30.2。
⑤ 对这一问题的讨论,见 Dover(1966),页 204-206 以及 Piccirilli(1975),页 79-82、138-140。

将他们的失败归咎于党争。于是,萨拉米斯失利的责任被归因于他们的一些放逐者的背叛。①[21]在这样一种视角下,麦加拉史家很可能留下对忒阿格尼斯政权及民主政治的苛刻评价。

21. 对这些曲解,廊下派诸人或许还结合他们的原料作了自己的添加。吕克昂不是僭主的朋友,对民主政治的极端形式亦侧目而视。对亚里士多德来说,公元前5世纪的雅典民主政治定然是"一种堕落的政制中最堕落的"。②廊下派其他人同持这一否定看法。③

22. 由于这种偏见已经影响了我们现存的史料,因此,要复原忒奥格尼斯诗集中诗歌演变所历经时代的麦加拉的历史最为困难。必须小心对待这些史料,更须能察觉字里行间的暗示。④无论如何,若我们想增广学识,就得对这些问题多加考虑。

---

① *FGH* 487 F 12 = 残篇 21A Piccirilli = 泡赛尼阿斯 1.40.5。
② Day 和 Chambers(1962),页61。
③ 比如,法勒隆(Phalerum)的德米特里乌斯(Demetrius)就曾写过一篇对雅典民主政治的全面攻击,标题为《给雅典人的迎头痛击》(*A Denunciation of the Athenians*,第欧根尼·拉尔修,《名哲言行录》,5.81)。
④ 有关复原古麦加拉历史的努力,参 Legon(1980)和费格拉的年表。

诗人眼中的母邦
—— 忒奥格尼斯与麦加拉

纳吉（Gregory Nagy） 撰
张芳宁 译

诗人与社会

[22] 1. 假如我仍然保有财产（khrēmata），西蒙尼德，①
[23] 我就不会如此悲伤，如我当年②那样，与贵族们（ag-

---

① 本文给出译文仅为解读使用，并非译定稿。文中所引《伊利亚特》或《奥德赛》原文的编码可上下扩展。梭伦及其他诉歌诗人（除忒奥格尼斯）作品据詹梯力（Gentili）和普哈图（Prato）1979 年的编本（以下简称 GP）。诗句编码以怀斯特（West）的 1971 年及 1972 年版为准，用括号标出。除非格外指明，忒奥格尼斯诉歌引文皆据怀斯特本。除为本文提供襄助的人们以外，我还想感谢以下诸位的宝贵建议：James R. Baron, Ann Bergren, David A. Campbell, Carrie Cowherd, Olga M. Davidson, Caroline E. Dexter, John D. B. Hamilton, Albert Henrichs, Leonard Muellner, William H. Race, James Redfield, Nancy Rubin, Seth Schein, 以及 Calvert Watkins。很少有人赞同普哈图的下述说法（很大程度上根据西蒙尼德斯这个名字）：这些诗行应属于埃厄诺斯（Euenos），格罗宁根（Groningen, 1966, 页 267 – 269）不带偏见地概括了支持这一看法的论据。就算诗人埃厄诺斯是忒奥格尼斯名下行 472 的真正作者，文本中惯常出现的忒奥格尼斯和其他诗人共享一个对句的现象通常也可以解释为他们以传统的诗歌语词为共同遗产。有关这一点的详细阐述见本文 33 – 38 节。

② 有关行 667 处 ἄν ἦν [惯常]的句法，见 West(1974)，页 157。

athoi)①相杂处。

可如今它们[即财产]舍我而去,尽管我富有见识(I was aware),②我喑哑无言

[670]因我丧失财产,③纵使我见识卓异(I would be…aware),远胜许多胞民,④

[我见到]我们被大浪裹挟,白帆弃置一旁,

暗夜如墨,我们已漂出米洛斯的海湾,

他们犹然不愿舀干船舱积水,海水狂暴

冲刷着两舷。人人临渊而立

[675]不得幸免,由于他们所作所为。他们赶走领航员(kubernētēs),

这高贵(esthlos)的人,他机警有素。

他们靠暴力(biē)攫取财产(khrēmata)、颠倒乾坤(kosmos);

再没有什么平均⑤分配,对于公共利益⑥;

脚夫掌管城邦,卑劣(kakoi)凌驾于高贵(agathoi)。

---

① 有关句法,见格罗宁根(1966),页263-264。

② 行669处的分词 γινώσκοντα[知道]显然是阳性单数宾格,不是阴性复数主格,参忒奥格尼斯行419: πολλά με καί συνιέντα παρέρχεται[许多发生过的事我都明了]。

③ 另参忒奥格尼斯行419-420: ἀλλ' ὑπ' ἀνάγκης/σιγῶ…[但我不得不/沉默……],另参忒奥格尼斯行177-178。

④ 此处译文从West(1974,页157)的解释。而在另一项研究中,我会给出将忒奥格尼斯行670的ἄν[即使]修订为ἐν[因此](这也将影响 πολλῶν[许多]的翻译)的理由,其根据为在其他诗句中发现的类似现象,如阿基洛科斯(Archilochus),辑语201W。

⑤ 此处 isos[平等的、相等的]一词指成员间实质的平等,参Detienne(1973),页96。

⑥ 短语 es to meson 字面意义为"正在中间",指的是标志着社会分配秩序井然的财产公社化,参Cerri(1969),页103。

[680]我真怕滔天大浪会将这航船一口吞没。

这些要以暗示的言说方式(Let…be allusive utterances, = ainigmata[谜语])由我为贵族(agathoi)隐藏。

一个人会明了,即便遭[将来的]厄运,假如他有智慧(sophos)。(忒奥格尼斯,行667-682)

2. 这些诗句——译文的理由详见下文——呈现出古希腊诗歌一个传统主题的原始样板:城邦苦于社会动乱,或者用一个希腊词汇表达,[24]即stasis[(社会或民众的)动乱],①此处,这场灾难被想象为一场海上的暴风雨,威胁着城邦航船。②如诗句本身透露的,城邦的平衡(equation)建立在一种隐晦而模糊的诗歌语言中,这种语言意图获得agathoi[贵族]或仅仅是"高贵者(noble)"的理解——将那些kakoi[平民]或"卑劣者"排除在外。③ 第681行的短语 κεκρυμμένα τοῖς ἀγαθοῖσιν[为agathoi(贵族)隐藏]表现出这种模糊和排外的特质,同一行中的动词ainissomai[打谜语]的完成时命令式 ἠνίχθω[(它们)要以谜语的方式]也是一样(至于语义学方面,参名词性派生词ainigma[谜语],如索福克勒斯,《僭主俄狄浦斯》,行393、1525)。这同一种模糊和排外的特质是动词ainissomai[打谜语]的词源名词中所固有的:这个词就是ainos[故事、传说、谎言],它表示一种诗人的言说方式,这种言说方式显然只有它属意的听众

---

① stasis的词例见忒奥格尼斯,行51、781、1082。

② 另一个典型的例子在阿尔凯奥斯(Alcaeus)辑语208. V(= 326LP)。注意行1的一个表达 ἀνέμων στάσιν[狂风乱作]。关于措辞的水平,参此辑语第4行的 ϕορήμεθα[被携带]和忒奥格尼斯第671行的 ϕερόμεσθα[被携带]。表示社会动乱的恰当词汇stasis似乎是一个航海概念的隐喻性延伸:stasis的确被证明意指风的"栖息处(lie)"或"环境(setting)"(如希罗多德,《原史》,2.26.2),见Silk(1974),页123。

③ kakoi[平民]确实被排除在外,希望这一点会在讨论进行过程中变得清晰起来。

才能理解。①用布拉格学派的语义学术语来说:ainos[故事、传说、谎言]作为一个编码负载着两条信息——一条给属意的听众的真实信息和一条给其他所有人的错误或歪曲信息。限于篇幅,此处不能详述我在其他地方详列的细节(同上),而且,此处仅举出传统 ainos 语言中所使用的一个词就足够了,该词指称那些听出真实信息的人——这个词就是技艺,在 ainos 的语境中,它的含义并非仅是"有技艺的",而是"具有理解诗歌的技艺"(同上)。这种 sophiē[技艺]适用于诗人,同样适用于听众——既涉及编码者也涉及解码的人,就像 ainos 一样。这项研究的目的之一在于显示:忒奥格尼斯在诗句中向贵族传达的模糊而排外的信息,同样有赖于言说 ainos 所必备的技艺。

3. 对这一理论的阐述——即,kakoi[坏人]被排除在忒奥格尼斯诗句的理解之外,依赖于对我们所讨论的这节诗(段 1)最末一行的解读:

[25]一个人会明了(could be aware),即便遭[将来的]厄运,假如他 sophos[有智慧]。(行 682)②

此处提供的文本沿袭抄件传统,使用 κακόν[厄运]——反对近

---

① 理由见纳吉(1979),页 238 – 242。
② 第 682 行的 γινώσκοι[察觉、知道]可分析出两个可能的宾语:暗示第 681 行的 ταῦτά ……κεκρυμμένα[这些要以谜语的方式被隐藏],以及明确指向第 682 行的 κακόν[厄运、坏]。第 682 行的 καί 可以理解为引人注意其后一词 κακόν[厄运]的明确性,该词最终揭示了目前为止始终隐藏着的东西。相应地,此处的 καί 最好译为"尤其(in particular)",而非"甚至(even)"。关于 κακόν[厄运、坏]的使用,参忒奥格尼斯第 135 – 136 行: οὐδέ τις ἀνθρώπων ἐργάζεται ἐν φρεσὶν εἰδὼς / ἐς τέλος εἴτ' ἀγαθὸν κίνυται εἴτε κακόν[没有哪个人做事情时心里清楚/最终结果究竟是好还是坏(刘小枫译文)]。

代多数编者(除杨格[Douglas Young]外)所采用的校订 κακός [坏的]以及随之形成的另一种诗句解读:

> 即便一个平民也能明了[那些为贵族隐藏的东西],假如他 sophos[有智慧]。

有一个相似的段落支持文本选择 κακόν[厄运、坏],该段的直接语境是在罗列各种社会职能的代表时提及诗人和预言者,作为两种相似的类型:

> 另一个人为奥林匹亚的缪斯的礼物所教导
> 这个人就懂得支配这美好的 sophiē[技艺]。
> 而法力无边的阿波罗让另一个人成为预言者,
> 这个人就知晓厄运,当厄运即将从远处来临。
> (梭伦,辑语 1,行 51－54 GP[＝辑语 13W])①

接下来的两行继续说,纵使一个人有这种预知灾祸的能力,也无法阻止命定要发生的事(梭伦,辑语 1,行 55－56)。②

[26]4. 忒奥格尼斯的这段诗(段 1)包含一个类似的主题:即使诗人已经预见到将发生的事,他还是遭受丧失 khrēmata[财产]的灾祸(行 667－669)。动词 gīnōskō[知道]在此出现两次,标示的不仅是诗人过去对等待自己的厄运的觉察(行 669),也有诗人目前对海上风暴

---

① 参预言者忒奥克吕墨诺斯(Theoklymenos)对邪恶的求婚者们说的话: ……ἐπεὶ νοέω κακὸν ὕμμιν[因为我看到/灾难正降临你们](王焕生译文)](《奥德赛》,卷二十,行 367－368)。关于对作为 dēmiourgoi[精通某种技艺者]的 aoidos[诗人]和 mantis[预言者]的传统对比,见纳吉(1979),页 233－234 对《奥德赛》第十七卷第 381－387 行的讨论。

② 参梭伦辑语 1 第 56 行(＝辑语 13W)中 oiōnos[预言鸟]的上下文,以及忒奥格尼斯第 545 行(本文 20 节以下的讨论)中同一词的上下文。

威胁城邦航船的体认(行670)。连词οὕνεκα[引导从句(that)]依托于gīnōskō[知道]的第二次出现,①直接引出罹乱的航船这个中心形象,而前后两次出现之间的类似性表明:诗人财产的丧失与风暴中的城邦乃是一对平行的主题。罹乱的航船这一形象在该段的末尾被重提以引起注意,gīnōskō[知道]在此处第三次也是最后一次出现:

> 这些要以暗示的言说方式由我为agathoi[贵族]隐藏。
> 一个人会明了,即便遭[将来的]厄运,假如他sophos[有智慧]。(行681-682)

诗人已经遭受这场不幸,但当他和贵族在一起时(行668),他极为不愿直接向他们提起自己的经历;相反,他向他的听众婉转诉说,而他们被明确指定为贵族(行681)。对他们来说,察觉未来灾祸的关键在于了解风暴中航船这一形象内加密的隐藏信息。为了获得这一体认,听众须得是sophoi[有智慧的(复数)],如同诗人是sophos[有智慧的(单数)]。

5. ainos[故事、传说、谎言]具有内在的措辞,如品达和巴克基里得斯(Bacchylides)的凯歌(epinician poetry)便如此运用,这种内在的措辞能够表明,保持诗人之为智慧者与听众之为智慧者之间真正的交流纽带,一种方法就是展开philos[心爱的,朋友]及其衍生词。关于这一主题,我在其他地方已有详尽阐述,②此处仅注意忒奥格尼斯诉歌中包含的某种类似观念就够了。为了从这方面来考察《忒奥格尼斯集》中的诗句,重要的是牢记一点:philos作为形容词的单一译法"心爱的(dear)"和作为名词的单一译法"朋友(friend)"不足以传达该词在古希腊诗歌语言中所承载的观念。[27]本尼文斯特(Emile Benveniste)的研究已经显示出,philos传达出一种统一的状态,一种既

---

① 至于结构,参《阿波罗颂》(Hymn to Apollo),行375-376。
② 纳吉(1979),页242-242及236-238。

富于感情又严厉的社会关系;①甚至,一个人对别人所怀有的 philos 感觉的不同等级就是衡量他自身的尺度。② 在 ainos 的观念系统中,诗歌与之进行交流且与之相认同的共同体,实际上可以视为一个朋友的群体。忒奥格尼斯诉歌也是如此:诗人明显在向一个完整的朋友共同体发言,这一共同体就是麦加拉城邦,随着行文的展开,这一点将逐渐清晰。

6.《忒奥格尼斯集》开始于对社会统一的一条注解:在第 1-18 行中向多位神明进行祈祷,其主题关乎奠基(foundation)——共同体的建立。但是,诗中这一正处于奠基的特殊时刻的城邦并非麦加拉,而是忒拜(Thebes):

缪斯和卡里忒斯(Kharites)③,宙斯的女儿们,曾经来到卡德摩斯(Kadmos)的婚礼,唱着美好的诗句(utterance[epos]):④

[28]"美好多么 philon[可爱],而不美好又是多么不 philon[可爱]";

---

① Benveniste(1969),I. 338-353。

② 据施瓦兹(Martin Schwartz)近期文章,该文论及 philos 源自表示位置的词 phi(在"近的"意义上与英文 by 同源),见纳吉(1979),页 103-113,论及 philos 的语义学含义与情感和自我认同(self-identification)的逐级上升观念之间的联系。

③ 这是 Kharis 的拟人化复数形式,在诗歌中,Kharis 被用来描述诗的品质,如《奥德赛》第九卷第 5 行(参纳吉,1979,页 91-92);kharis 同时表达社会层面的同感(reciprocity)和私人层面的愉悦(pleasure)。如《奥德赛》(卷九,行 3-11)中奥德修斯所说,当诗人的吟唱让观众心中涌流起 euphrosunē[欢喜]的情绪,再无什么技艺比这更 Kharis[悦人]了。有关观众的 euphrosunē[欢喜]作为社会凝聚力的象征,参纳吉(1979),页 92(及注释 7);有关 euphrosunē[欢喜]作为传统上在 ainos[故事、传说、谎言]中用来点出 ainos[故事、传说、谎言]场合的纲领性词汇,参本书,页 236(及第 3 个注释)。

④ 关于 epos 不仅指"言辞(utterance)",也指"诗的言辞(poetic utterance)"——如诗中所引的这一句,参科勒(Koller,1972),页 16-24;及纳吉(1979),页 236、271。

从你们不朽的唇间吐露这些**诗句**(utterance,[epos])。
(行15-18)①

在卡德摩斯这位忒拜建城者的婚礼上,缪斯所唱的歌开启了这座城邦,就如同对缪斯的祈祷开启了忒奥格尼斯的诗句。由此,第17行中缪斯的歌奠定了《忒奥格尼斯集》诗歌的总主题。这支歌本身表明美与philon[心爱的,可爱的]的东西等价,在这里,形容词philos的中性形式用来表示将社会联接为一体的制度上和情感上的纽带。换言之,缪斯之歌的美即是忒拜的社会统一,同时,引申开去,《忒奥格尼斯集》诗歌之美也维系着麦加拉的社会统一。

7. 除去philos[心爱的,朋友],卡德摩斯的新娘,Harmoniē[哈摩妮亚](赫西俄德,《神谱》,行937、975)的名字也传达出社会统一的主题。事实上,作为一个抽象名词,Harmoniē[哈摩妮亚]在古代诗歌的词汇中被用来表示"和解(accord)"之意(如,《伊利亚特》卷二十二,行255)。此外,该词不仅能传达出社会统一,也传达着审美(esthetic)上的统一,在音乐的意义上大致与"和谐"对应(如索福克勒斯,辑语244,Radt)。构成Harmoniē的动词词根,即ar–ar–iskō[结合、相合]中的ar–,实际上能够承载歌曲之美:

……他们的歌儿相遇(fitted together)是如此之美
(《阿波罗颂》[*Hymn to Apollo*],行164)②

---

① 注意行18中停顿前/句末的韵脚……*átwv*/……*átwv* 与行17中……*φίλον ἐστί*[是可爱的]/……*φίλον ἐστίν*[是可爱的]的对应。或许韵律形式本身即包含着harmoniē[和谐]的意义(详见下文)。有关这种韵律形式的更多论述,见纳吉(1974),页99–101和(1979b),页628。

② 至于古希腊词根ar–与诗歌技艺和木匠手艺有关的更多传统用法,见纳吉(1979),页297–300。

换言之，Harmoniē[哈摩妮亚]概念中包含音乐之美与社会统一的内在等式，这是缪斯之歌——也是忒奥格尼斯的诗中传递出的信息。①[29]如此，对缪斯的祷歌显示出忒奥格尼斯的诗基于这样一种观念：成为 philos 乃最优秀的品质。重复一句：和 ainos 一样，忒奥格尼斯的诗与一个表面统一的 philoi[朋友们]群体相连。

8. 在缪斯祷歌之后的诗句中，《忒奥格尼斯集》诗歌的主体开始了：

> 居尔诺斯呵！让这封印(sphrēgis)由我封缄，当我运用诗艺(sophiē)
> 于这些诗行(epos,复数)，如此它们[即诗行]便永远不会被偷偷窃取，
> 也没有人能用低劣取代它们原有的纯正(genuine)②，
> 人人都会说："这些诗行(epos,复数)属于麦加拉的忒奥格尼斯，
> 他在所有人中享有盛名。"(行 19-23)

为了理解忒奥格尼斯的 sphrēgis[封印]，应当重新考察同一诗行(19)中的词 sphizomai[运用诗歌技艺]。复言之：sophiē 作为"诗歌技艺"的含义中包含一个 ainos、所独有的观念——同时，也是《忒奥格尼斯集》诗歌独有的观念。③借由诗人自身的技艺，为忒奥格尼斯诗歌所封缄的封印保证了对诗人传达信息的正确理解。任何在错误的语境

---

① 参同上，注意形容词 arthmios[一致的、相伴的]（同 arariskō 和 harmoniē 一样，源自词根 ar-）与形容词 philos 之间的语义对应，如在忒奥格尼斯第 326、1312 行；另参《奥德赛》（卷十六，行 427）和《赫尔墨斯颂》(Hymn to Hermes，行 524)。

② 有关 esthlos 作为"纯正(genuine)"（以及相应的"好"或"高贵"），见 Watkins(1972)。

③ 或许，忒奥格尼斯第 19 行的 sophizomenōimenemoi 的巧妙音律（参本页注释1）正传达出 sophiē[技艺]的意义（参第 6 节注释，对似乎传达出和谐意义的音律的论述）。在这种情况下，忒奥格尼斯的诗歌技艺就是他的 sphrēgis[封印]。

中对诗人言辞的使用都将被判为盗用,对诗句的任一审改都无疑将曲解诗句的信息,并从而产生——又一次地——一个错误的语境;而在正确的语境中,[30]这些诗句将提供证明且赋予忒奥格尼斯作为一名真正的诗人的荣誉。第 20 和 22 行中出现的 epos[诗行,复数]必然是首次将《忒奥格尼斯集》诗歌作为一个整体提出,但是,第 16 和 18 行中对 epos 的使用——在前文(6 节)曾提到——引用缪斯之歌为眼下讨论的两处 epos 的用法设定了色调,将缪斯之歌与忒奥格尼斯的全部诗行连接在一起。此外,由于缪斯之歌在实际开启忒奥格尼斯诗歌的祷歌中被引用,她们歌曲的主题——重复一遍——恰恰奠定了《忒奥格尼斯集》诗歌的基调。这一主题为 philos 的品质赋予了荣耀,人们又一次被导向那一预期:忒奥格尼斯的听众乃是一个完整的朋友共同体。

9. 事实上,上文(8 节)引用诗节的最后两句表明,忒奥格尼斯的听众范围不限于当地,而是面向整个希腊,并且,忒奥格尼斯的诗值得全希腊的认可(行 22 – 23):

> 人人都会说:"这些诗行(epos,复数)属于麦加拉的忒奥格尼斯,
> 他在所有人中享有盛名。"

然而,紧接着的下一句——它和有关诗人在全希腊未来境遇的前一诗行组合为一个完整的诉歌对句,这同样表明忒奥格尼斯的诗在他自己的城邦麦加拉尚未获得普遍认可:

> 但我还未能取悦所有邦民。(行 24)

10. 这一失败甚至被诗人视为自然:

> 这并不奇怪,**珀吕帕俄斯**(Polypaos)的儿子呵,甚至宙斯

撒布雨露或晴空丽日都不能令他们个个喜悦。
但我将怀着好意,向你指出这样一些事情
那是我自己,居尔诺斯呵,在孩童时从高贵者那里学来的东西。(行 25–28)

[31]这暗示着,忒奥格尼斯给居尔诺斯的忠告代表社会秩序,恰如宙斯掌管的天气代表自然秩序——宇宙秩序本身。

11. 在这方面,忒奥格尼斯对其共同体的态度有如通常的立法者。那么,一位立法者的功能——如下文将显示的——是创立社会秩序,然而荒谬的是,在统一社会的过程中,立法者已然从他的共同体中疏离出来。就这一疏离感问题,首先最应当考究有关梭伦的雅典传说,如普鲁塔克所记述的那样(普鲁塔克,《梭伦传》25.6)。当他立的法获得通过,社会秩序也最终在雅典得以建立之后,这位立法者发觉他在共同体中的存在立即变为一种破坏性:城邦公民们一直赞扬或指责法律的这个或那个方面(赞扬或指责),不断地让梭伦自己去修改他为他们制定的法典(同上)。正是在这样的背景下,普鲁塔克的记述中出现了梭伦在自己诗句中倾吐的心声:

在重大事务上很难取悦所有人。
(梭伦,辑语 9 GP[= 辑语 7W])

再引一次忒奥格尼斯的诗句(参本文 9 节):

但我还未能取悦所有邦民。(行 24)

12. 普鲁塔克接着叙述了梭伦对变更法典的威胁做出的回应,他彻底离开共同体并在外远航游历了十年(《梭伦传》25.6)。而且,梭伦的法律——原本希望延续一百年——只在这十年的誓言期间内得到了完全的保护(希罗多德1.29.2;亚里士多德《雅典政制》7.2、11.1;《梭伦传》25.1、6)。斯巴达关于他们的立法者吕库古(Lycurgus)的传说也是类似的模式,这传说仍出自普鲁塔克的记述(普鲁塔克,《吕库古传》29.1-4):吕库古的法典一被采用且最终确立了社会秩序,他就让斯巴达人发誓他们不得改变这部法典,直到他从德尔菲游历归来。他通过再未返回斯巴达而使这部法典永存:吕库古在异乡[32]绝食而死(《吕库古传》29.8、31;埃福罗斯[Ephorus],见《古希腊历史著作辑语》[*Fragmenta Historicorum Graecorum*]70 F175,见阿里安[Aelian]《历史集》[*Varia Historia*]13.23)。① 由于立法者习惯上被想象为持有修改自己所立法律的权利,随着立法者自身远离共同体,改变他的法典的危险也远离了——无论通过自愿的放逐还是死亡。②

13. 在有关一个特定立法者的传统叙事说法中,他的法典是静态、不变的;然而,在理论之外的现实中,法典是动态的,很容易被不断演化的社会秩序影响而发生修订和增添。例如,希罗多德(1.65.2-1.66.1)记述了公元前5世纪斯巴达的传说,将城邦的社会秩序——当地语言称之为 kosmos③——完全归功于吕库古。可是他名下的事件和法令能够标示如此不同的时期,这些事件和法律甚至贯穿了几个世纪。据克塞诺芬尼(Xenophanes)说,吕库古活跃于"赫拉克勒斯之子(Herakleidai)的时代"(《斯巴达政制》[*Con-*

---

① 参 Szegedy-Maszák(1978),页208。

② 参 Szegedy-Maszák(1978),页207。在吕库古的情况中,立法者选择既放逐又死亡。传说吕库古死于克里特岛(Crete),他也确实葬在此处(普鲁塔克,《吕库古传》31.7、10);同样是在克里特,吕库古找到了他的法典中可采用的法律并把该法典带回斯巴达(《吕库古传》4.1)。希罗多德记述道,据斯巴达当地传说,吕库古从克里特带来他的法典(1.65.4),他又补充说,据另一个传说,吕库古的法典得自德尔菲的神谕(同前)。

③ 参普鲁塔克,《吕库古传》4.3,to kosmion[井然有序的](参本文25节及该节注释)。

stitution of the Lacedaemonians]10.8)。他被希罗多德(1.65.4)认定为斯巴达国王拉波塔斯(Labotas)的叔父和顾问,与这位国王相关的时间在公元前900年左右(Tigerstedt,1965,页72)。作为斯巴达法律大公约(the Great Rhetra)的颁布者(普鲁塔克,《吕库古传》6.2),吕库古大约当活动于公元前9世纪或前8世纪;作为方阵的创始人,他或许属于公元前8世纪;作为比提尔泰奥斯年长的同代人,他应属于公元前7世纪(同上,页73)。另外,他实际上被确信是发生于公元前6世纪中叶一系列社会革命的主导者。①一位专家这样总结道:"就其神话般的难以捉摸和意义丰富的隐匿而言,吕库古是斯巴达传说的集大成者。"②

[33]14. 考虑到古希腊神话传统的总体旨趣——这一点可追溯至各种文化习俗中一个人物的原始创作——这样的难以捉摸大概也就不足为奇了。③而且,吕库古形象那种难以捉摸的样貌在忒奥格尼斯自身的形象中有所对应。像立法者的法典一样,忒奥格尼斯的诗歌本身呈现为静态不变的。忒奥格尼斯的 sphrēgis[封印](见本文8节行19-23)实际上被刻画成一种保证,确保永远没有人能篡改诗人的词句(同上,行20-21)。然而,在理论之外的现实中,忒奥格尼斯的诗是动态的,很容易被不断演化的社会秩序影响而发生修订和增添。但诗人总归存在,注视着这一切——尽管事实上人们发现那些事件贯穿的时代大大逾越了个体的生命时间。此处仅举出年表中通过诗句内证最容易证实的两端就足够了。其中一端,忒奥格尼斯在诗773-782行暗示公元前479年波斯人对麦加拉大区(Megarid)的入侵(有关这一点见泡赛尼阿斯[Pausanias]1.40.2);④另外一端,39-52行戏剧性地描述了忒阿

---

① 同上。参 Finley(1968),页145:"公元前6世纪的革命从而是一个复杂的过程,其间伴随着某些变革和大量的修正,以及对那些似乎永存'不变(unchanged)'的成分的重建。"
② 亦参 Tigerstedt(1965),页73。
③ 参 Kleingünther(1933)。
④ 亦参 Theognis 757-764。

格尼斯（Theagenes）僭政之前麦加拉的形势，这段僭政大概开始于公元前 7 世纪的第三个 25 年。① 此外，甚至还有一种可能，忒奥格尼斯这个人物像吕库古一样，与早至赫拉克勒斯的儿子们的时代相关：这里出现了居尔诺斯，这个名字属于作为诗人关注焦点的一位善变的年轻人，也属于希罗多德(1.167.4)曾提到的一位 hērōs［英雄］——该英雄被塞尔维乌斯（Servius，维吉尔，《牧歌》，9.30）进一步证实为赫拉克勒斯之子！ 如此看来，有一点可以确定，忒奥格尼斯的诗同吕库古的法典一样，是与其共同体变革相呼应的动态的法令。

15. 相应地，这一点似乎有助于推进以下理论：忒奥格尼斯的形象代表着麦加拉诗歌传统的一个多重复合体。这一理论的主要优点在于，忒奥格尼斯的诗歌可能由此被评价为巧妙、有效地——或许甚至优美地——再现了麦加拉几个世纪的戏剧化动荡。而主要缺陷在于，有关一个历史上真实的忒奥格尼斯的观念可能不得不被放弃。但这并不是说，[34]忒奥格尼斯这个人物没有贯穿于整个《忒奥格尼斯集》诗歌的文本，事实上，这部诗集是因诗歌本身的原因而归于忒奥格尼斯名下。诗歌本身甚而确然塑造出一个人完整生动的形象——一个极为多面的人物，或许，他复杂的面容是他所热爱的麦加拉不断变迁的世界中唯一不变的东西。而且，假如这一理论无异于将忒奥格尼斯说成一个神话，那么事实就是如此——倘若"神话"可以被理解为以叙事和戏剧的形式将特定社会的传统美德编成法典的话。

16. 然而，说忒奥格尼斯的诗单单是麦加拉诗歌，这是不够的。现存的《忒奥格尼斯集》代表着多种麦加拉传统，后者已然演

---

① 参 West(1974)，页 67-68。有关忒阿格尼斯的时间界定，见 Oost(1973)，页 188-189 和 Legon(1981)，页 93、102。库伦阴谋时期，忒阿格尼斯仍然在位（修昔底德 1.126.3-11）。更多关于忒奥格尼斯行 39-52 的论述，进一步见第 27 段以下。

变为一种适合全希腊观众的形式。这部诗集,如诗人自己向居尔诺斯所夸言,适于在全希腊各城邦的会饮中吟唱(行 237 – 254)。①像诗人指出的那样,获得全希腊的承认等于获得永生(行 251 – 252)。但是接下来,结束了本诗节的两行诗,呈现出一个醒目的矛盾。已经很清楚,诗人自身没能获得他听众中的焦点人物——居尔诺斯本人的认可:

> 然而你对我仍无丝毫敬意,
> 只用言辞,②把我当做小孩子哄骗。(行 253 – 254)

同样,这位在第 22 – 23 行(本文 8 节)中夸耀未来全希腊之认可的诗人,在随后下一行声言,在他自己的时代,他未能获得他自己的共同体的普遍认同:

> 但我还未能取悦所有邦民。(行 24)

[35]17. 此处的副词 οὔπω[尚未]值得详细考察,因为它让人注意到第 19 – 23 行(本文 8 节)③和第 237 – 252 行④中描绘全希腊对忒奥格尼斯诉歌赞誉所用的将来时态。诗句本身在它自己的当下与未来之间设置了戏剧张力。在他自己的当下,诗人甚至无法被他自己的共同体所完全接受,在未来,他将不仅被所有的

---

① 更多有关这一重要诗节的分析,见 Sacks(1978)。
② 从忒奥格尼斯行 1263 – 1266 和 1283 – 1294 中类似诗句来看,诗人的意思显然是:"当你说(say)你是我的 philos[心爱的,朋友],你在哄骗我。"见詹梯力(1977)(以及 Tarkow,1977)。
③ λήσει(行 20)、ἀλλάξει(行 21)、ἐρεῖ(行 22)[译注:此处列举皆为动词的将来时态,下一注释同]。
④ πωτήσῃ(行 238)、παρέσσῃ(行 239)、ἄσονται(行 243)、ἀπολεῖς 和 μελήσεις(行 245)、πέμψει(行 249)、ἔσσῃ(行 252)。

麦加拉人而且被所有希腊人认可。《忒奥格尼斯集》的内在证据还表明,这一远景已在意料之中。忒奥格尼斯的诗句,包括预言全希腊之认可的那些诗行,毕竟没有使用本地的麦加拉多里斯诗歌语言,而采用与之并行的伊奥尼亚诉歌语言,这一泛希腊的形式适于将地方性传统转换为其他多种传统——其代表为派洛斯岛(Paros)的阿基洛科斯、斯巴达的提尔泰奥斯和雅典的梭伦。而且,忒奥格尼斯诉歌以目前形式留存下来这一事实证明了它在整个希腊的传播,这一点,从诗中观点来看,等同于整个希腊的认可。①然而,缺乏本地基础:像诗歌本身在第 24 行(本文 16 节)中用副词 οὔπω[尚未]所承认的那样,这样的诗歌在全希腊传播似乎并无可能,忒奥格尼斯必须有朝一日在他的母邦麦加拉赢得普遍认可。

18. 在他的诗歌能真正成为自己城邦的思想形态之前,忒奥格尼斯不得不等待一段大大超越个体生命的时间。[36]从诗中观点来看,该时间段以纷争为标记,而这场纷争开始于僭主忒阿

---

① 在考古和历史证据的基础上,斯诺德格拉斯(A. M. Snodgrass,1971,页 421、435)将泛希腊观念应用于那些始于公元前 8 世纪并加强了希腊城邦之间交流的例子,尤其被如下习俗所证明:奥林匹亚竞技会、德尔菲神谕、荷马史诗。我已将这一观念拓展为一种解经模式,以有助于解释荷马史诗的性质,理由在于,《伊利亚特》和《奥德赛》的不断重构和流传可被设想为一个进程的不同侧面,见纳吉(1979),页 5-9。我还进而把这个观念延伸到赫西俄德的诗,(见纳吉,1982,页 43-49、52-57、59-60),也延伸至《忒奥格尼斯集》。不言而喻,泛希腊化须被视为一个延伸至古典时期的演化趋势,没有多少既成事实被单独认定与公元前 8 世纪有关。从而,许多种类的古风希腊诗歌,包括忒奥格尼斯所代表的诉歌传统,获得泛希腊之地位的时间比荷马和赫西俄德的诗要晚得多。而且,我在《忒奥格尼斯集》中发现了一个与泛希腊流传相伴随、使诗集不断进行重构的平行模式。对这种流传兼不断重构最明显的反应是《忒奥格尼斯集》的最终成型,它并非由当地的麦加拉多里斯方言组成,而是代之以并行的伊奥尼亚诉歌语言,后者实质上与我们在其他古风诉歌诗人的作品中所见相同。

格尼斯在麦加拉的掌权(参亚里士多德,《政治学》,1305a24、《修辞学》,1357b33)。如前面提到的,忒奥格尼斯第 39－52 行中,诗人用戏剧化的言辞向居尔诺斯描绘了正处在这一事件之前的一个时期,其时间界定必然在公元前 7 世纪第三个 25 年的某一段。① 忒阿格尼斯最终倒台并被一个据称温和寡头的政权所取代(亚里士多德,《政治学》1302b30、普鲁塔克,《希腊问题》[37] 295C－D),大约在公元前 6 世纪,后者让位于一个被描述为过度民主的政体(亚里士多德上述引文、普鲁塔克上述引文;Oost,1973,页 192)。值得顺带留意的是,亚里士多德曾提到这一民主政权,作为麦加拉谐剧起源的背景(《政治学》1448a31)。其后,大约公元前 550 年左右,民主政体似乎被一个寡头制但据称温和的政府推翻并取代,该政权在古风时期的余下时间始终延续,并顺利进入公元前 5 世纪(参亚里士多德《政治学》1300a17、1302b31、1304b34)。② 到公元前 550 年,自忒奥格尼斯告知居尔诺斯他担心僭政来袭——这种政制将导向内乱(行 51)——已有超过 75 年的时光在纷争中逝去。大约又过了 70 年,诗人说到波斯对希腊的威胁(行 773－788),再一次使用 stasis[动乱](行 781),不过此处该词并非专指麦加拉的任何具体情势,而指波斯的威胁给整个希腊造成的全面动乱。

19. 那么,我们可以总结一下,从历史的外部视角来看,忒奥格尼斯的诗如同吕库古的法典一样是累积起来的:诗与法典实质上分别将麦加拉和斯巴达的演进具体化了。然而,从诗与法典内部的视角来看,两者皆由个人应对各自共同体所遭受之纷争而创作。

---

① 另参本文 14 节的第 3 个注释。

② 对支持公元前 550 年为终结点的讨论,见 Oost(1973),页 195,注 33。据修昔底德 4.66,寡头政权垮台的结点或可能设在公元前 427 年(参 Highbarger,1927,页 156 和 Legon,1981,页 236)。

正义的拥护者

20. 忒奥格尼斯实际上充当着一位道德权威,类似于吕库古和梭伦那样的立法者。他在第 24 行(本文 9 节)宣布他尚未取得麦加拉所有邦民的认同,[37]这一宣言发出的背景是诗人对他诗歌的坚持,正如梭伦的类似宣言保存在这位立法者坚持其法典的语境中一样。事实上,在强调不可能取悦所有人这一语境中(参行 367 – 370、801 – 804、1183 – 1184b),忒奥格尼斯不止一次地宣告了这种坚持。像立法者吕库古一样——他依据一条习俗将他的法典说成是皮提娅(Pythia)透露给他的德尔菲神谕(希罗多德 1.65.4)——忒奥格尼斯自称从同样的来源得到一个启示:

> 作为 theōros[求神谕者]的人(即)必须
> 更直,①居尔诺斯呵!他须小心在意,②胜过木匠的圆规、折尺和曲尺
> 德尔菲的神的女祭司(即皮提娅)给这人答复,
> 从多脂的祭坛上(opulent shrine)吐露神圣的言辞。
> 假如你从中增添,就再也无法矫正(remedy)③,
> 假如你删减什么,就不免冒渎神明。(行 805 – 810)

这位 theōros[求神谕者]定然非忒奥格尼斯莫属——而且,假如

---

① 此处准确(correctness)或直截(straightness)的形象暗喻 dikē[正义]的"正直(straightness)",如同忒奥格尼斯行 543 – 546(见下文)。
② 有关 dikē[正义]的 phulax[守护者]形象,见赫西俄德,《劳作与时日》249 – 255。
③ 有关这种医学比喻在政治语境中的另一个例子,参 Theognis 1133 – 1134。

存在任何偏离"正直"的"转向",他的 dikē[判决]本身就岌岌可危了——这一点在另一诗节中更为清晰:①

> 我必须作出(render)这个判决(judgment, dikē),居尔诺斯呵!按照木匠的折尺和曲尺(所画直线),
> [38]我必须给两方分配均等,
> 借由预言者、飞鸟的预兆,和燃烧的燔祭,②
> 如此我或许才能避免偏斜(veering),以招致可耻的责难。
> (行543-546)

作为立法者的梭伦也这样作出 dikē[判决]:

> 我为平民和贵族同等地立法,
> 适于对双方作出公正的判决(straight judgment[dikē])。
> (梭伦,辑语30,行18-20 GP[=辑语36 W])

这位立法者的 dikē[判决]之"公正"体现他的公平,在另一处,他的公平与他拒绝增添或剥夺合法地属于双方中一方的东西被相提并论(梭伦,辑语7,行1-2 GP[=辑语5 W]),正如忒奥格尼斯将"转向"等同于增添或删减(行809-810):③伴随着对神谕所发出的启示

---

① 而另一诗节为忒奥格尼斯,行945-948。

② 另外一处 mantis[预言者]、oiōnos[鸟兆]和 hiera[燔祭]的并列,见梭伦辑语1,行53、56,以及行56的单独重复(参本文3节第3个注释):在这一语境中,mantis[预言者]明确依靠飞鸟的预兆和燔祭。忒奥格尼斯第545行处同样使用与格:它们被分析为并列而非对立关系。依据这一论断,这些与格词语不能指涉到忒奥格尼斯第544行的 ἀμφοτέροισι[两者,双方],而最方便的解释是将它们看成与格含义。

③ 在梭伦辑语7第2行和忒奥格尼斯第810行甚至出现了一模一样的词:ἀφελών[剥夺]。

言辞的增添或删减,一个人将发生偏向一边或另一边的"转向"。梭伦接着宣称他保护"双方"且不允许"任何一方"独胜(ἀμφοτέροισι[双方]/ οὐδετέρους[任一方],梭伦,辑语 7,行 5 – 6),正如忒奥格尼斯声言给"双方"同等的份额(ἀμφοτέροισι[双方],行 544)。其他地方也是如此,忒奥格尼斯教导居尔诺斯走"中道(the middle road)"(行 219 – 220、331 – 332),并且不给"任何一方"以属于对方的东西(μηδετέροισι[任一方都不],行 332)。①

21. 忒奥格尼斯作为一位作出 dikē[判决]者(参本文 20 节;行 543)的态度展现于一个特殊舞台上,此处充满神圣和仪式性的小心谨慎(行 545;参本文 20 节第 5 个注释)。这种法律和仪式在主题上相结合的慎重乃是印欧语系的天赋质素,印度法律中的相关证据清楚表明了这一点。在《摩奴法典》(Laws of Manu)中,仪式作为印度法律的基础而出现。而且,[39]这部法律和道德格言文本在习惯上被归入摩奴(Manu)名下,他既是人类种族的祖先,亦是祭司的原型。印度语摩奴(Manu -)的词根 *men –(与英语的人[man]同源)表示他对于仪式"小心谨慎",他在"献祭这门精细技艺"上的精通赋予他无可置疑的权威(Lévi,1898,页 121)。

22.《劳作与时日》中同样如此,赫西俄德对珀耳塞斯(Perses)的警告——宙斯最终将惩罚"不 dikē[正义]的行为"(行 333 – 334),以及诗人劝他兄弟远离这种行为的建议(行 335),都与接下来让珀耳塞斯按照规矩的仪式进行献祭(行 336 – 341)的建议有关。而且,如同在摩奴(Manu -)中一样,*men – 的扩展词根 *menh$_2$ –/*mneh$_2$ 在分词 memnēmenos[处于小心谨慎的状态]中重新出现,这一分词被用在《劳作与时日》中涉及仪式以及道德诫命的各处特殊语境(行 298、422、616、623、641、711、728),这样的道德诫命很清楚地与在印度法律习俗中找到的诫命同源。比如,《摩奴法典》(4.45 – 50)禁止在道路上、步行或站立时、在河里

---

① 另见忒奥格尼斯,行 945 – 948。

时、看着太阳时便溺；同样，在《劳作与时日》中，赫西俄德声言一个人应当 memnēmenos[小心谨慎]（行728），不得在站起身和面向太阳时（行727）或在道路上（行729）便溺，这个禁令还延伸到河流和泉水（行757-758）。①简而言之，《劳作与时日》中仪式慎重与道德正确的并行现象是对印欧法律习俗的反映。

23.《劳作与时日》中传达出这种慎重和正确的词是 dikē[正义]，如333-334行中赫西俄德有关"不 dikē[正义]行为"的警告。②但在这一语境中，dikē 取一般性的含义"正义（justice）"，而非像忒奥格尼斯行543（段20）中的特殊含义"判决"。事实上，唯有当宙斯亲自作出判决时（如同在《劳作与时日》行9处），dikē 才同时承载"判决"和"正义"双重含义。如果任何一个人作出 dikē[判决]，只有这个特殊的"判决"随着时间的流逝被诸神判定为正确，它才成为一般性的"正义"。在《劳作与时日》第39、249和269行，不义之人作 dikē[判决]的特例在这三行中都被指示代词 τήνδε[这个]所标记：人们可以使得女神 Dikē 本身"不直（not straight）"（《劳作与时日》，行224），[40]但最终她将战胜她的对手 hubris[肆心]（"因为正义最终要战胜肆心"，《劳作与时日》，行217-218）。dikē 作为"正义"的偶然性（eventuality）是《劳作与时日》的基本理念，原因在于，这部诗作戏剧性地描绘了一个真实的时间进程，在其中，第39、249、269行中不义王公们的 dikē[判决]经由整篇诗作被改换为宙斯的 dikē[正义]。③在《劳作与时日》的开篇，赫西俄德声言，宙斯的 dikē[正义]才是诗歌的真正完成，因为当赫西俄德向珀耳塞斯述说 etētuma[真实]言辞的时候，宙斯就在伸张 dikē[正义]（行9-10）。

---

① 见 West（1978），页334-335；参 Watkins（1979—1980）。
② 相反，dikē[正义]的反义词 hubris[肆心]表示没能执行正确的仪式，参赫西俄德，《劳作与时日》，行134-139。
③ 为这一解释提供的详细理由见纳吉（1982），页57-64。

24.《劳作与时日》中戏剧化表现出的在赫西俄德生活中从"判决"演化成"正义"的 dikē 或许可以和梭伦夸言为雅典人所行的 dikē(辑语 30,行 18 – 20,见本文 20 节)作一对比。梭伦的 dikē 的参照物是列于这位立法者诗歌之后的真实法典,而赫西俄德的 dikē 则由诗歌展演并在其中戏剧化地表现出来。赫西俄德的道德教喻与这位教喻者自身人格化的集中显然更为古老,因其更接近于印欧律法传统的范式,这种范式从《摩奴法典》的相应证据中明显可见。忒奥格尼斯的 dikē——如第 543 – 546 行所言(见本文 20 节)——也是如此:在诗人的生活戏剧内部表现为个人"判决"的,就是外在于生活戏剧的真正的"正义"。与梭伦不同,忒奥格尼斯在他的诗中没有一个可以宣称为 dikē 的单独的法典。然而,和梭伦一样,忒奥格尼斯夸言自己施行 dikē,仿佛他是一位审判官("我必须……这个判决/作出",行 543 – 544,见本文 20 节):似乎《忒奥格尼斯集》诗歌的要旨——忒奥格尼斯个人生活的戏剧化——等同于对一位立法者之法典的展现。

25. 如此,忒奥格尼斯像赫西俄德一样,既是一位诗人又是法的代表。比较而言,梭伦的形象超越了这种基本的印欧范式,因为据说他有一部独立于其诗歌的成文法典。而吕库古的形象则代表着另一路向上对这种范式的超越,原因在于人们相信他根本没写过诗。但即使在有关吕库古的传说中,对早期的重大事件也有所反映。在普鲁塔克的《吕库古传》(4.2 – 3)中,记录了一位[41]名叫泰勒斯/泰勒塔斯(Thales/Thaletas)的诗人,立法者在克里特岛(Crete,据说他的法典正是取材于此地)遇到这位诗人并将其送往斯巴达。据说,这位泰勒斯外表看来像一位抒情诗人,但他诗歌所发挥的作用却和最出色的 nomothetai[立法者们]作用相似(4.2)。①具体言之,他所作诗歌的形式和内容既在社会又在音

---

① 亦参埃福罗斯,见《古希腊历史著作辑语》,70F 149,出自 Strabo 10.4.19 C482。

乐上制造了和谐(4.3)。①听着他的诗,斯巴达的邦民们变得不那么容易陷入内斗(4.3),在这个意义上,泰勒斯实在可说是吕库古的开路者($προοδοποιεῖν$[开路],4.3)。

诗人预言的普适性

26. 重复一下:从吕库古法典和《忒奥格尼斯集》诗歌的内部视角来看,两者都由个人创作,并与各自共同体所罹患之动乱相呼应。在忒奥格尼斯的情形中,这场动乱实际上构成了诗人特别对居尔诺斯和一般性对共同体所说言辞的核心剧本。然而,我们已经看到,这场动乱发生的时间难以界定。以忒奥格尼斯诉歌第 39 – 52 行为例,其历史背景的确像是公元前 7 世纪第三个 25 年的麦加拉,即忒阿格尼斯僭政之前。②诗人说他担心(行 39)会出现一个僭主。但是,我们同样也看到(本文 14 节),忒奥格尼斯诉歌第 773 – 782 行(参行 757 – 764)的历史背景是公元前 479 年波斯战争期间的麦加拉:诗人说,正值波斯大军威胁城邦之时(参行 775 – 776),他担忧(行 780)希腊人的轻忽和动乱。同样,忒奥格尼斯诉歌第 51 行中,僭主的出现被与麦加拉人的内乱相联系。鉴于如此相互冲突的年代标志,我已论述过,忒奥格尼斯的诗代表着对麦加拉的演变一种累积和生长着的回应(本文 15 节)。但是,这种回应可能如何发生?这一问题尚未得到解决。

[42]27. 我要给出的答案可以在诗歌所描绘的社会动乱的一

---

① 参忒奥格尼斯,行 15 – 18,本文 6 节有关词 harmoniē 的讨论(尤见 6 节 7 节注释)。有关此处普鲁塔克叙述中的表达 to kosmion[井然有序的],参希罗多德 1.65.4 关于 kosmos 作为斯巴达表示社会秩序的当地词汇的记述(13 节)。

② 参本文,14 节(及第 3 个注释)。

般模式中找到。比如,虽然忒奥格尼斯诉歌第 39 – 52 行中首次提及的,多半就是公元前 7 世纪末的麦加拉僭主忒阿格尼斯,但诗中并未真正提到此人的名字,也没有提供任何细节。尽管诗人显得预知一个僭主的出现,但这一情形被一般化甚至普遍化了:

> 居尔诺斯呵! 这 polis[城邦]在孕育,我担心她可能,
> 产下一个人,作为对我们邪恶 hubris[肆心]的矫治(straightener)。
> 邦民们心智还健全,可众人的引领者们(leader[hēgemones])
> 已变得极为堕落低贱(debasment[kakotēs])。
> 从未有过(yet),居尔诺斯! agathoi[高贵者]毁灭一座polis[城邦];
> 但任何时候 kakoi[低劣之辈]总以肆行为乐(behave with outrage[hubris]),
> 败坏 dēmos[民人]、颠倒(unjust)黑白(judgements[dikai])(即,邦民或事务皆无 dikē[正义]),
> 只为他们自己的利益(gain[kerdos 复数])与权力,
> 不要指望 polis[城邦]会长久沉默,
> 即使它现在阒然死寂(serenity[hēsukhiē]),
> 任何时候,低劣者(base[kakoi])中意的利益(gain[kerdos 复数]),
> 总与损公(public)为伴。
> 城邦动乱(discord[stasis 复数])、内战杀戮(killings[phonoi])乃至独裁者(tyrants[mounarkhoi])都由此而生;①
> 我祈祷 polis[城邦]永远不要以此为乐! (行 39 – 52)

---

① 有关 mounarkhos 作为 turannos[僭主]的语气较弱的同义词,见希罗多德 3.80.2/4 的相应内容。

[43]文字表达所描绘的这幅僭主出现的画面太过普遍,它甚至可以用来在梭伦自己的诗中描绘这位雅典立法者本人。忒奥格尼斯对居尔诺斯言道(行40),麦加拉的僭主将是"对我们邪恶 hubris[肆心]的矫治",这个词对应于梭伦借由其法典留下的"公正的 dikē[正义]"($εὐθεῖαν……δίκην$[公正的……正义]:梭伦,辑语30,行19 GP[=辑语36 W])。我们也必须对比梭伦的 eunomiē[优良政制](辑语3,行32 GP[辑语4 W]),它使一切"凝聚"(行32)并"被赋予优良的秩序"(行32);最重要的是,它还"焚尽 hubris[肆心]"(行34)、"矫治扭曲的判决[dikai]"(行36)——这些主题与忒奥格尼斯诉歌第40行的主题相和。

28. 且说,方才引用的辑语3第34行(行8亦同)中,梭伦谴责的肆心属于富人而非穷人。如亚里士多德在他的《雅典政制》中指出,导致作为立法者的梭伦出世的内乱(5.2)始终被梭伦归咎于富人(5.3;)。这并不是说梭伦是一个片面拥护民主政制的人(见亚里士多德《雅典政制》11.2 – 12.1,包括梭伦辑语7 GP[=辑语5 W]),而重点在于肆心和内乱都是梭伦用来标示一个寡头政权不节制的词汇(分别见辑语3,行8/34 GP[=辑语6 W]和辑语3,行19 GP[=辑语4 W])。

29. 由此,我同意以下观点:hēgemones[领导者们],如梭伦辑语3第7行和辑语8第1行 GP[=frr. 4和6 W]中出现的,意思是"民众的领导者们",即民主政制的拥护者们。① 而且,它是"政府(government)"的一种流行说法(如辑语8第1行所明示),甚至出现在 dēmou[民众]……hēgemones[领导者]的组合中(如在辑语3,行7)。② 民众

---

① 见 West(1974),页68。
② 我在此处遵循多兰(1970,页388 – 390)令人信服的论证,即有关梭伦对 hēgemones[领导者们]和 dēmos[民众](=整个 polis[城邦]减去 hēgemones[领导者们])的区分以及亚里士多德对这一区分的误解(如《雅典政制》,12)。在梭伦的用法中,民众包括最贫穷的邦民,但并非单单由其组成。

一词在此处承载着"共同体"更古老也更简单的含义(参梭伦,辑语3,行 26 处:dēmosios[公众,适用于整个共同体])。①因此,忒奥格尼斯第 39－52 行:领导者(行 41)代表 euthuntē[矫正者、管理者](行 40)到来之前的社会精英。从亚里士多德后来的看法中我们得知,[44]忒阿格尼斯掌权时麦加拉社会实行寡头政制(参《政治学》1305a24;《修辞学》1357b33),于是我们料想这个社会的精英人物是贵族,"可是众人的领导者们已变得极为堕落低贱(kakotēs)"(行43),换句话说,这些精英如今是低劣者而非高贵者,诗人实际上也说他们是低劣者(行44)。这个推理过程是:他们必然(must)是低劣者,因为高贵者从未曾毁灭一座城邦(行43)。②这些低劣者被描写成崇尚肆心(行44),借此为了 kerdos[私利]败坏民人(行45)、扭曲正义(行45)。诗人重复说,他们获取私利与败坏民人(行50)相伴随,最后则以详述精英阶层不

---

① 见多兰(1970),页 392－393,注 26。
② 除了行 43 处这个夸张却可以预料的 πω[从未],另参行 41 的 ἔτι[仍然]和行 48 的 νῦν[现在]。在忒奥格尼斯诉歌行 39－52 之后的诗行 53－68 中,kakoi[平民、低劣者]被预见以不同方式出现:不是自内部产生,它此时被视为产生自外部。这一次,kakoi[平民、低劣者]被视作共同体的新加入者,取代了原来的 agathoi[贵族、高贵者]的外人。agathoi[贵族、高贵者]转而被置于 kakoi[平民、低劣者]的位置。如 Gerber(1970,页 277)指出,对原本住在共同体之外、裹着粗糙毛皮的野蛮人的描写与库克洛普斯(Cyclopes)们的形象对应:注意忒奥格尼斯行 54(这些野蛮人既不知 dikai[正义]也不知 nomoi[礼法])和《奥德赛》第九卷第 215 行(这库克洛普斯既不知 dikai[正义]也不知 themistes[神法])的一致。kakoi[平民、低劣者]将共同体内外反转(忒奥格尼斯,行 56－57)、上下颠倒(忒奥格尼斯,行 679)。有关 agathos[贵族]和 kakos[平民]在原初社会政治意义上(上层阶级或下层阶级)用法的变动以及伦理意义的演变(好或坏),见 Cerri(1968);亦见段 30 第 1 个注释和段 39 第 2 个注释。根据伦理意义,agathoi[贵族、高贵者]仅由于受到 kakoi[平民、低劣者]的影响就可能变成 kakoi[平民、低劣者](忒奥格尼斯,行 305－308;参行 317－318)。有关将野蛮人描画成裹着动物毛皮的形象,见 Renehan(1975),页 69,"diphtheriās[衣皮毛者]"条。

可避免的堕落结局作总结。结局是内乱(行 51)、杀戮(行 51)和独裁者(行 52)——诗人所使用的一个语气较僭主弱化的词语。①

30. 现在我们看到,忒奥格尼斯并非是由一个独裁者所代表的精英阶层的片面拥护者,正如梭伦并非民主政制的片面拥护者一样。尽管忒奥格尼斯担忧会出现一个僭主,这个人物仍被描绘为对寡头统治的过度的矫正者。恰恰是寡头统治的过度导致了城邦动乱、杀戮和独裁者。没有什么地方比希罗多德记叙的波斯王大流士(Darius)谴责寡头制和赞美僭主制的那些话更清楚地表明这一点:

> [45] 但在寡头政制中,许多人都想在公共生活中建功立业(aretē),这就必然引发强烈的私仇,②因为每个人都想当领袖,想让自己的意见占上风,结果便引起激烈的倾轧。相互之间的倾轧催生城邦内乱(conflicts[stasis,复数])、内乱导致杀戮(killing[phonos]),而杀戮的结果仍是僭主政制(monarchy[mounarkhiē])——由此可见僭主制乃是一种优良政制!(希罗多德,《原史》,3.82.3)③

---

① 见本文 27 节第 1 个注释。
② 参忒奥格尼斯,行 401 - 406:有人过于渴望 aretē[建功立业](行 402 - 403: πολλάκι δ' εἰς ἀρετὴν/σπεύδει),追逐 kerdos[个人私利](行 403: κέρδος διζήμενος),犯下滔天大罪(行 404);他正是由于把 kaka[卑劣的东西]当作 agatha[高贵](行 405),又把后者当作前者(行 406)才遭神谴。我们在此发现这样一个观念基础:由于贪婪而堕落的上层阶级的道德品质与由于贫穷而堕落的下层阶级的社会政治品性相一致。kerdos[个人私利]与 hubris[肆心]的相关性问题,见忒奥格尼斯,行 835;亦参忒奥格尼斯,行 46 和 50 中出现的 kerdos[个人私利]。
③ 亦参欧塔涅斯(Otanes)赞扬民主政制和谴责僭主制的发言(希罗多德 3.80.2 - 6)以及美伽比左斯(Megabuxos)赞扬寡头制和谴责民主政制的发言(3.81.1 - 3)。在每一次谴责中,肆心都被重点提及:欧塔涅斯的发言中提到 4 次,美伽比左斯的发言中提到 3 次。

31. 与忒奥格尼斯极为相似,梭伦也活跃在一种使他有机会预言僭主庇西特拉图(Peisistratos)出现的时代背景中:在辑语 12 G(= 辑语 9 W)第 3 – 4 行,诗人说城邦已经从 andres megaloi[诸王]的统治中堕落到一个 monarkhos[僭主]的奴役之下,这些诗行被狄奥多罗斯(Diodorus)所引用,作为这位立法者预测那个僭主出现的 khrēsmos[预言]。紧接着的诗行,梭伦自己的言辞清楚表明,以不定过去式说出的有关城邦堕落的断言实际显得像将来要发生的一件事——某件仍可阻止的事情:

> 阻止一个已经大大成长起来的人很困难,
> 一旦发生这种情形,就必须有人采取一切防范措施,以备不虞。(梭伦,辑语 12,行 5 – 6 GP[= 辑语 9W])

32. 简言之,忒奥格尼斯发觉贵族价值观在麦加拉僭主制之前经我们鉴定为寡头制的社会中不合时宜。[46]忒奥格尼斯第 40 行中,"我们邪恶肆心"的矫治者要矫治那些低劣之辈所犯的过度行为,后者将成为这样一个寡头政府的成员。当然,肆心一词也可以含蓄地用于一个民主制或僭主制的成员。①实际上,有一处诗行与忒奥格尼斯第 39 – 42 行相对应,在这里,这个将要出现的僭主显然是肆心的代表:

> 居尔诺斯呵! 这 polis[城邦]在孕育,我害怕她会产下一个家伙
> 一个肆心(hubris)的罪人(perpetrator of outrage),一场大动乱(discord[stasis])的魁首(leader[hēgemōn])。
> 邦民们心智还健全,可众人的引领者们(leaders[hēgemōns])
> 已变得极为堕落低贱(debasment[kakotēs])。(行 1081 –

---

① 参前页,注释 3。

1082b)

这几行诗似乎指涉与我们在对应的第 39 – 42 行中所见的同一个人物,但两处的观点并不相同:尽管第 1082a 行中的领导者或许仍然象征一个自身堕落且被暗指为肆心的寡头集团的代表,但第 1081 行中的领导者,象征着一个僭主的典型,也被指为肆心——这一次的标记却是清晰的。这个僭主将会是犯下肆心之罪的人,而非肆心的矫治者。虽则第 1081 – 1082b 行片面地否定了这位即将出现的僭主,但第 39 – 42 行所持的却是更为公允的——有人或许称之为"梭伦式的(Solonian)"——立场。①

忒奥格尼斯抑或《忒奥格尼斯集》?

33. 在这一联结中,我可以提供一个与怀斯特有关下述诗行的理论不同的选择:忒奥格尼斯第 1 – 1022 行——其中包含对僭主的两个描述之一——将之描述为肆心的矫正者(行 39 – 42);第 1023 – 1220 行包含另一个将僭主说成肆心典型代表的描述(行 1081 – 1082b)。[47]怀斯特认为,《忒奥格尼斯集》的这两个部分乃是从一部大型诗集中抽取的两个选本,该大型诗集今已不传,诗集中主题相近的篇章通常相继排列。②这一观点的立论基于一些文本例证,怀斯特发现,从第 1 – 1022 行中截取的一定数量的诗节——他将这一段称为改良

---

① 参多兰(1970),页 393,注释 27,他用"梭伦式的(Solonian)"来形容忒奥格尼斯行 945 – 946、947 – 948 的内容。有关《忒奥格尼斯集》诗歌与立法者思想的内在亲缘,见上文 1 – 14 节、20 – 25 节。

② 见 West(1974),页 40 – 61,尤见页 54;他进一步将第 1 – 1022 行细分为第 1 – 254 行和第 255 – 1022 行两部分。有关细分的第 1 – 254 行,另见 Gronewald(1975)。

选本(Excerpta Meliora),与从第 1023－1220 行中截取的另一长段诗节——他称之为退化选本(Excerpta Deteriora),两者的主题相当一致。① 改良选本中一个特定诗节和退化选本中一个诗节之间的对应仅仅偶然得出二者真是一对的结果(如行 619－620/1114a－b),这种情况提示怀斯特:那部大型诗集实际上比这两个选本都大得多——以至于对大多数主题来说,它等于一个相似诗节相继出现的巨大样本。② 如此,可以说,假如仅从两个选本中主题相近段落的每个重复诗段各取一个代表性诗节,那么两个选本从特定诗段所取代表性诗节相同的机会将相对较低。而每当从这两个假定选本中抽取到了相同诗节,怀斯特即认为,这一对诗节中,从第 1－1022 行中所取的较优,从第 1023－1220 行所取则较劣——由此他得来改良选本和退化选本的说法(West,1974,页 54)。但怀斯特自己又指出,所谓的退化选本常比所谓改良选本更忠实地遵循那部大型诗集表面的次序(同上,页 54－55)。并且,怀斯特有时不得不承认,退化选本特定诗节的写法实际上优于改良选本(如行 1109 与行 53－57 之间的对比)。③ 因此我建议,放弃这种改良本和退化本乃是源于同一个更大诗集的较好与较劣编本的想法。作为替代,现在我将论证,所谓改良本和退化本是《忒奥格尼斯集》诗歌传统不同时期的选本。

34. 一旦提出不同时期这个问题,就不应当不考虑《忒奥格尼斯集》中那些通常被认为节选自梭伦和其他诉歌作者的诗节。在怀斯特的《忒奥格尼斯集》编本中,[48]这些诗节是:行 153－154/梭伦

---

① 参 West(1974),页 54:当相似的一段段诗行[即,从改良或退化选本截出]交织排列,贯穿于两个连续选本中的连接脉络并未模糊,反而更清晰了,这就令人期待:这种整合能否让我们更接近原貌,然而仍然存在许多无法弥合之处。

② 参相似主题的阿提卡短歌(Attic skolia)的重复诗章,存于 Athenaeus 694C 及以下[=《宴饮诗集》(Carmina Convivialia)辑语 884 及以下]。

③ West(1974),页 150。

fr. 8. 3 – 4 GP[= fr. 6 W];行 227 – 232/梭伦 fr. 1. 71 – 76 GP[= fr. 13 W];行 315 – 318/梭伦 fr. 6. (1 – 4) GP[= fr. 15 W];行 585 – 590/梭伦 fr. 1. 65 – 70 GP[= fr. 13 W];行 719 – 728/梭伦 fr. 18. (1 – 10) GP[= fr. 24 W];行 795 – 796/米涅奈尔姆斯(Mimnermus) fr. 12. (1 – 2) GP[= fr. 7 W];行 1003 – 1006/提尔泰奥斯 fr. 9. 13 – 16 GP[= fr. 12 W];行 1017 – 1022/米涅奈尔姆斯 fr. 12. (1 – 2) GP[= fr. 4. 4 – 6 W]。①我认为,在两位不同诗人的文本传统中那些相似成对的诗句,也像在单个诗人如忒奥格尼斯文本传统中一样,不能仅仅被草率地当作一个文本变动(transposition)的问题。②正如贾尼尼(Pietro Giannini)和其他人搜集的证据清楚表明的,使用惯用语不仅是忒奥格尼斯,也是梭伦、提尔泰奥斯、米涅奈尔姆斯和其他所有古代诉歌诗人的共同修辞特征。③而且,诉歌五音步格的惯用语尽管与荷马和赫西俄德的六音步格同源,却独立于后者。④在《忒奥格尼斯集》中出现的相似的对句,或《忒奥格尼斯集》与某位其他诉歌诗人作品的对应——即使仅有几个诗行完全吻合,都可以看做是口传诗歌发生作用的结果,我们在此可以发现一些相似的主题,它们被当做论题发展过程中产生的类似成果,这一点接下来将通过一些极为一致的惯用语范式表现出来。在此之后,我将尽力简短地阐明这一主张。

35. 无论我们在何处遇到现存诉歌文本中的相同对句,它们之间形式上的些微分歧都与大量的一致具有同样的启发性,因为任何一对特定诗句中每一方所含不同措辞与双方一致的措辞一样,都能被证明为惯用语系统的一部分。比如,让我们来考查下面这一对对

---

① 有关《忒奥格尼斯集》中这些诗节选录自其他诗人这一看法的详细阐述,见如 West(1974),页 40;参 Legon(1981),页 107。

② 例如在忒奥格尼斯第 153 – 154 行/梭伦辑语 8,行 3 – 4 GP[= 辑语 6 W]中,我们注意到克莱门[《杂文集》(*Stromateis*)6. 8. 7]认为这两个对句都属于其他诗人,甚而指出了两者在措辞上的差别。

③ Giannini(1973);亦参本书中格林伯格所作附录。

④ 另参 Giannini 和 Greenberg;亦见纳吉(1979b)。

句,不同的措辞以下划线标出:①

> τίκτει γὰρ κόρος ὕβριν ὅταν πολὺς ὄλβος ἔπηται
> ἀνθρώποις ὁπόσοις μὴ νόος ἄρτιος ᾖ.(梭伦辑语 8.3 – 4 GP[=
> 辑语 6 W])

> [49] τίκτει τοι κόρος ὕβριν, ὅταν κακῷ ὄλβος ἔπηται
> ἀνθρώπῳ καὶ ὅτῳ μὴ νόος ἄρτιος ᾖ.(忒奥格尼斯,行 153 – 154)

此处,梭伦的……ὄλβος ἔπηται/ ἀνθρώποις ὁπόσοις……(省略号用来区隔诗行)不同于《忒奥格尼斯集》的……ὄλβος ἔπηται/ ἀνθρώπῳ καὶ ὅτῳ……,它和《忒奥格尼斯集》另一诗节中相同上下文使用的措辞一致:……ὄλβιος οὐδεὶς/ ἀνθρώπων ὁπόσους……(Theognis 167 – 168)。同样地,此处《忒奥格尼斯集》的……καὶ ὅτῳ μὴ νόος ἄρτιος ᾖ 与梭伦的……ὁπόσοις μὴ νόος ἄρτιος ᾖ 不同,和《忒奥格尼斯集》中的……ὅτῳ μή τις ἔνεστι δόλος(忒奥格尼斯,行 416/1164f)以及……καί σοι πιστὸς ἔνεστι νόος(忒奥格尼斯,行 88/1082d)一致。此外,在这里,梭伦的……ὅταν πολὺς ὄλβος ἔπηται 异于《忒奥格尼斯集》的……ὅταν κακῷ ὄλβος ἔπηται(同样留意κακῷ在忒奥格尼斯行 151 的位置),和梭伦的……ὅτῳ πολὺς ἄργυρός ἐστι(梭伦 fr. 18.1 GP[= 24 W]/忒奥格尼斯,行 719)。

36. 比较上述这些典型的相似诗句,可以这样推测:在不同诗人名下,或甚至在同一首诗的不同版本中存在的相似诗节,它们之间措辞的相同和相异反映了诗歌曾经口头流传。在口传诗歌中,一首特定的"诗"至少会在某种程度上借助每一次的表演进行重组。②

---

① 以下两节诗的翻译,见本文第 48 节。
② 有关表演—重组(recomposition - in - performance)的概念,见 Lord (1969),尤其页 13 – 29。

当然,重组过程中措辞变易的程度不仅取决于一个诗人经常吟诵那些作品,也取决于某一诗歌传统所代表的习俗是稳固还是多变。然而,在习俗多变的情况下,只要表演因素仍然存在,那么书写因素也可能不足以促使文本立即固定下来。一首特定的诗歌可能通过书写途径变成文本,但残存的表演传统会在文本的每一个抄件中留下印痕,特别是,措辞的众多变体将反映出一个持续存在的表演—重组的过程。那些典型的相似诗句对古阿拉伯和古波斯诗歌研究都有帮助。①为了[50]具体说明这一点,可以借助《罗兰之歌》(*Chanson de Roland*),它的三个最古抄本中,没有一行相同的诗。②

37. 那么,我认为,那些经证实确实出自古希腊诉歌的对句,它们之间的差异多半并非反映某方面的编辑退步,而是反映了惯用语为适应不同创作目的而发生的变化。而且,口传诗歌持续进行重组这一重要因素甚至可以为处于不同演变阶段的"同一首(same)"诗提供佐证。比如说,忒奥格尼斯第39-42行有关作为肆心矫治者的僭主,这似乎是对公元前7世纪第三个25年间麦加拉局势的回应,但这个回应更适合于公元前550年之后某个时期的传统——假使我们承认这一时期是麦加拉最初的"温和"寡头政制之终结点的话。③至于

---

① Zwettler(1978),尤其第四章,"古阿拉伯诗歌传统中的变异与归属";Davidson(1983),页158-200。以菲尔多西(Firdawsī)《王书》(*Shāhnāmah*)中的一段诗节为例,Davidson在余下篇幅中论证了"基于相似措辞表达相似主题,这段诗中的每一个词都可以找到与之相似的措辞"(页181);有意思的是,这一段诗节的每个主要文本变体皆是如此。

② Menéndez Pidal(1960),页60-63。参 Zwettler(1978),页207;Davidson(1983),页182。对于使诗歌传统减少变动的因素,Zwettler做了如下的有益总结(页207-208):"特定社会中,可能存在超越于传播的支配因素,如正规的教授;社会、政治、物质或宗教上的认可和奖赏;帮助记忆的各种技巧;或者,相当有代表性地,文本证据自身的外部和内部构造。"

③ 有关支持公元前550年作为终点的证据,见Oost(1973),页195,注33;有关一个不同意见(用约公元前580年代替前550年),见Legon(1981),页134。

忒奥格尼斯第1081－1082b行,它们可能是处于麦加拉历史不同时期的"同一首"诗。而且,从理论上讲,这一诗段的时期与其说更晚,不如说更早。在这些诗句中,缺少我曾称之为"梭伦式"的那种立场,说明这个演变时期的取向更倾向地域性,而非泛希腊化。①关于这一点,怀斯特在他的忒奥格尼斯诉歌编本中提到的所有"节录"都值得留意,这些节录属于梭伦和其他诉歌诗人,出现在所谓的改良本而非退化本中。这种趋同显示出,在主题上,被怀斯特称为改良本的这部分《忒奥格尼斯集》诗歌更趋近于从梭伦、提尔泰奥斯、弥涅墨斯乃至其余诉歌诗人作品中发现的泛希腊取向。然而,我要强调一点,对于忒奥格尼斯诉歌的所谓改良本和退化本中使用惯用语的情况,迄今还没有证据能做出年代上的区分——我们仅仅知道,退化本在主题上更远离泛希腊取向,或许反映了一种对麦加拉更为与众不同的态度。

38. 但事实上,无论《忒奥格尼斯集》文本中某些诗行是否比其他诗行更富有地方性,[51]它们都表现出一种朝向泛希腊视野的倾向,由于城邦特有的地方性被掩盖起来,那么在任一城邦都可能出现的一般情形——如僭主的出现——就会凸显出来。②考虑到作为一种类型的延续性,无论是第39－52行(本文27节)还是第1081－1082b行(本文32节)都没有必要特指麦加拉的僭主忒阿格尼斯。这两个诗段适用于各种各样的城邦中各种各样的政制境遇。

---

① 关于泛希腊主义作为一个相对而非绝对的概念,见本文17节注释。

② 在费格拉(本书第五篇21节)所描述的古麦加拉殖民模式中,也许能找到麦加拉诗歌传统最终泛希腊化的一个历史原因。亦参 Svenbro (1982),页958:他描绘航船载着麦加拉移民有如"一座寻找陆地的城邦 (cette polis à la recherche d'une terre)",这一描绘可与忒奥格尼斯行667－682中城邦航船的形象作一对比。

城邦的衰微,人的堕落

39. 肆心的代表可能在寡头、僭主和民众领袖之间变换,但在忒奥格尼斯诉歌中有一点始终不变:诗人自己一直是正义的化身。①从而,他始终是肆心的反对者。比如,忒奥格尼斯声称他必须在双方之间公平作出 dikē[判决]的诗句(行 543 – 546,本文 20 节)紧随着警告谨防肆心的诗行——这两行诗可能与接下来的四行诗原是一段:

> 我担心,珀吕帕俄斯的儿子,肆心(outrage[hubris])将毁掉这城邦,
> ——同样的肆心妄为已毁灭肯陶人(Centaurs),这些生啖肉食的家伙。(行 541 – 542)②

---

① 同样,其至一名僭主在理论上也可能代表 dikē[正义]。见本书福德文关于雅典僭主希琶库斯(Peisitratid Hipparchus)箴言诗的讨论。(亦比较希罗多德 5.56.1 与希琶库斯相关联的诗句,这句诗类似于[例如]忒奥格尼斯,行 1029。)循此线索,我们也可以考虑忒奥格尼斯(Theognis)和忒阿格尼斯(Theāgenēs)名字的相似含义:"genos[breeding,血统、谱系]来自神(们)的人"(参本文 43 – 44 节)。忒奥格尼斯的诗句在诗歌传统的一段时期内似乎被当作属于僭主忒阿格尼斯。当然,忒奥格尼斯诗 39 – 42 应代表一个更晚些的时期,此时诗中的诗人和僭主已经区分开。尽管如此,诗人虽在这些诗句中谴责僭政的出现,但仍用言辞说明了僭主对社会的矫治作用,这些言辞恰恰也曾被用来形容梭伦所实施的社会矫治术(见本文 27 节)。

② 参 Apollodorus 2.5.4:肯陶人弗洛斯(Pholos)给他的客人赫拉克勒斯(Herakles)拿出烤肉,而他自己吃自己的那份生肉(αὐτὸς δὲ ὠμοῖς ἐχρῆτο)。参忒奥格尼斯第 53 – 58 行(本文 29 节第 4 个注释中论及)可能用来贬斥贵族的描述,此处使用的词句与库克洛普斯们也相称。

[52]同样,在第39－42行(本文27节)和第1081－1082b行(本文32节)这一对诗句中:麦加拉的领导者们受责于他们分别或明或暗的肆心,这随之成为高贵者堕落为低劣者的征兆。① 第1081－1082b行谴责的焦点更集中于僭主而非寡头,但即使这一变体也暗示,僭主的肆心乃由于他之前的领导者们——这些堕落的精英人物的肆心而成为可能。

40. 古希腊其他城邦的传统也是如此,最初的肆心苗头无一不在有钱有权的精英人物中发现。最引人注目的一个例证是诗人弥涅墨斯对克洛丰人(Colophonians)的下述描写,诗人自称是他们中的一员:

> ……而我们,自以为是的暴虐(biē)者,筑居
> 美丽的克洛丰(Colophon),我们这些带着致命肆心(outrage[hubris])的领导者(leaders[hēgemones])。
> (弥涅墨斯,辑语3,行3－4 GP[＝辑语9 W])

"克洛丰的肆心"这一表达实际上是一句谚语(*CPG* I p. 266. 6－7)。有关这座城邦之肆心的进一步证明见阿忒纳乌斯(Athenaeus,526C),他记述道,肆心导致了turannis[僭主政制]和内乱。这一主题使人想起忒奥格尼斯第51－52行(本文27节),该处麦加拉的肆心带来了内乱和独裁者。具体到克洛丰人,用阿忒纳乌斯的话来说(526A),②这些人的肆心主要表现在对财富的奢侈无度,他在此语境中引用了克塞诺芬尼第三则辑语(GP[和W]):在诗人的感性描述中,堕落的克洛丰人被说成是从典型的堕落的吕底亚人(Lydians)人那里学到了奢侈(行1)。彼时这座城邦[克洛丰]还未

---

① 参本文29、32节。
② 亦参亚里士多德《政治学》1290b14,他说克洛丰人中的绝大多数都广有财富。

曾经历僭主政制（行2）。①最终毁灭克洛丰的当然是肆心，而其中蕴含着对麦加拉的教训：

[53]肆心(outrage[hubris])，已毁灭了马格尼西亚(Magnesians)②、克洛丰
和士麦拿(Smyrna)；它也将彻底摧毁你们的城邦，居尔诺斯呵！（行1103-1104）

正如弥涅墨斯将自己归为克洛丰人——当他把他们叫做"自以为是的暴虐者"和"怀着肆心的领导者"时（见上文），此处忒奥格尼斯也将居尔诺斯归为将被肆心毁灭的麦加拉人之中一员。麦加拉的覆灭，诗人警告说，将由它自己的精英人物造成：

这里的一切都喂了乌鸦，都毁了，
不是有福的永生诸神中哪一位造成这局面，居尔诺斯呵！
是人类的暴行(violence[biē])、他们的不良私利(private interests[kerdos])③和
肆心(outrage[hubris])，
使他们从无比高贵(polla agatha)骤然堕落(debasement[kakotēs])。④（行833-836）

---

① 对萨福(Sappho)来说，她对(h)abrosunā[奢侈、丰富]的爱等同于她"对太阳的渴望(lust for the sun)"(ἔρος τὠελίω：辑语58.25-26 V/LP)。与这一主题有关的是阿多尼斯(Adonis)的形象，他本身即(h)-abros[luxuriant，丰富的、多产的](辑语140 V/LP)，参本文50节；亦参纳吉(1973)，页172-177。
② 亦参忒奥格尼斯，行603-604。
③ 参忒奥格尼斯，第46和50行的kerdos[个人利益]（本文27节）；对kerdos的更多论述，见本文30节，第一个注释。
④ 参本文39节所论第42行和1082b行。

41. 精英们的 kakotēs[卑劣、堕落]实际上给城邦航船带来灭顶之灾:

> 这城邦已经屡次,由于领导者们(leaders[hēgemones])的堕落(baseness[kakotēs]),
> 像一艘改变航向(veering)①的木船一样触礁沉没(aground)。(行 855 – 856)

[54]此处的说法让人再次想起忒奥格尼斯第 41 – 42 行(本文 27 节)和第 1082a – 1082b 行(本文 32 节),彼处的领导者被说成在多数邦民尚且明智的时候就开始堕落了。

42. 通过对忒奥格尼斯诉歌中肆心一词的这番考查,现在已显然可知,居尔诺斯其人象征着"屡次"将城邦航船引向覆灭的堕落的精英人物。忒奥格尼斯第 855 行(本文 41 节)中的 πολλάκις[常常、屡次]一词甚至显示出,这些领导者和居尔诺斯自身的形象都是一种文学类型——尽管后者是忒奥格尼斯本人笔下的人物。与忒奥格尼斯作为 dikē[正义]的化身(段 20、39)相反,在忒奥格尼斯第 1104 行(本文 40 节)中,年轻而善变的居尔诺斯被归为代表肆心的精英之列。②

43. 居尔诺斯不只是堕落精英的典型:他的名字正说明了其中原委。在赫希基乌斯(Hesychius)那里,kurnos 一词的复数形式被解释为"杂种(bastard)"之意(κύρνοι νόθοι)。③引入词汇 agathos[好]和

---

① 关于 klīnomai 的"转向(veer)"含义,参忒奥格尼斯,行 946;亦见本文 58 节。

② 而且,既然忒奥格尼斯认为自己是居尔诺斯的 philos[心爱的、朋友](参本文 44 节),在行 40(本文 27 节)中,当他把麦加拉人的肆心称为"我们的"时,他甚至将自己也归入居尔诺斯一类了。

③ 该词可能源于非印欧语:参 Solmsen(1909),页 104。见 Forssman(1980)。

kakos[坏]将有助于理解上述语义,在词源上,这两个词分别与高贵出身(high-born)和低贱出身(low-born)具有一种遗传上的关联——但二者在忒奥格尼斯的措辞中被用来标示一个人天性上的高贵(noble)或低贱(base),与出身无涉(如行53-58)。① 正如领导者的 kakotēs[堕落]与他们身为贵族的天赋权利不相符,Kurnos[居尔诺斯]的情况也是如此:他或许出身贵族,但他的名字仍然显示出他是"低贱的",并且是一个"私生子(bastard)"。导致他堕落和下降为卑贱的原因被构造成他父亲的名字:使居尔诺斯成为私生子的是一个发了非分之财的人。Πολυπαΐδης 这个姓氏意为"Polu-pāos 的儿子"。② Polu-pāos[获得许多(财富)的人]的词形构成包括形式相同的成分 -polu-[许多]以及 pā-omai[获得]——忒奥格尼斯在措辞中用它表示对富人的通称:

[55]……获得许多[财富]的人。(行663)

现在重复一下,非分之财乃是肆心的主要征兆。如其所证,它还会制造出一些私生子。忒奥格尼斯通过述说 ploutos[财富]如何使人人生出杂种来显明麦加拉的衰微:

我们追求拥有,居尔诺斯呵! 公羊、驴和马,
[须得]纯种(purebred[有好的 genos(血统)]),人人都盼望它们出身高贵(agathoi);

---

① 有关这点,参本文29节,第4个注释。尤其注意忒奥格尼斯,行305-308:kakos[坏、低劣]会传染!

② 关于姓氏在标示一类人物主要特质方面的作用,参纳吉(1979),页146,注2。至于对[姓氏]构词的大量搜集,见 Sulzberger(1926)(但其中有些条目基于假设,尚存疑)。当然,Polu-pāos 这个名字可能只是个绰号——它或许适用于赫拉克勒斯本人。

> 然而一个贵族(esthlos)却不介意迎娶下层(kakos)父亲的下层(kakē)女儿,
>
> 假如那下层(kakos)父亲给的嫁妆(possessions[khrēmata])丰厚,
>
> 妇女也不拒绝下层(kakos)富翁的婚床,
>
> 她爱有钱人更胜于爱君子(agathos)。
>
> 人们将尊崇赋予金钱(possessions[khrēmata]);贵族(esthlos)婚娶下层(kakos)人的女儿,
>
> 下层(kakos)人娶到贵族(agathos)的女儿;财产(ploutos)变乱了血统(breeding[genos])。
>
> 如此就无须惊异,珀吕帕俄斯的儿子,这城邦的血统(breeding[genos])正被玷污,
>
> 因为任何高的(noble[esthla])与任何低的(base[kaka])已经掺和在一起。① (行 183 – 192)

ploutos[财产](对高贵血统)的变乱对应着 Polu‐pāos——这个"已经获得许多[财产]"的人生了一个名为 Kurnos[杂种]的青年。②

[56] 44. 在考查这一点时,也许可以设法联系 Theo‐gn‐is,这个人的名字宣示他的 genos[血缘、谱系]来自诸神,而且这个人爱着这位居尔诺斯——借此也显示出他对麦加拉——这或许已在时代演替中沦入衰微之城邦的热爱。然而,这份爱没有得到恰当的回

---

① 很清楚,这一段中的 esthlos[好、高贵](参本文 8 节,第 2 个注释)始终与 agathos[好、高贵]同义。

② 参 Alcaeus,辑语 129.13 V/LP 处分派给 Pittakos 的姓氏 Ύρραος。其变体 Ύρράδιος,如 Callimachus《警句》(*Epigram*) 1.2 中所见,在赫希基乌斯那里,被注解为 ἀπό τινος τῶν προγόνων ἄδοξος ἢ εἰκαῖος——即,一个父系不详的人。在 Alcaeus 辑语 348.1 V/LP 中,Pittakos 被叫做 kakopatridās[父系低贱];亦参辑语 72.11 – 13 V/LP,此处某人因作为一个似乎出身低微的妇女的儿子受到嘲笑。

报:居尔诺斯对忒奥格尼斯的爱只在口头上,而非真心(行 253 - 254,见本文 16 节),这一题目促使诗人发出质问:

> 不要用言辞向我示爱,暗地却怀着别样的心思(noos)和感情,
> 假如你是我的朋友(you are a friend[philos]① to me),并且心思(noos)笃诚。
> 那就作朋友(be a friend[philos]),怀着纯粹的心思(noos)。否则,拒绝我
> 作我的敌人(ekhthros),当众争执(quarrel[neikos])。
> 高贵的人(esthlos)就这样表露意愿(noēma),②
> 待他的朋友(friend[philos])始终坚定如一。
> (行 1082c - 1084)③

这一质问当然从未得到回答,忒奥格尼与居尔诺斯之间的 neikos[争执]也从未公开。忒奥格尼斯和居尔诺斯——同样引申为整个麦加拉——之间作为朋友的关联从未完全切断。

45. 当然,即使对那些已经确实与他切断了朋友关系的人,一位诗人也可能给出善意的规劝。比如,诗人赫西俄德,公开宣布在他本身和他的兄弟珀耳塞斯之间存在争执(《劳作与时日》,行 35)——一场[57]必须用正直的 dikai[正义]解决的争执(《劳作与时日》,行 36)。④像居尔诺斯一样——但比之更为明显,珀耳塞斯是一个肆心的典型,而赫西俄德的总的意图即是教他懂得[与肆心]

---

① 有关 philos/philoi[朋友(们)]的含义,参本文 5 节。
② 参忒奥格尼斯,行 213。
③ 亦参与第 1082c - 1082f 行相似的第 87 - 90 行。
④ 尽管如此,赫西俄德对珀耳塞斯怀有善意:见《劳作与时日》,行 286 (至于措辞,参忒奥格尼斯,行 27 - 28,见本文 10 节)。

相反的正义的好处:

> 珀耳塞斯呵!倾听 dikē[正义],不要助长 hubris[肆心]!
> (赫西俄德,《劳作与时日》,行 213)

这种肆心的明证是珀耳塞斯尽力谋求非分之财,这与赫西俄德所信奉的靠辛勤劳作获得的正当财富相反(参《劳作与时日》,行 315-316)。然而,非分之财,非能持久之物:

> 财富(possessions[khrēmata])不可以暴力攫取(should…be taken forcibly),①神赐的财富尤佳。
> 因为如果一个人强行用暴力(violence[biē])夺取巨大的财富
> 或借狡猾的辞令进行骗取,正如常常发生的情形
> 当私利(private gain[kerdos])②令人们心智(noos)昏聩、无耻赶走了羞耻,
> 诸神很快贬斥(blacken)③这人,且让他的家族衰微。
> 财富在他手里瞬即消失。④
> (赫西俄德,《劳作与时日》,行 320-326)

忒奥格尼斯这里回响着同样的看法:"获得许多[财富]的人"(行 663,本文 43 节所引)可能在一夕之间丧失所有(行 664)。复言之,"获得许多[财富]的人"这一表达与居尔诺斯父亲的名字 Polu-

---

① 参本文 1 节所引忒奥格尼斯第 677 行: $χρήματα\ δ'\ ἁρπάζουσι\ βίῃ$[他们靠暴力攫取财产]。
② 参本文 30 节注释,40 节第 4 个注释。
③ 参《劳作与时日》,行 284(注5)和梭伦辑语 3,行 34[=辑语 4 W],具体论述见本文 49 节。
④ [译注]译文参照张竹明、蒋平译本,据本文英译有所改动。

pāos 包含同样的成分(见本文 43 节)。此外,居尔诺斯的含义——"私生子、杂种"在赫西俄德那里也有对应,仍然是在有关财富的语境中:

> [58]因为任何人只要愿意宣扬正义之事(即属于 dikē[正义]的事情)
> 对此他明了(is aware),宙斯将财富赐予这样的人。
> 但任何人在作证时故意发假誓
> 和撒谎,从而伤害 dikē[正义]和犯下无法补救的错误,
> 这个人的后代子孙就遭贬斥(are blackened),①
> 而发真誓的人则后代昌隆。(《劳作与时日》,行 280 – 285)

46. 这一结构对应于赫西俄德有关人类的五代史神话(《劳作与时日》,行 106 – 201),该神话意在申明正义与肆心相对照这一核心主题,同样的对照也显明了赫西俄德和珀耳塞斯之间的争执的实质。韦尔南(Jean – Pierre Vernant)已经对正义与肆心之间的对比进行了中肯的分析,他还指出,第一代的优秀和第二代的低劣,各自的标志正是正义和肆心,同时,第三代的低劣和第四代的优秀的标志,则是前者的肆心和后者的正义。②现在也很清楚,按照《劳作与时日》第 280 – 285 行的说法,从第一代到第二代的过程乃是人种的衰退,而从第三代到第四代的过程则是人种的优化。③达到优化的关键是正义,导致衰退的要害则是肆心。

---

① 参《劳作与时日》,行 325(注 4)。
② Vernant(1974)I. 20;另参纳吉(1979),页 151 – 173。
③ 从衰退到优化的反转或许有助于解释为何第四代人不具有任何金属标记。第一/二/三代的金/银/铜的进程暗示了质的衰退,这一衰退被第四代所中断。

47. 麦加拉的衰微实际上与人类从第一代到第二代——从黄金时代到白银时代的衰退相似。复言之，使白银种族区别于黄金种族且低于后者的是他们的肆心(《劳作与时日》，行134)，与之相对，肆心标识了麦加拉精英人物的堕落(忒奥格尼斯，行40/44，本文27节)——当大多数邦民尚且明智的时候(行41)。此时，冲突还没有爆发，[59]但肆心不久即会在内乱和城邦的分崩惨象中获得证明(忒奥格尼斯，行51–52，本文27节)。此刻，城邦依然宁静，但这种状况不会持久：

> 不要指望城邦会长久沉默，
> 即使它现在处于安宁(hēsukhiē)之中。
> (忒奥格尼斯，行47–48)

此处的名词 hēsukhiē[安宁]对应着描述黄金种族自身特征的形容词；他们是 hēsukhoi[宁静的](《劳作与时日》，行119)。①当忒奥格尼斯出现在一位立法者、一位正义化身的道德立场上，他确实说自己是宁静的(忒奥格尼斯，行331)。②同样，在梭伦的措辞中，宁静与正义相关，而与肆心相反：

> 可是共同体的领导者们(leaders[hēgemones])心(noos)中
> 没有正义(dikē)。③等待他们的
> 是由于严重的肆心(outrage[hubris])而遭受的许多痛苦。
> 因为他们不晓得如何遏制贪心(insatiability[koros])，也不能

---

① 黄金种族还是 ethelēmoi[安静的、温和的](《劳作与时日》118)；参 Apollonius of Rhodes,《阿尔戈远征记》(*Argonautica*) 2.656，此处描述，Dipsakos 在一种牧歌式的情景中是 ethelēmos[安静的、温和的]，且进一步详述"hubris[肆心]不能令他欢喜"(οὐδέ οἱ ὕβρις /ἥνδανεν；2.655–656)。
② 对于这一诗节及相关诗节，参本文20节。
③ 关于 hēgemones[领导者们]和 dēmos[民众]，见本文29节。

对在宴席(dais)①的祥和(serenity[hēsukhiē])[氛围]中眼下的欢乐(merriment[euphrosunē,复数])约以秩序(make order [kosmos])②……

[60]他们攫取财富,被不义(without justice[dikē])的言行所左右……

并且,毫不关心神圣的或公共的财产,
他们凭借暴力强夺彼此劫掠,
拒不承认 Dikē[正义女神]的神圣法令,
她冷眼(silently)③旁观现在和过去,
并且将在未来全部给予恰当的惩罚。
(梭伦,辑语3,行7-16 GP[辑语4 W])

贪婪的恶果

48. 最后一段(行9)中的 koros[贪得无厌]一词是理解以下两种财富之间差别的关键,即:靠肆心攫取的坏财富和凭正义取得的好财富。④可以设想,致人堕落的肆心本身就因对财富的贪得无厌而滋生:

---

① 有关 euphrosunē[欢乐、嬉闹]作为观众聆听诗歌时所致社会和谐(social harmony)的主题词,参本文6节第2个注释。

② 对 kosmeō[建立秩序],参本文13节第1个注释、25节第2个注释中对 kosmos[秩序]的讨论。

③ 参第669行忒奥格尼斯对劫夺他财产所回应的平静,见本文1节;另见行420。

④ 注意此处在梭伦辑语3第9行中的 koros[贪得无厌]反衬着处于 dais[宴席]语境中的 hēsukhiē[平静祥和](行10)。在梭伦辑语5第3行(GP[=辑语4c. 2 W])中,koros 的语境仍然是否定性的,但彼处它与其说是一种罪恶(evil),毋宁说只是一个诱因(temptation),是前者毒害着(afflicting)被描述为 hēsukhasantes[处于平静状态中]的精英人物(同上)。这个辑语的语境,据亚里士多德记述(《雅典政制》5.3),是梭伦和 plousioi[富人]的通信,告诫他们不要贪得无厌。

> 贪婪(insatiability[koros])滋生肆心(outrage[hubris]),当财富诱惑
> 一个心智(noos)不健全的低劣(kakos)者。
> (忒奥格尼斯,行153-154)

> 因为贪婪(insatiability[koros])滋生肆心(outrage[hubris]),当财富诱惑
> 那些心智(noos)不健全的人。
> (梭伦,辑语8,行2-4 GP[=辑语6 W])

49. 就像梭伦诗中所显明的,koros[贪婪]和肆心两个概念的关联中还可以发现更深的含义。当麦加拉衰微时,肆心可以说战胜了正义(如忒奥格尼斯,行291-292),雅典的情况却正相反,[61]那时立法者梭伦的 Eunomiē[优良律法]通过催生一个优良统治拯救了这座城邦:如梭伦在辑语3 GP[=辑语4 W]中所宣称,优良律法束缚住那些缺乏正义的人(行33),遏制贪婪(行34),贬斥肆心(行34),"将初露端倪的混乱消灭在萌芽状态"(行35),而且,它"纠正了那些不正当的判决(dikai)"(行36)。此处植物的意象是一个与koros[贪婪]和肆心的概念相关联的传统特质(Michelini,1978)。肆心一词在传统上即指植物过度的生长和繁茂;①从植物知识来讲,养料的过剩($\pi\lambda\tilde{\eta}\vartheta o\varsigma\ \tau\varrho o\varphi\tilde{\eta}\varsigma$)②——可等同于诗歌中贪得无厌的概念——导致果实结得少而无用的叶、枝相应增多(Michelini,1978,页37-38)。希腊的植物学知识认为,植物能够无限生长,因此对

---

① Michelini(1978),页37征引亚里士多德,《动物志》(*De generatione animalium*)725b35;Theophrastus,《植物志》(*Historia plantarum*)2.7.6;《植物之生成》(*De causis plantarum*)2.16.8、3.1.5、3.6.8、3.15.4。

② 如 Theophrastus,《植物之生成》,3.6.8。

希腊人来说,肆心可以被想象为植物的生长:像某种茂盛的植物一样,肆心也一直疯长,直到被一外力所遏止。于是,如诗人所说(忒奥格尼斯,行40,参本文27节),当麦加拉僭主出现时,他将成为"对我们肆心的矫治者(euthuntēr)"。有意思的是,动词 euthunō[校准]更被证明在阿卡狄亚(Arcadia)方言中有一个特殊的含义,即"管理植物的生长"(Theophrastus,《植物志》,2.7.7)。①

50. 在希腊植物学知识中,以修剪等技术方式管理植物对促进植物结果有良好的作用;任其失去限制,植物的肆心不仅在叶或枝无度的徒长,也会在 akarpiā——即不能结 karpos[果实]上得到证明。②就这一关联来说,引用下述谚语非常贴切:

> [62]是不毛之地(barren[a-karpos]),而非阿多尼斯的花园。(*CPG* I p. 19.6–11) ③

如德提埃(Marcel Detienne)所论述(1972,页187–226),围绕着阿多尼斯花园的仪式是一出有关丰产的肃剧。至于细节,读者可参看德提埃的直观分析。在这里只需注意,阿多尼斯的花园在最不符合季节的时间播种,在夏日天狼星出现的日子(Dog Days):那些以过于快的速度和过于旺盛的生命力生长的植物,只能被太阳过分的炎热烤焦致死,而这种死亡随之为哭悼阿多尼斯——阿芙洛狄特(Aphrodite)所保护的人(protégé)提供了机会。由于违背合乎季节

---

① 这里谈到的植物指花楸树。至于这个和其他这种词汇上的例子,见 Michelini(1978),页43,尤其注25。参希罗多德《原史》5.92.7 关于佩里安德(Periander)如何作僭主之教诲的趣闻:忒拉绪布洛斯(Thrasyboulos)穿过田地,并且一路割掉最高的谷物。

② 另参 Theophrastus,《植物之生成》2.16.8(ἐξυβρίσασαι διὰ τὴν εὐτροφίαν ἀκαρποῦσι)和 3.1.5(ἄκαρπος γίνεται καθάπερ ὑλομανῶν καὶ ξυβρίζων)。

③ 《希腊谚语集》(*Corpus Paroemiographorum Graecorum*)中不止一次出现这句谚语(参下文)。

的农事的正常周期——其持续时间长达八个月,阿多尼斯花园的反季节性非正常周期仅持续了八天(参柏拉图,《斐德若》276B)。和他那些突然而猛烈生长的植物一样,阿多尼斯本人死于 proēbēs[成年之前](*CPG* I p. 183. 3 – 8、II p. 3. 10 – 13;参 II p. 93. 13)。于是,阿多尼斯直接对应于衰退的第二代人类——白银种族:

> 可是当长大成人(maturing)和风华正茂的成年(maturity[hēbē])时光到来,①
> 他们仅存活很短的时间,②伴随着痛苦
> 由于他们的无知(heedlesness),由于他们不能避免傲慢肆心(outrage[hubris])地对待彼此……③(《劳作与时日》,行 132 – 135)

51. 至于未受沾染的第一代人类,阿多尼斯的形象恰好与他们相反:这些黄金时代的人生活在永久丰产(《劳作与时日》,行 115 – 120)的境遇中,这种境遇被直接用果实一词来形容(《劳作与时日》,行 117)。④[63]黄金时代呈现出一幅凭借正义获得财富的理想画卷:纯粹而持久,它与凭借肆心攫取的突然而猛烈、注定不能持久的财富(《劳作与时日》,行 320 – 326,本文 45 节)正相反。在其他地方

---

① 参《奥德赛》,卷十一,行 305 – 320,尤其行 317。
② 参《奥德赛》卷十一,行 307、319 – 320。注意用在阿喀琉斯(Achilles)身上的修饰词 pan – a – ōrios[他们之中最不符合季节的];参 Sinos(1980),页 13 – 28 处的论述(另参 Slatkin,1979)。
③ 有关《劳作与时日》第 135 – 142 行对白银种族的肆心的描述,见纳吉(1979),页 151 – 153。另参本文 46 – 47 节。
④ 幸福岛(Isles of the Blessed)上的情形也是如此(《劳作与时日》,行 171 – 173):大地一年三次结出果实(《劳作与时日》,行 172)。第四代人——命中注定要到幸福岛去的人,也是正义的代表(《劳作与时日》,行 158)。参纳吉(1979),页 155。

也是如此,赫西俄德为拥有正义者的城邦描绘了一幅丰饶的画面(《劳作与时日》,行 225 – 237)。相反,那些肆心之人的城邦是一幅不毛之相(《劳作与时日》,行 238 – 247):宙斯用饥饿惩罚他们(行243),他们的妇女不生育孩子(行 244),他们的家庭财产变少(行244)。更甚者,肆心型的城邦遭到宙斯亲自制造的海上风暴使船只沉没的打击(行247),与之相反,那些正义型的幸福城邦却完全不需要出海(《劳作与时日》,行 236 – 237),因为大地为他们出产丰足的果实(行237)。这个有关海难的主题与忒奥格尼斯第 855 – 856 行(前文 41 节)相似,彼处描述麦加拉城邦由于领导者的堕落而"屡次"触礁沉没。对麦加拉来说,其在海上的煊赫地位不只是骄傲的缘由,①

---

① 见 Hanell(1934,页 95 – 97)有关忒奥格尼斯行 11 – 14 的论述,阿尔忒弥斯(Artemis)在这里作为保护神被祈求,阿伽门农(Agamenmon)自己曾为敬奉她而建立了一个神圣的区域(precinct),就在他带领阿该亚人(Achaeans)远航特洛伊前夕。这个区域无疑必定指的是麦加拉的阿尔忒弥斯神庙(有关这一点见 Pausania1. 43. 1/3;Hanell,同上,有力地反对了认为该区域是位于优卑亚岛[Euboea]上阿莫伊忒斯[Amarynthos]的阿尔忒弥斯神庙的观点,关于这一观点见 Callimachus,《抑扬格诗》[Iambi],辑语 200b, Pfeiffer)。麦加拉与英雄历史的关联在这些《忒奥格尼斯集》诗行中得到含蓄而骄傲的确认:如Hanell 论述,在当地传说中,特洛伊远征似乎不是从奥利斯(Aulis),而是从麦加拉出发——这符合历史开端时期英雄所创先例,在庞图斯(Pontus)之前,于普洛庞提斯(Propontis)建立众多著名殖民地(如卡尔卡赫敦[Kalkhedon]和拜占庭[Byzantium])的这个母邦开启了这一时期。有关围绕特洛伊远征的泛希腊诗歌传统与围绕各个殖民地之 ktisis[创建]的各种本土诗歌传统之间的关系,见纳吉(1979),页 139 – 141。据麦加拉当地传说,阿伽门农曾来到这里,为了劝说一位显赫的居民——不是别人,正是先知卡尔卡斯(Calchas)——参加特洛伊远征(Pausanias,1. 43. 1);而且,据说伊菲革尼娅(Iphigeneia)就死在麦加拉并葬在这里,此后一直作为一位受崇拜的英雄(a cult - hero)在她自己的神庙(precinct)中被供奉(hērōion:Pausanias,同上)。鉴于公元前 7 世纪麦加拉在航海上的领先地位,有关伊菲革尼娅之死的这一当地版本或许曾具备获得泛希腊承认的资格——在与关于伊菲革尼娅的其他不同版本的竞争中。纵然《伊利亚特》第二卷第 303 – 304 行的提及表明,奥利斯最

也是人类境遇的一种表现：在黄金时代，并无航海的必要。

耕田还是出海？

[64]52. 赫西俄德和《忒奥格尼斯集》对航海的许多描述涉及这一对比。我们在《劳作与时日》中看到，农业和航海被作为人类境遇的相反两极进行对比，在忒奥格尼斯某些格外难解的诗行中，这种对比本身就是反复出现的主题。我们必须通盘仔细地检审以下诗节：

> 我听到，珀吕帕俄斯的儿子，一只鸟儿的叫声回荡，
> 这只鸟儿就像一个来告知人们开始耕地（ploughing）的信使，
> 按时令（in season）耕耘。它也唤醒了我满怀愁苦的内心呐，
> 只因别人占去了我那膏腴的土地，
> 我那些骡子也不再拉起我那弯曲的犁——
> 这都是由于令人注意（on one's mind）的另一次航海（other sea-voyage）。（忒奥格尼斯，行1197–1202）

终被泛希腊性的史诗认定为阿开昂船只最后的集结地，但是，鉴于《伊利亚特》对有关阿伽门农献祭伊菲革尼娅一事的沉默（事实上，第九卷第145、287行顺带提到了作为阿喀琉斯活生生的适婚对象的"伊菲阿纳萨[Iphianassa]"），显然荷马史诗承认存在关于船只集结地的对立版本（至于一个支持伊菲革尼娅被献祭于阿提卡布劳隆[Brauron]的版本，见阿里斯托芬《吕西斯忒拉忒》行645抄件古注、《词源百科》[*Etymologicum Magnum*] 747.57、Phanodemus《古希腊历史著作辑语》[*FGH*] 325 F1、Euphorion辑语91 Powell）。

这个诗节的最后一行对编辑者们的理解提出了挑战,后者通常认为这行诗是残缺的。然而,把它放在其他诗节——它们似乎出自与忒奥格尼斯这几行诗相似的诗歌传统——中进行仔细检审,或许能为这一文本提供证明。①在第 1202 行,nautiliē[航海]的形容词性限定词,即 mnē-s-tē,鉴于赫西俄德诗中一个相似的措辞,上文已翻译为"留心、注意":

珀耳塞斯,你必须留心(have on…mind)所有事情
合于时令(in season),尤其要注意适于航海(sea-voyaging)的季节。(《劳作与时日》,行 641-642)

此处,me-mnē-menos[留心、注意或集中精神、领悟]一词[65]与处在季节性活动语境中的 nautiliē[航海或航程]概念明显相关。

53. 然而,正如这里显示出的,存在两种航海:一种合于时令,另一种则否。在适于耕田的时令中航海恰恰不合时令。天空中的标志是昴星团(Pleiades)的降落(《劳作与时日》,行 614-616、619-620),这时候,赫西俄德说,海上风暴肆虐(行 621),最好根本不要出海(行 622、624-629)。这个时候,一个人还是应该 memnēmenos[记得](行 623)去耕耘土地(行 623)。在这一时间,甚至更为确切地说,一个人应该记得合于时令的耕耘:

那时你应该记得耕耘(ploughing)
合于时令(in season)。(《劳作与时日》,行 616-617)

---

① 就这一点最好着重指出,那些作为对应而被举出的诗节,并不被视为正在讨论的这几行《忒奥格尼斯集》诗歌的"源头(source)"。这并不是一个文本为另一个文本提供证明的问题,而是它们共同的诗歌传统相似性的表现。

与不合时令的航海相反,赫西俄德教诲说一个人应当等待:

> 你自己应该等待合于时令的航海(sea-voyaging in season),直到它到来。
> (《劳作与时日》,行630)

本行中的词语 ploos[航海]和 hōraios[合时令]在第665行再次出现,赫西俄德在该处教诲说,当夏季到来时,航海才真正合时令。另一个合适的时间是春天(《劳作与时日》,行678、682),"航海"一词仍用 ploos(同上)。

54. 为了表达对这另一个季节航海的看法,名词 ploos 为形容词 allos[别的、不同的]所修饰:

> 人们还可以在春天进行**另一次航行**(another sea-voyage)。(《劳作与时日》,行678)

此处的用词与忒奥格尼斯诗节(本文42节)的最后一行形成对照:

> ……这都是由于令人注意的不同的**另一次航海**(other sea-voyage)。(忒奥格尼斯,行1202)

[66]复言之,这"另一次航程"与适于耕种的时间有关(本文52节,行1198-1199),该时间以"一只鸟儿"回荡的鸣叫为标志(本文52节,行1197)。同样,在《劳作与时日》(行448-451)中,"要耕田"和"不要出海"两条讯息都通过一个标志来传达,即每年向更温暖地区迁居的鹤的鸣叫。

55. 由于某种原因,忒奥格尼斯将他田地的丧失归咎于一次显然不合时令的航海——借助形容词 allē[另一种的](本文52节,行

1202），它将与一次合于时令的航海形成对比。这一例子中与赫西俄德用法的相似用语并不严格一致，因为《劳作与时日》第 678 行的形容词 allos 定然是下述的意义：将一种合时令的航海（春天）与另一种（夏天）区别开来。甚而，赫西俄德的诗节与《忒奥格尼斯集》诗节之间的核心一致就在于形容词 allos/allē 将一个适于航海的时间与另一个相区分。还有一个问题，忒奥格尼斯第 1202 行（本文 52 节）中的 allē 标明了不合时令的航海时间，因而充满危险。实际上，这在古希腊是个一般规则：形容词 allos 可被用来委婉地将否定的一方从与之对应的肯定一方中识别出来（参赫西俄德《劳作与时日》第 344 行的 khrēm'…allo）。①

56. 那么，麦加拉的忒奥格尼斯为什么要把自己土地的丧失归咎于违背时令而进行的航海呢？这个问题指向本篇冗文所考查的第一个诗节（本文 1 节）。目前重新解读这一诗节有助于获得一个答案。复言之，它的根本主题是城邦航船受到一场有将它吞噬之虞（行 680）的风暴（行 673 - 674）袭击，而且该主题伴随着这样一些其他的航船主题，如发生在船上的一场暴乱（行 673）和 kubernētēs［领航员］的废黜（行 675 - 676）。它还伴随着这样一些一般性的城邦主题，如凭借 biē［暴力］攫取 khrēmata［财产］（行 677）、kosmos［秩序］的破坏（同上）以及 es to meson［在公共利益上］财产分配不再公平（行 678）。

57. 财产的丧失被展现在一个无尽灾难的框架中———一艘航船被一场猛烈的暴风裹挟（本文 1 节；行 677）。但仍有线索通往一场已经过去的灾难——诗人失去他自己的财产（行 667 - 669）。这一线索来自于动词 gīnōskō［察觉、知道］，[67]该词在这个诗节中出

---

① 见 West（1978），页 243。正如埃德蒙兹（Lowell Edmunds）向我指出的，也或许，忒奥格尼斯第 1202 行的 allē 只是区分两个选择中的航海之于农耕。但是，从赫西俄德的对应诗节来看，我倾向于刚刚提到的更为复杂的解释。

现三次。在第 682 行（Γινώσκοι），它表示诗人现在的觉察，觉察到一场未来的灾难即将降临到他的城邦民身上。在第 669 行（γινώσκοντα），它表示诗人过去的觉察，觉察到一场未来的灾难已然发生且诗人自己无法阻止——他丧失了财产（行 667 – 669）。最后，由于 gīnōskō[察觉、知道]的第三次出现（νοῦς，行 670），诗人过去的不幸与整个城邦未来的灾难之间建立起一致性，它标示出诗人对一场永恒灾难的觉察——复言之，一艘航船被一场猛烈的风暴裹挟（行 673 – 674），领航员遭到废黜（行 675 – 676），财产被暴力攫取（行 677）。同样地，忒奥格尼斯第 1202 行（本文 52 节）的动词 memnēmai[注意、留心]标示着诗人对一场危险的航海的痛苦认识，他实际上将他财产的丧失归因于此——当迁徙中鹤群的鸣叫响彻整个大地，他那些等待耕耘的膏腴的土地。

58. 在被风暴围困的航船上，船只领航员的丧失与城邦事务中公正的丧失相关联：

> 再没有什么平均分配，对于公共利益。（行 678）

相反，kakoi[低劣之辈]如今比 agathoi[高贵者]占上风（本文 1 节；行 679）。而且，除了忒奥格尼斯本人，领航员无法被认为是任何其他人：

> 我的朋友（friends[= philoi]）背叛了我，因为我躲避敌人，
> 　如同一个领航员（pilot[kubernētēs]）躲避海中的礁石。
> （行 575 – 576）

威廉姆斯（Hudson – Williams）意译出这一诗节的微妙之处："背叛我的是我的朋友；因为我可以轻易避开公开的敌人，如同一个领航员可以让他的船只避开耸立于海面以上的礁石"（一个虚假的

朋友就像一块隐藏的礁石)。①这些朋友背叛一个其主旨[68]在颂扬朋友状态的人(本文 6－7 节),而他们原来不是别人,正是麦加拉的精英:如同航船被改变了航向,城邦也由于它领导者的堕落而屡次搁浅(行 855－856,参本文 41 节)。

一位诗人的两种正义

59. 因为同样的公正立场,雅典立法者梭伦也被等同于领航员。普鲁塔克(《梭伦传》14.6)记载了一个传说,说德尔菲神谕给了这位立法者如下启示:

> 坐在船的中间,像一个领航员那样掌着舵(steering like a pilot[kubernētēs])。
> 雅典人中许多都是你的帮手。(神谕 no. 15 Parke－Wormell)

60. 一种同为正义之化身的一致性,已经在忒奥格尼斯与立法者——如梭伦和吕库古之间概述出来,它间接暗示着一个反映共同思想遗产的统一模式。这一概述可以进一步拓展,但现在亦已到了考虑一下忒奥格尼斯与立法者们形象之间重大差异的时候。先全文援引下文讨论的诗节:

> [69]宙斯,请赋我力量,报答(retribution)对我好的朋友,并且让我比敌人更强。②

---

① Hudson－Williams(1910),页 214;关于 khoiras 意为看得见的礁石,见欧里庇得斯(Euripides),《安德洛玛刻》(Andromache),行 1265,抄件古注。

② [译注]译文据本文英译。此处英译与希腊文差异过大,据希腊文则译作"对敌人也如此,居尔诺斯呵,对敌人要更狠!"(刘小枫译文)更确。

那么我在人们中间就会显得像个神,

假如在命定的死亡降临前我已经恰当地报偿(when I have exacted retribution)。

哦,奥林波斯的宙斯,请应允(bring…fulfillment)我这合宜的祈祷!

赐我以好运,远离多舛的运命;

或赐我以死亡,假如厄运带来的烦苦不能减轻。

并且让我能以牙还牙。

因为天命如此,然而我未见有天谴(retribution)即将

报应那些凭暴力(force [biē])掠夺我家产(possessions [khrēmata])的人,

但我是一只狗,穿越寒冬湍急的

溪流,将对一切给予恰如其分的报应(about to exact retribution)。

愿我能痛饮他们殷红的血液!愿 esthlos[幸运]之神(spirit [daimon])照应[一切],

他能让这些变成现实(may bring…to fulfillment),一如我愿(intent [noos])。

(忒奥格尼斯,行 337–350)

61. 忒奥格尼斯向宙斯祈求力量,以帮助他的朋友,痛击他的敌人(行 337–338),如此他得以通过死前恰当的报复(行 340)在人们中间"享有名望(动词 dokeō: δοκέομαι)如一个神"(行 339)。到目前为止,这些主题仍与立法者们的主题一致。例如,梭伦向缪斯祈求(辑语 1,行 1–2 GP[= 辑语 13W]),请她们赐予他财富(辑语 1,行 3)和名望(名词 doxa,对应动词 dokeō: δόξαν;辑语 1,行 4),并让他能够帮助自己的朋友、痛击他的敌人(辑语 1,行 5–6)。同样,德尔菲神谕通过皮提娅向吕库古透露,他更像一位神而非一个人(希罗多德,《原史》1.65.3),而他死后斯巴达人的确为他修建了一

座神殿(1.65.5)。但主题在这里分道扬镳。作为领航员的忒奥格尼斯被朋友们背叛了(本文58节;行575－576)——这些人恰恰是他本打算在痛击敌人同时给予帮助的那些人(本文60节;行337－338)。忒奥格尼斯(本文60节)接着希望自己能死去,假如他无法减轻自身经受伤害所带来的烦苦(行341－344)。他渴望痛击那些伤害了他的人(行344),因为天命本该如此(行345),[70]但他明白没有机会报复(行345)那些靠暴力夺走他财产的人(行346)。此处措辞类似于《忒奥格尼斯集》中关于被海上暴风雨围困的航船的诗节(本文1节):彼时人们赶走领航员(行675－676),凭暴力攫取财产(行677),与此同时,忒奥格尼斯本人已失去他的财产(行667、669)。相比之下,梭伦祈求财富(辑语1,行3)且公开表示渴望拥有自己的财产(行7),弃绝任何暴力强夺他人财产的念头。这所谓的"非正义"(行7－8),或迟或早,作为"正义"的正义女神将对之报应不爽(行8)。正义降到那些掠夺他人财产之人头上的惩罚乃是最终的(khronōi:辑语3,行16 GP[＝辑语4 W]),也是彻底的(同上)。

62. 梭伦将自己展示为一个行为规矩的典范,借此表达了个人在正义伸张过程中的角色,在此过程中,报应最终会降临到那些用暴力夺取他人财产之人身上,但他本人并非物质受损的那一个。此外,梭伦诗中正义的首要参照系并非他的诗本身,而是他的法典,事实上,诗人将这一法典称为正义(辑语30,行18－20,本文20节所引)。与之相对,在忒奥格尼斯的诗中,正义唯一的参照系是实际的诗歌。正义伸张的过程必须从他自己的生活中显现,在他向年轻的居尔诺斯并向麦加拉其他邦民所倾吐的言辞中,这种生活得到了戏剧性的展演。事实上,诗歌本身作为正义首要参照系的这一角色乃更为古老的样式。同样,在赫西俄德的《劳作与时日》中,作为"正义"的dikē显示于诗人寄语他兄弟珀耳塞斯的言辞所表现出的诗人自身生活之中,后者曾强取赫西俄德的财产(行37,行320)。但正义最终会实现,如赫西俄德本人所宣称(《劳作与时日》,行217－

218、220 – 224、256 – 269),并且,珀耳塞斯最初所作的不义行为只需随着诗歌本身推进上演的时间进程即可获得纠正。最终,宙斯的正义像诗人最初宣称的那样(《劳作与时日》,行9)显露胜利峥嵘——尽管也不是没有悲观甚或绝望的时刻(行190 – 194)。当珀耳塞斯最终沦为赤贫(行396)时,赫西俄德发现自身的正当性得到了完全的证明。

63. 在梭伦的诗中也是如此,以来自宙斯的 tisis[惩罚](辑语1,行25)的形式,正义在最后无条件地到来了(辑语1,行8 GP[= 辑语13 W]),[71]这一点最终被证明为必然(行28)。对梭伦来说,复言之,宙斯正义的基准是他自己的法典。然而,对忒奥格尼斯来说,当他祈求宙斯的惩罚(本文60节;行337)——即帮助一个人的朋友与痛击其敌人的力量(行337 – 338)——时,却没有这样独立的正义的基本原则。像赫西俄德一样,忒奥格尼斯必须等待宙斯的正义从他自己诗句所表现的个人生活中出现。然而,与赫西俄德不同,忒奥格尼斯被抛入绝望之中(本文60节):来自宙斯的惩罚并未出现在忒奥格尼斯眼前(行345),因为凭借暴力强夺他财产的那些人似乎逍遥法外。这些人,重复一次,原来就是那些当他像一位领航员一样掌舵的时候,背叛他的朋友们(本文58节;行575 – 576),他们赶走了困在纷争暴风雨中的城邦航船上的领航员(本文1节;行675 – 676)并用暴力攫取财产(本文1节;行677)。诗人实际在说,他之所以没能实现宙斯的正义,是因为自己的城邦麦加拉背叛了他。相形之下,在赫西俄德的泛希腊诗歌中,诗人在一个理想化的背景下成功实现正义:最终,有一个绝对正义的城邦(《劳作与时日》,行225 – 237),这里的邦民受到诸多祝佑,包括不需要为谋生而驾船出海(行236 – 237);她与另一个绝对不义或肆心的城邦形成对照,彼处的邦民被愤怒的宙斯用各种厄运的严厉惩罚(行247:apoteinutai[收回])所折磨——比如使海上船舰沉没的暴风雨(同上)。然而,在一个真实的城邦如麦加拉的问题上,受到暴风雨威胁的城邦航船或许尚未被巨浪吞噬(本文1节;行680),因为正义最终能否战胜肆心还是一个痛苦的未知数。如忒奥格尼斯自己所说,对他而言,宙斯的惩罚没有显现(本文60节;行345)。

64. 诗人丧失了实现宙斯正义的希望——但仅在他最初向神祈祷的范围内如此。忒奥格尼斯已经祈求获得帮助朋友和伤害敌人的力量(本文60节;行337-338、344-345),又补充道,他将在人们中间显得像个神,假如他在有生之年达成这一目标(行339-340)。但是,要实现恰如其分的报应,还有其他的方法。诗人又祈祷(本文60节)自己能死去,假如他发现源于痛苦现实境遇的忧烦无可减轻(行343-344),这境遇即是财产被强行夺走(行346-347)。紧接着的下一个形象,被以不受时间限制的格言不定过去时直陈式表达出来,诗人如同地狱的猎犬,正在泅渡严冬的急流(本文60节;行347-348),并"正要去对一切给予恰如其分的报偿"(行348)。①[72]诗人已祈求在自己活着的时候复仇(本文60节;行340),但此刻复仇实现于死后(行348)。他为自己塑造的形象有如一只将要痛饮作恶者鲜血的地狱之犬,这一形象对应于 Erīnues[复仇女神]的传统主题,复仇女神们自称与 Dikē 本身相关(埃斯库罗斯,《和善女神》,行511-512),她们被描绘成准备痛饮人类牺牲品鲜血(《奠酒人》,行577;参《和善女神》,行264-266)的复仇之犬(《奠酒人》,行924、1054;《和善女神》,行132、246)。默雷(Robert D. Murray)注意到这种对应(1965,页279),他指出猎犬泅渡的冰冷急流因而必然对应着冥河(Styx):它也是冰冷的

---

① 我遵从 Murray(1965,页278-279)的做法,将抄件文本行348的不定过去时 $\mathit{\mathring{a}}\pi o\sigma\varepsilon\iota\sigma\acute{a}\mu\varepsilon\nu o\varsigma$(参本文60节第一个注释)修订为将来时的 $\mathit{\mathring{a}}\pi o\tau\varepsilon\iota\sigma\acute{o}\mu\varepsilon\nu o\varsigma$。除了 Murray 举出的论据,我可以补充一点,第347和348行中的不定过去时和前面提到的将来时 $\mathit{\mathring{a}}\pi o\tau\varepsilon\iota\sigma\acute{o}\mu\varepsilon\nu o\varsigma$(另见本文60节所引文本)与梭伦辑语3行16 GP[=辑语4 W]中的不定过去时词 $\mathit{\mathring{\eta}}\lambda\vartheta$'和将来时词 $\mathit{\mathring{a}}\pi o\tau\varepsilon\iota\sigma o\mu\acute{\varepsilon}\nu\eta$ 相对应,该处两词涉及人格化的 Dikē[正义]向作恶者复仇。另对比本文63节所引梭伦辑语1第8行 $\mathit{\mathring{\eta}}\lambda\vartheta\varepsilon\ \delta\acute{\iota}\varkappa\eta$ 的语境。注意梭伦辑语3第16行中抄件传统在将来时 $\mathit{\mathring{a}}\pi o\tau\varepsilon\iota\sigma o\mu\acute{\varepsilon}\nu\eta$ 和不定过去时 $\mathit{\mathring{a}}\pi o\tau\varepsilon\iota\sigma a\mu\acute{\varepsilon}\nu\eta$ 之间的踌躇。前一种解读显然更可取。

(赫西俄德,《神谱》,行 785 - 787),"而且自然界中通常被认为是冥河的那条河流,即是阿卡迪亚融雪汇聚的一段湍流"(泡赛尼阿斯 8. 17 - 19)。① 无论如何,穿越河流这一意象之所以显得格外骇人,是由于死去的灵魂——在各种文化的民俗中——通常不能或不会去穿过一条奔腾的河流。②

65. 忒奥格尼斯用咒语召唤出一个 daimōn[精灵]来监视他的可怖复仇(本文 60 节;行 349 - 350;参埃斯库罗斯,《阿伽门农》,行 1476 - 1477:一个嗜血的精灵对阿特柔斯[Atreus]家族的报复)。这位精灵是来"让这些事变成现实"(行 350),恰如宙斯被祈求来"实现我这合宜的祈祷"(行 341)。③ 这一替代宙斯行动的精灵,相当于《劳作与时日》第 249 - 255 行[73]那无数看不见的正义的 phulakes[保护神],他们随时准备惩罚作恶者,而在同一部诗作的第 122 - 126 行,他们与那些被当做英雄来敬拜的精灵合而为一。④ 在《劳作与时日》中,这些保护神的惩罚行为被与宙斯亲自施行的惩罚相对应(行 256 - 262),正如在忒奥格尼斯第 349 - 350 行中(本文 60 节),精灵的复仇对应于第 341 - 342 行和第 337 - 338 行诗人恳求宙斯亲自实施的报复(本文 60 节)。

---

① 同上。见 Frame(1978)和纳吉(1979),页 194 - 197,有关宇宙中有意或无意分隔生死界限之河流的那些希腊诗歌主题。从一岸或对岸横渡这种河流即入睡或苏醒、死亡或返回阳间。印欧语词根 *nes -,如同希腊语的 noos[知觉]和 nostos[旅程],传达这些苏醒和复活的主题见本文 68 节。

② 见 Haavio(1959);另见 Bremmer(1983),页 133。

③ 将这两个例子中动词 teleō[实现、达成]的使用与段 63 引用的梭伦辑语 1 行 28 中名词 telos[完成]的使用做一比较:宙斯的惩罚最终获得绝对的证明——πάντως δ' ἐς τέλος ἐξεφάνη。

④ 有关 phulakes[保护神]/daimones[精灵],见 Vernant(1974)1. 21 - 22;另见纳吉(1979),页 151 - 155。注意忒奥格尼斯第 806 行(如本文 20 节所示)中 phulax[守护者]的衍生词——动词 phulassomai[监视、守卫]的上下文;另参忒奥格尼斯第 676 行(如本文 1 节所示)的表达 ὅτις φυλακὴν εἶχεν[他监视着]。

66. 实施惩罚的精灵,其实就是死去的忒奥格尼斯自己的灵魂,这一点由第 350 行(本文 60 节)中的词 noos[心志]所揭示:正是忒奥格尼斯的心志释放了这个精灵。人死之后,女神珀耳塞福涅(Persephone)取走人类的心志(忒奥格尼斯,行 704 – 705),但她为像特瑞西阿斯(Teiresias)这样一位 mantis[预言者]破了一次例(《奥德赛》,卷十,行 493),后者保有其 phrenes——phrēn[灵魂、心灵、神智]的复数形式,大致可译为"意识(consciousness)"——即使身在冥府(卷十,行 493),准确地说,是珀耳塞福涅让他有心志(卷十,行 494 – 495)。① 和特瑞西阿斯一样,忒奥格尼斯也是一个特例:即使已经死亡,他似乎仍保有心志。② 这一特例对应着另一个特例:带着对人们之于鬼魂的想象的公然蔑视,这只地狱之犬的确能够穿越一条奔腾的河流!

67. 同样,被谋杀的阿伽门农的躁动灵魂,能够用他黯淡的 phrēn[神智]听到复仇的召唤(埃斯库罗斯,《奠酒人》,行 157 – 158:"听啊,我主,用你黯淡的神智";参品达,第五首皮托凯歌,行 101)。死去的阿伽门农的"意识"或 phronēma[精神](派生自 phrēn/phrenes)确实具有复仇的能力:

> 这位死者的 phronēma[精神]不会被
> 饥饿的[焚葬 –]火舌所征服,
> 它终将发泄它的冤愤。
> (埃斯库罗斯,《奠酒人》,行 324 – 326)

---

① 至于进一步的论述,见纳吉(1980),页 161 – 166。
② 在死者的意识以吸吮鲜血的方式显灵这一点上(如《奥德赛》,卷十一,行 153),忒奥格尼斯的心志(行 350)似乎依托于地狱之犬的复仇性吮血(行 349),而解开这只复仇[之犬]皮带的似乎又是忒奥格尼斯的心志。有关这种"鸡生蛋 – 蛋生鸡"模式在神话观念中的类似例子,见纳吉(1974b),页 77。

[74]阿伽门农被杀的亡灵呼唤 Erīnūs[埃里倪斯,复仇女神之一](《奠酒人》403),她在下文被描写为时刻准备喝下杀人者的鲜血(行577-578)。简言之,忒奥格尼斯这幅自画像——一只渴望痛饮背叛者鲜血的地狱之犬——显出一位扮演复仇幽灵的英雄幻影。忒奥格尼斯由此不只在生前,且于死后都代表着正义——就像《劳作与时日》中那些的正义的保护神(行249-255)。但不同于赫西俄德诗作中的泛希腊模式——诗中无数看不见的保护神漫步在整个大地(《劳作与时日》,行255),这位孤独的幽灵只管理他的母邦麦加拉。

忒奥格尼斯与奥德修斯

68. 忒奥格尼斯的心志是一个涵盖许多深远支脉的主题:它也将诗人形象与奥德修斯的形象联系起来,这位英雄的心志是他 nostos[返乡]的关键——不仅在一般意义上返回伊塔卡(Itaaca)的家乡,也特指在他逗留地狱之后返回阳间。① noos[心志]与 nostos[返乡]在主题上的这一衔接——其重述了 noos[心志]与 nostos[返乡]作为动词 neomai[返回]两个派生分支的形式关联——重现于忒奥格尼斯的诗作当中(行699-718):②英雄西绪福斯(Sisyphos)的智慧(行703和712)是他能破例从地狱返回阳间的关键(行703、706-712)。西绪福斯打动了珀耳塞福涅(行704),后者专司取走死者的心志(行705)。西绪福斯的破例返回在他曾渡过不许人类泅渡的冥界(Acheron)河流这一主题中也有体现(阿尔凯奥斯,辑语

---

① 《奥德赛》中的 nostos 一词,不仅指他从特洛伊(Troy)也指他从地狱的"返乡(homecoming)",这一点由 Frame(1978)指出。
② 该诗节在本书史蒂文斯的文章22节中有详细引用;至于对其的评述,见 Frame(1978),页36-37。

38A1-8 V/LP；注意行 6 的表述：心志超过所有人）。与之相似的特例即特瑞希阿斯在冥府的心志以及忒奥格尼斯的心志，后者使他的精灵能够横渡一条奔腾的河。

69. 实际上，忒奥格尼斯正是在英雄从地狱的回返这一点上将自身与奥德修斯相连：

[75] 别让我想起（remind）我的不幸！奥德修斯经历过的那类事情已发生在我身上。
奥德修斯，他回返来，①走出哈得斯巨大的宫殿，
他斩杀那些求婚者，带着冷酷的心肠（spirit [= thūmos]）
……②（忒奥格尼斯，行 1123-1125）

此处奥德修斯从哈得斯的出现直接与复仇相关联，正如地狱之犬一出现就要痛饮那些背叛忒奥格尼斯之人的鲜血。至于《奥德赛》中的奥德修斯，当他的 thūmos [血气] 在计较报复（卷二十，行 5、9、10）那些与求婚者鬼混的女仆时，照字面意义说，他的心在"咆哮"（卷二十，行 12、16）。这一形象实际呼应着一个比喻：一只被激怒的雌狗为了保护她的幼崽而攻击人（卷十二，行 14-15；有关荷马笔下那些吸食人血的狗的形象，参《伊利亚特》，卷二十二，行 70）。

70. 当然，《奥德赛》中，在奥德修斯的复仇之前，已经对求婚者们进行了长时间一系列的考验。奥德修斯假扮乞丐，形貌和行为均为卑劣，却以他的修辞技巧暴露出求婚者们内在的卑劣——这些人原本出身高贵；如此，这位英雄证明了他自身的高贵本性。③同样，

---

① 至于此处 ἀνῆλθεν 的含义，参忒奥格尼斯第 703 和 711 行的 ἀνῆλθεν [返回] 和 ἀνλυθε [回返]。
② 有关 thūmos 的含义，见纳吉（1980），页 161-166。
③ 对《奥德赛》中这些主题的总体分析，见纳吉（1979），页 231-237。

对忒奥格尼斯来说,财产的丧失招致贫穷:

> 唉,可鄙的贫穷!为何你落上我的肩头,
> 扭曲我的身体和noos[心志]?
> 违心被迫,我从你那里习得许多可耻行径,
> 尽管在众人之中我知晓如何才称得上高贵和美好。
> (忒奥格尼斯,行649-652)

和奥德修斯一样,忒奥格尼斯赞成对各种新形势的顺应:

> [76]要有玲珑的章鱼的性情,它
> 看起来和它吸附的岩石相似。
> 有时像这样,之后,另一时刻,又变成和你颜色一样的人。
> 我告诉你:sophiē[智慧、明智、技艺]胜于刚直(not versatile [atropos])。(忒奥格尼斯,行215-218)

atropos[不屈、刚直]的反面是polutropos[善变、机敏],后者被用来形容奥德修斯(《奥德赛》卷一,行1),当这位英雄差点淹死在海里时,他的确被比作一条章鱼(行432-433)。至于sophiē[技艺],这个词令人想起修饰语sophos[技艺高超的、有智慧的],后者用来形容能够像某位预言者一样预见到迫在眉睫之灾难的人(本文1节:忒奥格尼斯,行682)——此人用一种ainigma[谜语](行681)的方式说到一艘陷入海上风暴的航船。这个人本身丧失了财产,发觉自己在与贵族的交往中深感痛苦(行667-670)。其言外之意,以一种超越时代并在时代中不断调整自身的诗的方式,诗人忒奥格尼斯不朽的心志永远检验着麦加拉邦民的内在价值——永远准备对那些辜负他们高贵出身的贵族释放惩罚的幽灵。

饥饿的亡魂

71. 如同某位目光穿透时代的预言者,诗人甚至似乎暗示着自己的托骨之地:

> 我是 Aithōn[埃同]的后代,却滞留(I have an abode)城墙高耸的忒拜,
> 只因我见逐于自己的母邦。
> (忒奥格尼斯,行 1209 – 1210)

此处和接下来诗行的语言似乎刻意含混,但这条讯息至少在某些方面易于理解。词汇 oikeō[定居、滞留、停留]是作为崇拜对象的英雄的注脚。①该词在索福克勒斯的《俄狄浦斯在科洛诺斯》(行 27、28、92、627、637)中有类似的用法,其语境是被放逐而穷困的英雄决意在自己死后安息于复仇女神的圣林[77](有关她们的情况参《俄狄浦斯在克洛诺斯》第 39 行 oikeō[居留]的上下文)。当他藏身于自己最后安息的异邦土地时,俄狄浦斯就已经向他的忒拜同胞报了仇:他预言当他们在雅典的领土上开战时,他冰冷的尸首将吸饮他们的热血(《俄狄浦斯在科洛诺斯》,行 621 – 622)——确切地说,"只要宙斯还是宙斯,只要宙斯的儿子福波斯(Phoebus)预言可信"(《俄狄浦斯在科洛诺斯》,行 623)。这一先知似的预言与忒奥格尼斯所表达的愿望(本文 60 节)极为相似——他渴望痛饮那些欺骗他的人的鲜血(行 349),这个愿望在向宙斯恳求正义的祈祷语境下得以吐露(行 341 – 345,行 337 – 340)。

---

① 关于 oikos/oikeō 在宗教仪式上的用法,参 Henrichs(1976),页 278。

72. 与诗人说忒拜是他的居所之后相隔几个诗行,忒奥格尼斯通过另一个主题暗示他其实已经死去:在此处,他属于坐落在勒特河(Lethe)平原边上的一座城邦(行 1215 – 1216)——显然即指冥府(参阿里斯托芬,《蛙》,行 186)。①

73. 至于诗人假托的名字埃同(Aithōn,行 1209),当奥德修斯乔装时也曾假借这个名字(《奥德赛》,卷十九,行 183;有关忒奥格尼斯第 1209 行中的搭配 Aἴθων……γένος[埃同……后代],参卷十九,行 116、162、166;亦参卷十七,行 523)。形容词 aithōn 可以指"燃烧[被饥饿]"(参赫西俄德,《劳作与时日》,行 363,等等)②,依此含义,它很适合用来修饰那些主要以饥不择食而闻名的人物,如埃里斯克同(Erysikhthon)(赫西俄德,辑语 43 MW)。饥不择食也偶尔被用作对一些诗人的传统摹写:他们使用暧昧含混的话语,为了讨好他们的听众——以便混一顿饭吃。③奥德修斯本人扮作这样一个诗人的样子(《奥德赛》,卷十九,行 203,卷十四,行 124 – 125,卷七,行 215 – 221),正是在这种语境中,他也假托埃同之名(卷十九,行 183)。与忒奥格尼斯的埃同(本文 71 节)一样,《奥德赛》中的埃同也是一个放逐者(卷十九,行 167 – 170),一个以诗人的技艺来言说的贫穷流浪者(卷十七,行 514 – 521)。他娴熟地使用被称为 ainos[故事]的含混的诗歌语言(卷十四,行 508),[78] 而词汇 ainigma[谜语]——关涉着忒奥格尼斯本人的诗歌技艺(前文第 1 节,行

---

① 有关神话发生地的名字(如幸福岛[Elysium])与举行英雄埋葬和敬拜仪式的地名的重合,见纳吉(1979),页 189 – 190。有关麦加拉英雄墓地同时兼具"政治场所(espace politique)"和"宗教场所(espace sacré)",见 Bohringer(1980),页 6 – 7(尤其就泡赛尼阿斯 1.43.3 来说)。至于特奥格尼斯行 1211 – 1216,当然需要更进一步的分析。此处仅指出一点就够了:行 1211 – 1212 所揭示的主题在阿尔凯奥斯辑语 72. 11 – 13 V/LP 处存在一个反命题。

② 有关 aithōn 这一特殊化的意义以及对赫西俄德《劳作与时日》第 361 行 αἴθωνα λιμόν 的解读,见 Mckay(1959)。

③ 见 Svenbro(1976),页 50 – 59;参纳吉(1979),页 261,注 4。

681)——实际上派生自 ainos[故事]这个名词(纳吉,1979,页234 - 242)。

74. 埃同这个名字所传达出的饥饿主题也反映出忒奥格尼斯与立法者之间另一个显著的对应。像埃同一样的忒奥格尼斯作为来自麦加拉的放逐者被埋葬在忒拜(本文 71 节;行 1209 - 1210),然而立法者吕库古却在从斯巴达的自愿放逐中绝食而死(普鲁塔克,《吕库古传》29.8,31;Ephorus,《古希腊历史著作辑语》70 F175,载阿里安,《历史集》13.23;参本文 5 节)。另外,有传说认为吕库古殁于克里特并葬于此地(《吕库古传》31.7、10)——他正是在这里找到了他后来带回斯巴达的那些律法(《吕库古传》4.1;希罗多德 1.65.4)。同样,忒奥格尼斯笔下的自己葬于忒拜(本文 71 节;行 1209 - 1210)——这里是缪斯第一次(primordial)唱起歌颂共同体建立之歌的地方,这一主题开启了《忒奥格尼斯集》的诗歌(本文 6 节;行 15 - 18)。此外,忒拜的传统似乎不仅与大多数前多里斯(pre-Doric)的麦加拉传统相关,而且是其真正的源头(Hanell,1934,尤见页 54 - 55)。

75. 然而,有一些迹象表明,忒奥格尼斯最终被召回母邦麦加拉的一天仍会到来。在那些意义模糊的程度可与有关埃同一节(本文 71 节)相媲美的诗句中,忒奥格尼斯诗中的人物宣称:

> 大海中的尸体正召唤我归乡,
> 它已死去,却还用活人的声音说话。(行 1229 - 1230)

这段诗行因阿忒纳乌斯留存于世(457A),他将之解释为一则有关被当做法螺(trumpet)替代品来使用的 kokhlos[海螺壳]的谜语(同上)。然而,这样的解释最终很可能只提供了不完全解答(参 kērux[报信者],这一赋予海螺壳的名字:阿忒纳乌斯,349C,亚里士多德《动物志》,528a10 等),我们还须追问:忒奥格尼斯正受到回国的召唤,这一宣告的题旨是什么?很明显,作为谜语大师(参本文 1

节;行681),忒奥格尼斯眼下正在向 agathoi——麦加拉的以及后世的"高贵"邦民们传达一些隐秘和预言性的讯息。[79]那么,这些诗句无疑绝不仅仅是有关软体动物的猜谜游戏:在这个正"用活人的声音"召唤忒奥格尼斯的海上 nekros[尸体]的意象中,必定存在某种隐含的重要性。

76. 事实上,这种重要性在作为旁证的麦加拉当地传说中存在一些痕迹。泡赛尼阿斯(1.42.7)记述道,在希腊各城邦中,唯有麦加拉骄傲地宣称伊俄(Ino)的尸体是在麦加拉的海滩被冲刷上岸;而且,麦加拉人还在划归伊俄的一个特定地域(hērōion:同上)中将她作为本地英雄来敬拜。相形之下,在其他地区如麦西尼亚(Messenia)的当地传说中,伊俄从麦加拉的摩罗利岩礁(Molourian Rocks)致命一跳(泡赛尼阿斯 1.44.8)之前,经历了全然不同的事件过程:她并非以尸体形式被冲上岸,而是从海中出现——在麦西尼亚版本中,这发生在马特亚山(Mount Mathia)外沿的海上——以白色女神(White Goddess)本人的一个变身Leukotheā[琉喀忒亚]的身份(泡赛尼阿斯 4.34.4)。问题仍然是,为什么这具明显属于麦加拉的伊俄的尸体要"用活人的声音"召唤忒奥格尼斯?在《奥德赛》第五卷第 334 行,伊俄被形容为"说人话的有死人类",答案在此浮现。这一表述与"说人话的女神"呈现明显对照,后者在《奥德赛》中用来形容其他一些女神,她们的预言能力使那位英雄得以完成向家乡的 nostos[返回](卷十行 136、卷十一行 8、卷十二行 150 中的基尔克[Circe];卷十二行 499 中的克吕普索[Calypso])。①《奥德赛》中对伊俄身为凡人而非女神的强调性说明,似乎是荷马对麦加拉当地版本所形成之传说的隐晦提及,随后,这一传说立刻被流行的泛希腊传说抵消了,原文如下:

---

① 参 Nagler(1977),页 80 处的评述。

[伊俄,]她原是说人语的凡人,
但是(but)现在(now)在大海深处享受神的荣耀。
(《奥德赛》,卷五,行334-335)

以极为一致的方式,赫西俄德的诗句隐晦地提及有关塞墨勒(Semele)死于忒拜的忒拜当地传说:

[80]她,一个凡人,[生下狄俄尼索斯(Dionysos),]一个神;
但现在(but now)他们都是神。(赫西俄德,《神谱》,行942)

77.《奥德赛》中用 audēessa[说人语的](行334)来形容伊俄是恰当的:比如,在拉科尼亚(Laconia),这位女神拥有一座 manteion[神示所],在这里她给前来求神谕的信徒在他们的睡梦中作出预言(泡赛尼阿斯3.26.1)。她在《奥德赛》中对奥德修斯的指示(行339-350)确然有助于这位英雄的求生(尤其注意行344的 nostos[返回]一词)。她化作一种名为 authuia[海鸥](行337、353)的海鸟,对奥德修斯说话——与这个阴性名词相对应的阳性名词乃是埃同。像奥德修斯和忒奥格尼斯的名字埃同一样,海鸥似乎也暗含饥饿之意:这种鸟是以其贪食被记载的(狄俄尼索斯, Ixeuticon,2.6)。① 更重要的是,海鸥作为对女神雅典娜本人的尊称(cult epithet),反映出女神身为"航海领航术(le pilotage dans la navigation)"之保护神的特殊传统角色。② 被画成肖像的雅典娜海鸥对营救海上船只有帮助。③ 在麦加拉,有一处因雅典娜海鸥而得名

---

① 至于这一命名的意味(the sound of the call),除狄俄尼索斯上处的主张外,见《词源百科》699.10,πώυγγες条。
② Detienne/Vernant(1974),页208。
③ Anti(1920),页284-287;尤见页287,有关一副似乎表现其附带铭文 oikeiou nostou 内容的画作,这句铭文大约意为"关于一个人的返乡[nostos]"。

的临海悬崖,此处坐落着英雄潘狄翁(Pandion)的坟墓(泡赛尼阿斯 1.5.3、1.41.6),他的遗体被化身为海鸥的女神送到这座城邦来 (Hesychius, 2737 Latte,此处的 Kekrops 被校订为 Pandion)。①

78. 在《奥德赛》中,伊俄所化的海鸥在保护救援奥德修斯免遭大海吞噬方面有一位对应者:雅典娜本人使波塞冬放出的阻碍这位英雄的暴风改变了方向(行 382 – 387),她随后及时建议他游向安全地带,免得立刻被淹没(行 435 – 439)。值得关注的一点是,恰恰在这个特殊的语境中,奥德修斯与章鱼相提并论(行 432 – 433;见本文 70 节)。这位英雄在波涛中的沉与浮——如果不是雅典娜,他肯定已经被淹没(行 435、438)——紧紧对应着此前伊俄本人的浮出与沉入(行 337、352 – 353)。这一对应意味着,现在已经成为"女神"的前一个"凡人"(行 334、335),[81]实际上乃是由死亡向重生转化的范例——这一转化或许从 noos 和 nostos 二词相关主题的关联中可以得到理解(本文 68 节;另参纳吉,1979,页 203,注 2)。

79. 忒奥格尼斯自身,复言之,与奥德修斯的关联点恰恰在于这位英雄从冥府的回返(本文 69 节)。但是,既然泛希腊的奥德修斯的返回通过泛希腊之雅典娜的最终效力而公开达成,那么这个地方性的奥德修斯式人物忒奥格尼斯的返回,就只能经麦加拉本地的伊俄之口隐秘地预言。只要这具麦加拉的尸体能否涅槃为白色女神的问题仍属未知,这位被夺去了财产的领航员如何返回迷航的城邦航船也就还是悬而未决的疑问。②

---

① 有关这一校订,见 Anti(1920),页 288 – 289。有关对这一主题令人印象深刻的肖像式描绘,见 Vermeule(1979),页 176 的插图,Anti 同上处的评论是为补充说明。

② 对此处所列《忒奥格尼斯集》诗歌的分析显露许多与分析阿尔凯奥斯诗歌的相似之处,尤其所谓的"政治(stasiotic)"诗。以阿尔凯奥斯辑语 129 V/LP 为例:此处诗人显得处身一个神圣的庙堂(a sacred precinct)或 temenos[圣地](行 1 – 2),祈祷此地的诸神将他从痛苦的放逐中解救(行 11 – 12),并听到他的诅咒(行 10 – 11);诅咒的内容是祈求 Erīnūs[埃里倪斯,复仇女神之一]

惩罚匹塔科斯(Pittakos),此人违背了将 hetairoi[朋伴们]团结在一起的誓言(行 13 - 20;参忒奥格尼斯行 337 - 350 以及本文 61、64、67 节的评述)。在阿尔凯奥斯辑语 130 V/LP 中,诗人又说起一个 temenos[圣地](行 28),似乎与前一处是同一个地方,此处显得像是阿尔凯奥斯身为一名孤独放逐者的实际居住地(行 23 - 25;参忒奥格尼斯行 1209 - 1210 以及本文 71 节的评述);此处行 25(ἐοίκησα)以及阿尔凯乌斯辑语 130 行 31(οἴκημμι)的动词 oikeō[我定居(I have an abode)]与忒奥格尼斯行 1210(οἰκῶ)相同(71 节的评述)。从这一点来看,阿尔凯奥斯辑语 130 第 16 - 20 行中对母邦的思念,或许类似于忒奥格尼斯第 1197 - 1202 行所表露的感情(本文 52 节及以下)。

忒奥格尼斯的封印

——古希腊著述者的政治学

福德(Andrew L. Ford) 撰

赵翔 译 张芳宁 校

[82]1. 归于忒奥格尼斯名下的大量诗歌作品,如何勾画出忒奥格尼斯这位诗人以及真正属于他的原始文本?我们通常凭靠的是其诗集开头的一段诗文,它以忒奥格尼斯的sphrēgis[封印]或"印章"而闻名:

> 居尔诺斯呵,让我在sophiē[诗艺]的践行中将一枚封印置于
> 这些epē[辞句、诗行(uterances)]之上;从此不再有人能窃走它们
> 或者用低劣的货色来冒充它们esthlon[纯粹的]品性。
> 人人都会说:"这些epē[诗行]属于麦加拉的忒奥格尼斯,
> 他在所有人中享有盛名。"
> 但我并不能取悦所有邦民
> 这不足为奇,珀吕帕俄斯之子! 连宙斯也难以做到
> 在或取或予间(by raining or holding back)愉悦一切生灵。
> 但我将怀着好意,向你指出这样一些事情
> 那是我自己,居尔诺斯呵,在孩童时从高贵者那里学来的东西。
> [83]千万留意! 不要将有关timē[荣耀]、aretē[成就]与财富之事
> 拉向卑劣、可耻与有悖dikē[正义]的方向。(行19-30)

这段文字中,忒奥格尼斯看起来给这些epē[言辞或语句]加上

了一道封印,就像那个时代的希腊人密封自己的信件或宝匣。这个特殊的意象往往被隐喻性地阐释为忒奥格尼斯对自己著作权的声明。"封印"则被理解为一个巧妙的比喻,借此忒奥格尼斯宣誓了自己对诗集原始选本的作者身份,尽管在后来的版本中该原本已受到严重毁损与玷污。从文学角度将之理解为对作者著作权的充满自尊的声言,就使得这段文字成为标志诗歌作为文学样式正式确立的里程碑,上述确立过程伴随着一个推测,即,在古希腊从匿名史诗时代向诗人自傲于自身技艺的公元前5世纪到前4世纪过渡的过程中,一种文学自觉意识逐渐觉醒。①

2. 这种阐释的一个难点在于,以如此封印作为对著作权的声明,在那个诗歌依然通过口传而非书籍来自由流传的古风时代,似乎没有什么实际意义。而且,古风时代希腊诗歌(哪怕是更具个体性的抒情诗)的"辞句"深具传统性与共通性,与现代所谓"原创者"的著者观念毫不相干。②

3. 忒奥格尼斯在描述自己践行 sophiē[(诗歌)技艺]时,并未着重创造性,而强调一种适用于不同领域的明智又实用的技艺,诗歌创作领域亦包括在内(Snell,1924,页 1 - 20)。在有关封印段落的末尾,忒奥格尼斯说道:"我将……向你指出这样一些事情,那是我自己,居尔诺斯呵,在孩童时从 agathoi[高贵者]那里学[emathon,行 28]来的东西。"忒奥格尼斯将要告知居尔诺斯的,是他从他人那里得知的东西。如此看来,忒奥格尼斯之所以将封印加在这些"辞句"之上,并非是为了昭示自己的原创权。这是古风时代诗人所具备的技艺,他并不寻求新颖或奇异的自我表达,而只是渴望威严明了的言说。古风诗人们对自己歌吟的自豪与对荣誉的向往总是糅

---

① 如 Jaeger(1945)1,页 190。对这类封印阐释的综述,见 Woodbury(1952),页 35,注 4。

② 参 Burn(1960),页 160 对希腊古风时代的描述;对现代著述者观念的评论,见福柯(Foucault,1977),页 123。

合着一个附带的声明,[84]即,他们的诗歌依赖于缪斯——赫西俄德说她们是记忆女神的女儿(《神谱》,行53)。

4. 在口传文学传统中,如若我们想要追溯一篇诗歌"言辞"的源头,最好的说法就是:它源自缪斯而不是任何一位作者。事实上,这几位女神就在忒奥格尼斯提及封印的那段文字之前不远处出现,并唱出了最初的 epos[诗,epē 的单数形式]:

> 缪斯和卡里忒斯(Kharites),宙斯的女儿们!你们
> 曾光临卡德摩斯的婚礼,吟唱这首美妙的 epos[诗]:
> "凡美善者皆 philon[可爱],不美善者不 philon[可爱]。"
> 这就是由那不朽的唇齿间所吐露的 epos[诗句]。
> (行15–18)

缪斯们吐露的这句话乃是一条古老而又流传甚广的传统名言;① 她们是传统的代言人。因此,我们不必为下述情况而吃惊:在忒奥格尼斯留下自己封印的那些"辞句"中,有许多诗行乃至段落都可以在其他古代作者那里寻找到,以致它们被归入忒奥格尼斯生前身后各色各样古风诗人的名下。② 实际上,或许正是这些表述的大集合才使得封印这一做法具有必要性,以此为他这些 epē[诗行]冠上个人的名讳。③

---

① 柏拉图称之为一则"古老的格言"(《吕西斯》[Lysis]216C);参欧里庇得斯,《酒神的伴侣》(Bacchae),行881/901。见本书纳吉文,6节。

② 有关这段归属不明的诗句的讨论,见 Burn(1960),页260及以下。

③ 有些批评家对这种做法的直白感到迷惑。他们觉得,"封印"应该不可能是指忒奥格尼斯的名字,因为名字只能保护它所在的那一行诗。于是,一种观点渐渐发展起来,持此观点的人认为,某些短语被散布在诗歌当中;这样的一个短语——多数人通常认为即居尔诺斯这个名字——就成为《忒奥格尼斯集》中可信段落的一种私人标记。然而,这样的策略同样过于简陋且易于伪造。这些富于创意的批评家们忽略了封印的真正意旨:它的目的并不是标记出属于忒奥格尼斯的各个诗行或诗行的组合,而是将这些材料的组合物冠上他的名字。

5. 于是,希腊古风时期文学的状况以及忒奥格尼斯对自己实践的描述都不支持将封印理解为对著作权的声明。[85]由此认识出发,伍德伯里(Leonard Woodbury)对这段文字提出了另一种方式的阐释(1952,页 22 - 23)。他指出,对古希腊人来说,封印的通常用途是"维护自己的财产权,而不是艺术家对自己作品的署名",因此,他将封印解释为对所有权而非著述权的宣称(同上,页 20)。

6. 通过剔除那些实际上无关紧要的猜测,伍德伯里澄清了封印的含义;不过,我们还需要进一步探索:忒奥格尼斯对自己诗歌所拥有的"所有权",这一表述的意义与功能究竟是什么。我们应该询问,在何种意义上,这些诗句归忒奥格尼斯所有？为何以及通过何种权利,使得他能够如此声明？对伍德伯里而言,忒奥格尼斯的诗歌属于他(his),并非作为物质财富,而是一种"精神上的所有权";他对传统诗艺"富有技巧性的发展"和他的"深奥微妙",都标记了他的作品,使得他可以宣称它们是属于自己的——这有赖于他由于"明了自己的诗艺力量"而产生的自信(同上,页 24 - 31)。然而我们想知道,伍德伯里在阐释他对封印的理解时,是否会允许前面已经批判过的文学著作权的观念悄悄渗入其观点之中。他所谓的精神上的自豪——这自豪允许艺术家将某些艺术物件称之为自己的创造物——似乎与宣称自己是著述者并无太大差别,即使那种文学上的所有权建立在抽象的"诗艺"基础之上。

7. 将忒奥格尼斯的封印解读为文学上有关著述权的观念,不仅不太恰当,还会让我们忽视这段文字在希腊文学史上的真正意义。忒奥格尼斯显然对这些 epē[诗行]感到自豪,并希望能借此得到荣耀。这种期待和古希腊以及其他地方的古风诗人并无太大差别。①在古希腊充满竞争气氛的诗坛,这样的自我宣传十分自然。赫西俄德、阿尔克曼(Alcman)以及其他古风诗人都曾站在古风诗

---

① 有关对古风希腊时期(及其同源的)其他诗歌中与封印类似之署名的情况汇总,见 Durante(1960),页 244 - 249。

歌的传统之内,为自己的价值做过辩护。① 只是,忒奥格尼斯的封印并不仅仅是诗人通过划定自己诗歌地盘而进行的那些自我证明。这一封印的意义不在于为了替一位作者或歌者署名,而在于它标识出了一种类型的"文本"。忒奥格尼斯不仅仅意味着一个非凡歌手的名字,而是成为封存一系列诗作并保证其纯正来源的锁与钥。

[86] 8. 封印作为确认和保有诗歌作品的方式,在公元前7世纪末至前5世纪早期的希腊确曾出现过。忒奥格尼斯绝不是那个时代唯一标识自己作品并为之署名的诗人。诉歌诗人希帕库斯(Hipparchus)、福基里德斯(Phocylides)和德摩多库斯(Demodocus)都在警句诗(epigrams)中插入过自己的名字。另外,将一些作品归在某个特定的名字下面也便于诗人之间相互引用。譬如,梭伦在提及弥涅墨斯(Mimnermus)的名字后就在其诗作的基础上进行了再创作(梭伦,辑语20 W)。西蒙尼德斯(Simonides)也曾引用过《伊利亚特》中的一行诗:"锡安(Chian)人曾念念不忘的一件至美(kalon,参忒奥格尼斯,行16)之物"(西蒙尼德斯,辑语8 W)。于是我们可以说,忒奥格尼斯的封印所标识的并非更为自觉的诗歌意识,而是一种将一位诗人的所有物固定在一部成型文集之中的趋势。有一重要事实与此相关,梭伦之所以在古人那里获得名望,部分是因为他将如下规定写入法律:荷马史诗的吟诵者们不得随意诵读荷马的作品,而必须"有所提示(ex hupobolēs)";而且,在前6世纪古希腊的泛雅典娜节(Panathenaic festival)上,荷马的诗歌似乎已经成为表演中的某种经典程式。②

9. 这个在诗歌中出现的封印究竟有什么特别的功能? 将之解释为著述权观念的最初形式或艺术家的傲气显然并不恰切;我们最

---

① Kranz(1924),页75-76。
② 第欧根尼·拉尔修(Diogenes Laertius),《名哲言行录》1.57;伊索克拉底(Isocrates),《泛希腊集会辞》(*Panegyricus*)159。有关短语"有所提示(on cue)"及进一步的讨论,见Davison(1955),页1-15。

好这么说,这个封印是有关"出版"以及保存诗歌作品的策略和动机——在那个充满纷争的僭主制时代的希腊。为了阐明忒奥格尼斯之封印的功能,为了论述"作者"在那个时代的特别意义,我将说明,诗性与正式的语言在城邦中究竟有着怎样的应用。我将尤其考查一下希琶库斯(他是庇西特拉图之子,雅典的一位僭主)对诗歌的一个特殊用法。稍后,我讨论的重点将落在忒奥格尼斯之封印与名姓的政治意义,而非它们的美学或精神层面上的暗示。

10. 该封印的关键作用是确保忒奥格尼斯的 epē[诗句]不受侵蚀,而这一功能集中地体现在第 20-21 行的两重承诺上:诗人保证,有了该封印,他的"诗句"将不会被他人偷偷窃取,也不会被低劣的作品替代。这一禁令的特异之处在于其关涉到文本的完整性。但也存在与之近乎一致的例子。忒奥格尼斯在另一首诗歌中表达了类似的主张,他强调要保护好神谕答复所使用的语句:①

> [87]作为 theōros[观礼员]的人(受命往求神谕者)
> 必须更正直,居尔诺斯呵!他须小心在意,
> 胜过木匠的圆规、折尺和曲尺
> ——这人得到德尔菲神的女祭司
> 的答复,从多脂的祭坛上(opulent shrine)吐露神圣的言辞。
> 假如你从中增添,就再也无法补救,
> 假如你删减什么,就不免冒渎神明。(行 805-810)

忒奥格尼斯希望,借助他的封印,自己的词句能免遭篡入与窃取,即删减或挪用——因为对他的表达进行引用或重复使用乃是诗人们的惯常做法。与此类似,对于神谕之答复,我们也应保护它免遭增添或删减。后面这段诗句中的 theōros[观礼员,或求取神谕

---

① 见本书纳吉文,20 节。

者],即受派遣去将来自德尔菲神谕的预言传达给需要它的人们的人。于是,我们发现,忒奥格尼斯的诗学主张——关于如何将他的"诗句"传达给未来的读者——在此得到了完美的具象呈现。事实上,读者也可以如此这般地理解这个类比:观礼员从女祭司那里得知神谕,而女祭司则是预言之神阿波罗的中间人;同样,忒奥格尼斯所要保存的"诗句"其实也是来源于缪斯。①

11. 以上说法与忒奥格尼斯的诗歌密切相关,因为对古风时代的希腊人来说,"诗歌"文本与所谓从神明那里得来的文辞之间并没有明确的界限区分。应该提醒各位读者留意的是,在古希腊,神谕往往也有着韵律。事实上,前6世纪的希腊人并没有用以指代诗歌作品的专门词汇,而是将诗歌与神谕统称为 epē。②这两个言辞领域在古希腊极为接近,这一点我们可以从提尔泰奥斯(Tyrtaeus)的一首名诗中看出端倪。这首诉歌名为 Eunomiē 或"优良政制"(辑语4 W),它采取了德尔菲神谕的结构,其内容似乎是对斯巴达的基本法律"大公约"(Great Rhetra)制定过程的具体描述。在前6世纪的斯巴达,[88]对神谕的不同解释在形成对内和对外的政策中扮演了重要角色。③

12. 因此,在希腊古风时代,对某些形式之诗歌的控制权其实也意味着某种权力。哪怕我们称之为文字游戏的诗歌类型——因为在希腊人那里,属于缪斯而非属于皮提亚的阿波罗的 epē[辞句]在政治上扮演着重要角色。据几位古代写作者包括亚里士多德(《修辞学》1375b25)的描述,在麦加拉与雅典之间的一场诉讼中,人们引用了《伊利亚特》的诗句。在为萨拉米斯的所有权而进行的

---

① 这种联系在品达那里得到了发挥,参见品达,辑语 50 SM:μαντεύεο Μοῖσα, προφατεύσω δ' ἐγώ[预言吧,缪斯,我将是你的诠释者]。
② 相关例子可参见《奥德赛》卷十二,行 266 – 267;《伊利亚特》卷一,行108;提尔泰奥斯,辑语4,行2 W;阿尔克曼辑语27 P 及梭伦辑语1 W。
③ 见 Wade – Gery(1943、1944)。

漫长争论中,两座城邦还请斯巴达人作为仲裁。据说,为了替雅典人辩护,梭伦(也有说是庇西特拉图)窜改了《伊利亚特》中的船只名录(普鲁塔克,《梭伦传》10);他还引用了《伊利亚特》中的诗句(《伊利亚特》,卷二,行557),它们描述了萨拉米斯岛的英雄和首领埃阿斯(Ajax)将自己的战舰停靠在雅典舰队旁的情景。可以肯定,在雅典人看来,对方的控诉是"荒谬的"(普鲁塔克,同上)。然而,这样的证据并不具有决定性,而且麦加拉人也窜入了一行对己方有利的诗句来为自己的城邦辩护(同上)。

13. 这样看起来,对诗歌文本进行调整和修订是为了增强政治作用。作为对上述故事(即梭伦或庇西特拉图重新"编辑"荷马以为其政治目的服务)的补充,据记载,这些人物曾提出多种标准来规范雅典人对荷马诗句的朗诵(如拉尔修,《名哲言行录》,1.57)。那些涉及更多地方化主题的不那么重要的诗段更容易被改动,其改动也更易获得认可。事实上,正是德尔菲的神谕,提供了如何规范地方性诗歌的成例;若是 theōros[观礼员]在归家前打开神谕,他将受到严厉的宗教制裁。① 因此,神谕往往需要封印以保持其权威性并防止篡改。②

[89] 14. 乍看起来,忒奥格尼斯的诗作似乎没有重要到需为同样的原因而加上封印的地步。毕竟它主要是这么一座资料库:里面

---

① Parke 和 Wormell(1956),页33。
② 很容易解释古希腊人何以重视神谕文字的纯正性。神谕应答在希腊城邦中起着重要作用,涉及习俗的建立和对城邦之间关系的指导。从第543-546行可以看出,忒奥格尼斯对神谕的关注,更多的是看重它们的政治意义而非美学或宗教价值(见本书纳吉文,20节),彼处他使用同样的意象——"笔直如同木匠的折尺"——来形容自己将如何进行 dikē[判决]。神谕的文本是神圣的,尤其是就它所能产生的政治后果来说。因此,当人们发现奥奈西克里图斯(Onomakritos)——一位职业的神谕诠释者——篡改了有关穆赛欧斯(Musaeus)的神谕时,他立即被僭主希琶库斯所放逐(希罗多德,《原史》,7.6.3-5)。

包含一个 pais[少年]提出的忠告,其内容则涉及情爱、会饮和国内政治。然而,通过诗歌向少年教授传统价值——paideiā[教育]——乃是古希腊政治生活的根本。诗歌、政治和教育三者在城邦中不可分割;想要掌握其中一个就必须掌握其余两者,就像柏拉图在《王制》中无比深刻地表明的那样。忒奥格尼斯说给居尔诺斯的那些训诫无疑来自于 agathoi,即那些"善好"或"高贵"之人,而麦加拉这些贤人君子的政治准则在《忒奥格尼斯集》诗歌之整体中得到了呈现。①

15. 因此我主张,忒奥格尼斯之封印的首要作用在于对一系列格言体诗歌的编纂与授权,它们的内容都是关于贵族那些已经为人接受的规则和价值。忒奥格尼斯的署名并不保证这些 epē[诗句]的来源,而是在保证它们相似的政治品质和贵族政治的立场。封印将保护一件作品完好无损——这一声明所保证的是,这些格言将成为对一位贵族青年的既容易理解又能够得以诠释的教导。

16. 柏拉图名下的一部对话录中曾简略描述了僭主希琶库斯统治下的希腊,其中透露出这样一种可能性:对格言体诗歌的使用和传播与政治体制息息相关。这篇对话录(它有着极为忒奥格尼斯式的主题:有关 kerdos[获取]的本质)包含着一个对庇西特拉图的继任者希琶库斯的教育活动的简短附注(《希琶库斯》[*Hipparchus*],228B – 229D)。文中,苏格拉底称希琶库斯为庇西特拉图的儿子中最为 sophos[聪慧]的,并且具体描述了他得以"展示[apedeixato]"自身聪慧品质的行为,也即他的 sophiē[技艺、智慧、明智]:希琶库斯将荷马的 epē[诗句]引入雅典,还安排了专门的史诗吟诵者在泛雅典娜节上按次序朗诵那些诗歌。希琶库斯又从忒欧斯岛(Teos)那里引进了阿纳克瑞翁(Anacreon)的诗作,甚至派出三层桨战船迎接这位诗人。另外,他还充当了刻欧斯岛(Ceos)的西蒙尼德斯的慷慨赞助人。苏格拉底接下来的论述值得全文引用,因为

---

① 参本书莱文及刘易斯的文章。

他使用了一系列能够让人联想到《忒奥格尼斯集》的术语和观念:

> [90]希琶库斯做这些事情是为了教化[paideuein, paideiā 的动词]民众。他希望自己能统治那最好的公民,而不必限制[phthonein]自己的 sophiē[智慧]以适应那并没有他高贵的人群。当位于城区中心的人们接受了他的教育并开始赞叹他的 sophiē[智慧]时,他就决定将这教化扩展到整个国家,并且在每个街区道路的中部树立起赫尔墨斯的雕像供众人瞻仰。接下来,他还挑选了一些他觉得在自己的 sophiē[智慧]中最为 sopha[智慧]的句子——其中既有他自己的也有他学[emathen]到的,亲自将它们写成诉歌体对句并雕刻在每一尊塑像上以展示[epideigmata]他的 sophiē[智慧]。他这么做,目的是让人们将注意力从德尔菲神庙上的那些箴言[sopha](如"认识你自己"或"勿过度")移开,并开始考虑希琶库斯的话也蛮 sopha[智慧]。只要人们偶尔在往来之时尝试性地读读他的 sophiē[智慧],就会为之吸引,并在一次次愈发规律的散步中为他们所受的 paideiā[教育]来个点睛之笔。(柏拉图,《希琶库斯》,228C – D)

希琶库斯这些意在教化民众的种种举措想必确有其事,因为我们在其中一座存留至今的雕塑上看到了这样的话:"这座光荣的石碑(herm)矗立在城市与 Kephale(一街区)之间……"① 此外,从苏格拉底对希琶库斯相当克制的嘲讽与假装的赞美中,也可以印证这段铭文的细节确实清晰可信。从某些角度来说,似乎这位僭主的个人声明——就比如"对任何人我都毫不吝惜我的智慧!"——应该被重新拿来用作一个反证,来映衬他那巧妙然而不大可信的形象:一

---

① 《古希腊铭文集》(*IG*) I² 837,相关论述见 Friedländer and Hoffleit (1948),页 139–140。

位智慧又仁慈的君子——僭主(gentleman - tyrant)。

[91] 17. 希琶库斯的诗歌为格言体诉歌,在精神气质上与忒奥格尼斯的某些表述相近。接下去,苏格拉底引用了希琶库斯的一些警句诗,第一首如下:

> 这是希琶库斯的提醒:在你路过此地时,请保持 dikē[正直]的思绪。①

希琶库斯创作和使用的诗歌似乎与他的麦加拉邻人那部更为厚重的诗集颇有关联,有许多细节可以证明这一点。在创作诉歌诗时,希琶库斯惯于从自己习得的点点滴滴的智慧中寻取素材,忒奥格尼斯为了他的 epē[诗句]也曾如此撷取养料(行 28)。据说,希琶库斯自己也发现了一些东西,但并非是为传统诗歌添加了什么"新(original)"元素;这一点在某种程度上恰恰对希琶库斯那无所不包的 sophiē[智慧]构成了十足的反讽。作为一个政治领袖,希琶库斯还可以通过援引甚至占用荷马的诗歌、资助当时著名的诗人来展示自己的睿智。总之,其智慧的本质与忒奥格尼斯一样:借助对诗歌技艺的熟稔来表现出令众人尊敬的品行。②

18. 希琶库斯与忒奥格尼斯诗歌最核心的共同点,在于他们署名的方式。上面所引希琶库斯的 epos[诗句]("在你路过此地时,请保持正直的思绪")是对公民之适当品行的传统表达。同样的观念在忒奥格尼斯(行 395 - 396)那里也出现过,而在希俄斯(Chios)的伊翁(Ion 辑语 26,行 16 W)那里则有一模一样的表述。至此已

---

① 参忒奥格尼斯 753 - 756。柏拉图引用的希琶库斯的另一句 epos[诗]是:"不要欺骗你的 philos[朋友、所爱的人]",也是一个典型的忒奥格尼斯式的主题。见 Rösler(1980),页 85,注 133。

② 对忒奥格尼斯和福基里德斯的提及见伊索克拉底,《致尼可克雷斯》(To Nicocles)2. 40 - 44。

经很清楚,对于希琶库斯的这首诗来说,重要的不是这一句诗从何而来,而是谁能将自己的名字署在上面。希琶库斯的警句诗作为他的 mnēma[提示物、纪念碑]可以从以下两种意义上得到说明:首先是表明这些言辞或忠告是他告知我们的,其次是让我们在阅读或引用它们的时候不忘记他的贡献。①这种署名方式类似于福基里德斯和德摩多库斯;其功能是像封印一样将自己的名字彻底地(也许这一点他们做得比忒奥格尼斯成功)与某个诗歌文本联系起来。

[92] 19. 从《希琶库斯》这部对话中也可以看得很清楚,警句诗上的署名本质上是起政治作用。希琶库斯树立石像方碑是为了教化范围更广的市民。诗句上的署名是为了"展示"或宣扬他的 sophiē[智慧],以便人们将他视作城邦 paideiā[教化]之源。此举并非出于文学上的虚荣心,而是对德尔菲神庙墙上那些广为人知的言辞提出挑战。希琶库斯有足够的理由去支持这项诗歌事业:在当时,流亡的雅典反对派、他的政治对手阿尔克迈翁家族(Alcmaeonids)偏爱德尔菲神谕,正在大肆重建阿波罗神庙。事实上,这个家族对德尔菲的诗文产生了巨大的影响,甚至每当斯巴达人到神庙占卜,得到的建议都是"推翻那个雅典僭主"。②

20. 通过希琶库斯的例子,我们能够清楚地了解这一过程:诗歌文本被剽窃并重新"发表",成为执政党宣传自己政治纲领的工具。或许,希琶库斯做过的最典型的文学举措就是派三层桨战船迎接阿纳克瑞翁到雅典了。这一时期,很多著名的僭主都有类似的故事流传,如萨摩斯的波利克拉特斯(Polycrates),又如叙拉古的狄俄

---

① 对忒奥格尼斯之"纪念碑"的讨论,见本书纳吉文,71 – 72 节及 79 节第一个注释;有关诗歌作为 sēma 的两个含义"符号(sign)"和"坟墓(tomb)",见纳吉(1983b),页 54,注 55。

② 阿尔克迈翁家族的重建活动开始的确切时间很难考证。比如说,我们无法确定,在公元前 514 年他们暗杀希琶库斯时是否求得了德尔菲方面的支持。见 Forrest(1969),页 277 – 286。不过,为政治目的求助于神谕并获得答复诗句,这种情况在所有历史学家那里都可以找到确凿的证据。

尼索斯(Dionysius)。忒奥格尼斯与其城邦和城邦统治者的关系我们不甚了了，但有他一段深奥的文段，其内容似乎是在总结并推崇类似希琶库斯这种诗人—僭主的政治策略：

> 作为缪斯的侍者和信使，若确有满腹经纶
> 就不应吝惜[phthoneros]自己的 sophiē[智慧]，
> 他应寻求和展示[deiknunai]某些东西，并制作某些东西，
> 否则，这一切对他又有何用？（行 769－772）

"缪斯的侍者"是对诗人的传统称谓。①另外，人们还常常将诗人描述为"信使"，[93]仿佛是为了强调诗人在城邦中的公共职能：他往往同时充当缪斯的发言人和政治使节。这样一来，诗人的形象就有些类似于希琶库斯：他们都特别 sophos[睿智]，并且立志将不吝于把自己的 sophiē[智慧]分享给大众。不过，对于该诗第 771 行的解释，大家就见仁见智了。第一个动词很罕见，它似乎意为"寻求"。②但其后的句意以及后面两个动词意指什么就很难理解了。大部分论者认为，这段文字将诗人的活动分为了三个部分。也就是说，诗句可以如是理解：诗人必须"寻得某个典型，然后展示它，并且要适当表现出自己的创造性"（Harrison, 1902, 页 115－116）；作为其他的选项，这些动词也可分别理解成是为了营造说教的、夸赞的和叙事的风格（Van Groningen, 1966, 页 297－298）。很遗憾，如此诠释实际上是在将批评者们对诗歌活动之主要特质的成见强加到文本之上，并暴露出他们对某些过时的观念的迷恋：比如"诗歌独创性"或诗的三分法（a tripartite partitio poetica）。想要从这些动词中

---

① 参"荷马"，《玛吉特斯》(Margites)，行 1；赫西俄德，《神谱》，行 99。
② 见 Hesychius 辞典中相应条目。在《克拉底鲁》(Cratylus) 406A（[译注]原文误为 402A）中，柏拉图说"缪斯"之名源自该词，因为缪斯们掌管"寻找"和哲学。

提取出有关诗歌功能的三分法,这样的意图恐怕不会产生令人满意的结果,并且它的根基乃是此处有关智慧的一种过于狭隘的观念。① Sophiē[智慧]当然可以指代诗歌技巧,但它还有更广泛的应用范围,同时,诗人—信使这一形象本身的复杂性也赋予它更为丰富的意涵。于是,这段诗文描述的并不是单纯意义上的诗人,而是那个将缪斯赐予的礼物带给他的共同体的人。这是作为教育者的诗人,或者是宣传自己的智慧的诗人。这段文字所指派给诗人的任务,显然为希琶库斯所继承,后者致力于将自己高深的智慧与雅典市民分享。他首先会到处寻找智慧,包括别人和自己的;然后,他会在泛雅典娜节或在自己的创作中将它表现出来;最后,他着手建造(made)纪念碑,即,诗歌通过镌刻在石头上而得以记录。最后一个步骤已经超出了对智慧的"展示",而表露出这样的意涵:艺术创造物将承载着一个人的智慧去经历岁月涤荡。表达"创制"之意的动词 poiein,实际上在那个时代最常见的含义就是雕刻碑文;另外,我们甚至还发现了一座建于公元前 500 年左右的 mnēma[纪念碑、纪念物],上面写明它是一件"人工制品",即一个 poiēma[制成品],或者说,是一首"诗"。②

[94] 21. 于是乎,我们可以说,忒奥格尼斯的封印与希琶库斯的署名的流传,似乎都依赖于以政治为导向的诗歌发表形式。对于僭主和类似的统治者来说,封印让他们有可能集聚来自思想上不可分割的同情党派的支持,后者会通过诗歌向掌权者表示忠心。这种十分新颖但却不乏危险性的宣传形式曾出现在公元前 5 世纪的一个典故中:有人曾试图在艺术和政治上都极为保守的斯巴达采用类似政策,但终究归于失败。修昔底德曾描述过斯巴达王泡赛尼阿斯(Pausanias)的生涯。这位国王因为波斯战争而具有了无上的权力与威信;自那以后,他愈发地奔忙起来,并开始与东方诸国进行秘密

---

① 这里的翻译是根据埃德蒙兹(本书第四篇)的解释。
② 《古希腊铭文集》,XII. 5 216。

的联络。泡赛尼阿斯的行为在许多方面使监察官们警觉到：他所欲求的权力早已超出他的身份所允许的范围或者 nomos[礼法]（修昔底德1.132.2），他们开始留心查证泡赛尼阿斯的过往经历，看他是否曾违背礼法。他们发现了一个有趣的事件，它似乎预示了泡赛尼阿斯如今的骄横：在波斯战争结束之际，泡赛尼阿斯曾以个人名义（*idia*）而非代表整个城邦捐给德尔菲一座青铜三足鼎；他还在这个三足鼎上刻了一首诉歌对句，内容包括纪念这场胜利并提及自己的名字。① 显然，让监察官们担忧并认为是政治上的恶兆的，并非他我行我素的骄横，而是他通过刻写自己的名姓来进行自我颂扬的行为——将这种行为看成是政治策略绝对有一定道理。事实上，斯巴达古老的吕库戈斯法典甚至禁止人们在墓碑上镌刻名字，只有极少数的例外情况。② 于是，斯巴达人将刻有泡赛尼阿斯之名的碑文凿掉，并代之以获胜的希腊城邦的名称。在古风时代，斯巴达是为数不多的避免了僭主政制的城邦，他们能够敏锐地发觉某个人属意颠覆礼法秩序的企图。

22. 忒奥格尼斯的封印与希琶库斯署名的警句诗确实有极高的相似度。它们是两种不同的形式，所依托的也是两种不同的媒介，但都重新调校了格言诗体的传统，以使其服务于政治目的。加了封印的《忒奥格尼斯集》或许像是一本书，封印本身首先似乎是作者的署名，[95]但在动机和意义上，封印这一策略更类似于僭主们的纪念碑和警句诗人们预先做下的安排。忒奥格尼斯及其同时代人的自我宣扬与希腊人所树立的碑石尤其相像：无论是建造碑石的艺术家还是其赞助人都因此得到了荣光。从这个意义上看，封印使忒奥格尼斯的诗歌变成了一座纪念碑。③ 它在一个名字的下面镌刻了这些诗句，就使这些诗句化成一座纪念碑，永远令后来者追忆忒奥格尼斯之名。事实

---

① 据说该诗由西蒙尼德斯创作，后来为泡赛尼阿斯（3.8.2）所引用。

② 很明显，只有男女神职人员才有此权力，虽然普鲁塔克的记述与此相反，见 Wallace(1970)，页97及以下。

③ 参忒奥格尼斯，行1209-1210，相关论述见纳吉（1983b），页54，注55。

上,封印让忒奥格尼斯的诗集成为一种类似石碑的存在,而人们就像阅读碑文一样阅读这些诗。忒奥格尼斯的诗集是为居尔诺斯精心雕刻的一座纪念碑,他的名字连同居尔诺斯的名字一起保存下来,即便两人早已不复存在:"人人都会说:'这些 epē[诗行]属于麦加拉的忒奥格尼斯,他在所有人中享有盛名'"(行 22 – 23)。① 封印为自身预先所做的这一"诠释"就像对一座纪念碑的"诠释"——就像赫克托尔(Hector)对被征服者的 sēma[墓碑]所做的预言,负载着他的荣光历经悠长岁月,甚而逾越了《伊利亚特》本身:

> "'这是一个早已长逝之人的 sēma[永牢],
> 他的荣耀与功绩被赫克托耳终止。'
> 人们如此议论,而我的 kleos[荣誉]以此长存。"
> (《伊利亚特》,卷七,行 769 – 772)

---

① 对忒奥格尼斯第 237 – 254 行这些诗行更细微的、联系到史诗传统中有关死亡与 kleos[荣光]不朽的分析,见 Sacks(1978)。

忒奥格尼斯诗歌的体裁问题

埃德蒙兹(Lowell Edmunds) 撰

赵翔 译

[96]1.《忒奥格尼斯集》为我们留下很多难解之谜。即使是一般认为由忒奥格尼斯创作的那一部分,也在暗喻、主题与风格方面存在诸多差别。这些诗歌展示了作为一个整体(West,1974,页10-18)的希腊诉歌所存在的内部异质性,同时也引出了如下问题:它们到底是何种类型的诗歌?① 解决这个问题的方式之一,是将其放在文学史中来考虑,尤其是要顾及诉歌与其他文学体裁的关系。另一个解决问题的方式,是仔细考察前人对诉歌本质的讨论。后一种方式并不令人满意,因为古人往往将诉歌与哀悼联系在一起,② 然而现存的诉歌不能完全等同于哀悼歌曲或哀歌之类的体裁。还有第三种方式,那就是细读忒奥格尼斯诗集本身,再结合其余的希腊诉歌,以便弄清写作者对该诗体的自我认知。于是,问题在这里变成,希腊诉歌——尤其是《忒奥格尼斯集》,将自身定性为何种诗歌?此问题的相关证据表明,希腊诉歌往往将自身区别于六步格(hexametric)诗(荷马、荷马颂诗、赫西俄德),其理由一方面是由于后者作为诗歌体裁的权威性,一方面是涉及不同诗歌在受众的生活中所发挥的不同作用。格林伯格(Nathan Greenberg)曾以严格的分析为

---

① Maehler(1963)没有提及忒奥格尼斯,Treu(1955)在五个脚注中和一个附加说明中提及了他。
② Page(1936),页206-230。见Rossi(1971)中对古人有关文学体裁之观念(无论是外在的还是隐微的)的探讨。

基础得出结论,诉歌体六步格诗区别于荷马式和赫西俄德式的六步格诗,这为我们当前的讨论提供了直接支持(参本书附录)。

2. 探讨诉歌的自我类型化问题,不得不涉及有关史诗之基础的研究,这也与记忆之功能的重新定义和世俗化的趋势相关联。在史诗中,Mnēmosunē[记忆女神]是缪斯的母亲;她的作用就是提供最终的灵感之源与权威。[97]诗人向缪斯女神祈祷,并歌唱自己的诗歌(《伊利亚特》,卷一,行1)——缪斯则通过诗人之口歌唱。以此为途径,曾经封闭的承载英雄往事的区域,终于向诗人们敞开了。如若缪斯们不提醒(词根为 mnē-)诗人,后者就不可能记录下来那些事迹(《伊利亚特》,卷二,行489-492)。被缪斯赐予灵感的诗人对其所叙述的场景似乎有着直接的、视觉化的经验。如同一个有天眼的人,他能够具备超越当前时代的知识。在六步格诗歌中,人们使用与上述类似的程式化措辞来描述诗人或预言家的力量(《伊利亚特》,卷一,行70;赫西俄德,《神谱》,行32,参行38)。①与之相较,在诉歌中,记忆已经被世俗化。诗人凭借自己的能力决定记忆的功用。在一个颇为人瞩目的说法中,克塞诺芬尼(Xenophanes)曾对某次会饮提供了如下的指示:

> 应赞扬那在宴饮之时述说真实(esthla)的人
> 他们带来 mnēmosunē[思忆],以及达致 aretē[成功]的努力——
> 不要谈论泰坦之战、巨人族之战,
> 以及半人马兽,这些皆为浅薄者的虚构
> 也不要说到血腥暴乱——那毫无意义的话题。
> (克塞诺芬尼,辑语1,行19-23 W = B,辑语1,行19-23 DK)

---

① 有关诗人的记忆,参见 Vernant(1974),1,页80-89 和 Detienne(1973),页9-27。

泰坦之战与巨人族之战属于神谱的体系。半人马兽出现于好几个英雄神话中。可以看出，克塞诺芬尼禁止人们在会饮时谈论六步格诗的两类常见主题：神谱故事和英雄们的 klea[光辉业绩]（参《神谱》，行 100-101）。在史诗里，记忆女神代表一种诗性的力量，她能够更新并描绘这些主题；而在诉歌中，记忆服务于最终要达到的成功。对于克塞诺芬尼（B 1.23 DK）和忒奥格尼斯（行 772）而言，诗歌必须有所裨益，而史诗则包含着"毫无意义"的内容（Svenbro，1976，页 104）。

[98] 3. 有用性的原则意味着城邦这一概念的在场（Kroll，1936，页 296-299）。克塞诺芬尼在此使用了 khrēstos[有用]这一形容词。它的反义词 akhrēstos[无用]是忒奥格尼斯常用的词汇，用来形容那些富有却不能给自己或朋友带来好处的人。与这类人相比较，忒奥格尼斯列举了那些高贵的勇士、城市的守护者以及其他并不拥有大量财富的人，他们凭借 aretē[美德]获得了不朽的名声（行 865-868）。战士的美德对城邦作用极大，因此值得诗人们去讴歌。

4. 无论一个人在其他方面有着怎样的成就（比如根据史诗中的标准去衡量），只要他没有表现出保卫城邦的坚定信念（辑语 12 W），就不会赢得提尔泰奥斯的忆念（词根为 mnē-）。对提尔泰奥斯来说，这种爱国热情才是真正的美德（辑语 12，行 13-14 W）——这一点他与忒奥格尼斯观点相同。提尔泰奥斯为城邦战士准备了两种待遇：纪念和遗忘。他们要么作为勇敢的士兵被人们铭记，要么被彻底忘却。忒奥格尼斯则设想了第三种可能，他将纪念或记忆分成了两种不同的情况：

> 人们可以指责 agathoi[高贵]，也可以极力赞美；
> 但对 kakoi[卑劣]则全然没有 mnēmē[记忆]。
> （忒奥格尼斯，行 797-798）

记忆可以采取赞美与指责两种形式;至少与等待像 kakos[卑劣之人]一样被遗忘这一相反情况相比,它们都还可以接受。忒奥格尼斯对不同记忆的区分还表明,在他那里,记忆的保留不仅仅依赖于诗人,还依赖于城邦自身。

5. 忒奥格尼斯思考的是身后之名(欧里庇得斯,辑语 734 N^2),这也许依仗诗人的效劳(忒奥格尼斯,行 237 – 250),但又能独立于诗歌之外。只要进入记忆,赞美和指责都同样不可避免(参西蒙尼德斯,辑语 7,行 112 – 113 W),不过我们很难说,这句诗中所说的记忆特指诗歌的记忆。前后文(行 795 – 796、799 – 804)提醒我们,忒奥格尼斯在此考虑的是一个人在城邦(行 795 中的 polītai;参弥涅墨斯,辑语 7,行 1 W)中的名誉,[99]这名誉会维持到他的身后。城邦作为指责和赞美的舞台可以保存记忆。那么,诗歌的记忆有何作用? 它有能力独立于城邦之外,就像下面这句铭文所表明的:"哦,我们城邦的女主人,希望我们的城邦(polis)能保护好这代表斯弥克洛斯(Smikros)父子胜利的纪念碑(mnēma)。"①城邦能保护纪念碑,而纪念碑承载的是一首诉歌体双行诗,它保留的是对斯弥克洛斯父子胜利的记忆。

6. 城邦通过纪念碑的形式保存一首双行诗,而忒奥格尼斯也希望能保存他描写麦加拉人生活的那些短章。忒奥格尼斯说,要以公正的方式追求财富,并且远离各种纠纷,

> 永远记得(memnēmenos)这些忠告(epos,复数)吧。只要遵照执行,
> 你终会为这谨慎的言辞而感激[我]。
> (忒奥格尼斯,行 755 – 756)

---

① Friedländer 和 Hoffleit(1948) no. 116 =《古希腊铭文集》(*Corpus Inscriptionum Graecarum*,简 *IG*)I^2 643。Friedländer 与 Hoffleit 译文。

在这首诉歌对句中,诗人不再扮演一个记忆或纪念人的角色,而是一位需要被铭记的人(参行 99 – 100)。虽然在他处,诗人有着派发赞美或指责的权力(见本文 14 节),但在此则摇身一变成为应当得到赞美的人。诗人和他的作品成了城市遗产的一部分,其地位也许和一座纪念碑相当。忒奥格尼斯诗集所希望达到的效果,正是对抗由荷马和赫西俄德的诗歌所激发起来的遗忘。那些史诗诗篇让他们的听众远离了当前的世界并遗忘了自己真正应有的关切(《神谱》,行 98 – 103、53 – 55;参《奥德赛》,卷一,行 337 – 338)。①

[100] 7. 诉歌与荷马、赫西俄德式的诗歌在涉及记忆问题时有如此这般的分歧,这未免会让人推测:双方在对待缪斯的态度上亦会大有不同——实际情况也的确如此。忒奥格尼斯曾四次提及缪斯。研究那些段落的最好方式,是将之放在诉歌诗体自己设定的、与缪斯的关系背景之下。据说,某个名为皮戈瑞斯(Pigres)的人——此君人称苏达(Suda),是哈利卡纳苏斯(Halicarnassus)的阿尔泰米西娅(Artemisia)的兄弟——在通读了《伊利亚特》之后,在原著的每首六步格诗后面都附上了一首诉歌体五音步格诗,硬生生地将这部著作变成了诉歌。皮戈瑞斯的作品保存至今的只有第一首五音步格诗:

---

① 忒奥格尼斯有一段诗歌貌似与这里所论述的诉歌之"记忆"相悖。忒奥格尼斯在对阿波罗祈祷时许诺,"我将对您永志不忘(词根 lēth –)"(行 1 – 2)。他在此处使用了"记住(词根 mnē –)"这一动词的反义词,其含义似乎接近于荷马与赫西俄德对记忆的观念;这些诗人都会先"记住"神明,然后才是诗歌的其余部分——这是史诗或《荷马颂诗》(Homeric Hymns,如 3.546、4.580、6.21)的惯例。如若他"忘记"了神明,诗人就不能"记住"那些诗歌(《荷马颂诗》1.19)。但忒奥格尼斯向音乐之神(参《荷马颂诗》25;Magites 辑语 1,行 2 W)阿波罗索求的,是"赐予我 esthla[善好之物]"(行 4)。这类似于梭伦向缪斯祈求"财富和好名声"(辑语 13,行 1 – 4 W),然后又继续他关于朋友和敌人的探讨(行 5 – 6),也就是说,转向有关政治环境的探讨。回到忒奥格尼斯,他对 esthla——这是一个贯穿于整个所有政治和伦理文本中的词汇——的祈求其实是将诗人的功能与城邦挂钩,这是对诗歌的一种定位。

缪斯,你掌控着所有 sophiē[技艺]的界限。
(Pigres 辑语 1 W)①

在皮戈瑞斯看来,我们之所以要向女神缪斯祷告,是因为她是诸般才华的所有者。

8. 皮戈瑞斯的这句诗起到了纲领性的作用,它所引出的将是诉歌。在梭伦的"缪斯颂诗"中,作者曾列举了种种职业。梭伦这样描述诗人:

既是从奥林匹亚的缪斯那里领受了所赐,
他们便知晓了诱人的 sophiē[技艺]之限度……
(梭伦,辑语 13,行 51 – 52 W)

又一次,五音步格诗将缪斯当成才华之源。忒奥格尼斯与梭伦和皮戈瑞斯的意见一致。他在一篇有关诗人之职责的声言中提纲挈领地指出:

[101]作为缪斯的随从与使者,若有异常丰富之学识
就没有任何理由吝惜自己的 sophiē[技艺]……
(忒奥格尼斯,行 769 – 770)

该诗剩下的部分将在后文中得到讨论。此处,只需留意忒奥格尼斯与梭伦相似的一个观点(上文所引辑语 13,行 52 W):他们都将诗人看成是有特殊认知能力(行 772:epistamenos)的人。该观点认为,诉歌诗人从缪斯那里得到了技艺;当忒奥格尼斯为自己的诗歌加上封印,他就将自己视为正在施展这门特别技艺(行 19:sophizomenos;参行 995)的人。荷马和赫西俄德式的诗歌则很少提到诗歌和音

---

① 参 Bergren(1975),页 132 – 143。

乐中这种特别的技艺,除非作为三角竖琴的配词(赫西俄德,辑语 306 MW;《荷马颂诗》4.483,参行 511)。

9. 忒奥格尼斯提及缪斯的两处文本都可以在上述背景下得以解释。在第 1055 – 1056 行,他对同伴说,让我们结束谈论,并请您为我演奏长笛吧,让我们"铭记(词根 mnē –)"缪斯的恩典。显然这是在会饮场合所需要的言辞。① 第 1055 – 1056 行能让我们想起会饮的场景,如同第 549 – 554 行让我们想起迫在眉睫的战事,以及第 691 – 692 行是有关分别的场景一样。其中两首致卡伊翁(Khairon)(行 691 – 692)以及即将奔赴疆场者(行 549 – 554)的诗歌,从体裁上看,分别是饯行诗(propempticon)和劝诫诗(exhortation)。第 1055 – 1056 行诗句发生在会饮的谈话期间,其背景是被铭记的缪斯。简而言之,这有关缪斯的诗歌并不仅仅是忒奥格尼斯的一首诗;更应该说,它是用来在会饮的某个特定时刻使用的诗句(演奏管乐器之前)。类似地,忒奥格尼斯许诺居尔诺斯以不朽之名的段落也曾提到:居尔诺斯之名将在长笛的伴奏下在筵席上由青年们歌唱。通过会饮诗歌这一途径,居尔诺斯的不朽得到了缪斯的保证(行 237 – 250)。

10. 第四次、第五次提及缪斯的地方出现在祈祷辞里(行 15 – 18)。它是这样开始的:"缪斯和卡里忒斯(Kharites),宙斯之女"(15)。缪斯和卡里忒斯都是宙斯的女儿,但她们的母亲却各不相同(《神谱》,行 53 – 62、907),而缪斯相对而言在诗歌中有着更为显要的地位。卡里忒斯在传统上经常扮演舞者的角色(《奥德赛》,卷十八,行 194,《荷马颂诗》3.194 以下,27.15;参《神谱》,行 63 – 64,那里曾提到,卡里忒斯的居住地接近缪斯们舞蹈的场合)。事实上,在六步格诗中,[102]缪斯和卡里忒斯共同出现的文本只有一次,而那是有关仪式中舞蹈的描述(《荷马颂诗》27.15)。卡里忒斯的这一传统角色在欧里庇得斯那里得以延续,后者将她们描述为 Khoropo-

---

① 忒奥格尼斯,行 533、975 – 976、1041 – 1042。参行 939 – 942、975 – 976。另参见本书莱文文。

ioi[舞蹈的创造者]（《腓尼基妇女》，行788）。然而，忒奥格尼斯在祈祷时一同提名缪斯与卡里忒斯并非是因为她们在舞蹈上的联系。其实，她们还同时扮演着另外一个传统的角色。她们与 Peithō[信念]（赫西俄德，《劳作与时日》，行73）和 Hīmeros[渴望]（《神谱》，行64）有关，并且都能为女性修饰仪容（《劳作与时日》，行73；《荷马颂诗》，5.16）。卡里忒斯能给忒奥格尼斯的诗歌带来更多的优雅气质与更广泛的认同感，这就是她们和缪斯一起成为诗人的祈祷对象的原因。①认同感的确是忒奥格尼斯在创作诗歌之时首要考虑的因素（如行24、367–370），因为它们有着特定的社会或政治功用。②而拒绝接受此类诗歌则意味着政治秩序的崩坏。因此之故，忒奥格尼斯在提及卡里忒斯时，会同时说到 Pistis[信念]和 Sōphrosunē[节制]这两位女神——她们都将在这片大地陷入深重罪孽之时起身离去（行1138；参《劳作与时日》，行196–200，此处预言 Aidōs[羞耻]和 Nemesis[敬畏]将离开大地）。

11. 忒奥格尼斯在祈祷中将卡里忒斯与缪斯联系在一起，此举的目的是希望赋予缪斯以特定的功能。他希望缪斯能让自己的诗歌得到社会的赞同。同时，缪斯与卡里忒斯还在一个特殊的场合被人们召唤，即卡德摩斯（kadmos）和哈摩妮亚（Harmonia）在忒拜的婚礼——大家邀请女神们在那里一展歌喉。她们歌唱的内容是："美善者皆 philon[亲近且可爱的，友爱的]，不美善者不 philon"（行17）。③忒奥格尼斯宣称，缪斯和卡里忒斯是这条原理的来源和权威，整个社会应该在其基础上团结在一起。[103]诗人还说："算得上 philoi[友爱]之

---

① 参《奥德赛》，卷八，行538，《荷马颂诗》24.5。
② 福德（Ford）就曾指出，诗人作为缪斯使者（行769）的任务是将她的恩惠带给整个城邦。
③ 这句格言后来在欧里庇得斯的《腓尼基妇女》（*Phoenissae*）中亦有重现（行814、822）。关于此婚礼上缪斯的歌声，还有另一个版本，见品达，辑语30 SM。

共同体的无疑是麦加拉城邦。"① 不过,缪斯和卡里忒斯的声音还含有一些否定的含义。根据柏拉图的观点(《吕西斯》,216C),"美善者皆philon"这句话是一句"古老谚语"。我们亦可在欧里庇得斯《酒神的伴侣》的某些段落中读到活脱脱的忒奥格尼斯式腔调:

> 什么是智慧(sophon)? 或者说,什么
> 才是神明赐予凡人最美好(kalon)的礼物?
> 那远胜过高悬在你敌人(ekhthroi)头顶的
> 有力大手的赐予是什么?
> 美善者(kalon)总是 philon[可爱]的。
> (行 877–881 = 897–901)

在柏拉图那里,这句谚语似乎是关于保持自身优势的,② 而在欧里庇得斯那里,它则涉及向自己的敌人复仇;唱词中表明,在复仇的原则中,拥有智慧是最根本的。③ 忒奥格尼斯作为智慧的实践者(本文 7–8 节),同样会不遗余力地向仇敌复仇。他祈求宙斯赐予他力量,以便对敌人施以惩罚(行 337–340;另见行 363–364)。他还会快意恩仇地和自己的朋友们瓜分敌人的财产(行 562–563)。每当他说到自己的那些敌人,他也会在同样的场合下提及自己的朋友。④ 如此之对立暗示着忒奥格尼斯所服务的那个共同体的形态,并且也表明他的智慧的实践(本文 15–20 节、22–23 节以下)。当缪斯与卡里忒斯第一次说出这些,将之作为一种新颖而有教益的事

---

① 见本书纳吉文,5–7 节。
② 阿波斯陶里乌斯(Apostolius,16.87)就采用了这种解释,这明显是受到柏拉图的影响。
③ 见 Kirk(1970),页 96–97;另参见 Dodds(1960),页 186–188。
④ 行 91–92、337–340、561–562、575–576、599–602、811–814、869–972、1013–1016、1031–1033、1079–1080、1107–1108、1219–1220。在以上所有段落中,凡提及"敌人"之处,必有以 phil- 为词头的词出现。

物介绍给这个世界时,她们的声音是纯然的美好(行15)。忒奥格尼斯所处的那个时代,卡里忒斯会觉得无法忍受(行1138),而她美丽的声音早已成为古老的谚语——在《忒奥格尼斯集》此后的篇章中,这样的暗示将会出现。

12. 对于忒奥格尼斯而言,缪斯们所代表的两个方面分别是 sophiē[技艺]和共同体,这在功能上有别于荷马和赫西俄德的缪斯。[104]诉歌对诗歌之记忆的观点同样与史诗不同,因为它更关注政治目的;具体而言,它有更多的赞扬和贬斥(本文2-6节)。因此,丝毫不令人吃惊的是,忒奥格尼斯所设想的赞扬和贬斥都是一种可以有效控制的技艺。一方面是技艺之间的联系,一方面是赞扬与贬斥,它们都出现在以酒为主题的一个段落里,并表达了诗人所处社会的两极性:

> 醇酒,对你,我半是歌颂半是嗔怪。
> 我无能成为你的 philos[朋友]或是 ekhthros[敌人]。
> 你 esthlon[高贵]而又 kakon[卑贱]。谁能够贬斥你,
> 谁又能赞美你,谁能掌握精准的 sophiē[技艺]?
> (忒奥格尼斯,行873-876)

我们只需要给本段所说的两极性添加一个元素。很清楚,在缪斯和卡里忒斯的歌声里,kalon[美]有赖于各种价值的排列;这一切是由一个中性的单数名词"友人"的形容词形式(philos)表现的。于是,美可以加入到下述这个纲领性的陈述之中,该陈述将我们所讨论的两极性进一步具体化:

> 赞美
> 对……友爱的(to be philos to)/将某些人或物当作朋友(philon)
> 高贵(esthlos)/-on(agathos/-on)/
> 卑微(kalos)/-on

贬斥

对……敌意的（to be ekhthros to）/将某些人或物当作敌人（ekhthron）

恶劣（kakos）/ - on

忒奥格尼斯坚称，在此两极性中，技艺是较为高等的因素。他将技艺与 aretē[成就]相提并论（行 790），甚至认为它比成就更为优越（行 1074；参行 217 - 218）。换种说法，它是最高的政治美德（忒奥格尼斯曾经将之称为 dikē[公正]：行 147），同时也是诗人的标志（本文 7 - 11 节）。① 于是，接下来的问题就自然而然了：政治上和诗歌上的技艺究竟有何关联？

[105] 13. 要理解技艺的这两种功用，应该将之放在各类论文所提及的以 ain - 开头的那些词汇之中来考察。至此，我们只探讨了 ainos[赞美]。名词赞美是从动词 ainomai[赞扬]演变而来，该词还在一个复合词 an - ainomai 中出现，意为"拒绝"或"说不"。这个动词有否定前缀 an - ，而它的肯定形式 ainomai 则可解释为"肯定、同意"。② 有一个假定可以在 ainos 的含义中得到证明，该词可以表示立法上的决定或决议。③ 语义上的组合排列自然会产生各种不同含义的复合词。

---

① 见 Gladigow(1965)，页 68 - 69 有关行 1074 的论述：忒奥格尼斯并没有讨论生命的内在价值，他关注的一直是生活上的成功。

② 见 Chantraine(1968)，页 36（ainos 条）；纳吉(1979)，页 240 - 241。

③ 《古希腊铭文集》ix. 1 119（动词 aineō），该铭文出自福基斯（Phocis）。Dittenberger 评注说："这个精致凝练的说法，意指人们的普遍同意，而非相互竞辩而达成的意见一致；其实，动词 ainein 虽然是阿提卡人完全避免使用的词语，却为其他希腊人所使用，指就其自身而形成的普遍看法。此外，我们当然也知道，就德尔菲[神谕]的公共效用而言，意指共同参与的 diainein 和表示独立存在的 ainos，具有相同的作用。"他提到 SIG^3 672. 15（ainos）以及同一篇铭文的第 19 行（动词 diainein），并为前一处加了一个颇有助益的长注释。另见《古希腊铭文集》IV^2 71. 4 及 10（两处皆出现 ainos），该铭文出自埃皮达鲁斯（Epidaurus）。

动词 par-ainein 意为建议或指导(纳吉,1979,页 238),也就是说,促使某人在行使 ainos 时改变观点,这关系到一个城邦如何达致最完善的决策。然而,动词 ep-ainein 的含义则为赞扬。在"决议"的层面上,它与 ainos 依然有关。正如立法机构表示"认可"一样,某人也可以对某个有着值得"认可"之处的对象进行赞扬,也就是说,他有着值得赞扬的行为或美德。这个对象与立法机构所认可的事务具有共同的正直属性。

14. 忒奥格尼斯采取了立法者的立场,①这是赞扬或贬斥的合理执行人,也是合理的建言者。作为技艺的所有者,他成了赞美的行使人,这包括上面提到的几种不同的表达。我们还应该更进一步地指出,在诉歌体系里,赞美与贬斥都与回忆相关联。从这个意义上的回忆看,记住其实意味着"不断地提醒";该观念与仪式程序相符,也能与赞美的不同意义(如决议、批准、赞扬或告诫)结合在一起(纳吉,1982,页 61)。

15. 但是,ainos 也有着"谜"(Panarkes,辑语[a]1W = Clearchus,辑语 95 Wehrli)和"象征性寓言"(《劳作与时日》,行 202;阿基洛库斯,辑语 174,行 1,辑语 185,行 1 W)之意。ain-这个词头也能引出一个动词 ainissomai,意为"猜谜"。[106]乍看起来,我们很难理解这一语义层面与上面讨论过的赞美、决议之意有何关联。已讨论过的那方面语义都有着宣明、公开且清晰的特征,而这个新的语义则充满缄默、私密与模糊的气氛。不过,ainos 的这两个语义群之间的关联可以通过考虑共同体的概念而建立。私密而模糊的 ainos 所对应的人群与公开、坦率的 ainos 所对应的一样确定。忒奥格尼斯将船的形象设置成一个谜(行 681:动词 ainissomai)。它对于高贵者来说确是一个谜团(行 681)。有洞察力的(sophos)人自然能理解它。②因此,忒奥格

---

① 见本书纳吉文,11-14 节。
② 这种解释依从 Young 版中对抄件的那种解读。更多讨论见本书纳吉文,1-4 节。

尼斯的谜是说给那些具备洞察力的人群听的。① 这两种语义的另外一层联系在于建议或指导。尤利安（Julian）在他的第七次演说（Seventh Oration）中认为，寓言（ainos）不同于神话的一点在于，前者"不是为孩子而是为大人创作的，其目的也不仅仅是娱乐而是建议（parainesis）。讲述者希望提供建议和指导，但因为惧怕听众们的仇恨，他不能太直接。他选择隐晦地表达自己的建议"（207A）。② 在忒奥格尼斯的听众里，有洞察力的较小规模的群体会接收到有用信息，而其他可能对此有敌意的人则被蒙在鼓里。③

16. ainos 一词的两面性与模糊性要求诗人有两种不同的职责，这一点忒奥格尼斯在第 771 行也有所阐述。④ 在那里，忒奥格尼斯认为，诗人不得有吝惜自己技艺的行为（行 770），[107] 因为，如果他了解一切但却独自缄默，他又有什么用处呢（行 772）？忒奥格尼斯在此启用了有用性的法则，而正如我之前讨论过的（本文 3 节），

---

① 因此，虽然交往一词的含义有着部分私密性，但接受往往发生在公开的环境之下。忒奥格尼斯所面对的受众是参加公开训练的普通公众还是私密会谈的成员，这一点并不造成差别。同一个人可以同时是这两种场合的参与者。

② 尤利安进一步指出，赫西俄德就是在这种原则下创作的（207B），而笔者在本节开头恰恰也引用了赫西俄德（《劳作与时日》，行 202）。不过，忒奥格尼斯与赫西俄德都使用 ainos 一词，并不能证明他们在涉及诗歌的基本观念上是一致的。

③ 很明显，其他人没有在寓言（ainos）与自身之间建立联系；甚至像 Fraenkel（1920，页 366 - 367）所表明的，寓言这一体裁本身就包含着唤起听众建立如此联系的意识。还需要注意的是，在同一处，Fraenkel 还揭示了丧葬警句诗的一般准则（Friedländer 和 Hoffleit，1948，页 85）。就像在段 24 已经讨论过的，诉歌体丧葬警句为我们提供了一些线索，这有助于解决诉歌是如何从单纯的哀悼题材扩展开来的；而古代的丧葬警句有着非常正式的寓言（ainos）特征，这也许是忒奥格尼斯在诉歌中将寓言作为一种策略使用的来源。

④ 有关这段文字的考察，见 van Groningen（1966），页 296 - 299。而对他的诠释的批评，见 Lanata（1963），页 65 - 66。亦可参见 Kroll（1936），页 244 - 245。根据 Svenbro 的系统阐述，忒奥格尼斯在这行诗歌中对 poiein 一词的使用很难理解："它是指明由有偿劳动所建立起的物质世界之转化的关键词。"

这实际上是一个政治原则。诗人的技艺必须服务于城邦。在那段文字中,忒奥格尼斯具体论述了诗人起作用的三种途径。他们不能吝惜自己的技艺,

> 但他须得寻求并展示某些事物,同时 poiein 其余的。(行 771)

我们并没有翻译最有疑问的那个词。该词的词根产生了英语和大部分罗曼语系中的诗、诗人和韵文这几个词汇。但是,在忒奥格尼斯的这段文字中,该词的语义似乎是较为局限而具体的。除了这里,它只在另外两处是从诗文的意义上来使用的。

17. 其中一处就在《忒奥格尼斯集》中(行 713)。忒奥格尼斯表示,在他所处的社会,与赚钱的能力相比较,没有任何智力上的技能被赋予价值,

> 即使你能将虚假之物制作(poiein 的动词形式)得无比真实。(行 713)

在这处文本中,"制作"被赋予了特定的意义。这行诗句所隐含的意义十分典型。在赫西俄德的某处文本中也发现了类似的用法;那里,缪斯们这样描述自己所拥有的力量:

> 我们知晓怎么将谎言说得跟真的一样。(《神谱》,行 27)

缪斯们还将这一特殊的能力与另一种能力——即在愿意时宣布真相的能力进行了比较(《神谱》,行 28)。赫西俄德的这一比较——其对象是真理与似是而非的虚构(West,1966)——[108]在忒奥格尼斯的文本(行 713)中付之阙如,就像前面所引用的那样。在忒奥格尼斯那里,能创造以假乱真的虚构故事,是一项让人钦佩

的才华,即使在他所处的社会这种才华并没有得到尊重;另外,他并没有提及有关真理的更高准则。

18. 忒奥格尼斯曾提到过涅斯托耳(Nestor,荷马史诗中睿智的长老;行714),说明他对史诗熟稔于胸。于是,他对动词 poiein 的使用,就可以和克塞诺芬尼对史诗和神话中"虚构故事"(本文 2 节)的批判进行比照。克塞诺芬尼对该主题抱有否定的态度,而忒奥格尼斯则将 poiein 这一活动所创造出的东西视作积极有益的,这许是因为他将史诗的创作与获取财富的过程进行了比较。有一种可能性依然存在:如果忒奥格尼斯将史诗的创作与其他类型的诗歌或精神产品的创作加以对比,他也许会将史诗列为劣等品。无论如何,在第713行中出现的"制作"这一动词,应该指向的是作为虚构的史诗;这就如同在赫西俄德的文本中,"以假乱真之物"可以用以指代劣等的本土史诗或神话传统,它们与赫西俄德所主张的泛希腊主义相悖(纳吉,1982,页48)。从制作一词的基本含义"制造、捏造"出发,忒奥格尼斯对它的使用符合其语义学上的可能性。[①]捏造某物其实就是制作并使用某种人工制品,[②]这一过程就有可能包含着误导或欺诈。

19. 另一处出现"制作"一词并与诗歌相关联的文本是梭伦(辑语20,行 3 W);在那里,该词是以复合形式 metapoiein 出现的。梭伦号召弥涅墨斯(Mimnermus)"重制"一个他认为不太正确的声言。在该复合词中,前缀 meta 与英语的前缀 un-类似。举例来说,我们可以将动词 metamanthanein 翻译为"忘却"。梭伦提醒弥涅墨斯"不要伪造"自己的主张。

20. 回到忒奥格尼斯的第771行诗。在第三处,与前两处不同,poiein 以不定式的形式出现。"其余"一词和该词的词缀向我们透

---

① 见 Valesio(1960)和福德(1981)。
② 有关这一点见本书福德文,20 节。

露了信息。①前两处不定式表现了一种精神上的成就(mōsthai)，[109]它在一次公开的展示(deiknunai)中登上顶点；poiein 在此指向伪造、巧智之意。然而必须记得，忒奥格尼斯对制作的活动并不抱有贬斥的态度，他也不同意前面提到的赫西俄德的观点(即制作出来的能够"以假乱真"的产品是劣等的)。前面对 ainos 的讨论已经揭示了这样一种观点：在忒奥格尼斯诗集的一些环节中，某种类型的巧智是传达真理的必要手段。在第 771 行中，忒奥格尼斯已经展示了诗歌技艺的主题，并且对应于赞美(ainos)的两个方面——其中一个方面是公开而直接的，另一个方面则隐晦而间接。

21. 如果与公民身份联系起来，技艺就和职责有了共同的范围。换一种角度说，公民与诗人分享着共同的智慧，那智慧来自会饮——一种激励着少年居尔诺斯(行 564 - 565)，也是忒奥格尼斯年少时身体力行的习俗(行 27 - 28)。该智慧就包含着伪装之术(行 218、1074)，②这一点与诗人使用转弯抹角的寓言方式十分相似。另一方面，技艺也需要很多直接性的行为。③一个有关公民之有益技艺的显著例子出现在诗集的第 1003 - 1006 行。这个例子在整个忒奥格尼斯诗集中处在一个特殊位置，与提尔泰奥斯四个几乎相同诗句的比较更能让我们认识到这一点：

这是 aretē [成就]。它的奖赏足令你傲视众人

---

① 比较萨福辑语 168 B(Voigt)，彼处只有最后的 δέ 与 μέν 相对。对该诗的详细分析见 Clay(1970)。有关作为"萨福诗歌之个人特征"的 ἐγώ δέ，见 Marzullo(1958)，页 36 - 37。与忒奥格尼斯这段韵文类似的散文，见 Herodotus 2.44.5，但在该文中我们将看到，像 Stein 在他对 Herodotus 1.114 的注释中指出的(Stein 版，行 23)，第一个 δέ 乃是希罗多德的特殊习惯。

② 见本书纳吉文，70 节；Svenbro(1976)，页 178，后者还将它与品达做了比较(辑语 43SM)。

③ 参见 Heraclitus B 112 DK: σοφίη ἀληθέα λέγειν καὶ ποιεῖν [智慧述说真实并制作]。

> 也是年轻人追求的无上荣耀。
> 对于城邦和所有共同体,皆为 esthlon[善好]的是:
> 立场坚定且仍然战斗在最前线……
> (提尔泰奥斯,辑语 12,行 13-16 W)

同样的诗行亦出现在忒奥格尼斯那里,只有一个词有所不同。提尔泰奥斯所说的"年轻",在忒奥格尼斯那里变成了"智慧的"(行 1004)。①战斗时的勇猛是公民技能的一个方面。[110]于是,在公元前 6 世纪的希腊,一个战死疆场的阿尔戈斯青年会在其墓志铭中被尊称为"他的时代的智慧之华"。②

22. 总结一下。诗歌的 sophiē[技艺]由各种类型的 ainos 所统一掌控,其目的是建立一个 sophoi[睿智者]——真正的公民所组成的共同体。而其他的人则在消极意义上与该共同体相联系。他们或者甘心接受忒奥格尼斯的指责,或者选择自取其辱。麦加拉是一座怨责之城(行 287)。忒奥格尼斯并不介意,他说:人们可以谴责我,但却无法学我的样子。不具备睿智者不可能模仿我(行 367-370;另见行 23-26,1183-1184b)。忒奥格尼斯所谓睿智的城邦才是真正的城邦,其余人则被排除在外。那些人来自于城市之外,依然裹着代表旧日生活的羊皮(行 56),这表明他们并非城市的居住者。③但是,真正的城邦究竟位居何地? 忒奥格尼斯的理想在哪里能够实现(参本文 16-20 节)? 那些掌权者并非真正的邦民,能得到忒奥格尼斯认可的城邦,是他自己的诗歌所忆念的城邦。那些诗歌是曾经存在过以及未来将出现的城邦之宣言。而且,这里所说的城邦并不是麦加拉,或者说并不仅仅是麦加拉——它概括了所有普

---

① 关于这个不同的详尽讨论,见本书纳吉文,33-38 节。
② Friedländer 和 Hoffleit(1948),页 136。
③ 参见阿里安(Arrian),《亚历山大远征记》(Anabasis),7.9.2,以及本书纳吉文,29 节注释。

遍意义上的希腊城邦,正如其所使用的爱奥尼亚方言①以及其他特质(Rösler,1980,页81、84)所显示的那样。

23. 这类与史诗相区别的、承载智慧且能指导城邦建设的诗歌,能否逃脱人们对它的讽刺呢——既然它并没有找到一座城邦去真正地施加指导？该问题的答案要在忒奥格尼斯诗集中对麦加拉状态的普遍性描述之中寻求。在每个这些诗歌可以散布到的希腊城邦,都将得到智慧和对城邦生活的警醒态度,这也符合忒奥格尼斯的寓言模式。他的诗歌吸引着自己的听众,让他们每次朗读时都能提升自我的境界。这些诗歌甚至还包含着对于传播它们的方法的具体指导,其所指主要是会饮②和男童恋关系(本书刘易斯文)。借助这些方法,这些诗歌与城邦间建立了互利的关系。每个城邦会提供铭记这些诗歌的专门场合；作为回报,诗歌会在那里建立起一座真实的城邦——通过它所记忆的那一座。双方都在相互保存。忒奥格尼斯对 esthlos/-on[高贵]一词的使用有别于克塞诺芬尼(参本文2节)——[111]后者将之与"虚构"截然对立,体现出这个与 einai[存在]有共同来源的词在词义上受到的类似影响——在忒奥格尼斯那里,esthlon 的概念得到了扩充,开始包含政治方面的内容。③对忒奥格尼斯来说,高贵的就是真实的,这也是一个适用于城邦的原则；也就是说,这个原则是善好而高贵的。

24. 上述就是忒奥格尼斯式的诗歌与城邦的互惠性,它为我们解决段1中提到的问题(古代人对诉歌的理解)提供了基准。哈威(A. E. Harvey)曾建议,如果 thrēnos[哀歌]能采用一般性地反思人类状况的形式,它就会更加接近于诉歌；这样一来我们就能明白：为何寄托哀思的诉歌会经常采取一般形式的建议了(Harvey,1955,页

---

① 本书纳吉文,17节。

② 会饮方面的内容在行21中就有预示。参见 Svenbro(1976),页84-86；本书莱文文。

③ 此观点由 Richard P. Martin 提出。

170–172)。尤其值得一提的是,有着种种不同语境下的反思的诉歌体丧葬警句(如本文 21 节所引用的例子),正是倾向于理性哀痛的最鲜明的类型。哈威的观点应该加以补充:正是在与城邦的相互作用中,诉歌才渐渐变成了我们现在所看到的样式。修昔底德笔下的伯里克勒斯在墓前演说中说道:"我表现出的哀痛并没有达到我所倡导的程度"(《伯罗奔半岛战争志》,2.44.1),这句话表明了被邦民阶层同化的诉歌背后所隐藏的冲动。斯弥克洛斯题献在雕像上的题词(本文 5 节)中所包含的暗示,同样适用于诉歌体丧葬警句。城邦保护着警句,而警句也凭借其劝诫的声音保护着城邦。①

---

① 见 Friedländer and Hoffleit(1948)对 116 则警句的评论。有关忒奥格尼斯的诗歌如同一个 sēma[符号/墓碑] 或 mnēma[纪念碑],另参见纳吉(1983b),页 54,注 55,以及本书福德文,18 节。笔者在此向 Richard P. Martin 和 Susan Scheinberg 致谢。在本文集中,他们的论文对我多有助益。

《忒奥格尼斯集》与麦加拉社会

费格拉(Thomas J. Figueira) 撰

李澍 等 译 娄林 校*

[112]1. 分析忒奥格尼斯,常常不可避免地与对麦加拉历史的重建结合在一起,因而,解读《忒奥格尼斯集》时,史学上的观察与文本解释两种方式兼而用之,也就不足为怪了。任何运用这种方法的尝试都会遇见一个中心问题,即麦加拉的政治、社会、历史传统与《忒奥格尼斯集》①的关系。过去,标准的方法是结合忒奥格尼斯的个人情形(却常常是任意选择的)与少量已经确证的关于六世纪或七世纪麦加拉的资料,以便为忒奥格尼斯创作一部政治—文学传记,勾勒出一位麦加拉贵族——这部诗集或至少是某些原始可信的核心部分的作者。②

---

* [校按]本文部分内容由娄林、戴晓光、胡镓、吴明波、莫建华和胡艾忻等翻译,最后由娄林统校全文。

① 例如,参 Harrison,1902,页 268-303(出自于文学批评的视角);Oost,1973(出自历史学家的特殊视野)。

② 对这一说法有一个特殊的构想,即认为那些以居尔诺斯(Kyrnos)命名的篇章是真实可靠的,是忒奥格尼斯所作,并且这一阐释也为封印(sphrēgis,行19)一行所支持。不太可能有人会天真到去相信署上一个名字就能保证一首诗的诗句不会受到篡改。倘若忒奥格尼斯通过他的封印一词暗示了居尔诺斯的话,那么,假设那些企图盗用他权威的后辈诗人没有足够的能力将这一名字掺入他们的诗行,就不是合理的猜测了。如果忒奥格尼斯的封印就是居尔诺斯这个名字,那么,辑语 5(fr. 5 W)中的克里提亚(Critia)的封印又是什么?有谁会想到去证明它一定是阿尔喀比亚德(Alkabiads)这个名字?

2. 后文将要阐明,这一研究进路阻塞而非澄清了麦加拉与忒奥格尼斯之间的关系。诗集曲折地反映了历史,在其自身的思想观念词汇用语里发展并保存着先前社会状况的遗迹。《忒奥格尼斯集》中体现的麦加拉现实,从来都是高度选择性的。因此,焦点必须从始至终落在思想观念上,因为,关于一个良好的社会如何运行,麦加拉有着两种对立的思想,而麦加拉城也正是双方的辩论场。[113]思想系统的产生是为了解释采用某种思想系统的社会中的生活,既向这种思想观念的信徒也向其他人作出解释。就麦加拉而言,外界压力造成的紧急事件(见本文 49 节)的介入,使得本来可能就已处在危机中的本地思想意识与城邦政策不再相关(参见附录年表 P、R、S 条)。麦加拉人历史上的存在偏离了他们的内在生活,《忒奥格尼斯集》的价值系统某种程度上表现了这种情形。接下来,我将尝试从麦加拉人关于他们共同体过去的传统中,也从麦加拉的社会历史中来探索忒奥格尼斯之诗的地位。

麦加拉对本地历史的传统叙述

3. 在对希腊城邦早期历史的任何研究中,本地传统的特性与其保存形态始终是一个重要论题。对于麦加拉而言,由于其他潜在文献材料(历史学的、考古学的、古钱币学的、铭文研究上的以及地形学的:参见相关引文的年表)的匮乏,这一点就尤其关键。关于麦加拉早期历史的研究,①我们可以举出四种类型的证据。第一类是争议最少的,只需简要提及。雅典史家(Atthidographer),也即阿提卡本地的历史学家(常常潜在地影响了后来的研究),提供了麦加拉与雅典之争的信息,这场冲突一直波及萨拉米斯与锡耶拉-奥尔加斯(Hiera Orgas),这片属于埃莱乌西斯(Eleusis)的广大区域是女神德墨忒尔的

---

① 关于早期麦加拉的历史学证据,参见本书奥金文。

圣地,与麦加拉毗邻并可能受到麦加拉人的侵犯(参年表 H、I 条)。他们还告诉我们,梭伦及庇西特拉图(Peisistratos)在与麦加拉的边境争端中如何为雅典人的权利辩护。这里要面对常见的史学研究困境:在一个长期斗争连续阶段上的时间顺序的混乱,将公元前 500 年之前雅典人任何的一点成就都归于梭伦的趋势,以及对庇西特拉图恰当评价上的两难。其他三类证据将需要更多的细节探讨:它们是亚里士多德的《麦加拉政制》(*Constitution of Megarians*),《麦加拉志》(*Megarika*)①的作者麦加拉史家(Megareis),以及《忒奥格尼斯集》本身。

《麦加拉政制》

4.《麦加拉政制》在斯特拉博(Strabo)7.7.2 C322(即亚里士多德辑语 550,Rose 版)处得到证实。依照惯例,[114]它被认为是亚里士多德所作,尽管亚氏显然不能够研究或撰写这部合集中的每一条"政制"条文。斯特拉博的引用仅仅告诉了我们这部"政制"的存在,而关于它的内容却所言寥寥,只提到了一个史前希腊(pre‑Greek)的民族莱勒格斯(Leleges)(Pausanias,1.39.6 = *FGH* 487 F 3;奥维德,《变形记》,7.443,8.6)。学者主观上对麦加拉重要性的判断,可能会使他们认为,并非这位哲人本人,而是亚里士多德的一个学生(参本文 36 - 37 节)撰写了这部《麦加拉政制》。我们可以比较这一论点与认为亚里士多德一定是《雅典政制》作者的看法。但是,这些"政制"类作品的归属问题的一般性证据仍然缺乏。《麦加拉政制》主要是由于普鲁塔克在《希腊问题》(*Greek Questions*)中的援引才为人知晓(《伦语》[*Moralia*],295A - D,304E - F)。②《希腊问题》第 16、17、18 及 59 章

---

① [译注]关于麦加拉地理状况的文献集成,参 A. Muller, *Megarika*,载于 *Bulletin de correspondence hellénnique* 杂志,详书后所附文献。

② Halliday,1928,页 92;Giessen,1901,页 461 - 465。Halliday 认为,《希腊问题》第 18 与 59 章几乎肯定是来源于《麦加拉政制》,但对《希腊问题》第 16 和 17 章则不太确定,他对第 16 章持强烈怀疑是因为其最后一句话。

处理的是麦加拉的历史。① 亚里士多德在《政治学》(1305a24 – 26)中对麦加拉及其僭主忒阿格尼斯(Theagenes)的评论,以及在《修辞学》中对忒阿格尼斯的再次评论或许可以与这些相比较。关于忒阿格尼斯,亚里士多德在《政治学》和《修辞学》中主要关注僭政的类型学:僭主是如何获取名望的(例如与富人的公开对抗),他们用什么作为踏板(例如对保镖的征购),以及他们如何有效地维持自己的权利。在《政治学》中,亚里士多德还关注政制变化的环境。因此,民主制在麦加拉的衰落(可能是公元前六世纪)就使他深感兴趣(1300a17 – 19,1302b31,1304b35 – 39)。这些片段与普鲁塔克的《希腊问题》第 18 章吻合,这一问题主要探讨了夺回利息(Palintokia,即债务人付给放款人的利息将被返还)之举。《希腊问题》第 18 章开头提到了忒阿格尼斯的失败。与第 18 章相关的《希腊问题》第 59 章,开篇涉及了极端民主,以及在第 18 章处理过的"夺回利息"。这里可以提及另一处与麦加拉相关的地方。在《论诗术》(1448a29 – b2)中,亚里士多德提出了一种主张,他认为是麦加拉人首创了谐剧这一体裁。[115] 正如其后我们将会看到的,《麦加拉志》一直被看作是这篇文章的原始资料。在考虑《麦加拉政制》时,我们必须牢记亚里士多德在《麦加拉政制》之外提到麦加拉历史的这些地方。《雅典政制》在其第 1 章至第 41 章的历史学部分,资料来源于雅典史家(Atthidographers),也即雅典本地的历史学家;因此,麦加拉本地的历史学家则无疑是为《麦加拉政制》提供资料的人选。

---

① 《希腊问题》第 16 章处理了一篇论麦加拉妇女服装(aphabrōma)样式在史前时期的起源。在《希腊问题》第 17 章,在宾客(Xenia)和战友(Doruxenoi)之间的早期麦加拉样式(参见年表,A、B),可以追溯到五个麦加拉乡村(Komai)之间的战争。《希腊问题》第 18 章的主题是极端民主,它将导致准备将利息归还债务人的立法,Palintokia(年表 Q)。《希腊问题》第 59 章解释了砸车者(wagon – rollers)的词源,他们发起了一场针对伯罗奔半岛使节的暴行,这场暴行发生在他们去德尔菲的路上,此时正值麦加拉民主政制时期(年表 P)。

麦加拉本地历史

5. 只有研究了《麦加拉志》现存的辑语之后，我们才能尝试考虑《麦加拉政制》的原始资料（或各种原始资料）。关于麦加拉史家，根据历史记载，可能有普拉客西翁（Praxion）、迪乌基达斯（Dieuchidas）、赫拉阿斯（Hereas）以及赫拉戈拉斯（Heragoras）诸人。[1]研究者总是对他们成对进行研究，普拉客西翁和迪乌基达斯是父子，而赫拉戈拉斯（只在一个给罗德岛的阿波罗尼乌斯［Appolonius］的抄件古注中引用过）被视为与赫拉阿斯是同一个人（或被看作另一对父子）。[2]关于普拉客西翁是否撰写过一篇《麦加拉志》，一直受到人们怀疑，因为，普拉客西翁的儿子迪乌基达斯的一段原始引文，可能受到曲解，以《苏达辞典》（Suda）和哈珀克拉提翁（Harpocration）[3]的相关文本为资料，从而创造出普拉客西翁的某种历史。[4]因此，从麦加拉史家的辑语中得到的第一印象是，它实在难以称得上是一个有着众多代表人物且充满生机的本地历史学派。[5]我们可以说，普拉客西翁的确是一个单独辑语的作者（FGH 484）。至于迪乌基达斯，雅各比（Jacoby）将一段证词（testimonium）和11则辑语归于他的名下（FGH 485）。皮基克利（Piccirilli）则认为迪乌基

---

[1] 参 Piccirilli,1975；Jacoby,FGH 484 – 487；Komm. 3b. 389 – 400；Noten 3b. 229 – 237。另参见奥金在 9 – 10 节、18 – 22 节中的讨论。

[2] 参 Piccirilli,1975,页 9（关于普拉客西翁和迪乌基达斯）；维拉莫维茨（Wilamowitz），1884，页 259 – 260，注释 22；Jacoby, FGH Komm. 3b 394；Noten 233 – 234（关于赫拉阿斯和赫拉戈拉斯）。

[3] ［译注］哈珀克拉提翁（Harpocration）是亚历山大里亚的文法学家，大约活动于公元2世纪左右，著有《十修辞家辞典》。

[4] Prakken,1941,页 348；Davison,1959,页 221。

[5] 麦加拉史家或许可以与 FGH 中雅典（323a – 375）、斯巴达（580 – 598）、萨摩斯（534 – 545）和罗德岛（507 – 533）的条目数量相比较。在代表人物的数量上，麦加拉的本地历史传统可以与科林斯（451 – 455）和埃吉纳（299 – 300）相媲美。

达斯写下了 12 则辑语(P 2)。赫拉阿斯在雅各比(*FGH* 486)看来,留有四则辑语,而在皮基克利那里则是三则(P 3)。皮基克利将一个单独的辑语分给赫拉戈拉斯,他认为赫拉戈拉斯与赫拉阿斯是不相关的两个人(P 4)。至于麦加拉史家中其他的无名者,雅各比认为他们拥有 13 则辑语(*FGH* 487)。赫拉戈拉斯在其相应的类别中有 24 则辑语(P 5)。雅各比还另备一种分类,麦加拉籍的无名氏(adespota),并在其名下分配了 15 则辑语(P6)。

[116]6. 被称为麦加拉史家的辑语包含着 18 篇独立的引文,四则来自普鲁塔克,三则来自阿波罗尼乌斯抄件古注和哈珀克拉提翁,两则来自克莱门(Clement)的《杂文集》(*Stromateis*)。六则其他来源各贡献了一篇引文。来自麦加拉史家(P 5)以及可能的麦加拉籍(P 6)的辑语总共是 39 则,其中 29 则来自泡赛尼阿斯(Pausanias,P 5:22;P 6:7),虽然有一些也能通过其他文献而辗转为人所知。普鲁塔克便是其中五则的文献辗转者(P 5:3;P 6:2)。值得注意的是,在《希腊问题》之外,普鲁塔克在引用资料时直接以名字引用,或是总称麦加拉史家。只有一次他没有这样做(《梭伦传》10.2 = P 6,F 12b),看起来就像在引用一位麦加拉本地史家,他在随后几行中引用时直接用了赫拉阿斯的名字(《梭伦传》10.5 = Hereas *FGH* 486 F 4 = P 3,F 3)。因此,在普鲁塔克的作品中,似乎有两种引用麦加拉的材料的方式。通常,他称引麦加拉的麦加拉史家(以及雅典史家),在各种特殊或一般的意义上来使用。在《希腊问题》中,他引用了《麦加拉政制》,以及其他逍遥学派的各种类型的《政制》。

7. 现在让我们转向辑语本身的内容。普拉客西翁的一则辑语我们可以称其为神话学的。迪乌基达斯的辑语,六则与神话有关(某种病原学类型的说法),一则处理的是祭仪,两则是吕库古(Lycurgus)的年表,两则是地形学,还有一则是关于萨拉米斯的辩论。普鲁塔克引述了迪乌基达斯关于吕库古年表的说法(*FGH* 485 F 4,F 5)。这位斯巴达立法者是如何被纳入到一部麦加拉的本地历史中的,这一点也还不能确定。或许可以设想,迪乌基达斯著作中之所以分配给这个神话人物这么多的篇幅,是因为他想用吕库古来为多里斯人登陆伯罗奔尼撒确定一个日期,这个设想应该也是言之成理的。迪乌基达斯将吕库古的年代与特洛伊的衰落和斯巴达国王名单关联起来。赫拉阿斯的辑语关注的是神话(2)和萨拉米斯的辩论(1)。赫拉戈拉斯仅有的辑语与神话有关。值得注意的是,迪乌基达斯(FGH 485 F 6)和赫拉阿斯(FGH 487 F 4)的评论仅仅依靠的是雅典人对萨拉米斯所有权的辩护,而非对这一岛屿的真实斗争。①

8. 皮基克利名之为 P 5 和 P 6 的辑语,主要是来自泡赛尼阿斯,它们之所以被归为一组,是因为都关于神话、祭仪以及地形学。[117]然而,还有一些与历史学相关的内容,并且必须现在就详细地讨论。F 20(P 5)关注早期麦加拉历史,且处理了奥林匹克竞技的胜利者们和一般的善跑者(orsippos)的问题。然而,泡赛尼阿斯(1.44.1)仅仅用了"他们说"(phasi)来标注他的资料来源。他似乎是以一篇献给善跑者的铭文作为基础,这是幸存下来的一份副本(IG vii 52)。他的评论极其简短,似乎他不太可能拥有任何保存这个铭文以及当时信息的资料(参见年表 D)。辑语 21(P 5,泡赛尼阿斯 1.40.5)唤起了对一批战利品的注意,那是麦加拉人在一次针对萨拉米斯的战役中从雅典人那里所缴获的,并接着宣称,多伊科勒人(Dorykleians)是一群叛徒,他们要为接下来雅典人夺回这座岛屿而负责。雅典人将这次胜利归功于梭伦。然而,可能需要注意的是,在他引用麦加拉史家之前,泡赛尼阿斯用了"他们说"这个词语

---

① De Ste. Croix(1972,页 387)注意到,赫拉阿斯在一篇关于忒修斯的文献(普鲁塔克,《忒修斯传》,20.1-2)中,插入了一段关于庇西特拉图的讨论。关于这一主题,据说有一行庇西特拉图从赫西俄德的著作《埃吉米俄斯》(Aigimios,辑语 298)中删去的文字,还有一行插入《奥德赛》中的《冥府卷》(Nekuia)的文字(《奥德赛》,卷十一,行 631)。

来标注他的资料来源,具体而言,这则材料说,雅典人在萨拉米斯缴获了一艘献给麦加拉的青铜舰船的攻击锤(ram)。这也许暗示了,所谓"麦加拉史家"这个术语,在泡赛尼阿斯笔下,只是非学术性地用于泛指麦加拉人(泡赛尼阿斯的同代人),而非专门的麦加拉史家,而紧随这段文字之后,则是关于多伊科勒人的逸闻趣事。F 22(泡赛尼阿斯,1.40.2)描述了公元前479年在麦加拉大区(Megarid)对波斯人突袭的遏制。但泡赛尼阿斯又一次仅以"他们说"来标注了他的资料来源。F 23(普鲁塔克,《伯里克勒斯传》30.2–4)叙述了麦加拉人对麦加拉法令颁布责任的说法,以及由此对伯罗奔半岛战争的说法。对这一辑语的解释十分令人头疼。很有可能,普鲁塔克在这儿提到的"麦加拉史家",也不是指真正的麦加拉史家,而是(非特指的)那些为他提供信息的同代麦加拉人。①[118] 无论如

---

① 在讨论麦加拉法令时,普鲁塔克给了麦加拉人对雅典传令官安提摩克里托斯(Anthemokritos)的暗杀很大篇幅。根据普鲁塔克以及阿里斯托芬的《阿卡奈人》第524–527行的引证,麦加拉人否认了这个指控,并企图将伯罗奔半岛战争之罪嫁祸于伯里克勒斯和阿斯帕西娅(Aspasia)。这个叙述很难与修昔底德吻合,他对于涉及安提摩克里托斯的事件保持沉默。从修昔底德的沉默中,我们能否得出结论,认为这位历史学家有意压制了证据抑或仅仅是普鲁塔克搞错了吗?后一种似乎是更好的选择,而在所有这些解决方案中,有一种做法是将安提摩克里托斯的这一段挪到公元前4世纪(Connor,1962)。但是,如果麦加拉史家在这里意味着麦加拉历史学家,作为普鲁塔克材料来源的麦加拉史家会如此误传公元前5世纪到前4世纪的麦加拉历史,这似乎是不太可能的(Dover,1966,页204–206)。而普鲁塔克对安提摩克里托斯这一段的处理似乎也是缩减的版本。对安提摩克里托斯谋杀的否认以及嫁罪于伯里克勒斯,这是无法在同一个论据中得出的两个相关答案。毕竟,安提摩克里托斯已经死了。麦加拉人对一位传令官的谋杀的任何解释,在任何语境中受诅咒的指控,本来都应该更详尽一些的。麦加拉人拒绝对安提摩克里托斯的死负责,大概是他们归罪于伯里克勒斯和阿斯帕西娅这一事实的演绎。在这种情况下,年代的错误就是由于普鲁塔克自己的缘故了。此处最能被归于麦加拉史家的,就是他们引用阿里斯托芬来支撑他们的指控。伯里克勒斯对伯罗奔半岛战争的责任(包括麦加拉法令的因果关系)是雅典史家论述的一个主题(参见

何,人们没有道理仅仅根据这一个辑语就将《麦加拉志》重构为连续相继的政治史。即便麦加拉史家关注过伯里克勒斯对伯罗奔尼撒战争应负的责任,此处仍无必要将其视为一个历史性的记述。我们应该在神话—宗教的语境下,在为麦加拉对埃莱乌西斯边陲地带拥有权的辩护中去处理有关伯里克勒斯的问题。

9. 对于皮基克利来说,F 24(P 6)关注的是一个源自《麦加拉志》的主张,即认为是麦加拉人发明了谐剧。①如果说关于麦加拉史家的年代总是因缺乏根基而缺乏说服力的话,那么,只有普拉客西翁可以确定无疑是为亚里士多德的《论诗术》所援引,因为他的时代可以定在公元前 4 世纪的第二个 25 年间。如果《论诗术》的日期被定在公元前 350 年之后的话,活跃在 4 世纪下半段的迪乌基达斯便有可能是亚里士多德的材料来源。②[119]然而,亚里士多德没有

Philochorus,*FGH* 328 F 121;*FGH Komm.* 3b,附录 1.484 - 491)。也许,在这一问题上,麦加拉本地的历史学家正与雅典史家进行对话或辩论。然而,相对于认为麦加拉史家在这里只是某些麦加拉人而已这种简单却更为激进的解决方法,这一解释也没有更明显的说服力(参见战友[doruxenoi])。Connor 也许会想让我们比较《忒修斯传》的第 27 章第 8 节。由于麦加拉史家的通常特征,还由于普鲁塔克的记述不太可能比修昔底德的更受昔睐,所以,对于《麦加拉志》是否有一段关于伯罗奔半岛战争爆发的详尽记述,就令人生疑了(Connor,1970;de Ste. Croix,1972,页 246 - 251,386 - 388)。

① 关于普拉客西翁(或者麦加拉史家中的某位普拉客西翁)作为亚里士多德的材料来源:Piccirilli,1975,页 141 - 150;关于迪乌基达斯作为材料来源:维拉莫维茨 1937,页 384,注释 1;关于赫拉阿斯作为材料来源(我认为不大可能):Gudeman 1934,页 111。

② 普拉客西翁与迪乌基达斯的年代曾分别被定在公元前 4 世纪的第二个 25 年以及下半叶,这个判断是以 SIG^3 241.142 为基础的,其中提到了普拉客西翁的儿子迪乌基达斯,将其作为一个于公元前 338/337 年和公元前 330/329 年间在德尔菲任职的"神庙建筑官员"(nāopoios)(Piccirilli,1975,页 9 - 10,14 - 15)。然而,如果有人拒绝承认在铭文中提到的人物就是麦加拉史家的一员,那么,认为可以基于自身的理由将迪乌基达斯的年代定于公元前 3 世纪

提到他的说法的来源(《论诗术》1448a29 – b2)。自乡村(kōmē)一词衍生而出的谐剧(kōmōidia),雅典人使用社区(demes)而不是像麦加拉人那样使用乡村(kōmmai)这个词,这两个词语现象可能在任何时候都可以为人所发现——例如,一个对词源感兴趣的智者。②由于《麦加拉志》中含有这则辑语,皮基克利认为麦加拉人一定曾与雅典人争夺过谐剧起源这一荣誉。根据亚里士多德的记载,麦加拉的谐剧与麦加拉的民主政治紧密相关。声称麦加拉史家强调麦加拉谐剧的优先性,就等于是假设这些麦加拉史家对麦加拉民主政治持一种积极的评价。然而,现存的证据并不支持这样一种假设。

10.《麦加拉志》尚存的残篇,绝大多数具有史前和神话的特征。如果考虑到它们的起源也就没什么好惊奇的了,也就是说,许多都是来自抄件上的古注和泡赛尼阿斯。然而,当泡赛尼阿斯进行选择时,他可以引用当地的历史学家,他在处理梅西尼亚人(Messenian)历史时就是这样做的,依靠的是米隆(Myron of Priene)和瑞昂俄斯(Rhianos of Bene)(*FGH* 106 T1;参见 *FGH* 106 F 3;*FGH* 265 F 42 – 45)。麦加拉史家中无法归类的引文,几乎没有为《麦加拉志》的历史性内容留下什么余地,或提供一个有力的例证。F 20 和 F 22 的

与前2世纪之交,这也是有可能的(Davison,1959,页221)。赫拉阿斯所写,或许只有公元前317/316年关于在法勒隆的德谟特里俄斯(Demetrios of Phaleron)立法之后雅典人的葬礼传统(Prakken,1943 – 1944,页123)。赫拉阿斯应该先于 Hermippos 和 Istros(均为公元前3世纪),他们可能运用过他的著作,并且是普鲁塔克接近赫拉阿斯作品的中介(Piccirilli,1975,页55 – 56)。如果赫拉阿斯与那位出自 *IG* vii 39 的被视作神圣大使的人是同一个人的话,他的年代大约就在公元前300年(雅各比,FGH *Komm*. 3b. 394,*Noten* 233 – 234)。需要注意的还有麦加拉人卡里克拉底(Kallikrates),赫拉阿斯的儿子,已有文献证实他曾在德尔菲行"代表"(proxenos)之权(*FdD* 3.1.189;参见 *IG* vii 141)的人。

② Else(1957,页123)认为是 Dikaiarkhos 或 Aristoxenos。

归属仅仅是由"他们说"这个词来确定。关于 F 21 和 F 23,"麦加拉史家"一词倒是为引文所明言,但在二者都还有疑问,不能断定它是否需要意指除了麦加拉人之外的某些人。

11.《麦加拉志》在萨拉米斯之争中反雅典人的主旨,与其关于神话和宗教主题评论的精神是一致的。人们通常以为,《麦加拉志》是针对麦加拉历史上的敌人的一场论战。对于雅典人在荷马的文本中掺入他们自己说法的指控,斐洛科罗斯(Philochorus)或许曾费力地做过回应(Philochorus, *FGH* 328 F 212;参见 F 11,107,111)。关于这次麦加拉人捍卫其共同体荣誉的巨大努力,倒是有一个历史背景,即公元前 4 世纪中期再度兴起与雅典争论麦加拉大区和埃莱乌西斯边界的问题(Demosthenes 13.32 – 33;Androtion *FGH* 324 F 30;Philochorus *FGH* 328 F 155;参见泡赛尼阿斯 1.36.3)。

12. 对《麦加拉志》的历史内容做一个初步的评价,还是有必要的。麦加拉史家首要关注的是他们城邦的古迹,[120]也即麦加拉的早期历史以及其制度的创建。这种对古文物研究的爱国热情中,蕴含着捍卫麦加拉对其政治与宗教传统独立性的诉求,还有麦加拉人所认为的他们的合法边界;换言之,宣称对萨拉米斯及锡耶拉-奥尔加斯的所有权,是以他们的共同体的形成时期为基础的。这样的记述就驳斥了梭伦和庇西特拉图的传说中的谣言。但是,这个驳斥被放置于麦加拉史前的语境中,而非麦加拉历史中。此外,或许对那些始终最艰苦奋斗的人来说,麦加拉人和他们本地的史家们并没有心怀敌意,去和雅典或他们的最终言论去争辩事件发生的顺序。相反,他们转向遥远的过去,以弥补当代的不满。关于萨拉米斯的冲突,普鲁塔克并没有在任何政治或军事细节上引用麦加拉史家。即便是皮基克利在 P 5 分类中那些无法归属的历史残章确实来自于《麦加拉志》,我们仍然没有必要坚持认为,《麦加拉志》中包含有对公元前 6 世纪到前 5 世纪的历史叙述。《麦加拉志》似乎遵循了一种非连续性的陈述方式。多伊科勒人是将萨拉米斯出卖给雅典的麦加拉叛徒,但是,他们本来可以回击雅典人对萨拉米斯的声索，因为英雄厄里萨科斯（Eurysakes）曾将这座岛屿赐给麦加拉人。公元前479年马铎尼斯（Mardonios）向麦加拉大区派遣军队的事件，之所以被掺入对守护女神阿尔忒弥斯（Artemis Soteira）祭仪的解释中（参 *IG* vii 16[？],112），本来应该自有其缘由，这可以通过某种在史前就已经发生的事情来为其证明，但是，没有人明确地从麦加拉史家那里援引任何政制或政治历史的东西，因此我们才会说这类材料极其罕见。

普鲁塔克与麦加拉史家

13. 前述的解释令《麦加拉志》的内容同普鲁塔克的《希腊问题》中的珍贵信息大相抵牾——后者的文献来源当是亚里士多德的《麦加拉政制》，而且，与《麦加拉志》的内容有所抵牾的，还有《政治学》及《修辞学》中保存着的那些有关忒阿格尼斯以及麦加拉民主政制衰落的饶有趣味的材料。然而，关于这个表面上明显反常的结论，很容易受到攻击的问题是，除了在麦加拉本地史的传统中，还有哪里保存了麦加拉政制的古文物呢？有人或许会反驳说，更有可能的是，源自《麦加拉志》的幸存的引文因流传过程中的意外而有所歪曲。就此而言，我们对那些引用《麦加拉志》的古代晚期作者在神话的、宗教的以及词典学方面的兴趣，就扩展至对历史材料缺失的解释。

[121] 14. 然而，我们必须区别对待普鲁塔克。他认为，麦加拉历史极为关注《希腊问题》中所谈的四个麦加拉"问题"，但在其他地方，他却很少提到《麦加拉志》，除了在面对雅典人的神话—宗教诉求时。假设普鲁塔克在《希腊问题》中以《麦加拉政制》为文献来源，并在他另外的一些作品中使用来自于麦加拉史家的一些其他转引者作为其资料，这样就可以解释这些情况。在《麦加拉政制》和《麦加拉志》之间，这种侧重点的不同，是因为这位《麦加拉政制》的逍遥派作者同我们所假设的转引者之间，在兴趣和史学嗅觉上有着差异。普鲁塔克（以及第欧根尼·拉尔修）在论及雅典与麦加拉之间的萨拉米斯

之争问题时,曾引用了赫米珀斯(Hermippos)。① 普鲁塔克在《梭伦传》(辑语7,8,10[Wehrli])和《吕库古传》(辑语85=《吕库古传》23.2;辑语86=《吕库古传》5)中也引用了赫米珀斯为文献来源,并且通常来说,《梭伦传》的资料主要来自于他。然而,在把赫米珀斯看作关于麦加拉的文献来源之前,我必须首先探究一下《忒奥格尼斯集》与《麦加拉志》中呈现的麦加拉本地传统之间的关系。

《麦加拉志》与忒奥格尼斯

15. 关于《忒奥格尼斯集》与麦加拉本地历史传统,首先要做出的观察是,两者几乎罕有关联。② 残存的麦加拉本地历史传统文献中没有提到过忒奥格尼斯。这和其他城邦与其诗歌传统之间已有确证的紧密关系形成了尖锐对比。梭伦是雅典政治制度逐步完善的化身。"梭伦之法"这个说法成了整个神圣的雅典公民法典的等价物。但也许会遭到质疑,在梭伦那里,"立法者"(nomothetēs)的角色以及价值的诗歌教诲者是融为一体的。[122]作为回应,我们或可以提尔泰奥斯(Tyrtaeus)在斯巴达的地位为例。这是一个典型的例子,提尔泰奥斯主要通过诗歌的力量而产生影响。提尔泰奥斯通过诗歌宣扬[斯巴达的人]价值观,我们只能通过这些诗歌揣测他的政治生涯(《苏达辞典》,提尔泰奥斯词条;泡赛尼阿斯,4.15.6,16.2,18.3;柏拉图《法义》629抄件古注;斯特拉博,8.4.10 C362)。或许在某种程度上,忒奥格尼斯的思想

---

① 参见Piccirilli(1975,页6、14、31、70、82),关于赫米珀斯(Hermippos)作为迪乌基达斯资料的来源(*FGH* 485 F 5, F 6[即拉尔修,《名哲言行录》,1.57]),以及作为赫拉克斯的资料来源(*FGH* 486 F 3)。Piccirilli还认为,雅典史家Istros是梭伦和吕库古生平的资料来源,他遵循的是Jacoby的看法(*FGH* 334, *Komm.* 3b, Suppl. 635)。认为Istros的历史文献转引了《麦加拉志》,这个说法难以让人满意。如果《麦加拉志》是连续的历史叙事的话,充满与雅典的争论就是必然的,因为雅典人和麦加拉人之间的冲突十分频繁。雅典史家可能努力驳斥过反雅典人的材料,Istros身居其中,也就必然得到很多麦加拉的史学叙述。

② 参见本书奥金文,11-16节。

与公元前4世纪及往后在麦加拉占主导地位的麦加拉史家的思想存在着差异。尽管如此,就算一个像阿基洛库斯(Archilochus)那样的诗人,即便他的诗歌或许看起来似乎对希腊的帕罗斯城邦中人(Parian)来说,对他的时代和城邦的社会传统采取了一种敌对的姿态,①但他也还是可以被揽在那些致力于张扬母邦声誉的本地史家的怀中。②关于忒奥格尼斯与麦加拉历史传统之间的相互背离,我们应该寻求更多的解释。

16. 让我们仔细考虑一下两个例外。忒奥格尼斯提到了阿尔卡托斯(Alkathoos),麦加拉的一座城堡以他的名字命名(行774)。迪乌基达斯讲述过这位早期国王的故事(*FGH* 485 F 10),而《麦加拉志》中的无名氏也提到过他修建麦加拉城墙的事迹(*FGH* 487 F 5)。《麦加拉志》中另一个无名氏的文献描述了公元前479年的事情,一支波斯军队突袭麦加拉大区时的狼狈遭遇。或许,正是这一段轶事给了忒奥格尼斯写下第773 - 782行的灵感。③重要的是,在这部诗集和《麦加拉志》之间仅有的两处关联,一处是第773 - 782

---

① 辑语5,101,114,133;参品达,第二首皮托凯歌,行55;Critias in Aelian *Varia Historia* 10.13;亚里士多德,《修辞学》,1398b11 - 12;Valerius Maximus 6.3.1, external.

② 关于阿基洛库斯的希腊帕罗斯的传统(有些出人意料)强调了他作为一个好公民和一名战士对城邦的服务,并将他对建立狄俄尼索斯祭仪的干预挑出来以赋予特殊意义。阿基洛库斯或许曾被记录在公元前3世纪的帕罗斯人的纪年文件《帕罗斯碑》(*Marmor Parium*)中,时间在公元前682年或前681年(*FGH* 239 A 33);在一处几乎与《帕罗斯碑》同时期的 Mnesiepes 的传记铭文中(*SEG* xv. 517;参见 xvi. 481;xix. 557);还有在 Demeas/Sosthenes 碑,这是大约公元前100年的铭文,据说,Sosthenes 的碑文以 Demeas 的碑文为基础(*IG* xii. 5 445 = *FGH* 502 F 1;参见 *SEG* xv. 518)。还需注意 Archilocheion,一处献给这位诗人的祭地,还有被亚里士多德所证实的 Parians 授予这位诗人的荣誉(《修辞学》,1398b10 - 11)。参见 Mayo,1973;Kontoleon,1963。

③ Van Groningen, 1966,页 301 - 302。参见 Highbarber, 1937,页 109 - 111,他尝试寻找《忒奥格尼斯集》中提及波斯在公元前546年对伊奥尼亚的征服的地方,以及关于马拉松战役的地方,而这些尝试并没有进一步的研究。

行,而另一处则明显属于这部著作中可以确定年代为最晚的篇章。《忒奥格尼斯集》缺少麦加拉史家的史论,同时也缺乏与忒奥格尼斯直接相关的历史典故。当然也有例外,诗集提到了科林斯人的洗劫和勒兰丁(Lelantine)平原上的战斗,[123]倘若不是诗中的记载,这些就不会为人所知了(行891-894;参见年表L)。还有,第757-768行提到了米底人(Medes)的入侵,也许就是公元前480年薛西斯的进犯。显然,麦加拉本地历史学家对忒奥格尼斯缺乏兴趣,这与《忒奥格尼斯集》中缺乏关于麦加拉的细节是相关的。虽然通过诗中的沉默之处而进行论证是臭名昭著的做法,但是,我们还是要注意,在《忒奥格尼斯集》中很多类型的事物都没有提及。首先,没有提到邦民的主体机构:没有部落,没有乡村(komai),没有百户(hekatostures)——据我们所知,它们都曾在麦加拉的历史上存在。① 其次,没有提到任何地方行政长官或政府机关,尽管我们完全能够想象激励或告诫(paraenetic)类型的文字可能会用这些专有名词提出政治建议。再次,诗中没有提到麦加拉大区的地名,除了在封印(sphregis)一段中的修饰语"麦加拉的"(Megareus,行23)。不过,仅凭这一处提及,我们就不能忽略此中的身份意味。诗集中还有三十个能够辨识的地理和种族的术语,意指麦加拉大区以外的地方。最后,政治语言都是通用语汇(也即astos[城里人],dēmos[乡民],lāos[民人],hēgemones[领导者])。显然,在忒奥格尼斯的诗歌中,习俗正在发生变化,以便逐渐移除古风麦加拉时期的当下根基。

17. 然而,我们的结论可能会再次遇到这样的反驳,即我们之所以认为麦加拉史家和《忒奥格尼斯集》之间缺乏联系,是由于对转引《麦加拉志》的文献过分关注。但是,关于忒奥格尼斯传记的文献传统极度缺乏的事实并未改变。与此一致的是,我们毫不奇怪

---

① 地方行政长官与政府机构:Oost,1973,页186注释4;Hanell,1934,页137-160。

地发现,关于麦加拉的哪个地区应该接受诗人故乡的美誉,甚至在古代就有争论。柏拉图(《法义》630A)和《苏达辞典》("忒奥格尼斯"词条)认定麦加拉－许伯莱亚(Megara Hyblaea)为忒奥格尼斯的母邦。其他作者则坚持认为麦加拉本土(或者说尼西亚－麦加拉)才是忒奥格尼斯的麦加拉(Stephanus Byzantius,"麦加拉"词条;Harpocration,"忒奥格尼斯"词条;Didymus 柏拉图《法义》630A 注疏)。哈珀克拉提翁与注疏者们证实了两种观点间的古老论辩,并企图调解使忒奥格尼斯成为麦加拉－许伯莱亚的一位在籍邦民所产生的歧异。内部的争执其实无甚裨益;①不然,这个问题早就应该解决了。[124]显然,忒奥格尼斯在第 773－774 行诗中说到家乡麦加拉的城堡。第 783－788 行诗谈了这位诗人与其他游客同游西西里的旅程。这似乎表明了一种非西西里人的观点。谈论勒兰丁平原之毁灭的诗行,从一位身居希腊大陆的麦加拉人口中说出,当然最有意味。因此,人们可以得出结论,要就这个问题给出结论,这些传记证据太不充分,可是,要在诗集内部找出证据,证明"家乡"麦加拉的所指,这样的证据又实在太过微弱。

18,那么,最不可能的就是古代传记作家记录于各自选集中的忒奥格尼斯生平。这一结论尤其重要,我们不妨考虑一下赫米珀斯这位多产的简短传记作者,他同时也是卡利马库斯(Callimachus)的追随者和逍遥学派传统的研究者(Wehrli,1974)。他的辑语是通过诗人传记(例如,辑语 93 [Wehrli],关于 Hipponax)以及一系列关于"七贤"的传记(辑语 5－16)而为我们所知晓。在这些辑语里,我们能够读到的忒奥格尼斯,当然是位格言(gnōmai)诗人。如果说,正是借助于赫米珀斯,普鲁塔克才知晓麦加拉本地历史学家的知识,而赫米珀斯本人又没有撰写过忒奥格尼斯的生平,那么,《麦加拉志》中不大可能有太多忒奥格尼斯的生平,大概正是当地史学传统

---

① 注意 Beloch(1888,页 729－733)关于一种危险的推理,需要根据诗集的内部证据来决定忒奥格尼斯家乡的企图。参见 Harrison,1902,页 268－281。

中的这一缺陷,可以很好地解释为何忒奥格尼斯的传纪传统如此薄弱。①

柏拉图与《忒奥格尼斯集》

19. 柏拉图认为,忒奥格尼斯曾是西西里人,这一看法的重要性不能高估,因为柏拉图曾逗留于叙拉古僭主的宫廷,所以他太清楚西西里的诗歌传统。他称忒奥格尼斯为麦加拉-许伯莱亚人,却没有意识到他提出了一个极具争议的主张,这表明,柏拉图在叙拉古时忒奥格尼斯的诗歌正在此地流传,而且,他还发现人们甚至没有将其当作外地诗歌对待。[125]我们无需费劲去为具体诗行的存在寻找证明,因为《忒奥格尼斯集》曾一度包含了一首确定是西西里语境的诗。《苏达辞典》记述了这首诗曾经存在过("忒奥格尼斯"词条):

> 他[忒奥格尼斯]写下一首诉歌,为了纪念那些在围攻中幸存的叙拉古人。

然而,虽则意欲信任这则材料,但要为这首"诉歌"勾勒一个历史背景却又太过困难,于是这份信任也就渐渐消散。有人把这场围攻过度解读为希罗多德笔下希波克拉底(Hippokrates of Gela)面对叙拉古时的一场败仗(希罗多德,《原史》7.154.2),不过,这种解决

---

① 还要考虑到色诺芬对忒奥格尼斯的论述。如果现存的段落是有代表性的(Stobaeus, *Florilegium* 88.14),那么,这些论述就相当于是某种注解,探究不变的人性。可以对比色诺芬的《希耶罗》中的僭主行为及其娱乐活动,这是一篇叙拉古僭主希耶罗(Hieron)和诗人西蒙尼德斯的对话。这个对话的最后一部分是西蒙尼德斯对希耶罗的建议,大概是基于西蒙尼德斯的凯歌,这部分内容提出了政治警告。然而,西蒙尼德斯的诗歌可以被压缩进一个对话中,因为他的生平可以在他与希耶罗之间关系的戏剧化传说中略作勾勒,但是,关于忒奥格尼斯,似乎除了诗歌本身什么也没留下来。

方法并无可取之处,因为没有什么证据表明,确实发生过这么一场围攻。有人曾暗示,在伯罗奔半岛战争期间,雅典人曾有一场针对叙拉古的失败围攻,这也可能是这首诗所描述的内容。根据这一类推理,那么,这首诗就是《忒奥格尼斯》中后来添加的部分,但随后又遗失。①不幸的是,这个假设意味着诉歌作者必须是某位忒奥格尼斯,这是公元前5世纪晚期的一位悲剧作家,他性情极其冷淡,甚至得到"雪"的绰号(《苏达辞典》,"忒奥格尼斯"词条;参见阿里斯托芬《阿卡奈人》,行 11,140;《地母节妇女》,行 170)。如果说,这则材料中的"诉歌"背后是这位悲剧作家,那就还有一系列太过复杂的假设需要去证明。无论如何,《苏达辞典》的原始资料不可能是某位麦加拉-许伯莱亚的居民为纪念叙拉古而写下的诗,因为叙拉古毕竟是麦加拉的主要敌人及最终的破坏者,还因为这则材料对这个破坏举动没有丝毫的解释。试图对这则材料做出历史学意义的尝试,就必须假设,《苏达辞典》的这段材料歪曲或是粗心地概述了它的原始资料。"那些幸存的"(tous sōthentas)这一短语应该指麦加拉人。有人或许会提出,公元前6世纪,西西里的麦加拉人经受住了一场叙拉古发动的围攻——但在其他方面我们对这场围攻一无所知。然而,哈利森(Harrison)提出,这是盖伦(Gelon)大约在公元前484年(希罗多德,《原史》,7.156.2)对麦加拉-许伯莱亚发动的围攻(1902,页296-297)。对哈里森来说,《苏达辞典》中的这个条目里,eis 仅仅意味着"关于",而不是"为了纪念",那么,叙拉古人(ton Surakousion)之前必须要插入一个介词"为了"(hupo)。[126]根据这种解释,这首诗是关于麦加拉-许伯莱亚的富有邦民因盖伦和叙拉古人之故而迁居叙拉古,从而免于奴役。其实,加上一个 hupo 并无必要。Surakousion[叙拉古人的]这个词可以是 poliorkiai[围攻]相关的主格所有格,或是 sothentas[幸存]的分离属格。这两个属格结构从词序的角度来说都稍显勉强,但或许修饰诗

---

① Carriere,1948,页8-9;Harrison,1902,页295-297。

歌题目倒是可以的。此外,我们没有理由去设想,这首诗与这部诗集其他部分格言的劝说内容有实质上的区别。因此,这首诗不应该是"关于"幸存者的,但是 eis 的意思应该是"为"或者"反对",同样,现存的《忒奥格尼斯集》中是"为",而在其他语脉中又有"反对"之意,比如"反对"居尔诺斯或者贤人君子(agathoi)叛逃到坏人(kakoi)中去。无论这首诗之所言是一场公元前 6 世纪的不知名战役中的幸存者,还是那些约在 483 年于盖伦发动的战争中幸存的人,我们都可以认为,诉歌中的重点一直是在西西里十分常见的 stasis[社会群体间的冲突]及其原因和悲剧性结果。也许有人会注意到,同盖伦的战争开始只是由麦加拉 - 许伯莱亚的精英分子参与,而没有平民(demos)的合作。因此,认为我们所讨论的这首诗应该具有对这场围攻的叙述是不切实际的。毋宁说,它可能与现存诗集中的忒奥格尼斯式的吁求具有相同的特征,据说,这些吁求的背景是波斯人侵略的前夜(行 757 – 764,行 773 – 788)。一首标准的西西里"诉歌",大部分内容是劝诫性的、程式化的,整部《忒奥格尼斯集》本该是这样的特征。①我认为,除了现存诗集中与麦加拉大陆有关的部分,忒奥格尼斯的古老版还应含有源自西西里的材料。以西西里诗歌为基础,柏拉图——或许还有其他人——断言忒奥格尼斯是西西里人(柏拉图《法义》630A)。②

20. 与此同时,柏拉图也许会视忒奥格尼斯为西西里人,因为

---

① 作为对比,可参考据说出自 Smyrneis of Mimnermus 之手的辑语(辑语 9,13,14;参见 13a W,注意标题)。辑语 14 描述了一位战士的英勇行为,在品质上它是劝告性的,一如忒奥格尼斯的很多诗行。然而,辑语 9 谈到了克洛丰的建立和 Smyrna 的被俘获,这比忒奥格尼斯的任何一行都更具历史感。然而,它引入了肆心(hubris)的主题,这暗示了在这个标准框架中存在着危机(辑语中称之为当下的危机)。这首西西里诉歌也许以同样的方式表达出它的危机,也就是这场围攻。同时,所有的殖民地诗歌传统都具有一个相同的特征:都有建城(ktisis)的传说。

② 参见本书奥金文,16 节以上。

在当时来自麦加拉大陆的博学之人中,柏拉图并未对忒奥格尼斯抱有特别的兴趣。通过他与欧几里德(Eukleides)①的交往,他对这些博学之士应该了解甚深,欧几里德本人是麦加拉学派的创立者(关于麦加拉派,参拉尔修,《名哲言行录》1.18-19[辑语35 Doring])。[127]在苏格拉底死后,柏拉图在欧几里德的陪同下旅行至麦加拉(拉尔修,《名哲言行录》,3.6[辑语4A Doring];参见辑语4E,5-6,26A,Doring)。我们的资料来源着重强调麦加拉学派的苏格拉底式品质。这个情况似乎表明了当地思想传统的消逝(见本文第63-64节),表明作为其思想体现的诗歌传统的消亡。相对于来自尼西亚-麦加拉的同代人,柏拉图对这位他视为西西里人的忒奥格尼斯显示了更多的兴趣。但这个例外仅仅证明了麦加拉学派没吸收多少忒奥格尼斯的思想。麦加拉哲人狄俄多洛斯(Diodoros of Iasos,约公元前300年)有五个学习哲学的女儿,其中有个名叫忒奥格尼斯,这在古代似乎是娈童的别名(克莱门特,《杂文集》,4.19.121.5[辑语101,Doring])。或许我们可以得出结论,忒奥格尼斯的诗歌无论是对麦加拉史家,还是追随苏格拉底的麦加拉学派,都不是一个令人感兴趣的主题。我们没有理由去设想他们的麦加拉同胞与他们有何不同。我将要证明,之所以出现这种情况,是由于思想观念的缘故。与我相反的主张是地方性的传统看法,认为忒奥格尼斯于公元前4世纪生活于西西里,但这只不过是存留于叙拉古宫廷的文字传统,因为很久以前麦加拉-许伯莱亚就已被摧毁。

---

① [译按]这个欧几里德通常被称之为麦加拉的欧几里德,生卒年约公元前435年至前365年,是苏格拉底的学生,开创了麦加拉学派,与后来著名的《几何原本》的作者欧几里德并非一个人,后者通常被称为亚历山大里亚的欧几里德,生卒年大约是公元前325年至前265年,相差近百年。

一位泛麦加拉的忒奥格尼斯

21. 如前所述,《忒奥格尼斯集》在麦加拉也缺乏一个强有力的历史基础。我们对西西里诉歌的讨论表明,这部诗集着意勾勒出一种贵族社会规范,这其实有为麦加拉、麦加拉－许伯莱亚以及其他麦加拉殖民地尽义务的可能(参年表 C)。同样,麦加拉殖民地也存在[贵族政制和民主政制]两个极端的思想形态,这就能够解释,在建立时其首府是民主政制的赫拉克利亚(Heraclea),怎样推翻民主政制并建立一个寡头制政府,某种程度上,这与发生在母邦的一连串事件相似,而且时候也大约相当。《忒奥格尼斯集》成书过程中所添加的诗行,或许有一部分以诗集流传的城邦中所形成的形式为基础,但是这种新的形式在其改写本或与《忒奥格尼斯集》的同化过程中被过滤掉了。但这并不意味着,《忒奥格尼斯集》的材料在阐释古麦加拉时没有效用。《忒奥格尼斯集》文本的最终确定,或许以主题型的意蕴(valences)遮蔽了具体章节的过滤过程。这部诗集在内容上从具体的不同诗行发展为具有总体性的特征。这个结合的过程中或许也发生了缩写的可能。诗集中较长的部分,[128]尤其是那些写给具体个人的(除了那些给居尔诺斯的),也许更具有专题性,也更植根于诗集形成时的本地特征(比如,参本文 59 节)。由于诗人的听众将那些名字与真实的人物一一对应,或是通过对那些名字本身所固有的社会观念的解读,从而辨认出名字蕴含的传统形象,所以,那些名字皆有其最初的意蕴。另外,就政制和思想形态而言,诗集中能够提取出很多相关的术语,它们对殖民地的麦加拉人仍然适用,对麦加拉当然也适用。然而,由于忒奥格尼斯的所有政治暗示在其最后的形成阶段很可能[与起初的意蕴]有不小的距离,所以我们还是需要谨慎行事。

麦加拉人的文学体裁和思想形态

普遍性和特殊性

22. 如果《忒奥格尼斯集》为所有麦加拉人所共享,而且其中的思想形态也极为类似,那么,这种诗歌和思想形态又如何影响城邦中的派别政治,并使其外部政治环境在表面上显得如此不同?而且,在什么意义上的政制构建当中,麦加拉的寡头思想形态或者民主派的思想形态能够产生影响?这是一种怎样的普遍化形态?我将着力于寻求某种麦加拉人都会有的特征,尽管我当然不能完全排除这种可能:在同一个层面上来说,这部作品还具有泛希腊的意义。麦加拉人在其城形成(sunoikismos)以及从科林斯独立之后所选择的政治秩序,较之于科林斯的巴克伊亚家族的(Bacchiad)王权政制,必定更有吸引力,因为正是在后一种政制之下,麦加拉人的土地为科林斯人所侵吞(参年表 A、B、C)。麦加拉人并不是出于同样的缘故而"聚居一处"。然而,在忒奥格尼斯诗集里,有一段突出了贵族(agathoi)和乡下野兽般定居者的强烈对比,前者曾经是共同体的领导者,而后者最后也会成为君子,或者精英集团的成员(行 53 – 57;参本文 41 节)。与此类似的,是城市君子和乡野鄙夫(kakoi)之间的对比,这一对比重复使用了 astoi 一词,指代共同体之一员,并以 astu 指代城邦(行 24,41,61,191,283,367,739,868,937,1082a,1184a)。[①]所以,我们也会在作品中发现,它强调了精英集团对族群起源的纯粹性的主张,以及他们对不同社会群体之间通婚的憎恶(行 183 – 192)。如果说,这些观点来自于公元前 8 世纪到前 7 世

[①] 请注意 astoi 用于为波斯战争中阵亡的麦加拉人所题写的碑文(Tod,1,注释 20。)

纪的科林斯的某支巴克伊亚亲族的传扬,[129]这样就会显得很合乎自然了。那么,登上科林斯卫城的庇护之地的通道,自然就受到限制了。①巴克伊亚亲族的王权政制是一个封闭的寡头政制,他们施行族内通婚制——至少原则上如此。不过,在麦加拉从科林斯独立之后,这些建制似乎没有得到保存。普鲁塔克对战友(doruxenoi)制度的描述早就表明,城邦形成之前的乡村(kōmai)中,战友们具有怎样的互惠互利关联(参年表 B)。我们很难设想,在从科林斯手中获得独立的过程中,乡村中的其他人只愿意接受由麦加拉城而直接形成的狭隘的寡头政制。相反,我们应该假定,科林斯的政治制度可以用于表达《忒奥格尼斯集》所采取的立场。在任何一种具体的政治对抗中,有助于改变麦加拉社会的思想观念,自然会以巴克伊亚亲族的王权政制的最后终结为摹本,而表现出它最终的方向。我们甚至可以设想,这种方案可能会脱离社会现实。乡村和城镇之间的对比也适用于殖民地时的麦加拉,至少就其城邦的内陆僻壤最初由非希腊人定居这一点而言,可以作如是观。比如,作为麦加拉殖民地,黑海的赫拉克利亚(Heraclea Pontica)的内陆僻壤的居住者,所谓 Mariandynoi,②被殖民者强行当作奴隶(Posidonius,FGH,87,F8;Euphorion,辑语 78 [Powell],载于 Athenaeus 263d;Hesychius,词条 dōrophorous;柏拉图,《法义》776c – d;Strabo 12. 3. 4 C542;Pollux,3. 83)。城镇和乡村之间、族内通婚与族外通婚之间的情感力度的对比,而不是它们是否真实的问题,证明了它们何以出现在《忒奥格尼斯集》中。

23. 那么,如我所假定,这样一种普遍化视野中的《忒奥格尼斯

---

① 这样的处理方式,有助于解释公元前 8 到前 7 世纪早期的科林斯周边四处分立的村庄,以及与希尔山的定居点相比,科林斯卫城的定居之地何以发展缓慢(Roebuck,1972,页 121 – 127)。

② [译按] 参 Stanley Mayer Burstein, *Outpost of Hellenism: The Emergence of Heraclea on the Black Sea*, University of California Press, 1976, 页 6 – 11.

集》,就会更令人信服,如果我们认真思考了《忒奥格尼斯集》和《麦加拉政制》之间的关系的话,一如当年普鲁塔克在《希腊问题》中的做法。亚里士多德比忒奥格尼斯要更为具体,从忒奥格尼斯的诗中分离出某种《麦加拉政制》,这是绝无可能的事情,即便我们想从作品散佚的部分重新勾勒出《麦加拉政制》也没有可能,除非这些散佚的诗行与现存诗句截然不同。就其关注焦点而言,我们有理由认为,《麦加拉政制》与《麦加拉志》(Megarika)并不相同,而这令我们在描述麦加拉的某个传统时身处悖论之中,因为这个传统在本地历史书写中并未出现,但却广为流传。[130] 如果相互竞争的思想形态能够择取古麦加拉的不同类型的材料,或者说排除掉不同类型的材料,那么,我们就会留下一个思考的任务:选择麦加拉诉歌中的材料时应该持有怎样的原则。

24. 一方面,亚里士多德和普鲁塔克《希腊问题》第 18 章类似(另参所附《政治学》1304b34 - 39),另一方面,亚里士多德也与忒奥格尼斯类似,比如下表:

亚里士多德	忒奥格尼斯
缺乏明智(sōphrosunē)	对保持智虑的强调(行 373 - 392、429 - 438、452 - 456、753 - 756、1007 - 1012、1049 - 1054、1171 - 1176;另参行 39 - 52、1135 - 1150)
民主制度下煽动邦民迷醉的民主鼓动家	像酒鬼一般欠缺明智(行 475 - 496、497 - 498、503 - 510;另参 413 - 414、837 - 840、873 - 876)
富人(plousioi)的荒唐举动	坏人(kakoi)很容易作出荒唐之举(行 39 - 52、151 - 152、153 - 154、306 - 308、373 - 392、731 - 735)

民众(dēmos)侵入富人之家肆意欢庆	乡野之人侵入城邦,意图成为贤人(行 53-68)
民众施行的暴力和肆心	为暴力所侵夺的财产(khrēmata)(行 341-350、667-682;另参 289-292)
夺回利息(Palintokiā)	为暴力所侵夺的财产(khrēmata)(行 341-350、667-682;另参 289-292)
充公(《政治学》)	对自己财产当前拥有者的愤怒(行 341-351;另参 561-562)
流放贵族(《政治学》)	流放之苦(行 209-210、332a-334、1209-1216)

在《希腊问题》第 59 章里,醉酒的"砸车者"对德尔菲神庙朝圣者的区域进行渎神的攻击。《麦加拉政制》引用了梭伦的诗,以图重构他的政治改革,但《忒奥格尼斯集》中绝不会出现这样的内容。无论怎样,所有这些类似表明,《忒奥格尼斯集》和《雅典政制》都可以归结到民主制度的评价,或者更准确地说,[131]是对民主化的评价——这种评价以一种类似于寡头制的思想形态为根基。除了民众的批评者对恰当的智力活动和真实的人类行为的评价,我们还应该注意视醉鬼为下等群体的成见。斯巴达人经常让希洛人(Helots)在斯巴达年轻人面前饮酒(普鲁塔克《吕库古传》28.8-10;参本文 42 节)。我们还要注意一种令人反感的对比行为:一种比较不同种群的酒精消费量的传统(请比较加拿大人的"神话"中对法语区加拿大人的成见)。

25.《麦加拉政制》的语调对民主制度充满敌意,认为民主制缺乏道德,而不仅仅是不便或者缺乏政治效率。《麦加拉政制》强调麦加拉民主制度的社会特征,而不是它的政制秩序。换言之,《麦加拉政制》似乎致力于一种确定的政治事件,即夺回利息

(Palintokiā)，围绕着这一事件，才展开了对麦加拉民主政制的描述，而其观察与《忒奥格尼斯集》中清晰传达的观点类似。

26. 就最主要方面而言，麦加拉民主制度被视为一种道德堕落的展现。这种术语很容易引人注意。民众的领导者为民众提供葡萄酒，所谓 dēmagōgōn oinokhoountōn。普鲁塔克这里暗指了柏拉图在《王制》中提到的民主制的堕落（《王制》，562c – d），在《王制》的具体文本中，城邦正渴求自由（eleutheriās dipsēsāsa），城邦官员们的行为仿佛像斟酒者（oinokhooi），直到城邦最终滥饮烈酒（akrāton）、酩酊大醉（methusthēi）。然而，《王制》的读者所联想到的多是雅典，而未必是麦加拉。对我们很重要的问题是，普鲁塔克在解释《政制》时，为什么要刻意让我们想起这一极端民主的特定主题。作为回答，我想提出《麦加拉政制》中所言的等式的可能性：醉酒＝极端民主。换言之，对麦加拉的混乱（民众侵入富人之家）的这种描绘已经显露出某种醉酒的特征，这对普鲁塔克来说，就是戏剧化地呈现了民主化进程，认为这是一种醉酒之行。

27. 我们同样还要注意已经彻底堕落（diaphtharentes pantapāsi）的民众的宣言，他们侵入富人之家，纵肆狂欢。还有其他的例子能够更有效地表达这种完全的堕落。为什么民众首先在富人家中大吃大喝，而不是先将他们的财产充公？换言之，[132]如果从一个法律的视野来看，必要的娱乐和夺回利息似乎不是解决政治危机的成功步骤。确实，倘若麦加拉人只是希望纵情吃喝，他们就会打起那些充公财产的主意，力图制度性地重分财产。一个经过深思熟虑的系统会保持张力，随即，在公共社会中选择这样一种重新分配的途径（也就是说，税收制度），而不是像普鲁塔克那样个人化的描述。我将在后文讨论，就某种类型的重新分配而言，这一系列事件确实具有一种制度基础，很可能，这是一种隐喻的方式（参本文 41、50 – 52 节）。此处，我只提出这种可能性：亚里士多德的资料来源表明，他的意图在于麦加拉民主制度的道德、心理和社会特征，而不是这种政治的组织或法律系统。因此，《麦加拉政制》表明了，麦加拉的寡头思想观念———一如忒奥格尼斯的关注所显示的———如何能有助于形成关于一个特定历史处境的争论之作。无论如何，这两种层次的政治阐释都不能做到顺畅地衔接。

麦加拉谐剧：一种相反的思想形态

28.《忒奥格尼斯集》以诉歌的文学类型为基础，表现了麦加拉地区的寡头政制思想形态，如果人们考虑到另一种思想形态的出现及其特定类型的传播工具，这一点便能得到进一步的阐明。亚里士多德认为麦加拉谐剧的起源与麦加拉的民主政制有关（《论诗术》，1448a29 – b3）。《帕罗斯碑》认定，雅典人发明谐剧的年代为公元前580年至前562/561年间。①如果麦加拉人真的发明了谐剧，那么，这段时间前后，麦加拉就应该有谐剧上演的传统。麦加拉民主政制出现的年代与推算的麦加拉谐剧产生的年代吻合。这样一种传统解释了谐剧的发明何以会归入苏萨里翁（Susarion）的名下，在一些文献中他被称为雅典人，而在另一些文献中却是麦加拉人。②[133]据这些传统所述，在苏萨里翁笔下，说出骂人话语的尽

---

① Jacoby(1904)，页167。有关麦加拉民主政制的时间，见年表Q。
② 《帕罗斯碑》提到了苏萨里翁，说他是阿提卡村庄伊卡利亚（Ikaria）的居民，据传肃剧即起源于此（克莱门，《杂文集》1.16.79 = Kaibel *CGF* 1.1 no.15, 页77）。苏萨里翁最常与一部嘲弄妇女的警句诗一同被提及（Stobaeus,《作品集》[*Florilegium*]69.2）。在警句诗和其他文献中，苏萨里翁被认为是一个来自忒普狄科斯（Tripodiskos）城的麦加拉人（Dionysius Thrax 的注释[Kaibel *CGF* 1.1 no.2, 页14]；J. Tzetzes,《希腊谐剧》[*De comoedia graeca*][Kaibel *CGF* 1.1 no.6, 页18、27、77]）。其他的版本或不承认这些诗行属于苏萨里翁（如阿里斯托芬,《吕西斯忒拉忒》，行1039, 抄件古住），或不承认苏萨里翁是麦加拉人（Diomedes Grammaticus[Kaibel *CGF* 1.1 no.11, 页58]）。至于所有的出处，见 Piccirilli(1975)，页142–143、149；参 Piccirilli(1974)。证明苏萨里翁是麦加拉人的所有证据都已被判为伪证，因为那些归于他名下的诗句使用了阿提卡方言，并且还可能让人联想到新谐剧（Wilamowitz, 1875, 页337–338；

是些随意插入的人物,他本人也因为一首嘲弄妇女的警句诗而闻名。麦加拉人发明了谐剧,这个想法出现在一位亚里士多德注释者的笔下,他也知道关于苏萨里翁的传说(无名氏或 Aspasius[?]注,《尼各马可伦理学》,1123a20)。旧谐剧时期的阿提卡诗人都知道麦加拉谐剧:Ekphantides(第一次获胜当是公元前 457/454 年),辑语2(Kock);Eupolis,辑语244(Kock);Myrtilos,辑语1(Kock);阿里斯托芬的《蜂》,行54 – 63;见 *CPG* 1.230。

29. 我们也许可以从这些引文中辨别麦加拉谐剧的特质。阿里斯托芬警告他的观众,从麦加拉那儿,既不要期待任何伟大的事物,也不要期待能窃取什么。阿里斯托芬传达后一主题的方式,是通过向观众群中扔坚果(《财神》,行 797 – 799),或引入赫拉克勒斯被抢夺晚餐[的故事]。① 然而,不管怎样,这些主题都具有麦加拉式的特色,正如阿里斯托芬更深入的谐剧情节其实都是在同自己作对比一样,比如,对欧里庇得斯滑稽的模仿与对克里昂(Cleon)的讥讽(除非未经加工的辱骂也是某种麦加拉特色)。思者麦森(Consider Maison),一个常用的谐剧角色,既非奴仆也非厨师,表演时戴着一个特殊的面具(Athenaeus,14.659A – C;Pollux,

---

Pickard Cambridge,1962,页179 – 187)。另一个据说早于克拉提努斯(Cratinus)的麦加拉人托里诺斯(Tolynos)创造了一种叫做 Tolunion 的韵律(《希腊百科辞典》[*Etymologicum Magnum*],"Tolunion"条,页 765.47)。Piccirilli 给出了一个有关现存记述的复杂谱系,他强调,在麦加拉史家记载的可靠的麦加拉传说中有一个基本说法,即,麦加拉人发明了谐剧(Piccirilli,1975,页 144 – 148;1974,页 1293 – 1299)。苏萨里翁是麦加拉人这种观念,也证明了古麦加拉与谐剧的关联,鉴于阿提卡旧谐剧显而易见的声望,这种观念尤其能够有力地支持上述说法。

① 参《和平》,行 741 – 749,此处强调了阿里斯托芬式幽默的高妙之处,相对于那些使用赫拉克勒斯们——永远饥渴(参 Maison),总在奔逃、挨打,或到处行骗的家伙——作笑料的作家;或《和平》第 961 – 965 行,一个奴隶受命向观众撒谷子。但这两处都没有直接提到麦加拉谐剧。

4.148;Hesychius,maisona 词条)。克里希普斯(Chrysippus)认为,麦森这一名字可以追溯至"咀嚼"(masasthai)(参 Athenaeus)。而拜占庭的阿里斯托芬则以为,麦森的角色可追溯至某位叫这个名字的麦加拉演员(参 Athenaeus)。也许,我们应该把他看作同时结合了烹饪与麦加拉谐剧两种元素的一类角色。麦加拉谐剧诗人被描述为"缺乏灵感,不懂世故的嘲弄者"(阿里斯托芬《马蜂》,行 57b,抄件古注)。麦加拉谐剧是索然无味的,[134]而其表演是放肆而粗俗的(Eupolis;Myrtilos;无名氏注疏者)。我们应该注意分享食物或偷盗食物与麦加拉谐剧之间强有力的关联。麦加拉谐剧与粗俗的漫骂之间的关联,也应受到关注。

30. 要解释谐剧的发展过程,我们不妨假定,在下层社会对精英的嘲弄中,我们能够发现谐剧的社会背景。在《论诗术》中,亚里士多德把专有名词谐剧(kōmōidiā)同 kōmē[乡村]联系起来。① 因此,谐剧可以视为一种乡下人的/平民的文学类型,也可以保证其社会一致性(所谓保持社会的一致性,比如,共同体成员的生活方式,只能局限于几个有限的选择)。关于谐剧诞生的最常见的神话,下面的说法细致描述了这一文学类型的起源。② 在雅典,有一群农民,他们在一些住在城里的人的手下遭遇不公。这些农民[对此]进行报复,他们夜间进城,四处大嚷那些虐待他们的人的名字及其恶行,而这些人反过来则会被他们的邻居当作笑柄。接下来,有些邦民意识到这种行为对社会有益,于是强迫乡下人在市场(agorā)重演他们如何取笑那些不义之人。那些害怕有钱人

---

① 有关 kōmōidiā 与 kōmē 之间关联的传统批评观点,见 Else(1957),页 118-121。至于一个更为保守的判断,见本书莱文文,36-39 节。

② Dionysius Thrax 的抄件古注(Kaibel CGF 1.1 no.4,页 11-14);参《希腊百科辞典》,肃剧(tragoidia)词条,页 764;John the Deacon,《赫墨格涅斯〈论严格方法〉注疏》(Commentary on Hermogenes, Peri methodou deinotētos):见 Rabe(1980)。这个故事为苏萨里翁发明谐剧提供了一条旁注(Kaibel CGF 1.1 no.4,页 14)。

的农民,则用泥和酒渣抹花自己的脸,这就创造了谐剧的角色——似乎就是这样的情形。在谐剧发展的最后阶段,诗人得到允许,能够戏谑作假却免遭惩罚。

31. 在一个输赢仅仅发生在心理层面上的开放场所里,不同群体和个体正面交锋,这模糊并松缓了不同社会阶层和社会角色之间紧绷的界线。谐剧不仅反复灌输那些对人与人之间的冲突来说所必需的技能,它还会转移那些尚未壮大的内乱的侵略性。它减弱了参与者和观众对阶层摩擦的敏感。关于谐剧起源的另一种说法,则强调它有一种调停和释放张力的作用。在叙拉古,一段内乱之后,党派之间往往会在一个依仪式而行的宴席上狂欢,或者在原始谐剧(proto-comedy)的语境中握手言和(Theocritus,抄件古注,Prolegomena Ba[Wendell])。乡下人头戴鹿角入城,唱个不停,[135]并且和城里人分享食物。分享食物代表着去除阶层中的"多余之物"(因为从谐剧的减缩功能[comic deflation]这个角度来看,他们确实如此)。

32. 相应地,早期的谐剧就用于反对各种特权,或者反对所谓的精英对行为方式作出区分的权力。在麦加拉,人们会把谐剧和忒奥格尼斯的诉歌并列而呈。后者试图向以居尔诺斯为代表的年轻人灌输一些关于情感习惯和心智习惯的教条,与这些习惯相对应的,则是一种只有遗传和教养才能获取政治权力的政制,这样,就能阻止这些年轻人跟那些没有接受过《忒奥格尼斯集》教诲的人过从甚密。然而,我们已经看到,神话激发了早期谐剧这一事实表明,正如《忒奥格尼斯集》的作者所断言,它的目的在于维护正义。有一点很重要,那就是早期谐剧演员正是以他们自己的名字声称,他们有一个和诉歌诗人声称的道德权威相似的道德权威。阿忒那乌斯(Athenaeus)告诉我们,这些演员有各种各样的名字(14.621D – 622D;参《苏达辞典》,phallophorol 词条)。有些名字,如 ithuphalloi[直挺的阳具]或者 phallophoroi[抬阳具雕像者],表明了这种文学类型的来源,即它们源自乡间生殖活动和生殖崇拜。对我们来说,另外两种名字 sophistai[智者]和 deikelistai[呈现者]有更为特别的吸引力。首先,那些诗人之为智者,是因为他们自称拥有智慧,还是仅仅因为他们的技艺能力？对品达来说,诗人是智慧者,但智慧者所处的语境却并不只包含技艺能力(第五首伊斯特米凯歌,行28)。更引人注目的是,希罗多德用这个专有名词指称七贤(《原史》,1.29.1,4.95.2),还指称预言家梅拉姆普斯(Melampus)以及其他追随他的教义阐释者(2.49.1)。品达和希罗多德赋予了智慧者一词一种前哲学(prephilosophical)的内涵,也许,就其精神品性(spirit)而言,大约相当于作为智慧者的谐剧演员。由此,忒奥格尼斯可能认为诗歌的创作者在 sophizomenos[练习智慧],所以,诗人所编之谜(ainigmata),只有贤人君子这样的智慧者(这是贵族的生活的质量所在,参行681-682)方能破解,同样,那些谐剧演员也以类似的语言,作为权威的发言人而说出自己的主张。①

33. 在斯巴达,谐剧演员被称为 dikelistai[表演者](Sosibios, FGH 595 F 7),阿忒那乌斯在注解时认为,表演者是哑剧演员(mimetai),或 skeuopoioi,即"伪装者"或"化妆的男人"。[136]"表演者"这个专有名词也许更准确些(普鲁塔克,《阿格西劳斯传》21.8)。它衍生自动词展现(deiknumi)(Hesychius 认为,dikelon 的意思是 phasma[幻相]、opsis[幻影]、eidolon[外形]或者 mimema[模仿品])。正因为在智慧者这个词里,智性和精神上的卓越程度被削弱了,所以,直至公元4世纪,所谓表演者,在斯巴达不过是些不足道的演员。虽然如此,我们却不必受制于那些诡辩的公元4世纪的希腊人的看法,对这些早期表演者的重要性怀有偏见。deikela[展示]这个专有名词,在 deikela ton patheon 这个短语中,意为"激情展现(play)",更字面的意思则是"一种对个人痛苦的再现",在描述埃及人加入秘仪的时候,人们经常使用"激情展现"这个短语(希罗多德,《原史》2.171.1)。它暗示了埃勒乌西斯秘仪中的神迹(epopte-

---

① 参本书埃德蒙兹文,7-8节;亦参纳吉文,2-5节。

ia),在这种秘仪中,一些具有生殖力量的神秘之物会向新加入的成员显现。希罗多德笔下的"展示"表明,所谓展示,应该类似于 semata[符号](词源是动词"指示"[semaino]),古风时期的贵族诗人在其诗歌中利用这些符号"编谜"。我们注意一下《忒奥格尼斯集》第 808 行,"指示"连接的主语是求神谕者(theoros),这恰恰是诗人的一个角色,他必须忠实地再现阿波罗的神谕(参 Simonides,511 辑语 1[Page 辑录])。一如神话故事中的人物,古代谐剧演员关注人与人之间交往所必需的各种渴求和社交技能。

34. 从前文中可以注意到,在阿里斯托芬的笔下,麦加拉谐剧跟向观众分发食物、赫拉克勒斯获取食物或被抢走食物这些主题都有关联。在叙拉古,谐剧的起源以一个关于乡下人给城镇中人带食物的故事为背景。与观众分享食物的反面是偷窃食物,它是拉科尼亚(Laconian)谐剧的常见主题(Sosibios,FGH 595 F7;Athenaeus,14.621D;Pollux,4.105)。对偷窃食物者命运的描写,则与此有关。食物偷窃者是早期谐剧中的常规角色(Epicharmus,辑语 239 [Kaibel CGF 1.1];参阿里斯托芬的《骑士》,行 417 – 420)。在斯巴达,年轻人在学习成年男性价值的过程中,会得到前去偷窃食物的教导(普鲁塔克,《吕库古传》17.5 – 6)。因此,在斯巴达,谐剧讲述了偷食物的经历,这种经历是过渡阶段的礼俗或者青少年的仪式。① 如果分享食物在谐剧的观念形态中意味着群体间的和解,那么,偷窃则例示了和解之前的状况,甚至表明拒绝和解。麦加拉谐剧很可能[137]写了大量关于重新分配食物、大摆筵席和鸡鸣狗盗之事,这与其极端民主的重新分配(redistributory)思想形态相似。我们在普鲁塔克的作品中读到,麦加拉的贫苦人闯入有钱人的家里

---

① 斯巴达青少年是他父亲的对手,后者规律而适度地从他的 kleros[配给]中拿一部分食物并吃掉。在告别青少年阶段的时刻,年轻的斯巴达人偷窃希洛人的食物,以此重现他祖先对这些奴隶的征服,这也再一次证明了,奴隶在理论上乃是斯巴达人的另一个自己。参费格拉(1984)。

大吃大喝，这时我们也许会想起再分配的行动。谐剧指导它的观众演练这样一种重新分配，或者随后庆祝关于重新分配的种种提议。

35. 我已经表明，《忒奥格尼斯集》的适用框架，不仅仅是麦加拉，还包括其殖民地。麦加拉谐剧似乎和麦加拉-许伯莱亚也有关系（亚里士多德，《论诗术》，1448a32-34）。亚里士多德认为，厄庇卡摩斯（Epicharmu）和西西里的麦加拉谐剧有关，尽管我们不确定，亚里士多德是否认为那位诗人来自麦加拉-许伯莱亚。厄庇卡摩斯的创作生涯处于盖伦（Gelon）和希耶罗（Hieron）统治叙拉古的时期。各种解释传统关于他的出生地意见不一，但是，他是一个西西里的麦加拉人，这一点却获得了大家的共识（《苏达辞典》，厄庇卡摩斯词条；拉尔修，《名哲言行录》8.78）。① 值得注意的是，由于厄庇卡摩斯因其智慧（gnomai）而受到颂扬（拉尔修，《名哲言行录》，8.78；扬布利科，《毕达哥拉斯传》241；Kaibel *CGF* 1.1, T9），在某种程度上，厄庇卡摩斯是与忒奥格尼斯地位相当的谐剧诗人类型，是智性诗歌的大师。② 当然，关于麦森来自哪个麦加拉的争论依旧悬而未决（Polemon，辑语 46 [Preller 辑录]）。

麦加拉谐剧、诉歌与麦加拉政制

36. 与《雅典政制》相较而言，《麦加拉政制》的作者更偏重于关

---

① Pickar-Cambridge (1962)，页 230-239。

② Iamblichus，《毕达哥拉斯传》(*Life of Pythagoras*) 266（参普鲁塔克《如何辨识朋友和奉承者》[*How a Flatterer is Distinguished from a Friend*] 27 = 《伦语》68A）中说，厄庇卡摩斯因为惧怕僭主希耶罗（Hieron），被迫将他的哲学观点写成诗句。此处将政治意义编在谐剧中的想法十分明显。

注社会行为,而非体制变迁,这种做法并不令人惊讶。这一偏重乃是其可供研究的材料的原初形象被普遍化和意识形态化之后的结果。然而,《麦加拉政制》一书的作者应该能够概述一个复杂的行为,麦加拉谐剧(无论如何,麦加拉谐剧都是一个更吸引人的题材)作为这个行为的一部分,不必考虑麦加拉政治的合法性。因为我们早已假定,尼萨的麦加拉(Nisaean Megara)本身对这些传统缺乏兴趣,因此,向生活在殖民地的麦加拉人处找寻来源也就显得合情合理。麦加拉本土的民主传统——虽然后来被遗忘了——应当在其施行了[138]民主制的殖民地"黑海的赫拉克利亚"(Heraclea Pontica)有所保留。①赫拉克利亚地区后来向寡头制的转变,或可说明《麦加拉政制》一书中反民主的论调。同样可以看作资料来源的还有赫拉克利德(Heracleides Ponticus),我们无疑可以将他看作那个向亚里士多德及其同时代人再次引介了关于古代麦加拉的人。②随

---

① 关于赫拉克利亚,请参书后年表 E 和 Q。赫拉克利亚地方志的活跃,可以从其参与当地活动的记录者中进行观察:普罗马西达斯(Promathidas, *FGH* 430)、安菲忒奥斯(Amphitheos,431)、尼姆菲斯(Nymphis,432)、多米提奥斯·卡里斯特拉图斯(Domitios Kallistratos,433)、梅姆农(Memnon,434)。在雅可比(Jacoby)的论述中,关于赫拉克利亚史家的文字占据了 43 页的篇幅,而与之相对的麦加拉史家仅占 7 页篇幅。[译按]"黑海的赫拉克利亚"是一座古城,位于小亚细亚的俾斯尼亚(Bithynia)海滨,邻吕库斯河(river Lycus)入海口。此城为古希腊城邦麦加拉所建,约建于前 560 年至前 558 年之间。现今此地属土耳其卡拉代尼兹埃雷利(Karadeniz Ereğli)。

② 关于赫拉克利德(Heracleides Ponticus)(第欧根尼·拉尔修,5.86 - 93):Wehrli,1953。注意他写的《论起源》(*Peri Arkhes*,辑语 144 - 145)与《论礼法》(*Peri Nomon*,辑语 146 - 150)。关于亚里士多德在《政治学》中提到赫拉克利亚的地方见:1304b31 - 34,1305b5,11 - 12,1305b36,1306a36 - 1306b1,1327b14。在《政治学》1304b31 - 34 处,关于赫拉克利亚民主制倒台的描述紧跟着关于麦加拉民主制倾覆的章节。这也许暗示了,关于两处事迹的资料有着相同的来源。参本书奥金文,17 - 20 节。[译按]此赫拉克利德并非那个自然哲人赫拉克利特,而是亚里士多德的学生,学园派成员。

后,亚里士多德就可以在《政治学》中评点僭主忒阿格尼斯(Theagenes)和麦加拉民主制度的倾覆。这虽然只是个猜测,但也是基于事实的猜测——亚里士多德拥有大量资料供他在同一部著作中论及赫拉克利亚。至于亚里士多德关于麦加拉谐剧的看法是否源自赫拉克利德,我们尚难得出定论。

37. 虽然集中关注赫拉克利亚和赫拉克利德对我们关于麦加拉传统变迁的讨论有一定的用处,但是,赫拉克利德仍不太可能是《麦加拉政制》一书的作者。不过,此书依然可能是亚里士多德学生的作品。《麦加拉政制》的成书时间无法确定。事实上,我们也不能确定此作一定定稿于亚里士多德的有生之年。此书的真正作者有可能是卡麦莱昂(Chamaeleon),此人同样来自赫拉克利亚。① 同为赫拉克利亚人,卡麦莱昂所知的传统应与赫拉克利德一致,而他以赫拉克利德为榜样,也来到了雅典。通过现存的卡麦莱昂的著作辑语可以看出,他的兴趣使他在处理麦加拉传统时,比那些法律专家或宗教习俗方面的行家优秀。他曾写下一篇关于旧谐剧的论作,尽管在公元前4世纪晚期或公元前3世纪早期,他使用 arkhaia 这个形容词,并非是在我们所理解的意义上指涉"旧谐剧"(辑语 43 - 44)。②倒不如说,他意在概括性地研究这一剧类的早期发展。其范围并不局限于[139]阿提卡谐剧直至阿里斯托芬的演变。③

---

① Wehril,1957。关于忒奥格尼斯(Theognis in Chamaeleon)生平材料的缺失引人注目。因为他写过关于赫西俄德(辑语 23)、阿尔克曼(辑语 24 - 25)、萨福(辑语 26 - 27)、斯忒希科路斯(Stesichorus,辑语 28 - 29)、阿纳克瑞翁(辑语 36)、西蒙尼德(辑语 33 - 35)、拉索斯(Lasos,辑语 30)、埃斯库罗斯(辑语 39 - 42)和品达(辑语 31 - 32)等人的生平。

② [译注]arkhaia 在现今语境下指古代的,意同于 ancient。但在当时,指较早的,类似于 earlier 或 initial。

③ 这两段辑语皆出自第六卷。辑语 44 提到了黑格蒙(Hegemon of Thasos),阿尔喀比亚德的同时代人。据说他的《巨人之战》(Gigantomachy)上演于前 413 年,也即是西西里兵败的时候。辑语 43 则讲述了一则关于阿纳克

我们知道,他著有《论羊人剧》(*Peri Saturonō*)和一部论忒斯皮斯(Thespis)的作品(辑语 37a – c)。① 卡麦莱昂另有一篇作品论及"醉酒"(intoxication,辑语 9 – 13),此论的主题倒合于普鲁塔克关于饮酒及其不良后果的强调。有个关于卡麦莱昂生卒行年的证据与其活动于前 4 世纪晚期或前 3 世纪早期的说法并不冲突,也不排除他曾师从亚里士多德的可能(Memnon, *FGH* 434 F 7)。一名赫拉克利亚人有可能吸收了麦加拉的政治传统,这些传统可能保存在《忒奥格尼斯集》中。但是,忒奥格尼斯诗歌中的传统已然被普遍化与习俗化了。

麦加拉的思想观念与其文学体裁

38. 由此看来,公元前 6 世纪的麦加拉存在两种思想观念。出于表述简洁的考虑,让我们将其中一个称为"民主的"(或民粹的),将另一个称为"寡头的",虽然这两个词的含义与雅典人所用的相同词汇并不完全相同。与这两种观念相对应的社会环境随着这些观念的内涵与承载者的变化而变化。诉歌与寡头制观念划定了会饮时的语境,而民主制观念则通过滑稽表演和与之相伴的宗教活动得以表达。在麦加拉,对共同体的意识似乎一直有赖于依传统方式进行的对物资的重新分配行为。也许有人认为,精英阶层单凭提供资助的形式,或者[通过]欢游(kōmos)或狂欢,取悦整个共同体。然而,这类欢游衍生出了两种观念:一种是民主制的,通过谐剧表演

桑得利达斯(Anaxandrida of Rhodes)——一位中期谐剧诗人——的趣事。阿纳克桑得利达斯活跃于前 380 年之后(Suda, Kameiraia 词条;*IG* XIV 1098)。在一部按编年编排的著作中,五部如此规模的早期作品应该可以为关于谐剧起源的讨论留出足量空间。

① [译注]忒斯皮斯是有记载最早的肃剧诗人,据考他曾在前 534 年获得过戏剧竞赛的桂冠。

而得以传达;另一种则是寡头制的,围绕会饮活动展开。①

39. 那么,民主制的观念和寡头制的观念如何得以在麦加拉相互作用呢? 我们或可以通过泡赛尼阿斯(Pausanias)关于修建麦加拉艾席慕尼昂(Aisymnion)议事会的故事来略知一二(Pausanias, 1.43.3)。[140]该建筑立于城邦的英雄公墓上。[选址时]来自德尔菲的神示曾建议,麦加拉人应与多数人协商。而"多数人"则被解释为已故的人们。由此,他们将议事会建筑于公墓之上。② 这件事据猜测发生在艾席慕诺斯(Aisymnos)的有生之年,他也是艾席慕纳塔斯(aisumnātās)官邸的创建者。所以,人们希望城邦议事会的成员们能够与城邦的守护英雄们沟通。尽管"多数人"(hoi pleones)是对逝者的委婉称谓(参阿里斯托芬,《公民妇女大会》,行1073;《王宫选集》[*Palatine Anthoogy*],7.73,11.42),但很明显,其他解释仍然是可能的。与大多数人商议也可以意味着扩大议事会——要么将议事会成员身份向其他社会团体开放,要么增加成员的数量。这些变革将改变公民大会与城邦议事会的平衡,即民主化。我们可以想象,一个关于"议事会的初步提案"(probouleumata)的改革有可能在公民大会中得到修正,这也可以称作"与多数人协商"(参"斯巴达大公约",普鲁塔克,《吕库古传》6.6-7)。而这一浅显的意涵却因为一种趋于晦涩的看法而被摒弃,这种看法坚持认为,《忒奥格尼斯集》中所谓的商议,只是与那些贤人(the agathoi)商议,而这些贤人传达了那些代代相

---

① 在《忒奥格尼斯集》中,kōmos(行829,940,1046;参与sumposion[会饮,行298,496]类似的kōmazō[行886,1065,1207,1351-1352])。至于sussitos(餐友,行309)是否含有普遍意义(即等于hetairos),这一点尚不明确。然而,如果麦加拉曾经把sussitia定义为"公餐餐友"的话(类似斯巴达),那么来自尼萨的麦加拉的材料中,有些可以看作政治诗歌,在这一设定下就容易理解了。如此一来,在文献的其他地方,sussition这一语词有可能已经被习俗化进程所抹去。

② 波里比乌斯(8.30.6-9)亦用到同样的神谕来解释——虽然不够有效——塔伦图姆之壁出现的坟墓。

传的智者(sophiā)的信息。唯有智者(the sophoi)能恰切地理解(decode)那些带有律法性质的表述(normative statements)。所以,在麦加拉,那些寡头们有意寻求对神谕的这种解释,也就并不令人意外。事实上,我们要知道,究竟谁是多数人,只是猜测一个谜语时的答案——据说答案来自阿纳卡尔西(Anacharsis,见《名哲言行录》1.104;另参卡里马库斯,《警句集》4[Pfeiffer])。这一神谕尚有另一个值得关注的方面。纳吉强调,忒奥格尼斯有时会将自己表现得像个有能力守护正义的英雄,甚至死后亦是如此。①那些与艾席慕尼昂议事会相关的守护人议事员正类似这种守卫者。

40. 让我们来考虑另一个范例,同样是一个观念化的说法。正如我已指出的,麦加拉的乡村不太可能与公元前7世纪的城市(astu)截然不同。②《忒奥格尼斯集》中对一些原居乡间的新晋贤人们曾以兽皮遮体进行了夸张的描述。这一形象的合理性并非来自一种观念——这些来自乡村的有志之士们虽然拥有了政治权力,但实际上不久前他们还过着茹毛饮血的生活。相反,此种诋毁的言语,[141]明显是针对忒奥格尼斯的政敌,他们通过参与早期麦加拉谐剧来表达他们对乡村或民粹观念的喜好,而忒奥格尼斯的诋毁之辞只是对此所作的回应。他们斜穿在身上的兽皮(行53-57)与野兽或羊人剧合唱队的戏服相应。③那些乡村或民粹观念的支持者们,或许能在亚里士多

---

① 参本书纳吉文,64-67节。

② [译注]astu是古希腊对城市地区的通称,与agros和kōmai相对。

③ 对于此处提及羊人剧,笔者仍存一点顾及。因为羊人剧的某些主题(就我们已经了解的来说)在麦加拉谐剧(比如某个食人魔的灭亡或体育竞赛)中找不到对应,虽然在这两类剧中,赫拉克勒斯都频繁出现,而且其好客的特点也颇为显著(Sutton 1980,页145-159)。科林斯陶罐上的狂欢舞者(Pickard-Cambridge 1962,页100-101、171-173)以及普拉提纳斯(Pratinas of Phlious,Phlious邻近科林斯)的角色在羊人剧的发展过程中(T 1,7,8;F 2,3[Snell];Athenaeus 14.617B)表明,这种戏剧形式最初的样貌在麦加拉周边地区显示出其活力。

德的《论诗术》中找到回应。亚里士多德说，那些谐剧演员之所以在乡间游荡，是因为他们被剥夺了在城邦活动的权利，即他们遭到了"流放"（atīmazomenous，《论诗术》1448a36 – b1）。但这一流放法令并非历史性的[事实]；毋宁说，它是谐剧这种剧类对城市和有权势的政治人的敌对情绪的普遍表达。这一猜测为我们指出一个引人关注的可能：麦加拉的寡头制观念通过诉歌来表达，这些表达，不仅在回应由民粹或民主制创造的社会局面，也在回应民粹观念通过谐剧呈现的自我表述。

41. 在一个正常运转的共同体中，富人与穷人、城市居民与乡村居民之间的敌对情绪，可以通过谐剧表演走进城邦的日常生活而得以抚平。因此，在阿提卡，谐剧在城市酒神节和勒奈亚节（Lenaea）上演，而不仅仅只出现于乡村的宗教节庆。不仅如此，所有社会阶层的人都对[谐剧中]那些对社会虚荣的嘲笑持接受态度，这使得整个城邦更为团结。这种团结，通过谐剧中的一些约定俗成的母题——比如飨宴、婚礼——得以象征性地体现。但如果那些玩笑总是针对某一社会阶层，而且这些对其劣迹的嘲弄又撇开了戏剧的语境，那么这种攻评就像是实质上的挑战了。直到这里，我们才首次触及到了麦加拉社会关系的问题所在（在忒奥格尼斯诗歌与我们自己的表述上皆是）。在雅典，人们可以通过祭祀募捐（liturgies）这种重新分配财富的方式，将戏剧表演用作一种拉拢和收买的手段。因为那些有钱人资助的表演乃是取悦所有人的。而麦加拉的表演似乎走得太过，甚至成为一种机械化的重新分配手段。亚里士多德就评论说，[在麦加拉]那些戏剧资助人（khorēgos）[142]习惯于为舞台提供价格不菲的紫色幕布，而非一般的皮质帷幕（《尼各马可伦理学》，1123a20 – 24）。① 如果雅典的状况适用于麦加拉，那么[麦

---

① [译注]廖申白译本此处译为"给一个喜剧中的合唱队装备紫色长袍"。见亚里士多德，《尼各马可伦理学》，廖申白译，北京：商务印书馆，2003，页106。

加拉的]戏剧资助人也应该是由城邦指定的。对观众而言,这些装饰上的福利显得令人生疑,但可能某种想法导致了这样的做法。在有些文化中,富人们的物资会在飨宴中消费掉。这种奢侈的宴饮是对那些富人们异常行为的惩罚。所谓的异常行为,就是变得富有。我们从《忒奥格尼斯集》中得知,那些精英不会默许他们的财富被以这种滑稽的方式滥用。如此一来,谐剧通过这种供给行为阻碍了社会力量的扩张,还不经意间助长了阶级力量的扩张。

42. 在贫困的社会中,服饰上的差异无疑可作为阶级差异的明确象征(服饰消费约占总消费的百分之十五)。衣饰的"高档"或"低廉"显示出一种政治状态。然而,所有社会都要经历不同阶层的上下流动。基于财富的社会阶层的依附关系——部分通过服饰表现出来——使得不同群体得以产生,而这些依不同标准产生的群体间会存在交叉或交叠的情况。有一项举措可以应对由此引发的焦虑,固化既定的社会地位,那就是对服饰穿着进行立法。举例来说,那些斯巴达的希洛人就被强制要求戴狗皮帽子,穿兽皮衣(Myron *FGH* 106 F2)。差别不仅体现在服饰上,也体现在行为方面——譬如[希洛人]喝得酩酊大醉、唱歌、跳庸俗不堪的舞蹈(普鲁塔克,《吕库古传》,28.8 – 10;参费格拉,1984)。这些行为与自由民的行为全然不同。与之相对的,斯巴达卫队(Spartiate)饮食有度,吟唱忒尔潘达(Terpander)、阿尔克曼、斯本敦(Spendon)的诗作。而希洛人则禁止表演这些诗作。此外,斯基昂(Sikyon)乡村的依附劳动力人口,即那些"持棒者"(Korunēphoroi),身着被称为 katōnakē 的粗布外套(Theopompus, FGH 115 F 176,311;参 Pollux 7.68),这种衣服与雅典的奴隶们穿的一样(阿里斯托芬,《公民妇女大会》,行723)。阿里斯托芬甚至还让吕西斯特拉塔宣称,在雅典重获自由的过程中,是斯巴达人脱下了雅典人身上的粗布外套(《吕西斯特拉塔》,行 1149 –

1156；参 Pollux 7.68)。①其实在某种程度上,当希洛人被要求以不自然的方式歌咏或舞蹈时,他们就已经在表演了。何况他们还会被迫为斯巴达国王的死致以并不由衷的哀恸。②谐剧的此类表演有其自身的目的。那种去人类化的野兽般的打扮成为一种伪装,一种从人类社会的习俗中得到的解放。[143]横亘于演员与观众之间的距离构成了一个优势地形,用以发起社会层次的反击。

麦加拉人的重新分配和社会共享

43. 在评价有关麦加拉的麦加拉传统时,最后一系列问题才显露出来。这些问题关注的是,为什么麦加拉的地方史对公元前6世纪城邦中主导的两种思想观念关注极少。要回答这个问题,我们必须探讨麦加拉社会中的物质产品分配,既出自当时麦加拉人的理解,也出自诉歌和谐剧。这个在麦加拉社会史中的主题即使在麦加拉形成(sunoikismos)之前仍然发挥着作用。在《希腊问题》第 17 章(普鲁塔克《伦语》295BC)中,战友关系的确立已经得到讨论(参书后年表 A 和 B)。科林斯人试图在麦加拉人的乡村制造冲突,麦加拉人则通过一种相互的善意来坚决抵制,也就是捕获战俘者(captor)善待俘虏,直到他们被赎回。因此,强烈的社会认同是政治存在的前提,立足于物质产品流通的交换关系能够加强这种认同。

---

① [译注]吕西斯特拉塔在剧中呼吁雅典和斯巴达停战(即停止现实中的伯罗奔半岛战争)。她劝告雅典人说,当年僭主希匹阿斯统治雅典的时候,人人都穿粗布外套,过奴隶般的日子。是斯巴达人的军队开过来,赶走了希匹阿斯和他的帖撒利盟友,帮助雅典人赢回自由。

② 提尔泰奥斯,辑语 6 - 7 W;希罗多德,《原史》6.58.3;参泡赛尼阿斯 4.14.5;对比 dakrua Megarōn,年表,A 节注释。

44,有关忒阿格尼斯的传统,也证明了在麦加拉的社会和政治史中物质产品的分配状态的重要性,忒阿格尼斯是麦加拉唯一的僭主,他执政的时期正是这个城邦内部历史和外交政策的重要时期。我们仅知道他因基隆(Cylonian)事件卷入了雅典人的历史(希罗多德5.71.1-2,修昔底德1.126.3-12)。至于他在麦加拉制度史上的地位,我们知之甚少。亚里士多德注意到,他和其他僭主一样从民众中掌握卫队而获取权力(《修辞学》1357b30-35)。这里还有种迹象表明,在公元前7世纪中叶的麦加拉存在某种形式的民众议事会。因此,忒阿格尼斯的[僭主政制]紧随着之前的贵族制,而非居于封闭的寡头制之后。我们必须避免这种作出下列假设的诱惑:《忒奥格尼斯集》中那种崩溃的贵族制,在忒阿格尼斯崛起前,是一种常态。从追求正义的世袭贵族制过渡到僭主统治坏人(kakoi)的[僭主制],这是种范例,而非历史实情。①

[144]45. 忒阿格尼斯通过屠宰富人入侵河边的羊群而聚集了民望;亚里士多德的解释注意到了这点(《政治学》1305a24-26)。麦加拉传统中的精英都是富有者[euporoi](如果这个词还没有被漫步学派引入),这再次表明,他们掌握权力本不需要世袭贵族制,因为这座城邦本身是独立的。在忒奥格尼斯之后的精英内部通婚就是种政治的反映,那些贤人(agathoi)采纳它,而出身或者没落的坏人(kakoi)则不认可它。

46. 确定河流的位置困扰着麦加拉历史的研究者,因为麦加拉大区根本没有河流。对于这个问题的一种解决办法是,假设在古代,山上仍然草木葱茏,溪流奔向大海,至少在雨季如此。这种假设仍然过高地估计了麦加拉地区的分水线(watershed),即使在森林消失之前。另外,忒阿格尼斯可能没在全面内战中屠杀富人的羊群。毕竟,在内战中仅仅领导其中一方进行战斗,还不至于

---

① 参本书纳吉文,29节以上。

一定获得这方的支持。在那种情况下,首先应该获得民望。亚里士多德也曾提到那些煽动者,他们鼓动穷人攻击富人以获得民望,屠杀富人的羊群,是由于忒阿格尼斯想攫取权力。亚里士多德的用词表明,因为他们的入侵,忒阿格尼斯屠杀富人的羊群是合理的。传统的解释(比如)推测,麦加拉的富人,他们在毛纺业中是大生产者,侵犯了共同体中其他成员的领地。①然而,这是以非常现代的方式描述了公元前7世纪的经济状况,而且无法解释为什么一定要屠宰这些羊群。我认为,他没有简单地没收政敌财产,这是问题的所在。

47. 很有可能,忒阿格尼斯在旁边屠杀羊群的potamos[河流]可能实际并非一条河,而是一个叫做玻塔莫斯(Potamos)的地方。它可能从那里举办的宗教活动中得名。玻塔米尔斯(Potamios)是麦加拉的殖民地卡尔卡赫敦(Kalkhedon, *GDI* 3053)历法的月份名(Hanell,1934,页202)。月份经常因该月的主要庆祝节日而得名。所以我们能推断有一个节日,[145]即玻塔米亚(Potamia),在玻塔米尔斯(Potamios)这个月中。这个节日可能是为了纪念卡尔卡赫敦本地的一条河,这很有可能(考虑到这些事情上的保守倾向)。在麦加拉也有这么一个月叫玻塔米尔斯(Potamios),或者不排除有一个叫玻塔米亚(Potamia)的节日。这个potamos(或者我们应该称它为Potamos)可能是庆祝这个节日的宗教场所。这个玻塔莫斯附近的土地是专门为献祭和公餐准备肉类的,但是富人可能僭称他们有使用的权力。忒阿格尼斯可能屠宰羊群用于祭祀和公餐。他可能将羊用于它们适当的用途,因此赢得了共同体中其他人的好感。我把玻塔莫斯(potamos)看作是建立卡尔卡赫敦(kalkhedon)这块垦殖地时存在的古老的宗教场所(参年表E)。在忒阿格尼斯崛起时,富人和穷人之间的冲突,可能是由于过高地估计了这两个群体相对财富的变化。精英们增长的财富

---

① Oost 1973,页190;Ure 1922,页264-268(一个更为现代的观点)。

被当成是以牺牲穷人为代价的,地位的升迁也被认为是窃走财富。

48. 另外一个由泡赛尼阿斯(Pausanias)记载的有关忒阿格尼斯的材料,能够支持这个假设(1.41.2)。有一个地方叫作霍尔斯(rhoos,溪流),忒阿格尼斯将山上来的水改道到城里,并且在那里设立了个祭坛。①他还因此建了一个水房为城邦供水,这受到了肯定(参年表 F)。麦加拉城里的用水来自城市北部的地下水。这个霍尔斯(Rhoos)在原初可能是河床,仅在某个季节有水。在这个原初的情形中,溪流(rhoos)与河流(potamos)差不多。忒阿格尼斯后来整修了溪流,引出地下水,溪流的痕迹被发现了,包括为水房供水的沟渠(Muller,1981,页 203-207)。很明显,很多材料都可以说明,在忒阿格尼斯的政治生涯中,他关注水以及它在公民中的分配(玻塔莫斯[potamos]、霍斯[Rhoos]以及水房[fountainhouse])。在麦拉加大区,夏天非常炎热,接近水源对他们而言与其他城邦获得土地同等重要,将水从公共的水源中引出来也可以保全邦民。

[146]49. 要想理解麦加拉在公元前 6 世纪发生的制度变化,不得不注意到麦加拉人与雅典人在萨拉米斯至少打了三次战争(参年表 I,J,M,S)。最开始那场仗他们赢了,但与梭伦和佩西斯特拉图(Peisistratos)作战时输得最惨。在后面那场战役中,尼西亚(Nisaea)被占领了,这是麦加拉人第一阶段的灾难(年表 M)。另外,麦加拉人与科林斯人可能发生了三次战争。第一次战役中,麦加拉人失去了西杜斯(Sidous)和克隆米翁(Krommyon),甚至可能打到佩利安德(Periander)时期(年表 G)。在后面那场战役中,他们似乎已经坚持住了,至少某种程度上他们已经有战利品奉献(年表 N)。在公元前 600 年前后,麦加拉人与佩林托斯

---

① 或者,编造忒阿格尼斯屠宰富人羊群的故事,就是为了给我们提供溪流(rhoos)、忒阿格尼斯的水房以及玻塔米亚(Potamia)节日的理由。

(Perinthos)附近的萨摩斯人(Samians)的战争并不成功(年表 K)。在某个日期(甚至没有稍晚),他们又与优卑亚(Euboia)发生争执,并且与米利西安人(Milesians)发生了战争(年表 L、O)。伯罗奔半岛人也曾经干涉麦加拉(年表 P)。这些记录下来的冲突,促使我们小心假设,公元前6世纪在麦拉加政府中发生的变化是由内部制度的变化决定,还是因为政府成功处理了社会问题而获得了两方面的成功。作为一个强敌环伺的小城邦,外部事件会产生决定性的影响。与外敌战争产生的压力也会加剧内斗(stasis)。忒奥格尼斯也记录了城邦被敌人包围而引发的情感(行 825 – 830)。诗人在哀叹国土沦丧,从市场中都可以看到国界。另外一点需要注意,在麦加拉殖民史的某个时期也可能引起这种感觉。诗人劝诫塞西亚人(可能是塞西亚的奴隶,以主人的身份向他发言)在悲伤中剪掉头发,这点符合麦加拉人在普洛庞提斯(Propontis)和黑海地区的殖民地的情形,那一带塞西亚奴隶非常普遍。

50. 接下来该解释为什么这两种麦加拉的思想观念(一种是主要体现在谐剧当中的民主思想,另一种是体现在诉歌中的寡头思想)在公元前4世纪的麦加拉人中失去了鼓舞力量和解释力量。这种改变可能经历了两个阶段。一是公元前6世纪时(政治团体之间的内乱伤害了社会),二是公元前5世纪时(麦加拉陷入了某种被动的孤立主义当中)。首先考虑麦加拉的民主思想。根据普鲁塔克的解释,夺回利息(Palintokia)代表了一个转折点(参年表 Q)。他提到,夺回利息就是要偿还之前债务人交给债权人的利金。[147]在公元前6世纪中叶,银币才刚刚起步。①第一种银币可能是埃吉纳(Aiginetan)币。大概从公元前580年到前550年;公元前560年前后十年应该是大致的时间。公元前6世纪和前5世纪的麦加拉并没有自己的钱币。公元前6世纪,麦加拉占主导的仍然是埃吉纳的货币,唯一的替代则是米利西安合金币

---

① 一般而言,参费格拉,1981,页 65 – 97。

(Milesian electrum),但是不可能用在夺回利息时期。农业借款的利息在当时数目很少,用大额的合金币支付非常不方便。不管怎么说,当时并没有足够的钱币来调节社会中大规模的交易。因此,所谓夺回利息,必然有名义上的符号(nominal character)。

51. 在一个前货币的经济体中,借贷本身需要细致的考察。夺回利息并非一种来缓解债务人阶层困境的措施。它反而在与农业有关的法律中找到了它合适的位置,雅典的摆脱债务法(Seisakhtheia)就是这种农业法律的一部分。①这两部法典独立的名字保存至今,但古代的大部分社会法已经消失了。不管麦加拉用什么机制来筹集商业、技艺或者奴隶买卖的资本,这些手段都无法导致"夺回利息";它们对社会团体和选民的压力都太小。商人、奴隶买卖者以及作坊主不可能让穷人像普鲁塔克认为的那样,去推动"夺回利息"政策的通过。夺回利息意味着缓解农业债务人阶层的困境:只有他们梦想着以后不用借款。如果商人向债权人要回利息,谁再会借钱给商人呢?农业债在前货币的经济体中无法用纯粹经济术语表述清楚。在梭伦之前的雅典,人们可能因为没来得及还清借款而沦为奴隶;不履行经济合约会改变政治和社会地位。这些地位上的改变可能始于欠款,雅典存在的六一农(hektemoroi)②也揭示了这点。借款往往以食物或者谷种的形式,用于生活。借出很少是一次性的,因为贫瘠的农田总是有需求。在这个环境下,借款无法以数量计(在这方面,钱币的缺席是值得注意的),而且变得无限度。因此,[148]要对债务人建立政治、宗教以及(或者)财政上的束缚。政治义务包括成为富人的政治拥

---

① 有关梭伦的农业或者债务法,参看 Martina 引用的材料,1968,页 141 - 146,246,nos. 274 - 296,no. 487。
② [译注]所谓"六一农",是指梭伦改革之前的贫农,上缴自己收入的六分之一,或者只能留下六分之一供自己食用,学界对此尚无定论。无论如何,他们的生活境遇非常糟糕。

护者，就像阿提卡地区的地方派系。宗教义务包括服从和支持宗教仪式，比如奉献牺牲时祭司会带走一部分肉。最后，还可能有财政的义务，一般情况下，要求像纳税一样，就像缴纳雅典的海军税（naucrary）——一种用于造船的税收类型。成为债务人并非是契约状况，而是陷入种姓一样的地位。借出或者借入都是世袭的角色。

52. 然而，用上述方面描述夺回利息，并不意味着，公元前6世纪的麦加拉在实施夺回利息之前，其经济生活就是一幅完全黯淡的图景。我假设的再分配机制将会起到缓解危机的作用。然而，对照这个背景，就可以看出夺回利息的激进特性。铸币观念的散播，使债务人（debtors）向债权人（creditors）还债的传统劳役方式有可能得到量化。这种"利息"（假定以当时物价来衡量）难免是随意确定的，同时，也肯定缺乏足够的货币来返还利息。所以，并不令人意外的是，没收充公和流放接踵而至。设计夺回利息的概念，可能是为了提出一种将再分配扩大为没收充公的机制。重要的是，在亚里士多德对麦加拉民主制衰落的更概括的描述中，他提到，民众领袖[demagogues]将gnorimoi[政治精英]的财产充公[动词demeuein]（亚里士多德，《政治学》1304b36-38）。因此，在明显对麦加拉民主制怀有敌意的描述中，夺回利息可能被描述为单纯的财产充公。在对一位麦加拉戏剧赞助人征收费用一事中（参本文41节），我们已经看到了同样的例子。站在这个视角就明显可以看到，为什么古人认为Seisakhtheia[（梭伦的）摆脱负债法]显得节制，而夺回利息则严酷、极端。当摆脱负债法结束了债务人的负债身份时，大多数债权人早已在实际上收回了所贷出钱款的价值。起用货币（而非硬币的大量通行）使麦加拉人不仅废除了债权人阶级，而且大规模地将财富转移给此前的债务人。

53. 如果着眼于夺回利息来评价麦加拉的社会史，结论就是，麦加拉民主派看起来正是麦加拉局势失衡的始作俑者。至于富人的侵夺（例如僭主忒阿格尼斯所针对的自我扩张）是否引起了不愿自居于经济依附地位的穷人的反击,则不得而知。值得注意的是,[149]直到公元前4世纪,麦加拉一直未铸造货币。在此之前,自从麦加拉像其科林斯邻居一样成为殖民者后,麦加拉一直在模仿科林斯。科林斯在公元前6世纪(从公元前570/560?年开始),已经在制造货币。麦加拉人所用的很可能是例如埃吉纳人、科林斯人和雅典人这些邻居们的货币。但是,本地铸币的缺乏有可能阻碍了麦加拉政府的财政发展,并使之延缓采纳新的税种和新的支出类型(例如修建工程、扩建舰队和用于宗教仪式的花销),而这些支出都有助于共同体财富的再循环。埃吉纳和科林斯寡头制得以保持稳定,部分原因可能就在于这些现象。这种稳定并不是通过社会底层对剥削他们的精英的臣服而实现的。科林斯人和埃吉纳人有能力配备三层战船的大型舰队,这个事实表明,共同体中的非精英成员——是他们为舰队提供桨手——接受了政府的指令。在受到精英的赞助而使用货币的地方,传统的再分配模式有可能以货币的形式得到重构。①

54. 我已经假定,在民众中间有一种民主式、平民式的主张瓜分富人财产的躁动,而像夺回利息这样的充公机制可能在其中起到了作用。现在,我将着眼于《忒奥格尼斯集》的视角来考察社会财物分配问题。有人认为,诗集第678行表达了雅典人所说的 isonomia[法律平等或互惠平等]的麦加拉式同义语(Cerri,1969)。

> 再没有什么平均分配(isos dasmos)。
> (《忒奥格尼斯集》,第678行)

---

① 费格拉,《埃吉纳》(Aigina),1981,页300–310;比较 Will,E,《论货币的希腊起源的伦理维度》("De l'aspect éthique des origines grecques de la monnaie"),载于《历史学刊》(Revue Historique),1950;及其《关于铸币起源的思考和假设》("réflexions et hypothèse sur origines du monnayage"),载于《古钱币学刊》(Revue Numismatique),1955。

短语平均分配(isos dasmos)的含义是政治影响力的平等分配,含义犹如"法律平等"。然而,分配(dasmos)的用法主要与分配战利品有关,这个语词在《伊利亚特》中只出现过一次,其中,动词 dateomai[分配战利品]正是其通常含义。① dateomai 还可用于表述继承人之间的财产分配,②[150]人们在吃饭时分配食物,③或者动物之间瓜分腐肉。④此处,dateomai 的含义可以解作"利益相关者之间的分配",但是,考虑到战争与狩猎之间的密切关系,"分配战利品"的意义也并不很罕见。此外,dasmos 还见于荷马的《德墨忒尔颂》第 86 行,其中冥府(Hades)是基于对宇宙秩序的划分。与此相似,在《神谱》第 425 行,在紧随战胜提坦巨人的段落后的 dasmos 之后,又一次出现的 dasmos 标明了赫卡忒(Hekate)的位置。在这些段落中,人们应该想到在宙斯统治之初进行的战利品分配。⑤在公元前 5 世纪,"贡品"的含义是分配战利品的观念的延伸,因为享有贡品的意思只是长期持有对一份战利品的使用权。⑥然而,克里(Cerri)正

---

① 参《伊利亚特》,卷一,行 125、368;卷九,行 138 = 280,行 333;卷十八,行 511;卷二十二,行 120;《奥德赛》,卷九,行 42、549。比较求婚者意欲瓜分奥德修斯财产的企图:卷二,行 335、368;卷三,行 316 = 卷十五,行 13;卷十六,行 385;卷十七,行 80;卷二十,行 216。该词的另一个相关用法是在建城之际分配土地:参《奥德赛》卷六,行 10;比较卷十五,行 412;赫西俄德,辑语 233,M. West 辑本。

② 《伊利亚特》卷五,行 158;《奥德赛》,卷十四,行 208;比较赫西俄德,《劳作与时日》,行 37。

③ 《奥德赛》,卷一,行 112;卷三,行 66;卷十九,行 425;卷二十,行 280。

④ 《伊利亚特》,卷廿二,行 354;卷廿三,行 21;《奥德赛》,卷十八,行 87;卷二十二,行 476。

⑤ 关于宙斯对世界的安排,参《伊利亚特》,卷十五,行 189;赫西俄德,《神谱》,行 112、303、520、789;辑语 141,15,M. West 辑本。

⑥ 埃斯库罗斯,《波斯人》,行 586;索福克勒斯,《俄底浦斯王》,行 36;《俄底浦斯在克洛诺斯》,行 635。贡品的原词是 dasmophoroi:参希罗多德,《原史》,卷三,97.1;卷五,106.6;卷六,48.2、95.1;卷七,51.1、108.1。

确地注意到,es meson[中道]这个短语与希罗多德对"法律平等"的用法有关。①然而,短语"中道"不需再有除了"公共"(in public)——也即"审议"——之外的其他含义。②因此,正如希罗多德所言,这不可避免地与一个人的统治形成了反差,但它也与非僭主统治范围内的各种政制相容。因此,很有可能的是,《忒奥格尼斯集》第678行所指的"分配"是划分战利品。倘若如此,这行诉歌就在暗中提出如下的观点:它认为,麦加拉的社会经济现状回到了多里斯的征服给麦加拉人造成的情形之中。任何对政治权利的扩大、任何的社会流动以及精英构成中的任何改变,几乎都会打乱原初的秩序。只要"分配"有"利益相关各方之间的分配"这层言外之意,那么,"平均分配"与"法律平等"之间就仍然有一种重要的区别。一次分配是自上而下施加的,它的动力来源于一位领袖,而一种平等则具有社会内部的有生力量之间彼此互惠的特性。

55.《忒奥格尼斯集》中有种不断反复的模式,这使我们得以继续深入发掘麦加拉人的寡头制思想形态。在诗集开篇,忒奥格尼斯便以强烈的激情回忆忒拜建城者卡德摩斯与哈摩妮亚的婚配——这是对良好社会秩序的人格化表达(《忒奥格尼斯集》,行15-18)。忒拜是混乱无序的麦加拉的一个理想的反面形象。③
[151]忒拜与麦加拉之间的神话关联(其根源可能是黑暗时代的人口流动?)为这种系统构想提供了基础。此外,出生于巴克伊亚家族(Bacchiad)的科林斯流亡者菲洛劳斯(Philolaos)曾是忒拜的立法者。他颁布了关于子嗣继承的法律(比较《忒奥格尼斯集》,行183-192),旨在使各家所有的kleros[份地数或家产数]保持

---

① Cerri,1969,页103-104。希罗多德,《原史》,卷三,80.2;比较80.6及卷三,142.3。
② 《伊利亚特》,卷二十三,行574;希罗多德,《原史》,卷四,161.3。
③ 参本文纳吉文,6-7节。

一致(亚里士多德《政治学》,1274a32－b5)。①因此,忒拜的形象可能与麦加拉继承于科林斯的巴克伊亚(Bacchiad)的政制模式有关。保持份地数量不变,并调节生育孩子的数量,这种努力不仅导致政治阶级保持在相同的数量,而且导致共同体成员相关的经济状态保持不变。此外,考虑到《忒奥格尼斯集》第二卷中如此突出的崇尚恋童之风的思想形态,所以,亚里士多德将菲洛劳斯想象为一位erastes［有情人,"同性恋的主动参与方"］,就颇引人注意了。

56. 当忒拜人成为波奥提亚联盟(Boiotian League)的首领时(在公元前550年之后),②他们肯定开始为麦加拉投上一层更浓厚的阴影。直到公元前6世纪末,忒拜一直在对普拉提亚(Plataea)施压,直逼麦加拉北部边境(参本书所附年表R)。民主制的麦加拉兼并了住在其殖民地赫拉克利亚的塔那格拉人(Tanagrans)(参年表E)。而直到公元前509年,塔那格拉都属于波奥提亚联盟(希罗多德,《原史》,卷五,79.2)。直到希波战争之前,忒拜一直保持着严格的寡头制,或者说是dunasteia［强人统治］(修昔底德,《伯罗奔半岛战争志》,卷三,62.3)。在《忒奥格尼斯集》卷一接近结尾处(行1209－1216),发言者称自己是埃同(Aithon)的族裔(genos),而埃同在流放国外后,便居住在忒拜(参本文58节)。随后,发言者反驳一位责备他遭到流放的女性对话者阿基里丝(Arguris)说,自己并非

---

① 比较科林斯人斐冬(亚里士多德,《政治学》,1265b12－16;比较1274a31－b5),后者也规定了份地和邦民的数量。关于菲洛劳斯的论述,参Will,《科林斯人》(*Korinthiaka*),1955,页318。人们会先入为主地将菲洛劳斯划入公元前7世纪后半叶巴克伊亚人遭到驱逐之后(Cloché,《波奥提亚的忒拜》[*Thèbes de Béotie*]1952,页26)。然而,如果亚里士多德将他确定为奥林匹克赛会优胜者狄奥克勒斯(Diokles)的朋友是正确的,那么,他的生年应该在公元前728年,参Buck,《波奥提亚史》(*A History of Boetia*),1979,页95－96,页103。

② Jeffery,《古代希腊:公元前700—前500年的城邦国家》(*Archaic Greece: the City-States c 700-500 BC*),1976,页78－79;Buck,《波奥提亚史》(*A History of Boetia*),1979,页107－117。

一个奴隶。按照《忒奥格尼斯集》的典型风格,此处的重点集中于继承自由人的身份还是奴隶身份的问题。他在勒特河的旷野(Lethaian Plain)还有一座城邦。在此处,如果纳吉是正确的,这个不断重现的流放者形象被同化为一个死者的形象。①流放的绝望令人心酸,但还有一点值得注意:死者的世界也可以等同于乌托邦。②[152]因此,在地下世界与忒拜——重建后的麦加拉的典范——之间,就存在着一种关联。

57. 如果考虑到斯巴达与克里特之间的对应关系,就有可能更好地理解麦加拉与忒拜之间的思想形态联系。在斯巴达,各种原始制度——例如同年制(the year classes)或 krupteia [秘密监视任务]——在黑暗时代和古风时代都有所革新。同样在斯巴达,人们将吕库古标举为在共同体中进行连续的制度更新的权威,而这个共同体,尤其在公元前 550 年之前,确实非常保守,却绝不僵化。③对斯巴达人来说,自从他们尝试恢复原初的价值或社会的共识以来,历次改革的确具有革命性。然而,谁也无法从大众记忆中驱除变革的痕迹。因此,即便保守的制度更新也产生了社会矛盾。而斯巴达对克里特的态度则是一种缓解机制。吕库古据称是从克里特得到了他的政制设计(constitution)。④从历史角度来看,斯巴达人未必从克里特人那里继承了什么实质性的东西——克里特人始终生活在一种非常原初的、相对没有改变的社会秩序之下。斯巴达与克里特制度之间表面上的一致,则是由于二者继承了共同的遗产。然而,这种相似性却使斯巴达人获得了映射其

---

① 参本书纳吉文,71 – 74 节。

② Gernet,《古希腊人类学》(*Anthropologie de la Grèce antique*),1968,页 139 – 153。

③ Cook,《斯巴达史与考古学》(Spartan History and Archaeology),《古典季刊》(*Classical Quarterly*)56 期,1962,页 156 – 158。

④ 参普鲁塔克,《吕库古传》,4.1 – 3;亚里士多德,《政治学》,1271b 20 – 27,比较 1274a29;波里比乌斯,《历史》,6.45 – 46。

自身社会的一面镜子——以克里特为镜。如果我们设想麦加拉人中有一种相似的推动力——通过援引一些外在的对照点以证明其社会进化的正当性,那就可以理解《忒奥格尼斯集》中对忒拜的强调了。对于公元前 6 世纪的麦加拉人来说,(曾经的)巴克伊亚－科林斯是一段模糊的记忆,而当代的科林斯则是一个政治敌人。忒拜与自己相距不远,并有一种团结的政治秩序。但麦加拉却缺乏一致的意见。麦加拉人缺乏波奥提亚的肥沃土壤,因而无法围绕农业巩固其社会。

58. 埃同坚持自己的观点,反驳阿基里丝,后者曾经经历过奴隶生活,而发言者(埃同)尽管经受了其他种种困难,却没有过沦为奴隶的经历。阿基里丝的名字修改自"银子"(arguros)这个语词。这个名字在其他方面并无别的证据支持,但可以与克律西斯(Khrusis)——一个妓女的名字——相对比(路吉阿诺斯,《妓女对话》,行 299-301)。阿基里丝是否可能是一个文学类型式的人物?在她身上能否体现内在于金钱的奴隶化能力,或者混淆社会差等的能力?卑躬屈膝的阿基里丝也许被解除了奴隶身份并变阔气了,她粗鲁地嘲笑埃同的祖先,而她这种讲话方式令人想到一名谐剧中的奴隶,[153]也使人联想起与麦加拉谐剧紧密相关的粗野谩骂。

59. 在第 903-932 行,诗人对一位德莫克勒斯(Demokles)发言,"他的名声来自民众"。他应当代表一位民众事业的拥护者。我们不妨回忆一下,在整合社会影响方面,物质财富的再分配在麦加拉民众的政治行为中所起的作用,再回忆一下麦加拉谐剧中著名的分享食物和饮料的情节,那么,《忒奥格尼斯集》第 903-932 行就可以读作对这些态度的拒绝,同时也在告诫德莫克勒斯,要小心这种态度。在这个部分,最引人注意的是诗人针对 khremata["金钱"或"财富"]的态度。一个被金钱占据的人就已被束缚。这令人困扰,因为人生的长度是未知的。如果一个人耗费的资源与其一生正成对应的话,那么人终究只能完成极少的事情

(行914)。这里并不存在什么企业家的[进取]精神。这位诗人对自己的传续之事并无兴趣,也疏离于共同体和家庭。富人——应该避免他们的命运——的财富最终落入了某个epitukhon[鬼知道是谁]的人手中(行918)。诗人抱怨说,这个富人没能把自己的财富交给他会选择的人。鉴于希腊各城邦都依据习俗详尽地制定了财产继承法,这是一句奇怪的表述。也许这位诗人想到的是如下情况——继承人比富人所选的人有更充分的法律依据来继承财产,因此,这位发言者将不再有自己订立遗嘱的自由。当忒奥格尼斯最终出现,并在垂死的富人和死前的乞丐这些例子中得出结论时,他的建议是,不要将kamatos[劳动的果实](行925)给予任何人。"鬼知道是谁的人"是随便哪位继承人,而"被选择的人"则是[这个富人]愿将自己的钱财终身托付的人。这位发言者的理想是在临死时花光自己的所有资财。可以对比第271-278行,其中表达了如下观点:最坏、最可悲的命运是,孩子们在夺取了父亲的财产后厌憎其父亲(比较行719-728)。《忒奥格尼斯集》对于攫取深恶痛绝(行145-148,197-202),而对利益的追求,则是大众恶行的来源(行39-52;比较行83-86、465-466)。在第903-932行,这种态度得到了最极致的系统阐述。也许我们瞥见了一种对于任何分配的寡头式的拒绝,这种自我主义的简化方式(reduction)将人径直视为消费者,而非生产者或分享者。

60. 麦加拉的民主政府之所以被推翻,其原因在于被流放者的数量大量增长(亚里士多德,《政治学》,1300a17-19)。流亡者立下了一条规矩,规定只有推翻了民主制并建立寡头制的人(可能也包括他们的子孙)才能担任政治职位。[154]这个规定的颁布表明了如下的状况:很少能有共同的价值来为政治生活中的合作提供基础。能采用的只有党派依附的标准(参年表P、Q)。并不令人意外的是,这种政制得以保持稳定,恰恰是因为斯巴达同盟为麦加拉屏蔽了那种外在的压力,而在公元前6世纪,这种外在压力很可能在那里造成了思想形态的躁动。

61. 本文在此提出如下观点:麦加拉的民众派和寡头派的思想形态也散布到麦加拉的殖民地中间,同时,这些思想形态还各有其不同的文学体裁作为其表达方式。那么,是否有暗示表明,殖民地之间也产生了类似的思想形态对抗的结果? 亚里士多德证实了如下事实:尼西亚-麦加拉的民主制以一种与黑海边的赫拉克利亚的民主制相似的方式走向了终结。据推测,赫拉克利亚的民主制首先崩溃;而这也决定了亚里士多德进行比较的顺序。赫拉克利亚的民主制在这个殖民地建立不久后即告衰亡(亚里士多德,《政治学》,1304b31-34),而且,如我们所见,麦加拉的民主制很可能持续到公元前6世纪的后半叶(参年表 N、P、Q、R)。除了这组平行对比外,亚里士多德没有告诉我们太多关于赫拉克利亚的信息,因此,这不足以充分验证我们的思想形态平行(parallelism)的理论。不过,《政治学》中的一些细节对我们有提示作用。在赫拉克利亚政制史的后续阶段,掌握政权的群体人数很少,只从每个精英家族中选出一人(《政治学》,1305b11-12)。这些寡头的总数很少,因为只在政制改革的下一个阶段,政府人数才扩增到600人。所以,赫拉克利亚的民主制让位于一个门第严格的寡头制,而根据《忒奥格尼斯集》的谴责,赫拉克利亚的寡头制很可能禁止贵族与平民的异族通婚。精英家族的单一代表制通常伴随着这个特点。由于民众煽动家(demagogues)的煽动,赫拉克利亚此后建立的600人统治以失败告终(《政治学》,1305b36)。显而易见,法律机构的人员并非来自全体公民。统治阶层是否作为主持正义者垄断了裁决,并使这600人只成了陪审员? 另外一个段落可能为赫拉克利亚的这次崩溃提供了更多的细节。在一次指控一位名叫欧吕第雄(Eurytion)的人犯下通奸罪的法庭审判中,法律裁断是公正的,但引起了内乱,于是发生了政变(亚里士多德,《政治学》,1306a36-b1)。如果单纯的通奸就可能成为指控的缘由,那么同样可能的是,由于法律的禁止,不同社会阶级之间的通婚会被视为通奸。①

[155]62. 进一步的证据来源于麦加拉殖民地许伯莱亚和塞林努斯(Selinous),而这些证据再次吸引我们注意殖民地与母邦之间的思想形态的相似,并注意其政制改革在时间上的差异。一段铭文(根据字形可以确定,该铭文略晚于公元前500年)记载了一群麦加拉流亡者定居在塞林努斯时起草的条文。②人们通常假定,这段铭文来源于麦加拉的许伯莱亚殖民地,尽管除了在文中提到塞林努斯之外并没有强有力的证据。这个文件记载于奥林匹亚竞技会期间,铭刻在一块饰板之上,并提示后人,这是一份塞林努斯与放逐这些人的城邦之间所订立的条约——或者是被视为殖民地的塞林努斯与这些流放者本人所订的条约。人们可能会注意到,《忒奥格尼斯集》中的流放主题非常突出,这很有可能在卷入此事的西西里的麦加拉人中激起反响。关于财产的条款在这份文件残篇中出现很多,而其中一处提到了由国家分配财产的问题。人们可能在麦加拉历史中的其他时段也注意到没收充公问题的突出性质。这份文件中还有关于父母一方去世后的财产分配问题的讨论(比较本文59节)。另一种臆说(然而却很诱人)是对这段残篇进行的如下恢复:peri ano[sio]n kai [peri kixal]lan[关于不虔敬者,以及关于拦路劫匪]。后半部

---

① 赫拉克利亚的麦加拉思想形态传统最终归于湮灭。书信体小说《赫拉克利亚的基翁》(*Chion of Heraclea*),以浪漫主义教育小说的方式描述了导致基翁最终刺杀赫拉克里亚僭主Klearkhos的一系列事件,而赫拉克利亚青年基翁是位柏拉图后学。比较《希腊史学家残篇》(*Die Fragmente der Griechischen Historiker*)Memnon一节,434F1;Junstin 16. 5. 12 – 18;阿里安,《残篇》,86行[Hercher 辑本];西西里的狄奥多罗斯,《历史书藏》,16. 36. 3。基翁的动机和态度呈现为学术信条,而这些信条与《忒奥格尼斯集》所证实的麦加拉反僭主传统已经全无关系。参Düring,《赫拉克里亚的基翁》(*Chion of Heraclea*),1951。

② Dittenberger与Purgold编,《奥林匹亚赛会题辞》(*Die Inschriften Olympia*, Olympia 5)1896,页51 – 58;Roehl,《阿提卡人所辑前阿提卡时代上古铭文》(*Inscriptiones Antiquissimae praeter Atticas in Attica Repertas*)1882,注514;Jeffery,《古希腊本地铭文》(*The Local Scripts of Archaic Greece*),1961。

分的引用使我们想起关于 hamaxokulistai［砸车者］的故事，他们因为不虔敬地袭击伯罗奔半岛人的神圣使节而被尼西亚－麦加拉殖民地当局流放。

63. 随着外界压力再次降临，麦加拉的寡头政府立即陷入了困境。斯巴达人平息了希洛人的叛乱，这使科林斯有机会尝试征服麦加拉。①麦加拉向雅典求助。于是，伯罗奔半岛人与雅典人之间的战争爆发了。②雅典人令人敬佩地支援了麦加拉盟友的事业，但当斯巴达人暗示自己不会容忍雅典人在中部希腊的霸权之后，麦加拉政府决定背叛雅典人。③［156］在这个关头，皮提翁（Python）的伟大形象值得引起注意。当麦加拉人背叛雅典，并开始杀戮麦加拉国土上的雅典士兵时，皮提翁根据安多基德斯（Andokides）的命令，挽救了三个被围困在麦加拉大区的雅典兵团。我们是从皮提翁的墓志铭中得知了这些事实——皮提翁死后葬在雅典。④皮提翁，这个自诩为自己的城邦作战最为英勇的麦加拉人（在墓志铭第 2 行，他自称曾经一次杀掉七个敌人），对雅典的认同极深，甚至不惜失去自己的祖国。皮提翁是位麦加拉民主分子（"在民众中赢得名望"，行 4），而且，就我们所知，还是一位麦加拉爱国者，但他看起来首先是位民主分子；因此，他把筹码押到了雅典人一边。此外，他还曾经帮助安多基德斯带走了两千个奴

---

① 修昔底德，《伯罗奔半岛战争志》，卷一，103.4；西西里的狄奥多罗斯，《历史书藏》11.79.1 – 2；普鲁塔克，《客蒙传》，17.1 – 2。

② 修昔底德，《伯罗奔半岛战争志》，卷一，105.1 – 6；108.2；西西里的狄奥多罗斯，《历史书藏》11.79.3 – 4。

③ 修昔底德，《伯罗奔半岛战争志》，卷一，114.1 – 2；西西里的狄奥多罗斯，《历史书藏》，12.5.2，6.1；普鲁塔克，《伦语》402A；《伯利克勒斯传》，22.1。

④ 铭文 IG 1^2 1085，引自 Meiggs 及 Lewis，《希腊历史铭文选（截至公元前 5 世纪）》（*A Selection of Greek Historical Inscriptions to the End of the Fifth Century B. C.*），注 51.5 – 6。

隶(行7)。如果这些奴隶都是麦加拉人,他们肯定大多属于麦加拉大区的奴隶人口。这些奴隶的丧失为古代麦加拉的再分配制度补上了一条讽刺性的附言。

64. 皮提翁预告了麦加拉未来的思想形态斗争。截至公元前424年伯罗奔半岛战争期间,寡头制让位于民主制(民主政府尝试与斯巴达保持同盟)。而民主政制受到了来自流亡者集团的压力(修昔底德,《战争志》,卷四,66-73)。斯巴达人首先在普拉提亚为麦加拉流亡者建立了政权,此后,流亡者们夺取了麦加拉的港口城邦帕该(Pagai),并由此出发,袭击了麦加拉城的邦民。麦加拉政府随后尝试引来雅典人。当雅典人占领麦加拉的行动失败后(他们只夺取了港口尼西亚),流亡者通过寡头派与民主派的一次总和解恢复了邦民身份。此后,他们处决了那些被怀疑与雅典秘密勾结的麦加拉内奸,并建立了一个极端的寡头政权(修昔底德,《战争志》,卷四,74.3-4)。有理由怀疑,在这个阶段,麦加拉的民主制和寡头制思想形态已经难以再为重组麦加拉提供什么希望。在强权者横行的世界里,公元前6世纪的旧思想形态已经没法提供生存所需的技能。在麦加拉人经历了伯罗奔半岛战争的重创后,(麦加拉)城邦似乎已经宣告了消极政策,并在彼此斗争不休的强邻之间作壁上观。①公元前4世纪的部队可以在麦加拉大区任意行动,如入无人之境。[157]麦加拉人在自己的国土上成了旁观者。在当时弥漫在古典城邦中的"视领土为生命"的气氛之下,麦加拉人为他们的苟活付出了某种心理上的代价。我认为,即便是寡头派的麦加拉人也不会对忒奥格尼斯感兴趣,因为他们没法对忒奥格尼斯的价值体系感同身受。

65. 雅典人是公元前6世纪麦加拉思想形态的真正继承者。现

---

① Legon 注意到了这个现象,参氏著,《麦加拉:一个希腊城邦国家的政治史——截至公元前336年》(*Megara: The Political History of a Greek City-State to 336 B. C.*),1981年,页263-266、273-274、276。

存对麦加拉谐剧的引用片段太过简略,不足以充分估量阿提卡旧谐剧归功于麦加拉谐剧的程度。①然而,值得记住的是,在阿里斯托芬的《马蜂》中,作者让观众敏感地意识到,这部作品与麦加拉谐剧关系密切,而我们也在其中发现了一种经久不衰的并置——在会饮这场戏中,谐剧主角菲罗克勒翁(Philokleon)被拿来与一种贵族行为举止的观念相对照。②在思想形态谱系的另一方面,色诺芬写过一篇关于忒奥格尼斯的文章(Stobaeus,《文选[*Florilegium*]》,88.14)。三十僭主统治中,极端寡头政体的领袖克里提阿也是一位诉歌诗人,他曾经模仿《忒奥格尼斯集》中关于 sphregis[封印]的观念(行 19;克里提阿,《残篇》,辑语 5,M. West 本)。柏拉图对《忒奥格尼斯集》的引用表明了他对这部作品的兴趣(《美诺》,95D – 96A;《法义》,630A)。③雅典

---

① 希望维护阿提卡谐剧之原创性和首要性的过分热切的尝试,不应使我们对如下可能性视而不见:早期希腊戏剧形式可能起源于古代希腊的好几个地方。至于雅典戏剧从这些其他戏剧形式中汲取内容的程度,则仍然是个谜,比较 Pickard – Cambridge 著,《酒神颂、肃剧与谐剧》(*Dithyramb, Tragedy and Comedy*),1962 年。但在这个时期,在文学主题方面的模仿和制度创新的散播乃是通例,而非例外。比较维拉莫维茨,《麦加拉谐剧》(*Die megarische Komödie*),1875 年,页 319 – 341;Breitholtz,《多里斯笑剧》(*Die Dorische Farce*),1960 年,页 40 – 82;Henderson,《有斑点的缪斯》(*The Maculate Muse*),1975 年,页 223 – 228。

② 注意以下情节:布得吕克勒翁(Bdelykleon)训练其父菲罗克勒翁,以便让他做好参加一场会饮的准备(阿里斯托芬,《马蜂》,行 1121 – 1264),此外,还可注意对菲罗克勒翁在会饮中的行为的描述(《马蜂》,行 1299 – 1334)。

③ 公元前 5 世纪末敌视民主的雅典思想形态鼓吹者和哲人对诉歌的兴趣,很难作为根据,来衡量这部作品(就我们现有的作品而言)造成的影响。某种程度上,残存的《忒奥格尼斯集》如此强调对高贵者与卑微者或坏人之间的区分,可能是因为在雅典寡头看来,其他的政治主题不那么有吸引力。《忒奥格尼斯集》中政治情绪的那种合乎纲领(programmatic)却不合乎实际(nonpragmatic)的性质,可能对雅典人尤其有吸引力。如果《忒奥格尼斯集》的传播经历过一个雅典阶段,那么这种假设就能靠得住。然而,在《忒奥格尼斯集》的早期历史中,如果在当时值得关注的政治偏好不是早已成为惯例的话,这个筛选过程也就永远不会开始。

的寡头对古代麦加拉诗歌感到非常亲切,我们甚至无法确定,《忒奥格尼斯集》所保全下来的最终版本,在多大程度上有赖于雅典人对它的接受和传播。就思想形态的概念而言,麦加拉人的困境与他们在《阿卡奈人》中的苦难并无多大不同(《阿卡奈人》,行729 - 835)。[158]在《阿卡奈人》中,麦加拉人把自己的女儿当猪仔(女性阴部的代用语)贩卖。在雅典人的强权面前,麦加拉人已经变得消极懈怠、女里女气。①用维拉莫维茨的话来说,麦加拉谐剧已经成了关于麦加拉人的笑话,而不是麦加拉人所讲的笑话。

---

① 阿马宗女战士的首领希珀吕忒(Hippolyte)的坟墓被发现于麦加拉,参泡赛尼阿斯,《希腊描述》1.41.7 =《希腊史学家残篇》(*Die Fragmente der Griechischen Historiker*)487 F 9。根据《麦加拉志》的说法,阿马宗女战士被忒修斯所率领的雅典人击败后,希珀吕忒在返乡途中因为失败而心灰意冷,茫然无措,郁郁而逝。而麦加拉人由于屡屡败于雅典,便将自己等同于雅典的这位敌人——即便这位雅典的敌人是个女人。

忒奥格尼斯的动荡世界

——对立、反转和含混

史蒂文斯（Veda Cobb – Stevens） 撰

陆炎 译

[159] 1. 忒奥格尼斯作品中所描述的世界充满着矛盾、漏洞、歧义和不确定。这部诗集所反映的麦加拉历史沿着经济转变与社会政治混乱的痛苦和动荡一路行进。继 agathoi[高贵者]之后，kakoi[卑贱者]也开始搅扰不安，同伴之间心照不宣的信任被持久而刻意的怀疑所取代。交流在以前大致上相对坦率，此时却在 ainos[谜样的言辞]中寻找其范例。这种谜一般的话语，将其含义隐藏在传播它的行动中，是一种与形势转变相适应的言说方式。①

2. 这些诗句围绕着忒奥格尼斯的形象展开，不管他在历史上的形象如何，在诗中他以贵族观点的阐发者以及作者的形象出现。但事实上，忒奥格尼斯这个名字与其说指明了诗歌的特定来源，毋宁说象征着它们总体上的贵族出身和政治偏向。②《忒奥格尼斯集》的价值系统可通过某些关键词语群来定义，它们是成对出现的含义相反的两个词汇，其中最重要的是 agathos/kakos（或 esthlos/deilos）[高贵者和卑贱者]，dikē/hubris[正义和肆心]，以及 metron/koros[适度和无餍]。在这几对反义词中，agathos[高贵者]和 kakos[卑贱者]之间的对比自然是首要的。dikē[正义]和 metron[适度]都涉及高贵者，而由 koros

---

① 参见本书纳吉文，1 – 2 节。
② 本书福德文，15 节。亦参 Jaeger(1945)，页 194 以及 Frankel(1975)，页 422。与我的论述相比，Jaeger 着重强调作者的个人性（页 190），而 Frankel 则不重视诗歌的政治倾向。

[无餍]所激起的 hubris[肆心]则是卑贱者的标志。① [160]此外,高贵者本应富裕,卑贱者则应受穷。正如忒奥格尼斯所言:

> 说真的,只有高贵者(agathoi)才配掌握财富,
> 而卑贱者(kakos)更适合清贫度日。(行525 – 536)

因此,高贵者是出身好、富裕和有责任心的邦民,他在各个方面都与卑贱者相反,后者出身低、应受贫困,而且不适合参与公共事务。

3. 然而,说贵族性情产生了 genos[出身]、财富和 aretē[德性]或 dikē[正义]这些价值,这在有关此类展望的叙述中并不充分,因为这些价值以特殊的方式相互关联。三类品质中的某类单独并不足以使人成为真正的高贵者;所有三类品质必须能够展示出来。此外,他们必须按照以下方式进行排序,建立起价值等级,并以最高价值作为准则,评判其他的价值。出身或许被视为建立贵族价值系统的优先项,当然在《忒奥格尼斯集》中也就很重要,诗人对通婚联姻(intermarriage)所带来的可怕结果的悲叹恰恰证明了这一点。但它本身并不足以使人成为高贵者。就我们所知,赋予人生命比赋予人 phrenes esthlai[高贵的心智]要容易得多(行429 – 430)。出生在一个好的家庭只是成为高贵者的一个前提条件。在《忒奥格尼斯集》中,与荷马一样,卓越是某种必须通过不断的训练才能赢得(行1027 – 1028)的东西。②

---

① 参见行153 – 154、279 – 282、465 – 466、611 – 614、693 – 694 以及1171 – 1176。

② Legon(1981),页112,他更加强调出身。多兰(1973b,页63)论证说,荷马根本不关心出身,aretē[德性]建立在实际成就的基础上。在公元前7世纪和公元前6世纪,由于贵族阶层作为领导者受到挑战,诉诸贵族出身才开始变得醒目。但是,正如多兰所指出,也像我将为忒奥格尼斯所辩护的(本文5节),诉诸出身并不是诉诸世系本身这一事实,而是基于以下假设,贵族传统附带着有关更高道德的指导。亦参 Ferguson(1958),页19 以及 Cerri(1968),页12。

4. 财富同样不足以使人成为高贵者，积聚财富以及可能造成生命自我放纵的消耗，[161]它们本身都无此价值。财富，作为一个人所拥有(has)的事物，是成为高贵者的必要条件，正如出身是确立他之所是(is)的必要方面。通过财富，高贵者才能承担社会责任、招待他的朋友、还债，这些都是卑贱者所不能做的(行101 – 112)。也正是借助财富，高贵者才能履行政治责任，因为他借此足以摆脱生存的操心，以便能够为城邦言说和行动，他在民众面前有信服力，在战场上有力量(行173 – 178、1003 – 1006)。

5. 最高的价值是正义及其所体现的特性 dikaiosunē[正义性]。高贵出身之所以重要，更多不是由于其本身，而由于它是一座教授正义的宝库。由出身继承而来的财富在使用时总会受到出身的约束(stricture)，父亲和母亲都会做此教导(行131 – 132)。更多的财富、荣誉和成就将不会通过羞耻而不义的行为获得(行29 – 30)；比起通过 adikōs[不义地]获得过度的财富，贵族会选择虔敬和少量财产(行145 – 148)。

6. 但是，尽管财富是三种贵族价值中最不重要的，仅仅是高贵者借以在生活中以其方式履行社会和政治义务的手段，并永远服从正义的需要，即便如此，《忒奥格尼斯集》依然将贫穷描绘成最为不幸的衰落(debilitation)(行173 – 178)，它甚至比死亡本身更糟(行181 – 182)。该矛盾源于贵族理想在其中传播的"动荡世界"，一言以蔽之，它是不折不扣的理想而非现实。正如忒奥格尼斯所指出的那样，因为：

卑贱者(kakoi)凌驾于高贵者(agathoi)之上。(行679)

这一反转导致整个世界情势不再确定，友谊不再可靠，它得以建立的基底乃是占据主导地位的个人动机的复合体：对私人财富以及权力的渴望(行45 – 46)。①

---

① 参见 Jaeger(1945)，页201 以及 Adkins(1960)，页76。

[162] 7. 卑贱者并不关心正义或公平地分配共同利益(行678)。他们没有政治责任感,只专注于为自己攫取任何可以得到的利益。因此,他们像暴风雨一样倾覆城邦的航船(行667－682),①因为,正如亚里士多德所言,他们的愿望并不稳定,而是"像海峡那样受潮水涨退的支配"(《尼各马可伦理学》,1167b6－7)。对个人自身利益的不懈关注,实际上是一种想要随时转变个人地位的愿望,一种通过背叛朋友增加财富的愿望,一种通过背叛盟友获得政治权力的愿望。

8. 第39－52行描绘了令人担忧的情形,hēgemones[领导者]屈从于hubris[肆心],正在毁掉dēmos[民众]。作为领导者,这些人享受高贵者的称号。但忒奥格尼斯坚持认为,他们并非高贵者(因为高贵者绝不会毁灭城邦),因此他们事实上必定是卑贱者。②惯常认为,正义关涉到出身高贵,但经过验证发现仅此一点还远远不够。

9. 紧接第39－52行,我们发现有关卑贱者统治高贵者的另一段诗句。在此情境中,我们发现,那些此时的高贵者刚从乡村地区而来,在那里他们身披羊皮,像鹿一样游荡山间,不懂正义也不懂礼法(行53－60)。这些人大概是那些(出身)低贱的人,在社会和经济巨变之时,他们能够获得大量财富、地位和极大的政治权力。在任何传统贵族的眼中,事物的这种状态实际上是一种激烈的反转。它暗示出对表面上自明原则的侵蚀,该原则认为,高贵者富裕而卑贱者贫穷是合适的(行525－526)——这一反转现象引起了忒奥格尼斯极大的愤怒。③根据《忒奥格尼斯集》中的贵族观点,反转给了

---

① 参本书纳吉对此段的完整分析。
② 对行39－52的此种读法,参West(1974),页67－68;本书纳吉文14、18以及26－38节。不同的读法则见Legon(1981),页112－113。
③ 在行315－316中,忒奥格尼斯承认,很多卑贱者富裕,相反很多高贵者贫穷。亦参行161－164,此处低劣者(deiloi)拥有高贵者的命运(esthlos daimon),而高贵者拥有低劣者的命运(deilos daimon)。

那些不配得到如此权力之人有影响力的地位,而受它诱惑的人,将自己"出卖"给卑贱者,"出卖"给他们自己低劣的动机,这确实是他们自作自受。[163]诗歌刻画了一个人的形象,他感到该反转对麦加拉城邦以及他自己的生活的影响。正如从更宽泛的社会界面来看,很多贵族出卖自身的血统,将他们的女儿嫁给新近富裕起来的卑贱者(行193-196),同样,忒奥格尼斯发现自己也被他的几个所谓的贵族朋友背叛,他们屈从于靠不义而攫取的财富的引诱(行1135-1150;参行267-270)。

10. 卑贱者统治高贵者,最高的价值是赚钱而非正义,在这样一个社会政治背景下,贫穷确实会成为降临在一位高贵者身上的最糟糕的命运。他的朋友将会离开他,甚至血缘的纽带也不会使其亲情稳固(行299-300)。他在社会和政治上实现影响力的行动手段从而被剥夺和丧失,他自然会采取所有可能恢复其以前经济状况的措施。但他的困境立刻显现出来:决定可能性界限的是什么?他应该做些事来重新获得他的财富吗?或者他应该允许自己受正义的需求引导?诱惑将会无孔不入。忒奥格尼斯说,贫穷教会人不义(行649-652)。但即便如此,真正的高贵者将会忍耐。在贵族价值系统遭到破坏的这个世界,品质的坚定不移和对最为多变的环境的忍耐力明显变成经常性的劝诫(如行657-658、695-696)。但只有少数人没有背叛他们的准则,忍受并通过贫穷的考验(行83-86)。①

11. 因为很少有出身高贵的人会忍受贫困,不去为了重获失去的财富而屈服于adikiā[不义]的诱惑,但卑贱者统治高贵者这一社会政治的反转并不代表价值系统本身的相应反转,从贵族观念很容易看出这一点。要在价值标准上有相应的反转,有必要借助新的社

---

① 这本身就是一个重点,它一方面阐明,按照aretē[德性]的详细构成来说,道德原则内容多样,但它同时主张卓越最难,且只能被少数人获得——该原则是从荷马到亚里士多德之间几类价值系统的核心。

会政治形势建立起新的价值层级制度,以便在一个颠倒的镜子里反映旧的价值层级制度。以前的系统将正义放在价值的制高点,出身和财富紧随其后,而新的系统——假如它存在的话,不得不将财富放在制高点,随后才包括出身和正义。虽然最终仍然会建立一个有秩序的世界,[164]但这却是一个以不同的方式建立起来的秩序世界。而当对获取个人利益的贪婪和欲求占主导时,他们会宁愿完全排斥秩序,而不会去创造任何秩序:①

> 他们靠强力夺取财产,秩序(kosmos)被摧毁;
> 对公共利益,再没有什么平均分配[对财产];
> 脚夫掌管城邦,卑贱(kakoi)凌驾于高贵(agathoi)。
> (行677–679)

12. 当获取个人财富成为最高价值时,所有其他价值并非简单地从属于这一价值,而是在最后全部献身于它。卑贱者将会毫不犹豫地通过欺骗攫取财富,一旦富裕,他也不会有丝毫不安地同高贵种族通婚。破产的高贵者,极度渴望重获其失去的资产,将会赞同要两面派或者同意与富裕却出身低贱的女人通婚。无论他是一位新富,还是一位刚刚落魄之人,他们都是卑贱者,因为对财富的自利追求正是任何一个卑贱者的标志。贵族价值体系与卑贱者的去道德原则之间的碰撞并不是为争夺地位而展开的公开对抗,在后一情况下,一种体系的优劣反而能在与另一种体系的并置中获得理性的检验。如果可以用任何手段来攫取个人利益,对传统价值词汇的虚假和含糊地使用便无关紧要了。在某种程度上,基于卑贱者对高贵者这一词语本身的挪用,出身好的贵族如居尔诺斯可能很容易"退化"(bastardized)②。

---

① 参见 Frankel(1975),页416:"kosmos[秩序]是贵族箴言的一部分。"
② 参本书纳吉文,43节。

13. 在某个假想的时期,高贵者在城邦中既是统治阶级,又多少体现着其所赞成的核心价值,高贵者和卑贱者这两个词汇在意义和使用上都能够保持相对明确。但当这一稳定条件遭到破坏,这两个词汇便也发生动摇。在其原始意义上,它们包含着对出身、[165]经济阶层和道德的要求,这些只在同样的人或群体身上作为单一综合体被发现。当经济或社会政治变化使得成为高贵者和卑贱者的不同标准有可能分别或以不同的混合方式出现时,这两个词汇的含义和使用都变得像包含它们的世界一样不稳定。①

14. 忒奥格尼斯对卑贱者凌驾于高贵者之上的指控至少包含两项其他的指控。忒奥格尼斯说,(1)财富经济因素(被某些人)视作成为高贵者的充分条件,以及(2)高贵的出身并不能自行确立高的经济地位或高贵的道德。在第一种情况下,出身卑贱者成功攫取了理论上仅仅适合于高贵者的财富和地位。然而,根据忒奥格尼斯的道德感(moral sensibilities),他们并不符合成为高贵者的要求,也就是爱正义并避免肆心。无论是在德性上还是在出身上,这些人都确定无疑地属于卑贱者。财富仅仅赋予了他们高贵者的头衔。在第二种情况下,那些出身高贵的人,他们的经济地位被崛起的卑贱者破坏,反过来因为渴望重获失去的财富而破坏了他们自身的道德标准。卑贱者和高贵者地位上的反转并非麦加拉历史上的个案,它也不仅仅是语义上的转变。更确切地说,它是城邦动乱的本质:出身高贵者变成道德上和经济上的卑贱者,而那些出身卑贱者获得的权力高过那些出身(以及有时德性)高贵的人。②

15. 这一意料之中的反转使得标准论述中的语义发生偏转,这并不奇怪,事实上,它还得到修昔底德叙述的确认,他写过在科西拉

---

① 参 Donian(1973),页 369,Adkins(1960),页 76 - 79,以及 Lloyd - Jones(1971),页 46。

② 忒奥格尼斯当然将自己置于后者之中,亦即那些既在道德上又在出身上高贵的人。

(Corcyra)革命背景下影响希腊城邦的 stasis[争斗]:

> 常用词句的含义不得不加以改变,而采用现在所赋予它们的意义。过去被认为是不顾一切的鲁莽之举,[166]现在被认为是一个忠诚的同盟者所必备的勇气;长远打算并且等待时机被看做是懦弱的代名词;任何节制(sōphron)的观念则被视为缺乏男子汉气概的表现。(《伯罗奔半岛战争志》,3.82.4)①

对于这些既是政治上也是语言上的混乱,修昔底德给出的判断与忒奥格尼斯对麦加拉所做出的并无不同:

> 由于贪欲(pleonexiā)和个人野心(philotimiā)所引起的对权力的追求是所有这些罪恶产生的原因……(同上,3.82.8)

在忒奥格尼斯笔下的动荡世界中,任何想要在此劝告别人坚守古老价值的人,都会发现,此类劝诫得以可能的语言已经在其基底上受到侵蚀。在此情景之下,言说者只能言辞含糊。②虽然忒奥格尼斯除了劝诫不能做任何事,他却只能通过以毒攻毒(fighting fire with fire)的方式进行劝诫:在含糊之中进行有关含糊的教化。

16. 诗人所拥有的 sophiē[技艺](行 770)包含以假话乱真③的能力,而且,动词 ainissomai[出谜语]明显地表达出这一意味(行 681)。该描述包含长段诗句,刻画了"我们"如何被说服登上船只,穿过暴风雨的黑夜,我们的烦恼因为"他们"对好船长的罢黜以及拒绝施救而变得更为复杂。该段根据海上风暴来描绘社会政治斗

---

① 译文出自 Warner(1954),参埃德蒙兹(1975 b)。
② 参见纳吉(1979),页 222-224 讨论早期希腊诗歌中的 ainos。
③ 参见行 713,以及赫西俄德《神谱》,行 27-28,这在本书埃德蒙兹文 16-20 节中讨论过。

争,风暴威胁着船只及船上人员的安全,其中语言的含义,就这些词语的道德意义来说,只有高贵者能理解而不能被卑贱者所理解。①正如需要特殊的技艺来写作暗示性的言辞,理解它们同样需要特殊的技艺。诗人说他在运用他的技艺(sophizomai,行19)时,在他的言辞上盖了封印,以便它们不会被偷偷窃取,也没有人能够用低劣的东西取代它们内在的纯粹。这一由技艺锻造的封印是一种符号或标准,[167]它准许那些本身拥有技艺的人将忒奥格尼斯的真实诗句或真实信息与虚假的区别开来。②

17. 但是,这首献给受 philiē[友谊]精神感召的 philoi[朋友]共同体的诗,同样也论及友谊,谈论的方式与其作为诗歌谈论自身的方式十分相同。因为,正如需要智慧来区分真实和虚假的诗句,区分对暗示性言辞的真实或错误的理解,同样需要智慧来区分真实和虚假的朋友。诗歌里的封印像检验朋友所需的 basanos[试金石]一样,使诗歌免于掺假(行 415 – 418)。但是,不同于检测货币所需的智慧,检验朋友所需的智慧很难获得(行 119 – 128)。

18. 正如我们所见(行 1027 – 1028),困难之事留给了高贵者,卑贱者(kakoi、deiloi)只能完成容易之事(行 611 – 614)。此外,卑贱者被刻画成不断相互欺骗的形象,因为他们不懂得区分高贵者与卑贱者的 gnōmai[标准](行 59 – 60)。

19. 这并不是说,卑贱者完全无知:

> 任何一个以为邻居一无所知,
> 唯独自己晓得关山妙计的人,
> 都很愚蠢,他的高贵的(esthlos)心智(noos)已然蒙尘。
> 因为我们同样聪明,

---

① 参见本书纳吉文,1 – 5 节。
② 讨论有关诗人的 sophiē[智慧、技艺]的性质,见埃德蒙兹。讨论有关忒奥格尼斯的封印的政治后果,见福德。

只不过有人不愿追逐卑下的利益(kakokerdeiē)，
有人则更喜欢耍弄骗人诡计。（行221－226）

但是，即便卑贱者并非完全无知，我们也可发现，他们的知识领域在[168]道德价值方面彼此也极为不同。一方面，有些人寻求邪恶的财富，有些人在欺骗中寻找乐趣（暗中也是为了钱财）；另一方面，那些不想随波逐流，卑劣地攫取钱财的人，拥有 gnōmē[优良的判断力]并获得伴随而来的 aidōs[尊敬]：这些人是（真正的）高贵者，他们是多数人中的少数人（行635－636）。

20. 亚里士多德在区别 phronēsis[实践智慧]和 deinotēs[聪明]时，也做出过同样的区分：

[聪明]是做能很快实现一个预先确定的目的的事情的能力。如果目的是高贵的(kakos)，它就值得称赞；如果目的是卑贱的(phaulos)，它就是狡猾。所以，我们才会称明智的人(phronimoi)是聪明，称狡猾的人是卑贱。但是能力不等于明智(phronēsis)，虽然明智也不能没有能力。但是灵魂的这只眼睛离开了德性(aretē)就不可能获得明智的品质。（亚里士多德，《尼各马可伦理学》，1144a24－31））

因此，德性要求欲求正当事物并通过正当方式来获得，而一个人在获取自己想要的东西时，即便毫无德性，也能够是 deinos[聪明]的。与之相似，无论出身卑贱还是高贵，那些在忒奥格尼斯看来真正卑贱之人，的确能够获得他们所想要的，但他们既没有想要正当的东西，也没有采取正当的手段来获取它们。他们采取的手段是欺骗和背叛，这些策略具有引发 stasis[争斗]的条件的特征（参修昔底德，3.82.7）。当那些本可抵抗这类策略的人却被发现采取了这些策略时，尤其令人困惑。正如伽达默尔(Hans-Georg Gadamer)在其讨论亚里士多德论聪明时所言，聪明者拥有所有"实践智慧"

所必需的自然天赋,却以卓绝的灵巧性将之用来把没前途的情况转变为个人利益,或在日常紧急事件中敏捷地演练。但这种自然能力却不能通过道德约束来调和,[169]"聪明"这个词意味着"可怕",这一点并非无关紧要。①

21. 从忒奥格尼斯的观点来看,那些抵抗住诱惑并仅专注于其自身优势的人是高贵者。地位是他们的,标准由他们所定,假若并非本性如此,表面上也得如此。但他们背叛了他们自己必须履行的责任,他们以行动使自身与真正的卑贱者别无二致,从而变成了多数人中的一分子,并因此不再是杰出少数的一员。

22. 多数人的最高价值是攫取财富,该意见在以下诗行中得到最为强有力的陈述:

[170]对多数人而言,最好的事物(aretē)唯有一样:

---

① 参 Gadamer(1965),页 306 - 307。应当注意,单词 deinotēs 从未出现在《忒奥格尼斯集》中。deinos 的变形出现过五次(行 92、414、697、857 和 1318b),除了最后一处,所有都被认为有问题(参 West,1972,页 193),它们校读为 deilos 或 deilon 皆可通。最后一处(1318b)形式为 deina,在此诗人哀叹因遭受可怕之事(deina)而导致仇敌快友人痛。行 697 和 857 同样展现为 deinos(或 deilos),提到悲惨和贫乏的处境,但谈论的并非朋友的痛苦,而是他们在此环境中缺乏坚定性。另两句展现为 deinos(或 deilos),论及人类语言或人类而非可能落在人身上的灾难。行 87 - 92 劝诫居尔诺斯成为值得信赖的朋友,而不要成为一个 deinos(?)的伙伴,公开而诚实地表达自我,而不要进行欺骗。在行 413 -414,诗人肯定他自己值得信赖,并声称,甚至美酒当前也不能使他说一句有关朋友的 deinon epos[可怕的话语]。在后一句中,West 选择校读为 deinon(West 1971,页 194),这与 Young(1961,页 27)和 van Groningen(1966,页 163)所显示的一样。这一段很明显涉及会饮,正如本书中莱文所示,会饮是城邦的缩影。一个人如果会屈服于酒的影响或在财富和权力中晕头转向,他便会很容易背叛朋友或盟友。背叛可能受到"可怕的言辞"(行 414)影响,一个人说语言也是"可怕的"(deinos)并非不恰当。鉴于行 87 -92 警告过此类双重言辞,我们在辨别 hetairos[伙伴](行 91)时或许能感到更为自信,他将它们使用为 deinos:聪明、机巧和可怕。

> 变得有钱(ploutein);其他事情终究没有用处,
> 就算你有哈达曼西斯本人的自制(sōphrosunē),
> 或者,比埃厄洛斯之子西绪弗斯更精明,
> 他凭着机智,甚至能从哈得斯那里回返人世,
> 能用狡诈的言辞说动珀尔塞福涅,
> 她专门磨灭人的灵慧,让人忘却一切。
> 还从未有人做到这点,
> 一旦死亡的阴云将人笼罩,
> 一旦他进入阴惨惨的死亡之域,
> 穿过那一扇扇黑色大门,
> 它们羁留死去的灵魂,不管任何强辩抗议;
> 可就是从那儿,英雄西绪弗斯
> 也能凭机敏重返日光之下。
> [终究无用],就算你把谎言说得像真的一样,
> 拥有神样的涅斯托耳高贵的(agathē)滔滔雄辩,
> 就算你脚步快过迅猛的哈耳皮厄斯们,
> 比玻瑞阿斯捷足的儿子们更快。
> 不,人人心里都是这个想法(gnōmē),
> 金钱(ploutos),才是整个人类的最高主宰(dunamis)。
> (行699-718)

23. 在多数人看来,财富是唯一的德性,任何其他的东西都无法与之相提并论。但是在诗人看来,受到众人轻蔑的节制才应该受到赞美:

> [171]学会这一课,亲爱的朋友(philos hetairos)!对钱财(khrēmata)要取之有道(dikē),
> 让你的心灵保持节制(sōphrōn)、远离邪恶,
> 永远记住这些话(epos),有一天,

> 你会因听从我明智的(sōphrōn)建议而庆幸。
> (行753–756)

《忒奥格尼斯集》中的传统贵族理想认为，财富一类的事物并不重要，无论财富"价值几何"，对财富唯一的要求是正当致富。为了正当地获取财富，稳定的地位、温和、节制以及忠诚于朋友都是必需的。聆听和相信带有这类明智的品质的言辞同样也是必需的，亦即聆听和相信忒奥格尼斯的言辞。相反，众人则放任自己信奉钱财（行194）、诽谤（行324）或行不义之事（行380）。正如他们的品质，他们所说出的言辞是 deina——机智、机巧和可怕的（行413–414和87–92）。

24. 但是，鉴于卑贱者多能获得权力地位这一事实，这并非仅仅关于用明确的贵族价值系统来反对他们侵入的问题。在任何城邦中，如果贵族要在此类环境中生存下来，都必须灵活而间接地接受教化。自制的心灵也必须具备可变性，以便能够适应变化的情境（行213–214）。诗人创作诗歌的技艺和朋友洞察诗歌真实意义所需的"智慧"与不妥协正相反（行218）。然而，即便忒奥格尼斯确认真正的高贵者会注意他明智的言辞，他也不确定真正的高贵者将能够无误地识别它们。如果友谊的理想需要坚定不移，背叛的事实则需要谨慎的敏感，因为外表常常欺骗一个人的判断力（行128）。培养适应性的智慧，谨慎行使判断力，并且关心正义，这些是对真正的高贵者唯一的防护措施。①

[172] 25. 卑贱者自身处在他们需要对之负责的混乱世界之中，比高贵者处于甚至更为危险的境地，这种想法或许是一个较小的安慰。他们所导致的反转基于单一的原则：

> 不，人人心里都藏着这个钱币（准确地说，符号或想法：

---

① 参本书多兰文，23节。

gnōmē),
> 金钱(ploutos),才是整个人类的最高主宰(dunamis)。
> (行717-718)

很多人所珍藏的gnōmē[思想]是劝告积聚财富。然而,只关心不择手段地攫取财富,这导致难以确定某人正在行骗,同样也导致难以确定某人并未受到欺骗。正如康德所指出的,如果欺骗是普遍的,对话终将变得不可能。在卑贱者敛财的世界中,事实上这是正在发生的事,一方面因为语言并未显示出它意在表达的东西,也因为卑贱者并不懂得识别藏在语言背后内容的gnōmai[标志](行59-60)。

26. 因此,并非仅仅是经济和社会政治反转导致了"高贵者"和"卑贱者"这两个词语产生严重的含糊,借助含糊的欺骗也是导致反转发生的重要方式。卑贱者成功地通过撒谎、欺骗、假装成朋友和采用高贵者的言辞来统治高贵者。正如我们所见,忒奥格尼斯对这一转变的语义环境的反应是,锻造他自己的含糊,希望为真正的高贵者所隐藏的那些事能够被他们所译解。这既因为他的封印是包含在诗歌中各种真正贵族信息的标志,也因为诗歌所献给的挚友共同体拥有理解信息所必需的智慧。

27. 忒奥格尼斯自己也乐于承认,这无非是一种希望。在他的一生中,他对能看到正义得到实行已感绝望,他仅仅渴望死后能返回大地复仇(行314-350)。①但是,卑贱者甚至断绝了死后返回大地的可能性:[173]在人们攫取财富之时,这一西绪弗斯的壮举(Sisyphean feat)便毫无意义(行699-712)。②事实上,任何受卑贱者抵制的东西,虽然与钱财比起来毫无价值(行699-718),但它们

---

① 参本书纳吉文,60-69节。noos[心智]对于这一返回是本质性的(参见本文30节)。

② 参van Groningen(1966),页279。

可视作忒奥格尼斯及其诗歌的特征。诗人所赞颂的 sōphrosunē[明智]是拉达曼提斯(Rhadamanthys)的审慎的平衡(行 701),这是正当的宣判,它并非体现在城邦正式的法典中,而是体现在其高贵邦民的挽歌之中。①正如柏拉图所指出的,拉达曼提斯不仅在其有生之年行使正义,甚至在冥府也施行正义的宣判(柏拉图,《申辩》,41A - B),和拉达曼提斯一样,忒奥格尼斯的正义理想借其诗歌体现,超越了他本人的生命。

28. 对于那些铭记该诗并将其理想实践的人来说(行 753 - 756),该诗的信服力为这些原则提供了永恒的生命力。此外,考虑到诗歌必须在动荡的世界中保存自身,说服必须采用"机智言辞"的形式(行 704),言辞可以"将假话讲得像真的一样"(行 713)。但是,它必须带有坚定的信念,始终反对多数人所采取的策略,因为多数人的欺骗并不定然排除在真性的视域之外。它必定是一种建立在美之上的坚定信念,这种美的形式源自缪斯和美惠女神的歌唱,美的本质则可在她们歌唱的内容中发现(行 16 - 17)。通过优美的 epos[言辞],她们教导,对友谊共同体的关心本身和美相同。这一关心基于对 dikaiotaton[最正义的](多数情况是 dikaion[正义])的爱,它本身被认为有可能是最美的事物(行 255)。当真正的高贵者将此教导铭记于心,诗歌所展示和嘱咐的美就会体现在他们自身的生命中。通过提前把握(pre - empty)美的标准并将这些标准不仅与身体外貌相联系,更与有关社会和政治责任的诗歌相联系,陷入困境的高贵者发现了一条限定价值尤其是他们自身价值范围的方式。②卑贱者或许称自己为高贵者,他们在言辞和行动上都背离了他们自身的卑贱。习惯于攫取个人财富,他们的行为成了 aiskhron[丑陋]的范例(行 27 - 30),这正好是美的反面,这导向的共同体状

---

① 讨论忒奥格尼斯和希腊立法者的关系,见本书纳吉文,20 - 25 节。
② 参 Frankel(1975),页 402、418;亦参 Donian(1973),页 371。

态不是良好秩序,而是内乱和纷争(行43 – 52)。①[174]同样,他们用词虚伪含糊,只是掩饰自利而已,但却如此有力,以至他们有时能够侵蚀高贵者本身(行305 – 308)。但是,真正的高贵者会抵制这些奉承,正如他们面对贫穷时坚定不移,此外,他们还会拒绝效仿卑贱者歪曲使用过的言辞。倘若高贵者必须用谜语来言说,他们将以涅斯托尔(Nestōr)的高贵言辞行事(行714),永远受到对共同之善的注视的指引。

29. 这类言辞是赞扬和谴责的言辞,通过纪念(commemoration),这种言辞可以保存不朽名声,通过刻意的沉默,它也能够吸引某人并将之隐匿。②那些能用涅斯托尔的高贵言语言说的人,将能够像原来的涅斯托尔本人一样,甚至将死者带回光明和阳间。③对于居尔诺斯这类人,忒奥格尼斯同意将之铭记于心(在此处通过赞扬和谴责的混合),等待这类人的命运是永恒,遍及整个希腊(行245 – 252)。受到诗歌纪念就像安上翅膀(行237 – 239),一个人就算死去,也会受到尊崇(行245),他们就像玻瑞阿斯(Boreas)身带翅膀的孩子们,"脚步迅捷"(行716),将在会饮参与者开始他们的颂歌时立刻出现在他们中间。

30. 但是,被遗忘的卑贱者并没记住忒奥格尼斯的言辞(行1112 – 1113;参行105 – 112、755),反过来也不会被他铭记(行798)。对他们的遗忘就像是对死亡的遗忘一样。珀尔塞福涅(Per-

---

① 忒奥格尼斯在好几段中警告过不要做 aiskhron[丑陋]的事情,有时,这是渴求攫取财富时不可避免会导致的(行86)。尤其值得注意的是行1377 – 1379,此处 kalos[美]与 kakotēs[丑]、deilos[低劣]以及 aiskhron oneidos [可耻的责备]并置。亦参行29、466、481、546、608、627、628、651、899、1150、1177 和1329。

② 很明显,谴责并不永远需要沉默。叙述有关记忆与赞美和谴责的诗歌的关系,见本书埃德蒙兹文。

③ 论述有关 Nestōr、noos 和 nostos 之间的联系,见 Frame(1978);亦见本书纳吉文,68 – 70 节。

sephone)夺取逝者的 noos[心智],让人忘却一切(行705);当卑贱者毫无 noos artios[健全心智](行59-60)地 koros[贪得无厌]时,他们便臣服于紧接着发生的灾难性的肆心。因此,他们把财富的地位看得比从死亡返回的可能性更高,尽管这超出了他们的意识,但这已然产生影响。因为,他们虽然活着,但却没有健全的心智和判断力,因此还不如死掉更好。[175]在贵族流亡者看来,他们的城邦或许显得坐落在勒特河(Lēthē)的边缘。①

31. 流亡诗人在勒特河边缘所见到的城邦是他的城邦(行1215-1216),这座美丽城邦保存了下来,它受到缪斯的礼物保护,后者远远超出了单个人的生命。②如果忒奥格尼斯在实践事物(practical affairs)领域哀叹卑贱者凌驾于高贵者之上,他便暗示出,这一反转本身会得到转变,他也认为,事实上,这一进程已经开始。如果说,卑贱者虽生犹死,那么,高贵者则虽死犹生。

32. 但是,这一贵族理想的胜利并非本身充分。忒奥格尼斯提醒居尔诺斯:

> 身遭巨祸的人会意气消沉,居尔诺斯!
> 但当他大仇得报,会重新意志昂扬。(行361-362)

高贵者的纪念性永恒再次转换成实际的政治权力,其中保持了此诗最终的希望和意图。

---

① 见本书纳吉文,72节。
② 参本书埃德蒙兹文,23-24节。

会饮与城邦

莱文(Daniel B. Levine) 撰

陆炎 译

[176]1.《忒奥格尼斯集》中的诗歌语言依据会饮描述城邦,也依据城邦来描述会饮。①我将论证,宴饮聚会是更大的共同体的微缩和模型。在本文有关诗歌如何将会饮和城邦相关联的讨论中,我将指出,这种关系源自希腊诗歌的一种共同传统,该传统一直流传到公元前4世纪。

2. 忒奥格尼斯的诗歌将自身呈现为典型的会饮诗(idealized sympotic poetry)(行237-254)。诗人夸口说,他通过诗句使居尔诺斯得以不朽,宴饮上的年轻人将永远歌颂他。诗人设想,他的诗句将在会饮中传颂。这并非要称整部诗集为"会饮诗",而是说会饮的社会情景能够兼备《忒奥格尼斯集》的听众所能够想到的其他所

---

① 从字面上来看,会饮就是"共同饮酒"。从专业上来说,至少在公元前5世纪及其之后的雅典,它是deipnon[宴饮]的第二个部分。当第一道菜——通常吃这道菜时并不喝酒——被撤下后,便洒上奠酒,奉上牺牲;随后进入deipnon的第二个流程,会饮开始。我们从绘画和文字资料了解到,会饮是喝酒、唱歌、跳舞和畅谈的场合(Hug,1931)。Sumposion这个词在《忒奥格尼斯集》中出现过两次:行298——此处饶舌者被视为会饮的祸害,以及行496——此处概述了会饮中合宜的规矩。习惯上,要选出一个饮酒的引导者来决定每位客人应当饮酒的比例和量。这些引导者的头衔与城邦中领导者的头衔相同:sumposiarkhos[会饮的arkhōn(统治者)]以及basileus[国王]。一场盛宴由会饮来完成。二者形成一个统一体,在伙伴之间形成共同纽带。参看行115,posios kai brosios hetairoi[吃(例如deipnon)和喝(例如symposium)的伙伴]。

有诗歌形式。这些形式大致包括谜语、宴饮曲(skolia)、赞美诗、酒神颂歌、即兴谐趣诗、爱情诗以及劝诫或政治诗,所有这些都会在宴饮中得到恰如其分地唱诵。这并不是说,会饮便是忒奥格尼斯诗歌中的城邦的唯一范例。①[177]例如,城邦也能被表述为航船(行667-682、855-856)或临盆在即的妇女(行39-52、1081-1082b)。

3.《忒奥格尼斯集》的主旨呈现于行15-18对缪斯(Muses)和美惠女神(Kharites)的呼唤之中。这些女神出席了卡德摩斯(Kadmos)和哈摩妮亚(Harmonia)的婚礼宴会,她们在那儿唱到:

> kalon[美好]多么 philon[可爱],而不 kalon[美好]又是多么不 philon[可爱]。(行17)

《忒奥格尼斯集》的开篇强调了政治和社会的紧密结合,其中的一个主题便是城邦秩序良好和恰如其分的重要性。②缪斯和美惠女神所歌唱的场景是一场婚礼,这是一个共同吃喝的场合。她

---

① 会饮和城邦的关系相应于 kōmos[狂欢]和 kōmē[乡村]之间的词源联系。Kōmē 可追溯到动词词根 kei-[分离,划分](Palmer,1963,页186-189)。这个词根也是 kōmos 的基本成分,其词源意义为"人群"。单词 dēmos 给出了一个很好的对应。亚里士多德说过(《论诗术》,1448a),伯罗奔半岛人称乡村共同体为 kōmai,而雅典人称他们为 dēmoi。有证据显示 dēmos 取自动词词根 daiomai[划分](Chantraine,dēmos 词条)。同样的词根出现在单词 dais[宴饮]中:此处各个部分在用餐者之中得到分配。因此,词汇 kōmē 和 dēmos 取自含义为"切"、"分"的动词,作为会饮场合的两个词汇,kōmos 和 dais,和表述共同体的词汇有关联。Palmer 通过从德语中举证类型学上的对应性,得到这一语义学灵感(Palmer 1963,页188)。他举出以下单词:SHARE-SHEAR-SCHAR(德语="人群")。Palmer 也注意到意为"分离"的同一词根 kei-在利西亚语中产生一个含义为"人群"的名词,也产生了含义为"分离"的动词。参 Pedersen(1949),页48-49。

② 参本书纳吉文,6-7节。亦参本书埃德蒙兹文。

们带来了社会秩序的信息,这对引起唱诵的宴饮和对城邦同样重要,对后者而言,政治 harmoniē[和谐]的主题则尤为重要。

4. 以下出现的诸种范畴乃是基于对比城邦和会饮的考虑:

(1)教化:会饮是一个教育邦民的场所,使之为参与公共生活做好准备。[178]宴饮聚会之中或之外,人们必须学习善而避免恶。

(2)节制和秩序:即将参与会饮和政治生活的人会被劝告接受中道。宴饮聚会是提醒混乱和过度之危险的理想场所,从中得到的训诫能够应用到日常生活中。

(3)机巧:在宴饮中,同样也在城邦中,人们必须要意识到,他的同伴会试图欺骗他。在这两种场合,人们必须练习内心的应变能力(或者 mētis[机智]),在同伴可能愚弄你之前愚弄对方。

(4)乌托邦:会饮上对 kahris[满足]、terpsis[享受]、euphrosunē[快乐]和 hesukhie[安宁]的渴望反映并对应着平等政治体中对和平与安定的渴望。理想的会饮场所被描述成具象的黄金时代,彼处美惠女神仍然出现在人们面前并祝福他们。

5. 我将从教化的范畴开始。在诗集的开头部分(行 27 - 30),诗人提出了一个贯穿全诗的主题:诗歌应具有教化功能。

> 但我将怀着好意,向你指出这样一些准则(will I lay down principles)。
> 那是我自己,居尔诺斯呵,在孩童时从高贵者[agathoi]那里学来(learned)的东西。
> 千万留意! 不要将 timē[荣耀]、aretē[成就]与财富
> 拉向可耻与有悖 dikē[正义]的方向。(行 27 - 30)

忒奥格尼斯将会教授居尔诺斯他自己幼年时从高贵者那里学来的东西。从这一段及与此类似的段落开始出现古风时代的

paideiā[教化]原则:贵族少年在与高贵者的交往中获得合适的教化。① 在《忒奥格尼斯集》中,为了变成高贵少年而与高贵者(agathoi,esthloi)交往的主题反复出现了好几次,同样,相应地劝告不要与卑贱者(kakoi,deiloi)交往的主题也出现过好几次。

[179] 6. 在第 61-68 行,居尔诺斯被劝告不要和卑贱者交朋友,相反,他应该欺骗那些卑贱者。在第 69-72 行,他得到建议,不要信任或咨询卑贱者,而是要信任和咨询 esthlos[高贵者]。该劝告在第 101-112 行重复出现。不要让任何人说服你与卑贱者做朋友,一个 deilos[恶人]作为朋友有什么用处?最好和高贵者做朋友,高贵者会记得别人为他们做过的好事(行 111-112)。下一个诉歌对句重申了这一信息:你绝不应该和卑贱者做朋友,而应总是像避开恶劣的避风港一样逃离他(行 113-114)。这也在第 1165-1166 行重复出现。人们应该和高贵者相交,而绝不与卑贱者相伴。②

7. 诗人将会饮场合描述为一个在高贵者中间学习善的地方,在这些诗行中,上文中的主题又得到了强调:

> 知晓这些,不要与 kakoi[卑贱]之人为伍,
> 但要始终紧守 agathoi[高贵者]。
> 与他们同桌吃喝,与他们坐在一起,
> 取悦他们,那些最有能力的人。
> 因为从 esthloi[高贵者]你会习得 esthla[高贵],
> 与 kakoi[卑贱者]混在一起,你甚至会迷失现在的 noos[心智]。
> 知晓这些,同 agathoi[高贵者]交往,

---

① 参本书福德文,14-15 节;亦见忒奥格尼斯,行 753-756。
② 在行 1169-1170,kaka[坏事]伴随着成为 kakos[卑贱者]的伙伴而来,在行 305-308,一个人能通过与卑贱者相交而成为卑贱者。

终有一天你会说,我为 philoi[朋友]进了忠言。(行 31–38)

诗人说,和"高贵者"为伴是令人满意的。为了使他的论点更为具体,他选择了餐厅作为学习的第一个地点(行 33)。也要注意:

[180] 你应当受邀赴宴,
坐在一个 sophie[学识]渊博的 estholos[高贵者]旁边。
当他吐露 sophon[智慧]的言辞时,把它们记下,
如此你或许学会,带着收获回家去。(行 563–566)

同好人为伴,向好人学习并避开坏人的一般性建议在这两处宴饮场合尤其得到说明。会饮是一个学习的场所。人们在城邦中所做的也在会饮中得到实践,会饮是一个更大的共同体的缩微图。①

8. 现在,我将进入到联结会饮和城邦的四个范畴中的第二个,即节制和秩序。对于忒奥格尼斯来说,中道是一个拥有健全 phrenes[心智]之人的标志。节制和秩序在会饮场合和非会饮场合都重要。会饮在劝告过度的危险性和秩序的重要性上,拥有典型的特征。②格言 mēden agan/liēn[勿过度]在这个地方含有特别的意义,因为在食物和酒方面放纵的结果会立马显现(行 478、839–840;参行 219–220、335–336、593–594)。

9. 没有必要汇编所有劝告节制的段落,但在展现会饮段落与它们如何相似之前,某些更为重要的例子值得注意。首先,注意以

---

① 参 Havelock(1952),页 100,他同样如此描述柏拉图的教育理念。见本文 36–39 节。

② 在指导如何进行一场节制的会饮的诗行中(467–468),诗人认为自己是行为合宜的范例(475–478)。也要注意行 543–546、945–946 以及 947–948,在此诗人强调自己必须施行公平的 dikē[判决],秉持正直的路向,不屈从于任何一派。他将他的任务视作像木匠的规矩一样直,不会偏向任何一方。

下单词的重要性:秩序(kosmos)、平等(isos)、中道(meson)、尺度(metron)和勿过度(mēden agan)。在接下来的诗行中,诗人在政治中劝告中道,并将自己作为范例:

> [181]不要对陷入混乱的邦民过于烦恼,①
> 居尔诺斯啊,而是要像我一样,保持中道。(行 219-220)

> 像我一样沉稳保持中道,
> 居尔诺斯呵! 别把一边的东西送给另一边。
> (行 331-332)

第 335-336 行劝告不要太过狂热,由此而再次呈现中道。中道在所有事情中是最好的(pantōn mes'arista)。第 401-407 行同样建议不要过度狂热,对所有人的行动来说,kairos[适度]是最好的。只有 agathoi[高贵者]知道如何在谈话和所有事情中保持尺度(metron),坏人则与之相反,毫无节制地喋喋不休(行 611-614)。接下来的对句(行 615-616)悲恸于同代人缺乏彻底高贵(agathos)和适度(metrios)的人。在第 693-694 行,过饱(koros)和饥饿毁掉了很多愚蠢的人,因为当高贵者(agathos)不在身边时,很难懂得尺度(metron)是什么。我们也可参看第 605-606 行,据说过饱比饥饿毁掉了更多的人,因为他们想要的比他们能够享用的要多。过饱这类过度能够毁掉人类,而肆心则能够摧毁城邦(行 39-59、541-542、603-604、1103-1104)。

---

① 动词 tarassō[扰乱]带有邦民像风暴中的大海一样处于混乱之中的含义,按照"城邦的航船"比喻,这幅画面很合适。参看《奥德赛》,卷五,行 291;阿基洛库斯,辑语 105 行 1 W;梭伦,辑语 12 行 1 W = 辑语 13,行 1 GP;欧里庇得斯,《特洛伊妇女》,行 88、692;阿里斯托芬,《骑士》,行 431。当邦民骚动时,诗人被描绘成保持中道的人。

10. 人们在困塞中不应过于悲伤,对好事(agatha)也不应过于喜悦。相反,高贵者应该能够忍受一切(行 657 – 666)。在财产方面,一个人也必须行中道,不要有太多财产,也不要太过贫穷(行 555 – 560)。悲恸于秩序和节制的缺乏,诗人或许给出了最激烈的政治陈述,他描述了他财产的丧失,哀悼城邦的状况,并总结到:

> [182]他们强取豪夺,颠倒乾坤(kosmos);
> 对公共利益,再没有什么平均分配;
> 脚夫掌管城邦,卑贱(kakoi)凌驾于高贵(agathoi)。
> 我真怕滔天大浪会将这航船一口吞没。(行 677 – 680)

总之,节制在邦民生活中是一个关键性原则。他用以下术语表达了这一点:中道、尺度、勿过度、平等、适度和秩序。

11. 同样的原则也反映在对会饮的描述中。在涉及管理城邦方面,诗人是中道的倡导者,同样,在宴饮聚会时,他也是节制的倡导者。城邦政制生活中应当避免的混乱,同样应当在会饮时避免。节制地饮酒和过度地饮酒分别对应理性和非理性的政治倾向。诗人对酒的态度是矛盾的,无论对它是称赞还是责备,会饮都必不可少。

12. 酒在大多数情况下应当受到称赞,但当它扰乱了某人的平衡,导致某人烂醉并 ekhthros[仇恨]好斗时,它便背离了会饮的精神,从而导致 akharistos[不愉快](行 841 – 842)。对酒同样的矛盾态度表达在以下诗句中:

> 酒呵! 我对你一则赞美、一则诅咒;
> 我对你既无法彻底仇恨,又不能全心热爱。
> 你是高贵(esthlos)和卑劣(kakos)的混合体。
> 谁拥有智慧(sophie)的尺度(metron),可以赞美或诅咒你?
> (行 873 – 876)

13. 第 1091–1094 行似乎表明了对友谊的态度(或许可扩展为对居尔诺斯的态度:一种爱恨交织[odi-et-amo]的关系)和以上所述对酒的矛盾态度相似。① 注意第 874 行和第 1092 行之间近乎精确的一致性:

> [183]我内心(thumos)纠结,想到你的情谊,
> 因为我不能恨你,也无法爱你,
> 我知道,人很难恨朋友(philos),
> 可也难以和他不愿意爱的人成为朋友(philos)。
> (行 1091–1094)

友谊使得城邦中的关系保持和谐,就像在会饮中酒所做的那样。对于忒奥格尼斯来说,居尔诺斯象征着友谊,也代表着诗人又爱又恨的城邦。

14. 正如爱人一样,酒可能有好坏两方面。一个人必须避免极端。诗人试图以中道为证:

> 酒中有两个恶魔纠缠着不幸的凡人,
> 一者是放松肢体的渴望,一者是酩酊大醉。
> 我将取两者的中道而行,
> 你不要劝我滴酒不沾,也别劝我狂喝滥饮。
> (行 837–840)

人们不再寻求中道就会喝太多,就在行为上放纵,超过中道(huper metron)。可以仔细思考以下两段:

> 聪明人和傻瓜一样会心智(noos)昏沉,

---

① 本书纳吉文,42–47 节。

当他喝酒超过了限度。(行 497 – 498)

> [184]行家们用火来辨别金银,
> 但酒能透露一个人的心性(noos),
> 即使他非常精明,如果喝得过了度,
> 原本智慧(sophos)的人也因此蒙羞。(行 499 – 502)

这些段落中中道和尺度两词的使用显示出,古代诗歌传统在处理会饮节制时,与处理政治事务时的节制是一样的。

15. 秩序的主题显示出城邦和会饮之间的共鸣,它和节制的情况极其相像。我们之前引述过有关城邦丧失平等分配和秩序的段落(行 677 – 680),这和处理酒的一个对句极其相似。注意 kathuperthen [在上]一词以及其中描述的相似性:

> 可是,当一个上等人(kathuperthen)变得卑贱,
> 就别再继续喝,回家去吧。(行 843 – 844)

在饮酒方面过于放纵导致无序,使得 kathuperthen[在上者]变成 upenerthe[在下者],正如 koros[贪婪]、秩序的丧失以及财物不平等的分配导致城邦中劣等人变成上等人:

> 然而,脚夫施行统治,kakoi[卑贱者]kathuperthen[凌驾]于 agathoi[高贵者]之上。(行 679)

16. 上下的这种反转也出现在第 53 – 68 行,诗人在此抱怨坏人变成了好人,高贵者变成了卑劣者。邪恶之人不知道如何区分善恶,因为他们缺乏 gnōmai[判断的能力]:

> 不知道如何判断[= 缺乏判断的能力]agathon[好]kakon

［坏］。（行60）

当饮酒过量时，酒同样会使得人们的判断（gnōmē）产生混乱：

> ［185］美酒让我头脑发沉，欧诺玛奇托斯呵！它征服了我，
> 我已失去良好的判断力（gnōmē），
> 整个屋子天旋地转。（行503－505）

醉酒者判断力的丧失、对酒的过度饮用以及颠三倒四的感觉，与城邦中的无节制以及随之而来的混乱和无序有着诗性上的类似。

17. 有长段诗句论述会饮时的合适举动（行467－496），其以节制为中心，并将诗人视作完美的阐释者。其中提出的规则涉及合适的待客之道，诗人说当他到达了饮酒的限度，他就回家（行475－476）。当一个人既非清醒也非烂醉时，宴饮聚会令人最感愉悦（行477－478）。谁超过了饮酒的限度，他便丧失了对自己的控制，不能控制他的言辞和行动（行479－483）。其中的信息是不要喝酒喝得过度，要在喝醉之前停止，或待着别喝（行483－487）。无法控制住自己喝酒的人会受到谴责，而那些喝酒不吵吵嚷嚷的人会受到称赞，正如诗人用kharis［满意］和没有eris［争斗］来描绘会饮的和谐理想状态一样（行491－496）。节制、秩序和对"尺度"的反复使用，各种信息使得这一段与注重勿过度观念的政治性段落在主题方面紧密相连。

18. 梭伦有首诗描写了一座城邦的毁灭，原因正是邦民在宴饮时过度和不能适当地行动：

> ［186］但邦民自身会被钱财（khrēmata）说服，
> 想要丧失理智地毁灭城邦（polis），
> 人民（dēmos）领袖的心智（noos）则毫无正义（dikē）。
> 他们强大的肆心（hubris）会导致他们遭受磨难。

> 因为他们不知道如何抵挡贪婪(koros),也不知道如何
> 使当下的欢乐(euphrosunē)在宴饮(dais)的平和(hēsukhiē)
> 中有序地(kosmein)进行。(梭伦,辑语4,行5-10,W)

在《忒奥格尼斯集》中,hēsukhiē[和平]也是一个政治术语。例如,诗人提到政治和平不会持续很久(行48),并且说hēsukhos[平和]的人能够像仲裁者一样有节制地行动(行331)。正如我们从上文梭伦所写的段落所见到的,这个单词能够用于会饮时的平和,也能用于政治的和平。此外,聚会和政治体都必须要有好秩序。在梭伦那里,kosmein[制定秩序]用在了会饮之中。在忒奥格尼斯这里,诗人会使家乡(patris)和城邦处于秩序之中(kosmēsō,行947),副词eukosmōs[秩序良好地]描绘了会饮中合适的行为(行242)。缺乏秩序描绘了一个城邦不适当的秩序(忒奥格尼斯,行677;梭伦,辑语13,行11),eukosma[秩序良好]则是良好礼法(Eunomiē)的象征(梭伦,辑语4,行32)。

19. 我现在将论述联结会饮与城邦的四个范畴中的第三个,那就是,机智和欺骗的主题。诗人的一个主要关注点是语言(glōssa)和心智(noos)之间的分歧,也就是一个人所说及其真实所想之间的分歧。这个观念因《伊利亚特》而众所周知,阿喀琉斯宣称:

> 那人憎恨我就像憎恨哈德斯(Hades)的大门一样,
> 他将事情隐藏在心中(phrenes),口里说的却是另一套。
> (《伊利亚特》,卷四,行312-313)①

《忒奥格尼斯集》中的诗歌列举了大量这类主题的例子。欺骗和避免受到欺骗的思虑在涉及会饮和非会饮行为中都有所表述。这一观念出现在以下诗句中:

---

① 亦可见《奥德赛》卷八,行165-177。

[187] 他们彼此欺骗、相互戏弄,

既不知(gnōmai)何谓卑贱(kakoi),也不知何谓高贵(agathoi)。

在这些人中,你交不到一个真朋友(philos),珀律派德之子呵!
在你心中(thūmos)无论出于何种需要。
言语上似乎人人都是朋友(philos),
但任何严肃事务都找不到人分担。
一旦付诸实践,你就会了解卑劣之人的心智(phrenes),
因为他们的行为不堪信赖,
与背叛、欺骗和诡诈为友(philoi),
恰如一群无可救药的家伙。(行59-68)

居尔诺斯受到劝诫,只在言辞上成为别人的朋友(行63),而不要在任何严肃的事情上信任别人,因为人们不值得信任,并且喜欢欺骗(行64-67)。在此,产生了一个矛盾。年轻人得去欺骗世界,因为世界想要欺骗他。他为了避免其他人的错误必然会陷入错误。

20. mētis[机智]是忒奥格尼斯劝诫居尔诺斯应当拾起的力量。这个单词从来没出现在《忒奥格尼斯集》中,但我认为"机智"能够归入gnōmē[判断力]和noos[心智]之中。就这些词来说,诗人常常劝告要将真实的意图隐藏在表面之下,以便避免其他人的诡计,这和对机智的描述一致,德蒂恩内(Detienne)和韦尔南(Vernant)对此进行过详细的描述。[①]机智是一种变动而多样的力量,用来应对多样而变动的现实。它是确保战胜其他强者的武器。它让一个人能看到过去、现在和未来,它是一种通过运用伪装来欺骗的力量。mētis[机智]欺骗敌人,将他引向歧途并使他受伤。词语 poikilos[多样化]、dolos[诡计]、poluplokos[复杂]和 polutropos[全面]常常用来描述它。正如德蒂恩内和韦尔南所解释的那样,mētis[机

---

① Detienne 和 Vernant(1978),页5-21。

智]的这一系列含义与忒奥格尼斯给居尔诺斯的建议一致。

[188]21. 当我们考虑到以下建议时,《忒奥格尼斯集》中机智和欺骗的重要性变得显而易见,这包括对它的使用和在别人那里察觉到它。甚至不要向朋友(philoi)泄漏个人事务,因为很少有人拥有一颗值得信任的心(noos)(行73 - 74)。无论谁,只要口(glōssa)里说一套,而心里(noos)想的是另一套,他就是一个坏伙伴(行91 - 92)。要意识到某些人当着你的面会称赞你,而转过身去又在诽谤你(行93 - 94)。如果一个伙伴口中说得流利,但心里想的却是另一套,他便不是好的hetairos[伙伴](行95 - 96)。没有任何事情要比知道伪君子(kibdelos)的真实本性更难了(行117 - 118)。而要弄明白虚伪朋友的心,则是最为困难的一件事:你必须像考察(动词peiraō)动物一样考察每一个人,因为外表"蒙蔽一个人的判断力"。你要对所有朋友展示出多样化的性情(poikilon ēthos),使你的性格和其他人的类似(行213 - 214、1071 - 1072)。成为一只章鱼,随环境而改变你的肤色,因为智慧比"不适应"更有力量,甚至更有德性(行215 - 218、1073 - 1074)。对仆人和邻居展示出不同的面相(行301 - 302)。不要暴露你自己(行359 - 360)。用言辞欺骗敌人,使之陷入毫无防备的境地,然后在他糊涂的时候攻击他(行363 - 364)。自己要守住心智,但口中要说机智的言语(行365 - 366)。有关一个人的性格,名声(doxa)没经验(peira)重要(行571 - 572)。朋友比敌人更容易背叛,因为后者在任何情况下都会保持一定距离之外(行575 - 576)。在弄清一个人真正性格之前,不要称赞他,因为人们隐藏他们kibdēlon ēthos[伪装的性情](行963 - 970)。①

22. 这类主题关涉到机智和意识到其他人具有欺骗性的训练之必要性,它们有规律地出现在描绘宴饮行为的诗行中。以下是某

---

① 亦见行313 - 314、415 - 418、447 - 452、1013 - 1016、1059 - 1062、1164e - 1164h以及1259 - 1262。参莱文(1984)。

些范例。宴饮中的众多同伴中,有少数在严肃的事情上值得信赖(行 115 – 116、643 – 644)。一个人在公共宴饮中应当有良好的感觉能力,开开玩笑,并假装每件事都逃出了他的注意,而在宴饮之外的场合,他应当坚强,认识到每个人的性情(行 309 – 312)。一个人的心智在他喝醉之前都深藏不露,但酒会将之暴露(行 499 – 502)。当别人在喝时,你也应当喝,但要表现出不胜酒力的样子(行 989 – 990)。[189]会饮和非会饮场合在有关性格多样性的建议方面,与以下两个对句相吻合:

> 让我拥有一个行动上的朋友(philos),而不是口头上的(glōssa)。
> 让他用行动和财物(khrēmata)为我尽力。
> 不要让他在混酒钵旁边用言辞哄骗我的心(phrēn),
> 而要以行动证明自己品质高贵,假如他做得到。
> (行 979 – 982)

表现在邦民日常生活中的紧张感被他们搬到了宴饮聚会。这个环节对于会饮是矛盾的,因为会饮场所还表现为逃离烦恼的平和之地(见本文 26 – 27 节)。

23. 忒奥格尼斯的诗歌对比了人们吃喝的场景(en sussitoisin,行 309)和外部世界(thurēphi,行 311):

> 在宴席中,一个人应当谨慎小心,
> 似乎什么也没注意,仿佛根本不在场,
> 让他同大家说笑,然而一旦置身事外,他又心智强大,
> 识得每个人的品性。(行 309 – 312)

当诗人描述某个正在吃喝的朋友时,他也作出同样的区分(行 115、643),但这并不是在提出严肃的事情之时(行 166、644)。虽然

"内部"和"外部"的区分仍然存在,他们却只提及了不同场景下的同一种现象。同样的欺骗出现且必然出现在两种背景之下。

24. 会饮是危险的,因为它展现了人们虚假地表现自身的另一种方式。正如一个聪明的邦民必须在日常政治和社会交往中认识到什么是欺瞒的言辞,甚至在会饮时也不应放松警惕,因为在表面上[190]处于融洽的友谊状态的共同体中他会放松下来。政治上的紧张和对抗会转移到会饮中去,后者因此会变成——用诗歌的语言来说——小型的城邦。

25. 最后,我们进入联结会饮与城邦的四个范畴中的最后一个——乌托邦的主题。在《忒奥格尼斯集》中,弥漫着一种渴望城邦和平以便安享狂欢之乐的氛围。如果诸神朝城邦微笑,人们可能就会高兴,特别是因为他们将能够一起无忧无虑地吃、喝、谈、唱。一个秩序良好的城邦让它的邦民得以接近黄金时代的体验,他们在那里高高兴兴地获益于 kharis[满足]、terpsis[享用]和 Muses[音乐]:①

> 愿这城邦和平富庶,让我得以和其他人痛饮狂欢(kōmos);
> 我不喜欢糟糕的(kakos)战争。(行 885 – 886)

人们寻求和平并憎恶战争,因为前者允许享用食物、美酒和伙伴的欢愉,而后者阻止它们。

26. 另外两个更长的诗段也表达了同样的感情(行 757 – 764、773 – 788)。两处都在吁求诸神,恳求他们保护城邦,对抗波斯;他们通过在邦民宴饮聚会中召唤来表现和平的状态,并且将战争和 stasis[内讧]视为会饮之平和的敌人。只有在没有麻烦的和平城邦之中,人们才能享受 kharis[欢愉]和 euphrosunē[快乐]、音乐、食物和舞蹈:

---

① 见下文第 29 段赫西俄德的《劳作与时日》行 109 – 120 中论人类的黄金时代及其各种形式,正义之邦(《劳作与时日》,行 225 – 237)。

[191] 愿居于苍穹之上的宙斯将城邦
永远握在他的右手之中,保佑她远离困境,
愿其他有福的不死诸神同样如此行事;
愿阿波罗让我们的舌头和灵魂正直;
让七弦琴和牧笛奏出神圣的旋律;
让我们向诸神献祭,
让我们畅饮,彼此愉快(kharis)交谈,
而无需为米底亚战争担忧。(行757–764)

27. 更长的一段,亦即第773–788行,甚至更加强调城邦,这是一段献给阿波罗的祷文。阿波罗是与宴饮及其中的欢乐联系最为紧密的神,他也是城邦及其邦民的保护者。注意在第773、776和782行对城邦一词的重申,以及第788行对父邦的最后一次提及。这一段还包含着乐器和庆祝与对波斯人(Persians)的恐惧之间的对比。此外,还存在着担忧希腊人之间因意见不合而产生争斗。在以上引用的第757–764行,满足kharis[愉悦]的对话是处于和平之中的城邦举行宴饮聚会时所享受的重要部分(行763),在接下来的段落中,terpsis[享受]也是宴饮中的重要方面,在父邦中同样如此(行787)。

福玻斯我主!既然是你建造了这座巍峨的大城(polis),
　作为赐予珀罗普斯之子阿尔卡托厄斯(Alkathoos)的kharis[恩惠],
那么现在,请让米底亚军队的侵犯(hubris-filled)远离这座城邦,
以使人们能在春天来临的euphrosunē[欢乐]节庆上,
向你奉上隆重的百牲(kleos-)祭,
[192]享受(terpsis)七弦琴和愉快的宴饮(kithara),

围绕你的神坛载歌载舞,尽情欢呼。
因为我实在担忧,当我眼见希腊人丧失理智(phrenes),
导致毁灭性的内部纷争(stasis)。
请你降临吧,福玻斯呵!我们城邦(polis)仁慈的保护神。
我曾踏上西西里(sicily)的土地,
我去过尤庇亚(Euboia)岛上密密层层种植着葡萄藤的原野,
我还到过斯巴达(Sparta),这伟大的城邦坐落于盛产芦苇的欧罗达斯(Eurotas),
他们带着前述的心智(phrenes),用友好(philos)的款待欢迎我到来。
可是他们都不曾让我内心(phrenes)欢喜(terpsis),
真真确确!终究没有任何地方比一个人的父邦更亲切可爱。(行773-788)

通过对一种黄金时代的生活的憧憬,诗人表达出对战争的憎恶和对在和平融洽中享受宴饮之乐的渴望,换言之,诗人渴望生活在一座没有战争、没有stasis[内乱]也没有仇恨或恐惧的城邦中,从而倍感幸福。

28. 值得注意的是赫西俄德对黄金时代的描述(《劳作与时日》,行109-120),其中包含了表现在忒奥格尼斯诗中的某些主题。黄金时代人们的thūmos[内心]无忧无虑(行112);他们远离劳作和艰辛(行113);衰老绝不会降临在他们身上(行114);他们享用(terpsis)宴饮,手脚仍然强壮有力,远离各种不幸(行114-115)。他们与受祝福的诸神和平相处(hēsukhoi),并受到他们眷爱(philoi)(行119-120)。①换句话说,赫西俄德的黄金时代中的人们生活在

---

① 此处暗示出他们与诸神一起用餐。有关会饮方面的hesukhiē[平和],见梭伦,辑语4.10 W,以及品达,第九首涅嵋凯歌,行48:"和平眷顾会饮"(hēsukhiā de philei sumposion)。亦见本文25-27节。参本书纳吉文,47节。

乡村,永久地处于和平之中,他们在充满活力的整个一生都享受着会饮的欢愉。赫西俄德将正义的城邦表现为与理想相似的状态,它是对黄金时代的重建(《劳作与时日》,行 225 – 237)。在正义受到尊敬的地方,城邦就繁荣,人民也一样(行 225 – 227)。和平眷顾大地,宙斯绝不会给他们送去战争(行 228 – 229)。他们生活安逸,没有烦恼;他们有大量食物,不用扬帆出海(行 230 – 237)。这同样是忒奥格尼斯的理想,在会饮和政治诗中都有表述。①

29. 有关酒的六行诗句(行 879 – 884)出现了同样的主题,其暗含的背景尚不清楚,[193]但对老人忒奥提穆斯(Theotimos)进行了描绘:"他从神那里获得荣耀(tīmē)"。酒用在忘记烦恼的场合,因此,说它由某个与诸神为友的人所发明,这很合适,例如赫西俄德笔下黄金时代的人。

> 饮吧! 这酒专为我而酿制,
> 在泰格图斯峰下,藤萝密布的山谷中,
> 诸神宠爱的老忒奥提穆斯亲手
> 从普拉塔尼斯透斯(Plataniatous)汲来冰冷的清水。
> 干了这杯! 你将消尽忧愁,
> 开怀痛饮会让你倍感轻松。(行 879 – 884)

30. 对城邦和会饮都重要的方面是 kharis[恩惠、满足、欢愉]。对宴饮欢愉的向往表达了一种渴望,渴望看到一个具有和谐的城邦,kharis 的复数形式 Kharites[美惠女神]拟人化使用表现了这种渴望(忒奥格尼斯,行 15 – 18)。追悼易逝的青春时日,因为它带走了享受宴饮和爱的能力,亦即带走了沉浸于缪斯和美惠女神的礼物之中的能力。第 757 – 764 行(段 26)和第 773 – 786 行(段 27)强调了城邦欢愉(kharis)的重要性:城邦应当处于和平状态,以便人们可

---

① 见本文 34 – 35 节。

以在宴饮中享受欢愉。阿波罗将欢愉赋予了城邦的英雄,他应该纠正邦民的舌头和心智,允许他们和平地享用饮酒的欢愉。

31. 在别的地方(行 1135 – 1150),诗人说只有女神 Elpis[希望]留在人类中间,让人想起赫西俄德的潘多拉(Pandora)故事,以及人类从之前受到祝福的生活堕落的过程。诗歌以一系列其他已经离开的女神向前推进,她们包括 Pistis[信任女神]、Sōphrosunē[明智女神]和美惠女神(行 1137 – 1142)。丧失美惠女神正好放在列举人类堕落后面,以此向有死凡人显示,这些女神对于人们彼此相处的社会和政治之重要。

32. 因此,并不奇怪,kharis[恩惠]及盛行其中的宴饮快乐会如此频繁地出现在忒奥格尼斯的诗中。诗歌表达了对青春的渴望,[194]因为此时 kharis 获得最大享用,朋友们融洽地聚在一起,享受音乐、美酒和友谊。诗人不断提及对高龄的憎恨这一古希腊诗歌的标准主题,不断提到一个人能够在会饮中获得的欢乐、在飞逝的青春背景下的狂欢,以及拥有欢愉(kharis)、享受(terpsis)、音乐、伙伴、快乐(euphrosunē)、性、食物和酒的渴望,这些都反映出对和谐城邦的渴求。

33. 总之,这位古代诗人对共同吃喝的描述和他对城邦的描述近似。在会饮和政治的背景下,都存在着对和平和欢愉的渴求,以及劝告从高贵者那学习好的事情,并避免卑劣者,劝告练习机智,留心节制。会饮乃是城邦的缩影。

附录一:阿里斯托芬和会饮

34. 会饮是社会性重要聚餐发生的唯一情境。很容易将会饮与以下情形相对比,男女都参与其中,涉及各个年龄阶段的人,代表各个阶层的人物都有出席。属于后者的范畴包含婚宴、田园宴会(picnics)和祭祀宴。虽然其他类型似乎都关注这些场合,但诉歌的教化(paedagogic)和贵族特性自然不会如此行事。作为谐剧诗人对这些主题的沉思,我们可以考虑阿里斯托芬的《阿卡奈人》,这部剧将和平的城邦处理成仿佛是一场宴饮。《阿卡奈人》的一个基本主题是对和平(eirēnē)的渴求,这通过该剧主角而得到表达,这位主角的名字是狄开俄波利斯(Dikaiopolis),这个名字的意思是"正义的城邦",这暗示了处于和平中的城邦证明了正义。当他和雅典的敌人交易后,狄开俄波利斯享用了各类食物(行 975)。歌队将战争描述为一位糟糕的宴会来宾(行 978 - 986)。和平由一场每个人都想享用的"宴会"(deipnon)(行 987 - 1002)来说明(行 1003 以下)。甚至雅典人拉马克斯(La - makhos)在最后也欲求宴饮超过欲求战争,而他的名字 La - makhos 会让我们想起战争。但是,他很不情愿地被迫放弃酒、食物和性去追捕敌人(行 1071 - 1083)。该剧最终以战争的支持者痛苦而和平城邦的代表赢得饮酒奖而结束(行 1197 - 1232)。

35.《阿卡奈人》表明,酒是和平的基础和本质,正如狄开俄波利斯的隐喻书写一样,[195]例如,当他意图喝下"和约"或祭酒的时候(行 199)!①阿里斯托芬在别的地方将和平女神描述为"最可爱的葡萄酒"女神(《和平》行 307,参行 502、596 - 597、706 - 708)。②

附录二:柏拉图笔下作为城邦范例的会饮

36. 柏拉图在《法义》前两卷中坚持认为,共同体和共同吃喝之间紧密相连,它们使会饮成为建立理想共同体的模型。柏拉图承接了忒奥格尼斯所表现的诗歌传统,柏拉图在《法义》(630A)中引述过他的诗句(行 77 - 78),引出他对会饮和城邦之间关系的完整处理。

37. 在《王制》中(562D),柏拉图谈到过一般性的民主制,认为它"渴求"自由并将之建立在糟糕的 oinokhooi[斟酒者]之上,因此

---

① 埃德蒙兹(1980),尤其是页 5。
② 埃德蒙兹(1980),页 20。

他们因饮自由之酒过度而"醉倒"(methusthēi),仿佛他们喝的是未兑水的烈酒(akrātou)一般。普鲁塔克重复了这里对不节制的民主隐喻描述(《希腊问题》18[《伦语》295C – D])。他提到了柏拉图所说的麦加拉的民主时期。反思哲人的叙述,他提到麦加拉人因分酒煽动家(dēmagōgōn oinokhoountōn)而堕落,后者给了邦民一种 akrāton[不掺水的、纯酒]味道的自由。他继续说道,穷人闯入富人的房子,要求以奢侈的方式吃喝。当他们没有得到他们想要的东西时,他们诉诸暴力和肆心。两个作者都将城邦中邦民拥有过多自由处理为宴饮者过度沉浸于饮酒之中。他们的政治行为不节制可以和宴饮中过度放纵相比较,这很像梭伦笔下不节制的民众领导者(辑语4,行9 – 10,见本文18节)。无论他们是否直接受到《忒奥格尼斯集》的影响,柏拉图和普鲁塔克的作品都是在该文学传统的影响下写成的,这一传统将邦民和狂欢者等同看待,这已很清楚地在《忒奥格尼斯集》中得到证明。

38. 忒奥格尼斯和柏拉图那里的政治—会饮传统,因 basanos[试金石]这个单词而更为紧密地联系在一起。它在柏拉图《法义》中集中(649D – 650B)出现过三次,[196]涉及会饮作为个人性情的"游戏式检验"发生场所来使用。忒奥格尼斯以同样的含义使用过词语 basanos,用来表达对一个人真正价值的检验。诗人断言,当他受到检验时,他被视为纯粹的(行 415 – 418、447 – 452、1164e – h),而且,试金石(basanos)会是查看一个人是否配得上好名誉的好方式(行 1105 – 1106)。使用所谓的"吕底亚石头"(Lydian stone)来检验金子只是一种诗性的比喻而已,表示对一个人内在本性的检验(参拉尔修,《名哲言行录》,1.71;Adespota Elegiaca 22 W = Stobaeus 1.8.15;品达,第十首皮托凯歌,行 67;第八首涅嵋凯歌,行 20,辑语 112,行 16 SM;Baccylides,辑语 14 SM;索福克勒斯,《僭主俄狄浦斯王》,行 510)。人们可能会在这里想起忒奥格尼斯强调需要发现一个人的真实价值,同时隐藏自身的真实自我,无论是在会饮还是在政治场合都是如此。柏拉图的阐述完全和传统思考方式合拍。

39. 在《法义》第二卷结尾(674A),柏拉图总结了他对理想城邦的描述,说酒应当被城邦适当地用来创造好邦民。城邦应当控制酒的生产,并对其使用设置规则。他制定了一系列的饮酒年龄限制(666D)。18 岁以下的年轻人不允许喝酒。18–30 岁的人允许有节制地喝酒,但禁止醉酒。而 40 岁及以上的人,允许醉酒,以便使性情软化。(但他没给 30–40 岁之间的人制定规则。)对年轻人喝酒的严苛要求,不仅让我们想到柏拉图向来所持的保守态度,也让我们想起忒奥格尼斯的诗句:

> 孩子,不要在狂欢(kōmos)中放纵,而是要听从老者。
> 年轻人在 kōmos[狂欢]中放纵并不合适。
> (行 1351–1352)

《忒奥格尼斯集》第二卷中的爱欲与城邦

刘易斯（John M. Lewis） 撰
董晓博 译 张芳宁 校

[197] 1. 正如我们所知，《忒奥格尼斯集》分为两卷，其中第二卷似乎来源于一个完整的文本：它是通过一种相当机械的方法，把文本中充满爱欲内容的段落剔除出来并重置于文本的末尾。在怀斯特（Martin L. West）对忒奥格尼斯作品的流传史进行重建的过程中，就这位摘录者如此行事的动机和步骤，他提出了一种相当值得认可的解释，也提供了这位摘录者进行这些活动的可能时间（公元900年）。①

2. 怀斯特关于第二卷形成的解释和他的这个结论一致："[第二卷中]没有任何内容看起来晚于公元前5世纪"（West，页43）。既然怀斯特已经假设忒奥格尼斯的文本中存在着一个"重排"，那么毫不奇怪，他的这一结论是成立的。维塔（assimo Vetta）新近出版的关于第二卷的注疏在一些细节上也证实了怀斯特这一结论。维塔强调，第二卷中充满爱欲内容的段落和第一卷中的某些段落一样，都有证据证明它们创作于一种会饮背景中；而且，它们和第一卷中的段落完全共享了词汇、风格、种属类型和社会政治的主题（Vetta，1980，前言，页11）。维塔也清楚地表明，将第二卷中充满爱欲内容的段落同它们和主题的联系以及忒奥格尼斯作品作为一个整体的创作意图分割开来，

---

① 见West（1974），页43－45。同时他也注解：术语"第二卷"的使用仅仅是为了方便，并没有关于忒奥格尼斯全集历史和流传的暗示。注意：本篇所讨论的一些重要的希腊单词在引用的时候并没有加以注释。然而，所有此类的单词，都可以在本书末尾的词汇表中找到。

是不可能的。更准确地说,居于其中的 paiderastiā[男童恋]组成了麦加拉贵族 paideiā[教育]中思想和实践上的一个重要维度。

[198] 3. 如题所示,本文的目标是探索《忒奥格尼斯集》第二卷中爱欲和政治之间的内在联系。我先从爱欲开始。

4. 第二卷中有些段落可以严格地定义为"充满了爱欲",在它们中间出现了爱若斯(Eros)和阿芙洛狄特(Aphrodite)的名字或修饰词——这两位神主管爱欲,无论是精神上的还是肉体上的。在三个充满爱欲的段落中(行 1231–1234、1323–1326、1386–1389),神的名字或修饰词以呼格的形式出现,所以每一次都是(至少形式上是)一个赞美式的祈祷。通过对其中两段的检查,我们可以看出:语言的类似祈祷的特点除了含有吁求意义之外,还包含了某种句法和风格上的特征。首先以第二卷的开篇为例:

> 无情的爱若斯啊,疯狂女神攫住了你,并哺育你:
> 因为你,伊利昂高大的城墙倒下了(perished);
> 埃勾斯的儿子,伟大的忒修斯,倒下了;埃阿斯倒下了,
> 高贵的(esthlos)人,俄琉斯之子——因为他们自己的狂妄。
> (行 1231–1234)

这里 ōleto[倒下]的三次重复和一对 se…sethen[你……因为你],暗示出这段话有类似祈祷的特点:在希腊人的祈祷中,这些词通常被当作"归因"或"重复"的例词,事实上世界各地都是如此。神的本性被掩藏起来,而神得以被称颂却是通过关于他的一系列短促、平行的陈述。在一段有关生于塞浦路斯的阿芙洛狄特的表达中,祈祷的话语采取了这样一种形式,它由一系列简洁的请求或恳求组成:

> 生于塞浦路斯的人儿啊,停止我的痛苦吧,驱散那些
>   咬噬着我 thūmos[灵魂]的忧虑,使其复归于 euphrosunē[欢乐]之时。

> 让我远离邪恶,给我一个快乐的 thūmos[灵魂],
> [199]以便青春不再时,我能够实现 sōphrosunē[节制]。
> (行 1323 – 1326)

我把表示短促恳求的祈愿式动词形式加为重点,这些词出现在所有的祈祷中。①归因和恳求(礼拜者认为其中包含了神的力量,并希求把力量中较低的部分引向自己),总是联系在一起的。二者都是创造和保持凡人与神之间联系的方法。正因如此,它们都属于宗教语言中"实用主义"的领域。

5. 其他严格来说同样充满爱欲的段落,并没有提到爱若斯或阿芙洛狄特,而是告诉我们一些与其中一位神相关的事情。这些和神有关的 logoi[言辞],提供了一些声称是神话的例子来解释或表明就神圣行为而言尘世生活的变迁。这些段落包括一个描述爱若斯到来的诗节:行 1275 – 1278;三个提及阿芙洛狄特 dorā[礼物]的诗节:行 1283 – 1294、1327 – 1334 和 1381 – 1385;一个涉及阿芙洛狄特 erga[作品]的诗节:行 1305 – 1310;还有一个庆祝阿芙洛狄特把说话者从热望中解救出来的诗节:行 1337 – 1340。还有一个相关的神话的例子可以在行 1341 – 1350 中找到,它详述了宙斯对该尼墨得斯(Ganymede)的强暴。②

6. 如果说这些段落从严格意义上讲充满了爱欲,那么整个第二卷从另一种意义上说都充满了爱欲,因为它认为人类的行为都受爱欲影响。第二卷中充满爱欲的段落事实上都与男童恋有关,换言

---

① 见 Vetta(1980,前言,页 28)中对忒奥格尼斯集和《宴饮诗集》(Carmina Convivialia)中的其他"赞美—祈祷"段落的描述。关于"赞美—祈祷"类型的讨论可以联系萨福(Sappho)残篇 1 V/LP(Page,1955,页 16 – 17),从丰富的二手材料中可以选出一些有用的素材。

② Vetta(1980),页 119 – 120 概括总结了以下几点:对于这个诗行所标注日期的争论、随后的对于该尼墨得斯的提及、该神话与 erastēs[有情人]实行自我辩护的关联。

之，都涉及较年长的男性和青少年之间具有情爱关系的传统，这一传统在后世被高度系统化和制度化了。最后，这样的关系中较年长和较年轻的参与者分别被称为 erastēs[有情人]和 erōmenos[情人]。为方便起见，在后文中我也将使用这两个名称。

7. 把这些充满爱欲的段落分成两类是可能的，并可以将吁求时呼格是否出现作为区分的标准。[200]其中有 19 个段落包含着呼格"哦, 孩子"[(ō) pai]这一有情人对情人的爱称。这些段落同上面第四段中所讨论的富含赞美的祈祷一样，是"实用主义"的；也就是说，无论它们是否包含着能够替换"(哦)孩子"这种称呼的其他合适名称，它们都代表着这样一些言辞行为：一个处于实际爱欲关系中的有情人可以借助这些言辞来创造、维持或结束这种关系。在这些段落之外，第二卷中只有一段话包含呼格：Kurne[居尔诺斯呵]，在第 1353 – 1356 行。这个在第一卷中如此普遍出现的名字，在这儿出现于一个描述爱欲对体验过它的有情人发生苦涩影响的段落中。由于缺乏命令或恳求的迫切感，这段话和包含"(哦)孩子"的其他段落区分开来。

8. 第二卷有四段话包含不是呼格的第二人称形式。其中三段在意义方面无疑充满了爱欲：行 1241 – 1242、1363 – 1364 和 1373 – 1374。此外，行 1239 – 1240（也许还要加上行 1238a – b）在这一点上的特征不明晰。在这四段话中，说话者权威般地面对他的言辞对象：他警告、命令或谴责。因此，如果这些段落是充满爱欲的，那么，它们都出自一个有情人之口，而非一个情人之口，正如所有那些带呼格的段落一样。这一点不必引起我们的惊异，因为它符合男童恋教育的理想。有情人提供给情人的主要益处是"教导"（参行 1235、1321），而在所有这些段落中，说话者都在进行教导。

9. 剩下的充满爱欲的段落可以用一种反面的标准来区分：它们不包含第二个人的出现，无论是否使用呼格。因此，它们可被视为"非实用主义"的沉思或对爱欲关系的冥想。在其中六个段落中，有情人描述了去爱或不再去爱一个情人是什么样子：行 1255 –

1256、1335 – 1336、1337 – 1360、1369 – 1372 和 1375 – 1376。其中第一和第四个例子中,动词 philein[成为 philos(情人)、去爱]在结构上和 pais[孩子]出现在一起;其余四个例子也或多或少随着 pais 一起包含了动词 erān[去热望、去爱]或这个动词的衍生词。主题方面和这一组例子相关的另外两个段落没有出现这样的搭配:其中一段描述一个男孩的 noos[心智]是怎样的(行 1267 – 1270),另一段描述他的 kharis[感谢、回报]是怎样的(行 1367 – 1370)。

10. 至此,我已分析了第二卷 166 行诗中的 150 行。在未分析到的八段话中,[201]有四段重复了第一卷中的内容——其中三段包含 philos[情人]或它的某个衍生词,还有一段(行 1278c – d)是对晦涩难解且"臭名昭著"的行 949 – 954 开端的重复——这段话被不同的人视为是政治性的或充满爱欲的。另外三段是一组,描写的是失去的友谊或是对未来敌意的预兆,因此可能适用于爱欲主题。最后一段告诉我们这样的男人是 olbios[幸运的],他拥有着可以作为 philoi[情人]、马、狗和 xenoi[客人]的男孩子。① 除去仅有的一段,第二卷中所有可能事关爱欲的段落都包含着 philos 的一种形式或一个衍生词,这暗示出该词汇家族内部深植的不确定性。philos 何时只是一个朋友,何时又是一个性伴侣?毫无疑问,第二卷的摘录者不能或者不愿总是作出区分。

11. 结束了对《忒奥格尼斯集》第二卷中充满爱欲的段落的研究,并对其中"实用主义"和"非实用主义"的段落作了区分之后,现在我要对《忒奥格尼斯集》第二卷中充满爱欲的政治元素进行考量。但是,我的起点是第一卷而非第二卷中的一个段落:

> 要勇敢,thūmos[灵魂]呵!即使遭遇难以承受的事情

---

① 众所周知,柏拉图《吕西斯》242E 处把 philoi[朋友们]和 paides[儿子们]都作为名词性实词。一些《忒奥格尼斯集》的评论者接受了柏拉图的观点;关于对引证双方就这一问题之争论的总结,参见 Vetta(1980),页 60 – 61。

(atlēta);
怯懦的心魂更容易被激怒。
不要强调你的不幸(algos),对那些没做过(或做不到,aprēkta)的事儿
对这些事说个不停,也别谈论曾经做过的丑事,别让你的philoi[朋友]难受
别让你的敌人们(ekhthroi)找到庆祝的理由。
没有哪个凡人,能轻易躲避神命定(heimarmena)的礼物,
即使他潜入深紫色大海的海底,
或是已经被阴沉沉的塔尔塔罗斯抓住。(行1029－1036)

[202]为了方便,我从这儿开始,因为第二卷中没有段落对作品的政治性内容作这样的反思。

12. 说话者的烦恼是一般的、非特殊的,但其传达的态度值得注意。这段话表面上看起来充满英雄气概,甚至有点奥德修斯的特点,因为它以命令式的 tolmā[要勇敢]开篇,还有与其相关的、在荷马史诗中经常用在奥德修斯身上的修饰词 polutlās[难以承受的],这位英雄 polla…en pontōi pathen algea hon kata thūmon[thūmon(心)中忍了许多痛苦,挣扎在浩淼的洋域](《奥德赛》卷一,行4)。忒奥格尼斯段落中的规劝"要勇敢"是绝对的,因为说话者令其 thūmos[灵魂]在不幸中去承受,尽管他正遭受着 atlēta[不能承受之事];这个词和这行开头的命令式(tol－mā…a－tlē－ta)源自相同的动词词根。同样地,正如承受着求婚人诅咒的奥德修斯的坚忍为《奥德赛》提供了很多戏剧性的张力一样,《忒奥格尼斯集》中的说话者也使其灵魂"冷漠地"面对苦难,因为这样的自我控制会尽可能明晰地将其行为和 deiloi[卑贱者]区分开来(行1030)。后者在言辞上缺乏自制,这是第一卷中常见的主题(如行611－614)。由于说话者隐含的态度在英雄那里获得了回应,第1029－1036行就不再是一个不折不扣的谜,但它仍然要求一种类似于出谜、解谜的想象力。

在这个意义上,ainos 作为颂诗和谜语的双重意义统一于一种自我颂扬的行为。① 一个奥德修斯般的谜样的要求,同时也具有一种政治性的力量(valence):它将说话者和他的听众与史诗中的英雄联系起来,同时使他们远离 deiloi[卑贱者],从而具备了拥有政治力量的资格。

13. 我将继续分析《忒奥格尼斯集》第 1029 – 1036 行,考查反义词组 philos/ekhthros[朋友/敌人]和概念 heimarmena dōra[命定的礼物]。如其所现,这两个主题有一种内在的联系。对不妥当的行为的一个警告——要给朋友和敌人各所应得——可以这样表达:勿给朋友痛苦,也勿给敌人欢愉。应当让两类人各得其所,朋友获得欢愉、敌人得到痛苦。还有另一种阐述相同意思的表达,见于梭伦对记忆女神的祈祷,他将

> [203]甜蜜地对待 philoi[朋友],苦涩地对待 ekhthroi[敌人],示前者以尊敬,给后者以恐惧。
> (梭伦,辑语 13,行 5 – 6W)

这两行诗句中值得注意的是对一组对立形象的两次吁求,且分别采用六音步诗行表达味觉感官和五音步诗行表达视觉感官。glukus[甜蜜]和 philos[朋友]的联合也见于《伊利亚特》,雅典娜显现在阿喀琉斯面前且令其战斗:

> 其时,对于他们,比之驾坐深旷的海船回家,
> 返回亲爱的(their own, philē)故乡,战斗要来得更加甜蜜诱人(glukiōn)。(《伊利亚特》,卷二,行 453 – 454)

---

① 关于对本书中 ainos[可怕的、可畏的]的相关讨论,尤其可参纳吉文 2 – 8 节和埃德蒙兹文 13 – 22 节。

回家,回到一个人的故乡,说是 philē[亲爱的],部分上是因为这是自己的,且 philoi[朋友们]也在故土,所以这可能是甜蜜的,但在女神激励下的战争更甜蜜。甜蜜和朋友的词语联合也出现在《奥德赛》中,当奥德修斯用以下简短而晦涩的方式开始了他对冒险之旅的叙述:

> 所以,说到底,最亲的(glukion)是自己的父母、
> 故乡,即便居家丰腴之地,
> 客留外邦,远离自己的爹娘。
> (《奥德赛》,卷九,行 34–36)

在这段话中,philos 的位置被反身代词 hēs[某人自己的]这样一个语义学上的同义词取代。关于甜蜜产生于朋友关系的一个充满爱欲的文本可见于品达:

> 他心中(phrēn)甜美(glukeia),拥着他饮酒狂欢的同伴,
> 远远超过了辛勤劳作的蜜蜂。
> (品达,第六首皮托凯歌,行 52–54)

[204]因此,有朋友相伴是甜蜜的经历,配得上产生甜蜜行为的"甜蜜心智"。

14. 同样,pikros[悲苦]经常出现于友谊被拒绝或敌意被确定的时候。当奥德修斯伪装成一个乞丐出现在他自己的家中时,求婚人安提努斯(Antinoos)辱骂他:

> 是哪位神灵致送 aniē[苦痛],糟践我们的宴享?
> 走开点,站到中央,离开我的桌旁,
> 免得去那悲苦的(pikros)埃及或塞浦路斯遭殃。
> (《奥德赛》,卷十七,行 446–448)

在此,我们注意到一个人的故土是 philē[亲切的],但一个遥远的国家是悲苦的。对安提努斯来说,奥德修斯是一个 aniē[苦痛],配不上宴会上的尊位。安提努斯用威胁的语气暗示,如果这个乞丐不待在自己的地方,伊塔卡对他来说就会是悲苦的,就像他曾经在遥远的埃及感受到的那样。地理上的分割导致敌对:那些远离你的人很可能都是敌人。正如防卫是针对敌人的,philoxeniā[殷勤待客]是给予朋友的。正是在这一背景下,我们可以断言:当奥德修斯回到家里时,求婚人终将遭遇一场 pikrogamos[悲苦的婚姻](《奥德赛》,卷一,行 266;卷四,行 346;卷十七,行 137)。这一 gamos[婚姻]事实上将与人们对婚姻的预期相反,即,这场婚姻将导致求婚者死于 ekhthroi[敌人]之手。

15. 回到梭伦辑语 13 第 5 行,我们现在可以更清楚地理解他的意思。甜蜜地对待朋友是为了在他们之间制造一种和家、父母或盛宴一样的效果,即 euphrosunē[欢乐]。相反,苦涩地对待敌人是为了成为他们的苦痛,是为了引起他们的痛苦、损失以及(如果可能的话)死亡。

16. 上文已经提到,梭伦诗节中的感官吸引是双重的:先是味觉,然后是视觉。一种类似的双重感官吸引也见于《忒奥格尼斯集》,但这一次先是味觉,然后是触觉:

> [205]对佣人、家奴和你门边的邻居,
> 要既苦(pikros)又甜(glukus),软(harpaleos)硬(apēnēs)兼施。(行 301 – 302)

在此,就建议如何对待那些并非朋友但又每日接触的人来说,软或硬的行为被赋予了双重的维度。这两行诗句清楚地向居尔诺斯指出,面对这样的人群时,要采取一种可变通的态度。只有朋友才有权利期待你会特别甜蜜地对待他们。总结如下:

身份	philos[朋友]	non-philos[非朋友] [佣人、家奴或邻居]	ekhthros[敌人]
行为	glukus[甜蜜] harpaleos[软]	glukus/pikros[甜蜜/苦涩] harpaleos/apēnēs[软/硬]	pikros[苦涩] apēnēs[硬]
行为造成的结果	euphrosunē[欢乐]		aniē[苦痛]

17. 值得注意的是,刚才引用的两行六音步诗句也见于第二卷一个充满爱欲的段落:

> 苦涩(pikros)或甜蜜(glukus),温软相待(harpaleos)或冷硬相对(apēnēs)
> 都是肉体的欲望(erōs),对年轻人来说,居尔诺斯呵,直到它达其目标。
> 你若实现了目标,将甜美无比;但假如你追逐,
> 却失败而归,就会苦痛(aniē)至极。(行1353–1356)

从上述我所列出的关系网格来看,这段话的意思很明确。如果说话者的erōs[爱欲]对象拒其追求并待其如敌人,那爱欲对他来说,就会尝起来苦涩、感觉起来坚硬,但是如果被欲求的男孩接受了求婚人的追求并待其如朋友,[206]这同样的爱欲就会尝起来甜蜜、感觉起来柔软。①

18. 《忒奥格尼斯集》第561–562行提醒我们,如果可能的话,我们应该从我们的敌人那里拿来好东西,因而造成他们的苦痛,并

---

① 关于阿里斯托芬作品中出现的一种特别的感觉(apēnēs[两性之间的令人泄气的感觉]),参Vetta(1980),页126。

把这些好东西给我们的朋友,以产生欢乐。①在第 561–562 行中作为禁令从反面处理的问题在别处从正面进行了处理:

> 让广袤厚重的天空从上面掉下来,砸在我身上,
> 如这土地上生长的人们所恐惧的那样,
> 假如我不帮助那些是我 philoi[朋友]的人,
> 也不伤害我的 ekhthroi[敌人],不让他们的生活无比 aniē[悲惨]。(行 869–872)

19. 不能公正地将苦痛分配给敌人,并将欢乐分配给朋友,就会变成 deilos[不幸的人]:

> 唉!我这 deilos[不幸的人]!由于 deila[不幸的遭际],
> 我已成了 ekhthroi[敌人们]的笑柄,philoi[朋友们]的累赘。(行 1107–1108 = 1318a–b)

在此,说话者遭受的 deila[不幸]使其成了一个 deilos[不幸的人],他遭受了 ponos[苦痛]——一个语义上和 aniē 等同的词。他不仅未能从其敌人那里取走他们的欢乐,反而以朋友为代价使敌人享受了欢愉。一个不幸的人再也无法参与那个予和取的系统:在朋友们中享受自由而在敌人们中遭受强迫——这一点创造并维持了朋友和敌人之间的关系。[207]在社会层面上,苦痛是由一个做出敌人行为的人所造成的不适,无论他是一个真正的敌人还是一个伪装的朋友。在那些社会准则强令反其道而行的地方,即让朋友来制造痛

---

① 关于礼物交换对维持朋友(philos)和客人(xenos)关系的重要性,可参见 Finley(1977),页 64–69;关于以己之善报敌(ekhthroi)之恶的责任,可参见 Finley,页 77(族仇)。"互惠主义"的主题在本书的其他地方也可见到(见本书多兰文,3 节,以及他对于 Benveniste 关于 philos[朋友]的评论)。

苦,这种不适变得尤其强烈。这样一种窘况会出现在男童恋的语境中,这可以从第 1107—1108 行和第二卷第 1318a—b 行的重复看出。

20.《忒奥格尼斯集》中最后还有一种类型的 aniē 备受关注。第 75—76 行建议居尔诺斯只信任极少数人,以免受到一种 anēkeston…aniēn[不可治愈的……痛苦]。此外,在《忒奥格尼斯集》第 257—260 行,母马发现让一个卑贱之人作骑手是一种痛苦。最后,第 209—210 行中提到的那个身处困境的放逐者发现:引起他痛苦的最大原因是他没有 philos 和 pistos hetairos[忠信的友伴]。① 忒奥格尼斯作品中处理朋友的大部分段落表明:它们的主要人物全然不是朋友,相反,这些人物从其行为看起来更像是敌人。社会,即包括朋友关系的网络、宾主联系的平行结构、家庭(如《忒奥格尼斯集》第 271—278 行谈到子女的忘恩负义)以及除此之外的敌人,都有可能成为苦痛的来源。因此,由社会生活的紧张状态所引起的痛苦可以被理解为忒奥格尼斯第 1029—1036 行(本文 11 节所引)中所忍受之不幸的核心内容。

21. 然而,在《忒奥格尼斯集》第 1029—1036 行,说话者的痛苦经历被视为是命定的。诸神也可能和特定的凡人发生联系,或作为朋友或作为敌人。② 他们的永生不死使他们在任何程度上都比人优越,因此,一种诸神和凡人之间的隔绝感以及神赐予的礼物这一观念弥漫在下述诗行中:

> ……没有哪个 thnētos[凡人],能轻易躲避
> 神 heimarmena[命定的]dōra[礼物]。(行 1033—1034)

---

① 关于忒奥格尼斯笔下的贵族在寻求 philos kai hetairos(朋友或忠诚同伴)过程中所遭遇的困难的完整叙述,可参本书多兰文。

② 因此佩琉斯对于不死的诸神来说是朋友,见赫西俄德,辑语 211.3 MW;因此对于珀勒洛丰(Bellerophon),尽管最初宙斯喜欢他,但后来诸神都讨厌他,见《伊利亚特》卷六,行 200。

"不能轻易躲避"其实只是一个"曲言",因为凡人根本不能逃脱神命定的礼物。比较一下《荷马史诗》中描述过的对人来说困难或不可能的事,[208]对神来说却很容易的那些段落。①回忆一下之前有个段落提到不要过多谈论 aprēkta[没有发生的事、无法完成的事],来对比当赫拉企图引诱宙斯时,阿芙洛狄特对赫拉说:

> ……无论你 phrenes[心]想什么,
> 我以为,你不会 aprēkton[不达目标]。
> (《伊利亚特》,卷十四,行 220—221)

22. 由于诸神和凡人之间的不平等,他们之间缺少任何朋友关系中都有的一个重要元素,即互惠主义。诸神和人在他们能给予的东西上是如此不平等,同样地,在保持他们各自地位的基础上,他们所能收到的回报也是不一样的。因此,诸神首先是他们所喜之人的朋友,而且他们和凡人的关系仅在一种有限和类比的方式上与凡人之间的关系相像。用萨姆尔(Sumner)的话来说,诸神形成的既非一个我们可与之打斗的外群体(out-group),亦非一个我们可与之公平分配的内群体(in-group)。②严格意义上,他们同时处于朋友和敌人的关系之外:

---

① 注意:一个凡人很难将有魔力的白花黑根魔草(荷马在史诗《奥德赛》中述及赫尔墨斯将此草给予奥德修斯以解女巫基尔刻之咒)连根拔起,但诸神可以做任何事情(《奥德赛》,卷十,行 303—304)。《伊利亚特》中的一个套语提醒我们宙斯可以很容易地迫使一个勇士逃跑(比如《伊利亚特》卷十七,行 178)。

② Sumner 对于这些群体更早使用的术语是 we-group 和 others-group (Sumner,1906,页 12);更为熟悉的术语是 in-group 和 out-group,他 1911 年关于战争的评论文章中提到这两个术语(Sumner,1963,页 35)。

没人能交笔 apoina[赎金]就逃过一死,或躲过大灾大难,
除非 moira[命运]让它停止,
也无法免于忧愁,当神灵降下 algea[痛苦],
虽然终有一死的凡人,都 phrenes[心]愿逃避这些礼物。
(行 1187 – 1190)

　　礼物是我们给予朋友的东西,它们是能够维持朋友关系的媒介。心甘情愿、自发主动或不计报酬的想法,[209]加强了"礼物是给予朋友的"(行 1190)这一观念。而 apoina[赎金]是付给那些占有你的东西,并像敌人一样阻止你得到这个东西的人。因此,赎金是付给敌人以求避免或消除其敌意的抵偿物。赎金(如同"礼物")是社会秩序正当的且起调节作用的一部分。但是当有死之人处理与诸神或者那些阴暗力量——死亡和命运——的关系时,他们无法使用人类之间相互关联的方式。因此,这个世界始终是一个充满危险又不可预测的地方,且被那些高深莫测的存在统治着。与诸神交好是一件好事,正如《忒奥格尼斯集》第 881 行的忒奥提穆斯或者第 653 行说话者最后希望成为的,但很少有人达到这一幸福的境地。

　　23. 同时,由于说话者无法知道其邦民伙伴是朋友还是伪装成朋友的敌人,因此,他的社会行为会受到约束;同样,在诸神那里,他同样要面对一些不可知的行为。针对这一双重的黑暗背景,我们现在可以更进一步地考虑 theōn dōra[诸神的礼物]这一概念,以便可以正确地解释阿芙洛狄特的礼物。让我们从《忒奥格尼斯集》中仅有的一个某个神给另一个神(宙斯给阿芙洛狄特)礼物的事例开始:

出生在塞浦路斯的女神,美神,谎言的编织者啊!
宙斯赐你何种光彩夺目的 dōron[礼物],以示对你的褒奖?
你驯服人的癫狂 phrenes[心智],这心智既不属于勇敢

之人,

也不属于明智之人,正如逃离你的那些人一样。

(行1386－1389)

当一个神给出一份礼物,他给的是荣耀:这情形有益于有死之人。(参第881行提到的名字忒奥提穆斯[从神那里获得荣耀(tīmē)的人]。)

24. 在此启发下,我们想到,惯用语 makar eudaimōn te kai olbios [有福、幸运和幸福的](行1031)经常用来描述一个天生拥有诸神礼物的人。这个惯用语所褒扬的人是诸神的朋友,他因此是 makar [有福的]——这个适合于诸神的修饰词现在被用来形容他,于是他得以分享诸神的赐福。① 因为得到了诸神所承认的 olbos[财富] [210](行165－166、373－392、865－868),所以他能在凡人生活领域中(包括男童恋)参与朋友关系的互利互惠(行1253－1254、1335－1336、1375－1376)。他不像那些可怜虫,既没有可交换的财产,也没有力量为其朋友创造欢乐或为其敌人制造悲苦。对于前者,他是甜美的;对于后者,他是苦涩的。与此同时,他也意识到朋友常常是假的,而诸神的礼物有时则是坏的(比如说令人沮丧的老年,参行271－272)。他在社交领域中的经历并不稳定,总有陷入混乱无序状态的危险,因为朋友常常不值得信赖,诸神常常把财富和力量赐予卑贱者。作为四面楚歌的贵族朋友圈中的一员,他这个 erastēs [有情人]邀请其 erōmenos[情人]加入这一精英团体。

25. 这个团体的自我定义恰恰融合了政治性和充满爱欲的主题:

我无意糟糕地对待你,即便这样做对我更好,

哦,漂亮的男孩啊,就永生诸神与我的关系来说。

---

① 见 Liddell－Scott－Jones,《希英辞典》(*A Greek－English Lexicon*,简称 *LSJ*),"makar[幸福的,有福的]"条。

不，我并非因为一点儿小错就悄无声息地审判你。
但是，漂亮的男孩子们就算违背 dikē [正义] 也不会受罚。
(行 1279 - 1282)①

此处暴露了社会要求和爱欲要求之间的僵局。有情人已被他的情人伤害，诸神的正义观要求他寻求报复。不惩罚情人，相当于违反了朋友之间如何相处的行为准则，并且还会引起诸神对有情人的愤怒。然而正如最后一行(行 1282)所暗示的，一个漂亮的男孩从不因其过失受罚，因为他受到其漂亮的保护，而漂亮是他年轻的组成部分，年轻本身则是诸神的礼物(行 271 - 272)。爱欲生出无序。这一点可考虑第二卷的开端：

[211] 无情的爱若斯啊，疯狂女神攫住了你，并哺育你：
因为你，伊利昂高大的城墙倒下了；
埃勾斯的儿子，伟大的忒修斯，倒下了；埃阿斯倒下了，
esthlos [高贵的] 人，俄琉斯之子——因为他们自己的狂妄。(行 1231 - 1234)

这段话包含了一个小型的诸神谱系，在这里爱若斯是被疯狂女神抚养长大的。而且，这一系列例子(特洛伊、忒修斯、埃阿斯)也勾画出了爱若斯影响下的社会传统中被忽视的暴力，就像疯狂有时会导致勇士对自己的家园发动战争一样。② 帕里斯诱拐海伦违背了婚姻的纽带和宾主之谊，最终导致特洛伊的毁灭。忒修斯和庇里托俄斯(Perithoos)合力试图抢夺珀尔塞福涅(Persephone)，这一行为直接威胁到活人与死人、神与人之间的界限，同样也是对婚姻的侵害。俄

---

① 这一段异文是基于一个校订，相关讨论可参 Vetta(1980)，页 76 - 77。
② 对于这个主题的讨论，参 Dumézil(1970)，尤其是页 105 - 107 关于勇士违背三个职责所犯下的过失，以及页 133 - 137 关于 Cúchulainn 的最初战斗。

琉斯之子埃阿斯对阿波罗的女祭司卡珊德拉(Cassandra)实施了性侵犯。在每个故事中,爱若斯都煽动凡人去冒犯人和神的秩序,他由于总是煽动别人进行一些 atasthaliai[鲁莽的行为]而被称之为 skhetlios[无情的、残忍的]。①说爱若斯是无情的,不仅仅是因为他使其受害者遭罪,还因为他激起他们和他自己相似的破坏性的残忍。在这种情况下,他就像一个受肆心控制的处于疯狂战斗状态中的勇士。

26. 关注一下《忒奥格尼斯集》中另外一个关于肆心的段落:

> hubris[肆心妄为],已毁灭了马格尼西亚、科洛丰和士麦拿;
> 居尔诺斯呵! 它也将摧毁你们的城邦。(行1103－1104)

这一对句和它前面的对句相关:②

> [212]无论谁劝告你,有关于我,
> 劝你摒弃我的 philiē[友情],并离开……(行1101－1102)

这里暗示了,同摧毁城市的肆心一样,背叛 philiē[友情]也是一种肆心。虽然这一并置一开始可能显得勉强,但它符合《忒奥格尼斯集》中的一个主题特征:一座城邦能够幸存是因为它的勇士们相互之间都是朋友,并且分享着一种摒弃肆心的爱欲。③在第 1101－1102 行,男孩对有情人的喜爱已经不复存在,因为他在思想上无法抵制其他人的说服。如果我们注意到另外一个针对"虚假朋友的说

---

① West(1974,页165)把诗行1234 校订为"ᾗσιν ἀτασθαλίαις[他们自己的狂妄]",他的依据是:我们现有的文本亵渎性地把那些只有凡人做得出来的事栽到神的头上。Vetta(1980,页42－43)认可的是手抄本的写法:"σῆσιν[你的]"。

② Harrison(1902),页157,他依从了杨[Young(1961)]的看法。

③ 参 van Groningen(1966),页405。

服"的警告之语,第 1101-1102 行和第 1103-1104 行这两个对句之间的联系会变得更为清晰:

> 绝对不要丢掉故友(philos),去结交新知,
> 让那些 deiloi[卑劣之人]的言辞说服你。
> 因为他们经常会当着我的面说些有关于你的无稽之词,
> 又会当着你的面诋毁我。不要听信他们。(行 1238a-1240)

这样一个易受影响的心智的确不是 artios[健全的](行 153-154),而且会变成肆心行为的温床。爱欲和肆心的关联,在于二者都会破坏社会纽带。因此,毫不奇怪,第二卷的摘录者会想把第 1101-1102 行归入男童恋诗中——它在此处显得和第 1278a-b 行一样。

27. 尽管爱欲和肆心在社会上以相同的方式行事,但在一个重要的方面,二者有所不同。爱欲早在赫西俄德笔下就已人格化了(《神谱》,行 120-122):由于爱若斯施于人心的影响,赫西俄德使用了动词 damnazō[tame,驯服](122)。比较《伊利亚特》中雅典娜的长矛,她以此 damnēsi[驯服]各个阶层的人(《伊利亚特》,卷五,行 746)。当表达"驯服马匹"和"把一个女人嫁给一个男人"的意思时,用的也是"驯服"这个词。尤其和我们相关的是它可以用来表达性方面的征服,[213]比如在《伊利亚特》中,当赫拉向阿芙洛狄特索要爱和欲望的时候——她可以以此 damnāi[驯服,统治]不死之神和有死之人(卷十四,行 199)。阿芙洛狄特的相同形象出现在《忒奥格尼斯集》第 1386-1389 行(见本文 23 节)。《神谱》和《忒奥格尼斯集》都描画出了这位女神经由凡人的心智(noos, boulē, phrenes)征服他们的场景。

28. 一个类似的表达出现在第二卷中:

> 哦,孩子,听我说,驯服(damasās)你的 phrenes[心智]吧。
> 我将给你讲一个既有说服力又能让你心生感激(kharis)的

故事。
> 用 noos[心]理解这句 epos[话]:
> 不必做不符你的血气(thūmos)的事情。(行 1235 – 1238)

这段话是某种说服,一个有情人引诱一个男孩接受一个可行的建议,也许是成为他的情人。《忒奥格尼斯集》第 1299 – 1304 行和第 1365 – 1366 行以类似的语言引诱一个男孩聆听说话者或爱上说话者。但是,在眼下第 1235 – 1238 行中,短语 akouson emeu damasās phrenas[听我说,驯服你的心智吧]颇有歧义。如果我们把 emeu[(从)我]当成 akouson[听](祈愿式)的宾语,那么就是"听我说,驯服你的心智吧"(如上所译)。如果我们强行把 emeu[我]和 phrenes[心智]用在一起,就会变成"听,你已经驯服了我的心智"。phrenes 就变成了被男孩的美貌所俘虏的有情人的心智。① 无论哪一种情况,我们在此看到的人的行为就如同诸神早已实施的"驯服"行动一样。如果一个男孩正被要求驯服他的心智,这可能意味着他将被一次新的迷恋征服。而有情人要求他的情人拒绝这一影响,可能就是徒劳的。

29. 说话者请男孩去聆听,就意味着:说话者透露出来的信息将使男孩的行为和他的血气达致平衡。因此,说话者的劝告起镇定作用,这一点部分地由一系列的否定词(outoi⋯oud'⋯outoi⋯mē)可能造成的延迟效果暗示出来。[214]源于爱若斯神力的暴力征服最终造成了有情人和情人之间的朋友关系。因此,他们再也不会对社会秩序造成威胁了。

30. 阿塔兰塔(Atalanta)的婚姻象征了这一社会化的进程:

> 哦,孩子,不要不义地对待我——我仍然希望成为
> 符合你 thūmos[血气]的那个人——以极好的 euphrosunē
> [谦恭]感知这个。

---

① 对于 1235 行中所出现的句法问题的处理,见 Vetta(1980),页 44 – 45。

你将不会狡黠地从我身旁溜走,你也不会欺骗我。
过去你已战胜了我,将来你也会如此。
但是,若你试图离开我,我将会伤害你;如同他们说的
伊阿西俄斯的女儿,阿塔兰塔曾遭遇的事情。
尽管她已经到了恋爱成熟的年纪,但她拒绝嫁给男人
并逃离婚姻。她的腰带依旧紧束,金色的阿塔兰塔试图实现
不会被实现的事情。她离开父亲的家,走向高山之巅,
远离了婚姻的极乐,金色的阿芙洛狄特的礼物。
但最终她接受了婚姻,尽管之前她选择拒绝。(行 1283-1294)

　　这段诗行混合了阿塔兰塔神话的两个方面。在第 1283-1287 行,有情人通过引用阿塔兰塔的事例,威胁将报复他那行为不义的情人。在第 1287-1294 行,重点在于阿塔兰塔为逃避婚姻而远走,最终却只能屈服,就像男孩儿将屈服于有情人。

　　31. 令我们感兴趣的是第二个方面。在阿塔兰塔与其追求者赛跑以及猎取卡吕冬野猪(Calydonian Boar)的故事中,她凸显出的人物特征就是拒绝婚姻。[215]在后一个故事中,钟情于阿塔兰塔的墨勒阿革洛斯(Meleager)赠予她狩猎的战利品,此事却引燃了一场大火,毁灭了他的房子和家庭———一个关于爱的破坏性(类似于行 1231-1234)的例子。①我们看到爱欲以两种面相出现。如果被

---

① 关于卡吕冬野猪的故事,见奥维德,《变形记》(Metamorphoses) 8. 260-546;关于阿塔兰塔逃避婚姻(出于神谕)以及同求婚人赛跑,参《变形记》10. 560-570。在后面的段落中值得注意的是神谕的实现:阿塔兰塔被意外出现的多情的希波墨涅斯(Hippomenes)说服,同他一起躺在自然女神赛比利(Cybele)的圣地中,最终发现她和丈夫都被变成了狮子。从此之后,他们常去森林里而不是婚房中(pro thalamis celebrant silvas)(《变形记》5. 703):他们的婚姻出岔子了,已婚的一对又重返了荒野。我很感激 Andrew Ford 提醒我注意整个阿塔兰塔神话同《忒奥格尼斯集》1283-1294 行的关联,以及许多别的隐含在我文中的建议。

拒绝——比如一开始被阿塔兰塔拒绝的爱欲,社会关系就不会更新,就会回返到荒野中的前社会存在状态。然而,爱欲有一种对现存社会纽带的持续威胁,如墨勒阿革洛斯的例子表明的那样。

32. 我还要谈一谈两个面相中的第一个面相。阿塔兰塔远离"她父亲的房子",就是远离了"驯养",是对勇士生活中早已规定的女人角色的拒绝。腰带一词,正如德提艾内(Marcel Detienne)阐明的那样,代表的是阿塔兰塔用 Herg'atelesta[无意义的冒险行为]反抗她应扮演的角色(1979,页 31 – 32)。在《列女传》(*Ehoiai*)中,我们了解到阿塔兰塔逃离了 andrōn…alphēstāōn[同吃谷物的人]结合的婚姻(辑语 73.5MW)。单词 alphēstēs 也许可以注解为"吃谷物的",这个词同 alphi 和 alphiton[去壳的大麦]相关(Chantraine,1968,页 67)。因此,阿塔兰塔离开了有着农业文明的地方,也就是离开了开化的人类的地方,而把自己等同于类似肯陶人那样的 ōmophagoi[吃生肉的]荒原生物。① 考虑以下关于居尔诺斯的诗行:

> 我担心,珀吕帕俄斯的儿子呵,肆心(hubris)将毁掉这城邦,
> 同样的肆心已经毁灭了肯陶人,这些食生肉的家伙(ōmophagoi)。(行 541 – 542)

[216]当阿塔兰塔最终接受了金色的阿芙洛狄特的礼物——愉快的婚姻,她回到了文明社会——她丈夫的房子。这是她的 telos [完满结局],代替了她的无意义的冒险。她离开房子、农田以及社会建制,朝向处于社会边缘的肯陶人式或阿玛宗式的存在;接着,她受制于爱欲,接受婚姻。阿塔兰塔,曾是一个文明之外的女猎人,最终变成了另一种猎人的猎物,她被爱欲激发,使自己再次融入人类社会。《忒奥格尼斯集》第 1283 – 1294 行中即将成为有情人的人,

---

① 本书纳吉文,39 节。

讲述了阿塔兰塔的故事,正可以作为他接近情人的范例。

33. 一个类似的段落可以提供更进一步的说明:

> 哦,孩子,你还要避开我多久? 我是如此地追逐你,
> 寻找你! 但愿我能摸准你 sēs orgēs[性情]的 terma[界限]!
> 但是你,因你那贪婪而又顽固的 thūmos[血气],
> 飞走了,带着你那 skhetlios[任性的]风筝似的性情。
> 但是停留在你待的地方,给我一些 kharis[回报]吧! 不用多久,
> 你就会收到出生在塞浦路斯的,戴着紫罗兰王冠的女神的礼物。(行 1299 – 1304, Vetta)

维塔认为 terma(上文译为"界限")指的是赛跑中的终点线,因此,打猎的画面就和运动的画面联系起来,就像阿塔兰塔的例子一样。有情人再次成为追求者,而情人则是被追求者。但是,正如被追求的阿塔兰塔自身是一个女猎人,因此这里的情人在气质上也是一个猎人,因为他有捕食的猎鸟的性情。在野外这充满爱欲的猎取发生的地方,追求者和被追求者的本性混合在一起。

34. 一个男孩适合扮演情人的时间是短暂的。①一旦他结束了青春时代,他就不再享受阿芙洛狄特的礼物。[217]在这方面,未来的情人的位置极有可能与阿塔兰塔相反。对阿塔兰塔来说,在婚姻中接受阿芙洛狄特的礼物意味着她完成了生儿育女、过家庭生活的 telos[目标]。然而,对男孩儿来说,接受 paidophiliē[有情人,爱少年男子的人]的引诱只能给他一个暂时的位置,男孩为接受有情人的

---

① Vetta(1980),页 89 – 90 讨论了这一传统主题,并从希腊和拉丁充满爱欲的文学作品中征引了一些参考资料。

教育而处于一种从属的位置;若干年后,当情人反过来成为有情人的时候,他的位置就会由从属转换为被从属。

35. 希腊神话中还有另一个有关充满爱欲的猎取的例子:

> 男童恋(paidophilein)是悦人的事儿,因为甚至宙斯
> 永生诸神之王,从前也曾爱上该墨尼得斯(Ganymede),
> 抓住他,把他带到奥林波斯山,使他
> 成为一个 daimōn[神灵],在他仍然青春盛放的可爱时候。
> 因此不要惊讶,西蒙尼得斯,我也
> 已经显然(exephanēn)因为一个漂亮的男孩子,被 erōs[爱若斯]驯服(dameis)了。(行 1345 – 1350)

在这里,正如第 1283 – 1294 行中表现的那样,有情人被描绘为一个猎人,而且此处隐晦地提到了诸神的礼物:青春。同时也要注意角色因结合猎人与猎物双重含义而产生的模糊性,这种模糊性在下述声言中达至顶点:猎人是"被爱若斯驯服的"。如果《忒奥格尼斯集》第 1350 行 exephanēn[显现、揭露]的校订是正确的,那么,我们就从神话世界直接被引向说话者的此时此地。有情人和情人,重现了宙斯和该墨尼得斯的神话;他们在其邦民伙伴、朋友和敌人的眼皮子底下上演他们的角色,这一事实也引出了说话者对西蒙尼得斯的解释。①诗集提供了另外几个关于这一主题的例子,其中最接近的是第 1341 – 1344 行(一个经常和第 1345 – 1350 行联系在一起的段落)。我在下文中会回到此处。

[218]36. 我在讨论这一主题时还需引用另一个段落。第 949 – 954 行暴露出摘录者在思想上是充满爱欲的,并且第 949 – 954 行同第二卷中的第 1278c – d 行是一样的。多佛(K. J. Dover)为支持这

---

① 对于这个呼格以及它所引起的有关《忒奥格尼斯集》诗文真实性问题的讨论,见 Vetta(1980),页 121 – 123。

一观点提出了词汇上的理由:①

> 如同雄狮,自信于它的力量,我用利爪从母鹿那儿
> 抓来幼鹿,而没有喝它的血;(行 949 – 950 = 1278c – d)

"如同雄狮,自信于它的力量"这一公式化用法出现在荷马史诗中,比如《奥德赛》第六卷第 130 行。同时,这个公式化用法也出现在一系列将勇士和各种掠夺性动物相比较的地方。当墨涅拉俄斯(Menelaos)得知了佩涅洛佩(Penelope)的追求者的行为后,变得非常愤怒,他预言了他们在奥德修斯手上的命运(《奥德赛》卷四,行 333 – 340)。当面对奥德修斯的力量之时,追求者被定义为没有 alkē[力量]的人。《忒奥格尼斯集》中的狮子自信且强壮,却制造了一个惹人注目的矛盾——它没有喝幼鹿的血。另外一个关于狮子的诗句也被引用,这句诗出自佩西斯特拉图的儿子希琶库斯(Hipparchus)受害前夜梦中的一个男子之口:

> 忍耐吧(tlēthi),狮子呵,用坚忍的(tetlēoti) thūmos[心]忍耐这 atlēta[难以忍耐的苦难]
> 世上无人能行不义(dikē)而不遭报应(tisis)。
> (《原史》,5.56.1)

在忒奥格尼斯和希罗多德笔下,狮子的形象都有英雄式自制的味道,这一点也暗示了对第 949 – 954 行的一种解释:这里强调了打猎与爱欲的猎取之间的区别。前者是将作为对象的猎物杀死,后者则把猎物带进他的友谊网中。如上所说,paidophilein[同性恋,成年男子爱少年男子]是高贵者的特权,因为卑贱者没有尊重其习俗的自制力,

---

① 对于把忒奥格尼斯第 946 – 962 行划归为色情作品,见 Dover(1978),页 58。

同时缺乏能够忍耐的 thūmos[血气]。因而,与第 1231－1234 行中破坏性的爱欲形象相比,《忒奥格尼斯集》第 949－954 行树立了温和的爱若斯的形象,他脱胎自《忒奥格尼斯集》第 1028－1036 行中那种充满英雄式自制的形象。

[219] 37. 对爱若斯的探讨进行到这里也显露出对一个社会问题的回应:对爱欲之情进行控制的要求恰恰可能在必须构建社会关联的时候造成社会的断裂。这一过程(在阿塔兰塔的段落中显得最清晰)包括两个步骤:首先,爱欲的对象被边缘化,即处于社会之外的空间,在那里,另外一个人对他进行猎取是合法的。接着,爱欲对象的感觉被驯服和驯养;如果他对追求者表示 kharis[感谢],他就会被引入同性恋的团体中,并接受猎人回报给他的 paideiā[教育]。因此,男孩儿作为情人,重新进入有着互惠关系的社会。这一过程通过将价值观从一代人传到另一代人来为共同体服务。自制,如《忒奥格尼斯集》第 1029－1036 行所描述,凌驾于所有其他价值观之上。比如说,在《忒奥格尼斯集》第 1351－1352 行中,男孩被警告不要 kōmazein[狂欢作乐]——自制获得了强调——这一点连同呼格的 pai[孩子啊],都是该段被归入第二卷的原因。① 爱欲关系有助于贵族的 euphrosunē[幸福](参行 1255－1256),使那些参与者——特别是 erastēs[有情人]、olbioi[幸运的人]和 makares[有福的人](见行 1253－1254、1335－1336、1375－1376)——靠近诸神。

38. 男童恋和贵族制的其他建制之间的联系重申了高贵者和卑贱者之间的对立,这是忒奥格尼斯作品中强调的一个重点。情人之所以不忠实,乃是因为他同一些卑贱之人结交(参行 1238a－1240、1243－1244、1311－1318);因此他对有情人的背叛等同于对忒奥格尼斯眼中的反贵族或至少是非贵族小集团的忽略。相反,有情人被描述成十分忠诚,甚至在不在场的时候也如此(行 1363－1364),这是一个英雄般的(或贵族般的)坚定性的典型。如果我们

---

① 对于 kōmos[狂欢]以及它与会饮场合的特殊关系,见本书莱文文。

接受把 sainōn 校正为 s'ainōn(怀斯特和维塔接受这样的看法),第 1327－1328 行声言有情人永不会停止称赞他的情人,即使他命定要死。这个想法在此听起来很夸张。然而,鉴于有情人和情人所属的朋友团体的政治特征,《忒奥格尼斯集》第 237－254 行——在这些诗行中居尔诺斯被告知他将成为"一首献给未来世代的人们的歌"(行 251)——暗示并不需要如此。只要朋友团体存在,有情人就会在死后以其后的贵族歌手口头传唱的歌为媒介,继续赞美他的情人。

39. 这至少是我所追踪的进程的完美完成。这种友谊关系适合于哪类社会?很明显,第一卷中的政治性诗歌已经告诉我们:没有值得信任的伙伴,朋友关系就充满背叛和辜负,就越需审慎地隐藏一个人的想法,卑贱之人就越是处处占支配性地位。在这样的社会中,每一段新的友谊都带来风险(注意我在 35 节关于第 1345－1350 行的讨论)。接下来看以下段落:

> 哎呀,我爱上一个有着娇嫩肌肤的男孩,
> 他向我所有的 philoi[朋友]揭发了我,尽管我是不情愿的。
> 我将会承受(tlēsomai),而不是隐藏那些我所遭受的违背我意愿的暴行。
> 至少,我显然(ephanēn)已被一个长得挺不赖的男孩征服(dameis)了。(行 1341－1344)

这段话中的有情人,受制于爱欲,尽管忍受着他的情人针对他的暴力行为——这些行为事实上是敌人的通常表现,他还是接受了公众施加给他的不公正指责,作为因爱欲而从情人那里进行索取的部分代价。我们在其他地方也注意到,由于其他人的劝说而施加在任何朋友关系上的压力,比如第 1238a－1240、1278a－b 行。第 1295－1298 行试图将男孩的 philiē[友情]和监督(保护)人类社会关系的力量联系起来。在此,诸神的愤怒对那些违背社会秩

序的行为进行了报复,如对朋友关系的背叛(行1297)。人的 baxis[流言]也是对不良行为的一种检验,正如在任何"耻辱文化"中所体现的那样。①

40. 尽管有这些强有力的约束,朋友关系仍常常走向尽头。这一关系被中断了,却并非由于 erōmenos[情人]的成熟——这种损失是该共同体所须承受的。《忒奥格尼斯集》探究了对关系破裂的不同反应,包括:对 paidophiliē[有情人]好运气与坏运气的折中(行1369 – 1372),声言因脱离朋友关系获得自由而感到快乐(行1337 – 1340、1377 – 1380),诅咒情人的背叛(行1317 – 1318),[221]宣称朋友关系不再存在,有时还伴随着对未来敌意的断言(行1243 – 1244、1245 – 1246、1247 – 1248)。提及最多的原因是情感的背离,出现了 allos philos[另一个朋友],情人转而去依附他。这个人经常被形象化为某个卑贱之人,整个城邦正是毁于此人之手(行53 – 60,彼处 lāoi…alloi[另一种民众]是新的精英团体)。这些卑贱之人的前身据说是处在城市生活边缘的野蛮人(行53 – 68),他们的得势将会毁灭整个城邦(像肯陶人一样,参行541 – 542),由叛离的情人所构成的朋友关系加强了他们的支配权。②卑贱者的肆心可以与有情人的恳求相比较,他向他的情人引述了阿塔兰塔的类似故事。

41. 对《忒奥格尼斯集》中 paidophiliē[有情人]的这番解读揭示了一个复杂的模型,其背景是一个等级分明的宇宙,在其中不死的诸神依然和人有内在联系。贵族通过 philiē[友情]和神圣的出身与诸神相连,他们仅在有限的范围内分享属神的幸福。贵

---

① 关于"耻辱文化",见 Dodds(1951),页17 – 18。
② [英文编者注]我们可以想象,事实上,贵族(esthloi)为 erōmenoi[情人]而竞争,而薄情多变的年轻人可能从一个 erastēs[有情人]转向另一个有情人,并因此从一个贵族团体转向另一个贵族团体。每一个宣称自己为精英的团体所依凭的思想体系都不仅仅只解释生活,它也通过解释消除了生活中的烦恼。在此,它所借助的是排除它所关注领域中的异己因素,同时,对那些几乎众口一词地宣称自己代表传统权威的团体进行区分。

族、高贵者和卑贱者之间的界限,同诸神与凡人之间的界限一样清晰。爱若斯显得像一个多义的神,在社会领域内既做好事也做坏事。通过控制人们的 phrenes[心智],他引诱他们相互之间结成朋友关系,使得通过 paideiā/paiderastiā[教育]将价值观从一代传到下一代成为可能。这些关系的形成依循神话故事,首先就包括使男孩在社会中边缘化,然后又使他重新进入社会。但是,爱若斯同时也是肆心的哺育者,他使已形成的关系变得紧张。诗集如此频繁地申诉,不忠诚的爱欲混淆了高贵者与卑劣者,并最终导致城邦的毁灭。因此,爱欲不仅会成就一个理想城邦诸多事务的完满,也会招致这座城邦的覆灭。一代又一代,沉默的情人在一定的时候变成发言的有情人,直到古代的贵族政制及其价值体系一起让位给新的社会力量,使得存在于人类生活中的爱欲必须重新萌发。[222]如同阿里斯托芬的谐剧所暗示的,peiderastiā[教育]的社会意义经历了变化。①在柏拉图对话中,从他们对贵族制主张的微妙嘲讽,以及在《希腊诗集》第十二卷充满爱欲的警句中,②我们可以辨识出一个有关男风的新的社会范围轮廓图。

---

① 关于大体情形,可参见 Vetta 对忒奥格尼斯作品中出现的双关语问题的谨慎探寻。本文采取和 Vetta 一样的审慎立场。在论证了忒奥格尼斯的 paideiā/paiderastiā[教育]完全融入贵族社会的核心价值之后,他接着指出,在公元 6 世纪期间,这些价值丧失了它们的核心地位。这一贬值过程会立即导致曾经的核心价值被边缘化,从此处于受嘲弄的从属地位(一种常见的使某些行为方式边缘化的策略,如在阿里斯托芬作品中所见)。

② [译注]《希腊诗集》(The Greek Anthology)所收录,大多是从古典时期直到拜占庭时期的警句诗,其来源有二,分别是 10 世纪《王家诗选》(*Palatine Anthology*)和 14 世纪《普劳德斯诗选》(Anthology of Planudes)。而《希腊诗集》的第十二卷,基本是关于男同恋的爱情诗,或者爱欲诗。参 Daryl Hine 所译《希腊情色诗选》(*Puerilities*:*Erotic Epigrams of The Greek Anthology*),Princeton University Press,2001。

忠信的友伴

多兰(Walyer Donlan) 撰

管博为 译

[223] 1. 在作为古风诗歌最早例证的荷马史诗中,使人们团结一致的友情纽带仿佛坚韧而不可侵犯,朋友(philoi)与伙伴(hetairoi)间的忠诚与信赖显得毋庸置疑。①

2. 在《伊利亚特》的关键部分,即第九卷的求和使节中,阿喀琉斯由于在朋友寻求帮助时拒绝施以援手而几乎背叛了自己的朋友。埃阿斯(忠诚伙伴的典范)抱怨阿喀琉斯:

> ……他无视伙伴们的友谊,尽管我们
> 在船只间尊重他,胜于尊重别人。
> (《伊利亚特》卷九,行630-631)

这种行为被视作殊非寻常。在由福尼克斯(Phoenix)向"我所有的朋友"(《伊利亚特》,卷九,行528)讲述的墨勒阿革洛斯(Meleager)颇具规导意义的传说中,即使墨勒阿革洛斯"最忠诚最亲近"的伙伴也无法说服墨勒阿革洛斯(行586)。然而,如纳吉(Gregory Nagy)所指出的,这

---

① 有关 pistos hetairos 的例证,见《伊利亚特》卷十五,行331、437;卷十六,行174;卷十七,行500、557、589;卷十八,行235、460;《奥德赛》,卷十五,行539。更加常见的修饰语 hetairos 是 erieros(erieres 的复数非常规变位),在《伊利亚特》中仅被用于 hetairos,在《奥德赛》中亦如此,除了三次被用于 aoidos"歌手或诗人"外。Erieros 显然源于 ararisko"连接",因此或许可以解释为"牢固的联结"。

些伙伴在感情排序中仅次于墨勒阿革洛斯的妻子,而高于他的母亲、姊妹、父亲、祭司、长辈。事实上,最终正是帕特洛克洛斯——"迄今最忠实的朋友"(《伊利亚特》,卷十七,行411、655)——之死,[224]才使得阿喀琉斯认清自己对朋友们的大义。①阿喀琉斯在友情上的失职只是暂时的,仅作为整个族群所接纳标准的例外出现。②

3. 对于希腊黑暗时代的原始贵族而言,没有任何联结,甚至是血亲的联结,能够比 philoi[朋友]、hetairoi[伙伴]以及 xeinoi[外邦友人或客人]之间的联结更加牢靠。本文尼斯特(Emile Benveniste)曾论证过,"友谊"就其起源与本质而言,乃是早期希腊社会的一个建构性元素,由于其所指的正是一个个体与其族群中其他成员的关系:亲眷、仆从、朋友(包括客友)。友爱之中私人的、真挚的成分最初始于社会制度性的联结,并最终超越其上,然而 philos[朋友]一词从未丧失其在制度范畴内的古代根源(Benveniste,1973,页 277 - 288)。Hetairos[伙伴]一词,如本文尼斯特所表明,乃来源于一印欧语系的词根 ∗ swe(指一个人的所属物),希腊语中的 etes[亲眷,亲戚]也来源于同一词根。因此,无论朋友还是伙伴,最初都隐含着一种"具有亲缘或情感性质的社会联结"。③正由于其根植于社会的整

---

① 见纳吉(1979,页 103 - 111)对墨勒阿革洛斯的故事以及英雄式友爱的展开分析。

② 在《奥德赛》中 Apistos 始终意指"不可信"、"不堪信任"(《奥德赛》卷十四,行 150、391;卷二十三,行 72)。在《伊利亚特》第三卷第 106 行中普利阿摩斯的儿子们"高傲"而"颐指气使"(huperphialoi),并且不可信(apistoi),这里是就诺言而言(行 105)。在《伊利亚特》第二十四卷第 207 行中,赫库芭(Hecuba)指责阿喀琉斯野蛮(omestes)而且不可信(apistos),这里指其缺少怜悯心以及羞耻心与荣誉感(aidos)。当 apistos 与 hetairos 有关时,在《伊利亚特》第二十三卷第 63 行中赫拉责骂阿波罗,相比于神出的阿喀琉斯却更偏爱可朽的赫克托尔(Hector),阿波罗带着他的竖琴参加了佩琉斯(Peleus)与忒提斯(Thetis)的婚礼,因此阿波罗是"恶人(kakoi)的同伴(hetairos),总是没有信誉(apistos)"。

③ Benveniste,页 271。动词 phileo 所表达的行为"始终具有义务性并且总是隐含着相互性"(页 280),另参页 426。

合过程之中,友谊究其本质乃是简单而直接的。

4. 在《忒奥格尼斯集》中,友谊却很成问题。诗集中的许多诗文都与友爱相关——政治的、私人的与情欲的。在有关对现代读者而言具有相当不同形态的友爱关系的诗文中,少有易于察觉的语言、主题以及语气上的差异。而贯穿所有有关友谊的段落中的一个鲜明特征乃是它们始终如一的负面情绪,这在下一节的分类表中尤其显明。有关友爱的诗文可以大致清晰地归入三种主要类别:埋怨、奉劝与省察。

5.
[225] A. 埋怨

A1. 诗人埋怨朋友将其背弃、欺骗,或对其两面三刀:行 253 - 254、575 - 576、599 - 602、811 - 813、851 - 852、861 - 862、967 - 970、1097 - 1100、1101 - 1102 = 1278a - b、1243 - 1244、1263 - 1266、1311 - 1318、1361 - 1362;参考行 271 - 278、1241 - 1242、1245 - 1246、1377 - 1380。

B. 奉劝

B1. 诗人奉劝不要背弃朋友或对朋友两面三刀:行 87 - 90 = 1082c - f、323 - 324、399 - 400、1083 - 1084、1151 - 1152 = 1238a - b、1283 - 1294。

B2. 诗人警告一个两面三刀的朋友:行 91 - 92、93 - 96、333 - 334、963 - 966、979 - 982、1239 - 1240。

B3. 诗人奉劝人们成为两面三刀的朋友:行 63 - 65、73 - 74、213 - 218、309 - 312、1071 - 1074;参考行 301 - 302、313 - 314。

B4. 诗人奉劝不要信任任何人或只信任一小部分人:行 61 - 68、75 - 76、283 - 286。

B5. 诗人奉劝绝不要成为一个坏人(kakos)的朋友或信任一个坏人:行 69 - 72、101 - 104、105 - 112、113 - 114、305 - 308;参考行 1238a - 1240。

C. 省察

C1. 诗人察觉到,艰难的逆境之中很少有值得信赖的朋友:行 77 – 78、79 – 82、115 – 116、209 – 210、299 – 300、332a – b、643 – 644、645 – 646、697 – 698、857 – 860、929 – 930;参考行 83 – 86、97 – 100 = 1164a – d。

C2. 诗人评论说很难鉴别朋友的真伪:行 119 – 128、641 – 642、963 – 970、1219 – 1220;参考行 117 – 118、221 – 226、571 – 572、1016。

C3. 诗人断言自己是一个值得信赖的朋友(经受过了考验):行 415 – 418 = 1164e – h、447 – 452、529 – 539、869 – 872、1104a – 1106;参考行 237 – 254、511 – 522、1079 – 1080、1087 – 1090、1311 – 1318、1363 – 1364。

6. 一个主题性的规律就此呈现,这便给了我们一些信息。首先设定友情是一种制度性的现象,因此,这里有一个与史诗传统的延续性。而与这一传统的断裂也同样明显,因为这种制度脆弱不堪。实情则是,纯粹的友情并不存在——疑虑、欺瞒与背叛都是友情关系中的常态,或隐或显地在友情中浮现。忒奥格尼斯的友爱与传统理想形式截然不同:警觉、多疑,甚至暗藏敌意;忠诚与信赖不再成为一种自发的条件反射。即便如此,理想型的友爱仍然是个常量,[226]诗歌传统知晓友爱应当如何,然而同时,它也知道友爱已然变成什么样子。这在上文 C3 所归纳的诗行中十分明显,就诗人断定自己符合了传统对于朋友与伙伴应当彼此忠信的期许而言,这里包括了诗集中对于友情相对正面的笔触。①然而即便在这些段落中,对于考验的强调,以及有关背叛是友情中的家常便饭的或直白或隐含的表述,还是清楚地流露出对于理想与现实间巨大鸿沟的

---

① 在这一类主题中还可以包括纯粹有关爱欲的篇章(参本书刘易斯文)以及相似主题的变形:爱你的友人,恨你的敌人(如行 337 – 340、561 – 562、869 – 872、1032 – 1033、1087 – 1090)。在其他古风诗人的诗行中也有相对应的主题。

感悟。

7. 一个可能的解释是,就历史境遇而言,友爱的制度已然发生了变化,尽管作为诗人或读者脑海中的概念范畴的友爱仍旧保有其传统内涵。另一种相似的说法是,这个传统的诗歌主题与措辞,可以用来描述一种社会制度,这与其时代一一对应,但是,继续使用这种传统诗歌主题与措辞来描述一个已然斗转星移、大为繁复的一套社会纽带,其概念与事实的对应关系既非直接又不足称信。

8. 在考察这一可能性之前,我们首先有必要看看《忒奥格尼斯集》中的友爱在哪些方面还有待研究。以下的分析并没有区分各种不同类型的友爱:政治的、私人的以及爱欲的。诗人最苦楚的哀叹乃是朋友们的背叛(动词 prodidomi)(行 575、812;参行 861),而且这可以与死亡本身相提并论(行 811 – 812)。有一处,诗人称他从未背叛过一个朋友与可信的伙伴(philos kai pistos hetairos,行 529)。这里是一个有关友情的极端消极的表述,被背叛的可怕仅次于死亡,而且背叛还与奴隶般的天性有关(行 530)。

9. 一个朋友或伙伴的核心属性(史诗始终以此来定义友爱的属性)是其忠诚与值得信赖的性质,而在 philoi/hestairoi 中所丧失或丢失的,正是这个特性。① 忒奥格尼斯概述了当时信赖感沦丧的状况,其说可谓精辟,[227] 他埋怨说,诚信女神(Pistis),"伟大的女神",已然抛弃地球扬长去了奥林匹斯山,同行的还有节制女神(Sophrosune)以及美惠三女神(Kharites)。结果就不再有诚信(pistoi)与正义(diskaioi)的承诺,也不再有对神的虔诚敬畏。那一代虔敬(eusebeis)的人们业已故去,如今人们不复知晓(动词 gignosko)习俗法(themistes)以及对之虔敬的遵奉(行 1135 – 1142)。

10. 这一悲观论调以多种方式反复阐述,皆与朋友或同伴相关:鲜有朋友有足堪信赖的心灵(pistos noos,行 74,698);诗人徒劳地寻觅一个像他自己一般毫不欺瞒(dolos)的可信伙伴(行 415 –

---

① 见 Benveniste(1973,页 84 – 100)论述了"人与人之间的忠诚"。

416 = 1164e – f);诗人劝诫居尔诺斯,很难找到可信可靠的友人(行79 – 80);亦有人得到奉告:很难找到友爱且可靠的亲眷(kedemones)(行645);又有一个故友受人规劝,说他有一个欺诈的心性(ethos dolion),而这与诚信相悖(行1244)。

11. 分析这位古风诗人关于一种业已脱轨的古老传统制度的洞见,从这个主题开始恰得其宜。围绕在忠信业已消亡以及鲜有友伴堪称忠信这一核心观念周围的,是一整张相互关联的观念网,这张观念网在深度与细节上都强化了贵族们当时感触到的伦理与道义上的彷徨,具体而言,在那个时代,那些古老而珍贵的确定性在时人眼中已经屈服于新的现实,而且,这种屈服的速度在那些古老的头脑看来邪恶而迅疾,甚至毫不留情。

12. 我们无法对诗人忒奥格尼斯或其名下的诗篇作出精确的历史论述。纳吉关于诗人及其诗集的理论,倒是有助于我们绕过那些《诗集》本身所固有的写作风格或历史年代方面的困难。简而言之,《忒奥格尼斯集》体现了一种地方性的诗作传统,它涵盖了一个世纪甚至更长时期(从公元前7世纪晚期至公元前5世纪早期)的诗歌作品,然而,在其作为泛希腊化时期诗歌的传播过程中,诗中大部分地方性的特征元素都被抹除了。① 如此,我们便能够想象"忒奥格尼斯"作为一个本土"证人",如何目击了贵族集团间争夺统治权的吵骂、僭主忒阿格尼斯的兴起与衰落、一个"温和的寡头政府"、穷人对富人的起义,接着是一个半无政府主义式的"民主",以及随之而来的第二个"温和的寡头政府"。我们甚至可以设想,他必然"目睹"了殖民过程、海外商业贸易的繁荣,[228]这也为守旧的农耕文化地区带来了新的财富与生活方式。他也一定"目睹"了麦加拉作为海上霸权的兴起,以及它的城市化与人口增长,还有它在海外的探索以及与邻国的战事。概言之,作为本土诗人的"忒奥格尼斯"的诗作主题,必然与无数诸多其他地区的本土诗作传统的主题

---

① 见本书纳吉文,14 – 16 节。

相近。

13. 作为"麦加拉诗歌传统所积累的总和"的一部分,且经过提炼之后作为泛希腊诗歌传统的一部分,忒奥格尼斯对友爱的反思,同时也属于麦加拉世界与更加广阔的希腊化城邦世界。它们提炼了时代洪流中的古风贵族们的异化状态(alienation),这是一个社会急剧变化而又复杂的时代,史诗式友爱化作了一种乡愁,一种仅存于诗歌记忆中的形式化理想。

14. 这种直白的感受,感受到的是,本应在朋友、伙伴与客人间存在的制度与情感的联结已经腐坏,但这并不独见于忒奥格尼斯的诗作中。署名赫西俄德(Hesiod)的诗歌传统中,类似的观念也屡见不鲜。在《劳作与时日》第 174 – 201 行,那个时代被描述为一个卑贱的人们生活着的卑劣的年代,而不久的将来,亲属、外邦友人与伙伴将都不再"如过去"般相濡以沫(形容词 homoiios)。人们不再对诸神奉以应有的敬畏,诺言与正义皆被践踏,恶行与肆心(hubris)的实施者将得到致敬。小人(kakos)则会伤害君子,"出言不逊",贱弃诺言;最终,尊敬与忠诚(Aidos)会随着正义的愤慨(Nemesis)一道离开世间,回到奥林匹斯山。无论在主题还是措辞上,赫西俄德对黑铁时代之人的刻画都与上文援引的忒奥格尼斯的诗行(行 1135 – 1142,参本文 9 节)紧密呼应。

15. 显而易见,自荷马开始,希腊古风诗歌便有一个传统,去描写将人们联结在一起的制度性纽带的朽坏。阿喀琉斯对友谊大义的短暂失职在史诗的其他部分也有呼应,最显著的一处便是《奥德赛》中贵族求婚者们对一系列行为准则的践踏,包括主客关系的准则、小首领对最高首领家族的忠诚准则、赴宴饮食的仪节等等,在这些准则中双方互相的义务职责都得到了具体的表述。我即将在忒奥格尼斯那里考察的围绕友谊崩坏的主题,在公元前六七世纪的其他诗人那里也屡有所见,然而其他文本中的友谊危机,[229]却没有一处如《忒奥格尼斯集》中展现得如此淋漓尽致(甚至要说如此成系统)或不可救药。

16. 从一个历时的即传统历史学的视角来看,我们有必要说明,有关习俗性的融合纽带的断裂这一主题,在荷马那里是反常的现象。在赫西俄德的《劳作与时日》中,这一主题则在纳吉所谓的正义城邦与肆心城邦的辩证关系中显得至关重要,而在这对辩证关系中,正义终将取胜(纳吉,1982,页 57 – 66)。尽管赫西俄德哀怨世风日下,他终究还是寄希望于传统价值的复兴之上,而能够恰当地象征这种复兴的,是他与其兄弟佩尔塞斯(Perses)和解的可能、他对正义之威信的信念、对统治者与被统治者和谐共处的希望,以及他大体上对友伴间关系的积极态度(可参《劳作与时日》,行 432 – 472、706 – 723)。相形之下,《忒奥格尼斯集》中对友谊的态度则偏执而悲怆,仿佛反映出一种截然不同的信念,即曾经一度被血亲、友爱以及紧密的人际纽带(宗族社会)所融合的社会生态,如今正面临解体的危机。

17. 于是,就有必要关注一下忒奥格尼斯刻画那幢岌岌可危的社会大厦的章句。首先,众多朋友中鲜有拥有"可靠心灵"(pistos noos)的,这一感悟出现在一副对句中(行 73 – 74),首句便奉劝读者不要毫无保留地与自己的朋友合作事业(prexis)。在另一处,我们更见到了这样的阐述:

> 有钱的时候,许多人是我的朋友,
> 可一倒了霉,几乎没人可以信赖。(行 697 – 698)

同样,在第 79 – 82 行,鲜有人能在"艰难的事业"中或是"遭遇厄运时"(行 645 – 646)成为友伴。这一主题反复提及:放逐者绝无"朋友或忠信的伙伴"(行 209 – 210、332a – b)。许多人在宴会上是伙伴,但很少有人在"紧要事务"(spoudaion pregma,行 115 – 116、643 – 644)上也是。坏(kakon)事降临时,没有一个人——即使是兄弟——是真的朋友(行 299 – 300);[230]当一个人身处逆境,朋友也避之不及,但在他顺风顺水时却炫耀友爱(行 857 – 860)。若你是富人,则朋友众多,若是穷人,朋友则寥寥无几(行929-930)。显然,对于忒奥格尼斯来说,朋友与伙伴间的忠贞是相机而择的,厄运、流放与穷困都会减损或消弭友爱。更为要命的是,友情在"紧要事务"面前便轻易动摇、不堪一击(行115-116、643-644)。

18. 我们或许可以断定,"紧要事物"首先指的是政治联盟。在希腊社会中,朋友与伙伴在本质上都是社会性范畴。更精确地说,正如本文尼斯特所揭示的,我们无法区分私人与政治的友情。在忒奥格尼斯的诗歌所设定的那种紧密交织的贵族社会中,所有的联结(包括血亲与婚姻)都将被纳入到族群中考虑,因此,包括爱欲在内的私人事务与其作为族群成员的身份便变得等量齐观。当一个人与诸多"他者"(以及他们的族群)紧密联结在一个风云变幻而繁复的关系网中时,心理压力便不可避免。最关键的问题莫过于寻找一种牢靠的信赖根基,以确保今日的朋友不会立刻变身为明日的敌人。不幸的是,这种在观念形态上牢靠的忠信却在实际操作中变得捉摸不定。在一个竞争型的文化中,只有成功才最为要紧;与一个失败者结盟是不明智的。穷困、流放以及其他命运的遭遇,都会削弱那些奋力成为翘楚的人的友情纽带。"紧要的事物"本身充斥着不确定:

> 堪于信托的人,价值相当于和他等重的金银,
> 居尔诺斯呵!时当萧墙惨祸之期。(行77-78)

19. 持久的忠诚与信赖的古老理想,始终是古风诗人写作的(虽未明言的)背景,在这种背景下,诗人同时作为道德家与说教者而试图处理当下的现实处境。首要的问题莫过于认知的问题。伪造的金与银容易甄别(它们的损失也易于承受),然而一个友人虚伪的心灵与狡诈的内心则是万物中最最虚伪的,且对于发觉者最为伤痛(行119-124)。没有什么比识破一个虚伪的人更为困难也更为重要的了(行117-118)。让一个敌人去骗过(动词 exapatao)他

的对手是困难的,但"居尔诺斯啊！朋友欺骗朋友却容易"(行 1219 –1220)。[231]敌人仿佛海水中突出的礁石,易于躲避:"背叛我的,是我的朋友"(行 575 – 576)。一个人如果在死前不必"检验(动词 exetazo)他的朋友居心若何"(行 575 – 576),那么他将是幸运的。

20. 我们仅能通过经验获知哪些是忠诚的朋友,哪些不是:

> 因为你无法洞悉一个男人或一个女人的心意,
> 直到你已考验过它,如同考验一头负重的牲口,
> 牲口刚买时你无法判断它的好坏,
> 因为外表常常迷惑人的判断。(行 125 – 128)

可以信靠的朋友清楚地知道,当他被用"试金石"试探时,他会证明自己的真诚(行 417 – 418 = 1164g – h;行 447 – 452),然而由于人的意图都隐匿于心,确信的知识只能通过试探的结果获得:

> 你无法知道谁是朋友、谁是敌人,
> 除非到紧要关头。(行 641 – 642)

> 虚名于人最有害;磨炼最好。
> 许多人徒有虚名,却从未受过磨炼。(行 571 – 572)

21. 朋友用言词欺骗朋友。忒奥格尼斯埋怨道,自己已经给了居尔诺斯不朽的名声,

> [232]……然而你对我仍无丝毫敬意,
> 只用言辞,把我当做小孩子哄骗。(行 253 – 254)

诗人祈求宙斯毁掉这种人,他们

喋喋不休地说好话儿,想哄骗自己的同伴。
(行 851 – 852)

忒奥格尼斯对居尔诺斯说,如果居尔诺斯真的爱自己,而且如果他的心灵足堪信靠,他便不应当仅仅用言辞(epea)来爱,而心灵与想法却朝着别处,因为

嘴上一套心里一套的人是危险的伙伴,
居尔诺斯呵!一个敌人都好过这样的朋友。
(行 91 – 92;参考行 1082c – f①)

22. 预先认清朋友真实还是虚伪的方式,是认清一个人的秉性以及他心灵的习性,因为诚信是一个有关性格的事情。一个惯于背叛的朋友是一个

……具有一副狡诈的、与忠诚相反的心肠之人。

诗人劝告一个"欺骗了我们的友谊"的朋友去与那些"比我更能理解你"的人来往(行 595 – 600)。一个狡诈的朋友会当面夸赞你却背后诽谤你,用三寸不烂之舌说尽好话却在脑壳里想着相当不同的事情,这固然不是一个好的友伴:

[233]但愿我有这种朋友,他了解同伴的性情,
像一位兄长,当难以容忍时仍然容忍。

---

① 参行 399 – 400,诗人奉劝我们对朋友要忠诚,而且要"避免毁人的承诺"。有关荷马史诗中朋友和忠诚(aidos)间紧密而永恒的联系,见尼斯特(1973,277 – 278 页),尼斯特论述了关于 aidos 表示相同的忠于自己族群的概念。亦见忒奥格尼斯,行 607 – 610、1083 – 1084、1238a – 1240。

请将这些话铭记在心,我的朋友,
将来总有一天,你会想起我。(行 97 – 100;参考行 1164 a – d)

绝不要赞美一个人,除非你已清楚了解,
他的脾气、禀性和行事准则。
真的,许多人性情虚伪狡诈,深藏不露,
装出一副合宜的样子。
然而,时间总能显露他们每一个人的天性。
事实上,我自己的判断已迷途很远。
我太早就赞美你,早在我全面了解你之前;
可现在,我已然如一艘船远离了你。(行 963 – 970)

如前所述,对友人忠诚的贵族式偏执并不仅限于忒奥格尼斯。例如,不妨看看阿提卡宴会曲(Attic Skolia)中的这些诗行:

诚愿剖开每个人的胸膛
如他所是的那样,并看透他的心灵
然后再给合上,并确知他是个真友人
怀着童叟无欺的想法。
(《宴饮诗集》[*Carmina Convivialia*],辑语 889,Page)

[234]谁若是不背弃朋友,便享有着盛大的
荣耀,据我所知,无论在可朽的还是诸神中。
(《宴饮诗集》,辑语 908,Page,参考辑语 892、903)

23. 一个难以解决的道德问题由此被揭穿。朋友们之间相互背弃。而他们背弃的方式并不光明磊落(如敌人般),而是口蜜腹剑,而察觉这种背弃的方式必须依赖对一个人心灵与秉性的知悉。由于这几乎无法实现,背叛只能通过试探去拆穿,而拆穿总是在背

叛发生之后。这个问题毕竟无法索解,谨慎的人只得采取相应措施防微杜渐,提防虚情假意于未然。永远不要成为一个坏人的朋友,因为和一个卑劣(deilos)的人交友毫无裨益:

> 他既不能代你辛劳,也不会告诫你切勿狂妄,
> 假如他无论做成了什么,也不愿与你分享。
> (行 103 – 104)

> 永远不要让低劣之人成为你的密友,
> 而要始终躲避他,如同避开一个不祥的港口。①
> (行 113 – 114)

这一奉劝,与劝诫人们远离坏人、只与善人(agathoi)亲近的习常说教主题在本质上并无二致。②通过规避与那些本性上就不具备善人美德的坏人或卑鄙者(社会与道德上的下层人)相接触,贵族们起码可以避免来自败坏的友谊最直接的坏影响。因此类似地,如果一个人留心不去背弃或欺骗朋友(本文 5 节的 B1、C3)并且提防虚伪的友人(同前,A1、B2),伤害的潜在程度就可以被降低。即便如此,这也不过是一种微弱的防御举措,而且他们总会被无法预先察觉的巨大障碍所阻挠。

[235] 24. 唯一万无一失的避免背弃的方法是不成为任何人的朋友或只成为极少数人的朋友:

> 在这些人中,不要结交一个心灵上的真朋友,波利鲍斯的儿子,

---

① 见 B5(参本文第 5 节),以及行 105 – 112、1151 – 1152、1169 – 1170、1377 – 1380。

② 参行 29 – 38、563 – 566、1165 – 1168。

忠信的友伴 **273**

> 无论你出于何种需要。(行 61 – 62)

> 谋划大事的时候只可信任极少数人,
> 以防有朝一日,居尔诺斯呵!授人以柄。(行 75 – 76)

> 任何一步行事都不能信任你这些同胞,
> 别相信他们的誓言和口中的友谊,
> 纵使不想给你任何保证,
> 他们也会凭宙斯发誓,这位不死诸神中的王。
> (行 283 – 286)

25. 而事实上,应当对朋友们两面三刀:

> 口头上要装的人人都是好朋友,
> 但任何严肃事务都不要与人共事。(行 63 – 65)

> [236]我的灵魂哦!像你所有朋友那样具备易变的习性吧,
> 把人人都有的脾性也掺和进你的性情。
> 学学玲珑的章鱼,它看起来
> 和它吸附的岩石相似。
> 有时跟在这方后头,有时变换另一种肤色。
> 机灵确实比刚直强。① (行 213 – 218;参考行 1071 – 1074)

26. 然而如此极端消极的态度与所有古老友爱伦理都背道而驰,此时有必要回溯一下之前的考察(见本文 15 节)。友谊虽然在"紧要事物"或厄运(如贫困或流放)中会轻易动摇,但在日常宴饮关系中则不会。因此很多人在宴饮时皆是朋友,而到了"紧要事物"中则少之

---

① 见 B3、B4(本文 5 节),同样参考行 313 – 314。

又少(行 115-116、643-644)。在公众宴会上智者(pepnumenos)故作漫不经心,但在"外边"他则要警觉,试图发觉每个人的性情(行 309-312)。至于第 979-982 行,我的解读如下。人不仅应该成为言辞上的朋友,同样需要成为行动上的朋友,他须得同时用他的双手与财产来表现自己的关怀(动词 speudo,与形容词 spoudaio—"重要的"同源):

> 不要让他在混酒钵旁边用言辞哄骗我,
> 而要以行动,证明自己品质高贵,假如他做得到。
> (行981-982)

27. 当友伴们觥筹交错时,欺瞒与口蜜腹剑都因限于宴饮的小环境而相对较为无害。而在与整个社会大环境以及城邦(繁荣、地位、派别兴衰起伏的场所)中的公民生活相关的"紧要事物"中,这场游戏就变得肃穆了。即便如此,餐桌上的世界与客厅外的城邦世界却仿佛是平行的世界。正如莱文(Daniel Levine)所言,宴饮的环境是更广阔社会的一个写照或隐喻,一个作为"小号的城邦"的符号。① [237]每天与贤人们的日常交往构成了城邦贵族青年们的日常教育。在宴饮之中青年们不仅学到了与自己社会地位合宜(与人、神以及节制相关的正确仪节)的公民必修课,而且习得了如何辨别忠诚与友伴。这种正式/非正式的宴饮场合正是一间探索人们内心意图的实验室,在这里"酒精暴露了一个人的心灵"(行 500),而醉汉则"不再是自己心灵与口舌的主宰"(行 480)。宴饮如同一个微缩的广场(agora),是言辞交错的地方,一个人们的秉性或被暴露或被隐匿的大熔炉。②宴会上

---

① 参本书莱文文,24 节。
② "宴饮是危险的,因为它是人们伪装自己的另一种方式。正如在日常的社会与政治交往中,一个聪明的公民必须提防甜言蜜语一般,他在宴会上同样不能放松警惕,在这里他仿佛处在一种友好的轻松气氛中。"(同上)

的人和事,以及在宴会中被唱诵的诗歌本身,汇聚成了一个有关城邦形态的隐喻。

28. 宴饮的象征意义同样体现在另一个更高的层次上。如莱文所揭示的(本书第七篇,4 节),在宴饮之中时常表现出的"对满足、享受、欢愉以及安宁的欲求,反映并且折射出对在一种公正的政体中享有和平与稳定的欲求"。举办合宜的宴饮故而代表了一个享有繁荣、和平、内在的和谐以及好的同伴的"黄金时代"(参考愉快的心情,行 765、766、776)。在宴饮的气氛中,众人吁请阿波罗,请"将我们的舌头与心灵捋直"(行 760),或者说,调和谈吐与意图之间的对立。

29. 然而,举办合宜的宴会的理想化氛围,即朋友们完全和谐共处的氛围,在客厅外的城邦里却找不到它的镜像,这是一个充斥着派别间的纷争恶斗与众叛亲离、理智全无的世界,是一个泯灭人性的内部纷争的世界(行 778 – 782)①。宴饮的确是一个反映了现实生活中的纷争与紧张的相当恰切的教科书式范例,然而作为一个乌托邦式(莱文所主张的)模板,在这样一种场合下,人们所欲求并能够获取的那种和谐(在饮酒节制的主题中充分体现了这一点),在城邦中哪怕是接近一点都没有可能,尽管两者间的主角都是相同的一伙友伴。[238]庆典与欢会毕竟不是小写的城邦,因为在飨宴、酒会、舞会上所发生的一切,首先就已经精心约束在设定好的一套聚会仪轨之中。其次,倘若发生了不和,例如饮酒过量,并没有严重的后果:纵欲者回家睡一宿便完事儿了(行 841 – 844、503 – 508)。作为城邦的一种描述性与规范性的类比,宴饮毕竟还是不尽如人意;况且,它在实然与应然之间的紧要节点上未能达成完美衔接:城邦理应像一场井然有序的宴饮(参考 eukosmos[良好秩序],行 242),可惜并不像。

---

① 见忒奥格尼斯,行 211 – 212、467 – 469、509 – 510、837 – 840、873 – 876。关于节制的一般说法,见本书莱文文,8 – 18 节。

30. 但是,很明显古风诗人求索的是一个"答案",一个普遍有效的象征,它不仅可以用来解释,而且能够缓和友伴间曾经恪守的忠信理想(事实上也是友伴的定义),而与如今现实截然相反。因此,忒奥格尼斯与居尔诺斯间的情爱关系具有内在的矛盾心理,这也可以映衬出麦加拉(或任何城邦中)朋友相互背叛的政治现实。居尔诺斯对忒奥格尼斯的忠诚微不足道,并且始终以谎言相欺(行253—254)。本文21节引用的第87—92行(参行1082c—1084),包涵了友谊发生变质的核心主题,这些诗行同样完全适用于作为爱人的朋友以及作为政治伙伴的朋友。对纳吉而言,居尔诺斯(正如忒奥格尼斯)是一个"通用型"角色,他"代表了麦加拉堕落了的精英阶级"。①

31. 对纳吉而言,忒奥格尼斯与居尔诺斯间的紧张关系,是教化者或立法者与城邦间关系以及城邦内朋友间关系的写照。然而,忒奥格尼斯与居尔诺斯间的争执(neikos,行90、1082f)如纳吉所言,"从未昭然于天下"。"忒奥格尼斯与居尔诺斯,以及延伸至整个麦加拉间的友谊联结从未完全断裂。"(同上,44节)作为朋友间的政治关系的一种反映,情爱主题在某些方面比宴饮主题更强有力:它更为有力地把握住了心与口、言与行之间的悖谬,并且表达出了友爱这一制度的根本合理性。居尔诺斯固然是"堕落"的,但他仍然受到宠爱。作为一种制度友爱必须长存,因为无论对于上古政体还是对于古风诗人而言,除此之外都没有替代选择。

[239]32. 即便如此,城邦内朋友间背信弃义的现实处境,却包含了一个诗歌或象征性写照所欠缺的元素,即"紧要事务"。爱侣间的争执与宴饮上的龃龉(eris)的意象,并不足以承载城邦中"内乱"的沉重感,这里的事务关乎性命、财产、地位以及城邦本身的秩序。相同的比较有另一种表述方式。友伴们在床笫之上与觥筹之间龃龉的起因与后果,都被限定在这些交往方式的形式本身之中,

---

① 本书纳吉文,42—43节。

这些形式也框定了诗歌隐喻的范围。然而,城邦内斗争的起因与后果却远为繁复,因为所关涉到的不仅是人与人之间的来往,还有社会秩序的流变更迭。诗人提到贤人与坏人间的联姻以及结盟,这是贵族阶级败坏的原因(行 183 – 196)。这一事态部分被归咎于坏人们掌管了财富这一信念(行 149 – 150、321 – 322、865 – 867、1117 – 1118)。那些被视为社会下等人的人,即坏人,但如今紧握权柄(行 53 – 60、289 – 292、679、1109 – 1114)。

33. 然而,占有欲远胜其他事物,被归咎为颠覆上古贵族们所深信的传统价值的首要恶因。①这一欲望,还有导致某些贵族处于政治劣势的经济逆境(行 511 – 512、525 – 526、667 – 682、1115 – 1116),是侵蚀友伴间信任的关键要素。

34. 有关诗人对友爱产生绝望的社会背景,忒奥格尼斯诗歌中有两个段落可资借鉴。第一段已经在本书第二篇第 27 节为纳吉所引用(《忒奥格尼斯集》,行 39 – 52):

> 居尔诺斯呵!这城邦在孕育,我担心她可能,
> 产下一个人,作为我们邪恶肆心的惩罚。
> 邦民们心智还健全,可众人的引领者们
> 已变得极为堕落低贱。
> 从未有过,居尔诺斯!高贵者毁灭一座城邦;
> [240]但任何时候低劣之辈总以肆心为乐
> 败坏民人、颠倒黑白,
> 只为他们自己的利益与权力,
> 不要指望城邦会长久沉默,

---

① 见忒奥格尼斯,行 50、83 – 86、197 – 202、221 – 226、227 – 232、465 – 466、523 – 524、607 – 610、833 – 836。纳吉(42 – 43 节)猜测,指代所有堕落贵族的居尔诺斯(Kurnos)一名,原意为"贱人"(bastard)(因此叫做"下贱",与 kakos 同义),而其父亲的名字 Popupaos 意为"豪夺者"。

> 即使它现在阒然死寂,
> 任何时候,低劣者中意的利益,
> 总与损公为伴。
> 内部倾轧、血刃亲族乃至僭主都由此而生;
> 我祈祷城邦永远不要以此为乐。

35. 领导者(hegemones)是那些贵族首脑,忒奥格尼斯意味深长地称他们作坏人。而对于"我们肆心的惩治"的预测以及首脑们已然"陷入"的堕落状态,最合理的解释是贵族们的帮派倾轧与颐指气使。恣意肆行之时,他们犯下了两项通常在古风时代所指认的罪行:"败坏人民"和"颠倒是非"。这些罪行都被古风时期(以及所有时期)最常见的罪恶所诱发,即对权与利的竞逐。一个渐行渐远日益膨胀的贪欲(同时伴随着人民的堕落)对一个尚且安宁的城邦所造成的恶果,是古风作品中耳熟能详的一系列公共灾难:帮派纷争、兄弟相残以及最终一个帮派的独霸。

36. 这实实在在是一件"紧要事务"。在麦加拉如此阡陌交通、鸡犬相闻的上层社会,诗人所能选择的友伴,正来自于这些由于其道德残缺已然褪变成坏人的贵族们。诗人日日哀怨的社会处境,即帮派不和与接踵而来的父兄相戮的惨状,正是变友为敌(ekhthroi)并迫使朋友相互猜忌的罪魁祸首。

37. 下面我们来到了第二段可资借鉴用于了解当时社会现实的诗文。这一段同样也曾在本书第二篇第1节为纳吉所引述(《忒奥格尼斯集》,行667-682):

> 假如我富有,西蒙尼德斯! 一如当年,
> 我就不会如此悲伤,当我与贵族们杂处。
> 可如今! 我眼睁睁看财富舍我而去,贫困使我喑哑,
> 纵使我见识卓异,远胜许多胞民,
> [241][我见到]我们被大浪裹挟,白帆弃置一旁,

> 暗夜如墨,我们已漂出米洛斯的海湾,
> 他们犹然不愿舀干船舱积水,
> 即使海水狂暴,冲刷着两舷。
> 千真万确! 他们如此我行我素,致人人临危;
> 他们赶走机警有素的高贵舵手,
> 强取豪夺、无法无天;
> 对公共利益,再没有什么平均分配;
> 贩夫走卒掌管城邦,低劣凌驾于高贵。
> 我真怕滔天大浪会将这航船一口吞没。
> 这就是我给贵族出的谜语,深意隐匿其中。
> 可是,凡智慧之士,都能参透谜底。

38. 这一段中,因丧失财产而伤怀的诗人再次哀怨城邦中不断上演的社会斗争。这一次"贩夫走卒掌管着城邦",而且"劣等人凌驾于贤人之上"。这就是"紧要事务"的又一实例:在位者的贪欲破坏了城邦的秩序并将置之于死地。"高贵舵手"(行 675 – 676)的废黜,导致财富分配不公的强取豪夺,以及对上古城邦日常统治规则的颠覆,这些都暗示了忒奥格尼斯的贵族集团已然将政治经济的统治权让渡给了一个低劣于他们的集团。无论如何,诗人的财产沦丧所刻画出的传统统治秩序稳定性的颠覆,正是贵族堕落的又一例证。在城邦之船的隐喻中,大船被骤然来袭的暴风雨所吞没,这一隐喻恰切地象征了在一个社会政治经济急遽变化的时代中,命运是何等乖戾,令人捉摸不定:

> 况且,祸兮福所倚,福兮祸所伏;
> 穷人可能一朝暴富,
> 巨富之人也可能一夕之间丧失所有;
> 聪明人可能犯错,
> [242]美名总冠在傻瓜头顶,

品性低劣之徒亦会荣耀加身。(行 661 – 666)

39. 据纳吉称,在《忒奥格尼斯集》中,"诗人面向一个徒有其表的朋友共同体发话,即麦加拉城邦"。①正如出于环境影响或道德失序的原因,劣等人升格为贵族而贤人降格为劣等人,相同的环境影响,其中尤以对"利益"(kerdos)的贪婪汲求首当其冲,亦导致了朋友间的相互背叛:

> 由于信赖,我失去财产,凭借怀疑,我又夺回了它们;
> 细味两者都令人心酸。②
> 这里的所有都喂了乌鸦,都毁了,
> 居尔诺斯呵! 我们对有福的永生诸神无法交代。
> 是人类的恶行,是他们卑鄙的攫取和肆心,
> 将我们从幸运抛入不幸。(行 831 – 836)

> 唉! 可鄙的贫穷,为何你落上我的肩头,
> 扭曲我的身体和心魂?
> 违心被迫,我从你那里习得许多可耻行径,
> 尽管我知晓,人如何才称得上高贵和荣耀。③
> (行 649 – 652)

---

① 本书纳吉文,5 节。

② 编者语:gnome(知识)一词作为 ginosko 的变位与财产(khremata)的丢失与复得的主题共同出现强化了纳吉在忒奥格尼斯 669/670/682 中有关 ginosko 的解读(纳吉文,4 节)。

③ 见忒奥格尼斯,行 226,在那里"骗人的诡计"(doloplokiai apistoi)被等同于"追逐利益的卑鄙行径"(kakokerdeiai)。同样参考第 595 – 602 行,一个友伴变成了不忠(apisto)的敌人(ekhthoros),因为他"在友情中的行径像个贼子":像蛇一样冷酷狡诈(poikilos)。在这一段的起首诗人抱怨说"除了钱财(ploutos)什么东西都会让人腻味(koros)"(行 596)。

[243] 40.《忒奥格尼斯集》将传统友谊的崩溃归咎于令人无法拒斥的社会经济现实,这一现实源于其本质导致了不忠与背叛,故而由友爱建构的整全城邦理想愈发成为南柯一梦。

41. 如果我们回到拙文分析由之开始的忒奥格尼斯的精辟概述(本文 9 节;行 1135 - 1142),这一点便很清楚了。一切有益于友爱城邦的和谐、有序以及忠诚的良好品性,或表达为宴饮中的友谊,或表达为爱侣的交欢,或表达为城邦本身,都被历数了一遍,而他们从世间的遁去则令人唏嘘。迫使这些融合性的和谐品质离开的因素都已述说得很清楚了,因此如今我们也耳熟能详了:谎言、不公、不虔敬、贪婪,以及失信的盟约(aiskhra sumbola,行 1147 - 1150)。一个类似的列举出现在另一段诗中,它不仅是一个直白的政治表述而且将一切责任归于那些"凭着他们邪门的(ektrapeloi)礼法大行其道"的坏人:在如此这般的事态下忠诚与敬意全部消亡了,取而代之并且战胜了正义的恰恰是他们的反题——无耻(anaideie)与肆心(行 289 - 292)。

42. 幸存的只有"美好的希望女神",而且仅仅在人们理应"最先且最后"献祭的希望女神之中存留着回归的可能性——忠信(Pistis)、节制(Sophrosune)、美惠(Kharites)、仗义可靠(horkoi pistoi dikaioi)的诺言、礼法(themistes)以及虔敬(eusebiai)的回归:这是微不足道的慰藉,却也是人们仅有的慰藉(行 1135 - 1150)。"忠信,那伟大的女神",将朋友们捆绑在一起的相互信任,在迫使友爱制度急剧衰变的历史洪流中被荡涤一空。然而,由于古老的友爱制度是上古政体中唯一可行(或可想象)的社会整合机制,诗人(教化者/立法者/传统继承者)只得信靠这一制度,并且力推其象征意义,以图缓和一个正在解体的社会秩序的内在矛盾,在这个秩序中,恰恰是将整个社会连为一体并赋予其稳定性的动力正在转而侵蚀这个秩序。

[244] 43. 将希望寄托于友伴忠信的复兴具有某种心理上的必然性,这不仅由于友爱在实际情况中是社会团结的唯一历史性建构

机制，还因为古风诗人的语汇中不存在其他用以形容城邦健全的遣词造句。将和谐的宴饮以及恋人（虽然不忠却依旧相爱）的积极（却并非没有张力）意象化作城邦的象征的诗艺表述，预设了一种将友伴忠信视作永恒有效制度的根本依赖。倘若这种社会模式最终的失败似乎不可避免，原因则在于，诗人认清了（却没能调和）那些几乎要废除这些根本预设的强有力的社会新生力量。

附录：

忒奥格尼斯的语言、格律与意义
——agathos 的角色

格林伯格(Nathan A. Greenberg) 撰

黄汉林 译

[245] 1. 考察古风希腊诉歌(elegy)中的形容词 agathos [高贵、好]，并不需要什么辩说之辞，尤其是因为忒奥格尼斯本人承认，自己的诉歌体诗歌中浸满了这个词所蕴含的诸种价值：他从 agathoi [高贵者]学到这些价值，诗人说，那时他还处于童稚之年（行 28）。我对 agathos 的考察只是初步的，因为我的主要兴趣并不那么在意这个词的意思，而是它在忒奥格尼斯诗歌以及其他诉歌诗人中的运用，特别是阿基洛库斯(Archilochus)、卡利努斯(Callinus)、弥涅墨斯(Mimnermus)、梭伦(Solan)、提尔泰奥斯(Tyrtaeus)和克塞诺芬尼(Xenophanes)。① 这是现存诉歌中常见的词语，大约平均每 16 行就出现一次。这个频率不妨与荷马相比：荷马那里大约 190 行出现一次。这个数据本身就很重要，大致上表明了古风诉歌与荷马史诗之类诗歌之间鲜明的差异。在这种关联中，我援引贾尼尼(Pietro Giannini)的论点：程式化的表述不仅出现在诉歌对句(elegiac couplet)的六音步诗行中（这是理所当

---

① 引文出自 M. L. West 编本。本文用到的技术术语，参本书导言，8 – 9 节。

然的),而且也出现在五音步诗行中。① 贾尼尼的方法很清楚,得出的主张很克制,② 但他的探究也引出了重要的讨论内容,且留待下文再说。

2. 贾尼尼的方法主要在于,在现存诉歌作品的五音步诗行里面搜索第一或第二个半句(hemistich)中重复出现的成对语词。[246] 且看他首先在 agathos 条目下列举的三组材料(Giannini,页 13 – 18):

agathos[高贵]与 kakos[坏]的搭配:

καὶ κακὸς ἐξ ἀγαθοῦ*	忒奥格尼斯,行 190③
οὐ κακὸς ἀλλ' ἀγαθός	忒奥格尼斯,行 212
τὸν κακὸν ἄνδρ' ἀγαθόν	忒奥格尼斯,行 438
οὐ κακὸν ἀλλ' ἀγαθός	忒奥格尼斯,行 510④
καὶ κακὸν ἐξ ἀγαθοῦ*	忒奥格尼斯,行 662
καὶ κακὸς ἄνδρ' ἀγαθόν	忒奥格尼斯,行 972

agathos[高贵]与 anēr[男子汉]的搭配:

οὐ γὰρ ἀνὴρ ἀγαθός*	提尔泰奥斯 9.10
οὗτος ἀνὴρ ἀγαθός*	提尔泰奥斯 9.20
πᾶς δέ τ' ἀνὴρ ἀγαθός*	忒奥格尼斯,行 148
αὐτὸς ἀνὴρ ἀγαθός	忒奥格尼斯,行 930

---

① 贾尼尼(1973)在其标题中使用了"程式化的表述"(espressioni formulari)这个说法,其他说法还有"史诗用语"(la fraseologia,页 7)和"图式化的表达"(schematizzazioni espressive,页 9)。据说(页 9),在诉歌体双行诗的六音步诗行中,程式化因素(elemento formulare)出现得更频繁。

② 贾尼尼宣称自己主要研究这组数据,即"各种现象的表现征象"。

③ 星号(*)表示引自五音步诗行的前半句。

④ 注意,West 本读为:ἀλλ' ἀγαθόν。

抑扬格韵律模式(⏑ —)中,agathos 前接 ekhō[有]形式的搭配:①

δόξαν ἔχειν ἀγαθὴν	梭伦 1.4
αἰὲν ἔξειν ἀγαθόν	克塞诺芬尼 1.24
δόξαν ἔχουσ' ἀγαθῶν	忒奥格尼斯,行 572
γλῶσσαν ἔχων ἀγαθὴν*	忒奥格尼斯,行 714
δόξαν ἔχουσ' ἀγαθοί	忒奥格尼斯,行 1104b

3. 诸如此类的列举,看起来兴许让人印象深刻,但也可能是欺骗性的。正如人所共知的那样,语词索引会造成一种对诗人风格的偏见。不过,且不论这点,主要问题是,这般列举证明了、支持了或表明了什么。如上所述,贾尼尼谈到了史诗的采辞(phraseology)和程式化的表达(formulaic expressions);但这说法是含糊的,兴许故意如此,因为他非常清楚,诉歌体诗句的程式化在方式上并不同于荷马。②[247]意识到无法运用帕里(Parry)的俭省(economy)原则之后,贾尼尼返回寻求更脆弱的支持:重复,③但不是一字不差地重

---

① 贾尼尼省略了忒奥格尼斯第 112 行,但随后(页 47)将其列入了纪念(mnēma)目下。贾尼尼对 agathos 其余的列举(页 15-16)更为可疑,这里不作考虑。这些列举的例子是:agathos 前接一个介词或一个单音节的连接词,agathos 在半句(hemistich)的开头前接一个定语(两例),以及 agathos 在半句的开头前接一个小品词(两例)。

② 贾尼尼承认(页 71),诉歌欠缺程式化的体系,亦即,诉歌诗人并不总是以同样的语词说同样的事情。这是对帕里(1971,页 13)著名定义的重述:"程式可以定义为一种有规则地使用的表述,以相同的韵律去表达一个关键的观念。"

③ 如果我理解得正确的话,贾尼尼(页 10)说,重复保证了一个表述的程式化特征。"表达和重复要形成一定的标准,就要确保其自身足以形成某种特征。"这似乎搞混了必要条件与充分条件。

复,而是有所改动地重复。①然而,重复就其自身而言(in and of itself)是不充分的。必须表明重复是有意义的。

4. 我的观点很简单。agathos、kakos、anēr 和 ekho 在诉歌作品中十分常见,偶尔发现它们搭配在一起也毫不奇怪。忒奥格尼斯大约 1400 行诗句中,将近 90 行含有 agathos 的某种形式,kakos 的形式大约出现了 120 次。假设这些词随机分布在文本中(当然,情形并非如此),我们就会发现每 8 行这两个词就会出现一次。②然而,[两个词]有一种显而易见的语义学关联,而且事实上,我们发现有 29 行这样的诗句。有 13 组这样的搭配出现在诉歌对句的六音步诗行中。在五音步的诗行的 16 个例子当中,有 9 例在独立的半句(separate hemistichs)中包含这两个词。贾尼尼援引了其中 6 例,上文已经列出;他还注意到第 7 例(行 172)是例外(因为 agathos 在 kakos 之前)。③最后,这 7 例当中只有 5 例是出现在后半句(the finial hemistichs)中。总而言之,这两个词搭配的情况分布太广,谈不上有什么特别意义。最值得注意的反倒是,有 6 行出现了 agathos 却没有 kakos,有 90 行则正好相反。

5. 忒奥格尼斯诗中 anēr 的主格单数出现了 30 次。其中有 4 例诗行包含某种形式的 agathos,但 26 例却没有,④而且在其余[4 例中的]2 例中这两个词并不是出现在相同的半句。

---

① 贾尼尼(页 11)简要提到"程式类型"(formula types)和"结构程式"(structural formulae)的复杂主题。

② 用这种简单的计算方法:既然忒奥格尼斯有 1400 行诗,则包含这两个词的行数就是:(90/1400) × (120/1400) × 1400 = 7.7。

③ 值得注意的是,7 例当中有 6 例是 kakos 在前。下文会讨论这一点。

④ 这 4 例包括贾尼尼引用的两例,还有两例在 319 行(六音步诗行)和 662 行;在后两例中,这两个词出现在一行诗的不同半句。注意,agathos(主格单数阳性)的形式在忒奥格尼斯笔下仅出现 5 次。其中 2 次与 anēr 相连。至于是否仅限于考虑词形变格的单数形式,存在一个方法论上的困难。要注意,例如,在列出的 6 组 kakos/agathos 中,有 2 组包含 andr(勇敢)一词。

[248] 6. ekhō 一词的各种形式的出现超过 120 次。如果我们仅限于考虑短长格(⌣ ——)韵律形式的话,这个数字就减少到只有大约 70 次。①如果我们仍然假设 ekhō 是随机分布的话(这仍然是个存疑的假设),我们应该会发现大约有 4 行是[ekhō 和 agathos]这两个词都出现的。实际上是 5 行。②超过 60 行含有 ekhō 的诗行并非如此,超过 80 行含有 agathos 的诗行并非如此。

7. 上面的发现是否表明,贾尼尼列举的搭配并非程式化的?答案很大程度上取决于所谓程式化究竟何意——这是个棘手的问题,所有的荷马学者都知道。事实上,agathos 一词出现在几乎以任何标准来看都已被视为程式化的一个表述当中。该词的主格单数在《伊利亚特》中出现了 48 次,在《奥德赛》中是 10 次。其中,它在《伊利亚特》中有 35 次,在《奥德赛》中有 8 次是出现在修饰性的称号中。

βοὴν ἀγαθὸς Μενέλαος / Διομήδης
善于呐喊的墨涅拉奥斯/狄奥墨得斯

同样,boēn(呐喊)一词在两部史诗中总共出现了 50 次,其中 46 次出现在[上面的]短语中。③应该清楚的是,这个短语经受得住上文基于诉歌的搭配而发起的那种统计学攻击。

8. 尽管这个荷马式短语还有别的特征,例如,在诗行中有固定

---

① 通过使用省略的小品词去定位的话,这个数字有可能提高至大约 110 次,但贾尼尼的援引完全没有包含这种手法。
② 这 5 行包括贾尼尼援引的 3 例,以及 525 行(六音步诗行)和 614 行(两词出现在不同的半句)。
③ 数据有些复杂,因为实际上这个固定的短语有五次是连接 agathos 的,且相应的人名是宾格。"程式"(formula)这个不严谨的术语是成问题的,因此我倾向于避免使用它。参 Edwards(1971,页 40-73)对程式的精彩讨论。

的位置以及与某个特定的人名连在一起,①[249]但我在此尤其感兴趣的事实是,agathos 与特别是 boēn 一起出现远比它们单独出现要频繁得多。但从这些出自诉歌的援引来看,情形却不是如此。②

9. 帕里的观念是,一旦出现诸如 boēn agathos menelāos[善于呐喊的墨涅拉奥斯]的固定组合,诗人或吟咏者就以这种表述作为一个方便记忆的手法来填充诗行。③其理论认为,几乎没人关注这种表述的构成语词的意义,或关注作为一个整体的表述,因此,史诗所以会在不恰当的语境中使用这种表达方式,或者何以有时出现不规则的韵律(它们被草率或仓促安插到诗行之中),我们就有了一种解释。虽然这种推理总体上仍具说服力,但在某些情形中,如评论家所言,④修饰性成分仍然与当下直接的语境相关。这个短语有 41 次用作填充诗行的后半句,以此作为比较的基础,我将考察《伊利亚特》中 5 个不同的例子,agathos 在句中占据着相同的韵律位置。

10.
因为善良的(agathos)老人珀吕伊多斯已多次告诉他。
(《伊利亚特》,卷十三,行 666)

是否有理由认为珀吕伊多斯显然并不 boēn agathos[善于呐喊]? gerōn[老人]一词巧妙地取代了 boēn。考虑另外 4 例:

---

① 帕里(1973,页 93)把这种短语归入"普遍的称号"(generic epithets)组别中,因为它在荷马笔下不仅适用于一个英雄。还要注意,如帕里在第 93-94 页所言,墨涅拉奥斯和狄奥墨得斯并没有共享 xanthos[金黄的]和 krateros[有力的]这两个形容词,但这两个词却是其他英雄共有的。
② 参本文 5 节的注释,我援引的事实是,agathos 的形式在忒奥格尼斯笔下仅出现五次。其中两次与 anēr 相连。这接近于我所谓固定短语的提法。
③ Hainsworth(1968,页 35 注释 1)正确地看到,荷马式的程式与陈词滥调(cliché)不是同一回事。Lord 也不满地说(1960,页 4),"程式并非僵化的陈词滥调,只是有这种名声而已"。
④ Whallon,1969,页 1-70;Austin,1975,页 11-80。

[这些马]来自色雷斯,高贵的狄奥墨得斯杀了它们的主人。(《伊利亚特》,卷十,行 559)

[250]当我杀戮他的同伴时,善于呐喊的埃阿斯击中了[我]。(《伊利亚特》,卷十五,行 249)

善于呐喊的赫克托尔已经杀到船边。
(《伊利亚特》,卷十三,行 123)

[只有]阿特柔斯之子[才爱他们的妻子]?因为任何高贵细心的男子汉都……(《伊利亚特》,卷九,行 341)

这四行诗都是异于传统短语的有趣例子。在《伊利亚特》第十卷第 599 行,anakt'[主人]取代了 boēn[呐喊],但句法上更多是出于偶然,因为 anakt'[主人]是下一句动词的直接宾语。在《伊利亚特》第十五卷,第 249 行,即第二句援引,埃阿斯获得了史诗中唯一一次这样的称号,连接着动词 balen[击]。同样,在《伊利亚特》第十三卷第 123 行,赫克托尔在[句中]分开的位置获得了这个称号。最有趣的是最后一句,《伊利亚特》第九卷第 341 行,除非我们愿意认为,阿喀琉斯有意改变[善于呐喊]这个短语背后的社会观念,代之以新的搭配 anēr agathos[高贵的男子汉],否则我们就不会觉得[善于呐喊]这个短语的意蕴已经荡然无存,至于"高贵的男子汉",在《伊利亚特》中这也是仅此一见的搭配,但在诉歌中可以见到好几次。

11. 既然这个短语的些许变化也出现在 agathos 以及宾格单数的特定人名(《伊利亚特》4 次、《奥德赛》1 次)中,那么,当 agathon——即 agathos 的阳性宾格——出现在相同的韵律位置时候,考察 agathon 的情形就有了一定基础:

帕蒙和安提佛诺斯,还有善于呐喊的珀利特斯……

>（《伊利亚特》,卷二十四,行250）

>他们注意到善于呐喊的赫克托尔及其同伴。
>（《伊利亚特》,卷十五,行671）

>空着船[回乡],只留下高贵的墨涅拉奥斯。
>（《伊利亚特》,卷四,行181）

[251]上面援引的三句继续说明了这个短语的变化方式。在《伊利亚特》第十四卷第250行,珀利特斯荣获这个称号,在另一处,赫克托尔再次在《伊利亚特》第十五卷第671行被如此称呼。lipōn[留下]一词取代了《伊利亚特》第四卷第181行中的boēn,这也许是个直接的替换,因为此处的语境是,阿伽门农设想未来某个特洛伊人对着墨涅拉奥斯的尸体吹嘘。

12. 我们似乎可以合理地认为,在上述所有情形中,诗人心中和听众心中或多或少有一些固定的或标准化的短语。值得注意的是,这种固定的短语多出现在荷马诗句的末尾,似乎诗人一旦投身于诗句当中,就会以某种方式被迫借助使用此类独特的表达来填充诗句。借助此类令人难忘的印象,由此而形成思维上的直观跳跃,这就是帕里的程式理论。关于这个主题,已经有人写了许多,这里不能一一论及。①我只提一点,把程式的观念延伸至荷马诗歌的其他方面,仍然是成问题的。②得出的结论似乎是,虽说形式一致性(uniformities)当然值得注意,但诗人"不得不如此"的想法是个有点

---

① 最近的研究,参Fenik,1978,书中各处可见。
② 最令人信服的是,这种程式体系延伸至名词与形容词的结合或形容性的短语。帕里(1971,页109–117)探讨了向诸如船、马和盾牌等实物名词的延伸。Whallon 1969(页34–54)全面地讨论了带有盾牌的短语。Austin 1975(页11–80)对主要的称号有重要的论述。

离谱的推断。诗人并非被迫使用此类固定短语。他能够随意变换它们、改变它们或者完全省略它们。诗人兴许经常看似使用它们"填充"韵律，但并非总是如此。相反，固定的短语似乎成为一个帮手，一个在神奇的口头创作过程中的助手，但那是个复杂的问题。如海因沃斯(Hainsworth)所言，在审美上的有效与技术上的有用之间有一种张力(Hainsworth, 1978, 页48)，诗人在任何单个例子中的选择并非总是清楚了然。

13. 帕里的著作产生了重要而持续的影响，我们能借此而更深地理解，在写作未出现或罕见的社会中，诗歌如何发生作用。但即便可以更精确地定义程式，即便可以把程式之网(formulaic net)扩展到涵盖所有荷马乃至其他早期希腊的诗歌，[252]伴随帕里理论而来的一系列推论也并不必然适用于所有情况。口头创作进程比最初所以为的情况要变化多端得多。在任何前提下，都有诗歌天赋的空间，都有持续发展和提升口传诗歌的空间。即便我们在别的地方寻求此类嵌在史诗称号中的固定短语的努力只是徒劳，我们也不必抛弃帕里对社会和文化背景的洞见，口传诗歌正是产生于这些背景。已然清楚的是，我们不必具有创作史诗诗歌——更不用说创作短篇诉歌体诗歌——的学问能力。我们姑且假设，严格意义上的固定短语是荷马史诗的一个特征。①但无论众英雄和众神的称号是否并不多见，固定短语都并非随处可见。

14. 荷马笔下 agathon 在这个韵律位置的其余例子，似乎与固定短语的情况相去甚远，有的时候是因为语义的转变：

我们应该把这事告诉达那奥斯人，虽然不是好事……
(《伊利亚特》，卷九，行627)

---

① Young 1967(各处)主张，荷马笔下的程式是个风格问题，而不是迫不得已，程式是文体的一种特征。

这里的 agathon 修饰 muthos[事情、故事],而不是一个人;不好的事。①朝向抽象的转变在下面两句中更清楚:

> 你家里曾发生过什么坏事与好事……
> (《奥德赛》,卷四,行 392)

> 缪斯宠爱他,给予他幸与不幸……(《奥德赛》,卷八,行 63)

现在我们看看中性形式,用作抽象化的名词。下面三行出自赫西俄德,似乎与上引最后一句共同表明了一种不同的标准化短语或固定短语:

> [253]给予将要出世的凡人幸与不幸,(《神谱》,行 219)

> 让女神帮他出主意,分辨好坏。(《神谱》,行 900)

> 为有死的凡人安排种种幸与不幸。(《神谱》,行 906)

变动了韵律位置的例子,我也引一句:

> 宙斯颁布幸与不幸,因为他无所不能。
> (《奥德赛》,卷四,行 237)

在恰当的位置,但变回了阳性主格:

---

① 《伊利亚特》中 agathos per eōn[总是好事]的表达式在诗行中不同的位置出现过 4 次(《伊利亚特》卷一,行 131;卷十九,行 155;卷一,行 275;卷十五,行 185)。这是固定短语发生变化的又一例。

因此我们凡人认为,幸与不幸相似。(梭伦,辑语1,行33)

考虑到出现的频率,关于短语 agathon te kakon te[好与坏]的固定位置的证据不如 boēn agathos Diomēdēs[善于呐喊的狄奥墨得斯]那么多,但 agathon 的形式在赫西俄德笔下仅出现上引的三句。因此证据很单薄,假如这种表达式也出现 48 次,我的立场会更可靠,但已有的证据表明,这几个词构成了赫西俄德笔下的一个程式或标准化短语。而如果这几个词在赫西俄德笔下[算固定短语],那么在上引《奥德赛》的诗句以及稍有变化的梭伦诗句中,难道不可以是个固定短语?

15. 如果我们把短语 agathon te kakon te[好与坏]理解为一个程式,它岂非也隐含在贾尼尼所援引的诗句的背景中(本文 2 节)?此外,当英文的 good 与 bad 成对出现时,good 总是在前,除非是为了寻求某种特殊效果才会不如此。因此值得注意的是,忒奥格尼斯笔下包含这对词的 7 个半句中,6 次是 kakos 在前。试比较:

[254][没有诸神],人们既不会有好事也不会有坏事。
(忒奥格尼斯,行172)

这是贾尼尼忽略的一句,但悖谬的是,这句最接近于固定短语。它出现在语调严肃、向诸神祈祷的对句当中,但即便如此,还是有一种修辞上的婉转把几个词转向了消极的一面,结尾处蕴涵的意思使人有这样一丝设想:人们还必须向诸神祈祷以获得坏事。

[一个人如果]喝得巧妙,非但不坏,还是好事。
(忒奥格尼斯,行212)

[一个人如果]喝得巧妙,不是坏事,而是好事。
(忒奥格尼斯,行510)

低劣之辈常常比高贵之人能喝。(忒奥格尼斯,行972)

上面三句讨论饮酒。每一例还都带有一点修辞味道。饮酒过度是坏事,但节制的话就不仅不坏,甚至还是好事。第三句表明,尽管获胜通常来说是好的,但在饮酒竞争中却并非如此。

17.
　　况且[有诸神定事],祸(kakou)兮福(esthlon,agathon 的同义词)所倚,
　　福(kakon)兮祸(agathou)所伏;穷人可能一朝暴富……
　　(忒奥格尼斯,行661-662)

　　金钱受尊崇;下层女(kakou)嫁给贵族男(esthlos),
　　下层男(kakos)娶到贵族女(agathou);财产搅乱了血统。
　　(忒奥格尼斯,行,189-190)

[255]当搭配出现在前半句时,这两例援引互相呼应,且构成了两种情形。兴许一者是另一者的一种变形,egento[倚伏、产生]被 egēme[嫁、娶]取代。一者评论世事难以预料,从福到祸、从祸转福都难以预料;一者出自关于血统的名诗,把动物圈养应用到人身上,听起来是个刺激之论。血统的主题还出现在第429-438行,曾被柏拉图引用,其关键论点如下:

　　用明智的故事说服;然而,
　　你永远无法教一个低劣者(kakon)习得高贵(agathon)。
　　(忒奥格尼斯,行437-438)

把 kakon 放在 agathon 之前,仍然具有一种修辞的意味。这个论断兴许可以通过援引最后两段 kakos 在 agathos 之前的诗句而得到强化:

拙者或能手都不会[失手];[因为]宙斯帮所有人瞄准。
(《伊利亚特》,卷十七,行632)

这里,埃阿斯抱怨敌人的武器有神帮忙瞄准,拙者或能手都不会失手。诗人是在嘲弄直肠直肚的埃阿斯天真幼稚吗?还有agathos 形式单独出现,在赫西俄德笔下:

恶邻带来麻烦不断,好邻带来福气连连。
(《劳作与时日》,行346)

修辞的对比与警句的语调是这行诗的特点,也是前引各行诗的特点。我们不是讨论一个固定的短语,但这些诗句兴许直接暗示着固定短语,因此我们在这里看到基于这个主题的诸种变化以及对修辞对比的运用。

18. 诸如 boēn agathos Diomēdēs[善于呐喊的狄奥墨得斯]的固定短语,在荷马的诗行中并非随处可见,但仍然是史诗非常重要的特征。诉歌[256]也有其独特性。诉歌双行诗具有不同寻常的形式要求,它不允许在五音步诗行的第二个半句把 — ˘ ˘ 替换为 — —。我猜想——我不知道任何对这种猜想的肯定或反驳——这种严格的形式限制相比史诗诗行中的形式限制而言,具有某种作用。诉歌对句如此之严格,其结尾以一种可预知的韵律来表示,与六音步结尾处可预知的韵律模式 — ˘ ˘ — ≃ 不无相像。①荷马的固定短语倾向于占据诗行的最后音步,由此强化了六音步诗行的形式。诉歌对句在某些方面是一个比史诗六音步更长的整体,它的韵尾(metrical closure)出现在六音步的结尾,并且我猜想,它把句中的

---

① 作为比较,值得注意的是,拉丁语的六音步诗行除了要求长短短格的第五音步(a dactylic fifth foot)之外,还要求诗行最后两个音步的韵文扬音(metrical ictus)与散文重音(prose stress)一致。

重点(preponderance)放在该处作结。结果,荷马的固定短语的效果——目的是把六音步诗行引向结束——可能在诉歌体形式中消除了,或干脆就没有展开。六音步诗行非但没有以六音步结束思想,反而经常被用来设定舞台、令听者产生一系列的预期,而在五音步诗行那里,必然要通过意义的完成(closure of sense),通过修辞上的含义、机智和对比才能让听者产生这种预期。通常,五音步诗句以一个半句对应另一个。例如,五音步的押韵倾向于语词的游戏(纳吉,1974,页100),因此出于对照的目的,六音步带有一种苍白无味的倾向。涉 agathos 与 kakos 对比的几个例子,或许表明了这一点:

> 没有哪个人做事情时心里清楚,
> 最终结果究竟是好(agathon)还是坏(kakon)。
> (忒奥格尼斯,行135-136)

> 人既不会发达,也不会贫穷,
> 既不会堕入底层(kakos),也不能跻身上流(agathos),如果没有神灵襄助。(忒奥格尼斯,行165-166)

> [257]居尔诺斯! 一个高贵的人总是有高见,
> 无论处境是好(kaka,中性复数)是坏(agatha)都不迷茫;
> (忒奥格尼斯,行319-320)

> 降临吧,奥林波斯的宙斯,请应允我的祈祷,
> 使我远离噩运,赐我好运;(忒奥格尼斯,行341-342)

直接运用这些语词并展示机智,在许多诉歌的会饮气氛中并非不恰当(参本书莱文文)。会饮中的嬉戏并不限于泼酒游戏(kottabos）。①

19. 我们这里无法考察史诗与诉歌中所有出现 agathos 和 agathon 之处，更不用说这个形容词的复数以及其他形式的运用，尽管这样的讨论会有帮助。例如，值得注意的是，主格复数的 agathoi 并没有出现在荷马或赫西俄德笔下，但在诉歌中确实出现了 10 次。假如说六音步或多或少无法接受这种形式，作为回应我注意到，忒奥格尼斯笔下 9 例中有 7 例出现在六音步双行诗中。似乎，社会分层（social grouping）正是荷马和赫西俄德感到陌生的（参本书多兰文）。

20. 我下面转向在汇总中考察 agathos 的各种情形，特别是关注各种形式在诗行中出现的位置。标记韵律位置会有帮助。我图示诉歌对句［格律］如下：

$$(1) - \smile\smile\ (2) - \smile\smile\ (3) - \smile\smile\ (4) - \smile\smile\ (5) - \smile\smile\ (6) - \underset{\smile}{\smile}$$
$$(7) - \smile\smile\ (8) - \smile\smile\ (9) -\ (10) - \smile\smile\ (11) - \smile\smile\ (12) \underset{\smile}{-}$$

例如，在短语 boēn agathos Diomēdēs［善于呐喊的狄奥墨得斯］中，agathos 一词占据第四音步最后两个短音节以及第五音步的第一个长音节。我将其韵律法图示为 ⌣ ⌣ (5) −。既然我们只是讨论短短长格的形式（⌣ ⌣ −），我把 agathos 在短语中的韵律位置命名为"位置5"。［258］显然，agathos 的各种形式，至少理论上可以出现在六音步的位置 2、3、4、5、6 以及五音步的位置 8、9、11、12。

21. 我首先陈列 agathos 和 agathon 的形式在"史诗"（《伊利亚特》、《奥德赛》、《荷马颂歌》［*Homeric Hymns*］和赫西俄德）以及诉歌（阿基洛库斯、卡利努斯、弥涅墨斯、梭伦、提尔泰奥斯、克塞诺芬尼和忒奥格尼斯）中的分布。

---

① ［译按］即 κότταβος，会饮时，将杯中残酒泼到铜盘中，如全部泼进、声音清脆，则最为吉利；此游戏始于西西里岛，后盛行于雅典（据罗念生、水建馥编，《古希腊语汉语词典》，页476）。间或夹杂其他内容，比如猜测掷酒者口中所念的情人究竟为谁等等。

agathos/agathon

位置	2	3	4	5	6	8	9	11	12
史诗	6	13	9	65	2				
诉歌	4	2	5	3		4	6		10

数据尚未多到令人十分确信,除了史诗中位置 5 的数字 65 之外。这当然是由于那些固定短语的缘故。但即使我们减去 48 例短语的情形,还剩下 17 例,在图表中仍然是最大的一项。如我们所见,很大一部分数据是[固定]短语的调整或再现,这些固定短语大多把 agathos/-on 放在位置 5。诉歌中并没有这类对应的短语,也缺乏吸引到那个位置的形式。其次,史诗六音步中第二受欢迎的是位置 3,agathos/-on 在这里完成了最常见的停顿。诉歌体六音步并不是如此。相反,在诉歌里的总共 34 例中,16 例集中在位置 9 和 12,这两个位置是单词必须结束之处和要求更高之处,可能要留给短短长格中的重点词。

22. 通过 agathos 所有形式——包括上面列表中的两种形式——的数据,我们可以大体说明总体分布的某些状况:

agathos(所有形式)

位置	2	3	4	5	6	8	9	11	12
史诗	19	36	13	69	10				
诉歌	11	14	8	7	5	7	22	6	22

仍然减去史诗中大量出现在位置 5 的固定短语之后,我们现在发现,位置 3 在史诗与诉歌的六音步中都最受青睐,但在诉歌的六音步中不那么明显。诉歌中受青睐的仍然是位置 9 和 12。注意,就诉歌中出现的各种形式的 agathos 而言,五音步占据了大约 55%。

[259]23. 最后一组考察把我们带回到 agathos 与各种形式的 ekhō[有]的搭配列表中。根据贾尼尼的看法(页 63),六音步的短

语可以通过下面的方式用于五音步中：

（1）从诗行之始（verse-beginning）到主要停顿，六音步短语在韵律上与五音步的半句一致，并且可以无须改变而转换。（我找不到包含 agathos 的例子。）

（2）出自六音步诗行后半部分的短语在修正结尾或语词顺序之后可以转换。（还是没有包含 agathos 的例子。）

（3）可以通过增加一个短长格的语词来转换，并且三个使用了动词 ekhō[有]各种形式的例子（都没有涉及 agathos）被援引。我列表统计了 ekhō[有]三种形式的结果。

位置		ekhei, ekhein, ekhōn							
		2	3	4	5	6	8	9	11	12
史诗:	ekhei	11	4	32	1					
	ekhein	5	2	13						
	ekhōn	35	28	45	1					
	总计	51	34	90	2					
诉歌:	ekhei	1	1	6			1	1	4	18
	ekhein			8				2	3	11
	ekhōn	1		1	1		7	4	3	9
	总计	2	1	15	1		8	7	10	38

如果我们记得，引证的史诗作品的规模大约是诉歌的二十倍，那么很清楚，各种形式的 ekhō[有]出现得并不少，即便是在诉歌对句的六音步诗句中。ekhō[有]的各种形式在史诗与诉歌中都集中于六音步中的第四步，这点也值得注意。然而，真正惊人的是，相比诉歌的六音步，[ekhō]大量出现在诉歌的五音步中。[260]从上面关于 agathos 各种形式的列表中，可以看到，在诉歌中出现的 102 例里面，45 例出现在六音步中，57 例出现在五音步中，这种平分秋色几乎令任何假设失效。固定形式的 ekhō[有]分为 19 比 63。我不

解释五音步中这个非常大的比例。兴许这些形式的作用是,使史诗的短语可以适用于五音步——如贾尼尼所暗示的,但我初步的考察并不能得出这个结论。

24. 当诗人或吟咏者从六音步的吟诵转向诉歌时,我们并不知道他们心中的内在想法。但我们至少可以猜测,这类似于双语的言说者从一种语言转向另一种的情况。如果他们真的懂双语,他们就要假定不同的文化场合,运用不同的言说习惯。诉歌言说事物的方式不同于六音步言说事物的方式。转向的一个副产物兴许是,无论有意抑或无意,诸如 agathos 这些语词的短短长格模式倾向于被保留、取代、押后或提前,用以填补五音步诗行的相应部分,亦即位置9 和 12,这两处是形式限制要求语词结尾的地方。必须对六音步与诉歌中各种韵律的语词模式(word-shapes)的运用都作出更详细的分析,才会对这个问题作出确定的分析。

25. 如果上述勾勒的初步和临时的结论得以证实,就很可能证明纳吉(Nagy)基于其他根据而作出的设想,[1]亦即诉歌并不仅仅是对史诗六音步的调整、裁剪六音步的表达式来迁就五音步。相反,诉歌的语言和六音步的语言一样,是一种就其自身而言形成结构和体系的整体(plenum)。如此一来,结构中某一点的变化会影响其他部分。如果诉歌在位置 9 和 12 对短短长格的语词有相对较高的要求,那么,其他点诸如位置 3 就会相对而言倾向于更自由(sparing)。一个重要的推论也许是,我们不应该把诉歌设想为源自六音步诗。诉歌有所不同,有其自身的规则;因此,如果诉歌并没有展现出史诗六音步典型的固定短语,我们也不应感到惊讶。

---

[1] 纳吉,1974,页 99-101,1979b,页 628。

麦加拉古风时期编年表

公元前800—前500年

费格拉(Thomas J. Figueira) 撰
万昊 马勇等 译 娄林 校*

[261]编纂这个年表时,我心中有一个特定的目标,即按年代顺序汇编麦加拉在古风时期历史中的可用资料。对于本文集中任何历史事件的讨论,我都希望这个年表能有所裨益,我也希望年表能够提示读者,《忒奥格尼斯集》本身的形成与其他城邦的影响也大有关联——虽然现今已无法或几乎无法复原当时的情形。当然,在我看来,《忒奥格尼斯集》具有类型上的、思想上的泛麦加拉(pan-Megarian)性质,这就有必要从对专门的、外证的(externally-attested)政治形势的阅读进入到对被忽略文献的阅读。因此,年表应当与第五章一起阅读,第五章详细研究了忒奥格尼斯和麦加拉的关系。在下文分析论证的基础上,如果可以避免对文献的传记式(biographical)阅读,那么,关于古风时期的麦加拉和它的年代谱系,我们或可得到一些不凡之见。我希望读者能够注意以下作品,因为它们对编纂这个年表尤为有用:Hammond,1954;Highbarger,1927;Legon,1981;Oost,1973;Salmon,1972。

| 公元前750年以前 | 麦加拉断断续续地处在科林斯的控制之下(A) |
| 约公元前750年 | sunoikismos[城邦形成]前的五个 kōmai[乡村]体系(B) |

---

* [校按]本年表曾根据年代,还有龙卓婷、董晓博诸君分别译出,最后由娄林统校全文。

公元前 750—前 725 年	麦加拉-许伯莱亚(Mrgara Hyblaea)建立;麦加拉 sunoikismos[城邦形成]并独立(B,C)
公元前 725—前 700 年	奥斯普斯(Orsippos)收复麦加拉领土(D)
公元前 712/711 年	阿斯塔科斯港(Astakos)(?)建立(E)
公元前 685 年	卡尔卡赫敦(Kalkhedon)建立(E)
公元前 7 世纪早期	塞利布里亚(Selymbria)建立(E)
公元前 669 年	拜占庭(Byzantion)(?)建立(E)
公元前 650—前 625 年	麦加拉-许伯莱亚和麦加拉建立塞林努斯(Selinous)(C,E)
公元前 640/630—前 600 年	麦加拉僭主忒阿格尼斯(Theagenes)(F)
公元前 628/627 年	另一个可能的拜占庭建城年代;或是加强对城邦的控制(??)(E)
[262]公元前 625—前 600 年	科林斯夺取了麦加拉的西多斯(Sidous)和克罗密俄尼亚(Krommyon)(G)
公元前 625—前 600 年	雅典和麦加拉开始对峙(H)
公元前 600 年前	麦加拉占领萨拉米斯(Salamis)(I,S)
公元前 600 年前	多里克莱安(Dorykleians)从麦加拉流亡(J)
约公元前 600 年	麦加拉与萨摩斯(Samians)在佩林托斯(Perinthos)发生海战(K)
约公元前 600—前 595 年	雅典夺回萨拉米斯(I)
公元前 600—前 582 年	麦加拉在优卑亚(Euboia)海战中受挫(L)
公元前 590—前 570 年	麦加拉在雅典 stasis[内讧]时再次占领萨拉米斯(I,M)
公元前 570—前 565 年	佩西斯特拉图图(Peisistratid)夺取尼西亚(Nisaea)和萨拉米斯(?)(I,M)
公元前 575—前 550 年	麦加拉与科林斯交战(N)

公元前 575—前 550 年	麦加拉与米利都城(Miletos)交战(O)
公元前 560 年	黑海的赫拉克利亚(Heraclea Pontica)建立(E)
公元前 550—前 510 年	伯罗奔半岛人干涉麦加拉(N,P)
公元前 545—前 510 年	麦加拉与科林斯交战(?)(N,O)
公元前 544/541 年	忒奥格尼斯盛年期(Floruit);Palintokiā[夺回利息]或麦加拉民主制的败落(Q)
约公元前 510 年	麦加拉与斯巴达结盟(R);斯巴达将萨拉米斯判给雅典(S)

A

（公元前 750 年以前）有关科林斯对麦加拉的统治,一项重要的证据见普鲁塔克(以《麦加拉政制》为蓝本)对麦加拉用语 doruxenos[战友]含义的描述(《希腊问题》[*Greek Questions*],17)。在阿提卡方言的用法中,这个词意为军事同盟(埃斯库洛斯,《奠酒人》,行 562;索福克勒斯,《僭主俄狄浦斯》,行 632),但它也表示勇士与他俘获的敌人之间的联系(《苏达辞典》,doruxenos 词条;Eustathius《伊利亚特》卷三,行 205–207 注,页 405)。普鲁塔克赋予它后一种含义,并附加说明,当麦加拉人被其他麦加拉人俘虏,在他们获释前受到了他们的捕获者宴请,便产生了这种 xeniā[殷勤款待]。这种习俗的历史背景是这样一个时期:组成麦加拉的五个 kōmai[乡村]之间曾相互对抗。科林斯人煽动了这些冲突。这种形势意味着一个更早的日期,也就是在麦加拉 sunoikismos[形成城邦]之前,五个乡村都是单独存在的政治实体。在形成城邦之前,这个年代与这种习俗(普鲁塔克提到过)相称,即那些耕作土地的人不会受到侵犯。[263]这个年代或在麦加拉人采用重甲步兵方阵(the hoplite phalanx)之前。重甲步兵战争的效用很大程度上在于对敌人农田的威胁,这迫使他们事先作出防御的作战计划。对 doruxenoi[战友]传统的维护,归因于这样一种形势,即,麦加拉贵族在面对基于步兵方阵的政治主张时,试图维护个人作战的传统(参年表 J)。

无论怎样,了解到科林斯人力图煽动麦加拉人彼此对抗,总是让人关注。科林斯人无论任何时候选择绕开居于主导地位的村庄而馈赠礼物(借助宾朋关系),都可能会促使一个较弱的村庄对付这个主导的存在村庄。赎身和相互盛情款待的麦加拉体系,则成为面对科林斯干涉的精心擘划的解毒剂。

麦加拉早期臣服于科林斯,进一步的证据主要来自谚语,围绕着对"宙斯的科林斯"(Dio Korinthos)这个词语的解释,以及一个时常与此相关的表达"麦加拉的眼泪"(dakrua Megareōn,通常指不诚实的哀悼)。"宙斯的科林斯"之古老当然毋庸置疑。这个表达为品达所熟知(第七首涅嵋凯歌,行106),而这一行的注疏提供了一个与文本意思一致的解释(品达,第七首涅嵋凯歌,行155a－b 抄件古注;另参柏拉图,《欧蒂德谟》292E 抄件古注;《苏达辞典》,"宙斯的科林斯"词条)。

品达第七首涅嵋凯歌行155b 的抄件古注提供了完整的记述,这种说法来源于雅典史家德蒙(Atthidographer Demon),他生活在公元前3世纪,写过一部名为《论谚语》(On Proverbs)的作品(FGH 327 F19,参看F 4)。麦加拉人,作为科林斯殖民地的居民,他们被迫服从更强大的科林斯人,并为在科林斯居于统治地位的巴克伊亚家族(Bacchiad)成员的葬礼提供送葬人。麦加拉是 apoikiā[殖民地],这个称谓间接表明了科林斯的视角,它拒绝承认麦加拉的独立。科林斯渴望对它的殖民地实行霸权,这在古典时期并不常见(Graham,1983,页233－234,参看页118－153)。科林斯人 hubris [肆心]无度,麦加拉人只能奋而反抗。科林斯的派驻官员(embassy)对之进行规劝,声明要是叛乱未受惩罚,"宙斯的科林斯"将会怒火中烧。这些言论使得麦加拉人勃然大怒,他们攻击了这些官员。更多援军从科林斯抵达时,一场战役爆发。伴随着"宙斯的科林斯"的哭号,麦加拉人战胜了他们的敌人。德蒙是用这则轶闻来刻画科林斯人的自负。

这是一个流行的故事,在不同的版本中有不同的说法出现,在阿里斯托芬(Aristophanes)的一个抄件古注中即可看到(《蛙》,行439)。在品达的另一则古注中(第七首涅墨凯歌,行155a),短语"宙斯的科林斯"用来解释[264]dekhetai tai bōlon Alētēs[阿勒特斯接到了泥块]这句谚语(参看Hesychius,"宙斯的科林斯"词条)。多里斯人占领科林斯的故事解释了这句谚语。正如德蒙笔下的"宙斯的科林斯"故事所示,"麦加拉的眼泪"这个短语可能同样具有解释的复杂性。这个短语没有出现,但它的意思是含蓄的(参《苏达辞典》,"麦加拉的眼泪"词条)。在这则抄件古注中,麦加拉人参加巴克伊亚丧葬的条款被制定成科林斯的政策。其他版本详述了这句谚语。麦加拉国王克里提欧斯(Klytios)把女儿嫁与科林斯人巴克欧斯(Bakkhios),若非如此,这个麦加拉国王将不为人知(Zenobius,5.8)。这个女儿死时,克里提欧斯迫使麦加拉送葬人赶往科林斯。这个故事并没有多大不同,因为巴克欧斯是王室先祖,自他开始,巴克伊亚家族开始宣称他们的出身和权威。这种说法,并未解释"麦加拉的眼泪",而是麦加拉人自己提供了被迫哀悼这种习俗的依据。我们能够想象,一个科林斯人也会极力论证[麦加拉人参与送葬]这种要求自有其公正所在,因为起初是由于麦加拉国王的自愿行为。这个故事的另一个版本的说法却不一样,将麦加拉的眼泪解释为他们自己的国王流下的泪水(Diogenianus,6.34)。这种陈腐的说法,放弃了所有来自谚语的要点。它可能仅仅是由于心不在焉的缩写。哈蒙德(Hammond)(1954,页97)认为,对这些谚语的解释来源于亚里士多德的《麦加拉政制》(*Constitution of the Megarians*)。

我们无需判断这种隐晦表达的解释是否可靠。完全可以看到的是,只要大多数希腊人承认科林斯对麦加拉的控制,那么,这种解释就能够作出合乎情理的说明。麦加拉人被迫出席巴克伊亚家族的葬礼,这意味着他们是巴克伊亚家族的私人臣民,因为巴克伊亚家族的成年男性构成科林斯政府的成员。这符合我们所知的科林斯封闭的寡头政治与公元前 8 世纪这个确定年代(巴克伊亚在公元前 746 – 前 657 年期间统治)。根据希罗多德(Herodotus)记述,斯巴达有一种相似的制度,希洛人被迫参加斯巴达国王(死后以英雄自居)的葬礼,并要表现出非常正式的哀悼(《原史》,6. 58. 2 – 3; Pausanias, 4. 14. 4)。这种制度为培养附属国的感情而存在,迫使臣民割裂他们的外在行为与内在情感,并强调贵族与从属者之间的区分,对前者而言,悲恸要被严格控制,对后者而言,不节制的行为会得到允可。麦加拉和斯巴达的习俗看来像是一种相似的适应措施,以构建附属国的角色。科林斯人在麦加拉设计的这些制度,本质上构成了麦加拉人反抗的缘由。[265]科林斯的霸权的实施时断时续。没有任何理由认为,在谚语故事和那些牵涉到 doruxenoi[战友]的资料中所暗含的两个城邦的关系,是不可协调的,或者在年代关系里彼此没有干系。

B

(约公元前 750 年)普鲁塔克对麦加拉 doruxenoi[战友]的谈论,提供了麦加拉在 sunoikismos[城邦形成]后极有价值的信息。至于"城邦形成"前那个时期,五个原始的 kōmai[乡村]由赫拉尔斯人(Heraeis)、皮拉尔斯人(Piraeis)、麦加勒斯人(Megareis)、库诺索尔思人(Kynosoureis)和忒普狄科斯人(Tripodiskioi)居住。首先,注意这五个村庄不同于五个城镇,在船舰名录(Catalogue of Ships)中,麦加拉人坚持与埃阿斯(Ajax)分队编列成一组(Strabo, 9. 1. 10 C394)。其中两个乡村在他们的位置上毫无二致。麦加勒斯关系到后来麦加拉城邦的中心,据推测,正因它的政治重要性,它的名字成为整个共同体的名字。忒普狄科斯(Tripodiskioi)无疑来自以此命名的城镇,位于吉安尼亚(Geraneia)东斜坡的麦加拉城的西部和内陆(参修昔底德,《战争志》,4.70.1-2)。此外,乡村之一的赫拉尔斯,在帕拉克拉(Perachora)半岛具有地方色彩。"赫拉尔斯"这个名字与位于半岛底端的赫拉神庙(Heraeum)有关。

根据哈蒙德的说法,早期麦加拉对帕拉克拉的占领,与其地因赫拉崇拜而举行的敬拜活动有关(Hammond,1954,页93-102)。哈蒙德还认为,公元前725年,赫拉-阿卡埃伊亚神庙(Hera Akraia)的敬拜仪式为赫拉-利莫尼亚神庙(Hera Limenia)的敬拜仪式取代,这个改变与废弃港口附近的神庙以及敬拜运动进一步深入内陆处在同一时代。哈蒙德希望将这种转变视为科林斯人占领帕拉克拉半岛的标志。他试图运用考古学的资料,这后来受到赛蒙(Salmon,1972)的抨击,赛蒙表明了,这些地区大概是同一敬拜仪式的一部分,港口附近的早期圣坛中这种活动仍在继续。因此,把帕拉克拉的活动从麦加拉和科林斯时期简单分离出来,并不是正确的做法。

然而,考古学的记载无法支持哈蒙德的论点,即麦加拉对帕拉克拉的控制结束于公元前7世纪晚期。与此同时,赛蒙认为,科林斯建立前,麦加拉对这个地区的影响占有支配地位,这种观点同样成问题。麦加拉领土涵盖的五个地区具有持续性,并沿用了至少其中一个kōmai[乡村]的名字(Kynosoureis: IG IV^2 42.18),这证明五个乡村的传统仍然明显存在于麦加拉的城邦创建时期。[266]赛蒙让帕拉克拉消失得过早,这样就很难解释这种连续性。对低于部落水平的政治单元(units)而言,这种贯穿黑暗时代的连续性将是空前的。此外,提及麦加拉于古风时期对科林斯的臣服的谚语传统,也就不得不丢弃了。

倘若黑暗时代的麦加拉人受到科林斯人极大的影响,正如那则轶事所证,他们的仪式行为与科林斯人的仪式很可能无法辨别。极有可能帕拉克拉半岛的居民(与其他麦加拉人相比时)尤其受到科林斯的影响,所以,在某种意义上说,科林斯人持续控制了帕拉克拉对赫拉的敬拜仪式。然而,这种控制的性质可能有了很大改变。在麦加拉人独立之前,科林斯通过对赫拉尔斯的统治而显示出自己对半岛的霸权。麦加拉独立后,赫拉尔斯人(或他们中的大多数)离开了半岛,进入麦加拉控制的版图,从而让科林斯人更直接地控制帕拉克拉。他们兴许是在这时选择建造一个新的神庙,以表达他们对敬拜仪式的极大兴趣。

因此,科林斯的殖民地居民可能在其殖民地建立后不久,就在科西拉(Corcyra,约建于公元前735年)兴起了赫拉-阿卡埃伊亚神庙的敬拜仪式(Salmon,1972,页181-182、202;Kalligas,1969)。也可能如哈蒙德所示,麦加拉殖民地在岬角建立的敬拜赫拉的仪式,也是赫拉-阿卡埃伊亚神庙的敬拜仪式(Hammnond,1954,页98),但这种改造并不意味着独立的麦加拉人曾真正掌控过这个半岛,这个半岛非常靠近科林斯的港口城镇勒柯亥欧(Lekhaion)。这并不意味着,当所有的麦加拉人受科林斯统治时,这个半岛的居民一度被说成是麦加拉人。这些居民将自己视为麦加拉人,而在一个如此靠近科林斯的地方,这里的居民通过自称麦加拉人有助于重新定义"麦加拉人"这个说法在公元前8世纪意味着什么。麦加拉人居住之地多是科林斯北部和东部的边缘农耕地带。新的麦加拉自治城邦大概从未在这块区域的南部形成权威。因此,将麦加拉的成立设想成完全的sunoikismos[城邦形成]是错误的。"聚集"(in-gathering)这个说法更适于描述这种现象。那些自称麦加拉人的人反抗巴克伊亚的统治,但他们不能成功地保留所有领土,虽然那些地方绝大部分居民是麦加拉人。

皮拉尔斯人的定居点是麦加拉与科林斯的毗邻之地,此处是派莱欧(Peiraion)的位置,在科林斯战争的语境下曾提及此地(色诺芬,《希腊志》4.5.1)。[267]它位于地峡附近的帕拉克拉半岛的东北部海滨(Sakellariou与Faraklas,1972,页22,图17a、b),它甚至相当于帕拉克拉的整个北部和东部地区(Wiseman,1978,页32-33)。哈蒙德将这个名字与形容词peraios[对面的]联系起来,认为伯罗奔半岛的希腊人(在青铜时代!)普遍使用这个名词。赛蒙则主张,只有帕拉克拉地区（他认为这个地区为赫拉尔斯所有）以及肯克勒埃（Kenkhreai）附近的南部地峡区域，似乎才可能与麦加拉自克罗米恩（Krommyon）以东相对（Salmon, 1972, 页 195 - 196）。然而，没有任何理由接受赛蒙的假定，即这个半岛不可能有两个 kōmai [乡村]。"对面的"的关系不一定表明，它们必须在麦加拉大区（Megarid）内的有利地势来接受它们的名字。麦加拉作为一个独立城邦，并非在命名的时候才存在。而赛蒙将帕拉尔斯等同于"对面的"，将遭遇到语词上的困难。他引入赫胥黎德（G. Huxleyde）的一个口头表达，赫胥黎德注意到科林斯东南部的斯皮莱欧（Spiraion）岬角（《战争志》, 8. 10. 3；参看 Ptolemy, *Geography* 3. 14. 33；普林尼《自然史》, 4. 12. 57；Salmon 对比 *P. Oxy.* 1247. 42 [《战争志》, 8. 63 - 11. 2]，这个岬角要么是斯派莱欧 [Speiraion] 要么是派莱欧 [Peiraion]）。赛蒙在公元前 3 世纪的欧皮道洛斯（Epidaurian）铭文中（*IG* IV^2 71. 4, 18）注意到，斯皮莱欧是科林斯和欧皮道洛斯的交界之处。因此，有这样一种可能，皮拉尔斯，或许正确的说法是斯皮拉尔斯（Spiraeis），与斯皮莱欧岬角有关（参看 Wiseman, 1978, 页 33, 页 41 注释 109, 页 136 - 140）。因此皮拉尔斯可能跟南麦加里德有关。它们的领土往南延伸多远，这不得而知，正如我们不知道它们是否据有像地峡的西多斯（Sidous）和克罗密俄尼亚这样的地方，以及肯克勒埃、苏鲁盖亚（Solugeia）和斯皮莱欧岬角周围的地带。斯皮莱欧岬角是欧皮道洛斯最后的边界。然而，没有任何理由认为，皮拉尔斯人在科林斯建立之前就失去了他们的土地。要是他们保持与斯皮莱欧之间的联系，他们可能是被逐步排挤出他们的南部土地，在公元前 7 世纪晚期最终失去西多斯和克罗密俄尼亚。

库诺索尔思大概与麦加拉大区西南部有关（例如，Halliday, 1928, 页 98）。埃戈斯特纳（Aigosthena）西南部的半岛看来像是一个 kunosourā [狗尾巴]（半岛的常见名字）。萨克拉里乌（Sakellariou）和法拉克拉斯（Faraklas），引证库诺索拉（Kynosoura）的斯巴达村庄，认为库诺索莱斯（Kunosoureis）这个名字不一定描绘了麦加拉大区的地形特征(1972,页22-23)。他们遂选择了寻找定居点的步骤,这些定居点的名称不为人知,于是将库诺索莱斯定位在麦加拉的东北部,与埃莱乌西斯(Eleusis)交界。

[268]随后,五分法在城邦的政制构架中也得到延续(例如,五位将军[stratēgoi],五位执政官[polearkhoi],五位民选官员[aisumnātai],五位执政[dāmiourgoi]①),这表明人们可能已经联合起来。②哈蒙德注意到一条将城邦与乡村并置的法令(Hammond,1954,页95)。更古老的 kōmai[乡村]可能被纳入到基于 hekatostues[百户]的公民秩序中去。库诺索拉是公元前3世纪的一个 hekatostus[百户](IG IV² 42.18)。

麦加拉在五个 kōmai[乡村]的结构中使得自身愈加清晰。"麦加拉人希望宣称他们是荷马船舰队列的一部分",这句诗也意味着麦加拉是五个村庄的联盟(Strabo,9.1.10 C394)。这一组(萨拉米斯[Salamis]、珀里克纳[Polikhna]、埃格洛萨[Aigiroussa]、尼西亚[Nisaea]和忒普德斯[Tripodes])描述了公元前7世纪晚期和公元前6世纪的实际情形(五个原始的乡村可能以城邦组织一部分的形式继续存在)。在麦加拉共同体中,萨拉米斯也囊括在内,尽管在公元前7世纪的后30年前它还未并入麦加拉。在这个名单内,忒普德斯可能是忒普狄科斯人(Tripodiskioi)的另一种说法(人们都愿意说谨慎的古语)(参看 Pausanias,1.39.5)。尼西亚可能是这个名字的港口,但它也可能是麦加拉的古语(参看品达,第九首皮托凯歌,行91;第五首涅嵋凯歌,行46;欧里庇得斯,《发疯的赫拉克勒斯》,行954)。珀里克纳是城邦的别称,但也有堡垒的意思,这个意思下两者不能替换。可以想象,它可能是麦加拉的另一种说法(E.

---

① [译按] dāmiourgoi,查无此词,根据这里文脉,疑为 dēmiourgoi。
② Svenbro(1982)发现这五个地区在麦加拉许伯莱亚(Megara Hyblaea)的地理规划之内,在此,这些区域能从广场中显示出来,而广场正衍生于五个 kōmai[乡村]。

Kirsten, *RE* 21. 2. 1371 – 1372)。然而,要是珀里克纳被设想成一个堡垒,它可能位于麦加拉跟科林斯交界的斜坡上,或者,它甚至是帕拉克拉半岛与欧诺厄(Oinoe)的科林斯堡垒附近的地峡相连接之处(色诺芬,《希腊志》4. 5. 5; Strabo, 8. 6. 22 C380; 亦见 Wiseman, 1978. 28 – 32)。埃格洛萨(Aigiroussa)也称为埃盖洛斯(Aigeiros)(Stephanus Byzantius, Aigeiroussa 词条; 参 The opompus *FGH* 115 F 241)。它被等同于埃盖洛伊(Aigeiroi),在这个地方不敬的麦加拉人被称为"砸车者"(wagon – roller)(普鲁塔克,《希腊问题》,59,即《伦语》[304D – F]),他们在去往德尔菲的路上伏击伯罗奔半岛的求神谕者。据说,这种事件在湖滨发生过。这个地区唯一存在的湖泊是沃里亚戈米尼湖(Vouliagmeni),位于帕拉克拉南面,但哈蒙德假设,可能位于巴盖(Pagai)东北部的湖泊才是其真正的位置(Hammond, 1954b; 参看 Sakellariou 与 Faraklas, 1972, 页 32 – 33, 图 15a, b; Wiseman, 1978, 页 26 – 27, 他反对[湖泊的]位置位于 Akra Mavrolimni 附近, 巴盖南部的科林斯海湾)。没有一个村庄位于[269]公元前 5 世纪的麦加拉人实际掌控的领土南面。这些相对谨慎的说法颇有意义,如果我们记得这个名单是有意要让对萨拉米斯的所有权变得可信。对于被科林斯夺去土地,麦加拉人的真实感觉无论是什么,在这一组中,科林斯目前拥有的辖地都只会削弱对萨拉米斯所有权的主张。不管这句诗歌是与梭伦处在同一时代,还是仅仅与公元前 6 世纪晚期斯巴达人的仲裁是同一个时代(见年表 S),关于麦加拉人在这场争端中出现的时间,我们都应该以公元前 5 世纪为限。

C

(公元前 750—前 725)为了确定麦加拉人从科林斯独立的日期,我们有必要考虑麦加拉人在西西里充满曲折的殖民事业。依照修昔底德的说法,麦加拉人起初在特洛提隆(Trotilon)建立居民点,特洛提隆位于莱昂提尼(Leontini)东部的海边(《战争志》,6.4.1;Gomme,*HCT* 4.215-216)。据修昔底德说,在西西里殖民的麦加拉人与建立了莱昂提尼的卡哈基斯殖民者变得联系非常密切。另外一种传统说,他们与纳克索斯(Naxos)的卡哈基斯殖民者联系密切(Ephorus,*FGH* 70 F 137;Strabo,6.2.2 C267)。只要想想卡哈基斯与科林斯之间的密切关系,麦加拉殖民者与卡哈基斯殖民者之间的联系就有重要意义。科林斯和卡哈基斯在地中海西部的殖民活动中合作密切。科林斯人从科西拉赶跑了厄勒特里亚(Eretrian)殖民者(普鲁塔克,《希腊问题》11[即《伦语》293A-B])。从地缘角度讲,叙拉古替代了与卡哈基斯殖民地的补充性关系,它所据有的地方让人想起优卑亚人的名字(例如,阿勒图萨[Arethusa]),这表明,这个地方是优卑亚人发现的。因此,若是麦加拉人与科林斯人有争执,麦加拉人就不可能冒险与卡哈基斯人建立良好关系。麦加拉人曾试图以殖民者的名义征服西科勒(Sicels)的原著民(Polyaenus,5.5;对照 Strabo,6.2.2 C267)。麦加拉人还没来得及做这件事,就被莱昂提尼人赶跑了,他们就在塔普索斯(Thapsos)建立了居民点。在那里,他们可能最终是被叙拉古人驱赶。接下来,他们得到西科勒国王许伯隆(Hyblon)的支持,在许伯莱亚-麦加拉(Megara Hyblaea)建立了永久的据点,这位国王将土地出卖(prodontos)给了他们。在解释这一插曲时,需要尤为注意,混合的殖民地是规则而不是例外(费格拉,1981,页192-202)。在莱昂提尼的麦加拉人可能打算满足于从属的状况,这一点在他们雇用奇袭部队攻打当地人时就已有所暗示(珀利厄奴斯[Polyaenus]援引的誓言约束了莱昂提尼人)。当他们建立了他们自己的居民点时,他们以令人惊奇的速度为他们的新殖民地取了母邦的名称,[270]只是迫于需要才使用了许伯莱亚这个名称。这一命名行为在早期的希腊殖民时期是不寻常的(对照"罗克里"[Lokroi]这个城名的来源)。

修昔底德说,莱昂提尼建立于叙拉古建城之后五年(大约公元前734—前733年,欧西比亚人的[Eusebian]编年传统也支持这个时间)。因此,许伯莱亚－麦加拉的建立时间应该是在公元前 729 年至前 725 年之间(在麦加拉人连续迁移之后)。如果麦加拉和叙拉古大体是同时代的,那么就不难明白,西科勒之所以愿意援助麦加拉人,是因为把他们当作潜在的盟友而对抗在叙拉古的科林斯人。①

麦加拉人在西西里并不自由。可能的情况是,甚至在属于他们的特洛提隆定居点,他们的行动也只是作为卡哈基斯人的附属而存在。那些被迫加入卡哈基斯殖民事业的麦加拉人,可能承认了科林斯的巴克伊亚家族的政府的权威。所以,泰内亚的山地居民中有大量前往叙拉古的殖民者,而叙拉古正是巴克伊亚的阿基斯(Archias)所建(Strabo,8.6.22 C380)。另外,必须假设,麦加拉人在效仿科林斯人的殖民活动之前,就已经是殖民活动的开拓者了,并且已经建立了殖民地。卡哈基斯人和麦加拉人之间合作关系的破裂,反映了麦加拉人和科林斯人之间破碎的城邦关系。只要想到许伯莱亚－麦加拉殖民地所面临的环境,就不会对这一殖民地有着与麦加拉同样的名字感到惊奇。西西里的麦加拉人之所以选择他们母邦的名字作为他们新建殖民地的名字,是因为麦加拉在希腊几乎也很难说它是一个独立的城邦。与建立库迈(Cumae)的优卑亚殖民者类似——他们在命名殖民地的名称时,在名称后面加卡哈基斯(Stephanus Bayzantius,Kume 词条),西西里的麦加拉人在为殖民地取名时,会将母邦的名字作为新殖民地名字的部分,以区别于科林

---

① 以考古学为基础的一种看法认为,许伯莱亚－麦加拉创建的更早时间应该是公元前 750 年(Vallet 和 Villard,1952)。他们援引考古证据表明,许伯莱亚－麦加拉在西西里岛西部建立的殖民地——塞林努斯,传统上说是建于许伯莱亚－麦加拉创建之后一百年,也就是说建于公元前 650 年之前(《战争志》,6.4.2 - 3;Vallet 和 Villard,1958)。俄弗鲁斯关于许伯莱亚－麦加拉(Strabo,6.2.2 C267;对照 [Scymnus] 270 - 282)和塞林努斯(Diodorus Siculus 13.59.4)的纪年会更偏向于修昔底德的记载,可能此处被叙拉古的安提俄库斯的材料给误导了。然而,在普遍所接受的时期之外,现在已经普遍不看重关于许伯莱亚—麦加拉的更早的纪年。

斯这个城邦。麦加拉人在西西里大概是于公元前 750 - 前 725 年之间建立了许伯莱亚 - 麦加拉。普遍接受的时间来自奥西珀斯(Orsippos),他恢复了麦加拉独立时的某些疆界,奥西珀斯的行动发生在公元前 720 年之后,也就是说,直到公元前 8 世纪的最后 25 年内,麦加拉都是独立的。[271]在公元前 7 世纪的前 25 年,依照传统的说法,麦加拉人一直在普洛庞提斯区域(Propontis)进行殖民活动。①因此,伊斯特摩斯地峡的麦加拉人和西西里的麦加拉人的独立活动大体是同时进行的(对照 Legon,1981,页 75)。我们不能确定,究竟是哪一边的麦加拉人率先开始独立运动的。不过,如果当时卡哈基斯人联合其盟友科林斯人一起攻打厄勒特里亚的战争正在利兰丁平原(Lelantine Plain)上进行(参 Jeffery,1976,页 64 - 67),那么,麦加拉人的城邦形成(sunoikismos)和反叛的时间就可能得到解释。尤其值得注意的是,麦加拉人从未单独在地中海西部地区进行殖民,但他们在地中海东部地区却付出了相当大的努力来进行殖民活动,那时地中海东部统治性的力量是米利都人和厄勒特里亚联盟,但米利都人和厄勒特里亚都不是商业性的城邦。确定麦加拉和许伯莱亚 - 麦加拉是同时代的,有助于解释《忒奥格尼斯集》何以可能同时成为这两个城邦的产物(参本书费格拉文,19、21、35、61 - 62 节)。这两个共同体的创建有着同样的政治环境,所以它们政府的历史,在后来才会比当时殖民地和母邦之间的传统关系更为接近,也更相似。

D

(公元前 725—前 720 年)一位名叫奥西珀斯的麦加拉将军,通过攻打麦加拉的某个邻邦,重新恢复了麦加拉的疆界(Pausanias,1.44.1)。一则刻在他的雕像底部的警句就是为了纪念他取得的这个成就。从文学资料和后来于公元 2 世纪在麦加拉发现的警句可以知

---

① [译按]Propontis 是马尔马拉海的旧称。

道,这则警句非常有名,泡赛尼阿斯所见的在麦加拉发现的警句,可能是更早时的一种复制品(IG vii 52;关于行 1-2、4-6,对照关于修昔底德的抄件古注,1.6.5)。①这则警句和奥西珀斯的雕像是麦加拉人遵照一则德尔菲神谕而建。这则警句说,奥西珀斯在面对敌人占据了麦加拉的一部分土地时,保卫了麦加拉的疆界。泡赛尼阿斯和这则警句都说,奥西珀斯在奥林匹亚竞技会的赛跑项目上夺得了桂冠。据说,他是希腊人中第一位赢得赛跑比赛(stadion)的人。这一细节可能与修昔底德关于斯巴达人最先进行裸体竞技训练的说法混淆了(1.6.5)。另外的材料显示,奥西珀斯进行裸体赛跑只是一种偶然(《词源百科》[Etymologicum Magnum],gumnasia 词条,对 Pausanias, 1.44.1)。

关于奥西珀斯首次赢得奥林匹亚盛会裸体赛跑的说法也受到诸多挑战。一个相关的问题是,如何调和关于他的生平的两种传统说法。[272]依据保存在欧西比乌作品中编年史家尤利乌斯(Julius Africanus)的说法(Chronica,页 91[Karst];对照 Hesychius,zosato 词条),奥西珀斯在公元前 720 年赢得了赛跑比赛的桂冠,但一个名叫阿卡特斯(Akanthos)的斯巴达人赢得了裸体赛跑(dolikhos)。这不仅仅是一个文本上的错误,因为哈利卡纳斯索斯的狄奥尼修斯将阿卡特斯看作第一个赢得裸体赛跑的人(《罗马古史》[Antiquitates Romance] 7.72.3;对照 Pausanias 5.8.6;Philostratus De gymnastica 12)。从《词源百科》中可以看到非常明显的关于奥西珀斯和阿卡特斯的混淆,这本作品将奥西珀斯说成是斯巴达人。对荷马的抄件古注提供了更能引起麻烦的诸多细节(《伊利亚特》卷二十三,行 683 B;Eustathius 对

---

① 第一行与正确的拼写有些不同(IG vii 52:Orripos;《战争志》1.6.5 抄件古注:Orsippos),在措辞上也有些不同,这暗示存在几种比早期的铭文还要早的版本。这些不同的版本或许来自于西蒙尼德斯的一则警句诗(Boeckh,1874,页 174-182),西蒙尼德斯的那则铭文显示,麦加拉人恢复奥西珀斯的英雄般荣誉的时间是前 530 年至前 468 年。

《伊利亚特》卷二十三第683行的注疏),同时用一种雅典纪年方式确定了具体日期。这一抄件古注说,当裸体赛跑进入奥林匹亚盛会时,奥西珀斯由于在一次比赛中受到他自己的腰带的干扰死掉了。这一抄件古注还说,奥西珀斯可能直到前652年或前651年依然在世(《词源百科》;《伊利亚特》卷二十三行683,抄件古注D)。无论如何,关于奥西珀斯生平的混乱,很难理解他是否赢得了赛跑比赛,因为每一届奥林匹亚盛会都会记录获胜者的生平,并且获胜者的名单也是众所周知的(参 Jacoby FGH Komm. 3b 399-400; Noten 236-237)。

因此,任何关于奥西珀斯的说法必定是一种猜测。将他的生平建立在裸体比赛首次进入奥林匹亚盛会的时间,似乎要比建立在最先进行这种训练之人的时间上更恰当。可能的情形是,为了替麦加拉人关于某位麦加拉人在公元前652年或前651年赢得赛跑比赛桂冠的说法辩护,这个名叫奥西珀斯的麦加拉人就被提前到了公元前720年。然而,有人可以极为勉强地假定,有两个叫奥西珀斯的人,一个在公元前720年牺牲了,另一个是公元前652年奥林匹亚盛会赛跑比赛的获胜者,这不仅仅是一个假定,还因为,时间上的矛盾可能来源于希波美涅斯(Hippomemes)的十年执政时间(前723/722—前713/712)和一种未知的执政时间(前652/651)之间的混乱。我更愿意认为,一个反麦加拉的注疏者(某位雅典史家)在面对关于奥西珀斯和阿卡特斯无法调和的传统时,让奥西珀斯成为首位进行裸体赛跑的人(虽然是出于偶然)——让他在一次意外事件中死去,以便于阿卡特斯能够在下一次裸体赛跑中宣称取胜。任何对将奥西珀斯描述为奥林匹亚盛会上的一个牺牲者感到愤怒的人,都暗示了奥西珀斯在麦加拉爱国传统上的重要位置。

即便无法复原奥西珀斯田径成就的事实,那么转向后期麦加拉人对他的态度依然有益。对后期麦加拉人来说,奥西珀斯无疑是一位伟大的军事家。在公元前8世纪或前7世纪早期,也许更明智的是,将科林斯看作他的对手,而不是将雅典或波奥提亚看作对手(Legon, 1981,页62-63)。事实上,收复疆土的事业(动词 apotemnō;参《王宫选集》[*Palatine Anthology*]7.720)突然被一个邻邦打断了,而收复疆土一直以来都是针对科林斯的战争,因为曾经为麦加拉人所有的土地当时被科林斯人强夺。[273]然而,如果关于奥西珀斯的传说,多半是在公元前6世纪或前5世纪编织而成的(与接受一则德尔菲神谕有关),那么他的对手的身份只能从后来的语境中获得其重要意义了。从公元前6世纪或前5世纪的麦加拉的立场看来,雅典变成了一个更为可信的除科林斯之外的选择了,并且这可以解释为何有一个传统说奥西珀斯死于奥林匹亚。

如奥西珀斯的铭文告诉我们的,他死后获得了英雄般的荣誉,并葬于麦加拉城墙之中。因此,他的葬礼所受的待遇就如同一个殖民地的创建者的死后礼遇。奥西珀斯得到的这一非凡的荣誉或许显示了,尼西亚-麦加拉(Nisaean Megara)像许伯莱亚-麦加拉或拜占庭(Byzantion)一样,是麦加拉一个真正的殖民地。奥西珀斯死后享有的荣誉,就如同创建了位于忒普狄科斯(Tripodiskioi)的麦加拉城镇的科洛伯斯(Koroibos)死后享有的荣誉(Pausanias,1.43.8;对照《王宫选集》7.154)。①位于城邦之内的奥西珀斯的坟墓令麦加拉城的地域神圣化,并使其完全政治化了(Bohringer,1980)。当后来的麦加拉人到德尔菲求问神谕时,他们得到忠告说,要复兴或增加奥西珀斯的荣誉。如果后期的麦加拉人当时正面对一个类似于当年奥西珀斯所面临的危险,也就是面临科林斯这个敌人时,德尔菲给出这样的忠告就显得尤其适当。不管公元前6世纪阿尔戈斯军队给了麦加拉多少帮助,奥西珀斯和阿尔戈斯人科洛伯斯都同样重要。总之,直到公元前6世纪晚期或前5世纪,德菲尔对麦加拉人的回复是合适的,就如同找

---

① 我们可以将其归为以下三类:葬在城邦中的"创建城邦的英雄";葬在Aisymnion 的无名英雄;那些在希波战争中战死的英雄(Pausanias,1.43.3;对照 Tod 1 no.20 关于一则属于西蒙尼德斯的纪念这些英雄的警句)。麦加拉人宣称,阿尔戈斯王阿德拉斯托斯(Adrastos)的坟墓也是他们的(Dieuchidas,*FGH* 485 F 3)。关于这座坟墓的位置和考古遗迹,参 Muller,1981,页218-222。

到关于奥西珀斯的那则警句一样(注意这一可能性,西蒙尼德斯可能是那则警句的作者)。这些荣誉很适合于公元前 8 世纪晚期的一位奥西珀斯。然而,奥西珀斯也可能活跃于公元前 7 世纪中叶。那时,科林斯的力量衰落了,因为巴克伊亚家族由于与阿尔戈斯的冲突,在那里不再受欢迎,不久之后就被僭主库普塞洛斯(Kypselos)驱逐了。

E

(公元前 8 世纪和前 7 世纪)我们应该强调,麦加拉已经变成一个进行殖民活动的城邦。在独立后,麦加拉像它的领导者(hegemon)科林斯那样周旋于一系列革命之中,麦加拉城中的革命大约类同于科林斯。相反,埃吉纳与之前的领导者阿尔戈斯和厄皮达鲁斯(Epidauros)不同,它不是这两个城邦的复制品,相反,它经历了快速与它们的社会和经济模式相分离的过程(费格拉,1981,页 166 - 192)。[274]科林斯和麦加拉最明显的相似之处是这两个城邦的殖民传统。麦加拉凭借自身的能力进行殖民活动,并且与它的殖民地形成了一个联盟。

麦加拉主要的和次要的殖民地联盟一览表

殖民地	所在地区	创建者	创建日期	材料来源
许伯莱亚 - 麦加拉	西西里岛东部		公元前 750—前 725 年	参年表 C
阿斯塔科斯(Astakos)	马尔马拉海峡南边海岸	卡尔卡赫敦(Kalkhedon)(Charon *FGH* 262 F 6)	公元前 712/711 年	Memnon *FGH*434 F12 Eusebius, *Ol.* 17. 2, (Jerome 本页 91b [Helm]); *Ol.* 18. 3 (页 183[Karst])

续表

殖民地	所在地区	创建者	创建日期	材料来源
卡尔卡赫敦 (Kalkhedon)	博斯普鲁斯海峡东部海岸		公元前 685 年,在拜占庭建立 17 年前	Eusebius *Ol.* 23.3, at Jerom (P.93b [Helm]) Herodotus 4.114
塞勒墨布里亚 (Selymbria)	马尔马拉海北部海岸		拜占庭建立之前	[Scymnus]715
拜占庭 (Byzantion)	博斯普鲁斯海峡西部海岸		公元前 660—前 658 年	Eusibius Ol. 30.2 at Jeromo (p.94b [Helm]; p.185 [Karst])
塞林努斯 (Selinous)	西西里岛西南部	许伯莱亚-麦加拉	公元前 650—前 625 年	参年表 C
黑海的赫拉克利亚 (Heraclea Pontica)	黑海南岸	波奥提亚人	公元前 560 年	[Scymnus] 972-973
美萨姆布里亚 (Mesambria)	黑海西岸	拜占庭 卡尔卡赫敦	公元前 516 年之前	Herodotus 4.93;6.33.2 [Scymnus] 741-742;对照 760

公元前 6 世纪或前 5 世纪,麦加拉人是否参与了在赫拉克利亚的殖民活动,这并不清楚(Panelos、Kallatis 在公元前 6 世纪;Khersonesos 在公元前 5 世纪)。[275]普遍接受的关于麦加拉殖民地的纪年并不可信。① 请注意,卡尔卡赫敦据说参与了阿斯塔科斯的殖

---

① Mesabbira 是一个例外,考古成就提供了资料证据:Ognenova,1960;Hoddinott,1975,页 41-49。

民活动,而后者的创建日期传统上要先于卡尔卡赫敦的建立,并且有好几个殖民地的创建日期都指向拜占庭的创建日期。大多数马尔马拉海和黑海边的殖民地几乎找不到任何遗迹。至于拜占庭,后来的建设抹去了诸多先前的痕迹,科林斯公元前 7 世纪晚期的陶器是最早的可以确定其建城时间的材料。如果未来的任何考古发掘使得这个区域的麦加拉殖民地的时间往前推一大截,这也不会令人惊奇(Boardman,1980,页 238 - 246;Graham,1982,页 118 - 121,页 160 - 162)。如果麦加拉人真的名列保存在狄奥多鲁斯中的那份制海权(Thalassocracy)名单上,如布恩(Burn)所建议的,麦加拉人就可能占据了公元前 666 年至前 599 年这段时间(布恩将麦加拉人读作"卡勒斯"[Kares];Burn,1927)。这暗示了,麦加拉人的殖民活动发生在公元前 666 年之后,并且制海权结束于佩林托斯(Perinthos)的胜利。

尽管麦加拉可能早在公元前 8 世纪和前 7 世纪,就已经被科林斯人占去了大片领土,但我发现,麦加拉领土范围之内的大量人口不大可能成为麦加拉人殖民活动的最重要因素。依照正常的希腊模式,麦加拉人口在公元前 7 世纪到前 5 世纪中叶大幅度增长。最重要的是,殖民活动是一种活力的标志。麦加拉殖民地的纪年没有表明,人口压力推动了这种殖民活动。至少是一代人之内,最多是两代人之内,将许伯莱亚-麦加拉与马尔马拉海地区的其他殖民地区分了开来。可以确定的是,来自帕拉克拉(Perachora)的避难者一直以来都被吸收在殖民地之内,或者在公元前 7 世纪殖民浪潮开始之前,这些避难者就已因漫长的流离失所而死亡(Legon,1981,页 75 -81)。塔那格拉地区的波奥提亚人于公元前 6 世纪出现在赫拉克勒亚地区的麦加拉殖民地,这表明,一个麦加拉的殖民地并不必然完全是由麦加拉人构成的。[1]

---

[1] 赫拉克利亚:Ephorus *FGH* 70 F 44;Jusitin 16. 3. 4 - 8;Euphorion fr. 78 [Powell];Nymphis FGH 432 F 3;Apollonius Rhodius 2. 846 - 849 及其评注;Pau-

[276]此处非常适合重述我在别处就殖民活动的基本原理所表达的观点(费格拉,1981,页192-202)。殖民力量旨在将他们自己城邦的居民压缩成统治精英,这些统治精英的周围是第二等级的公民,以及那些由其他城邦的移民与本地土著所构成的附属等级。就麦加拉来说,那些渴望移民到他们殖民地的人就是最近的波奥提亚人。应该注意,更有可能的背景细节是,麦加拉人的殖民化,亦即米利都人的角色。米利都人是科林斯、厄勒特里亚的敌人的朋友,是科林斯、萨摩斯的朋友的敌人。麦加拉和米利都在马尔马拉海和黑海岸边的希腊人中居于优势地位(Boardman,1980,页238-246)。它们都对科林斯充满敌意,且共享殖民地区,这暗示了,它们的海外殖民活动是相互协调的。

F

(公元前640/630—前600年)几乎没有任何关于忒阿格尼斯(Theagenes)的纪年资料。然而,在他的女婿在雅典发动政变时,忒阿格尼斯必定还大权在握。基伦(Kylon)的崛起是在一届奥林匹亚盛会时(前636年或前632年或前628年;参本书奥金文,2-3节)。忒阿格尼斯在奥林匹亚盛会上获胜是在前640年。众所周知的是,忒阿格尼斯并没有建立僭主统治。亚里士多德也没有把他列在僭

---

sanias 5.26.7;Diodorus Siculus 14.31;[Scymnus]972-973。参 Hesychius FGH 390 F 1.16 关于 Amphiaraos 秘仪的论述。又参 Burstein 1976,页15-18。关于拜占庭的创建,还有别的传统,它们将拜占庭的创建归于其他城邦:康斯坦丁七世(Constantine Porphyrogenitus)的 *De thematibus* 1.43 将其归于多里斯人的殖民地;阿米安努斯(Ammianus Marcellinus)22.8.8 将其归于雅典人的殖民地;Velleius Paterculus 2.7.7 将其归于米洛斯人的殖民地(Milesian colony);Dionysius Byzantius 将其归于科林斯人的殖民地,*Anaplus Bosphori* W 8。在拜占庭也留存一些波奥提亚人政制的痕迹,但文本并不清楚(Diodorus Siculus 14.12.3)。关于阿斯塔科斯,对照 Memnon *FGH* 434 F 12。

主名录中(《政治学》1315b11 – 39)。如果亚里士多德打算让他的僭主列表显得完整,且他已经想到了忒阿格尼斯,那么忒阿格尼斯就不能统治十八年之久了。一般认为,他遵循一种贵族制或寡头制的统治原则。①

麦加拉人殖民活动的记录可能告诉我们关于忒阿格尼斯的生平的一些信息。如果忒阿格尼斯效仿位于他南部的库普塞里德(Kypselid)的模式,那么他就应该在那些新创建的殖民地,安排他的家人或亲信。应该期待在这些殖民地会留下某些忒阿格尼斯家族的某些踪迹,一如库普西里德。一般而言,拜占庭的创建时间是公元前 660 年至前 657 年,但也有证据显示是前 628 年(Johannes Lydus, *De magistratibus* 3.70)。有人可能认为,要么公元前 628 年是拜占庭创建的正确时间,要么在这个时间,对这个殖民地的控制得到了加强。由于缺乏足够的资料,罗伊布克(Roebuck)将马尔马拉海的所有麦加拉人的殖民地的创建时间,定为前 650 年至前 625 年(1954,页 114)。不管怎样,麦加拉人在直到与佩林托斯的萨摩斯人发生冲突时,一直占据着马尔马拉海。因此,可能的情形就是,公元前 7 世纪麦加拉人建立的殖民地在公元前 630 年至前 625 年期间衰落了。[277]某人或许会推断,忒阿格尼斯直到公元前 630 年都掌握着城邦的权力,并且正是他的至高权力导致了麦加拉殖民事业的某种停顿。也许,忒阿格尼斯的对内政策以某些不知名的方式弥补了殖民事业的停顿。从麦加拉人中的贫困者的视角看来,如果殖民事业是由城邦精英所赞助的一种形式,那么它的终结或许标志着,麦加拉人的社会整体的首次分裂(参本书费格拉文,50 – 65 节)。后来的麦加拉人相信他们的水房(fountainhouse)和导水管(aqueduct)是忒阿格尼斯的成果(Pausanias,1.40.1,对照 1.41.2)。考古学研究还没有证实水房建设的确切时间,依然认为其建设时间

---

① Labarbe(1972,页 236 – 243)认为,忒阿格尼斯窃取了民主制,他自身遵循一种节制的民主制,最终导向了一种极端的民主制。

应该是公元前 6 世纪晚期或前 5 世纪早期(公元前 480 年之前；Gruben,1964,页 41)。忒阿格尼斯相信,基伦试图夺取雅典的权力从而可以支持他的麦加拉军队,除此之外,关于他的对外政策,我们几乎一无所知(《战争志》,1.126.5)。忒阿格尼斯屈服于所谓的审慎(sophrosune)政制形式,也就是一种有节制的寡头制(Legon,1981,页 104-105,页 112-115),但事实上,幸存的证据显示,这一政制形式的特征相当模糊。甚至它宣称是节制的,也不过是为后来受到诽谤的民主制提供一种衬托。忒阿格尼斯几乎不可能经受住梭伦占领萨拉米斯的危机和派到攻打佩林托斯的远征军失败的危机——这似乎是合理的假设。某些无言的论证(尽管总是很弱)显示,在上述事件发生时,忒阿格尼斯已经不再掌握城邦的权力。

G

(公元前 625—前 600 年)我们或许可以从斯特拉波的作品推断,在某个时候,科林斯人夺取了麦加拉的克罗米恩(Krommyon)(8.6.22,C380;对照色诺芬《希腊志》4.4.13,4.5.19)。克罗米恩可以作如是观:在伊奥尼亚人和多里斯人之间,在麦加拉已经多里斯化的区域之前的一块宽广区域(Strabo,9.1.6 C392),也就是在麦加拉和科林斯之间的一块宽广区域。在某个时期,西多斯(Sidous)曾经属于麦加拉,因为拜占庭的斯蒂法努斯(Stephanus Byzantion)将它描述为科林斯的一个乡村,也是麦加拉大区的一个海港(参 Sidous 词条)。我认为,可能有些任意的假设是,麦加拉失去了两处城镇,而不是失去了整个城邦的独立性。很可能,奥西珀斯鼓励麦加拉人统治它们。如果我是正确的,这两处城镇并不在荷马的舰船队列的麦加拉人名单中(参年表 B),它们必定在斯巴达仲裁萨拉米斯时期(前 510 年?)就已经失去了,且可能是在索洛尼亚人致力于重新占领萨拉米斯之前(前 600 年),后一事件可能促使麦加拉人宣称,他们的边界依照荷马的证言是有效的。[278]首先,萨洛尼可

(Saronic)海湾对科林斯人来说,并不如科林斯海湾重要,因为科林斯直接与科林斯海湾毗邻。科林斯人在公元前6世纪就开始修建这个海峡(diolkos),这个海峡建有可以行走四轮马车的有沟槽的大道和用来拖拽战舰的装置(Verdelis,1956;参 Cook,1979,页152-153)。科克勒亚(Kenkhreai)在那时必定变得对科林斯人至关重要。佩里安德掌握着位于两个海域的三列桨战舰舰队,这一信息对于确定西多斯和克罗米昂的丧失时间非常重要(Nicolaus of Damascus,*FGH* 90 F 58)。麦加拉人丧失这片地区应该是在公元前600年之前,且对科克勒亚的佩里安德具有重要意义(这片地区靠近科林斯海峡的东端)。我们可能会更进一步猜测,科林斯的这一征服可能取代了佩里德安的统治——他的统治时间是公元前629年至前628年(Sakellariou 和 Faraklas,1971,页62;参 Wiseman,1978,页18,页38注释17)。在公元前6世纪晚期,来自克罗米恩地区的铭文使用了希腊字母,这些字母与科林斯有着最为密切的关系,而不是与麦加拉的字母风格有关(Salmon,1972,页196注释227)。

H

(公元前625—前600年)雅典吞并埃莱乌西斯,引发了两个城邦接壤处的边界争议;随即,雅典与麦加拉之间开始了一系列的冲突。值得注意的是,雅典与麦加拉的埃莱乌西斯之争,发生在忒修斯(Theseus)的时代。①此外,麦加拉人还为纪念迪奥克里斯(Diokles)而举办比赛庆典,这是一位逃窜至麦加拉的埃莱乌西斯统治

---

① 忒修斯从麦加拉处获得的属于埃莱乌西斯的战利品:普鲁塔克,《忒修斯传》10.4,参阅25.5。比较潘迪翁(Pandion)的儿子们划分阿提卡(包括麦加拉大区)的传说:阿里斯托芬,《吕西斯忒拉忒》行58,抄件古注;《马蜂》,行1223;索福克勒斯,辑语24,Radt。埃莱乌西斯可能已经被纳入麦加拉大区:Andron,*FGH* 10 F 14;参阅 Philochorus,*FGH* 328 F 107。

者(就像从萨拉米斯来到雅典的欧瑞萨克斯[Eurysakes])(Theocritus,12.27-33以下,抄件古注;参阅 Theocritus,12.27-33;阿里斯托芬,《阿卡奈人》行774抄件古注;《德墨忒尔颂》(Hymn to Demeter),行153、474;品达,第三首涅嵋凯歌,行145抄件古注)。然而,其他神话的证据有力地表明,古典时期的雅典人认为,早期的埃莱乌西斯和雅典本身便已处于军事对抗之中(修昔底德,《战争志》,2.15;泡赛尼阿斯,1.27.4、1.38.3;见 Mylonas,1961,页24-29)。在荷马的《德墨忒尔颂》中,我们似乎可以瞥见,在埃莱乌西斯秘仪演变过程中的一个阶段里,雅典对埃莱乌西斯还没有主导性的影响(例如,传令官 Kerux,后来在埃莱乌西斯是一位重要的执政官,却未被提及,Richardson,1974,页7-10)。尽管人们通常会将这一颂歌(随后就有了雅典人对圣域的控制)的写作时间定于公元前7世纪后半叶(Mylonas,1961,页63-64),[279]而在最近的《德墨忒尔颂》编者看来,最早时间点(terminus ante quem)也不会早于公元前550年,这时,雅典刚开始表现出对埃莱乌西斯英雄欧摩尔波斯(Eumolpos)的浓烈兴趣,也就是在这个年代,雅典人确立了对埃莱乌西斯的控制和影响,秘仪大厅(Hall of Mysteries)随即得以重建(是否得到庇西斯特拉图的资助?)(Richardson,1974,页9-10)。根据希罗多德的一段记载(《原史》,1.30.5),关于《德墨忒尔颂》以及埃莱乌西斯独立的结束,年代要更早。在这一段里,梭伦称雅典的泰洛斯(Tellos the Athens)为最幸福的人,而雅典的泰洛斯正陷入了与埃莱乌西斯人的战斗中:"当雅典人发动(genomenes)了与(pros)邻邦埃莱乌西斯人(Eleusini)的战斗时,他(泰洛斯)前去援助(boethesas)本邦人……"①尽管对这句话的解释存在争议,对类似词组的查究显示出如下结果:genomenes……Eleusini 这个语句构成了一个词组,而 boethesas 则在这个词组之外。Pros 一词应当意为

---

① [译按]中译参考希罗多德,《历史》,王以铸译,北京:商务印书馆,2007,译文略有改动。

"对抗"(比较《原史》1.39.2[特别注意];4.111.1;5.49.8;7.226.2;见 Powell,1938,页 320–321)。

然而,梭伦和克洛伊索斯(Croesus)的这场对话,在历史年表上无据可查,所以,人们难以重视这一作为证据的材料。梭伦和克洛伊索斯之间的对话,精致地呈现了一个传统主题:一位有智慧的人谏言一位肆心的君主。这一传统应当与希罗多德的其他未经证实的材料,以及希腊七贤的事迹归为一类。很可能,在这一(更依赖于历史年代的证据)故事的早期变体中,一些其他的吕底亚(Lydian)统治者,或其他野蛮城邦的统治者,才是梭伦谏言的受益人。那么,我们的问题是:这一故事早期变体的作者或编者,是否将雅典与埃莱乌西斯在公元前 7 世纪的冲突,作为一个偶然的细节而添作备注。从上下文看,我们能够推断出这个泰洛斯至少与梭伦是同时代的人(在他死的时候已有几个孙辈后人)。梭伦的出生不会晚于公元前 640 年(第欧根尼·拉尔修笔下的索希克拉底[Sosicrates]的说法;比较 Phainians,F 21[Wehrli]),这样一来,泰洛斯就可能在公元前 7 世纪末或是公元前 6 世纪初对战埃莱乌西斯人。不幸的是,如此便无法判断雅典人之所以向麦加拉宣战,是由于萨拉米斯还是埃莱乌西斯。一个表面上看起来更加合理的顺序应当是:雅典第一次与麦加拉的决裂,发生在埃莱乌西斯的边境;但我们还是没有理由相信,这种历史顺序就必然是真的,或是可论证的。

麦加拉侵占了奥尔加斯神殿(Hiera Orgas),一处德墨忒尔的圣地(参修昔底德,《战争志》,1.139.2),随后雅典声讨麦加拉。在这个名义下,两国决意一争,这也表明了这一纷争古老的起源。[280]人们将一个共同体的领土和神佑统为一体,则其疆域也得以神圣化。因而,青年男子们在阿提卡的边界处发下战誓(Tod,2 no.204.20)。当一个共同体所受的外部威胁到了极为严峻的时刻(如边境争议),争议地区就变得尤为神圣,而且,这块土地就变为休耕之地,以示其神圣。

I

（公元前600年以前）史诗的证据似乎表明,萨拉米斯居住着一个依赖于航海或做海盗营生的小群体；但萨拉米斯的海盗似乎未曾攻击过雅典,而其他邻邦则难以幸免（赫西俄德,辑语204.46－51,MW；比较Strabo,9.1.11 C395）。在某个时候,应是公元前600年以前,麦加拉人攻占了萨拉米斯。他们在船队名录（Catalogue of Ships）中将萨拉米斯称作麦加拉的一个村庄（Strabo,9.1.10 C394）。对麦加拉而言,占领萨拉米斯保证了麦加拉能够通过海路连接外部世界,况且,萨拉米斯的耕地本身就有其价值。很可能是僭主忒阿格尼斯本人发动了这次侵略。也有可能,萨拉米斯只是麦加拉扩张战争中的一个替代选择,因此,麦加拉占领萨拉米斯后,应该是一段麦加拉对萨拉米斯的殖民占领的时期——公元前630年至公元前625年。雅典人坚持将萨拉米斯纳入了自己的社会,如果对此有什么异议的话（见年表S）,则可能是麦加拉人干脆驱逐萨拉米斯人,只让麦加拉人在萨拉米斯岛定居。在梭伦占领萨拉米斯岛这一故事的麦加拉版本中,在萨拉米斯岛定居的麦加拉人被称为殖民者（klerouk-hoi）。如果这个词语后来也类似地应用于雅典的殖民地（cleruchies）概念,那么,这应当意味着,此处也是麦加拉人取代了原本定居的人。

普鲁塔克指出,雅典人因萨拉米斯而与麦加拉人进行了一场长期而艰难的失败战争。泡赛尼阿斯曾经叙述了在萨拉米斯战役中,从雅典战舰上缴获的船喙（泡赛尼阿斯,1.40.5）。随后,雅典人因这次的伤亡而悲愤剧痛,甚至禁止提及萨拉米斯一词（普鲁塔克,《梭伦传》,8－10）。在此关头,梭伦介入了。他装疯卖傻,假充使者来到广场,并发表诉歌,劝言雅典人重夺萨拉米斯岛。①普鲁塔克阐述了重夺萨拉米斯岛的两个故事。[281]在第一个故事中,一个

---

① 关于梭伦和萨拉米斯的材料大致有：亚里士多德,《修辞学》,1375b29－

伪装的逃亡者将麦加拉人诱离了萨拉米斯岛,他还力劝麦加拉人绑架一群雅典妇女,用以在科里阿斯(Kolias)海角庆祝德墨忒尔的一个节日。有趣的是,我们应当注意,在麦加拉此次亵渎事件中,德墨忒尔第一次出现在雅典与麦加拉的冲突中。由于海盗活动的利诱,麦加拉人对萨拉米斯岛的迅速胜利,也暗示了麦加拉人的海盗袭击对雅典也是不小的威胁。麦加拉人驾驶一种小船(ploion)[离去],但是他们遭遇了装扮成女眷的青年人,遂遭屠杀。萨拉米斯完全失去了守护者,雅典人随后重占此岛(比较 Polyaenus,1.20.1-2;阿里安[Aelian],《历史集》[*Varia Historia*],7.19)。普鲁塔克认为这种说法最为流行。尽管如此,这一故事的内容却难以做到上下文一致。试图绑架一群雅典女眷并要求赎金,这一行为本身就表明了雅典与麦加拉已经处于战争状态。无论如何,正值雅典人刚刚放弃萨拉米斯岛之际,梭伦试图鼓舞自己的同胞。此外,依据麦加拉版本的故事所言,已经有麦加拉人定居于萨拉米斯岛上,那么为什么没有更多的人(至少比一艘船上的人要多)定居其上,这一点也令人费解。同样令人苦恼的是,庇西斯特拉图出现在支持梭伦的阵营中。庇西斯特拉图,生于公元前 605 年至公元前 600 年之间,不可能在公元前 575 年以前成为一个领头的执政官(Davies,1971,页445)。不仅如此,还有关于庇西斯特拉图阵营反对麦加拉独立的证言,证明他夺取了尼西亚(希罗多德,《原史》,1.59.4)。

尽管普鲁塔克的年代勾画在《梭伦传》中极为模糊,但他显然坚信梭伦重夺萨拉米斯岛一事(对普鲁塔克而言,正是此事使梭伦在当时成了一个著名的政治家)发生在其政治职业生涯的早期阶

30;Strabo,9.1.10-11 C394-395;Aeschines,1.25;德摩斯梯尼(Demosthenes) 19.252;61.59;拉尔修,《名哲言行录》1.46;Libanius,《虚构演说集》(*Declamationes*),1.152。雅典人与麦加拉对抗的历史,可能涉及雅典不同人群的社会经济诉求。在此做进一步的讨论并不合适,但可参考的例子有,Hopper,1961,页210-215。比较 French(1957)比较现代化的解释。

段。这一发言应当发生在第一次神圣战争(First Sacred War)之前；据此推论,应该早于厄比米尼得斯(Epimenides)净化雅典以及梭伦改制之前。在第一个故事中,庇西斯特拉图与梭伦一同介入争端造成的年代含混,但如果根据公元前5世纪早期的厄比米尼得斯净化(柏拉图,《法义》,642D)、根据梭伦改制的日期修订为公元前580年,这种含混就能在一定程度上得以排除(Hignett,1952,页316-321)。如此界定故事的时间,应当允许庇西斯特拉图相当年轻时就参与战争。然而,如果我们假设萨拉米斯战役早于神圣战争(假设普鲁塔克的顺序是正确的),那就意味着庇西斯特拉图无法成为梭伦的合作者。第一次神圣战争中的几次战斗,都发生在公元前590年左右和公元前580年左右之间(克瑞萨[Krisa]将此时间定为公元前591年或前590年;品达的《太阳神颂诗》的假设b或者d;《帕罗斯碑》[Marmor Parium]37,Jacoby)。这就导致了将皮托竞技会的开创时间由公元前586年更改为公元前582年(泡赛尼阿斯,10.7.4-7;《帕罗斯碑》,38)。梭伦为雅典立法,要求雅典十年内不得更变法律,随后,他离开雅典。当他回归时,他采取了一种消极的态度,只是为了直到最后一刻都能反对庇西斯特拉图才不肯离去(假设普鲁塔克基于《雅典志》[Atthis]的说法是正确的)(普鲁塔克,《梭伦传》,30)。[282]这也证明了萨拉米斯战役发生得更早。梭伦与庇西斯特拉图虽然都是麦加拉争夺萨拉米斯的对手,但很容易令人混淆,即便在麦加拉史家眼中也是如此,而麦加拉史家所关注的,是这两个雅典人为了加强埃阿斯与阿提卡之间的紧密关系都篡改了荷马的作品(Dieuchidas, FGH 485 F 6; Hereas, FGH 486 F 1)。显然,就是这样简单的数学计算问题,让亚里士多德坚称庇西斯特拉图并未参与合作重夺萨拉米斯之战(《雅典政制》,17.2)。梭伦所以成为这个故事中的人物,只是因为诸多雅典人不愿将本邦这如此伟大的一场胜利,归功于一个僭主王朝。

普鲁塔克的第一种说法中,介入者是梭伦而非庇西斯特拉图；埃涅阿斯(Aeneas Tacticus)对此故事的叙述版本最为完整,对这一点也予以证明(4.8-11;比较方提努斯[Frontinus],《谋略》[Strategematica],2.9.9;Justin,2.8.1-6)。这一传统特别地将此事件归于庇西斯特拉图在任期间。麦加拉人出发去劫持一批雅典女眷,以在埃莱乌西斯庆祝地母节(Thesmophoria)。庇西斯特拉图获悉此事,前来伏击,麦加拉人全数阵亡。庇西斯特拉图用麦加拉的船装载着士兵,来到城邦附近的一个海港。麦加拉的显贵人物一旦接近船舰,就被俘虏或杀害。在某种程度上,这一版本在精简和详尽方面都不同于普鲁塔克的版本。在普鲁塔克讲述的故事中,雅典女眷是在科里阿斯海角庆祝德墨忒尔的祭祀仪式;埃涅阿斯这个故事,则使用了地母节这一更不具体的、泛希腊化的名称。埃莱乌西斯人根本不知道雅典人任何庆祝地母节的仪式——这一仪式主要存在于雅典附近的郊区。埃涅阿斯的故事也夸大了这一点:麦加拉人开来了多艘战舰;波利艾努斯(Polyaenus)的故事中是几艘船,阿里安则称只有两艘船。另外还有一处简化,埃涅阿斯没有说明庇西斯特拉图如何得知了麦加拉人的阴谋。然而,普鲁塔克则仅仅讲述了伏击后对萨拉米斯人的捕获,而埃涅阿斯的故事将此事归功于庇西斯特拉图,并描述了随后的袭击。

男人假扮成女眷的基本情节,也被埃涅阿斯改成了雅典人驾驶着麦加拉人的船舰,装作麦加拉人,而女眷则是假扮成俘虏出现的。这种挂羊头卖狗肉的伪装,安排在同一事件中的不同阶段是不太可能的,而且主题也可能是借用的。最初的故事可能避开了庇西斯特拉图用雅典显贵的女眷来冒险作战这一不可能发生的情节。相反,在普鲁塔克的故事中,假扮妇女参加节庆的青年男子倒是可以在麦加拉人的船舰上,继续伪装。[283]麦加拉人战败的地点也并不完全明确;也就是说,根据埃涅阿斯的说法,仅仅在距离城邦一段距离开外的某处,尤斯丁(Justin)则认为是在港口。这就意味着,当如莱贡(Legon)所言,这一情节取代了占领尼西亚的故事(1981,页137)。然而,根据故事描述,麦加拉的官员从城邦启程前去迎接船舰,这一事实表明,这个地点应当是一个较近的停泊处,而非尼西亚这样的港口市镇。奇怪的是,普鲁塔克关于梭伦占领萨拉米斯的第二个版本与这里类似。这个故事中提及的城邦应该是萨拉米斯的定居地,因而埃涅阿斯所用的 ta Megara 一词的含义,仅仅是麦加拉人的领地,也可能意味着麦加拉人在萨拉米斯的定居地。如果这样的用词来自普鲁塔克的文献来源,那么,埃涅阿斯叙述的故事的结局发生在麦加拉,也就可以解释了。雅典女眷参加的祭祀庆典,从科里阿斯海角转至埃莱乌西斯,可能被认为是这种混乱的产物。假设伏击发生在埃莱乌西斯,庇西斯特拉图的位置更加靠近麦加拉,比故事发生在科里阿斯海角而尼西亚作为终点更加合理。在埃涅阿斯的故事中,庇西斯特拉图在伏击麦加拉船舰的当日傍晚之前,就袭击了麦加拉的领袖人物。我怀疑这些故事情节的变化并非埃涅阿斯编造,他只是简化了故事而已。他是在一个解释自己关于 sussema[事先安排好的信号]分类的附记中提到了这个故事的。

埃涅阿斯(公元前 4 世纪早期?)讲述的故事,坚持了庇西斯特拉图作为领袖的角色,但是将故事的发生地点改为了埃莱乌西斯(应该是修改了讲述尼西亚争夺战的故事),并且也改变了乔装情节的具体角色。这些变化,可能部分是基于普鲁塔克所讲述的重夺萨拉米斯之战的一段轶事。这个版本在早期处于支配地位,也能够说明为什么(公元前 4 世纪初)会声称雅典与麦加拉之间的对抗战争并非梭伦之功(普鲁塔克,《梭伦与普布利科拉合论》[*Comparatio Solonis et Publicolae*],[4] [*FGH* 65 F 7])。这个故事的演变,应该因循着下列时间线索进行:起初的故事讲的是庇西斯特拉图如何占领尼西亚或者萨拉米斯,普鲁塔克的文献来源则将其修改,让梭伦成为故事角色;这个来源很可能就是某位取材于《雅典志》的雅典史家。就算故事最早与尼西亚有关,现在,还是萨拉米斯变成了故事的主题。阿里安将重夺萨拉米斯的胜利归功于梭伦,用了和埃涅阿斯雷同的方式描述了故事的结尾,却添加了麦加拉人在萨拉米斯岛上的屠戮。在随后的雅典史家的记载中,他们倾向于让其他政治家的功绩都归于梭伦名下——不妨对比一下民主制创始人克里斯提尼(Kleisthenes)的命运,因而这个故事也就用于歌颂梭伦了。

[284]在梭伦之后,雅典人对于萨拉米斯依然是有得有失(无论这些故事是否得到流传)。普鲁塔克依然讲述了克洛尼安(Kylonian)动乱之后,雅典人如何丢失了尼西亚和萨拉米斯(《梭伦传》,12.5)。然而,由于只有这场占领尼西亚之战为人所知,也就是庇西斯特拉图这场,普鲁塔克很有可能混淆了梭伦时期之前和梭伦时期之后的两种内乱(stasis)。在庇西斯特拉图地位稳固之前,尼西亚和萨拉米斯都曾失陷过。

普鲁塔克的第二种说法,对于梭伦争夺战来说是一种更好的选择(《梭伦传》,9:Legon,1981,页127)。梭伦带领着五百名青年男子,他们日后都要成为"政治体制中的权威(kurioi)"。认可这一政治状况,应当意味着萨拉米斯并不仅仅合并于阿提卡,而且会拥有另一单独的政治地位。这些权威们(kurioi)应该会成为萨拉米斯岛上一个新的政治体的全部公民,该政治体很可能是一种殖民地(apoikia)。要注意的是,雅典人随后对萨拉米斯的安排,与梭伦的预期并不一致,而梭伦的计划也被麦加拉人随后的占领所取代(见年表J)。梭伦祈求了英雄佩利菲莫斯(Periphemos)和基尔克瑞俄斯(Kyrkreos)的神佑。这次占领所采取的模式,是一种向神话英雄献祭的求问方式(aetiology),后来果然得到应验(《梭伦传》,9.1)。然而,这两位神话英雄在后来的文献中都没有出现,所以十分值得注意。佩利菲莫斯在别处都未曾出现过。基尔克瑞俄斯是斯基隆(Skiron)的女婿(普鲁塔克,《忒修斯传》,10.2-3)。因此,基尔克瑞俄斯与萨拉米斯和麦加拉的紧密关系就很稳固,麦加拉史家也承认这个事实(《忒修斯传》,10.3 = *FGH* 487 F1)。因此,雅典史家和麦加拉史家之间的争论,也出现在这些英雄身上(例如尼索斯[Nisos]),也会让这些英雄得到某种特定的道德评价(例如斯基隆)。

在普鲁塔克的第二种说法中,占领萨拉米斯的努力得到了德尔菲神谕的准许:英雄应当按照望着落日的方向入土。雅典人在斯巴达的仲裁员(Spartan arbitrators)面前所使用的论证,与此种普鲁塔克的说法一致(普鲁塔克,《梭伦传》,10.4),这种一致还表明神谕的时间不会晚于公元前6世纪晚期,也就是萨拉米斯刚刚由斯巴达判予雅典的时候(见年表S)。即便这些德尔菲神谕是对梭伦而发,其年代可能也不晚于这一时期。在德尔菲神谕的督促下(比较埃斯库罗斯,《波斯人》,行570;索福克勒斯,辑语579,Radt),萨拉米斯之战后,雅典人兴建了基尔克瑞俄斯的献祭神殿(hērōon)(泡赛尼阿斯,1.36.1)。普鲁塔克的叙述再次提到了梭伦对萨拉米斯的计划胎死腹中,这实在让人印象深刻。

麦加拉人派出一艘战舰侦察雅典的进攻力量,但被梭伦拿下。在这艘战舰上,梭伦布下了最勇敢的精兵;这些精兵前往岛上的城邦。其余的兵力则发动了一次总攻,在此基础上,战舰上的精兵进而夺取了整座城邦。[285]在这个故事中,乔装计策的情节,发挥了与埃涅阿斯版本(庇西斯特拉图)的萨拉米斯争夺战故事中同样的作用。在此,这一主题包含了一种追根逐因的(aetiological)要点;在这一点上,它解释了为何一艘战舰就能向位于萨拉米斯西部的斯基拉迪翁海角(Cape Skiradion)发起一场乔装的进攻。这场庆祝仪式在梭伦兴建的恩雅利俄斯(Enyalios)神殿附近举行。有一个阿提卡式样的红陶罐应该是这一祭祀活动的代表物(Petersen,1917)。这是神殿陶匠的作品,比兹利(Beazley)认为,这个饰物由特勒福斯(Telephos)的画师、这位马卡隆(Makron)的追随者所制(1942.542;比较 Beazley,1963,页816-881)。这位特勒福斯画师应当活跃在公元前460年(Boardman,1975,页195-196)。因此,除了能够确定梭伦占领萨拉米斯一事的发生早于公元前450年(萨拉米斯之战后对基尔克瑞俄斯的祭祀庆典可以证实这一点),这个陶器本身并不能对本人对此故事的调查带来任何贡献。只有一艘三十桨战舰(而非一艘五十桨或是三层桨战舰)参与其中,这意味着发生的时间会更早,而且是一场临时起意的突袭。鉴于梭伦用诉歌说服雅典人之后才采取了行动,因此,攻占萨拉米斯本身也是一场临时起意之战。他当下就召集志愿者,对岛屿发动了攻击。当时岛上的麦加拉人是该岛的居民;面对这场突袭,他们毫无准备。这些特征表明麦加拉人对萨拉米斯的控制因过于傲慢而松懈。

总结一下,普鲁塔克所叙述的第一个攻占萨拉米斯的战斗,应是佩西斯特拉图所发动。普鲁塔克的第二个故事,叙述了梭伦发动的萨拉米斯之战——这是雅典人首次占领该岛。然而,我们只能试图恢复原本的故事,而远不能断定这就是史实。我们不能保证第一个故事的真实性。第一个故事应该只是代表了雅典史家笔下某种明智的传统,或是雅典看似可信的猜测。第二个故事却保留了几条关于梭伦对萨拉米斯的原初计划的奇怪细节。第二个故事使用了神谕,要求大家记住雅典在公元前 6 世纪晚期对于萨拉米斯所有权的合法性。①与此同时,从伪装的动机出发,或是运用追根溯源法来解释这场模仿式的进攻,都不足为信。

J

(公元前 600 年以前)关于萨拉米斯的失陷,雅典人的说法与麦加拉人并不相容,后者认为这个岛之所以沦陷,皆因一群名为多里克莱安(Dorykleians)的麦加拉流亡者的背叛之故(泡赛尼阿斯,1.40.5 = FGH 487 F12)。[286]这群流亡者,作为麦加拉定居者来到萨拉米斯,而后却将把这座岛屿出卖给雅典人。泡赛尼阿斯的记述十分简明扼要。尽管并不存在公认的细节,但通过普鲁塔克描述的背景,我们还是认为梭伦更为接近。雅典人的故事中是突袭,而麦加拉人的故事中则是背叛。梭伦的占领和麦加拉人的占领,都

---

① 普鲁塔克也提到了梭伦抵达萨拉米斯后的行动。梭伦在朝向优卑亚岛的海岬(或防波堤)处下锚。从实际的地形学来说,这毫无意义,但梭伦提到萨拉米斯的解释,作为神谕所回应的神秘预言,或许可以接受。

是以殖民者占领萨拉米斯作为背景。dorukleioi 意为"以矛闻名"（比较 dourikleitos，比如《伊利亚特》，卷五，行55,578；douriklutos，比如《伊利亚特》，卷二，行645；卷十六，行26；阿基洛库斯，辑语3）。dorukleioi 是某个 genos[族]、氏族或政治亚群体的奇怪名称。多里克莱安可能曾是被逐出麦加拉的一支战斗族裔。雅典关于萨拉米斯失守的版本，具有几乎无可怀疑的可信度（Piccirilli，1975，页131-133）。然而相较于观察这个故事语境的特征而言，确认采用雅典人还是麦加拉人的说法并不那么重要。我们没有理由怀疑多里克莱安人的存在，或其被逐出麦加拉的真实性。麦加拉人在雅典攻占萨拉米斯的故事中，为了保全面子而试图文过饰非。但通过创造出一群似乎不可能存在的被驱逐者，几乎不可能达到这一目的。

如果这些战斗群体（或是 hetairiai[伙伴]?）曾带领麦加拉人的军事行动，那就可以部分解释忒奥格尼斯对于朋友（philoi）的强调。其他地方，如在斯巴达和以弗所（Ephesus），提尔泰奥斯（Tyrtaeus）（辑语10-12）和卡利努斯（Callinus）（辑语1）歌颂这种重装步兵的美德，坚定不移地维持着方阵。而在麦加拉，《忒奥格尼斯集》则更关心如何细致判定朋友的气质（行93-100，213-216，309-312［尤其是行309：注意 sussitoisin（共同吃喝的朋友）］,963-970，1071-1074，1163-1164h；参本书莱文及多兰的文章）。在贵族群体进行战斗的时候，更重要的是同伴之间的信任、对正在作战的战友反应能力的预估，而不是个体如何融入团体的战斗之中。假如这些多里克莱安人默许了梭伦对萨拉米斯的占领，我们便可以得到确切的结论。他们是被忒奥格尼斯，或是被普鲁塔克冠以明智（sōphrosunē）而非以民主为特征的政体所驱逐——除非民主政制建立于公元前600年以前（见年表F；见年表K、Q）。无论哪种情形，《忒奥格尼斯集》中非常明显的驱逐主题，其立论根基并不必然是某个流亡群体的历史困境，在《忒奥格尼斯集》中，这个流亡群体流亡之后，城邦内开始实行夺回利息（Palintokia）的政治举措。多里克莱安被放逐的命运,显示了放逐在古代麦加拉紧张的政治斗争中不只发生过一次。因此,《忒奥格尼斯集》中与放逐有关的诗行,从某种程度上看很可能在当时习以为常(例如,行209 – 210,332a – 334,1209 – 1216)。

K

[287](公元前 600 年)普鲁塔克在《希腊问题》57 中,解释了萨摩斯的一处建筑"脚镣堂"(Hall of Fetters)何以有这样的名称(普鲁塔克,《伦语》,303E – 304C)。当萨摩斯人在佩林托斯开辟殖民地的时候,他们开始与位于普罗波恩蒂斯(Propontis)的麦加拉人发生了冲突;这大概是因为麦加拉人认为佩林托斯(的萨摩斯人)威胁到了自己的殖民地。当时执掌萨摩斯的贵族——即土地领主(Geomoroi)——派出一支军队来到佩林托斯,击败了当地的麦加拉人。然而,这支军队的将领们却决定推翻萨摩斯的政权,并获得了麦加拉人的支援。麦加拉人戴着伪作防止逃跑的脚镣被带到萨摩斯的议会厅。萨摩斯的政府成员刚一现身,这些麦加拉人就将这些假脚镣扔到一边,刺杀行凶。新的萨摩斯政府授予这六百名麦加拉人以公民身份。在此,我需要假定奥金(Okin)是正确的,并且假定这一故事来源于萨摩斯本地的历史传说,可能是萨摩斯的都里斯(Duris)(见本书第一篇,4 – 8 节)。这一冲突的政治背景并不难想象。萨摩斯此前曾是科林斯的盟友,因此萨摩斯人与麦加拉人之间的敌对,或许有着更悠久的历史(修昔底德,《战争志》,1. 13. 3)。当佩里安德(Periander)通过与米利都的僭主忒拉绪布洛斯(Thrasyboulos)建立友好关系而改变了科林斯在爱琴海的联盟结构时,其他势力大抵也只能随之调整(希罗多德,《原史》,1. 20;5. 92ζ2 – η1;拉尔修,《名哲言行录》,1. 96;亚里士多德,《政治学》,1311a 20 – 22)。因此,麦加拉与萨摩斯在一番敌对冲突之后却建立了和睦的关系,这也并不奇怪。科林斯从与萨摩斯结盟交好,转向与米

利都联盟,这一调整不会晚于公元前605年到公元前604年。①结果,在佩里安德寿终正寝(依据某个故事所言)之时,萨摩斯人拦截了佩里安德派去吕底亚的阿利亚特王的一群柯尔库拉(Corcyraean)青年贵族,并将其阉割(希罗多德,《原史》,3.48.2-4)。

根据传统编年说法,佩林托斯建于公元前602年(斯特拉波,7 fr.56;杰罗姆[Jerome],《编年史》[Chronica],98b [Helm])。可能是因为萨摩斯人惯做海盗营生(例见希罗多德,《原史》,3.39.3,3.47.1-3;Meiggs-Lewis,no.16),直接导致麦加拉人对与其殖民地之间[288]航线交通的忧虑;其中最近的一处殖民地就是塞林布里亚(Selymbria)。如果佩里安德和忒拉绪布洛斯之间建立联盟的日期早于公元前605年,我们可能就不会认为,萨摩斯和麦加拉之间发生海上冲突的时间会远远晚于佩林托斯的建邦。

萨摩斯人授予麦加拉杀手以公民身份,这一事实十分有趣。人们推测,萨摩斯私下使用麦加拉人进行刺杀行动的一个原因是:因为后者是外人,甚或敌人,因此由他们谋杀土地领主就不是萨摩斯人自相残杀,这也避免了萨摩斯族人的血统被自己人玷污。然而,这些萨摩斯人将作为杀人凶手的麦加拉人纳入本邦公民,在某种意义上还是犯下了他们本来想避免的类似罪行。那些麦加拉人无家可归,可能是因为麦加拉政府对他们在萨摩斯的行为有着负面的理解,也可能是因为他们的行为还不足以洗去自己在佩林托斯战败的耻辱(比较Burn,1967,页219)。从这件事情来看,麦加拉的政府不

---

① 佩里安德与忒拉绪布洛斯交好,最初的信物是传达给米利都人的信息,这是一则回应吕底亚的阿利亚特王(Alyattes)的德尔菲神谕,当时,他为了消除瘟疫给其人民带来痛苦而求取神佑(希罗多德,《原史》,1.20)。这种看似对瘟疫负责的渎神行为,发生在阿利亚特王对抗米利都的第六次战役中,希罗多德将这个年代确定至公元前617年,但是这个时间可能要更正为公元前612年(Kaletsch,1958,页34-39)。法老尼科(pharaoh Necho)的献祭大概形成了米利都的和平时期,这个时间是公元前605年之前的日期,随后,佩里安德代表米利都人在吕底亚和米利都之间进行调停(Pedley,1968,页53)。

大可能实行民主制度。因为,民主制度很可能授予刺杀古代贵族(arch – aristocratic)、那些土地领主的勇士以荣耀(比较 Legon,1981,页122)。①

L

(公元前600 – 前585年)我们从《忒奥格尼斯集》中发现的某种军事对抗,极有可能属于"邦际"之间相同的政治环境,麦加拉人同萨摩斯人争夺后来成为萨摩斯殖民地的佩林托斯的冲突、他们同米利都人的斗争,都可以归因于这种政治环境(参年表 F;年表 O)。

> 孱弱哟!科林托斯为此而毁灭,
> 勒兰托美好的葡萄藤被尽数踩躏;
> 高贵之人[agathoi]见逐,低劣之辈[kakoi]执掌城邦政务。
> 愿宙斯灭绝库珀塞卢斯的子孙。②
> (忒奥格尼斯,行891 –894)

[289]诗人哀戚于自己的孱弱,且为科林斯在优卑亚的毁灭感到悲痛。他接着诉斥了勒兰丁平原上的劫掠,最后以对库普塞里德人(Kypselids)的高声诅咒而结束诗行。历史上的航海背景引发了卡尔启斯(Khalkis)和厄勒特里亚(Eretria)之间争夺勒兰丁平原的

---

① 设计了输水管道的麦加拉人欧帕里诺斯(Eupalinos)在萨摩斯的工程工作,也证明了同样的结盟时间,应该相对较晚(希罗多德,《原史》,3.60.7 – 3),可能是在波利克拉底(Polykrates)时期,即公元前538年到公元前522年(比较亚里士多德,《政治学》,1313b24)。

② 抄本中存在有无条理和无意义的 Kupselizōn(A)或 Kupsellizon(OXI)。最新的校订者选择了赫尔曼(Herrmann)的校订,我们的文本选择的也是他的校订本。Ellis(1910,页45)更加倾向于 Kupsele son。参阅:Busolt,1893.1,页650 –651注释6;Harrison,1902,页286 –294。

战争。卡尔启斯和厄勒特里亚之间的主要冲突,我们称之为勒兰丁战争,它发生的最准确时间当是公元前8世纪晚期,然而本段落中提到的斗争不必追溯到这么早的时候(参见希罗多德,《历史》5.99.1;参 Burn,1929)。只要卡尔启斯和厄勒特里亚仍然战事频仍,坚持对勒兰丁平原所有权的竞争,那么关于这一平原的纷争就不可能获得最终的解决。麦加拉人被认为是厄勒特里亚人的同盟,因为先前科林斯人驱逐在克基拉(Corcyra)的厄勒特里亚殖民者(普鲁塔克,《希腊问题》11[即《伦语》293A-B]),从而建立了同卡尔启斯人的"友谊",且二者在殖民问题上可能采取的勾结行为也加深了这一"友谊"(参年表C)。然而,从地理位置上来说,在优卑亚,科林斯人似乎处于卡尔启斯人的影响范围内。无论勒兰丁平原——诗人深切哀悼于它的毁灭——是属于卡尔启斯还是厄勒特里亚,它的所属权都不能确切决定。波德曼(Boardman)认为,基于卡尔启斯人和厄勒特里亚人制作出来的陶器的数量和质量,在公元前7世纪和前6世纪的前半期,较之于卡尔启斯人,厄勒特里亚人对于勒兰丁平原有更多的控制权(Boardman,1957,页27-29)。但是陶器的发现抑或贫富程度的暗示,很难表明军事上的成功。然而,当我们考虑到公元前6世纪晚期的城邦联盟时,"结盟"这一行动变得更为清晰。卡尔启斯是忒拜的同盟国,且是波奥提亚联盟的成员(希罗多德,《原史》,5.74.2),同他们一道,卡尔启斯人(也许是在公元前506年)铸造了流通的货币。然而,厄勒特里亚同雅典关系不错,以下几点都可以证明:厄勒特里亚支持佩西斯特拉图(《雅典政制》,15.2);针对伊奥尼亚人,它们可以互相帮助(希罗多德,《原史》,5.99.1);公元前490年雅典人帮助了厄勒特里亚(同上,6.100);厄勒特里亚同阿尔克迈翁家族联姻(阿里斯托芬,《云》,行46-48;《阿卡奈人》,行614;阿里斯托芬,《云》,行46a,48b,800,抄件古注)。

由于这种类型的"邦际"关系,公元前6世纪的麦加拉更有可能寻找卡尔启斯作为它的支持者,而不是厄勒特里亚。因此,如果科林斯同卡尔启斯结盟,诗人对于科林斯的关心就是可以理解的。这些城邦之间的敌意产生于公元前 6 世纪之后也就合理了,因为在这之后,涉及麦加拉和米利都关系的一系列事件的相同点是有迹可查的。[290]如果说,"厄勒特里亚－米利都－麦加拉"三邦军事同盟同"卡尔启斯－萨摩斯－科林斯"三邦军事同盟之间的对抗,反映了公元前 8 世纪以及公元前 7 世纪初的"国际"政治格局的话,那么,随着佩里安德从卡尔启斯投向厄勒特里亚,他们从科林斯军事同盟中的萨摩斯投向米利都也就成为可能。这种变化将科林斯置于了同雅典一样的境遇——佩里安德通过仲裁使雅典获得了西该伊昂(Sigeion)的所有权以作为对米提列奈(Mytilene)对其损毁的补偿(参见希罗多德,《历史》,5.95.2;参 Apollodorus, *FGH* 244 F 27),同样,在雅典的领导地位下,皮莱欧斯(Philaiads)和库普塞里德人实现了通婚(参见希罗多德《原史》,6.35.1;6.128.2)。杰弗瑞(Jeffery)指出佩里安德在公元前 6 世纪开垦了位于哈尔基迪刻(Khalkidike)中帕列奈(Pallene)半岛上的珀忒戴阿(Poteidaia)殖民地(参 Nicolaus of Damascus, *FGH* 90 F 59;Jeffery,1976,页 66,70)。这也许是对卡尔启斯北部疆域的入侵,这一区域曾经于公元前 700 年代表自己的母邦卡尔启斯帮助反抗厄勒特里亚(普鲁塔克,《论爱情》17 [《伦语》761A] = 亚里士多德,辑语 98)。值得注意的是,这样的城邦同盟关系在希腊中部同样可见——西居昂僭主克莱斯提涅斯(Kleisthenes of Sikyon)的女儿阿佳丽斯忒(Agariste)的诸位求婚者间的关系(参见希罗多德《历史》,6.127)。在他们中间比较突出的是两位雅典人:米加克勒斯(Megakles)和希波克里戴斯(Hippokleides),其中后者更被称道,因为他同科林斯同盟中的库普塞里德人、厄勒特里亚同盟中的吕萨尼阿斯人(Lysanias)、勒奥克德斯(Leokedes)———支来自赫拉克里德(Heraklid)王族的阿尔戈斯人(可能已被逐出了母邦;参阅 Meiggs-Lewis,铭文 9)、迪阿克里达斯人(Diakoridas)——来自于忒萨里(Thessaly)的科哈农(Krannon)的斯科帕德家族(Scopad family)都建立了婚姻联系。克雷奥马科斯（Kleomakhos）是普法萨罗斯的艾科克哈提德斯（Ekhekratids of Pharsalos）的一员，作为斯科帕德家族的对手，曾经帮助卡尔启斯同厄勒特里亚作战（普鲁塔克，《论爱情》17[《伦语》760E – 761A]）。人们可能注意到，在这一时期，西居昂同雅典的关系显然十分友好（两个城邦都站在德尔菲一边参与了第一次神圣战争：品达第九首涅嵋凯歌的说法；Pausanias, 2. 9. 6，10. 37. 6；Polyaenus 3. 5）。此外，曾经同西居昂的克雷斯忒尼斯（Kleisthenes）作战的希腊城邦，极有可能帮助了麦加拉同科林斯对抗（参年表 N）。

诗人不仅哀叹科林斯和勒兰丁平原的毁灭，用忒奥格尼斯的典型语言来说，他还哀戚于贤人（agathoi）同坏人（kakoi）的最高政治权力之间的战争。在古老的卡尔启斯人身上发生的一系列验之有证之事，或许能够证明这些说法所言不虚。僭主福克索斯（Phoxos）——他的名字极有可能只是个外号，比如忒尔西忒斯（Thersites）"肩上的脑袋是尖的"（phoxos…kephalen）（《伊利亚特》卷二，行219）——他凭借熟识的权贵（gnōrimoi）掌权，但很快就让位于平民（dēmos）（亚里士多德《政治学》，1304a29 – 31）。另一个僭主安提利翁（Antileon）的继承者是一位政治寡头（亚里士多德《政治学》，1316a31 – 32）。

但是，我们需要注意，忒奥格尼斯这一部分的诗行以孱弱的哀戚开篇，这非常重要。这可能表明正处于争论中的麦加拉人的孱弱，也许科林斯人的军事行动延缓了麦加拉人对优卑亚盟友的帮助行动。[291] 因此，这节诗作恰当地反映了麦加拉与科林斯之间的战争，至于这次战争，麦加拉人在最后阿尔戈斯人的协助下取得了一些胜利。佩里安德在他统治的后半期（公元前 600 年至约公元前 588/585 年）显然是执政库普塞里德的候选者。然而，对于库普塞里德人来说，佩里安德短命的继承者——普萨米提克斯（Psammetikhos，以及他的那些亲戚），也同样有可能会被举荐。公元前 581 年，普萨米提克斯在科林斯失去了执政权。然而，库普塞里德人陷入诅咒已经是一种传统（参《苏达辞典》，库普塞里德人在奥林匹亚的献祭[Kupselidōn anathema en Olumpiāi]词条：库普塞里德人终被毁灭）。库普塞里德人已经在同米丽萨（Melissa）——埃皮道洛斯（Epidauros）僭主普罗克勒斯（Prokles）的女儿——的婚姻中受到诅咒。普罗克勒斯娶了阿卡迪亚（Arkadians）国王阿里斯托克哈特斯（Aristokrates）的女儿——他出卖了米赛尼安斯人（Messenians）并因此而受诅咒（Pausanias 4.22.7；Callisthenes, *FGH* 124 F 23）。

M

（公元前570—前565年）如果庇西斯特拉图占领了萨拉米斯，那么在梭伦的占领之后[庇西斯特拉图占领之前]，雅典一定在某段时间又丢掉了萨拉米斯。人们可能猜测这两个城邦之间的战争爆发过很多次，也许发生在公元前580年至前570年之间雅典人被内部的冲突分散精力之时。庇西斯特拉图占领萨拉米斯的时间，应该在他的第一个僭政统治时期（不早于公元前561年），并且同他接下来夺取尼西亚的时间有着某种联系。夺取尼西亚的行动——希罗多德曾经提及（《原史》，1.59.4）——为庇西斯特拉图赢得了更多的声誉，因为这对麦加拉而言可能是一个更加严重的挫折。可以想象，重新控制萨拉米斯，会被希罗多德归为庇西斯特拉图的"其他重大事迹"。然而，在庇西斯特拉图的第一个僭政统治时期之后的权力真空期中，萨拉米斯仍然可能陷入混乱，然后庇西斯特拉图作为僭主重新控制萨拉米斯。因此，庇西斯特拉图对萨拉米斯的重新占领不会早于他对尼西亚的占领（公元前570—前565年）。他所以执行这种良好的邻邦政策，也许是由于他不愿整合雅典军队，而我们在考虑重新占领萨拉米斯和尼西亚的时间应该在公元前570年到前565年时，应该认真考虑他的邻邦政策。同一时期攻击两个城邦，也许足以说明占领尼西亚同占领萨拉米斯之间的矛盾（事实上，如果是的话，参年表I）。如果这一时间的推断正确的话，那么，庇西斯特拉图就具有反抗麦加拉人的功绩，[292]同时，他也就能够在权力真空期的几年时间,作为山地居民的领袖而采取行动。庇西斯特拉图对尼西亚的占领应该是一次十分成功的偷袭。雅典人在这一时期不大可能拥有尼西亚,尤其是在尼西亚没有城墙的情况下(参年表 I)。在没有防御工事的情况下,要想守住尼西亚是很难的,而来自雅典的增援力量也很难在尼西亚被再次占领的情况下及时到达,因为雅典并不拥有具有灵活机动能力的永久舰船(参希罗多德《原史》,6.89)。

N

(公元前 575—前 550 年,公元前 545—前 510 年)公元前 6 世纪麦加拉人同科林斯的冲突,我们可以设想为猎物与猛兽的关系。考虑到有关麦加拉早期屈从于科林斯,考虑到奥西珀斯本人功业的材料,以及公元前 5 世纪科林斯人入侵麦加拉的证据,科林斯和麦加拉在公元前 6 世纪的斗争就丝毫不会令人感到惊讶。麦加拉人在奥林匹亚的财库(Treasury)是由从科林斯人那里掠夺来的战利品兴建而成(泡赛尼阿斯,《希腊述记》,6.19.12 - 14)。泡赛尼阿斯说,麦加拉的财库在(同科林斯人)战后数年内建立起来,但是,泡赛尼阿斯的文本可以使我们想象,这个"数年"是一个数字上的表达(50 年或 500 年?),还是形容词性质的"许多年"(Hitzig,1901,页 506,363)? 此处我们必须考虑两个阶段的问题,因为麦加拉的财库中还包括它早期进贡科林斯人的"贡品"。泡赛尼阿斯认为,麦加拉财库中的战利品最终由雅典执政官福尔巴斯(Phorbas)掌有。泡赛尼阿斯认为,早在担任雅典年度执政官和厄利斯人(Eleans)记录奥林匹亚运动会前(也就是公元前 10 世纪,例如,公元前 952—前 924:杰罗姆,《编年史》[*Chronica*],74a - 76a,[Helm]),福尔巴斯就已经统治了雅典和麦加拉这两个地方。这两个城邦之间的任何战争早于这个时间都是不可能的,或者,即便存在也不可能被记住。

奇怪的是,福尔巴斯,一个雅典人的名字,经常被用来确定一场麦加拉人/科林斯人战争发生的年代。一个执政官的在任日期暗示了一种文献来源,也许这就是雅典史家,或是《雅典志》,但这个文献来源为什么会记下这场战争,我们就难以想象了。就我们现在可以接触到的有限材料而言,麦加拉当地历史学家并没有使用这种执政官纪年法。鉴于麦加拉人对雅典人的憎恶,要让麦加拉人用"执政官纪年法"标记他们自己的任何事情,几乎都不可能。还有一种可供选择的解释就是:泡赛尼阿斯很有可能是把作为雅典执政官的福尔巴斯同麦加拉财库联系起来,而不是麦加拉某位不知名的但也叫福尔巴斯的人。也许,财库或者跟财库相关的某物上铭刻有福尔巴斯这个名字。我们可以注意一下泡赛尼阿斯在介绍福尔巴斯时所用的"我相信"(hēgoumai)一词。下一个需要提出的问题是,泡赛尼阿斯除了说明福尔巴斯和那场战争都是早期的人、事之外,是否还有这样一种想法,即不管出于任何原因,这一冲突都发生于厄利斯人记录奥林匹亚运动会之前。换句话说,他如何得知厄利斯人不可能确定麦加拉人和科林斯人之间发生战争的时间? 或者,不可能确定麦加拉财库里的战利品的年代? 甚或是财库本身最开始建造的年代?

如果后一种推测正确,那么,厄利斯人之所以没有记录,很可能是因为战争爆发于[293]匹萨坦人(Pisatans)攫取奥林匹亚控制权之时。据泡赛尼阿斯所言(6.22.2–4),达莫丰(Damophon)是匹萨坦僭主潘塔雷翁(Pantaleon)的儿子,他在公元前588年控制了奥林匹亚运动会。他的兄弟,皮尔豪斯(Pyrrhos),在达莫丰死后,继续着这场斗争。其他关于奥林匹亚的记载(例如,Strabo, 8.3.30C355),记录了关于这个圣地更为复杂的冲突方式,远比泡赛尼阿斯的三种非奥林匹亚(anolympiads)方式(公元前748年,前644年,前588年)复杂。科林斯和麦加拉之间的战争很有可能发生在公元前588年后的一段时期内,此时,厄利斯人还未牢固地掌控奥林匹亚。如果我们知道匹萨坦人持续掌控奥林匹亚的时间有多久,那就可能在这样的背景中借助麦加拉财库(例如,贡品或战利品)来确定其他事物的时间。

　　根据泡赛尼阿斯的记载,阿尔戈斯人在这场战争中帮助了麦加拉人。这是因为阿尔戈斯人一贯与科林斯人不睦。佩里安德执政下的科林斯,介入了阿尔戈斯的阿科特(Argolic Akte)对抗埃皮道洛斯的普罗克勒斯的战争(希罗多德,《原史》,3.52.7)。在有的记载中,阿尔戈斯僭主斐多(Pheidon)死于发生在科林斯的一场内战(Nicolaus of Damascus,*FGH* 90 F 35;参阅普鲁塔克《论爱情》2[《伦语》772D – 773B];Apollonius Rhodius,4.1212,抄件古注);他是支持巴克伊亚家族还是反对他们,都不能确定。然而,阿尔戈斯在公元前6世纪的后半期则不可能再帮麦加拉。公元前546年,阿尔戈斯在捍卫之战(Battle of Champions)中被斯巴达打败,失去了塞诺利亚(Kynouria)、法瑞提斯河(Thyreatis),也许还有基忒拉(Kythera)(希罗多德,《原史》1.82)。阿尔戈斯接着陷入了内部的混乱。此时也许是僭主佩里劳斯(Perilaus)在阿尔戈斯掌权(泡赛尼阿斯,2.23.7;参2.20.7;希罗多德,《原史》,1.82.8)。因为同斯巴达签订了五年停战协定,阿尔戈斯人也就被禁止采取进一步的行动。如果帮助麦加拉反对科林斯,那他们就不可能不引起斯巴达的猜疑,尤其是由于科林斯早在公元前525年前就同斯巴达结成了联盟(希罗多德,《原史》,3.46 – 50)。

　　相反,阿尔戈斯的参与属于阿尔戈斯早期行动链条中的一环,这一系列行动的目标是想重新调整伯罗奔半岛东北部势力的平衡(费格拉,1983,页27 – 28)。阿尔戈斯人拒绝了同斐多的继承者的联系之后(普鲁塔克,《如何从敌人那里获益》6,[《伦语》,89E];泡赛尼阿斯,2.19.2),反过来又遭受了纳乌普里亚(Nauplia)的毁灭(泡赛尼阿斯,4.24.4,4.27.8,4.35.2),受到位于哈利艾斯(Halieis)的斯巴达防卫的驱逐,还参加了在埃皮道洛斯地区的活动,且有埃吉纳的支持来对抗雅典(希罗多德,《原史》,5.86.4;也可参Jameson,1969)。这些事情都可以追溯到公元前615年到公元前590之间。阿尔戈斯也可能在相同的事件序列中帮助麦加拉(即便是在数年之后)。这一争斗很可能属于同样复杂的冲突,正如忒奥格尼斯所哀悼的优卑亚的敌对状态一样(参年表 L)。

[294]麦加拉财库的三角墙上的雕刻,标志着这一建筑可以追溯到公元前 6 世纪的最后二十五年,也许甚至是最后十年,但再往后推到公元前 5 世纪的最初十年就不可能了(Bol,1974)。泡赛尼阿斯说早期的贡品都被保存在麦加拉的财库中(泡赛尼阿斯,6.19.14)。他认为这些雕刻是由斯巴达雕刻家东塔斯(Dontas)所制,他是西锡安人斯库里斯和狄珀尼斯(Sikyonians Skyllis,Dipoinis)的学生。然而,在其他地方,泡赛尼阿斯称这位艺术家为梅东(Medon)而非东塔斯(5.17.2)。"梅东"这个名字在其他地方出现过,而"东塔斯"却没有。我们还需要考虑,泡赛尼阿斯为何认为梅东/东塔斯制作的贡品要早于那个财库。尽管他可能相信代达罗斯(Daidalos)是一个非常早期的人物,因此他的学生斯库里斯和狄珀尼斯(当然还有梅东)也是早年的人物,然而认为泡赛尼阿斯是被迫为此理由而把这些贡品追溯至公元前 10 世纪,则是非常牵强附会的。也许泡赛尼阿斯想象了这样的进程:(1)战争发生在福尔巴斯执政时期;(2)梅东/东塔斯制作的贡品;(3)麦加拉的财库。因此,早期的贡品只是仅仅比那个财库要古老一点,而战争却比那些贡品还要早(参 Meyer,1954,页 332,633)。

斯库里斯和狄珀尼斯在公元前 580 年处于盛年(普林尼,《自然史》,36.4.9–10)。他们的学生在他们之后的三十年时间里应该有他自己的盛华之年,他可能在公元前 6 世纪中期为麦加拉人工作过。艺术家梅东/东塔斯,阿尔戈斯人的参与,也许还有这场爆发于奥林匹亚混乱时期的战争,这一切似乎都指向公元前 6 世纪第二个四分之一时期发生的冲突。为了缩小这场战争的爆发时间和公元前 6 世纪晚期堆满了战利品的财库建成期之间的时间裂缝,我们不妨如此考虑这两场战争的时间——一场发生在公元前 580 年左右(厄利斯人此时在奥林匹亚正陷于困境),另一场发生在这个世纪中期之后。因为麦加拉不是一个富有之邦,所以这个财库的建立极有可能需要较长的时间。因此,同科林斯的第二次战争很有可能发生在公元前 510 年财库建成之前的时期内(大约在公元前 540 年至前 510 年之间)。麦加拉和斯巴达的结盟也许加速了这一财库的完成,因为斯巴达在结盟时期保护了麦加拉同科林斯和雅典对抗(参年表 R)。

O

(公元前 575—前 550 年)米利都人在公元前 600 年后与科林斯关系非常友好,所以,米利都同科林斯积怨已久的仇敌麦加拉陷入冲突,这毫不令人惊奇。米利都的一个群葬墓穴中有一首碑铭警句诗(Peek, *GV* 1 no. 33),这首短诗记录了这些勇士们都死于对抗麦加拉的战斗(L. Robert, *BE* [1967] = *REG* 80,528 则,页 536 – 538;参 Peek,1966)。这首短诗创作于希腊化时代(约公元前 200 年)。[295] 它的作者还创作了另外一首献给利卡斯(Lichas)的米利都警句诗(Hiller von Gaertringen,1926,107 则)。这场冲突不可能先于佩里安德和忒拉绪布洛斯的友谊。麦加拉和米利都之间的冲突,也不可能毫无其他征兆地发生在公元前 500 年,希腊当时的外交事务均可为证。后一首米利都警句诗表明这场冲突发生在古风时代。据说,米利都人之死保持了他们祖先的传统,祖先们驾着战船,踏勘黑海,在那里发现了殖民地,且在埃及建立了瑙科哈提斯城(Naukratis)。这些引以为豪的功绩可能指明了这一冲突发生于希腊世界边缘的殖民地地区。虽然这种主题毫无疑问属于米利都传统的纪念性诗歌,但这个作者很有可能部分地受启于与墓穴同时代的警句诗。当翻新墓穴的时候,一首新的警句诗就取代了原先作为其材料来源的诗。

然而,赫拉克利亚(Heraclea)的建城可能为我们提供一种更加精确的时间。赫拉克利亚类似于锡诺普(Sinope),在那个时期每一个这样的海港要塞都掌控着穿越黑海的一条天然贸易路线(Boardman,1980,页 254 - 255)。锡诺普控制着通往克里米亚半岛最近的要道,而赫拉克雷亚则是南海岸少有的优良港口。米利都兴建锡诺普之后,才在黑海南海岸和西海岸开拓殖民地,同样,麦加拉也在建成赫拉克利亚建立之后,开拓了米萨姆布里亚(Mesambrira)(也许同拜占庭和卡尔卡赫敦都有合作),而赫拉克利亚的殖民地帕涅洛斯(Panelos)、卡拉提斯和凯尔桑涅萨斯(Khersonnesos)都处于北海岸和西海岸。尽管锡诺普似乎建立于公元前 7 世纪晚期(Cook,1946,页 77),而米利都其他的殖民地可能建立于公元前 6 世纪前半期,与他们不同,麦加拉人却把黑海留给了米利都人,只在东海岸尽头设置了普洛庞提斯(Propontis)。我们或会设想,那首警句诗的诗人看到了战争中的侵略者麦加拉人。尽管这样的政治背景可以归结为"夸大其词"的"爱国主义",但我们还是要注意,这首短诗暗示了这场战争所具有的相当规模。麦加拉人在赫拉克利亚之前并未在黑海地区殖民(公元前 560 年:参年表 E)。因此,这个城市的建立很有可能意味着同米利都的有意竞争,也意味着这两个城邦之间一段时期内的敌对状态。这一敌对时期的开始,很有可能是因为佩里安德和忒拉绪布洛斯恢复了关系,或是因为麦加拉人帮助萨摩斯将军对抗他们的城邦(参年表 K)。[296]因此,公元前 600 年后的任何一个时段,都有可能爆发麦加拉和米利都之间的战争。如果说,对于建立瑙科哈提斯城——建立于公元前 600 年之前(参 Austin,1970,页 22 - 24;von Bissing,1951)——的自我颂扬,属于一篇较早的关于群葬墓穴的警句诗,那么这一历史片段一定出现在公元前 600 年之后。公元前 6 世纪的第二个二十五年是一个可能的时间框架,因为那一时期两个城邦之间的战争刚好与赫拉克利亚的建城相吻合。

P

(公元前 550—前 510)关于"砸车者"(Wagon - rollers)族人,我

们可考的文献只有普鲁塔克的《希腊问题》第 59 章(《伦语》304E－F)。他们之所以得到这个称呼,是因为截击了一些伯罗奔半岛的 theōriā[遣去求取神谕的人],当时他们正在前往德尔菲神庙的途中,和家人在车里宿营。如果按照雅典人那里的意思来理解,genos 意为"家族",那么,在一个 genos 的名称之前饰以 hamaxokulistai[砸车者]是否雅正是值得商榷的。还有一个令人想不明白的是,对此罪行负有重大责任的麦加拉人 thrasutatoi[胆大包天],他们如何又成为顾家群体(family group)呢?再者,说到一个求取神谕的队伍可以与其家人俱行,我想不到类似的[事例]。所以杜撰出这个轶史,很可能是为了解释"砸车者"这个称呼,或者,有一些称呼听起来跟这个词太像了,以使这个轶史愈发可信。所以,按照这种解释,在这个故事的细节里应该没有什么重要的事实蕴含其中。

但是,如果 genos 在这里可以是"阶级"或者"种姓"(caste)之意(参费格拉,1984b),那么,另一种分析方式倒是可行的。按亚里士多德的说法,麦加拉民主政制之后的寡头政府,只从放逐归国并同 dēmos[平民]做过斗争的人中选择执政官(《政治学》1300a17－19),而非基于出身或财富这个通常的标准。倘若"砸车者"genos[族]意味着反抗寡头政变的后裔,那么,那些被拒之政治权力以外的人或许就是这种人,他们被标以渎神罪,其地位与放逐者后裔完全相反。他们有点像雅典的基伦人(Kylonian),是 enageis[被诅咒的]破坏者后裔(希罗多德,5.70.2－72－1;修昔底德,1.126.2－127.1;《雅典政制》1;《苏达辞典》,Kuloneion agos[被诅咒的基伦人]词条,Perikles[伯利克勒斯]词条[1179];拉尔修,《名哲言行录》1.110;普鲁塔克,《梭伦传》,12.2－9)。由于他们祖先的行为,这些雅典人的公民权利和政治地位总是很容易受到排挤。

按照普鲁塔克叙述的事实看,关于"砸车者"的记述可能因其一直与党派政治相关而得以原样封存。这个轶史和出自《麦加拉政制》这个根源的其他逸闻一样有着反民主的偏好。麦加拉民主政制建立的日期,可能要追溯到下文提及的麦加拉民主时期发生的事变

(参年表 Q)。[297]针对犯罪者的报复行动由邻邦同盟(Amphictyony)来实施,这说明这个日期应该在第一次神圣战争(First Scared War)之后。theōriā[遣去求取神谕的人]一词通常用以指官方使团,用"伯罗奔半岛人"作为其官方的称呼,这意味着他们是由斯巴达和其同盟者所派遣,因为再没有其他集团受得起"伯罗奔半岛人"这个称号了。

或许有人会质疑说,当时麦加拉政府无力惩治这些犯罪分子,因为民主正泛滥于无政府状态。民主政府行动起来反对并驱逐那些贵族派的敌人(亚里士多德,《政治学》1304b34 - 39)。当然,政府也可能没有采取具体行动。一个来自科林斯——麦加拉的宿敌——的伯罗奔半岛使团,已足以令他们采取驱逐贵族的行动了,即便其时麦加拉人并没有攻击科林斯人。麦加拉人或许想着自己跟科林斯人永远处在交战中(参亚里士多德,《政治学》1280b13 - 15)。邻邦同盟一般不针对个人发起行动,而是控制他们的城邦,认为城邦应该为这些个人负责(Halliday,1928,页220)。邻邦同盟也没有武装力量来干涉麦加拉大区(尤其是麦加拉人跟波奥提亚人和好的时候,波奥提亚在北部隔断了邻邦同盟间的城邦,参年表 E)。在伊斯特摩斯地峡,由邻邦同盟提供的军事力量唯有可能来自斯巴达。所以,这个故事或许可以解释为,伯罗奔半岛的报复出自德尔菲的神意。

毫无疑问,发生了某些军事行动。有的"砸车者"被处死了。另外一些则遭流放,这是麦加拉政府默许的做法。这可能出于以下背景。对"砸车者"的惩罚可能跟麦加拉和科林斯之间的某场战争有关,后者有斯巴达作为后盾。麦加拉人战败了,随之惩戒"砸车者"成为双方和解的一部分。但是麦加拉好像在公元前6世纪里一直坚持与科林斯为敌(参年表 N)。而伯罗奔半岛人参与对抗麦加拉民主政制,前文对 genos 一词进行的研究已经有所说明。于是,他们帮忙建立了寡头政体,这个政制保证了或者完成了对"砸车者"的惩罚。进一步深推想,我们或许会认为,与此事件最契合的时间可能是麦加拉自己和斯巴达同盟的时候(参年表 N)。theōriā[遣去求取神谕的人]的遇害,只是斯巴达要帮助流亡麦加拉寡头的托词。在实施惩罚这个事情上,德尔菲神庙产生的作用与其在斯巴达对庇西斯特拉图家族实施的军事行动中相类似(希罗多德,《原史》,5.63.1;《雅典政制》19.4)。

Q

(公元前544年或前541年)公元前560年,赫拉克利亚建立的时候,麦加拉正值民主政制当权(亚里士多德《政治学》1304b31-32;参1305b34-37;亦可参年表 E)。[298]麦加拉谐剧就发源于麦加拉民主时期(亚里士多德《诗学》1448a30-32)。据《帕罗斯碑》记载,谐剧诞生于公元前580年到公元前560年之间(*FGH* 239 A 39)。因此,或许民主政制早在公元前580年已经存在。鉴于关于忒奥格尼斯的传记传统之薄弱(参本书第五篇,15-18节),将其盛年定于公元前544年或公元前541年很可能只是先贤们的推测(《苏达辞典》,"忒奥格尼斯"词条;杰罗姆《编年史》103b[Helm];尤西比乌《编年史》,页189[Karst])。这个推测又是基于麦加拉其他历史的某个日期。很可能,忒奥格尼斯被硬套在某个关键的时间点,而这个时间点在麦加拉政治历史的古典时期却鲜为人知。或许,我们会想到某次政制的更迭,如麦加拉民主的垮台,或 Palintokia[夺回利息](这或许可视为民主制垮台的根源)。也许,夺回利息发生的公元前544年或公元前541年,就是事件具体的年份。麦加拉民主掌权时间越往后延,它的垮台就越有可能关系到伯罗奔半岛人对"砸车者"的反对(参年表 P)。说夺回利息是公元前544年或公元前541年间的事情,与公元前580年相比,这就把[货币]度量的时间推迟了将近一代人,因为公元前580年是古希腊大陆铸造银币的最早日期——由埃吉纳人所铸造(参本书第五篇50节;费格拉,1981,页88-97)。此外,也有人认为银币的出现晚至公元前

550 年。尽管银币的存在要早些,但通行则只在公元前 530 年以后;碎银甚至更晚。银币如何迅速对麦加拉 dēmos[平民]产生心理上的影响,我们无从估知。照此看来,这个影响应当在公元前 6 世纪 40 年代早期出现,而非晚期。虽然麦加拉人已经认识到金属货币的作用,但就夺回利息的行为而言,这还不一定足以左右其对债务的看法。民主政制的垮台受到流亡者回归的影响(亚里士多德《政治学》1304b35 - 39;亦可参见 1300a15 - 20)。忒奥格尼斯的诗中提到流亡者以及他们的回归(如行 332a - 332b、333 - 334、1214;亦可参见年表 J)。尽管公元前 544 年或公元前 541 年只是个流传下来的时间点,但或许促使编志者迫不及待地以之为关键点,从而勾勒诗人大致的年代,也就是忒奥格尼斯在夺回利息的行为之后开始流亡。麦加拉的民主政制持续到公元前 6 世纪的什么时候不得而知,但很明显,在这个城邦政制历史中的,这不是一段小插曲(参 Legon,1981,页 134)。假如麦加拉的民主政治可以延续至这个世纪的最后 25 年,我想这也算不得先入之见(prima facie)。

R

(约公元前 510 年)在其介入反对庇西斯特拉图家族,以及后来介入反对克里斯提尼(Kleisthenic)的政府时,斯巴达的武装由麦加拉大区而进入雅典(希罗多德,《原史》5.64 - 65;参 5.72.1,74.2)。因此,[299]要么麦加拉公元前 510 年已然是斯巴达的同盟之一,要么斯巴达蹂躏麦加拉的主权不止一次,但在我们的文献中却没有留下任何印记。麦加拉与斯巴达确定同盟的最晚可能年代(terminus ante quem)能否订得更早,这取决于对围绕雅典与普拉提亚结盟的相关事件作何解释。修昔底德认为,雅典与普拉提亚的第一次结盟是在公元前 510 年(修昔底德,《战争志》3.68.5;希罗多德,《原史》,6.108.1 -6)。希罗多德记述了这两个城邦结盟的细节。普拉提亚人刚开始的时候是亲近这位邻居克列欧美涅斯(Kleomenes)

的。由于斯巴达就在普拉提亚附近,所以,某支斯巴达军队很有可能已经从麦加拉大区穿过。很可能,克列欧美涅斯本人就在其中,因为他曾经把麦加拉带向斯巴达同盟(Legon,1981,页141 – 145;参 Piccirilli,1973,页725 – 730)。克列欧美涅斯直接导致普拉提亚向雅典求救。二者盟约立誓之后,忒拜和雅典之间战火又起,忒拜人首先攻打普拉提亚。雅典是获胜一方。科林斯人也参与其中,不过,他们做了两方的中间仲裁。

但科林斯人参与其中颇为奇怪。克列欧美涅斯根本不会和他们一起,去说服麦加拉人加入斯巴达同盟。不过这个故事的细节已然使得自格罗特(Grote)开始的学者把斯巴达与麦加拉结盟的时间修正为公元前509年。① 而在这个时间点上,克列欧美涅斯和科林斯人很可能都在普拉提亚附近,因为他们正在进犯阿提卡地区。如果因此而把普拉提亚和雅典的结盟日期重定为公元前509年,那么,麦加拉人与斯巴达人在约公元前519年的结盟,就不再必然是斯巴达人公元前519年在希腊中心地区出现的原因。公元前509年成为麦加拉人和斯巴达人结盟的最晚年代可能,而最早的年代可能(terminus post quem)无从而知。但我们也没有理由把二者结盟的时间置于斯巴达人驱逐庇西斯特拉图家族以前。在安启莫里俄斯(Ankhimolios)从海上来到(或是乘坐科林斯人的船只)阿提卡的情况下,斯巴达人第一次尝试反对庇西斯特拉图家族,这个事实说明,当时麦加拉不是斯巴达的同盟。麦加拉大区紧邻斯巴达,而斯巴达人与来自科林斯的同盟者一道,科林斯则是麦加拉的宿敌。尽

---

① Grote,1888,卷三,页385,注释4。有人可能另外注意到,忒拜人和庇西斯特拉图家族结盟(希罗多德,《原史》,1.61.3;《雅典政制》15.2),忒拜的军队可能来帮助他们,且必然从陆地来(希罗多德,《原史》,5.63.3 – 64.2;《雅典政制》19.5)。Amit(1970)认为,由于忒拜极端的寡头制(参修昔底德,《战争志》3.62.3),普拉提亚人去寻求与庇西斯特拉图家族之后的雅典结盟,而不是庇西斯特拉图家族治下的雅典(参Buck,1979,页112 – 114)。

管如此，克列欧美涅斯仍可能把麦加拉强制拉进伯罗奔半岛联盟，驱逐民主派，[300]帮助建立一个以科林斯人为后盾的流亡者寡头政权(参年表 Q)。麦加拉(寡头政制下的麦加拉?)只有在第一次远征之后，才会亲自与斯巴达结盟。克列欧美涅斯正因此而得以行军穿过麦加拉大区，去解放雅典。

麦加拉的寡头明白，萨拉米斯最终会有个结果，但是这非常依赖斯巴达施加影响，或许正是由于这份认知，他们才会加入斯巴达联盟。刚刚为斯巴达人所解放的雅典人，绝对不会阻挠斯巴达的任何决议。无论是出于实力政治(Realpolitik)的考虑，还是由于雅典自身实力的缘故，斯巴达人最终还是做出了有违麦加拉人的决定(参年表 S)。如果科林斯人在公元前 5 世纪 60 年代的行为(当时科林斯趁斯巴达视线转移之际，发动了对麦加拉的战争[修昔底德《战争志》，1.103.4；Diodorus Siculus, 11.79.2；普鲁塔克《客蒙传》，17.2 – 3])对麦加拉的一般政策具有什么未曾明言的意味的话，那么可能是，科林斯当时没有认识到麦加拉是一个独立的城邦。说科林斯人坐视麦加拉人与斯巴达结盟，最可信者当是约公元前 510 年，当时科林斯忙于想把雅典从希琵阿斯(Hippias)手中解放出来。希琵阿斯与波斯人关系密切，有可能使雅典在紧邻科林斯的地带成为一座波斯化的(Medizing)城邦。①但是，斯巴达以雅典为代价而加强麦加拉的力量，同样是对科林斯的一种束缚。

S

(约公元前 510 年)关于萨拉米斯的争论，普鲁塔克曾经有一段总结说法，当年，梭伦就是用这般说法，促使斯巴达的仲裁员很不情愿地承认雅典对萨拉米斯的主权(《梭伦传》10；阿里安，《历史集》，7.19)。从荷马的"战舰名录"中也可以得到相关论证，其论据即是

---

① 大抵状况可参 Wickert, 1961, 页 19, 页 59 – 60。

埃阿斯的儿子费勒乌斯(Philaios)和欧瑞萨克斯(Eurysakes)早已移居雅典(《伊利亚特》卷二,行557-558),而且,葬在萨拉米斯的那些人的坟墓朝向也可以为证(参 Hereas, FGH 486 F 4)。德尔菲神谕断言萨拉米斯是伊奥尼亚之地,由此其回应也支持雅典人的主张。除此之外,普鲁塔克还追述了麦加拉人的反驳。斯特拉波也记录了另外一个论证:雅典娜神的女祭司用的只是外邦的奶酪献祭,其中就有萨拉米斯的奶酪(9.1.10-11 C394-395)。雅典人遭到了无可反驳的事实的反驳,因为这些献祭用的外邦奶酪甚至扩展到雅典对面海岸的诸岛。麦加拉史家和雅典史家后来的细致说明,可能歪曲了他们各自所接受的传统。虽则喜欢从神话来争论政治主权已然往矣,不过话说回来,据当地习俗(葬仪和女祭司[301]的食物戒律)来做推论实属粗糙的人类学。这种人类学认为,不同城邦各有其不同的nomai[礼法],但这礼法却一成不变。此类论据也许放在公元前6世纪晚期为宜,不过这般说法终归只是主观臆测。

梭伦坚持雅典的伊奥尼亚属性,称阿提卡为伊奥尼亚最古老的土地(辑语,4a.2)。至于萨拉米斯,德尔菲神谕的回应表明了同样的主张,所以雅典对萨拉米斯主权的声索可以追溯到梭伦。自梭伦参加神圣战争以来,对于雅典人来说,德尔菲总是与自己同在,为此,或许在邻邦同盟中雅典让出了伊奥尼亚投票权。从普鲁塔克的叙述中得到的印象是,斯巴达的仲裁决定了萨拉米斯的归属,同时,他的叙述还令这个故事(连同斯巴达仲裁员的姓名)在民众的记忆中更为人所知。不过,在庇西特拉图指挥之下,雅典和麦加拉之间的战斗还在持续,可能是为了萨拉米斯的归属。阿尔克迈翁家族在与庇西特拉图家族的争斗中使用神谕,这表明了雅典在德尔菲持续的影响力(希罗多德,《原史》,5.62.2-63.2)。而庇西斯特拉图家族本身就有操控祭祀家族以为政治决定服务的权力,比如,利用奥诺玛克里托斯(Onomakritos)(希罗多德,《原史》,7.6.3)。或许阿尔克迈翁家族在德尔菲方面的影响力使得庇西特拉图不能以同样的方式使用神谕。因此,斯巴达的仲裁团不大可能是庇西特拉图家族时期的。

在与麦加拉结盟的时候,斯巴达不大可能被选来[进行仲裁],除非它和雅典之间也存在着某种类似的结盟关系。据说,萨拉米斯属于伊奥尼亚因此就属于雅典的论证打动了斯巴达的仲裁团,这一点特别能够说明[斯巴达和雅典的关系]。此时,斯巴达人和伊奥尼亚人站在一起,以反对与他们同族的麦加拉的多里斯人。既然这样,把斯巴达仲裁的日期定在较早的年代(如梭伦时期)——亦即定为非麦加拉亦非雅典与斯巴达特别接近之时,或是定为较晚的年代——亦即定为二者在斯巴达那里平等且有着相同的紧密关系之时,二者其实相去不远。不过,还是有一个认为斯巴达仲裁日期接近公元前6世纪末的好理由(Bloch, 1912 - 1927, 1. 2. 312 - 314),即在五个仲裁员之中(Kritolaidas[克瑞托拉达斯], Amompharetos[阿莫姆帕列托斯], Hypsekhidas[海普斯契达斯], Anaxilas[安纳克西拉斯]以及克列欧美涅斯),克列欧美涅斯可能就是那位有名的国王,而阿莫姆帕列托斯,或许就是摄政王泡赛尼阿斯(Pausanias)于公元前479年在普拉提亚眼中那位执拗的高级将领(希罗多德,《原史》, 9. 53 - 57, 71. 2, 85. 1 [希罗多德以年轻(iren)修饰阿莫姆帕列托斯,这是否恰当还值得商榷:How 和 Wells 1912, 2. 325];普鲁塔克《阿里斯提德传》[Aristeides] 17. 3)。德尔菲神谕则可能来自于阿尔克迈翁家族的授意。尽管斯巴达人和佩西斯特拉图家族有 xeniā[礼数往来]之交(希罗多德,《原史》, 5. 90. 1),[302]但这并不妨碍他们把这些寡头们逐出雅典。自那次驱逐(公元前510年)以后,雅典和斯巴达保持过短暂的良好关系,直到雅典的政治权力在克列欧美涅斯的朋友伊萨戈拉斯(Isagoras)手中彻底旁落之后(公元前510—公元前508或前507年)。如果克列欧美涅斯之前已经参与反对麦加拉的民主政制,那么,他会意识到,雅典平民地位的上升也是潜在的不稳定因素。他之所以把萨拉米斯判予雅典,其意图可能就是加强伊萨戈拉斯的力量,以应付克里斯提尼平民主义的鼓动。而如果普鲁塔克记述的故事(《希腊问题》59)不虚,即麦加拉的"砸车者"拦截了正在前往德尔菲神庙观礼的人,那么此时德尔菲就不会对麦加拉人伸出援手(Legon,1981,页133;参年表P)。

我们还必须谈谈公元前6世纪末(后庇西斯特拉图时期)的铭文(Meiggs – Lewis no. '14)。①就雅典在萨拉米斯的殖民者如何进行战争动员方面,这些铭文立了一些条规,且明文限制财产租赁。有可能萨拉米斯是雅典人的第一个殖民地(cleruchy)②(品达,第二首涅嵋凯歌,行19,抄件古注;参 IGII2 30b.6)。雅典在卡尔启斯(Khalkis)的殖民地建于公元前506年,萨拉米斯则在此之前(希罗多德,《原史》,5.77.2)。虽则如此,此处的理解仍然受困于不能确定铭文所记述的是这个共同体的建立还是重建。不过,无论建立还是重建,其年代如此之晚,着实让人吃惊。这个岛屿的居民是十个部落混居,好像萨拉米斯没有进行过划区一样。由于萨拉米斯直接毗邻阿提卡,这说明,也许萨拉米斯的建立是在克里斯提尼改革之后。不过,或是出于宗教的顾虑,雅典人才需要保持萨拉米斯所有权的分离状况,因为这个岛屿是从费勒乌斯和欧瑞萨克斯手里传到他们手中的。因此,斯巴达可能在雅典从佩西斯特拉图家族解放出来之后,把萨拉米斯判给雅典人,但这是在克里斯提尼分区改革之前。此后,当斯巴达和雅典敌意渐浓,雅典人或许已经预料到麦加拉人会进一步侵犯萨拉米斯,所以,雅典就会调整这个岛屿的某些统治情形,以便使抵抗工作有条不紊(Meiggs – Lewis,no. 14.3,9)。

重新整合萨拉米斯的原居民,然后并入阿提卡,这也涉及上述问题。原先,麦加拉人夺取这个岛屿时,居民们逃至阿提卡。公元前600年,梭伦率领一支志愿军重新夺回此岛(参年表Ⅰ)。500位

---

① 关于一般概况,参 Wade – Gery,1946;Guarducci,1948。
② [译按]所谓cleruchy,希腊语 κληρουχία,是指希腊人把在国外占领的土地分与本邦邦民,可以称之为是殖民地的一种形式。后来,这个词语的复数就成为集合名词,表示分到海外殖民土地的雅典邦民。

壮士参与其中,他们或许成为雅典的新萨拉米斯公民,[303]大约类似于侨民(在普鲁塔克看来,这是一种 politeuma[政治决策]),但接下来萨拉米斯又告失守,直到庇西特拉图才再次占领。公元前 3 世纪,萨拉米斯宗族(Salaminioi)商议后通过一项法令,把萨拉米斯分为两部分人(《希腊城邦的神圣礼法》[LSCG],附录,19)。①一部分集中于苏尼翁(Sounion)地区,另外一部分则分布于剩下的九个区之中的七个区,集中在墨利忒(Melite)地区的埃乌鲁萨克斯(Eurusakes)的 Hērōon[英雄祠]的附近,这是城邦中心之外的远郊之地。

萨拉米斯宗族是原先萨拉米斯的居民,这从他们举行崇拜斯基俄斯岛(Skiros)的雅典娜祭仪可以得知(《希腊城邦的神圣礼法》[LSCG],附录,19.10,41-45,93;*IG* II2 1232;参 Philochorus *FGH* 328F 14,15),而这个祭仪和麦加拉有关系(Praxion,*FGH* 484 F 1;Dieuchidas 6b,Pccirilli)。值得注意的是,大部分的萨拉米斯宗族人在公元前 6 世纪期间曾经在雅典呆过,因为在克里斯提尼的改革令他们将近一半的族人从原先居住的苏尼翁地区分散开来以前,他们似乎已在阿提卡地区居住很久了。自梭伦以后他们没有在这个岛屿上组织过像样的重建。雅典城邦给萨拉米斯宗族的祭仪活动多少捐助,乃是依照 kurbeis[法令版]所颁布的法规而行。法令版上公布过梭伦的法律,因此,雅典担负萨拉米斯宗族宗教活动津贴或许可以追溯到梭伦时代(《希腊城邦的神圣礼法》[LSCG],附录,19.86)。萨拉米斯宗族盛行的潘得罗丝(Pandrosos)和阿葛劳若丝(Aglauros)祭仪(《希腊城邦的神圣礼法》[LSCG],附录,11-12,45)和奥斯刻弗里亚(Oskhophoria)节日(《希腊城邦的神圣礼法》[LSCG],附录,19.20-24,48-50),说明这个宗族早就生活于阿提卡地区。

值得注意的是,普鲁塔克在叙述梭伦时代雅典的 stasis[内乱]

---

① 参 Ferguson,1938;Nilsson,1938;Guarducci,1948b。

时,谈到了尼西亚和萨拉米斯的沦陷(《梭伦传》12.5)。因为当时庞西斯特拉图占领了尼西亚,所以这些事件应发生在那次内乱之时,其间庞西斯特拉图政治流亡,后来重新掌权。在庞西斯特拉图治下,萨拉米斯是否回归麦加拉——这事可能性并不大,因为那些年[的历史]没有这方面的记载,或者相反,这个岛屿是否被当成庞西斯特拉图家族的封地,这也并不太清楚。就其是否是庞西斯特拉图家族的封地而言,他们是有可能赏予追随者们一些封邑的。这些可能中的任何一个都可以说明,为什么在公元前6世纪的雅典或者麦加拉要去寻找仲裁,[以确定萨拉米斯的归属]。这同样可以说明,雅典人到这个世纪末的时候需要重建萨拉米斯。雅典对萨拉米斯的控制在这个世纪似乎时断时续,下述事实可以印证这一点:后来的殖民者(cleruchs)好像不仅仅是这个岛屿的原居住者,即萨拉米斯宗族的后人。

希腊语词汇表

(Some words that are less frequently cited but regularly glossed, such as **sphrēgis** 'seal', are excluded from this list; m./f./n. = masculine/feminine/neuter; pl. = plural.)

agathos (m.), **agathē** (f.), **agathon** (n.), **agathoi** (m.pl.), **agatha** (n.pl.) 'good, noble'; synonym of **esthlos**
aidōs 'shame, sense of shame, sense of consideration for others, respect and loyalty'
ainos: designates an enigmatic or allusive form of discourse, deserving of a reward; praise; enigma, riddle; fable; public resolution
aiskhros (m.), **aiskhron** (n.) 'shameful, dishonorable, ugly'
amēkhaniē 'resourcelessness, powerlessness'
aniē 'pain'
apēnēs 'hard'
aretē: designates striving to achieve a noble goal; achievement of a noble goal; achievement; excellence
biē 'force, violence'
daimōn, daimones (pl.): designates a supernatural force (= god or hero); spirit; lot in life
deilos (m.), **deilon** (n.), **deiloi** (m.pl.) 'wretched'; synonym of **kakos**
dēmos 'district, population of a district (minus its leaders); community'
dikē, dikai (pl.) 'judgment; justice'; **dikaios** (m.), **dikaion** (n.) 'just'; **dikaiosunē** 'justice'
ekhthros (m.), **ekhthrē** (f.), **ekhthroi** (m.pl.) 'enemy'
epos, epea/epē (pl.) 'utterance, expression, poetic utterance'
erastēs 'lover' (in a relationship of **paiderastiā**)
erōmenos 'beloved' (in a relationship of **paiderastiā**)
esthlos (m.), **esthlē** (f.), **esthlon** (n.), **esthloi** (m.pl.), **esthlai** (f.pl.), **esthla** (n.pl.) 'genuine, good'; synonym of **agathos**
ēthos, ēthea (pl.) 'nature, temperament, character'
euphrosunē 'mirth, merriment'
genos 'stock' (in the sense of 'breeding'); 'family-line; family; generation'
gignōskō (gīnōskō) 'be aware, know, perceive'
glukus 'sweet'
gnōmē 'awareness, knowledge, ability to know; codification of knowledge; criterion; good judgment'

harpaleos 'pleasing to touch'
hēgemōn, hēgemones (pl.) 'leader'
hēsukhos 'serene'; **hesukhiē** 'state of being hēsukhos; quietude'
hetairos, hetairoi (pl.) 'companion, comrade'
hubris 'outrage' (opposite of **dikē**)
kakos (m.), **kakē** (f.), **kakon** (n.), **kakoi** (m.pl.), **kakai** (f.pl.), **kaka** (n.pl.) 'bad, evil, base, worthless, ignoble'; **kakotēs** 'state of being kakos; debasement'
kalos (m.), **kalon** (n.) 'beautiful'
kerdos, kerdea (pl.) 'gain, profit; desire for gain, profit; craft employed for gain, profit'
kharis, kharites (pl.) 'reciprocity, give-and-take; initiation of a reciprocal relationship; the pleasure derived from reciprocity, from a reciprocal relationship; gratification; gratitude'
khrēma 'thing, matter'
khrēmata (pl. of **khrēma**) 'possessions, property'
kleos, klea (pl.) 'glory, fame' (especially as conferred by poetry)
kōmos: designates a celebrating group of men or boys; celebration, revel
koros 'being satiated, satiation; satiety; being insatiable, insatiability'
kosmos 'arrangement, order, law and order, the social order, the universal order'
kubernētēs 'pilot, helmsman'
mēnis: designates a supernatural kind of anger
metron 'measure, mean, moderation'; **metrios** 'moderate'
neikos 'quarrel, dispute, feud'
nemesis: designates the process whereby everyone gets what he or she deserves; righteous indignation that calls for this process; retribution
nomos 'custom; law'
noos: designates realm of consciousness, of rational functions; intuition, perception; intent, intention; mind; principle that reintegrates **thūmos** (or **menos**, a partial synonym) and **psūkhē** after death
nostos 'homecoming, return; song about homecoming'
orgē 'temperament, character'
paideiā 'education, instruction'
paiderastiā 'love of boys'
pais 'boy'
philos (m.), **philē** (f.), **philon** (n.), **philoi** (m.pl.), **phila** (n.pl.) 'friend' (as noun), 'dear, near and dear, belonging to self' (as adjective); **philiē** (**philiā**)/**philotēs** 'state of being **philos**'
phrēn, phrenes (pl.): designates the physical localization of the **thūmos**; thinking or feeling; mind; heart

pistis 'faith, trustworthiness'
pistos (m.), **pistoi** (m.pl.) 'faithful, trustworthy'
pisunos 'trustful, trusting'
polis, poleis (pl.) 'city, city-state'
pontos 'sea'
prēgma, prēgmata (pl.) 'thing, matter'
psūkhē, psūkhai (pl.): synonym of **thŭmos** (or **menos**) at the moment of death; conveyor of identity after death
sophos (m.), **sophon** (n.), **sophoi** (m.pl.) 'skilled, skilled in understanding poetry, wise'; **sophiē** 'quality of being **sophos**'
sōphrōn (saophrōn), **sōphrones** (pl.) 'with sound/safe **phrenes**; moderate; balanced; sober; self-controlled'; **sōphrosunē** 'state or quality of being **sōphrōn**'
stasis, stasies/staseis (pl.) '[social/civic] conflict, discord; feud'
sunoikismos 'confederation'
terpsis 'enjoyment'
themis, themistes (pl.) 'customary law; norm; divine law'
thūmos: designates realm of consciousness, of rational and emotional functions; mind; heart
tīmē 'honor, honor paid to a supernatural force by way of ritual'
xenos (xeinos), **xenoi** (pl.) 'guest-stranger; guest; stranger'

# 参考文献

Adkins, A. W. H. 1960. *Merit and Responsibility: A Study in Greek Values.* Oxford.
Amit, M. 1970. "La date de l'alliance entre Athènes et Platées." *L'Antiquité Classique* 39:414–426.
Anti, C. 1920. "Athena marina e alata." *Monumenti Antichi: Reale Accademia dei Lincei.* 26:270–318.
Apostolius. See *CPG*.
Austin, M. M. 1970. *Greece and Egypt in the Archaic Age. Proceedings of the Cambridge Philological Society* Suppl. 2.
Austin, N. 1975. *Archery at the Dark of the Moon: Poetic Problems in Homer's Odyssey.* Berkeley and Los Angeles.
BE. See Robert 1938–.
Beazley, J. D. 1942. *Attic Red-Figure Vase-Painters.* Oxford.
———. 1963. *Attic Red-Figure Vase-Painters.* 2d ed. 2 vols. Oxford.
Beloch, K. J. 1888. "Theognis' Vaterstadt." *Jahrbuch für klassischen Philologie* 11:729–733.
———. 1912–1927. *Griechische Geschichte.* Berlin.
Benveniste, E. 1969. *Le vocabulaire des institutions indo-européennes.* 1. *Economie, parenté, société.* II. *Pouvoir, droit, religion.* Paris = *Indo-European Language and Society.* Translated by E. Palmer. London, 1973.
Bergren, A. L. T. 1975. *The Etymology and Usage of* ΠΕΙΡΑΡ *in Early Greek Poetry.* American Classical Studies, no. 2. American Philological Association.
von Bissing, F. W. 1951. "Naukratis." *Bulletin de la Société Royale d'Alexandrie* 39:33–82.
Bloch, H. 1940. "Herakleides Lembos and His *Epitome* of Aristotle's *Politeiai.*" *Transactions of the American Philological Association* 71:27–39.
———. 1940b. "Studies in the Historiography of the Fourth Century." *Harvard Studies in Classical Philology* Suppl. Vol.:303–376.
Boardman, J. 1957. "Early Euboean Pottery." *British School at Athens, Annual* 52:1–29.
———. 1975. *Athenian Red Figure Vases: The Archaic Period, A Handbook.* London.
———. 1980. *The Greeks Overseas.* 3d ed. London.
Boeckh, A. 1874. "De epigrammate in Orsippum Megarensem lapide servato [C.I.G. n. 1050]." *Opuscula.* Vol. 4, 173–183. Leipzig.
Bohringer, F. 1980. "Mégare: Traditions mythiques, espace sacré et naissance de la cité." *L'Antiquité Classique* 49:5–22.
Bol, P. C. 1974. "Die Giebelskulpturen der Schatzhauses von Megara." *Mitteilungen des Deutschen Archäologischen Instituts, Athenische Abteilung* 89:65–74.
Breitholtz, L. 1960. *Die Dorische Farce.* Stockholm.
Bremmer, J. 1983. *The Early Greek Concept of the Soul.* Princeton.

Buck, R. J. 1979. *A History of Boeotia*. Edmonton.
Burn, A. R. 1927. "Greek Sea-Power, 776–540." *Journal of Hellenic Studies* 47:165–177.
———. 1929. "The So-Called 'Trade-Leagues' in Early Greek History and the Lelantine War." *Journal of Hellenic Studies* 49:14–37.
———. 1960. *The Lyric Age of Greece*. London. Reprinted 1967.
Burstein, S. M. 1976. *Outpost of Hellenism: The Emergence of Heraclea on the Black Sea*. University of California Publications, Classical Studies 14. Berkeley.
Busolt, G. 1893. *Griechische Geschichte*. Gotha.
Carrière, J. 1948. *Théognis de Mégare: Etude sur le recueil élégiaque attribué à ce poète*. Paris.
Cerri, G. 1968. "La terminologia sociopolitica di Teognide: 1. L'opposizione semantica tra *agathos-esthlos* e *kakos-deilos*." *Quaderni Urbinati di Cultura Classica* 6:7–32.
———. 1969. "*Isos dasmos* come equivalente di *isonomia* nella silloge teognidea." *Quaderni Urbinati di Cultura Classica* 8:97–104.
CGF. See Kaibel 1899.
Chantraine, P. 1968, 1970, 1975, 1977, 1980. *Dictionnaire étymologique de la langue grecque* I, II, III, IV–1, IV–2. Paris.
Clay, D. 1970. "Fragmentum Adespotum 976." *Transactions of the American Philological Association* 101:119–129.
Cloché, P. 1952. *Thèbes de Béotie*. Louvain.
Coldstream, J. N. 1977. *Geometric Greece*. London.
Collitz, H.; Bechtel, F.; and Hoffmann, O., eds. 1884–1915. *Sammlung der griechischen Dialekt-Inschriften*. Göttingen.
Connor, W. R. 1962. "Charinus' Megarean Decree." *American Journal of Philology* 83:225–246.
———. 1970. "Charinus' Megarean Decree Again." *Revue des Etudes Grecques* 83:305–308.
Cook, R. M. 1946. "Ionia and Greece in the Eighth and Seventh Centuries." *Journal of Hellenic Studies* 66:67–98.
———. 1962. "Spartan History and Archaeology." *Classical Quarterly* 56 = n.s. 12:156–158.
———. 1971. "ΕΠΟΙΗΣΕΝ on Greek Vases." *Journal of Hellenic Studies* 91:137–138.
———. 1979. "Archaic Greek Trade: Three Conjectures." *Journal of Hellenic Studies* 99:152–155.
CPG. See von Leutsch and Schneidewin 1839–1851.
Crahay, R. 1956. *La littérature oraculaire chez Hérodote*. Paris.
Davidson, O. M. 1983. "The Crown-Bestower in the Iranian Book of Kings." Ph.D. diss., Princeton University.
Davies, J. K. 1971. *Athenian Propertied Families, 600–300 B.C.* Oxford.
Davison, J. A. 1955. "Peisistratus and Homer." *Transactions of the American Philological Association* 86:1–21.
———. 1955b. "Quotations and Allusions in Early Greek Poetry." *Eranos* 53:125–140.

———. 1958. "Notes on the Panathenaia." *Journal of Hellenic Studies* 78:23–41 = 1968:28–69.
———. 1959. "Dieuchidas of Megara." *Classical Quarterly* 53 = n.s. 9:216–222.
———. 1968. *From Archilochus to Pindar: Papers on Greek Literature of the Archaic Period*. London.
Day, J., and Chambers, M. H. 1962. *Aristotle's History of Athenian Democracy*. Berkeley and Los Angeles.
Detienne, M. 1972. *Les jardins d'Adonis: La mythologie des aromates en Grèce*. Paris = *The Gardens of Adonis*. Translated by J. Lloyd. Sussex, 1977.
———. 1973. *Les maîtres de vérité dans la Grèce archaïque*. 2d ed. Paris.
———. 1977. *Dionysos mis à mort*. Paris = *Dionysos Slain*. Translated by L. Muellner and M. Muellner. Baltimore, 1979.
Detienne, M., and Vernant, J.-P. 1974. *Les ruses de l'intelligence: La* ΜΗΤΙΣ *des Grecs*. Paris = *Cunning Intelligence in Greek Culture and Society*. Translated by J. Lloyd. Sussex, 1978.
Diels, H., and Kranz, W., eds. 1951–1952. *Die Fragmente der Vorsokratiker*. 6th ed. Berlin.
Dilts, M. R., ed. and tr. 1971. *Heraclidis Lembi Excerpta Politiarum*. Durham, N.C.
Diogenianus. See *CPG*.
Dittenberger, W., ed. 1915–1924. *Sylloge Inscriptionum Graecarum*. 3d ed. Leipzig.
Dittenberger, W., and Purgold, K., eds. 1896. *Die Inschriften von Olympia. Olympia* 5. Berlin.
DK. See Diels and Kranz 1951–1952.
Dodds, E. R. 1951. *The Greeks and the Irrational*. Berkeley and Los Angeles.
———, ed. 1960. *Euripides: Bacchae*. 2d ed. Oxford.
Donlan, W. 1970. "Changes and Shifts in the Meaning of Demos." *La Parola del Passato* 135:381–395.
———. 1973. "The Origin of ΚΑΛΟΣ ΚΑΓΑΘΟΣ." *American Journal of Philology* 94:365–374.
———. 1973b. "The Role of *Eugeneia* in the Aristocratic Self-Image during the Fifth Century B.C." In *Classics and the Classical Tradition: Essays Presented to Robert E. Dengler*, 63–78. University Park, Pa.
Döring, K. 1972. *Die Megariker: Kommentierte Sammlung der Testimonien*. Amsterdam.
Dover, K. J. 1966. "Anthemocritus and the Megarians." *American Journal of Philology* 87:203–209.
———. 1978. *Greek Homosexuality*. Cambridge, Mass.
Dumézil, G. 1969. *Heur et malheur du guerrier*. Paris = *The Destiny of the Warrior*. Translated by A. Hiltebeitel. Chicago, 1970.
Durante, M. 1960. "Ricerche sulla preistoria della lingua poetica greca: La terminologia relativa alla creazione poetica." *Atti della Accademia Nazionale dei Lincei, Rendiconti, Classe di Scienze morali, storiche e filologiche* 15:231–249.
Düring, I. 1951. *Chion of Heraclea: A Novel in Letters*. Göteborg. *Acta Universitatis Goteburgensis* 57/5.

Edmunds, L. 1975. *Chance and Intelligence in Thucydides*. Cambridge, Mass.
———. 1975b. "Thucydides' Ethics as Reflected in the Description of Stasis (3.82–83)." *Harvard Studies in Classical Philology* 79:73–92.
———. 1980. "Aristophanes' *Acharnians*." *Yale Classical Studies* 26:1–41.
Edwards, G. P. 1971. *The Language of Hesiod in Its Traditional Context*. Publications of the Philological Society 22. Oxford.
Ellis, R. 1910. "Adversaria VI." *Journal of Philology* 31:45.
Else, G. F. 1957. *Aristotle's Poetics: The Argument*. Cambridge, Mass.
FdD = *Fouilles de Delphes*. Ecole Française d'Athènes. Paris. 1902–.
Fenik, B. C., ed. 1978. *Homer: Tradition and Invention*. Cincinnati Classical Studies. n.s. II. Leiden.
Ferguson, J. 1958. *Moral Values in the Ancient World*. London.
Ferguson, W. S. 1938. "The Salaminioi of the Heptaphylai and Sounion." *Hesperia* 7:1–74.
FGH. See Jacoby 1923–.
FHG. See Müller 1841–1872.
Figueira, T. J. 1977. "Aegina and Athens in the Archaic and Classical Periods — a Socio-Political Investigation." Ph.D. diss., University of Pennsylvania.
———. 1981. *Aegina*. New York.
———. 1983. "Aeginetan Independence." *Classical Journal* 79:8–29.
———. 1984. "Mess Rations and Subsistence at Sparta." *Transactions of the American Philological Association* 114:87–109.
———. 1984b. "The Ten *Archontes* of 579/8 at Athens." *Hesperia* 53:447–473.
Finley, M. I. 1968. "Sparta." In *Problèmes de la guerre en Grèce ancienne*, edited by J.-P. Vernant, 143–160. Paris.
———. 1977. *The World of Odysseus*. 2d ed. New York.
Ford, A. L. 1981. "Early Greek Terms for Poetry: Aoidē, Epos, Poiēsis." Ph.D. diss., Yale University.
Fornara, C. W. 1968. "The 'Tradition' about the Murder of Hipparchus." *Historia* 17:400–425.
Forrest, W. G. 1969. "The Tradition of Hippias' Expulsion from Athens." *Greek Roman and Byzantine Studies* 10:277–286.
Forssman, B. 1980. "Hethitisch *kurka*–." *Zeitschrift für Vergleichende Sprachforschung* 94:70–74.
Foucault, M. 1977. *Language, Counter-Memory, Practice: Selected Essays and Interviews*. Edited by D. Bouchard. Translated by D. Bouchard and S. Simon. Ithaca.
Fraenkel, E. 1920 (1924). "Zur Form der AINOI." *Rheinisches Museum für Philologie* 73:366–370.
Frame, D. 1978. *The Myth of Return in Early Greek Epic*. New Haven.
Fränkel, H. 1975. *Early Greek Poetry and Philosophy*. Translated by M. Hadas and J. Willis. New York.
French, A. 1957. "Solon and the Megarian Question." *Journal of Hellenic Studies* 77:238–246.
Friedländer, P. 1969. *Plato*. Translated from the German by H. Meyerhoff. New York = *Platon: Seinswahrheit und Lebenswirklichkeit*. 2d ed. 1954. Berlin.

Friedländer, P., and Hoffleit, H. B., eds. 1948. *Epigrammata: Greek Inscriptions in Verse from the Beginnings to the Persian Wars.* Berkeley and Los Angeles.
Frisk, H. 1960-1970. *Griechisches etymologisches Wörterbuch.* Heidelberg.
Gadamer, H.-G. 1965. *Wahrheit und Methode.* Tübingen.
GDI. See Collitz, Bechtel, and Hoffmann 1884-1915.
Gentili, B. 1977. "Addendum: A proposito dei vv. 253-254 di Teognide." *Quaderni Urbinati di Cultura Classica* 26:115-116.
Gentili, B., and Prato, C., eds. 1979. *Poetae Elegiaci* I. Leipzig.
Gerber, D., ed. 1970. *Euterpe.* Amsterdam.
Gernet, L. 1968. *Anthropologie de la Grèce antique.* Paris = *The Anthropology of Ancient Greece.* Translated by J. Hamilton and B. Nagy. Baltimore, 1981.
Giannini, P. 1973. "Espressioni formulari nell' elegia greca arcaica." *Quaderni Urbinati di Cultura Classica* 16:7-78.
Giessen, K. 1901. "Plutarchs Quaestiones graecae und Aristoteles' Politien." *Philologus* 60:446-471.
Gladigow, B. 1965. *Sophia und Kosmos: Untersuchungen zur Frühgeschichte von ΣΟΦΟΣ und ΣΟΦΙΗ. Spudasmata* I. Hildesheim.
Gomme, A. W., Andrewes, A., and Dover, K. J. 1945-1981. *A Historical Commentary on Thucydides.* 5 vols. Oxford.
Graham, A. J. 1982. "The Colonial Expansion of Greece." In *The Cambridge Ancient History.* 3d ed., vol. 3.1, edited by J. Boardman and N. G. L. Hammond, 83-162. Cambridge.
———. 1983. *Colony and Mother City in Ancient Greece.* 2d ed. Chicago.
Greene, W. C. 1944. *Moira.* Cambridge, Mass.
Gronewald, M. 1975. "Theognis 255 und *Pap.Oxy.* 2380." *Zeitschrift für Papyrologie und Epigraphik* 19:178-179.
van Groningen, B. A., ed. 1966. *Theognis: Le premier livre.* Amsterdam: Verhandelingen der koninklijke Nederlandse Akademie van Wetenschappen, afd. Letterkunde, n.s. 72/1.
Grote, G. 1888. *A History of Greece.* London.
Gruben, G. 1964. "Das Quellhaus von Megara." *Archaiologikon Deltion* 19.A: 37-41.
Guarducci, M. 1948. "Il decreto Ateniese per Salamina." *Rivista di Filologia e d'Istruzione Classica* 76:238-243.
———. 1948b. "L'origine e le vicende del ΓΕΝΟΣ attico dei Salaminii." *Rivista di Filologia e d'Istruzione Classica* 76:223-237.
Gudeman, A. 1934. *Aristoteles:* ΠΕΡΙ ΠΟΙΗΤΙΚΗΣ. Berlin.
Guthrie, W. K. C. 1969. *A History of Greek Philosophy* 3: *The Fifth-Century Enlightenment.* Cambridge.
GV. See Peek 1955.
Haavio, M. 1959. "A running stream they dare na cross." *Studia Fennica* 8:125-142.
Hainsworth, J. B. 1968. *The Flexibility of the Homeric Formula.* Oxford.
———. 1978. "Good and Bad Formulae." In Fenik 1978, 41-50.
Halliday, W. R. 1928. *The Greek Questions of Plutarch with a New Translation and Commentary.* Oxford.

Hammond, N. G. L. 1954. "The Heraeum at Perachora and Corinthian Encroachment." *British School at Athens, Annual* 49:93–102.
———. 1954b. "The Main Road from Boeotia to the Peloponnese through the Northern Megarid." *British School at Athens, Annual* 49:103–122.
Hanell, K. 1934. *Megarische Studien*. Lund.
Harrison, E. 1902. *Studies in Theognis*. Cambridge.
Harvey, A. E. 1955. "The Classification of Greek Lyric Poetry." *Classical Quarterly* 49 = n.s. 5:157–175.
Hasler, F. S. 1959. *Untersuchungen zu Theognis*. Winterthur.
Havelock, E. A. 1952. "Why Was Socrates Tried?" In *Studies in Honor of Gilbert Norwood*, edited by M. White, 95–109. Toronto.
———. 1982. *The Literate Revolution in Greece and Its Cultural Consequences*. Princeton.
HCT. See Gomme, Andrewes, and Dover 1945–1981.
Helm, R., ed. 1956. *Die Chronik des Hieronymus. Eusebius Werke*. Vol. 7. Berlin.
Henderson, J. 1975. *The Maculate Muse*. New Haven.
Henrichs, A. 1976. "Despoina Kybele: Ein Beitrag zur religiösen Namenkunde." *Harvard Studies in Classical Philology* 80:253–286.
Hercher, R., ed. 1866. *Claudii Aeliani: Varia Historia, Epistulae, Fragmenta*. Leipzig.
Highbarger, E. L. 1927. *The History and Civilization of Ancient Megara*. Baltimore.
———. 1937. "Theognis and the Persian Wars." *Transactions of the American Philological Association* 68:88–111.
Hignett, C. 1952. *A History of the Athenian Constitution*. Oxford.
Hiller von Gaertringen, F., ed. 1926. *Historische Griechische Epigramme*. Berlin.
Hitzig, H. 1901. *Pausaniae Descriptio Graeciae*. II. Leipzig.
Hoddinott, R. F. 1975. *Bulgaria in Antiquity: An Archaeological Introduction*. New York.
Hopper, R. J. 1961. "'Plain', 'Hill', and 'Shore' in Early Athens." *British School at Athens, Annual* 56:189–219.
How, W. W., and Wells, J. 1912. *A Commentary on Herodotus, with Introduction and Appendixes*. Oxford.
Hudson-Williams, T., ed. 1910. *The Elegies of Theognis*. London.
Hug, A. 1931. "Symposion." *Pauly-Wissowa Realencyclopädie* 2. Reihe, 7. Halbband. 1266–1270.
IG = *Inscriptiones Graecae*. Berlin. 1873–.
Immisch, O. 1933. "Die Sphragis des Theognis." *Rheinisches Museum für Philologie* 82:278–304.
Jacoby, F. 1904. *Das Marmor Parium*. Berlin.
———. 1923–. *Die Fragmente der griechischen Historiker*. Leiden.
———. 1949. *Atthis: The Local Chronicles of Ancient Athens*. Oxford.
Jaeger, W. 1945. *Paideia: The Ideals of Greek Culture*. Translated by G. Highet. New York.
Jameson, M. H. 1969. "Excavations at Porto Cheli and Vicinity. Preliminary Report, I: Halieis, 1962–1968." *Hesperia* 38:311–342.
Jeffery, L. H. 1961. *The Local Scripts of Archaic Greece*. Oxford.

———. 1976. *Archaic Greece: The City-States c. 700–500 B.C.* London.
Kaibel, G., ed. 1878. *Epigrammata Graeca.* Berlin.
———, ed. 1899. *Comicorum Graecorum Fragmenta.* Berlin.
Kaletsch, H. 1958. "Zur lydischen Chronologie." *Historia* 7:1–47.
Kalligas, P. 1969. "ΤΟ ΕΝ ΚΕΡΚΥΡΑ ΙΕΡΟΝ ΤΗΣ ΑΚΡΑΙΑΣ ΗΡΑΣ." *Archaiologikon Deltion* 24.A:51–58.
Karst, J., ed. 1911. *Die Chronik. Eusebius Werke.* Vol. 5. Leipzig.
Kirk, G. S., ed. and tr. 1970. *The Bacchae of Euripides.* Englewood Cliffs, N.J.
Kleingünther, A. 1933. ΠΡΩΤΟΣ ΕΥΡΕΤΗΣ: *Untersuchungen zur Geschichte einer Fragestellung.* Leipzig, Philologus Supplementband 26.
Kock, T., ed. 1880–1888. *Comicorum Atticorum Fragmenta.* Leipzig.
Koller, H. 1972. "Epos." *Glotta* 50:16–24.
Kontoleon, N. M. 1963. "Archilochus und Paros." *Archiloque*, Fondation Hardt 10 (Geneva):39–73.
Kranz, W. 1924. "Das Verhältnis des Schöpfers zu seinem Werk in der althellenischen Literatur." *Neue Jahrbücher für Paedagogik* 27:64–86.
Kroll, J. 1936. *Theognis-Interpretationen.* Leipzig.
Labarbe, J. 1972. "Les premières démocraties de la Grèce antique." *Bulletin de la Classe des Lettres de l'Académie Royale de Belgique* 58:223–254.
Lanata, G. 1963. *Poetica pre-Platonica.* Florence.
Lang, M. 1962. "Kylonian Conspiracy." *Classical Philology* 64:243–249.
Leaf, W., ed. 1886–1888. *The Iliad of Homer.* 2 vols. London.
Legon, R. P. 1981. *Megara: The Political History of a Greek City-State to 336 B.C.* Ithaca.
Leutsch, E. L. von, and Schneidewin, F. G., eds. 1839–1851. *Corpus Paroemiographorum Graecorum.* Göttingen.
Lévi, S. 1898. *La doctrine du sacrifice dans les Brāhmaṇas.* Paris.
Levine, D. B. 1984. "Counterfeit Man." In *Classical Texts and Their Traditions: Studies in Honor of C. R. Trahman*, edited by D. F. Bright and E. S. Ramage, 125–137. Chico, Calif.
Liddell, H. G., Scott, R., and Stuart Jones, H., eds. 1940. *Greek-English Lexicon.* 9th ed. Oxford.
Lloyd-Jones, H. 1971. *The Justice of Zeus.* Berkeley and Los Angeles.
Lobel, E., and Page, D., eds. 1955. *Poetarum Lesbiorum Fragmenta.* Oxford.
Lord, A. B. 1960. *The Singer of Tales.* Cambridge, Mass.
LP. *See* Lobel and Page 1955.
LSCG Suppl. See Sokolowski 1962.
LSJ. *See* Liddell, Scott, and Stuart Jones 1940.
Macan, W. R. 1895. *Herodotus: The Fourth, Fifth, and Sixth Books.* London.
McKay, K. J. 1959. "Studies in *Aithon.*" *Mnemosyne* 12:198–203.
———. 1961. "Studies in *Aithon* II." *Mnemosyne* 14:16–22.
Maehler, H. 1963. *Die Auffassung des Dichterberufs im frühen Griechentum bis zur Zeit Pindars. Hypomnemata* 3. Göttingen.
Martin, R. P. 1981. *Healing, Sacrifice, and Battle: Amēchania and Related Concepts in Early Greek Poetry.* Innsbruck.
Martina, A., ed. 1968. *Solon: Testimonia veterum.* Rome.

Marzullo, B. 1958. *Studi di poesia eolica*. Florence.
Mayo, M. E. 1973. "Honors to Archilochus: The Parian Archilocheion." Ph.D. diss., Rutgers University.
Meiggs, R., and Lewis, D. M., eds. 1969. *A Selection of Greek Historical Inscriptions to the End of the Fifth Century B.C*. Oxford.
Meiggs-Lewis. See Meiggs and Lewis 1969.
Menéndez Pidal, R. 1960. *La chanson de Roland et la tradition épique des Francs*. 2d ed. Paris.
Merkelbach, R., and West, M. L., eds. 1967. *Fragmenta Hesiodea*. Oxford.
Meyer, E. 1954. *Pausanias, Beschreibung Griechenlands*. Zurich.
Michelini, A. 1978. "ΥΒΡΙΣ and Plants." *Harvard Studies in Classical Philology* 82:35-44.
Muller, A. 1981. "Megarika III-VII." *Bulletin de Correspondance Hellénique* 105:203-225.
Müller, K., and Müller, T., eds. 1841-1872. *Fragmenta Historicorum Graecorum*. 5 vols. Paris.
Murray, R. D. 1965. "Theognis 341-50." *Transactions of the American Philological Association* 96:277-281.
MW. See Merkelbach and West 1967.
Myres, J. L., and Gray, D., eds. 1958. *Homer and His Critics*. London.
Mylonas, G. E. 1961. *Eleusis*. Princeton.
Nagler, M. 1977. "Dread Goddess Endowed with Speech." *Archeological News* 6:77-85.
Nagy, G. 1973. "Phaethon, Sappho's Phaon, and the White Rock of Leukas." *Harvard Studies in Classical Philology* 77:137-177.
―――. 1974. *Comparative Studies in Greek and Indic Meter*. Cambridge, Mass.
―――. 1974b. "Six Studies of Sacral Vocabulary Relating to the Fireplace." *Harvard Studies in Classical Philology* 78:71-106.
―――. 1979. *The Best of the Achaeans: Concepts of the Hero in Archaic Greek Poetry*. Baltimore.
―――. 1979b. "On the Origins of the Greek Hexameter." In *Festschrift for Oswald Szemerényi*, edited by B. Brogyanyi (Amsterdam Studies in the Theory and History of Linguistic Science IV, Current Issues in Linguistic Theory, vol. 11), 611-631.
―――. 1980. "Patroklos, Concepts of Afterlife, and the Indic Triple Fire." *Arethusa* 13:161-195.
―――. 1982. "Hesiod." In *Ancient Writers: Greece and Rome*, edited by T. J. Luce, 43-73. New York.
―――. 1982b. "Theognis of Megara: The Poet as Seer, Pilot, and Revenant." *Arethusa* 15:109-128.
―――. 1983. "Poet and Tyrant: Theognidea 39-52, 1081-1082b." *Classical Antiquity* 2:82-91. The last two articles are earlier versions of parts of the larger work represented by Ch. 2 in this volume.
―――. 1983b. "**Sēma** and **Noēsis**: Some Illustrations." *Arethusa* 16:35-55.
Nilsson, M. P. 1938. "The New Inscription of the Salaminioi." *American Journal of Philology* 59:385-393.

Nock, A. D. 1928. "Notes on Ruler-Cult I–IV." *Journal of Hellenic Studies* 48:21–43 = *Essays on Religion and the Ancient World*, edited by Z. Stewart, 134–157. Cambridge, Mass. 1972.
North, H. 1966. *Sophrosyne: Self-Knowledge and Self-Restraint in Greek Literature*. Ithaca.
Ognenova, L. 1960. "Les fouilles de Mésambria." *Bulletin de Correspondance Hellénique* 84:221–232.
Okin, L. A. 1974. "Studies on Duris of Samos." Ph.D. diss., University of California, Los Angeles.
———. 1980. "A Hellenistic Historian Looks at Mythology: Duris of Samos and the Mythical Tradition." In *Panhellenica: Essays in Ancient History and Historiography in Honor of Truesdell S. Brown*, edited by S. M. Burstein and L. A. Okin, 97–118. Lawrence, Kans.
Oost, S. I. 1973. "The Megara of Theagenes and Theognis." *Classical Philology* 68:188–196.
Page, D. L. 1936. "The Elegiacs in Euripides' *Andromache*." In *Greek Poetry and Life: Essays Presented to Gilbert Murray on His Seventieth Birthday*, edited by C. Bailey et al., 206–230. Oxford.
———. 1955. *Sappho and Alcaeus: An Introduction to the Study of Ancient Lesbian Poetry*. Oxford.
———, ed. 1962. *Poetae melici Graeci*. Oxford.
Palmer, L. R. 1963. *The Interpretation of Mycenaean Greek Texts*. Oxford.
Parke, H. W., and Wormell, D. E. W. 1949. "Notes on Delphic Oracles." *Classical Quarterly* 43:138–140.
———. 1956. *The Delphic Oracle*. Oxford.
Parry, M. 1971. *The Making of Homeric Verse: The Collected Papers of Milman Parry*, edited by A. Parry. Oxford.
Pedersen, H. 1949. *Lykisch und Hittitisch*. 2d ed. Danske videnskabernes selskab, Copenhagen. Historisk-filologiske meddelelsen, bd. 30. nr. 4.
Pedley, J. G. 1968. *Sardis in the Age of Croesus*. Norman, Okla.
Peek, W. 1966. "Ein milesisches Polyandrion." *Wiener Studien* 79:218–230.
———, ed. 1955. *Griechische Vers-Inschriften*. Berlin.
Peretti, A. 1953. *Teognide nella tradizione gnomologica*. Studi Classici e Orientali IV. Pisa.
Petersen, E. 1917. "Ein auf die Eroberung von Salamis bezügliches Vasenbild. Mit einer Beilage." *Jahrbuch des Deutschen Archäologischen Instituts* 32:137–145.
Pfeiffer, R., ed. 1949–1953. *Callimachus*. 2 vols. Oxford.
Piccirilli, L. 1973. "Su alcune alleanze fra *poleis*." *Annali della Scuola Normale Superiore di Pisa*. 3d ser. 3:717–730.
———. 1974. "Susarione e la revendicazione megarese dell'origine della commedia greca." *Annali della Scuola Normale Superiore di Pisa*. 3d ser. 4:1289–1299.
———. 1975. ΜΕΓΑΡΙΚΑ: *Testimonianze e Frammenti*. Pisa.
Pickard-Cambridge, A. 1962. *Dithyramb, Tragedy and Comedy*. 2d ed., revised by T. B. L. Webster. Oxford.
Podlecki, A. J. 1968. "Simonides: 480." *Historia* 17:257–275.

Powell, J. E. 1938. *A Lexicon to Herodotus*. Cambridge.
Powell, J. U. 1925. *Collectanea Alexandrina*. Oxford.
Prakken, D. W. 1941. "A Note on the Megarian Historian Dieuchidas." *American Journal of Philology* 62:348–351.
———. 1943–1944. "On the Date of Hereas, the Megarian Historian." *Classical World* 37:122–123.
Preller, L., ed. 1838. *Polemonis Periegetae Fragmenta*. Leipzig.
Prier, R. A. 1976. "Some Thoughts on the Archaic Use of *Metron*." *Classical World* 70:164–169.
Rabe, H. 1908. "Aus Rhetoren-Handschriften." *Rheinisches Museum für Philologie* 63:127–151.
Radt, S., ed. 1977. *Tragicorum Graecorum Fragmenta* 4: *Sophocles*. Göttingen.
Redfield, J. M. 1975. *Nature and Culture in the Iliad: The Tragedy of Hector*. Chicago.
Renehan, R. 1975. *Greek Lexicographical Notes* I. *Hypomnemata* 45. Göttingen.
Richardson, N. J., ed. 1974. *The Homeric Hymn to Demeter*. Oxford.
Robert, L. 1938–. *Bulletin Epigraphique*. *Revue des Etudes Grecques* 49 (1938)–.
Roebuck, C. 1959. *Ionian Trade and Colonization*. New York.
———. 1972. "Some Aspects of Urbanization in Corinth." *Hesperia* 41:96–127.
Roehl, H., ed. 1882. *Inscriptiones Antiquissimae praeter Atticas in Attica Repertas*. Berlin.
Rose, V., ed. 1886. *Aristotelis Qui Ferebantur Librorum Fragmenta*. Leipzig.
Rösler, W. 1980. *Dichter und Gruppe: Eine Untersuchung zu den Bedingungen und zur historischen Funktion früher griechischer Lyrik am Beispiel Alkaios*. Munich.
Ross, W. D., ed. 1915. *The Works of Aristotle*, vol. 9. Oxford.
Rossi, L. E. 1971. "I generi letterari e le loro leggi scritte e non scritte nelle letterature classiche." *Bulletin of the Institute of Classical Studies* 18:69–94.
Sacks, R. 1978. "ΥΠΟ ΚΕΥΘΕΣΙ ΓΑΙΗΣ: Two Studies of the Art of the Phrase in Homer." Ph.D. diss., Harvard University.
Saïd, S. 1979. "Les crimes des prétendants, la maison d'Ulysse et les festins de l'Odyssée." *Etudes des Littérature Ancienne* (Ecole Normale Supérieure) 9–49. Paris.
Ste. Croix, G. E. M. de. 1972. *The Origins of the Peloponnesian War*. Ithaca.
Sakellariou, M. B., and Faraklas, N. 1971. *Corinthia-Cleonaea*. Athens.
———. 1972. ΜΕΓΑΡΙΣ, ΑΙΓΟΣΘΕΝΑ, ΕΡΕΝΕΙΑ. Athens.
Salmon, J. 1972. "The Heraeum at Perachora and the Early History of Corinth and Megara." *British School at Athens, Annual* 67:159–204.
Sandys, J. E. 1912. *Aristotle's Constitution of Athens*. 2d ed. London.
Sealey, R. 1976. *A History of the Greek City States ca. 700–338 B.C.* Berkeley and Los Angeles.
SEG = *Supplementum Epigraphicum Graecum*. Leiden. 1923–.
Seidensticker, B. 1978. "Archilochus and Odysseus." *Greek Roman and Byzantine Studies* 19:5–22.
Shackleton Bailey, D. R., ed. 1965–1970. *Cicero's Letters to Atticus*. 7 vols. Cambridge.
SIG. See Dittenberger 1915–1924.

Silk, M. S. 1974. *Interaction in Poetic Imagery with Special Reference to Early Greek Poetry.* Cambridge.
Sinos, D. 1980. *Achilles, Patroklos, and the Meaning of* ΦΙΛΟΣ. Innsbruck.
Slatkin, L. M. 1979. "Thetis, Achilles, and the Iliad." Ph.D. diss., Harvard University.
SM. *See* Snell and Maehler 1971.
Snell, B. 1924. "Die Ausdrücke für den Begriff des Wissens in der vorplatonischen Philosophie." *Philologische Untersuchungen* 29. Berlin.
———. 1964. *Tragicorum Graecorum Fragmenta.* Hildesheim.
Snell, B., and Maehler, H., eds. 1971. *Bacchylides.* Leipzig.
———, eds. 1975. *Pindarus: Fragmenta.* Leipzig.
Snodgrass, A. M. 1971. *The Dark Age of Greece: An Archaeological Survey of the Eleventh to the Eighth Centuries.* Edinburgh.
Sokolowski, F., ed. 1962. *Lois sacrées des cités grecques, Supplément.* Paris.
Solmsen, F. 1909. *Beiträge zur griechischen Wortforschung.* Strassburg.
Sperdutti, A. 1950. "The Divine Nature of Poetry in Antiquity." *Transactions of the American Philological Association* 81:209–240.
Sulzberger, M. 1926. "ONOMA ΕΠΩΝΥΜΟΝ: Les noms propres chez Homère." *Revue des Etudes Grecques* 39:381–447.
Sumner, W. G. 1906. *Folkways.* Boston.
———. 1963. *Social Darwinism: Selected Essays.* Englewood Cliffs, N.J.
Sutton, D. F. 1980. *The Greek Satyr Play.* Meisenheim am Glan.
Svenbro, J. 1976. "La parole et le marbre: Aux origines de la poétique grecque." Doctoral diss., Lund.
———. 1982. "A Mégara Hyblaea: Le corps géomètre." *Annales: Economies, Sociétés, Civilisations* 37:953–964.
Szegedy-Maszák, A. 1978. "Legends of the Greek Lawgivers." *Greek Roman and Byzantine Studies* 19:199–209.
Tarkow, T. 1977. "Theognis 237–254: A Reexamination." *Quaderni Urbinati di Cultura Classica* 26:99–114.
Tigerstedt, E. N. 1965–1978. *The Legend of Sparta in Classical Antiquity* I–III. Stockholm.
Tod, M. N. 1933. *A Selection of Greek Historical Inscriptions.* 2 vols. Oxford.
Treu, M. 1955. *Von Homer zur Lyrik. Zetemata* 12. Munich.
Ure, P. N. 1922. *The Origin of Tyranny.* Cambridge.
V. *See* Voigt 1971.
Valesio, P. 1960. "Un termine della poetica antica: *poiein*: analisi semantica." *Quaderni dell'Istituto di Glottologia* (Università degli Studi di Bologna) 5:97–111.
Vallet, G., and Villard, F. 1952. "Dates de fondation de Mégara Hyblaea et de Syracuse." *Bulletin de Correspondance Hellénique* 76:289–346.
——— 1958. "La date de fondation de Sélinonte: Les données archéologiques." *Bulletin de Correspondance Hellénique* 82:16–26.
Verdelis, N. M. 1956. "Der Diolkos am Isthmus von Korinth." *Mitteilungen des Deutschen Archäologischen Instituts, Athenische Abteilung* 71:51–59.
Vermeule, E. D. T. 1979. *Aspects of Death in Early Greek Art and Poetry.* Berkeley and Los Angeles.

Vernant, J.-P. 1974. *Mythe et pensée chez les Grecs: Etudes de psychologie historique*, 1, II. 2d ed. Paris.
———. 1974b. *Mythe et société en Grèce ancienne*. Paris.
Vetta, M., ed. 1980. *Theognis: Elegiarum Liber Secundus*. Rome.
Voigt, E.-M., ed. 1971. *Sappho et Alcaeus: Fragmenta*. Amsterdam.
W. *See* West 1971/1972.
Wade-Gery, H. T. 1943. "The Spartan Rhetra in Plutarch *Lycurgus* VI. A. Plutarch's Text." *Classical Quarterly* 37:62–72.
———. 1944. "The Spartan Rhetra in Plutarch *Lycurgus* VI. B. The EYNOMIA of Tyrtaios." *Classical Quarterly* 38:1–9.
———. 1946. "The Sixth-Century Attic Decree about Salamis." *Classical Quarterly* 40:101–104.
Wallace, M. B. 1970. "Notes on Early Greek Grave Epigrams." *Phoenix* 24:95–105.
Warner, R., tr. 1954. *Thucydides: The Peloponnesian War*. Harmondsworth.
Watkins, C. 1972. "An Indo-European Word for 'Dream'." In *Studies for Einar Haugen*, edited by E. S. Firchow, K. Grimstad, N. Hasselmo, and W. O'Neil, 554–561. The Hague.
———. 1979–1980. "*Is tre fír flathemon*: Marginalia to *Audacht Morainn*." *Eriu* 30:181–198.
Wehrli, F., ed. 1953. *Die Schule des Aristoteles*. Vol. 7. *Herakleides Pontikos*. Basel.
———, ed. 1957. *Die Schule des Aristoteles*. Vol. 9. *Phainias von Eresos; Chamaileon; Praxiphanes*. Basel.
———, ed. 1974. *Die Schule des Aristoteles*. Suppl. Bd. 1: *Hermippos der Kallimacheer*. Basel.
Weil, R. 1960. *Aristote et l'histoire: Essai sur la "Politique."* Paris.
Wendel, C. T. E., ed. 1914. *Scholia in Theocritum Vetera*. Leipzig.
West, M. L. 1974. *Studies in Greek Elegy and Iambus*. Berlin.
———, ed. 1966. *Hesiod: Theogony*. Oxford.
———, ed. 1971/1972. *Iambi et Elegi Graeci* I/II. Oxford.
———, ed. 1978. *Hesiod: Works and Days*. Oxford.
Whallon, W. 1969. *Formula, Character, and Context: Studies in Homeric, Old English, and Old Testament Poetry*. Washington, D.C.
Wickert, K. 1961. "Der peloponnesische Bund von seiner Entstehung bis zum Ende des archidamischen Krieges." Diss., Erlangen-Nürnberg.
Wilamowitz-Moellendorff, U. von. 1875. "Die megarische Komödie." *Hermes* 9:319–341.
———. 1884. *Homerische Untersuchungen. Philologische Untersuchungen* 7. Berlin.
———. 1937. "Besprechung von Urkunden dramatischer Aufführungen in Athen mit einem Beitrage von Georg Kaibel herausgegeben von Adolf Wilhelm, Wien, 1906." *Kleine Schriften*, vol. 5, pt. 1, 376–401. Berlin = *Göttingische Gelehrte Anzeigen* 1906:611–634.
Will, E. 1950. "De l'aspect éthique des origines grecques de la monnaie." *Revue Historique* 212:209–231.
———. 1955. *Korinthiaka*. Paris.

———. 1955b. "Réflexions et hypothèses sur origines du monnayage." *Revue Numismatique* 17:5–23.

Wiseman, J. 1978. *The Land of the Ancient Corinthians*. Göteborg.

Woodbury, L. 1952. "The Seal of Theognis." In *Studies in Honor of Gilbert Norwood*, edited by M. White, 20–41. Toronto.

Young, D. 1967. "Never Blotted a Line? Formula and Premeditation in Homer and Hesiod." *Arion* 6:279–324.

———, ed. 1961. *Theognis*. Leipzig.

Zwettler, M. 1978. *The Oral Tradition of Classical Arabic Poetry: Its Character and Implications*. Columbus, Ohio.

一般索引

Please note that most Greek words in boldface are glossed in the Glossary. The few that are not are glossed in this index.

Achilles: 224, 228, 250
acquisition, acquisitiveness: 5, 51–68, 144–45, 152–53. See also **khrēmata**
Adonis, Gardens of: 62
agathos, agathoi (aristocracy): 7–8, 16–17, 23–24, 26, 30, 42, 44–45, 52–55, 67, 76, 78, 82–83, 89, 98, 104, 106, 126, 128, 130, 135, 140, 143–44, 157n, 159–75, 178–80, 181, 182, 184, 187, 218–19, 231, 234, 236–37, 239–42, 245–60, 290. See also oligarchy
aidōs: 102, 168, 228, 232, 238, 243
ainigma 'enigma, riddle': 23–24, 76, 77–78, 105–6, 135, 166
ainos: 24, 26–29, 77–78, 105–6, 166n, 202
aiskhros, aiskhron: 173, 174n, 242–43
Aisymnion (**aisumnātās**): 139–40, 268, 273n
Aithon: 76–81, 151–52. See also heroes; Thebes
Alcmaeonids: 9, 92, 289, 301
Alcman: 85, 142
Anacreon: 89
aniē: 201, 202, 204–7, 210
apatē, apataō 'deceit, deceive': 232
Aphrodite: 198–99, 208, 226
apoina 'ransom, compensation': 208–9
Apollo: 88, 99n, 193, 224n
Archilochus: 3, 5, 35, 122, 245, 258
aretē: 45n, 83, 97–98, 104, 109, 160, 162n, 168, 170, 178, 188
Argos: 273, 290, 293–94
aristocracy: see **agathos**

Aristophanes: 117n, 132–33, 136, 194–95, 222
Aristotle: 4, 11–16, 18–19, 21, 114, 138–39, 148, 162, 163; *Constitution of the Athenians:* 12, 14–15, 18–19, 31, 43, 114–15, 130, 137; *Constitution of the Megarians:* 6, 14, 19n, 113–16, 120–21, 128–29, 130–32, 137–39, 264, 296–97; *Constitution of the Samians:* 10–14; *Poetics:* 137
astos, astoi, astu 'citizen(s), city': 123, 128, 134, 140
Atalanta: 8, 215–17
Athens (Athenians): 1, 20–21, 115n, 118n, 155–56, 289–90, 296, 298–99, 300–302; conflicts with Megara: 2, 20, 88, 117–18, 119–20, 121, 146, 262, 273, 278, 280–85; and the Theognidea: 157. See also Aristotle, *Constitution of the Athenians*
Atthidography/Atthidographers: 113, 115, 115n, 118n, 119, 121n, 263, 272, 281, 284, 285, 292, 300

Bacchiads: 128–29, 151, 152, 263–64, 266, 270, 273. See also Corinth; **dakrua Megareōn**; Dios **Korinthos**
basanos 'touchstone': 167, 195–96, 231
biē: 23, 53, 57, 69–71, 130, 195, 241–42
Boiotia (Boiotians): 151, 272, 274, 275, 289, 297, 299–300. See also Thebes
Byzantion: 63n, 261, 274–75, 276

Callinus: 245, 258, 286
Chamaeleon: 19n, 138–39
colonization (Megarian): 19n, 51n, 63n, 127, 146, 154–55, 227–28, 269–71, 273–76, 280, 287, 295–96
comedy: *see* kōmē; kōmōidiā; kōmos
Constitution of the Megarians: see Aristotle
Corinth (Corinthians): 2, 10, 115n, 128–29, 146, 152, 155, 261–65, 265–66, 268, 269–71, 272, 273, 275, 276, 277–78, 287, 289–91, 292–94, 299–300
Critias: 1, 112n, 157

daimōn, daimones: 69, 72–73, 76, 162n, 217
dais: 60, 177n, 186. *See also* dasmos
dakrua Megareōn: 142, 263–64. *See also* Dios Korinthos
damnazō: 212, 213, 217, 220. *See also* initiation; paideiā
dasmos, dateomai 'division, divide': 149–50
deilos, deiloi: *see* kakos
deinos, deinotēs: 168–69, 171
deipnon: 176n, 194
Delphi, Delphic Oracle (Pythia): 9, 31, 32n, 35n, 37–38, 68–69, 87–88, 90, 92, 94, 118n, 140, 268, 271, 273, 281, 284, 287n, 290, 296–97, 300–302. *See also* oracles
democracy: at Megara: 14, 16–18, 20–21, 36, 114, 119, 120, 127, 131–32, 136–39, 153–54, 156, 195, 227, 262, 276n, 286, 288, 296–98, 299–300, 302; at Heraclea Pontica: 127, 138, 154. *See also* dēmos; ideology
dēmos: 17, 42–44, 59n, 123, 126, 130–33, 149, 153, 162, 177n, 186, 195, 240, 290, 298, 302; as "skin-wearers": 44n, 129, 141, 142–43
Dieuchidas: 19–20, 115–16, 118, 121n

dikē, dikaios, dikaioi: 5, 37–40, 51–63, 70–72, 83, 88n, 104, 135, 140, 143, 154, 159–63, 165, 171, 173, 178, 180, 186, 190n, 192, 194, 210, 214, 218, 227, 229, 240, 243
Dios Korinthos: 263–64. *See also* dakrua Megareōn
dolos 'deceit': 187, 227, 230, 232–33. *See also* apatē
doruxenoi: 114n, 118n, 129, 143, 262–63, 265
Dorykleians: 117, 120, 262, 285–86
Duris of Samos: 11–15

ekhthros, ekhthroi: 56, 103–4, 182, 201–10, 217, 220, 230, 232, 234, 240, 243n
elegy, elegiac: genre of: 2–6, 35, 96–111, 139, 173, 245–60; Ionic dialects and: 5, 35, 110; poets of: 3, 5, 35, 48–49, 245, 258
Eleusis: 118, 119, 267, 278–79, 282–83; Hiera Orgas: 113, 120, 280
epic: *see* poetry
Epicharmus: 137
epithet (in Homer): 248–51. *See also* formula
epos, epē: 6, 27–30, 82–91, 102, 173, 213
erastēs/erōmenos: 151, 199–200, 210–11, 213–14, 216–17, 219–21. *See also* paiderastiā
Eretria: 271, 276, 289–90
Erinus, Erinues: 72–74, 77, 81n
erōs: 205–6, 211–12, 217, 218–19, 221–22; Eros (the god): 198–99, 211, 221
esthlos, esthloi: 16, 23, 29, 55, 56, 69, 99n, 104, 109–11, 159–60, 162n, 167, 178–80, 182, 184, 211, 212, 232, 241–42, 252. *See also* agathos
Euboia: 1, 146, 262, 269, 285n, 289, 293. *See also* Eretria; Kerinthos; Khalkis

一般索引 379

eunomiē: 43, 61, 87, 186
euphrosunē: 27n, 59, 60n, 178, 186, 190-92, 194, 198, 205-6, 210, 214, 237
euthuntēr 'straightener': 43, 46, 61, 180n
Excerpta Deteriora/Meliora: 46-50
exile: 2, 16, 21, 130, 151-52, 155, 286, 298

formula (formulaic diction): 48-50; in Theognis/elegy and in epic/hexametric poetry: 48-49, 96, 245-60

genos: 55-56, 160-61, 163, 286, 296, 297
genre, concept of (generic composition): 5, 6, 96-111, 176, 197. See also elegy; formula; Theognidea; Theognis, persona of
Geōmoroi: 10-11, 13, 287-88. See also Samos
gignōskō (gīnōskō): 26, 66
glukus, glukeia: 203-6, 210
gnōmē: 124, 137, 167, 171-72, 174, 184-85, 186-87, 231, 233, 242; gnomology: 2, 89, 91, 137, 168, 170
gnōrimoi: see oligarchy
Golden Age (utopia): 58-60, 62-63, 178, 190-94, 237. See also Hesiod, Five Generations of Mankind

harmoniē, Harmoniē 'harmony': 27n, 28, 29n, 41n, 102, 150-51, 177
hēgemōn, hēgemones: 17, 42-44, 46, 52-54, 59, 63, 68, 123, 162, 239, 273
Heraclea Pontica: 19n, 127, 129, 137-38, 151, 154, 262, 274, 275n, 295-96, 297-98. See also democracy; oligarchy
Heracleides Ponticus: 138
Heraeis: 265-66. See also Perachora
Heragoras: 19, 115-16

Hereas: 19, 115-16, 118n, 121n
Hermippos: 118n, 121, 124
heroes, cults of: 63n, 77n, 79-81, 140, 264, 273, 284-85, 303. See also Theognis as cult hero
Hesiod: 3-6, 35n, 39-40, 56-59, 62-74, 85, 96, 99-101, 104, 106n, 107-9, 138n, 192, 228, 245-60; Five Generations of Mankind in: 58-60, 228 (see also Golden Age). See also Perses
hēsukhiē: 42, 59-60, 178, 186, 192, 237
hetairos: 169n, 171, 188, 207, 223-44. See also philos; pistos
Hipparchus: 6, 51n, 86, 88n, 89-95, 218
Homer: 3-4, 5, 8, 35n, 86, 88, 96, 99-101, 104, 160, 163, 223, 228-29, 245-60; recitation of: 35n, 86, 88-89. See also epithet; formula
homosexuality: see erastēs/erōmenos; initiation; paiderastiā
hubris: 5, 17, 40, 42-47, 51-63, 71, 126n, 130, 159, 162, 174, 181, 186, 191, 211-12, 215, 221, 228-29, 239-40, 242-43, 263; in plants: 61-63

ideology: 2, 6-7, 26-30, 45n, 112-13, 127-28, 139-43, 159, 261; populist (democratic): 136-37, 139-41, 143, 146; Theognidean (and oligarchic): 2, 26-30, 122, 128-29, 132, 139-41, 143, 146, 159. See also democracy; oligarchy
initiation: 136-37, 216-17, 218-19, 221. See also damnazō; paideiā; paiderastiā
isos 'equal, equitable': 23n, 149, 180, 182. See also dasmos

kakos, kakoi, kakotēs: 7, 17, 23-24, 42-46, 52-55, 60, 67-68, 98, 104, 126, 128, 130, 143-44, 157n, 159-69, 172-75, 178-80, 181, 182, 184, 187, 190, 202, 206-7,

210, 212, 218–21, 228–29, 231, 234, 239–43, 246–48, 252–57, 290; intermarriage with: 55, 128–29, 154, 160, 164, 239, 254–57
Kalkhedon: 63n, 144–45, 261, 274–75
kalos, kalon: 104, 168, 174n, 242
kerdos: 42, 44, 45n, 53, 57, 89, 153, 167, 239–40, 242
Kerinthos: 122–23, 288–90
Khalkis (Khalkidians): 269–71, 289–90, 302. *See also* Euboia; Lelantine Plain
kharis: 27n, 178, 182, 185, 190, 193–94, 200, 213, 216, 237
Kharites: 27, 84, 101–4, 173, 177, 193, 227, 243
khrēmata: 15, 22–23, 26, 55, 57, 66–67, 69–71, 130, 142, 145, 148, 153, 155, 171, 181–82, 186, 189, 236, 240–42
kibdēlos: 188
Kleomenes: 299–300, 301–2. *See also* Peloponnesians; Salamis
kleos: 95, 97, 153, 191, 231
kōmē, kōmai: 119, 177n; at Megara: 114n, 123, 129, 140–41, 143, 261–62, 265–69
kōmōidiā: 134–35, 138, 141–42; at Athens: 132–34, 138–39, 141, 157–58; at Megara: 6, 115–16, 118–19, 132–37, 142, 152, 157–58, 298; origins of: 114–15, 118–19, 132–34, 157n; performers of (e.g., *deikēlistai*): 134–36, 142–43. *See also* ideology
kōmos: 101n, 134–35, 139, 177n, 190, 194, 196, 219, 238
koros: 5, 59–61, 159, 174, 181, 184, 186, 243n
kosmos: 23, 32, 41n, 43, 59, 66, 150, 164, 180, 184, 186, 238, 241. *See also* order
Krommyon: *see* Sidous
ktisis 'foundation': 63n, 126n
kubernētēs: 5, 23, 66–69, 71. *See also* sailing, seasonal; Ship of State

Kylon (Kylonians): 9–10, 33n, 143, 276, 277, 296
Kynosoureis: 265, 267–68
Kypselids: 276, 289–90. *See also* Periander
Kyrnos (**Kurnos**): 2, 4, 5, 33, 34, 41, 43, 53–58, 70, 84n, 89, 95, 101, 109, 112n, 126, 128, 134, 164, 169n, 174, 176, 182, 200, 215, 227, 232, 238, 239n

lawgivers: 31–33, 36–41, 46n, 78, 105, 121–22, 173, 238, 243, 279
Lelantine Plain (War): 123, 124, 271, 288–89
Lycurgus: 31–33, 36–41, 78, 94, 116, 152

Maison: 113, 137
Manu, Laws of: 38–40
mēden agan: 180–82. *See also* **metron**; moderation
Megara Hyblaea: 3, 18, 125–26, 137, 155; foundation of: 261, 269–71, 274–75; and Theognis: 3, 18, 123, 124–27
Megara (Nisaean): cults of: 63n, 79–80, 116, 120, 144–45, 158, 273; epichoric poetic traditions of: 2, 4, 33–35, 41, 121–23, 227–28; homeland of Theognis: 1, 2, 3, 4, 123–24; local myths: 63n, 79–80, 116, 119–21, 122; social integration at: 4–5, 26–30, 147–54; topography of: 116, 123, 265–69. *See also* colonization; democracy; ideology; **kōmē**; oligarchy; pan-Megarianism
Megareis: **kōmai** of: 265; = local historians, *see* Megarika
Megarian Decree: 117–18
Megarika: 4, 6, 14, 18–21, 113, 115–24, 127, 128–29, 133n, 282, 284, 292, 300
Megarikoi: 19n, 126–27
mesos, meson: 23n, 66, 149–51, 180–82, 183–84

一般索引 381

meter: elegiac: 3–4, 48–49; hexametric: 3–4, 48; lyric: 3–4
mētis: 178, 186–89
metron: 159, 180, 182–83, 185
Miletos: 146, 262, 271, 276, 287, 288, 289–90, 294–96
Mimnermus: 48, 50, 52–53, 86, 108, 126n, 245, 258
mnēma: 93, 95, 99, 111, 246n
mnēmē/mnēmosunē: 6, 96–98, 202
moderation: 178, 180–84. See also mēden agan; metron
mounarkhos: see tyranny
Muses: 25, 28–30, 84, 88, 92–93, 96–97, 100–104, 107, 173, 175, 177, 190, 193

nemesis: 102, 228
Nietzsche, F.: 1
Nisaea: 268; captures of: 280, 283–84, 291–92
nomos: 44n, 94, 227, 243, 301
noos: 56–57, 59, 60, 72n, 73–76, 81, 167, 174, 179, 183, 184, 186, 188, 200, 213, 227, 229–32, 233–34, 237, 242
nostos: 72n, 74, 79–81

Odysseus: 74–81, 202–4, 218
oligarchy: 43–46, 51–52, 149; at Heraclea Pontica: 127, 137–38; at Megara: 20, 36, 43–44, 143, 144, 149, 153–54, 156, 227, 276, 290, 297, 299–300
Olympia: 35n, 292–93; Megarian Treasury at: 292–94; victors at: 271–72
oneidos: see poetry, blame
oracles: 5–6, 87–88. See also Delphi
oral poetry, Theognidea as: 5, 35n, 48–50, 83, 251–52. See also Theognidea
order: 178, 180. See also kosmos
Orsippos: 117, 261, 270–73, 277, 292

paideiā: 7–8, 89–90, 92, 177–80, 197, 200, 217, 219, 221

paiderastiā (paidophiliē): 7–8, 110, 197, 199–201, 205–6, 210–12, 216–17, 218–22. See also erastēs/erōmenos
Palintokia: 14–15, 114, 130, 132, 146–48, 262, 286, 298
pan-Hellenism: 2, 5, 18, 30, 34–36, 50–51, 63n, 71, 81, 128, 227–28
pan-Megarianism: 127–28, 261
Peisistratos (Peisistratids): 20n, 88, 113, 116n, 146, 262, 281–85, 289, 291–92, 297, 298–300, 301–3. See also Hipparchus
Peloponnesians, Peloponnesian League: 114n, 146, 155–56, 262, 268, 296–97, 298–300
Perachora: 265–66, 267, 268, 275
Periander: 61n, 146, 278, 287, 290–91, 295
Perikles: 111, 117–18n
Perinthos: 146, 262, 276, 287–88
Peripatetics: 114, 121, 124. See also Aristotle, Chamaeleon
Perses: 5, 39–40, 56–57, 70, 229
philos, philoi, philiē (philiā): 26–30, 54n, 56, 67–68, 71, 84, 91n, 102–4, 167, 171–73, 179, 183, 187, 188, 189–90, 193–94, 200–201, 202–10, 212, 213–14, 217, 218–21, 223–44, 286
phrēn, phrenes, phronēma, phronēsis: 73, 130, 160, 168, 180, 186, 187, 188, 189, 192, 203, 208, 209, 213, 232, 236, 242
pikros: 203–6, 210
Piraeis: 265, 266–67
pistos, pistis: 102, 193, 207, 223–44. See also hetairos
Plato: 1, 4, 17–18, 89, 103, 123, 124–27, 131, 195–96, 222, 255
ploutos: see khrēmata
Plutarch: use of Megarika by: 4, 114, 116, 120–21, 124, 129–30; Greek Questions of: 4, 10–14, 16–19, 114, 116, 120–21, 130–32, 139, 195; on Salamis: 88, 281–84, 300–301

poetry: blame: 6, 99, 104–5, 110, 174; epic: 3, 6, 83, 96–98, 104, 108, 223–26, 245–60; praise: 6, 99, 104–5, 174. See also oral poetry
poiein, poiēma: 93, 107–9
polis: 1, 2, 4, 5, 6–8, 20, 23–24, 27, 30, 42, 46, 51, 63, 88n, 89, 93, 98–99, 102, 110–11, 140, 141, 157, 161–65, 169n, 171, 173, 175, 176–78, 180, 181–84, 186, 190–93, 194, 212, 228, 236–44, 265, 277, 300; of **dikē** and of **hubris**: 63, 190, 192, 229; "pregnant": 42, 46, 177
Polypaos: 54–55, 239n
potamos (place and cult place in Megarid): 144–45, 277
Praxion: 19, 115–16, 118
Pythion: 156

Redistribution, material: 132, 136–37, 139, 141–42, 148, 153
Return, Myth of: see **nostos**
rhoos: see **potamos**; Theagenes

sailing, seasonal: 5, 64–68
Salamis: 20–21, 88, 113, 116, 117, 119, 120, 146, 262, 268–69, 277, 278, 279, 280–86, 291, 300–303; Salaminioi of: 280, 302–3
Samos: 10–14, 115n, 146, 262, 276, 287–88, 290
Selinous: 155, 261, 270n, 274
Selymbria: 261, 274, 288
sēma 'sign, tomb', **sēmainō** 'give signs': 91n, 95, 111n, 136
Ship of State (metaphor): 5, 24, 26, 51n, 53–54, 64–68, 71, 106, 162, 177, 181n, 241. See also **kubernētēs**
Sidous: 146, 262, 267, 277–78
Simonides: 22n, 86, 89, 124, 138n, 271n, 273
Sisyphos: 170, 172–73
Solon: 3, 5, 15, 20n, 25, 35, 36–41, 43–46, 48, 50, 51n, 60–61, 69–72, 88, 99n, 100–101, 108, 113, 121–22, 146, 147, 185–86, 202, 245, 253, 258, 269, 277, 279, 280–85, 286, 291, 300–301, 303. See also Salamis
sophos, sophoi, sophiē (sophiā): 23–26, 29, 76, 82–83, 89–93, 100–101, 103–10, 135–36, 140, 166–67, 171–72, 180, 182, 184, 188, 241
sōphrōn, sōphrosunē: 17, 54, 58, 102, 130, 166, 170–71, 193, 198, 227, 239, 242, 243; regime of: 36, 50, 277, 286
Sparta: 31–32, 87–88, 115n, 135–36, 140, 142, 152, 155–56, 262, 264, 269, 271–72, 293, 297, 298–302. See also Peloponnesians
sphrēgis: 1, 5, 82–95, 112n, 123, 157
spoudaion prēgma/khrēma: 229–31, 235–36, 239–41
stasis: 24, 36, 41, 43–44, 46, 52, 59, 126, 134, 146, 165, 173, 190–92, 237, 239, 241, 262, 284
sumposion: see symposium
sunoikismos: 128–29, 143, 261, 262, 265–69, 271
Susarion: 132–33
sussitoi, sussitiā: 139n, 189, 286
symposium: 7–8, 34, 89, 97, 101, 109–10, 139, 157, 169n, 176–96, 197, 236–38, 243–44, 257
Syracuse: 124–26, 127, 134–35, 269–70

terpsis: see **euphrosunē**
Thales/Thaletas: 40–41
Theagenes: 1, 9–10, 17, 20–21, 33, 35, 42, 51n, 114, 120, 138, 143–45, 148, 227, 261, 276–77, 280, 286
Thebes: 28, 76–78, 79, 150–52, 289, 299n
themis, themistes: see **nomos**
Theognidea: at Athens, see Athens, Theognidea and; compilation of: 1,

46-50, 121-23, 126-28, 157n; doublets in: 48-51; as oral poetry, *see* oral poetry; poetry of other poets in: 2, 48-49. *See also* elegy; Excerpta Deteriora/Meliora; genre
Theognis: as exile/revenant: 68-81, 175, 298; as cult hero: 74, 76-77, 81n, 140; as historical personage: 1, 2, 33-34, 123-24, 138n, 159, 227-28, 261, 298; persona of: 1, 2, 6, 33-34, 54-56, 70, 136, 159, 227-28, 238; as **theōros**: 37-38, 136
theōros/theōriā: 37, 87-88, 136, 296-97
Thrasyboulos: 287, 295. *See also* Miletos; Periander
thūmos: 75, 183, 187, 198, 201-2, 213-14, 216, 218, 233, 235-37
timē: 83, 178, 193, 209, 234, 242
Tripodiskioi: 265, 268, 273
tyranny: 17, 36, 42-46, 50-52, 61n, 86, 92-95, 114, 226, 227, 290. *See also* Hipparchus; Peisistratos; Theagenes
Tyrtaeus: 3, 5, 15, 32, 35, 48, 50, 87, 98, 121-22, 245, 258

utopia: *see* Golden Age

"wagon-rollers": 114n, 130, 155, 268, 296-97, 298, 302
wine: 182-85, 192-93, 194-96, 254; drunkenness: 130-31, 139, 180, 183-85, 188-89, 195-96, 254

Xenophanes: 3, 52, 97, 108, 111, 245, 258
Xenophon: 1, 32, 124n, 157
xenos (xeinos), xenoi, xeniā: 114n, 201, 204, 206n, 207, 224, 228, 262-63, 301-2

Zeus: 31, 40, 70-73, 77, 101, 192, 199, 208, 232

文献来源索引

Several features of the Index of Sources should be noted. This index occasionally lists cross-references to the General Index, where passages are cited in passing to illustrate a stylistic, literary, or historical observation. Other similar groups of citations are referred to merely by page number. The reader is directed to the Bibliography for full bibliographical data. The presence of "n" after a page number signifies the appearance of the source cited solely within the notes to that page. Bold numbers are used for two purposes: (1) to signify book numbers in ancient authors such as Herodotus; (2) to denote pages on which a passage is translated, not simply cited. Finally, collections of inscriptions appear under their abbreviated titles: for a full title, see the Bibliography.

Aelian: *Varia Historia* 7.19: 281, 300; **13**.23: 32, 78; *fr. 86:* 155
Aeneas Tacticus: **4**.8–11: 282–83, 285
Aeschylus: *Agamemnon 1476–1477:* 72; *Choephoroi 157–158:* 73; *324–326:* 73; *403:* 74; *562:* 262; *577–578:* 74; *924, 1054:* 72; *Eumenides 132, 246, 264–266, 511–512:* 72; *Persians 570:* 284; *586:* 150n
Alcaeus: *fr. 38A1–8:* 74; *72.11–13:* 56n, 77n; *129:* 81n; *129.13:* 55n; *130:* 81n; *208 V = 326 LP:* 24n; *348.1:* 56n
Alcman: *fr. 27:* 87n
Andron (*FGH* 10): *F 14:* 278
Androtion (*FGH* 324): *F 30:* 119
Apollodorus (*FGH* 244): *F 27:* 290
"Apollodorus": **2**.5.4: 51
Apollonius of Rhodes: *Argonautica* **2**.655–656: 59n
Apollonius of Rhodes, Scholia: **1**.211–215: 115; **4**.1212: 293
Apostolius (see also *CPG*): *16.87:* 103n
Archilochus: *fr. 3:* 286; *5, 101, 114, 133:* 122; *105:* 181; *174, 185:* 105; *201:* 23n
Aristophanes: *Acharnians 11:* 125; *140:* 125; *614:* 289; *729–835:* 157; *774:* 278; see also **sumposion** and p.194; *Clouds 46–48:* 289; *Ecclesiazusae 723:* 142; *1073:* 140; *Frogs 186:* 77; *Knights 417–420:* 136; *431:* 181n; *Lysistrata 1149–1156:* 142; *Peace 741–749, 961–965:* 133n; see also p.195 on **spondai**; *Plutus 797–799:* 133; *Thesmophoriazusae 170:* 125; *Wasps 54–63:* 133; *1121–1264, 1299–1334:* 157
Aristophanes, Scholia *Acharnians 774:* 278; *Clouds 46a:* 289; *48b:* 289; *800:* 289; *Frogs 439:* 263; *Lysistrata 58:* 278n; *645:* 63n; *1039:* 132n; *Wasps 57b:* 1223: 278
Aristotle: *Constitution of the Athenians* 5.2–3: 43, 60n; 7.2, 11.1: 31; 11.2–12.1: 43; 15.2: 289; 17.2: 282; 19.4: 297; *De generatione animalium 725b35:* 61n; *Historia animalium 528a10:* 78; *Nicomachean Ethics 1116a:* 15n; *1123a20–24:* 141–42; *1144a24–31:* 36, **168–69**; *1167b6–7:* 162; *Poetics 1448a29–b3:* 36, 114, 118–19, 132, 134, 137, 141, 177n, 298; *Politics 1265b12–16:* 151; *1271b20–27:* 152; *1274a29:* 152; *1274a32–b5:* 151; *1280b13–15:* 297; *1290b14:* 52n; *1300a15–20:*

文献来源索引 385

36, 114, 153–54, 296–98; *1302b31:* 14, 16, 36, 114; *1304b31–34:* 16, 36, 138n, 154, 290, 297; *1304b34–39:* 114, 130–31, 148, 297–98; *1305a24–26:* 36, 44, 114, 144–45; *1305b5:* 138n; *1305b11–12:* 138n, 154; *1305b34–37:* 138n, 154, 297; *1306a36–b1:* 138n, 154; *1306b–1307a:* 15n; *1311a20–22:* 287; *1313b24:* 288n; *1315b11–39:* 276; *1316a31–32:* 290; *1327b14:* 138n; Rhetoric *1357b30–35:* 36, 44, 114, 143; *1375b25:* 88; *1398b11–12:* 122; *fr. 98:* 290; *509:* 14; *550:* 113–14; *576:* 12–13; *577, 578:* 11; *611:* 12
Aristotle, *Nicomachean Ethics,* Anonymous Commentator: *1123a20:* 133–34
Arrian: *Anabasis* 7.9.2: 110
Athenaeus: *263D:* 129; *349C, 457A:* 78; *526A, C:* 52; *617B:* 141n; *621D–622D:* 135–36; *659A–C:* 133; *694C:* 47n

Bacchylides: *fr. 14:* 196

Callimachus: *Epigrams 1.2:* 55; *4:* 140; *Iambi fr. 200b:* 63n
Callisthenes (*FGH* 124): *F 23:* 291
Carmina Convivialia: fr. 889: **233–34**; *892:* 234; *903:* 234; *908:* **234**
Chamaeleon: *frr. 9–13:* 139; *23–36:* 138n; *37a–c:* 139; *38:* 139; *39–42:* 138n; *43:* 138–39; *44:* 138–39
Charon (*FGH* 262): *F 6:* 274
Chion of Heraclea: 154–55n
Clearchus: *fr. 95:* 105
Clement, *Stromateis:* **1.***16.79:* 132; **4.***19.121:* 127; **6.***8.7:* 48n; *26.8:* 19n, 20n
CPG I p.19.6–11: 61–62; *p.183.3–8:* 62; *p.266.6–7:* 52; *II p.3.10–13:* 62; *p.93.13:* 62
Critias: *fr. 5:* 112n, 157; *at* Aelian, *Varia Historia 10.13:* 122

Daimakhos (*FGH* 65): *F 7:* 283
Demon (*FGH* 327): *F 4:* 263; *F 19:* 263
Demosthenes: *13.32–33:* 119
Didymus: *apud Scholia Plato Laws 630A:* 123
Dieuchidas (*FGH* 485): *T 1:* 19n, 20n; *F 3:* 273n; *F 4:* 20n, 116; *F 5:* 116, 121n; *F 6:* 20n, 116, 121n, 282; *F 6b:* 303; *F 10:* 122
Diodorus Siculus: **7** *fr. 11:* 275; **9.***20.2:* 45; **11.***79.1–4:* 155, 300; **12.***5.2:* 156; **6.***1:* 156; **13.***59.4:* 270; **16.***36.3:* 155n
Diogenes Laertius: **1.** *18–19:* 126–27; *57:* 20n, 86n, 88, 121n; *62:* 279; *71:* 196; *95:* 287; *104:* 140; **3.***6:* 127; **5.***44:* 19n; *81:* 21n; *86–93:* 138n; **8.***78:* 137
Diogenianus (see also *CPG*): **6.***34:* 264
Diomedes Grammaticus (Kaibel *CGF* 1.1): *no. 11.58:* 132n
Dionysius: *Ixeuticon 2.6:* 80
Dionysius of Halicarnassus: *Antiquitates romanae* 7.72.3: 272
Dionysius Thrax, Scholia (Kaibel *CGF* 1.1): *no. 4.11–14:* 132n, 134n
Duris of Samos (*FGH* 76): *T 1–2:* 11; *F 24:* 13; *F 27:* 12n, 13; *F 55:* 12n; *F 66:* 13n; *F 67:* 11

Ekphantides: *fr. 2:* 133
Elegiaca Adespota: fr. 22: 196
Epicharmus (Kaibel *CGF* 1.1): *T 9:* 137; *fr. 239:* 136
Ephorus (*FGH* 70): *F 137:* 269; *F 149:* 41n; *F 175:* 32, 78
Etymologicum Magnum: 63n, 80n, 133n, 134n, 271–72
Euagon (*FGH* 535): 13
Euphorion: *fr. 78:* 129; *91:* 63n
Eupolis: *fr. 244:* 133–34
Euripides: *Bacchae 877–881, 897–901:* 28, 84n, **103**; *HF 954:* 268; *Phoenissae 788:* 102; *814, 822:*

102n; *Trojan Women 88, 692:* 181n; *fr. 734 N²:* 99
Euripides, Scholia: *Andromache 1265:* 67n
Eusebius: 272, 274, 287, 292, 298
Eustathius: *on Iliad III 205–207:* 262; *on Iliad XXIII 683:* 272

FdD: 3.1.189: 118n
Friedländer and Hoffleit: *no. 85:* 106n; *no. 116:* 111n; *no. 136:* 110n
Frontinus, *Strategematica*: **2.9.9:** 282

GDI: 3053: 144–45

Harpocration: *s.v.* **Theognis:** 123
Heracleides Ponticus: *frr. 144–145:* 138n; *146–150:* 138n
Heraclides Lembus: *fr. 30 Dilts:* 12
Heraclitus: *B 112:* 109n
Heragoras (Piccirilli 4): *F 1:* 115
Hereas (*FGH* 486): *F 1:* 282; *F 3:* 121n; *F 4:* 116, 300
Hermippos: *frr. 5–16:* 124; *7–8:* 121; *10:* 121; *85–86:* 121; *93:* 124
Herodotus: **1.***20:* 287; *29.2:* 31; *29.5:* 135; *30.5:* 279; *59.4:* 281, 291; *65.2–66.1:* 32, 37, 41n, 69, 78; *82:* 293; *114:* 108n; *167.4:* 33; **2.***26.2:* 24n; *44.5:* 108n; *49.1:* 135; *171.1:* 136; **3.***39.3:* 287; *46–50:* 287, 293; *52.7:* 293; *60.1–3:* 288n; *62.3:* 151; *80.2–6:* 42n, 45n; *81.1–3:* 45n; *82.3:* **44–45**; **4.***93:* 274; *95.2:* 135; *144:* 274; **5.***56.1:* 51n, **218**; *62–63:* 297, 301; *64–65:* 298; *70–72:* 10, 143, 296, 298; *74.2:* 289, 298; *77.2:* 302; *86.4:* 293; *90.1:* 301; *92ζ2–η1:* 61n, 287; *95.2:* 290; *99.1:* 289; **6.***33.2:* 274; *35.1:* 290; *58.2–3:* 142, 264; *100:* 289; *108.1–6:* 299; *127:* 290; *128.2:* 290; **7.***6.3–5:* 88n; *154.2:* 125; *156.2:* 125; see also **dasmos** and p.150; p.279 for **boētheō**
Hesiod: *Theogony 27–28:* **107**; *32/38:* 97; *52–64:* 84n, 101–2; *98–103:*

92n, 97, 99; *120–122:* 212–13; *219:* **253**; *785–787:* 72; *900:* **253**; *906:* **253**; *907:* 101; *937:* 28; *942:* **79–80**; *975:* 28; see also **dasmos** and p.150; *Works and Days 9–10:* 39–40, 70; *35–36:* 56–57; *37:* 70, 150; *39:* 39–40; *73:* 102; *109–120:* 190n, 192, 193; *115–120:* 59, 62; *122–126:* 73; *132–135:* 58, **62**; *135–142:* 62; *158, 171–173:* 62n; *174–201:* 228; *190–194:* 70; *196–200:* 102; *202:* 105, 106n; *213:* 57; *217–218:* 40, 70; *220–224:* 70; *225–237:* 40, 63, 71, 190n, 192; *238–247:* 63, 71; *249–255:* 39, 72–74; *256–269:* 39, 70, 73; *280–285:* 57n, **58**; *286:* 57n; *298:* 39; *315–316:* 57; *320–326:* **57**, 63, 70; *333–341:* 39; *344:* 66; *346:* **255**; *363:* 77; *396:* 70; *422:* 39; *432–472:* 229; *448–451:* 66; *614–617:* 39, **65**; *619–622:* 65; *623:* 39, 65; *624–629:* 65; *630:* **65**; *641–642:* 39, 64; *678:* **65**, 66; *706–723:* 229; *711, 727–729, 757–758:* 39; *fr. 43:* 77; *73:* 215; *204:* 280; *211:* 207n; *233:* 149n; *298:* 116; *306:* 101
Hesychius: 54, 93n, 129, 133, 136, 264, 272
Homer: *Iliad* I *1:* 97, 100; *70:* 97; *108:* 87n; *131, 275:* 252n; II *219:* 298; *303–304:* 63n; *453–454:* **203**; *489–492:* 97; *557–558:* 88, 300; III *106:* 225; IV *181:* **250**; V *746:* 212; VI *200:* 207; VII *89–91:* **95**; IX *145, 287:* 63n; *312–313:* **186**; *341:* **250**; *528:* 223; *586:* 223; *627:* **252**; *630–631:* **223**; X *559:* **249**, 250; XIII *123:* **250**; *666:* 249; XIV *199:* 212–13; *220–221:* **208**; XV *185:* 252n; *249:* **250**; *671:* 250, 251; XVII *178:* 208n; *632:* **255**; XVIII *411:* 223–24; *655:* 223–24; XIX *155:* 252n; XXII *70:* 75; *255:* 28; XXIII *63:* 225; XXIV *207:* 225; *250:* **250**, 251; see also **dasmos** and pp.149–50; Dorykleians and p.286;

pistos, hetairos and p.223n; *Odyssey i 1:* 76; *4:* 202; *266:* 204; *337–338:* 99; *iv 237:* 253; *330–340:* 218; *346:* 204; *392:* 252; *v 291:* 181n; *334–335:* 79, 80, 81; *337, 339–350, 352–353, 382–387:* 80; *432–433:* 76, 80; *435–439:* 80; *vi 130:* 218; *vii 215–221:* 77; *viii 63:* 252; *165–177:* 186n; *166–185:* 102n; *538:* 102; *ix 3–11:* 27n; *34–36:* 203; *x 136:* 79; *303–304:* 208n; *493–495:* 73; *xi 8:* 79; *153:* 73n; *305–320:* 62n; *631:* 116; *xii 150:* 79; *266–267:* 87n; *499:* 79; *xiv 124–125, 508:* 77; *xvi 427:* 28n; *xvii 137:* 204; *381–387:* 25n; *446–448:* **204**; *514–521, 523:* 77; *xviii 194:* 101; *xix 116, 162, 166, 167–170, 183, 203:* 77; *xx 5–16:* 75; *367–368:* 25n; see also **dasmos** and pp.149–50; **pistos, hetairos** and pp.223–24
Homer, Scholia: *on Iliad* xxiii 683: 272
Homeric Hymns: *1.19:* 99n; *Demeter [2.]86:* 150; *153, 474:* 278; *Apollo [3.]164:* 28; *194ff:* 101; *375–376:* 26n; *546:* 99n; *Hermes [4.]483, 511:* 101; *524:* 28n; *580:* 99n; *Aphrodite [5.]61:* 102; *6.21:* 99n; *24.5:* 102n; *25:* 99n; *27.15:* 101–2

Iamblichus: *Life of Pythagoras 241:* 137; *266:* 137n
IG: I² *643:* 99n; *821:* 102n; *1085:* 156; II² *30:* 302; *1232:* 303; IV² *42:* 265, 268; *71:* 105n, 267; VII *1:* 268; *16:* 120; *39:* 118n; *52:* 117, 271–72; *112:* 120; *141:* 118n; IX.1 *119:* 105n; XII.5 *445:* 122n; XIV *1098:* 139n
Isocrates: *To Nicocles 2.40–44:* 91n; *Panegyricus 159:* 86

Jerome: see Eusebius
Joannes Lydus: *De magistratibus 3.70:* 274, 276

John the Deacon: *Commentary on Hermogenes* (Rabe): 134n
Julian: *207A–B:* 106
Justin: **2.**8.1–6: 282; **16.**5.12–18: 155

LSCG: no. 19: 303
Lucian: *Courtesan Dialogues 299–301:* 152–53

Margites: 92n; 99n
Marmor Parium (FGH 239): A 33: 122n; *A 37:* 281; *A 38:* 282; *A 39:* 132, 298
Megareis *(FGH 487): F 1:* 284; *F 3:* 114; *F 9:* 158n; *F 12:* 20n, 21n, 285–86; *F 13:* 102n; *F 20, 21, 22, 23:* 117, 119; *F 24:* 118–19
Megarika Adespota (Piccirilli 5): *F 12b:* 116; *F 22:* 122
Meiggs-Lewis: *no. 9:* 290; *no. 14:* 302; *no. 16:* 287; *no. 51:* 156
Memnon *(FGH 434): F 1:* 155; *F 7:* 139; *F 12:* 274
Mimnermus: *fr. 4.4–6:* 48; *7:* 48, 99; *9:* **52**, 126n; *13:* 126n; *13a:* 126n; *14:* 126n
Myron *(FGH 106): T 1:* 119; *F 2:* 142; *F 3:* 119
Myrtilos: *fr. 1:* 133–34

Nicolaus of Damascus *(FGH 90): F 35:* 293; *F 58:* 278; *F 59:* 290

Ovid: *Metamorphoses* **7.**443: 114; **8.**6: 114; *260–546:* 215n; **10.**560–570: 215n

Palatine Anthology: **6.**144, 213: 102n; **7.**154: 273; *720:* 272; *731:* 140; **11.**42: 140
Panarkes: *fr. (a) 1:* 105
Pausanias: **1.**5.3: 80; *27.4:* 278; *36.1:* 284; *36.3:* 119; *38.3:* 278; *39.5:* 268; *39.6:* 114; *40.1:* 277; *40.2:* 33, 117; *40.5:* 20n, 21n, 117, 280, 285–86; *41.2:* 145, 277; *41.6:* 80;

41.7: 158n; *42.7:* 79; *43.1-3:* 63n,
77n, 140, 273n; *43.8:* 273; *44.1:*
117, 271-73; *44.8:* 79; **2.**9.6: 290;
19.2: 293; *20.7:* 293; *23.7:* 293;
3.8.2: 94n; *26.1:* 80; **4.***14.4-5:*
142, 264; *15.6:* 122; *16.2:* 122;
18.3: 122; *22.7:* 291; *24.4:* 293;
27.8: 293; *34.4:* 79; *35.2:* 293;
5.8.6: 272; *17.2:* 294; **6.***19.12-14:*
292-94; *22.2-4:* 293; **8.***17-19:* 72;
10.7.4-7: 281; *37.6:* 290
Phainias: *F 21:* 279
Phanodemus (*FGH* 325): *F 1:* 63n
Philochorus (*FGH* 328): *F 11:* 119;
 F 14: 303; *F 15:* 303; *F 107:* 119,
 278n; *F 111:* 119; *F 155:* 119; *F
 212:* 119
Philostratus: *De gymnastica 12:* 272
Pigres: *fr. 1:* 100
Pindar: *P. 2.55:* 122; *5.101:* 73;
 6.52-54: 203; *9.91:* 268; *10.67:*
 196; *N. 5.46:* 268; *7.106:* 263;
 8.20: 196; *9.48:* 192n; *I. 5.28:*
 135; *fr. 30:* 102n; *43:* 109n; *122:*
 146; *150:* 87n
Pindar, Scholia: *P. Hypoth. b, d:* 281;
 N. 2.19: 302; *3.145:* 278; *7.155
 a-b:* 263; *9 Hypoth.:* 290
Plato: *Apology 41A-B:* 173; *Cratylus
 402A:* 93; *Hipparchus 228B-229D:*
 89, 90; *Laws 630A:* 18n, 123, 126,
 157; *642D:* 281; *649D-650B:*
 195-96; *666D:* 196; *674A:* 196;
 776C-D: 129; *Lysis 216C:* 84n,
 103; *242E:* 201n; *Meno 95D-96A:*
 157; *Phaedrus 276B:* 62; *Republic
 562C-D:* 17, 131, 195
Plato, Scholia: *Euthydemus 292E:*
 263; *Laws 629A:* 122; *630A:* 123
Pliny: *Natural History* **4.***12.57:* 267;
 36.*4.9-10:* 294
Plutarch: *Agesilaus 21.8:* 135-36;
 Cimon 17.1-3: 155, 300; *Greek
 Questions 11* (*Moralia* 293A-B):
 269, 289; *14* (*Mor.* 294C): 14n; *16*
 (*Mor.* 295A-B): 14, 114; *17* (*Mor.*
 295B-C): 114, 143, 263-69; *18*
(*Mor.* 295C-D): 14, 16-18, 36,
 114, 130-32, 195; *19* (*Mor.*
 292B): 14n; *54* (*Mor.* 303C-D):
 11; *56* (*Mor.* 303D-E): 11-13; *57*
 (*Mor.* 303E-304C): 10-13; 287-
 88; *59* (*Mor.* 304D-F): 14, 18,
 114, 130-31, 268, 296-97, 302;
 Lycurgus 4.1-3: 32n, 40-41, 78,
 152; *5:* 121; *6.2:* 32; *6.6-7:* 140;
 17.5-6: 136; *23.2:* 121; *28.8-10:*
 131, 142; *29.1-4:* 31; *29.8, 31:* 32,
 78; *31.7, 10:* 32n, 78; *Moralia* 68A:
 137n; *89E:* 293; *402A:* 156; *760E-
 761A:* 290; *772D-773B:* 293;
 Pericles 22.1: 156; *26:* 11, 13n; *28:*
 11, 13; *30.2-4:* 20n, 117; *Solon
 8-10:* 88, 116, 280-85, 300; *12:*
 284, 296, 303; *14.6:* 68; *25.1, 6:*
 31; *30:* 281-82; *Theseus 10.2-3:*
 284; *10.4:* 278n; *20.1-2:* 116n;
 25.5: 278n; *27.8:* 118n
Polemon: *fr. 46:* 137
Pollux: **3.***83:* 129; **4.***105:* 136; *148:*
 133; **7.***68:* 142
Polyaenus: **1.***20.1-2:* 281; **3.***5:* 290;
 5.*5:* 269-70
Polybius: **6.***45-46:* 152; **8.***30.6-9:*
 140n
Posidonius (*FGH* 87): *F 8:* 128
POxy.: *1247.42:* 267
Pratinus: *T 1:* 141n; *T 7:* 141n; *T 8:*
 141n; *F 2:* 141n; *F 3:* 141n
Praxion (*FGH* 484): *F 1:* 115, 303
Ptolemy: *Geography* **3.***14.33:* 267

Rhianus of Bene (*FGH* 265): *F
 42-45:* 119

Sappho: *fr. 1:* 199n; *168B:* 108n
[Scymnus]: *715:* 274; *741-742:* 274;
 760: 274; *972-973:* 274, 275n
SEG: *XV.517:* 122n; *518:* 122n;
 XVI.481: 122n; *XIX.557:* 122n
Semonides: *fr. 7:* 98
Servius: *on Virgil Eclogues 9.30:*
 33
SIG[3]: *241:* 118n; *672:* 105n

Simonides: *511, fr. 1:* 136; *fr. 8 W:* 86
Skolia, Attic: 47n. *See also Carmina Convivialia*
Solon: *fr. 1:* 87n, 246, 253; *4:* 43, 57, **59-60**, 61, 70, 72n, **185-86**, 192n, 195; *4a:* 301; *4c:* 60n; *5:* 38, 43; *6:* 43, **48**, **60**; *7:* **31**; *9:* **45**; *12:* 181n; *13:* 25, 38n, 48, 69-71, 72n, 99n, **100**, 100-101, 186, 203, 204; *15:* 48; *20:* 86, 108; *24:* 48, 49; *36:* 38, 43, 70
Sophocles: *Oedipus at Colonus 27, 28, 39, 92, 621-622, 623, 627, 637:* 76-77; *632:* 202; *635:* 150n; *Oedipus Rex 36:* 150n; *393, 1525:* 24; *510:* 196; *fr. 24:* 278; *579:* 284
Sosibius (*FGH* 595): *F 7:* 135-36
Stephanus Byzantius: 123, 268, 270, 277
Stobaeus: *Florilegium* 1.*8.15:* 196; *69.2:* 132n; *88.14:* 124n, 157
Strabo: **6**.*2.2 C267:* 269-70; *7.7.2 C322:* 14, 113-14; *fr. 56:* 287; *8.3.30 C355:* 293; *4.10 C362:* 122; *6.22 C380:* 268, 270, 277-78; *9.1.6 C392:* 277; *1.10 C394:* 265, 268-69, 280, 300; *1.11 C395:* 280, 300; *10.4.19 C482:* 41n; *12.3.4 C542:* 129
Suda: 122, 123, 125-26, 135, 137, 139n, 263, 264, 291, 296, 298

Theocritus: *12.27-33:* 278
Theocritus, Scholia: *Prolegomena Ba:* 134-35; *12.27-33f:* 278
Theognis: *1-4:* 99n; *11-14:* 63n; *15-18:* 27-28, 41n, 78, 86, 101-2, 150-51, 161, 173, 174n, 177, 193; *17:* 177; *19-30:* 5, **29-30**, 31, 33, **34**, 35-36, 57n, **82-83**, 86, 95, 101, 102, 109-10, 112n, 123, 127, 157, 166-67, 173, 178, 245; *27-30:* **178**; *29-38:* 161, 174n, 234; *31-38:* **179-80**; *39-52:* 17, 18, 24n, 33, 36, 41, **42**, 43-44, 45n, 46, 50-52, 53n, 54, 58, 59, 61, 127, 130, 153, 161, 162-63, 173-74, 177, 186, 239-40; *39-59:* 181; *39-68:* 186-87; *53-68:* **16**, 44n, 47, 51n, 54n, 110, 127, 128, 130, 140-41, 162, 167, 172, 174-75, 184, 221, 225, 235, 239; *59-68:* 186-87; *69-72:* 179, 225; *73-74:* 188, 225, 227, 229; *75-76:* 207, 225, **235**; *77-78:* **230**; *79-82:* 227, 229; *83-86:* 153, 163, 174, 225, 239; *87-90:* 49, 56n; *91-92:* 103n, 169n, 188, 225, 232; *87-92:* 171, 225, 232, 238; *91-92:* 169n, 188, 225, **232**; *93-94:* 188, 225; *93-100:* 286; *95-96:* 188, 225; *97-100:* 99, 225, 232-33; *101-112:* 161, 174, 179, 225, 234, 246n; *103-104:* **234**; *113-114:* 179, **234**; *115-116:* 176n, 188, 189, 225, 229-30, 236; *115-118:* 188, 225, 230; *119-128:* 167, 171, 188, 225, 230, 231; *125-128:* **231**; *129-142:* 25n, 256; *131-132:* 161; *145-148:* 104, 153, 161, 246; *149-150:* 239; *151-152:* 49, 130; *153-154:* 48, **49**, **60**, 130, 160n, 174, 212; *165-166:* 210, 256; *167-168:* 49; *171-172:* **254**; *173-180:* 23n, 161; *181-182:* 161; *183-192:* **55**, 128-29, 151, 183-96, 239, 246, **254**; *183-196:* 239; *193-196:* 163, 171; *197-202:* 153, 239n; *209-210:* 130, 207, 225, 229, 286; *211-212:* 237n, 246, **254**; *213-214:* 56n, 171, 188, 213-18, 225, **235-236**, 286; *215-218:* 75-76, 104, 109; *219-220:* 38, 180-181; *221-226:* **167-68**, 225, 239n, 242n; *227-232:* 48, 239n; *237-254:* 34, 35, 56, 95n, 98, 101, 174, 176-77, 219, 225, 229, 231-32, 238; *253-254:* **231-232**; *255-256:* 173; *257-260:* 207; *261-266:* 202; *267-270:* 163; *271-278:* 153, 207, 210, 225; *279-282:* 160n; *283-286:* 128, 225, **235**; *287-292:* 60, 110, 130, 239, 243; *295-298:* 139n, 176n; *299-300:* 163, 225,

229–30; *301–302:* **204–5**, 225; *305–308:* 54n, 130, 174, 179n; *309–312:* 139n, 188, **189**, 225, 235, 286; *313–314:* 188n, 225, 236n; *315–318:* 48; *319–322:* 239, 247n, **257**; *323–328:* 28n, 171, 225; *331–332:* 38, 59, **181**, 186; *332a–334:* 130, 225, 229, 286, 298; *335–336:* 180–81; *337–350:* **15**, **68–69**, 70–73, 77, 103, 130, 172–73, 226n, **257**; *341–350:* 130, 172–73; *355–360:* 188; *361–362:* **175**; *363–364:* 103, 188; *366–370:* 37, 102, 110, 128; *373–400:* 130, 210, 225, 232n; *401–406:* 45n, 181; *413–414:* 130, 169n, 171; *415–418:* 49, 167, 188n, 196, 225, 227, 231; *419–420:* 23n, 60n; *429–438:* 130, 160, 246, **255**; *447–452:* 188n, 196, 225, 231; *453–456:* 130; *465–466:* 153, 160n, 174n, 239n; *467–496:* 23n, 130, 139n, 174n, 176n, 180, 181, 185, 237; *497–498:* 130, **183**; *499–502:* **183–184**, 188, 237; *503–505:* **185**; *503–508:* 185, 238; *503–510:* 130; *509–510:* 237n, 246, **254**; *511–522:* 225, 239; *523–526:* **160**, 162, 239, 248n; *529–530:* 225, 226; *531–534:* 101n; *541–542:* **51**; 181, **215**–16, 221; *543–546:* 25n, **37–38**, 39–40, 88n, 174n, 180n; *549–554:* 101; *555–560:* 181–82; *561–562:* 130, 206, 226n; *561–566:* 103, 109; *563–566:* **180**, 234; *571–572:* 188, 225, **231**, 246; *575–576:* **67**, 69, 71, 103n, 188, 225, 226, 231; *585–590:* 48; *591–594:* 180; *595–602:* 232, 242–43n; *599–602:* 103n, 225; *603–604:* 53n, 181; *605–606:* 181; *607–610:* 174n, 232, 239n; *611–614:* 160n, 167, 181; *615–616:* 181; *619–622:* 47; *625–626:* 239; *627–628:* 174n; *635–636:* 168; *641–642:* **231**; *641–644:* 188, 189, 225, 229–31, 236; *645–646:* 225, 227, 229;

649–652: **75**, 163, 174n, 242; *653–654:* 209; *657–666:* 55, 57, 163, 181–82, **241–42**, 246, 247n, **254**; *667–682:* **15**, **22–23**, 24n, **25–26**, 44n, 57n, 60n, 66–67, 70–71, 73n, 76, 78, 106, 130, 135, 149–50, 164, 166, 177, 182, 184, 186, 239–41, 242n; *677–680:* **181–82**; *691–692:* 101; *693–694:* 160n, 181; *695–696:* 163; *697–698:* 225, 227, **229**; *699–718:* 73, 74, 75n, **107**, 108, 169–74; *717–718:* **172**; *719–728:* 48, 49; *731–752:* 128, 130; *753–756:* 91n, **99**, 130, **170–71**, 173, 174, 178n; *757–764:* 33n, 41, 126, **190**–91, 193, 235, 237; *757–768:* 123; *769–772:* **92**, 93, 97, **100–101**, 102n, 106, **107**, 108–9, 166–67; *773–788:* 24n, 33, 36, 41, 122, 124, 126, **190–92**, 193, 235, 237–38; *789–794:* 104, 234; *795–796:* 48, 98; *797–798:* **98**, 174; *799–804:* 98; *801–804:* 37; *805–810:* **37**, 38, 73n, **87**, 136; *811–814:* 103n, 225, 226; *825–830:* 139n, 146; *831–836:* **242**; *833–836:* 45n, 239n; *837–840:* 130, 180, **183**, 237n; *841–842:* 182; *841–844:* 238; *843–844:* **184**; *851–852:* 225, **232**; *855–856:* **53**, 54, 63, 68, 177; *857–860:* 139n, 169n, 225, 230; *861–864:* 225, 226; *865–868:* 98, 128, 210, 239; *869–872:* 103n, 128, **206**, 225, 226n; *873–876:* **104**, 130, **182**–83, 237n; *879–884:* 192–**93**, 201; *885–886:* **190**; *891–894:* 123, **288**–91; *897–900:* 174n; *903–930:* 225, 230, 246; *903–932:* 153; *933–938:* 128; *939–942:* 101n, 139n; *945–946:* 37n, 38n, 46n, 53n, 180n; *947–948:* 46n, 180n, 186; *949–954:* 201, **218**; *963–970:* 188, 225, 232–**33**, 286; *971–972:* 246, **254**; *975–978:* 101n; *979–982:* 188–**89**, 225, **235**; *993–1002:* 101; *1003–1006:* 48, 109, 161; *1007–1012:* 130; *1013–1016:* 103n,

188n, 209, 225, 231; *1017–1022:* 48; *1027–1028:* 160, 167; *1029–1036:* 51n, 103n, **201–3**, 207–8, 218–19, 226; *1041–1042:* 101n; *1045–1046:* 139n; *1049–1054:* 130; *1055–1058:* 101; *1059–1062:* 188n; *1063–1068:* 139n; *1071–1074:* 104, 109, 188, 225, 235, 286; *1079–1080:* 103n, 225; *1081–1082b:* 24n, **46**, 47, 49–52, 53n, 54, 128, 177; *1082c–1084:* **56**, 225, 232, 238; *1087–1090:* 225, 226n; *1091–1094:* 182–**83**; *1097–1100:* 225; *1101–1102:* 211–**12**, 225; *1103–1104:* **53**, 181, 211–12, 246; *1104a–1104b:* **231**; *1104a–1106:* 196, 225, 231; *1107–1108:* 103n, **206**–**7**; *1109–1114:* 47, 174–75, 239; *1114a–b:* 47; *1115–1116:* 239; *1117–1118:* 239; *1123–1128:* **74–75**; *1135–1150:* 102–3, 130, 163, 174n, 193, 227, 228, 243; *1151–1152:* 225, 234; *1163–1164:* 286; *1164a–h:* 49, 188n, 196, 225, 227, 231, 233; *1165–1166:* 179; *1165–1168:* 234; *1169–1170:* 179n, 234; *1171–1176:* 130, 160n; *1177–1178:* 174n; *1183–1184b:* 37, 110, 128; *1187–1190:* **208**–**9**; *1197–1202:* **15–16**, 64, 65–66, 81n; *1206–1207:* 139n; *1209–1210:* **76**, 77–78, 81, 95n, *1209–1216:* 77, 130, 151–52, 286, 298; *1219–1220:* 103n, 225, 231; *1229–1230:* 78, 79–81, 202; *1231–1234:* **198, 210–11**, 215–16, 217–18; *1235–1238:* 200, **213**–14; *1238a–b:* 220, 225; *1238a–1240:* **212**, 219, 220, 232; *1239–1240:* 200, 219, 225; *1241–1242:* 200, 225; *1243–1244:* 219, 221, 225, 227, **232**; *1245–1246:* 221, 225; *1247–1248:* 221; *1253–1254:* 210, 219; *1255–1256:* 200; *1259–1262:* 188n; *1263–1266:* 225; *1267–1270:* 200; *1275–1278:* 199; *1278a–b:* 212, 220, 225; *1278c–1278d:* 201, **218**; *1279–1282:* **210**; *1283–1294:* 199, **214**–15, 225; *1295–1298:* 220; *1299–1304:* 213, **216**; *1305–1310:* 199; *1311–1318:* 28n, 219, 221, 225; *1318a–b:* 169n, **206**–7; *1319–1322:* 200; *1323–1326:* **198–199**; *1327–1334:* 174n, 199, 219; *1335–1336:* 200, 210, 219; *1337–1340:* 199, 200, 220; *1341–1344:* **220**; *1341–1350:* 199, 217, 220; *1345–1350:* 217; *1351–1352:* 139n, **196**, 219; *1353–1356:* 200, **205–6**; *1357–1360:* 200; *1363–1364:* 200, 219, 225; *1365–1366:* 213; *1367–1370:* 200; *1369–1372:* 200, 220; *1373–1374:* 200; *1375–1376:* 200, 210, 219; *1377–1380:* 225, 234; *1381–1385:* 199; *1386–1389:* 198, **209**, 213

Theophrastus: *De causis plantarum* 2.*16.8*, 3.*1.5*, *6.8*, *15.4*: 61; *Historia plantarum:* 2.*7.6*: 61n; *7.7*: 61
Theopompus (*FGH* 115): *F 176:* 142; *F 241:* 268; *F 311:* 142
Thucydides: 1.*6.5*: 271; *13.3*: 287; *103.4:* 155, 300; *105.1–6:* 155; *108.2:* 155; *114.1–2:* 155–56; *126.3–12:* 9–10, 33, 143, 277, 296; *132.2:* 33; *133:* 287; *139.2:* 279–80; 2.*15:* 278; *44.1:* 111; 3.*62.3:* 151; *68.5:* 299; *82:* 165–**66**, 168; 4.*66–73:* 156, 265; *74.1–3:* 156; *6.4.1–3:* 269–70; **8.***10.3:* 267
Thucydides, Scholia: 1.*6.5:* 271
Tod: *no. 20:* 273n; *no. 204:* 280
Tyrtaeus: *fr.* 4: 28n, 87; 6, 7: 142; 9: 246; 12: 48, 98, **109**
Tzetzes, Joannes: *De comoedia graeca* (Kaibel *CGF* 1.1) no. 6: 132n

Xenophanes: *fr. 1:* **97**, 246
Xenophon: *Constitution of the Lacedaemonians 10.8:* 32; *Hiero:* 124n; *Historia Graeca* 4.*4.13:* 277; *5.1:* 266–67; *5.5:* 268; *5.19:* 277

Zenobius (see also *CPG*): **5.***8:* 264

图书在版编目（CIP）数据

诗歌与城邦：希腊贵族的代言人忒奥格尼斯/（美）费格拉、（美）纳吉编；张芳宁等译.—北京：华夏出版社，2014.10
（西方传统：经典与解释）
书名原文：Theogonis of Megara: Poetry and the Polis
ISBN 978-7-5080-8209-7

Ⅰ.①诗⋯ Ⅱ.①费⋯ ②纳⋯ ③张⋯ Ⅲ.①忒奥格尼斯—诗歌研究 Ⅳ.①I545.072

中国版本图书馆 CIP 数据核字（2014）第 204830 号

Theogonis of Megara: Poetry and the Polis by Thomas Figueira and Gregory Nagy
© 1985 The Johns Hopkins University Press
All rights reserved. Published by arrangement with The Johns Hopkins University Press, Baltimore, Maryland

版权所有，翻印必究
北京市版权局著作权合同登记号：图字 01-2011-1767

诗歌与城邦：希腊贵族的代言人忒奥格尼斯

编　　者	（美）费格拉、纳吉	
译　　者	张芳宁、陆炎等	
责任编辑	王霄翎	
责任印制	刘　洋	
出版发行	华夏出版社	
经　　销	新华书店	
印　　刷	北京市人民文学印刷厂	
装　　订	三河市少明印务有限公司	
版　　次	2014 年 10 月北京第 1 版	
	2014 年 12 月北京第 1 次印刷	
开　　本	880×1230　1/32 开	
印　　张	13	
字　　数	350 千字	
定　　价	59.00 元	

华夏出版社　地址：北京市东直门外香河园北里 4 号　　邮编：100028
　　　　　　网址：www.hxph.com.cn　电话：（010）64663331（转）
若发现本版图书有印装质量问题，请与我社营销中心联系调换。

西方传统：经典与解释

古今丛编

图书馆里的战争
[英]斯威夫特 著

但丁：皈依的诗学
[美]弗里切罗 著

在西方的目光下
[英]康拉德 著

大学与博雅教育
落崖 编

恐惧与战栗
[丹麦]基尔克果 著

探究哲学与信仰——基尔克果与苏格拉底
[美]郝岚 著

穆佐书简
[奥]里尔克 著

撒路斯特与政治史学
刘小枫 编

民主的本性——托克维尔的政治哲学
[法]马南 著

希罗多德的王霸之辨
吴小锋 编/译

梅尔维尔的政治哲学——《切雷诺》及其解读
李小均 编/译

第二代智术师——罗马帝国早期的文化现象
安德森 著

英雄诗系笺释
[古希腊]荷马 著

统治的热望
——修昔底德笔下的阿尔喀比亚德和帝国政治
[美]福特 著

席勒美学的哲学背景
[美]维塞尔 著

雅典谐剧与逻各斯
——《云》中的修辞、谐剧性及语言暴力
[美]奥里根 著

莱园哲人伊壁鸠鲁
罗晓颖 选编

果戈里与鬼
[俄]梅列日科夫斯基 著

托尔斯泰与陀思妥耶夫斯基（第一卷）
[俄]梅列日科夫斯基 著

托尔斯泰与陀思妥耶夫斯基（第二卷）
[俄]梅列日科夫斯基 著

自传性反思
[德]沃格林 著

黑格尔与普世秩序
[美]希克斯 等著

新的方式与制度
——马基雅维利的《论李维》研究
[美]曼斯菲尔德 著

论埃及神学与哲学——伊希斯与俄赛里斯
[古希腊]普鲁塔克 著

凯撒的剑与笔
李世祥 编/译

纪念苏格拉底——哈曼文选
刘新利 选编

科耶夫的新拉丁帝国
[法]科耶夫 等著

夜颂中的革命和宗教——诺瓦利斯选集卷一
[德]诺瓦利斯 著

大革命与诗话小说——诺瓦利斯选集卷二
[德]诺瓦利斯 著

《利维坦》附录
[英]霍布斯 著

巨人与侏儒
[美]布鲁姆 著

或此或彼（上、下）
[丹麦]基尔克果 著

海德格尔与有限性思想（重订版）
刘小枫 选编

海德格尔式的现代神学
刘小枫 选编

走向古典诗学之路
——相遇与反思：与伯纳德特聚谈
[美]伯格 编

论宗教大法官的传说
[俄]罗赞诺夫 著

上帝国的信息
[德]拉加茨 著

西方传统：经典与解释
Classici et Commentarii
HERMES
刘小枫◎主编

双重束缚
[美]基拉尔 著

俄耳甫斯教祷歌
吴雅凌 编译

俄耳甫斯教辑语
吴雅凌 编译

黑格尔的观念论
[美]皮平 著

古今之争中的核心问题
[德]迈尔 著

浪漫派风格——施莱格尔批评文集
[德]施莱格尔 著

神圣的罪业
[美]伯纳德特 著

论永恒的智慧
[德]苏索 著

宗教经验种种
[美]詹姆斯 著

尼采反卢梭
[美]凯斯·安塞尔-皮尔逊 著

施米特对自由主义的批判
[美]约翰·麦考米克 著

舍勒思想评述
[美]弗林斯 著

诗与哲学之争
[美]罗森 著

基督教理论与现代
[德]特洛尔奇 著

亚历山大的克雷蒙
[意]塞尔瓦托·利拉 著

伊壁鸠鲁主义的政治哲学
[意]詹姆斯·尼古拉斯 著

神圣与世俗
[罗]伊利亚德 著

中世纪的心灵之旅——波纳文图拉神学著作选
[意]圣·波纳文图拉 著

弓弦与竖琴——从柏拉图解读《奥德赛》
[美]伯纳德特 著

论古人的智慧
[英]培根 著

希伯莱圣经历代注疏

希腊化世界中的犹太人
[英]威尔逊 著

第一亚当和第二亚当
[德]朋霍费尔 著

卢梭集

论哲学生活的幸福
[德]迈尔 著

致博蒙书
[法]卢梭 著

政治制度论
[法]卢梭 著

哲学的自传——卢梭的《孤独漫步者的遐思》
[法]卢梭 著

文学与道德杂篇
[法]卢梭 著

设计论证——卢梭的《社会契约论》
[美]吉尔丁 著

卢梭的自然状态
[美]普拉特纳 等著

卢梭的榜样人生——作为政治哲学的《忏悔录》
[美]凯利 著

柏拉图注疏集

情敌
[古希腊]柏拉图 著

哲学如何成为苏格拉底式的
[美]朗佩特 著

苏格拉底与希琵阿斯
王江涛 编译

理想国
[古希腊]柏拉图 著

谁来教育老师——《普罗塔戈拉》发微
刘小枫 编

立法者的神学——柏拉图《法义》卷十绎读
林志猛 编

柏拉图对话中的神
[德]薇依 著

厄庇诺米斯
[古希腊]柏拉图 著

智慧与幸福——柏拉图的《厄庇诺米斯》
程志敏 选编

论柏拉图对话
[德]施莱尔马赫 著

柏拉图《美诺》疏证
[美]克莱因 著

神话诗人柏拉图
张文涛 选编

人应该如何生活
[美]布鲁姆 著

阿尔喀比亚德
[古希腊]柏拉图 著

叙拉古的雅典异乡人
——柏拉图《书简七》探幽
彭磊 选编

阿威罗伊论《王制》
[阿拉伯]阿威罗伊 著

《王制》要义
刘小枫 选编

柏拉图的《会饮》
[古希腊]柏拉图 等著

苏格拉底的申辩
[古希腊]柏拉图 著

苏格拉底与政治共同体
[美]尼科尔斯 著

政制与美德——柏拉图《法义》疏解
[美]潘戈 著

《法义》导读
[法]卡斯代尔·布舒奇 著

论真理的本质
[德]海德格尔 著

哲人的无知
[德]费勃 著

米诺斯
[古希腊]柏拉图 著

亚里士多德注疏集

品格的技艺
[美]加佛 著

亚里士多德哲学的基本概念
[德]海德格尔 著

《政治学》疏证
[意]托马斯·阿奎那 著

尼各马可伦理学义疏
——亚里士多德与苏格拉底的对话
[美]伯格 著

哲学之诗——亚里士多德《诗学》解诂
[美]戴维斯 著

对亚里士多德的现象学解释
[德]海德格尔 著

城邦与自然——亚里士多德与现代性
刘小枫 编

论诗术中篇义疏
[阿拉伯]阿威罗伊 著

哲学的政治——亚里士多德《政治学》疏证
[美]戴维斯 著

莱辛注疏集

汉堡剧评
[德]莱辛 著

关于悲剧的通信
[德]莱辛 著

《智者纳坦》研究版
[德]莱辛 等著

启蒙运动的内在问题——莱辛思想再释
[美]维塞尔 著

莱辛剧作七种
[德]莱辛 著

历史与启示——莱辛神学文选
[德]莱辛 著

论人类的教育——莱辛政治哲学文选
[德]莱辛 著

色诺芬注疏集

居鲁士的教育
[古希腊]色诺芬 著

驯服欲望——施特劳斯笔下的色诺芬撰述
[法]科耶夫 等著

论僭政——色诺芬《希耶罗》义疏
[美]施特劳斯 著

色诺芬的《会饮》
[古希腊]色诺芬 著

施特劳斯集

苏格拉底问题与现代性
[美]列奥·施特劳斯 著

政治哲学与启示宗教的挑战
[德]迈尔 著

霍布斯的宗教批判
[美]列奥·施特劳斯 著

斯宾诺莎的宗教批判
[美]列奥·施特劳斯 著

门德尔松与莱辛
[美]列奥·施特劳斯 著

哲学与律法——论迈蒙尼德及其先驱
[美]列奥·施特劳斯 著

迫害与写作艺术
[美]列奥·施特劳斯 著

柏拉图式政治哲学研究
[美]列奥·施特劳斯 著

阅读施特劳斯
[美]斯密什 著

《会饮》讲疏
[美]列奥·施特劳斯 著

柏拉图《法义》的论辩与情节
[美]列奥·施特劳斯 著

什么是政治哲学
[美]列奥·施特劳斯 著

古典政治理性主义的重生
[美]列奥·施特劳斯 著

施特劳斯与流亡政治学
[美]谢帕德 著

犹太哲人与启蒙
——施特劳斯演讲与论文集：卷一
[美]列奥·施特劳斯 著

苏格拉底问题与现代性
——施特劳斯演讲与论文集：卷二
[美]列奥·施特劳斯 著

回归古典政治哲学——施特劳斯通信集
[美]列奥·施特劳斯 著

隐匿的对话——施米特与施特劳斯
[德]迈尔 著

苏格拉底与阿里斯托芬
[美]列奥·施特劳斯 著

尼采注疏集

尼采与基督教——尼采的《敌基督》论集
刘小枫 编

尼采眼中的苏格拉底
[美]丹豪瑟 著

尼采的使命——《善恶的彼岸》绎读
[美]朗佩特 著

尼采与现时代——解读培根、笛卡尔与尼采
[美] 朗佩特 著

动物与超人之间的绳索
[德]A.彼珀 著

维吉尔注疏集

《埃涅阿斯纪》章义
王承教 选编

维吉尔的帝国
阿德勒 著

品达注疏集

幽暗的诱惑——品达、晦涩与古典传统
[美]汉密尔顿 著

新约历代经解

属灵的寓意
[古罗马]俄里根 著

赫西俄德集

神谱笺释
吴雅凌 撰

赫西俄德：神话之艺
[法]居代·德·拉孔波 等著

赫拉克勒斯之盾笺释
罗逍然 译笺

莎士比亚绎读

莎士比亚笔下的爱与友谊
[美]布鲁姆 著

莎士比亚戏剧与政治哲学
彭磊 选编

莎士比亚的政治盛典
[美]阿鲁里斯/苏利文 编

丹麦王子与马基雅维利
罗峰 选编

古希腊诗歌丛编

阿尔戈英雄纪
[古希腊]阿波罗尼俄斯 著

诗歌与城邦
[美]费拉格、纳吉 主编

阿里斯托芬集

《阿卡奈人》笺释
[古希腊]阿里斯托芬 著

但丁集

但丁的圣约书
[美]霍金斯 著

美国宪政与古典传统

美国1787年宪法讲疏
[美]阿纳斯塔普罗 著

中国传统：经典与解释
Classici et Commentarii

经典与解释

刘小枫　陈少明◎主编

修昔底德集

修昔底德笔下的人性
[加]欧文 著

修昔底德笔下的演说
[美]斯塔特 著

古希腊政治理论
格雷纳 著

塔西佗集

塔西佗的政治史学
曾维术 编

古典学丛编

希腊古风时期的真理大师
[法]德蒂安 著

古罗马的教育
[英]葛怀恩 著

古典学与现代性
刘小枫 编

表演文化与雅典民主政制
[英]戈尔德希尔、奥斯本 编

西方古典文献学发凡
刘小枫 编

古典语文学常谈
克拉夫特 著

古希腊文学常谈
[英]多佛 等著

古希腊肃剧注疏集

希腊肃剧与政治哲学
[美]阿伦斯多夫 著

大学素质教育读本

古典诗文绎读　西学卷·古代编（上、下）
古典诗文绎读　西学卷·现代编（上、下）

皇清经解提要
[清]沈豫 撰

冬灰录
[明]方以智 著

从公羊学论《春秋》的性质
阮芝生 撰

药地炮庄笺释·总论篇
[明]方以智 著

松阳讲义
[清]陆陇其 著

起凤书院答问
[清]姚永朴 撰

青原志略
[明]方以智 原编

冬炼三时传旧火——港台学人论方以智
邢益海 编

药地炮庄
[明]方以智 著

周礼疑义辨证
陈衍 撰

经学通论
[清]皮锡瑞 著

韩愈志
钱基博 著

论语辑释
陈大齐 著

《庄子·天下篇》注疏四种
张丰乾 编

荀子的辩说
陈文洁 著

古学经子——十一朝学术史述林
王锦民 著

经学以自治——王闿运春秋思想研究
刘少虎 著

《铎书》校注
孙尚扬　肖清和 等校注

经典与解释辑刊（刘小枫　陈少明　主编）

1　柏拉图的哲学戏剧
2　经典与解释的张力
3　康德与启蒙
4　荷尔德林的新神话
5　古典传统与自由教育
6　卢梭的苏格拉底主义
7　赫尔墨斯的计谋
8　苏格拉底问题
9　美德可教吗
10　马基雅维利的喜剧
11　回想托克维尔
12　阅读的德性
13　色诺芬的品味
14　政治哲学中的摩西
15　诗学解诂
16　柏拉图的真伪
17　修昔底德的春秋笔法
18　血气与政治
19　索福克勒斯与雅典启蒙
20　犹太教中的柏拉图门徒
21　莎士比亚笔下的王者
22　政治哲学中的莎士比亚
23　政治生活的限度与满足
24　雅典民主的谐剧
25　维柯与古今之争
26　霍布斯的修辞
27　埃斯库罗斯的神义论
28　施莱尔马赫的柏拉图
29　奥林匹亚的荣耀
30　笛卡尔的精灵
31　柏拉图与天人政治
32　海德格尔的政治时刻
33　荷马笔下的伦理
34　格劳秀斯与国际正义
35　西塞罗的苏格拉底
36　基尔克果的苏格拉底
37　《理想国》的内与外
38　诗艺与政治
39　律法与政治哲学
40　古今之间的但丁
41　拉伯雷与赫尔墨斯秘学
42　柏拉图与古典乐教

刘小枫集

诗化哲学［重订本］
拯救与逍遥［修订本］
走向十字架上的真
这一代人的怕和爱［增订本］
现代性与现代中国：现代性社会理论绪论
沉重的肉身
圣灵降临的叙事［增订本］
罪与欠
西学断章
现代人及其敌人
儒教与民族国家
拣尽寒枝
施特劳斯的路标
重启古典诗学
共和与经纶
设计共和
卢梭与我们
好智之罪：普罗米修斯神话通释
民主与爱欲：柏拉图《会饮》绎读
民主与教化：柏拉图《普罗塔戈拉》绎读
巫阳招魂：《诗术》绎读

编修［博雅读本］

凯若斯：古希腊语文读本［全二册］
古希腊语文学述要
雅努斯：古典拉丁语文读本
古典拉丁语文学述要
危微精一：政治法学原理九讲
琴瑟友之：钢琴与古典乐色十讲